KB189592

작은 아씨들

Little Women

by Louisa May Alcott

Photographs by Wilson Webb
Book design by Headcase Design
Photos Edited by Roxy Campos

작은 아씨들

루이자 메이 올컷 지음 | 강미경 옮김

편집자 주

이 작품은 어디까지나 허구다. 여기에 나오는 이름, 등장인물, 장소, 사건 들은 작가의 상상력의 산물이거나 소설적으로 사용된 바, 살아 있거나 죽은 실제 인물이나 사업체, 또는 실제 현장과 조금이라도 비슷한 점이 있다면 이는 순전히 우연의 일치일 뿐이다.

서문

"그러니 가거라, 나의 작은 책이여, 가서
사람들을 즐겁게 하고 기꺼이 맞이하는 것이
그대의 가슴에 고이고이 간직해온 일이었음을
온 세상에 보여주어라.
그리고 그대가 보여주는 것이 그들에게 영원히
축복으로 남기를, 그들이 그대나 나보다 훨씬 더
좋은 순례자가 되기를 기원하라.
그들에게 은총에 대해 이야기하라, 은총은 일찍부터
순례의 길에 들어선 이이니.
그래, 젊은 처녀들이 다가올 천국을
소중히 여기는 그이를 본받길,
그리하여 여행하는 작은 아씨들이 성스러운 발자취를
따라 하나님께 나아갈 수 있을 만큼 현명해지길."

-존 버니언

차 례

제 1 부

제 2 부

제 1 부

1
천로 역정 놀이

"선물도 없는 크리스마스가 무슨 크리스마스야."

조가 양탄자 위에 벌렁 드러누우며 불만을 터뜨렸다.

"가난한 건 정말 싫어!"

메그가 낡아빠진 옷을 내려다보며 한숨을 쉬었다.

"어떤 애들은 예쁜 물건을 많이 갖고 있는데 누구는 하나도 없다는 건 불공평해."

막내 에이미가 마음이 상했는지 코를 훌쩍이며 거들었다.

"하지만 우리한테는 아빠, 엄마 그리고 언니, 동생들이 있잖아?"

구석 자리에 앉아 있던 베스가 만족스럽다는 듯이 말했다.

난롯불에 비추인 네 명의 앳된 얼굴들이 베스의 쾌활한 말에 환하게 밝아진다 싶더니, 조의 입에서 슬픈 얘기가 튀어나오자 또다시 어두워졌다.

"아빠 안 계셔. 그리고 앞으로도 오랫동안 뵐 수 없을 거야."

조는 '어쩌면 영원히'라는 말을 하진 않았지만, 다들 멀리 전쟁터에 계신 아버지를 생각하며 마음속으로 그 말을 중얼거렸다.

모두 한동안 말이 없었다. 잠시 후 메그가 아까와는 사뭇 다른 목소리로 말문을 열었다.

"엄마가 이번 크리스마스에는 선물 없이 지내자고 하신 이유를 너희들도 잘 알 거야. 엄마 말씀이 모두에게 힘든 겨울이 될 거래. 남자들은 군대에서 그렇게 고생하는데 우리만 즐겁자고 돈을 낭비해선 안 된다는 게 엄마 생각이셔. 우리가 무슨 대단한 일을 할 수 있는 건 아니지만, 그 정도 작은 희생쯤은 할 수 있잖니. 즐거운 마음으로 받아들여야지. 하지만 난 아무리 해도 그게 잘 안 돼."

메그는 점찍어둔 예쁜 물건들을 하나도 가질 수 없다고 생각하자 못내 아쉬운지 고개를 설레설레 흔들었다.

"하지만 우리가 조금 아낀다고 해서 얼마나 도움이 되겠어? 우리가 가지고 있는 1달러를 모두 기부한다고 쳐. 그렇더라도 군인들한테는 별로 도움이 되지 않을 거야. 엄마나 언니한테 아무것도 기대하지 말라는 말에는 동의하지만, 난 『물의 요정과 신트람』만큼은 꼭 사고 싶어. 오래전부터 갖고 싶었던 책이거든."

책벌레 조가 말했다.

"난 새로 나온 악보를 사는 데 돈을 쓸 계획이었어."

베스가 벽난로 청소솔과 행주 말고는 아무도 듣지 못할 만큼 작게 한숨을 내쉬며 말했다.

"난 색연필을 한 통 살 거야. 나한테는 그게 정말 필요하단 말이야."

에이미가 단호한 목소리로 말했다.

"엄만 우리가 가지고 있는 돈에 대해선 아무 말씀도 안 하셨어. 게다가 우리가 모든 걸 다 포기하길 바라시진 않을 거야. 가서 각자가 원하는 걸 사자. 그 정도 즐기는 건 괜찮을 거야. 이 돈을 벌기 위해 다들 열심히 일했잖아. 안 그래?"

조가 남자처럼 장화 뒤축을 살피며 소리쳤다.

"그건 그래. 집에서 편하게 지내고 싶은 마음이 굴뚝같은데도 그 끔찍한 애들을 거의 하루 종일 가르쳤어."

메그가 다시 불만에 찬 목소리로 말했다. 뒤이어 조가 말했다.

"언니가 한 고생은 내가 한 고생에 비하면 절반도 안 될걸. 도대체가 만족이라는 걸 모르고 잠시도 앉아 있는 꼴을 못 보는 심술 사납고 잔소리 심한 할머니와 한집에서, 그것도 몇 시간씩 갇혀 지내는 게 얼마나 힘든지 알아? 사람을 어찌나 달달 볶아대는지 창문에서 뛰어내리거나 한 방 먹이고 싶은 마음이 들 정도라니까."

"불평하는 건 나쁘지만 내가 보기엔 설거지하고 청소하는 게 세상에서 제일 힘든 일인 것 같아. 정말이지 사람을 짜증 나게 하는 일이거든. 이젠 손이 너무 뻣뻣해져서 피아노 연습도 못 해."

베스가 이번에는 누구한테나 들릴 만큼 한숨을 내쉬며 거칠어진 자기 손을 들여다보았다.

"언니들 중에 나만큼 괴로운 사람은 없을 거야. 하긴 언니들은 건방지고 뻔뻔스러운 계집애들과 같이 학교에 다닐 필요가 없으니까. 수업 시간에 좀 모른다고 놀리고, 옷차림 가지고 비웃고, 아빠가 부자가 아니라고 헛뜯고, 코가 못생겼다고 흉보고."

에이미가 울먹이며 말했다.

"그럴 땐 '헛뜯는다'가 아니라 '헐뜯는다'라고 해야 하는 거야."

조가 웃으며 바로잡아주었다.

"나도 알아. 하지만 그렇게 '풍파적(풍자적이라는 말을 잘못 사용했음 : 옮긴이)'으로 나올 건 없잖아. 그래, 올바른 말을 사용하는 게 좋겠지. 언니 '당어' 실력이 나날이 발전하길 바라."

에이미가 거드름을 피우며 대꾸했다.

"얘들아, 제발 다투지 좀 마라. 우리가 어렸을 때 아빠가 날린 돈이 지금 있었으면 하는 생각 안 해봤니, 조? 아무 근심 걱정이 없다면 얼마나 행복하고 좋을까!"

풍요롭게 살던 시절을 기억하고 있는 메그가 말했다.

"언제는 돈이 있어도 매일 싸움질에다 불평만 해대는 킹 아저씨네 아이들보다 우리가 훨씬 더 행복한 것 같다고 했잖아."

"물론 그런 말을 했지, 베스. 지금도 우리가 행복하다고 생각해. 일을 해야 하긴 하지만 즐겁게 지내고 있고, 조 말대로 우린 유쾌한 패거리잖니?"

"조 언닌 늘 상스러운 말만 쓴다니까."

에이미가 양탄자 위에 길게 누워 있는 조를 못마땅한 눈초리로 바라보며 말했다. 에이미의 말이 끝나기가 무섭게 조가 벌떡 일어서더니 앞치마 주머니에 손을 찔러 넣은 채 휘파람을 불기 시작했다.

"그만해, 조 언니. 꼭 사내아이 같잖아."

"그래서 이러는 거야."

"난 무례하고 숙녀답지 못한 여자들이 제일 싫더라."

"난 일부러 얌전한 척하는 새침데기들이 제일 꼴불견이던데."

"조그만 둥지 속의 새들은 사이가 아주 좋다네."

중재의 명수인 베스가 익살맞은 표정을 지으며 노래를 부르자 목소리를 높이던 두 사람도 결국 웃음보를 터뜨리고 말았다. 이렇게 해서 말다툼은 자연스레 끝이 났다.

"정말 못 말리는 애들이라니까. 둘 다 똑같아."

메그가 큰언니답게 정색을 하며 설교를 늘어놓기 시작했다.

"선머슴 같은 행동 그만하고 좀 얌전하게 처신할 나이가 됐잖니, 조세핀. 어렸을 때야 괜찮았지만, 키도 그만큼 크고 머리도 말아 올렸으니 넌 이제 어엿한 숙녀야. 그걸 명심해야지."

"숙녀 따위 난 싫어! 머리 올린 것 때문에 숙녀가 돼야 한다면 스무 살까지 머리를 양 갈래로 땋아 늘어뜨릴래."

머리에 썼던 그물 레이스를 벗어 던진 조가 밤색 머리털을 마구 흔들어 흐트러뜨리며 소리쳤다.

"난 나이가 차서 미스 마치라고 불리는 것도 싫고, 기다란 드레스를 입는 것도 싫어. 그리고 사람들 앞에서 일부러 얌전한 척하는 것도 싫어. 노는 거든 일하는 거든 남자들 생활 방식을 좋아하는 내가 여자로 태어났다는 건 정말 끔찍한 일이야. 내가 남자가 아니라는 게 참을 수 없어. 게다가 지금은 내가 남자가 아니라는 사실이 더 원망스러워. 마음은 온통 아빠와 함께 전쟁터에 나가 싸우고 싶은 생각뿐인데 집구석에 틀어박혀 할머니처럼 뜨개질이나 해야 하다니."

조가 들고 있던 푸른색 군인 양말을 하도 흔들어대는 바람에 뜨개바늘이 캐스터네츠 같은 소리를 내었고, 양말에 끼워두었던 공이 방을 가로질러 또르르 굴러갔다.

"가엾은 조 언니, 안됐지만 어쩔 도리가 없잖아! 이름을 남자처럼 짓고 우리한테 오빠 노릇 하는 걸로 만족하는 수밖에."

베스가 이 세상의 모든 설거지와 청소를 도맡아 한다 해도 결코 거칠어지지 않을 듯한 손길로 조의 거친 머리를 쓰다듬으며 말했다.

"그리고 에이미 너, 넌 지나치게 까다롭고 새침한 게 문제야. 지금이야 잘난 척해도 귀엽게 봐주지만, 이대로 자라났다가는 잘난 척밖에 할 줄 모르는 얼간이가 될 거야. 고상한 척하지 않을 때는 네 세련된 행동거지나 우아한 말씨가 마음에 들지만, 네 그 우스꽝스러운 말버릇은 조의 거친 말투만큼이나 좋지 않아."

메그가 계속해서 잔소리를 해댔다.

"조 언닌 선머슴이고 에이미는 얼간이라면 난 뭐야, 언니?"

설교 들을 각오가 되어 있다는 태도로 베스가 물었다.

"그야, 넌 귀염둥이지."

메그가 정감 어린 목소리로 대답했다. 가족들 사이에서 '귀여운 생쥐'로 통하는 베스인지라 아무도 그 말에 토를 달지 않았다.

어린 독자들은 '등장인물들이 어떻게 생겼을지' 궁금할 테니 여기서 잠시 저녁 어스름 속에서 뜨개질을 하며 앉아 있는 네 자매의 모습을 살펴보자. 밖에는 12월의 눈이 소리 없이 내리고, 집 안에서는 난롯불이 타닥거리는 소리를 내며 기분 좋게 타고 있다. 양탄자는 색이 바랬고 가구들은 매우 소박하지만 사람의 손때가 느껴지는 쾌적한 방이다. 벽에는 한두 개의 좋은 그림이 걸려 있고 벽을 파서 만든 책장에는 책들이 가득하다. 창가에는 국화와 크리스마스 장미가 활짝 피어 있고, 평화로운 분위기가 방 안 가득 감돌고 있다.

네 자매 중 제일 맏이인 마거릿은 열여섯 살로 통통한 몸매와 투명한 피부, 커다란 두 눈, 숱이 많으면서도 부드러운 갈색 머리, 앙증맞은 입, 하얀 두 손을 지닌, 허영기가 조금 있는 상당한 미인이다. 열다섯 살인 조는 아주 큰 키와 마른 몸매, 가무잡잡한 피부에 기다란 팔다리를 어떻게 해야 할지 몰라 쩔쩔매는 모습이 꼭 망아지를 연상시킨다. 꽉 다문 입매와 우스꽝스럽게 생긴 코, 그리고 모든 것을 꿰뚫어 볼 듯한 날카로운 회색 눈에는 열정과 장난기, 진지함이 서려 있다. 길고 탐스러운 머리는 그녀의 용모 가운데 유일하게 아름다워 보이는 부분이지만, 그녀답지 않게 늘 단정하게 그물 레이스에 말아 넣고 있다. 둥근 어깨와 큼지막한 손발, 헐렁한 옷차림에 어딘지 불안해 보이는 표정을 짓고 있는 조는 본인이 싫어해도 어쩔 수 없이 앳된 소녀티를 벗고 어느새 어엿한 여인으로 성장하고 있었다. 사람들 사이에서 보통 베스라고 불리는 엘리자베스는 장밋빛 피부와 부드러운 머릿결, 반짝이는 눈망울, 조용한 말씨, 흐트러지는 일이 거의 없는 평화로운 표정에 수줍음을 많이 타는 열세 살 소녀다. 네 자매의 아버지는 이런 베스를 가리켜 '작은 평온'이라고 불렀는데, 그녀에게 딱 맞는 별명이었다. 베스는 자신이 신뢰하고 사랑하는 사람들을 만날 일이 있을 때만 간혹 외출할 뿐, 대부분의 시간을 자기만의 행복한 세계 속에서 살고 있었기 때문이다. 에이미는 나이는 제일 어리지만 가장 중요한 인물이었다. 적어도 스스로 생각하기에는 그랬다. 푸른 눈과 어깨 위에서 물결치는 금발, 투명한 피부, 날씬한 몸매가 돋보이는 에이미는 전형적인 백설공주형 소녀로 자기가 무슨 아가씨나 되는 것처럼 늘 몸가짐에 신경을 쏟았다. 네 자매의 성격에 대해서는 앞으로 천천히 살펴보기로 하자.

괘종시계가 여섯 시를 알리자 베스가 난롯불을 돋우더니 실내화를 따뜻하게 덥히기 위해 난로 옆에 내려놓았다. 낡은 실내화를 내려다보는 네 자매의 표정이 환하게 밝아졌다. 어머니가 돌아올 시간이 되었던 것이다. 다들 어머니를 맞을 준비를 하기 위해 분주하게 움직였다. 메그는 설교를 끝내고 램프를 켰다. 에이미는 누가 시키지도 않았는데 안락의자에서 일어났고, 조는 피곤도 잊은 채 실내화를 불 곁으로 좀 더 가까이 가져가기 위해 몸을 일으켰다.

"실내화가 너무 낡았어. 엄마께 새걸 사드려야겠어."

"그러잖아도 내 돈으로 사드릴 생각을 하고 있었어."

베스가 말했다.

"안 돼! 내가 사드릴 거야."

에이미가 소리쳤다.

"난 맏딸이야……."

메그가 말을 채 마치기도 전에 조가 심각한 어조로 중간에 끼어들었다.

"아빠가 안 계신 지금은 내가 이 집안의 남자야. 그러니까 내가 사드려야 해. 아빠가 떠나시면서 엄마를 잘 부탁한다고 말씀하셨거든."

"내게 좋은 생각이 있어. 우리 걸 사는 대신 각자 엄마께 크리스마스 선물을 하는 거야."

베스가 말했다.

"역시 베스다워! 뭘 사드리면 좋을까?"

조의 탄성에 이어 한동안 다들 심각한 고민에 빠졌다. 잠시 후 메그가 자신의 예쁜 손을 보고 생각났다는 듯 의견을 내놓았다.

"난 예쁜 장갑을 사드릴 거야."

"군인용 실내화가 최고야."

조가 소리쳤다.

"난 가장자리를 장식한 손수건을 선물해드릴래."

베스가 말했다.

"난 조그만 병에 담긴 화장수를 사 드릴 거야. 엄마가 좋아하시거든. 그리고 돈도 별로 들지 않으니까 남은 돈으로 내게 필요한 걸 살 수도 있고."

에이미가 거들었다.

"그런데 어떻게 드리는 게 좋을까?"

메그가 물었다.

"선물들을 탁자 위에 올려놓고는 엄마를 모시고 와서 포장을 풀어보시게 하는 거야. 왜, 우리 생일 때도 늘 그랬잖아."

조가 대답했다.

"내 차례가 돼서 머리에 화관을 쓰고 커다란 의자에 앉아 있는 그 시간이 얼마나 겁이 났는지. 그러고 있으면 언니들과 에이미가 내 주변을 돌다가 키스를 하면서 선물을 줬잖아. 선물과 키스 세례는 좋았지만 포장지를 푸는 동안 앉아서 나를 물끄러미 바라보는 시선들은 너무 무서웠어."

베스가 차와 함께 먹을 빵을 먹음직스럽게 구우며 말했다. 불가에 있는 그녀의 얼굴도 빵처럼 보기 좋게 달아올랐다.

"엄마한테는 우리 걸 사러 나가는 척했다가 나중에 놀라게 해드리자. 그러려면 내일 오후에는 선물을 사러 나가야 해, 메그 언니. 크리스마스 날 밤에 할 연극 때문에 준비할 게 너무 많거든."

조가 고개를 꼿꼿이 쳐들고 뒷짐을 진 채 방 안을 왔다 갔다 하며 말했다.

"이번 연극이 끝나면 다음부터는 연극 같은 건 하지 않겠어. 그런 놀이를 하기에는 내 나이가 너무 많아."

지금까지는 아이처럼 연극 놀이를 좋아했던 메그가 말했다.

"머리를 풀어 내린 채 바닥까지 질질 끌리는 하얀 드레스를 입고 금색 종이로 만든 보석으로 치장할 수 있는 한 언니는 연극을 못 그만둘걸. 언닌 우리 중에서 가장 뛰어난 배우야. 그런 언니가 연극을 그만둔다면 모든 게 끝장이란 말이야."

조가 말했다.

"오늘 밤 최종 연습을 해야 돼. 에이미, 이리 와서 기절하는 장면 좀 연기해봐. 그 장면에서 부지깽이처럼 그렇게 뻣뻣하게 하면 안 된단 말이야."

"나도 어쩔 수가 없어. 기절하는 걸 봤어야 말이지. 그리고 언니처럼 넘어져서 온몸이 멍투성이가 되고 싶은 마음도 없어. 그렇게 넘어졌다가는 다치고 말 거야. 그럴 순 없으니까 차라리 의자 위에 넘어질래. 그 편이 훨씬 우아해 보일 거야. 휴고가 권총을 빼들고 나한테 달려오건 말건 난 관심 없어."

에이미가 대꾸했다. 에이미는 연극 쪽에는 재능이 없지만 체구가 작아서 작품의 주인공 옆에서 비명을 질러대는 역에 안성맞춤이라 발탁됐던 것이다.

"이렇게 해봐. 그래, 이렇게 두 손을 움켜잡고 비틀거리며 방을 가로질러 가란 말이야. 그러면서 '로드리고, 살려줘요! 살려줘요!'라며 미친 듯이 울부짖는 거야."

조가 정말 겁에 질린 듯한 목소리로 비명을 지르며 방 저편으로 사라졌다.

에이미가 조의 동작을 흉내 냈지만, 두 손을 앞으로 쳐든 채 마치 기계를 향해 다가가는 사람처럼 뻣뻣한 자세는 여전했다. 그러면서 "오!" 하는 소리를 내질렀는데, 공포와 고통에 사로잡힌 모습이라기보다는 바늘에 찔린 사람 같다는 생각이 들 정도였다. 조는 실망한 나머지 한숨을 내쉬었고 메그는 배꼽을 잡고 웃었다. 베스는 그 광경을 재미있게 지켜보며 빵을 구웠다.

"도대체 나아지지가 않는군! 공연할 때 최선을 다하길 빌어. 그리고 관중들이 야유하더라도 내 탓은 마. 다음은 메그 언니 차례야."

그다음부터는 모든 게 순조롭게 진행되었다. 돈 페드로가 세상에 대한 저주로 가득한 두 페이지짜리 대사를 한 번도 쉬지 않고 거침없이 읊어댔기 때문이다. 마녀 하가는 부글부글 끓어오르는 두꺼비 솥을 노려보며 무시무시한 주문을 외웠다. 로드리고는 몸을 묶고 있던 사슬을 단칼에 동강 냈고, 휴고는 죄책감에 휩싸여 비소를 마시고는 "하! 하!" 하고 거칠게 숨을 내쉬며 고통스럽게 죽어갔다.

"지금까지 한 연습 중에 이번이 제일 훌륭했어."

죽었던 악한이 일어나 앉아 팔꿈치를 문지르는 걸 지켜보며 메그가 말했다.

"어쩜 이렇게 멋진 작품들을 쓰고 연기할 수 있는지 너무 놀라워, 조 언니. 꼭 셰익스피어 같아!"

자매들 모두가 천재적인 재능을 타고났다고 굳게 믿는 베스가 감격 어린 목소리로 말했다.

"그렇지도 않아."

조가 겸손하게 대꾸했다.

"「오페라풍 비극, 마녀의 저주」는 그럭저럭 괜찮다고 생각해. 하지만 뱅쿼(셰익스피어의 『맥베스』에 나오는 인물. 유령이 되어 맥베스를 괴롭힘 : 옮긴이)가 드나들 함정 문만 있었다면 맥베스에 도전해 보고 싶었어. 난 늘 맥베스가 왕을 살해하는 장면을 연기해 보고 싶었거든. '아니, 저건 단검이 아니냐?'"

조가 언젠가 보았던 유명한 비극 배우처럼 허공에 시선을 둔 채 눈알을 굴리며 중얼거렸다.

"안 돼. 그건 토스트 굽는 포크잖아. 빵을 집는 걸로 신발을 집으면 어떡해? 베스가 이 연극에 푹 빠졌나 봐!"

메그가 울상을 지으며 소리쳤다. 이렇게 해서 연습은 한바탕 웃음소리와 함께 끝이 났다.

"너희들이 그렇게 즐거워하는 모습을 보니 엄마도 기분이 좋구나."

문 쪽에서 명랑한 목소리가 들려오자 배우와 관객들은 모두 일어서서 당당한 풍채에 보는 이로 하여금 절로 미소 짓게 만드는 온화한 표정의 부인을 반갑게 맞이했다. 부인은 용모가 특별히 뛰어나지는 않았지만, 자식들 눈에는 자기 어머니가 아름다워 보이기 마련이다. 네 자매도 잿빛 외투 차림에 유행이 지난 보닛을 쓴 엄마가 세상에서 제일 근사하다고 생각했다.

"얘들아, 오늘 하루도 잘 지냈겠지? 엄마는 일이 너무 많았단다. 내일 보낼 상자들을 포장하느라 점심때도 집에 오지 못했구나. 누구 다녀간 사람은 없었니, 베스? 메그, 감기는 좀 나았니? 조, 넌 너무 피곤해 보이는구나. 내 아가, 와서 엄마한테 키스해 다오."

마치 부인은 어머니다운 질문을 하면서 젖은 옷들을 벗고 따뜻한 실내화로 갈아 신은 뒤, 안락의자에 앉아 에이미를 끌어당겨 무릎에 앉혔다. 이제 마치 부인에게는 바쁜 하루 일과 중 가장 행복한 시간을 즐기는 일만 남아 있었다. 자매들은 엄마를 편안하게 해드리기 위해 각자 분주하게 움직였다. 메그는 차탁 위를 정돈했고, 조는 장작과 의자들을 날라 왔다. 하지만 손대는 것마다 떨어뜨리거나, 엎지르거나, 요란한 소리를 냈다. 베스는 거실과 부엌 사이를 바쁘게, 그러나 소리 없이 오갔다. 반면 에이미는 팔짱을 끼고 앉은 채 모든 사람에게 지시만 내렸다.

네 자매가 차탁 주위로 모여들자, 마치 부인은 행복에 겨운 얼굴로 말을 꺼냈다.

"저녁을 먹고 나서 너희들이 기뻐할 만한 소식을 알려주마."

순간, 한 줄기 햇살 같은 밝은 미소가 방 안을 가득 메웠다. 베스는 들고 있던 뜨거운 비스킷도 아랑곳하지 않고 손뼉을 쳐댔고, 조는 "편지다! 편지! 아빠를 위해 만세 삼창!"이라고 외치며 냅킨을 공중으로 던져 올렸다.

"그래, 길고 멋진 편지가 왔단다. 아빤 몸 건강히 잘 계신대. 우리가 염려했던 것보다 이 추운 겨울을 잘 견뎌내실 것 같다는구나. 그리고 즐거운 크리스마스가 되기를 바란다는 인사와 함께 너희들한테 특별히 전하시는 말씀이 있어."

마치 부인은 그 안에 무슨 소중한 보물이라도 들어 있는 것처럼 주머니를 톡톡 치며 말했다.

"서둘러, 빨리들 먹자고! 밥 먹으면서까지 그렇게 얌전을 떨어야 되겠니, 에이미?"

조가 한꺼번에 삼킨 차 때문에 숨찬 목소리로 외쳤다. 조는 아빠 소식을 한시라도 빨리 듣기 위해 너무 서두른 나머지 빵과 버터를 양탄자 위에 떨어뜨리기까지 했다.

베스는 수저를 내려놓고 살그머니 빠져나갔다. 그러고는 다른 사람들이 준비될 때까지 늘 앉던 그늘진 구석 자리에 앉아 곧 알게 될 기쁜 소식이 무엇일지 골똘히 생각했다.

"아빠가 나이도 많고 체력도 달려서 일반 병사로는 지원할 수 없게 되니까 종군 목사로 가기로 하신 건 참 잘하신 일인 것 같아."

메그가 흥분된 목소리로 말했다.

"북 치는 사람으로든 간호사로든 나도 전쟁터에 나갈 수 있으면 얼마나 좋을까? 그럼 곁에서 아빠를 도와드릴 수 있을 텐데."

조가 불만스럽다는 듯이 말했다.

"막사에서 자고 맛없는 음식들만 먹고 양철 컵으로 마신다는 건 정말 끔찍한 일일 거야."

에이미가 한숨을 내쉬며 말했다.

"엄마, 아빤 언제쯤 돌아오시나요?"

베스가 약간 떨리는 목소리로 물었다.

"몸이 편찮으시면 모를까, 그렇지 않은 이상 여러 달 동안 못 오실 거야. 아빤 자신의 능력이 닿는 데까지 전장에 계시면서 직분에 충실하실 분이라는 거 너희들도 잘 알잖니. 우리 모두 아빠가 임기를 끝내고 무사히 돌아오실 때까지 보채지 말고 기다리자. 자, 이리 와서 편지에 무슨 말씀을 하셨는지 들어보렴."

어머니와 네 자매는 모두 난롯가로 모여들었다. 어머니는 커다란 의자에 앉았고 베스는 어머니 발치에, 메그와 에이미는 의자 팔걸이 양옆에 기대앉았다. 그리고 조는 편지 내용 중에 가슴 뭉클한 얘기가 튀어나온다 해도 아무도 자신의 감정 변화를 눈치채지 못하도록 의자 등받이 쪽으로 가서 기댔다. 이 힘든 시절에 감동적이지 않은 편지는 거의 없었다. 아버지들이 집으로 보내는 편지는 특히 더 그랬다. 네 자매의 아버지가 보낸 편지에는 곤궁함이나 위험, 향수병에 대한 얘기는 거의 없었다. 대신 병영 생활과 행군, 군대 소식을 생생하면서도 희망차게 전하고 있었다. 하지만 마지막 부분에는 집에 두고 온 딸들에 대한 숨길 수 없는 사랑과 그리움이 짙게 배어 있었다.

"우리 아이들 모두에게 나의 사랑과 키스를 보내오. 낮에는 그 애들을 생각하고 밤에는 그 애들을 위해 기도하면서 언제나 그 애들의 사랑 속에서 안정을 찾고 있다고 전해 주시오. 그 애들을 다시 만나게 될 때까지 기다려야 하는 1년이란 세월이 내겐 너무 긴 것 같소. 하지만 우리가 서로 떨어져 있는 동안 다들 열심히 노력해서 이 힘든 시간들이 헛되게 되지 않기를 바란다고 전해 주시오. 난 우리 아이들이 내가 한 말을 기억하리라는 걸 잘 알고 있소. 엄마의 착한 딸들이 되고, 자기 책임을 성실히 실천하고, 내부의 적과 용감하게 맞서고, 내면을 아름답게 가꾸어서 내가 그 애들을 다시 만날 때는 우리 작은 아씨들에 대해 더 큰 애정과 자부심을 갖게 되기를 진심으로 바란다고 전해 주시오."

이 대목에 이르러서는 다들 숙연해졌다. 조는 창피한 것도 잊고 눈물을 뚝뚝 떨어뜨렸고, 에이미는 머리가 헝클어지거나 말거나 엄마 품에 얼굴을 묻은 채 흐느끼며 이렇게 말했다.

"내가 자기만 아는 욕심꾸러기라는 거 알아요! 하지만 착한 아이가 되기 위해 정말 열심히 노력할 거예요. 그래서 아빠를 실망시켜드리지 않겠어요."

"우리 모두 착한 딸들이 되자. 난 외모에만 신경 쓰면서 일하는 걸 싫어했어요. 하지만 앞으론 그러지 않을게요."

메그가 소리쳤다.

"나도 아빠가 우리에게 붙여준 '작은 아씨'라는 이름에 걸맞은 사람이 되도록 노력할게요. 그동안 너무 말괄량이처럼 굴었어요.

하지만 이제부터는 다른 곳에 가고 싶다는 생각은 털어버리고 여기 있으면서 내게 맡겨진 일을 충실히 하겠어요."

조가 말했다. 그러면서도 속으로는 전쟁터에 나가 남부군과 맞닥뜨리는 것보다 집에서 성질을 죽이고 지내는 게 훨씬 더 어려운 일이라고 생각했다.

베스는 아무 말도 하지 않았다. 그러나 푸른색 군인 양말로 눈물을 훔치고는, 제일 가까이 있는 일감인 뜨개질에 온 정성을 기울이면서 아버지가 집에 돌아오실 때쯤에는 아버지가 원하는 사람이 되어 있겠다고 결심했다.

조의 뒤를 이어 마치 부인이 쾌활한 목소리로 침묵을 깼다.

"너희가 아주 어렸을 때 천로 역정 놀이를 했던 거 기억나지? 왜, 짐 대신 내 손가방을 등에 메고는 모자와 막대기, 두루마리 휴지를 챙긴 다음 너희들이 파멸의 도시라고 부르는 지하실에서 출발해 하늘의 도시를 만든다며 온갖 예쁜 물건들을 날라다 놓은 지붕 꼭대기까지 올라가는 걸 제일 좋아했잖니."

"정말 재밌었어요. 사자들 옆을 지날 때와 마왕과 싸울 때, 도깨비들이 사는 골짜기를 통과할 때는 특히 더 신났죠."

조가 말했다.

"난 짐들이 요란한 소리를 내며 밑으로 떨어져 내리는 장면이 좋았어요."

메그가 말했다.

"난 꽃과 나무, 예쁜 물건들이 있는 지붕 위에 도착한 다음 다들 선 채로 햇볕을 받으며 기쁨에 겨워 노래를 부를 때가 제일 좋았어요."

그 행복했던 시절이 다시 돌아오기라도 한 듯 베스가 미소를 지으며 말했다.

"난 지하실과 그 시커먼 입구가 무서웠다는 것하고 지붕 위에 차려져 있던 케이크와 우유를 좋아했다는 것 말고는 별로 기억이 나지 않아요. 그런 놀이를 하기에 너무 나이가 많은 것만 아니라면 다시 한번 해보고 싶어요."

이제 열두 살이 됐으니 어린애처럼 유치한 행동은 더 이상 하지 않겠다는 말을 입버릇처럼 하는 에이미가 말했다.

"나이가 너무 많아서 그런 놀이를 못 하는 일은 절대 없단다, 에이미. 왠지 아니? 형태는 다르겠지만 살아가면서 우린 늘 천로역정 놀이를 하고 있는 셈이기 때문이지. 우리의 짐은 여기에 있고, 우리가 가야 할 길은 우리 앞에 놓여 있단다. 그리고 선의와 행복에 대한 갈망은 수많은 역경과 실수를 헤치고 진정한 하늘의 도시인 평화로 향하도록 인도하는 길잡이란다. 자, 어린 순례자 여러분, 이제 놀이가 아니라 진짜 생활 속에서 다시 시작해 보는 게 어떻겠니? 그래서 아버지가 돌아오실 때까지 너희들이 얼마나 멀리 갈 수 있는지 보는 거야."

"정말이에요, 엄마? 그럼, 우리의 짐은 어디 있죠?"

아직 어려서 다른 사람의 말을 곧이곧대로 받아들이는 꼬마 숙녀 에이미가 물었다.

"방금 전에 베스를 빼고 다들 각자의 짐이 뭔지 말했잖니. 아무 말 없는 걸 보니 베스는 짐이 없나 보구나."

어머니가 말했다.

"아니에요, 저도 있어요. 제 짐은 설거지와 청소예요. 그리고 좋은 피아노를 가진 애들을 부러워하고 사람들을 두려워하는 것도 제가 해결해야 할 짐이고요."

베스가 말한 짐이라는 게 너무 엉뚱해서 다들 웃고 싶었지만, 그러면 베스의 마음을 상하게 할까 봐 아무도 웃지 않았다.

"엄마 말씀대로 하자. 우리가 착한 사람이 되려는 건 또 다른 천로 역정 놀이일 뿐이야. 우리가 아무리 착해지고 싶어도 너무 힘들거나 그래야 한다는 걸 잊어버리고 최선을 다하지 않게 될 때마다 천로 역정 이야기가 도움이 될 거야."

메그가 진지하게 말했다.

"오늘 저녁 우린 절망의 수렁에 빠져 있었어. 그렇지만 엄마가 오셔서 『천로 역정』에 나오는 천사처럼 우릴 끌어내주셨어. 우리도 크리스천(『천로 역정』의 주인공 : 옮긴이)처럼 우리의 지도를 가지고 있어야 해. 이 문제를 어떻게 해결한담?"

일상의 따분함을 조금이라도 덜 기회가 생겼다는 생각에 한껏 기분이 좋아진 조가 물었다.

"크리스마스 날 아침에 베개 밑을 보려무나. 거기 너희들을 인도해 줄 안내서가 있을 테니까."

마치 부인이 대답했다.

늙은 해나가 식탁을 치우는 동안 다들 새로운 계획에 대해 얘기하느라 정신이 없었다. 그러고 나서 네 자매는 네 개의 조그만 반짇고리를 꺼내 왔다. 마치 대고모에게 침대보를 만들어드리기 위해서였다. 네 자매의 분주한 손놀림이 시작되면서 바늘들이 새처럼 공중을 날아다녔다. 바느질은 따분하기 짝이 없는 일이었지만, 오늘 밤만큼은 아무도 불평하지 않았다. 조의 의견에 따라 네 자매는 길게 이은 천을 네 구역으로 나눠 각각 유럽, 아시아, 아프리카, 미국이라는 명칭을 붙인 다음 바느질을 해나가면서 그 나라들에 대해 아는 이야기들을 서로 주고받았다.

아홉 시가 되자 일을 마무리한 네 자매는 평소 자기 전에 하던 대로 노래를 불렀다. 베스 말고는 낡은 피아노를 제대로 연주할 수 있는 사람이 아무도 없었다. 베스는 누렇게 변한 건반을 살짝살짝 누르면서 온 가족이 부르는 간단한 노래에 맞춰 훌륭하게 반주를 해냈다. 꾀꼬리 같은 목소리를 가진 메그가 어머니와 함께 작은 합창단을 이끌었다. 에이미는 새된 목소리로 짹짹거렸고, 조는 곡조에 상관없이 음정을 넘나들며 자기 마음 내키는 대로 소리를 내질렀다. 이런 식으로 조는 멜로디를 엉뚱하게 만들어버리거나 불안정하게 떨리는 목소리로 감미로운 곡을 망치기 일쑤였다. 네 자매가 말을 배우기 시작했을 때부터 늘 노래를 불러온 터라, 이제는 노래를 부르는 게 집안의 전통으로 자리 잡게 되었다.

"반짝, 반짝, 작은 별……."

이는 어머니의 타고난 노래 솜씨 덕분이기도 했다. 아침에 일어나 맨 처음 듣게 되는 소리도 집 안 여기저기를 돌아다니며 종달새처럼 노래하는 어머니의 목소리였고, 잠자리에서 마지막으로 듣게 되는 소리도 어머니의 밝은 목소리였다. 그 때문인지 네 자매는 나이가 든 지금도 귀에 익은 어머니의 자장가를 들으며 잠을 청했다.

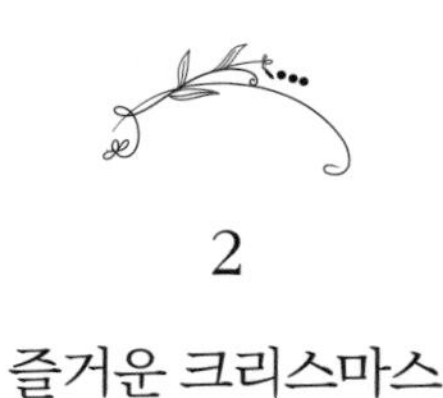

2
즐거운 크리스마스

크리스마스 날 아침이 왔다. 아직 어두컴컴한 새벽, 조가 제일 먼저 일어났다. 난로 옆을 살펴봤지만 걸려 있는 양말이 하나도 없었다. 그 때문에 조는 잠시 동안이긴 했지만, 오래전 자기가 걸어둔 작은 양말이 그 안에 쑤셔 넣은 선물의 무게 때문에 바닥에 떨어져 눈에 보이지 않았을 때만큼이나 큰 실망을 느꼈다. 그러나 잠시 후 엄마가 한 약속을 기억해내고는 베개 밑에 손을 넣어 진홍색 표지의 조그만 책을 꺼냈다. 조는 그 책을 아주 잘 알고 있었다. 그 책에는 가장 훌륭한 삶을 아름답게 그려낸 옛날이야기가 담겨 있었다. 조는 그 책이야말로 먼 여행을 떠나는 순례자들을 위한 진정한 안내서라고 생각했다. 조는 메그를 깨워 성탄 인사를 건넨 뒤 베개 밑에 뭐가 있는지 보라고 했다. 메그의 베개 밑에서도 표지가 녹색인 것만 다를 뿐, 똑같은 그림이 그려져 있고 어머니가 쓴 글귀가 적혀 있는 책이 나왔다. 어머니가 직접 쓴 글귀 때문인지 두 사람에게는 선물이 아주 소중하게 느껴졌다. 곧이어 베스와 에이미도 잠에서 깨어나 각기 비둘기색과 파란색 표지의 책을 찾아냈다. 다들 일어나 앉아서 책을 들여다보며 이야기하는 동안, 동녘 하늘이 장밋빛으로 물들며 날이 밝아왔다.

마거릿은 약간 허영기가 있긴 하지만 천성이 착하고 성실해서 자기도 모르는 사이에 동생들에게 좋은 영향을 끼쳤다. 그중에서도 메그를 무척 좋아하는 조는 언니의 말이라면 군말 없이 따랐다. 그건 메그가 충고를 해도 상대방의 감정을 다치지 않도록 부드러운 말로 설득했기 때문이다.

"얘들아, 엄마는 우리가 이 책을 읽고 그 안에 있는 내용 하나 하나를 모두 마음에 새겨두길 바라셔. 그러니까 지금 당장 시작하자. 전에는 우리가 성실하게 생활했지만, 아빠도 안 계시고 전쟁 때문에 모든 게 불안해지면서 많은 일들을 소홀히 했어. 너희들은 각자 원하는 대로 해. 하지만 난 내 책을 여기 이 책상 위에 두고서 매일 아침 눈을 뜨자마자 조금씩 읽을 생각이야. 그러면 내게 도움이 될 뿐만 아니라 하루를 무사히 지내는 데도 힘이 될 것 같거든."

메그가 머리를 헝클어뜨린 채 자기 옆에 앉아 있는 조와 나이트캡을 쓴 채 건너편에 앉아 있는 나머지 두 동생을 바라보며 심각하게 말했다. 그러고는 책을 펴들고 읽기 시작했다. 곧이어 조도 언니의 어깨에 팔을 두르고 뺨을 비비고는 평소의 들뜬 얼굴에서는 거의 찾아볼 수 없는 진지한 표정으로 책을 읽었다.

"메그 언니는 정말 생각이 깊어! 에이미, 이리 와서 우리도 같이 읽자. 어려운 단어는 내가 도와줄게. 우리가 이해가 안 되는 부분은 언니들이 설명해 줄 거야."

예쁜 책과 언니들의 행동에 깊이 감명받은 베스가 속삭였다.

"난 내 책 표지가 파란색인 게 마음에 들어."

에이미의 말을 끝으로 책장을 넘기는 소리만 들릴 뿐, 방 안은 금세 조용해졌다. 그사이 겨울 햇살이 살그머니 들어와 밝게 빛나는 머리와 심각한 표정의 얼굴들을 가만히 어루만지며 크리스마스 인사를 건넸다.

"엄마는?"

30분 뒤 선물에 대해 감사 인사를 드리기 위해 조와 함께 아래층으로 뛰어 내려온 메그가 물었다.

"저도 잘 모르겠어요. 어떤 불쌍한 사람이 찾아와서 도와달라고 해서 뭐가 필요한지 알아보신다며 나가셨어요. 음식이며, 옷이며, 약이며, 뭐든지 남한테 아낌없이 나눠주는 분은 아마 마님밖에 없을 거예요."

메그가 태어난 후부터 줄곧 이 집에 살아서 하녀라기보다 친구처럼 지내는 해나가 대답했다.

"엄마가 곧 돌아오실 것 같으니까 케이크를 굽고, 서둘러 준비하자."

적당한 때 꺼내기 위해 바구니에 담아 소파 밑에 넣어둔 선물들을 살피며 메그가 말했다.

"어, 에이미가 산 화장수 병은 어디 갔지?"

조그만 병이 보이지 않자 메그가 물었다.

"방금 전에 리본을 매니 어쩌니 하면서 꺼내 갔어."

조가 새 신발의 딱딱한 느낌을 없애려고 엄마를 위해 산 군인용 실내화를 신고 방 안을 돌아다니며 대답했다.

"이 손수건들 너무 멋지지 않아? 해나 아주머니가 깨끗이 빨아서 다려줬어. 그렇지만 여기 글자들은 내가 직접 수놓은 거야."

베스가 손수건들을 자랑스럽게 바라보며 말했다. 글자들이 약간 비뚤비뚤하긴 했지만 거기에는 베스의 땀과 정성이 가득 담겨 있었다.

"어휴, 이 바보야! 수를 놓으려면 'M. 마치'라고 해야지 '엄마'라고 하면 어떡해. 정말 웃긴다, 너!"

조가 그중 하나를 집어 들며 소리쳤다.

"이상해? 그래도 내 딴에는 고민해서 이렇게 한 건데. 메그 언니 머리글자도 'M. M'이잖아. 엄마 외에 다른 사람이 이걸 쓰는 건 싫거든."

베스가 울상이 돼서 말했다.

"괜찮아, 아주아주 예쁘고 사려 깊은 생각이야. 이제 아무도 실수하지 않을 거야. 그리고 엄마도 무척 기뻐하실 테고."

메그가 조를 노려본 후 베스에게 미소를 지어 보이며 말했다.

“엄마가 오신다. 바구니 숨겨, 빨리!”

문이 닫히는 소리와 함께 집 안으로 걸어 들어오는 발걸음 소리가 들리자 조가 외쳤다.

그러나 그 소리의 주인공은 에이미였다. 에이미는 서둘러 들어오다가 언니들이 모두 자기를 쳐다보고 있는 걸 보고는 당황한 듯한 표정을 지었다.

“너 어디 갔다 오는 거니? 그리고 등 뒤에 감춘 건 뭐야?”

평소 게으른 에이미가 외투까지 차려입고 그렇게 일찍 밖에 나갔다 왔다는 사실에 적잖이 놀란 메그가 물었다.

“비웃지 마, 조 언니. 때가 될 때까지 아무한테도 알리고 싶지 않았어. 작은 병을 큰 병으로 바꿔 왔어. 그러느라 내 돈을 모두 썼지만. 이제부터는 이기적인 애가 되지 않기 위해 정말 노력할 거야.”

이 말을 하면서 에이미는 고급스러워 보이는 병을 내밀었다. 자기를 억제하기 위해 애쓰는 그 모습이 어찌나 진지하고 겸손한지 메그는 에이미를 꼭 끌어안았다. 조는 그런 에이미에게 “훌륭하다”고 칭찬해 주었고, 베스는 창가로 달려가 제일 탐스러운 장미를 꺾어 와서는 에이미가 사 온 우아한 병을 장식했다.

“오늘 아침에 책을 읽으면서 착해지자는 얘기를 하고 나니까 내 선물이 부끄럽게 느껴졌어. 그래서 일어나자마자 가게로 달려가서 병을 바꿔 온 거야. 난 지금 너무너무 기분이 좋아. 이젠 내 선물이 제일 근사하니까.”

또다시 현관문이 닫히는 소리가 들리자 네 자매는 바구니를 소파 밑에 감춘 뒤 식탁에 둘러앉아 아침 식사가 나오기를 기다렸다.

"메리 크리스마스, 엄마! 책 선물 정말 고마워요. 벌써 조금 읽었어요. 그리고 매일 읽기로 했어요."

네 자매는 합창하듯 큰 소리로 말했다.

"메리 크리스마스, 얘들아! 벌써 시작했다니 엄마도 기쁘구나. 계속해서 꾸준히 읽기를 바란다. 하지만 식사를 하기 전에 너희들에게 할 말이 있단다. 우리 집에서 그리 멀지 않은 곳에 이제 막 아기를 낳은 불쌍한 여자가 살고 있지 뭐니. 지금 그 집에 갔다 오는 길인데 난로가 없어서 여섯이나 되는 아이들이 추위를 피하기 위해 침대 하나에 모여 웅크리고 있더구나. 게다가 먹을 것도 없고. 굶주림과 추위에 견디다 못한 그 집 큰애가 와서 사정 얘기를 하더구나. 얘들아, 우리 아침 식사를 그 집 아이들한테 크리스마스 선물로 주는 게 어떻겠니?"

거의 한 시간 동안이나 기다리느라 네 자매 모두 몹시 배가 고픈 상태였다. 한동안 침묵이 흐른 후 조가 불쑥 말을 꺼냈다.

"우리가 아침을 먹기 전에 엄마가 오셔서 정말 기뻐요."

"저도 그 불쌍한 애들한테 먹을 걸 갖다주는 일을 도우면 안 될까요?"

베스가 진지하게 물었다.

"난 크림과 머핀을 갖다줄게요."

"굶주림과 추위에 견디다 못한 그 집 큰애가 와서 사정 얘기를 하더구나.
얘들아, 우리 아침 식사를 그 집 아이들한테 크리스마스 선물로 주는 게 어떻겠니?"

에이미도 큰맘 먹고 가장 좋아하는 음식들을 양보했다. 메그는 벌써 메밀 팬케이크와 빵을 커다란 접시에 담고 있었다.

"너희들이 이렇게 나올 줄 알았다. 자, 모두들 엄마를 도와다오. 이것들을 그 집에 갖다주고 나서 우린 빵과 우유를 아침으로 먹자. 그리고 저녁 식사 때 잘 먹도록 하자꾸나."

딸들의 행동에 흡족한 미소를 지으며 마치 부인이 말했다.

곧이어 준비를 끝낸 네 자매와 어머니는 집을 나섰다. 이른 시간이라 거리가 한적했지만 네 자매와 어머니는 사람들의 눈을 피해 뒷골목을 택했다. 다행히 이 괴상한 행렬을 보고 비웃는 사람은 아무도 없었다.

그곳에 도착해 보니, 창문은 깨지고 불기라곤 전혀 없는 데다 낡을 대로 낡은 침대보만 달랑 있는 비참하기 짝이 없는 방이었다. 산모는 병색이 짙었고 갓 태어난 아기는 울며 보챘으며, 굶주림에 지친 아이들은 조금이라도 추위를 덜기 위해 다 떨어진 이불 밑에서 웅크리고 있었다.

자매들이 들어서자 아이들은 눈을 동그랗게 뜨면서 추위로 새파래진 입술에 미소를 머금었다.

"오, 하나님! 착한 천사들이 우리 집에 찾아오셨군요!"

불쌍한 여인이 기쁨에 겨워 소리쳤다.

"두건에 손모아장갑을 낀 웃기는 천사들 행차요."

조의 말에 모두들 웃음을 터뜨렸다.

잠시 후 방 안은 마치 착한 요정들이 요술을 부린 듯했다. 해나는 집에서 가져온 장작으로 불을 피운 뒤 혹시나 해서 챙겨 온 낡은 모자와 어깨에 걸치고 있던 숄로 깨진 유리창을 막았다. 마치 부인은 산모에게 차와 죽을 건넨 후 앞으로도 계속 도와줄 테니 염려 말라며 안심시켰다. 그러고는 자신의 아이를 대할 때처럼 정성스러운 손길로 아기에게 옷을 입혔다. 그사이 자매들은 가져온 것들을 식탁에 펼쳐 놓고 아이들을 난롯가로 불러 굶주린 새들에게 모이를 주듯 음식을 먹였다. 그리고 아이들과 함께 웃고 떠들면서 알아듣기 힘든 영어를 이해하려 애썼다.

"정말 맛있다!"

"작은 천사들 같아!"

불쌍한 아이들은 밥을 먹는 사이사이 추위에 곱은 손을 난롯불에 녹이며 소리쳤다.

지금까지 한 번도 어린 천사들 같다는 얘기를 들어본 적이 없는 자매들은 그 말에 몹시 기분이 좋아졌다. 세상에 태어난 이후로 줄곧 '산초(『돈키호테』에 나오는 주인공의 하인으로 상식이 풍부한 속물의 표본 : 옮긴이)' 취급을 받아온 조는 특히 더 그랬다. 비록 아무것도 먹진 못했지만 자매들에게는 아주 행복한 아침 식사 시간이었다. 그들은 위로의 말을 남기고 그 집을 나섰다. 크리스마스날 아침 자기들 몫은 남한테 줘버리고 빵과 우유만으로도 만족하는 이들 자매보다 더 기분 좋은 사람은 도시 전체를 통틀어 아무도 없었으리라.

"우리 자신보다 이웃을 더 사랑한다는 건 좋은 일인 것 같아!"

어머니가 2층에서 불쌍한 훔멜 씨네 가족을 위해 옷가지들을 챙기는 동안 어머니에게 드릴 선물들을 꺼내 놓으면서 메그가 말했다.

그렇게 화려한 포장은 아니었지만, 조그만 꾸러미들 안에는 사랑이 가득 담겨 있었다. 빨간 장미와 흰 국화, 긴 덩굴을 꽂은 키 큰 꽃병이 탁자 한가운데서 우아한 분위기를 연출해 주었다.

"엄마가 오신다! 베스는 어서 피아노를 연주하고 에이미는 문을 열어. 엄마를 위해 만세 삼창!"

메그가 어머니를 모시러 나간 사이 조가 분주하게 방 안을 왔다 갔다 하며 소리쳤다.

베스는 자기가 아는 노래들 중 제일 신나는 행진곡을 연주했고, 에이미는 문을 열었다. 그와 동시에 메그가 어머니를 모시고 들어왔다. 한편으로는 놀라고 한편으로는 감격한 마치 부인은 눈을 휘둥그렇게 뜬 채 선물들을 풀어보고 동봉된 짧은 편지들을 읽으며 미소를 지었다. 곧이어 어머니의 발에 실내화가 신겨졌고, 새 손수건도 주인을 찾아 주머니에 들어갔다. 에이미가 산 화장수 병에서는 향기가 피어올랐고, 병을 장식했던 장미는 어머니 가슴에 달렸다. 메그가 마련한 멋진 장갑도 어머니 손에 꼭 맞았다.

한동안 웃음소리와 키스, 이야기들이 오갔다. 너무 유쾌하고 달콤해서 이후로도 오래오래 기억될 정겨운 가족 잔치가 끝난 후, 자매들은 각자의 일을 찾아 흩어졌다.

아침부터 자선 행사와 기념식을 치르느라 시간을 너무 많이 빼앗겼기 때문에 그날의 나머지 시간은 저녁 축제 준비에 전부 바쳐야 했다. 극장에 자주 가기에는 아직 나이가 어린 데다 연극 공연에 드는 모든 경비를 충당할 만큼 주머니 사정이 넉넉하지 못했기 때문에, 필요는 발명의 어머니라는 말도 있듯이 자매들은 재치를 발휘해 필요한 건 뭐든 만들어 썼다. 자매들이 만든 소품들 중에는 상당히 뛰어난 것들도 있었다. 마분지로 만든 기타, 유행이 지난 배 모양의 소스 그릇에 은박지를 씌워 만든 고풍스러운 등잔, 낡은 무명에다 피클 공장에서 가져온 금박을 붙인 화려한 가운, 깡통 뚜껑을 딸 때 나오는 다이아몬드 모양의 얇은 금속판을 붙인 갑옷이 그랬다. 가구까지 거꾸로 뒤집어놓자 넓은 거실은 금세 연회장으로 바뀌었다.

남자들은 출연이 허락되지 않았기 때문에 조가 황갈색 가죽 장화 차림으로 남자 역할을 도맡아 했다. 장화는 배우와 사귀는 아가씨를 알고 있는 친구한테서 얻은 것이었다. 이것은 낡은 펜싱 칼과 어떤 화가가 그림을 그릴 때 작업복으로 사용하던 옆을 길게 튼 남자용 웃옷과 함께 조가 가장 아끼는 보물이었는데, 매 장면마다 수시로 등장했다. 배우의 수가 적어서 주인공 두 명도 다른 역으로 겹치기 출연을 해야 했다. 서너 개의 다른 역할을 연기하느라 수염을 뗐다 붙였다 하면서 다양한 의상들을 갈아입는 것 외에도 무대까지 직접 준비하느라 네 자매가 들인 노력은 당연히 칭찬받을 만했다. 이는 훗날의 추억을 위한 탁월한 여가 활용법이었을 뿐만 아니라, 어쩌면 나태하거나 지루하게 흘려보냈을지도 모를 시간들을 나름대로 뜻있게 보내게 해준 방법이었다.

크리스마스 날 밤, 열두 명의 소녀들이 극장의 특등석에 해당하는 침대 위에 모여 앉아 잔뜩 기대에 찬 표정으로 파란색과 노란색 사라사 무명 커튼이 오르기만을 기다리고 있었다. 커튼 뒤에서는 등잔이 뿜어내는 희미한 연기와 함께 옷 스치는 소리와 속삭임, 흥분해서 호들갑을 떠는 에이미의 낄낄거리는 웃음소리가 가끔씩 들려왔다. 곧이어 종이 울리고 커튼이 양옆으로 열리면서 오페라풍의 비극이 시작되었다.

안내 책자에 적힌 대로, 바닥에 녹색 나사 천을 깔고 나무 대신 화분들을 줄지어 세워 만든 '음산한 숲'이 있고 그 너머로 동굴이 보였다. 지붕은 실내용 빨래걸이로, 벽은 침실용 장롱으로 만든 동굴 안에는 조그만 화덕이 벌건 불길을 토해내며 활활 타고 있었고, 늙은 마녀가 그 위에서 끓고 있는 검은 솥을 내려다보고 있었다. 어두운 무대와 화덕의 불꽃이 어우러져 그럴듯한 분위기가 연출되었다. 마녀가 솥 대용의 주전자 뚜껑을 여는 순간 진짜 수증기가 피어올랐을 때는 더욱 그럴듯해 보였다. 최초의 흥분이 가라앉고 곧이어 챙이 늘어진 모자와 검은 턱수염, 그리고 이상한 망토와 장화 차림의 악당 휴고가 옆구리에 찬 칼을 절거덕거리며 등장했다. 과장된 동작으로 무대 이곳저곳을 누비며 걸어 다니던 휴고는 이마를 치며 한바탕 웃음을 터뜨리고 나서 로드리고에 대한 증오와 자라를 향한 사랑, 그리고 로드리고

곧이어 종이 울리고 커튼이 양옆으로 열리면서 오페라풍의 비극이 시작되었다.

를 죽이고 반드시 자라를 차지하고야 말겠다는 결의가 담긴 노래를 불렀다. 감정이 격해질 때면 가끔씩 고함 소리로 바뀌는 휴고의 거친 목소리에 몹시 감동한 관객들은 휴고가 숨을 쉬기 위해 잠시 멈추자 박수갈채를 보냈다. 그러자 휴고는 관객들의 칭찬에 익숙한 태도로 절을 한 후 동굴로 다가가 "하하, 나의 오른팔이여! 난 그대가 필요해"라는 대사를 읊으며 하가에게 밖으로 나오라고 명령했다.

잠시 후 빨간색과 검은색 가운 차림에 지팡이를 들고 부적을 붙인 망토를 걸친 메그가 회색 머리카락을 산발한 채 등장했다. 휴고는 자라의 사랑을 끌어낼 물약과 로드리고를 파멸시킬 물약을 주문했다. 하가는 극적인 선율에 맞춰 그러겠다고 약속하고는 계속해서 사랑의 묘약을 가져다줄 요정을 불러내는 노래를 열창했다.

"공기의 영이여, 나 그대에게 명하노니,
그대의 집에서 이리로, 이리로 오라!
장미꽃 사이에서 태어나 이슬을 먹고 사는 그대여,
사랑의 물약을 끓여다오!
내게 꼬마 요정의 물약을 가져다 다오.
나는 그대의 향기로운 묘약이 필요하다네.
달콤하고 효력이 강한 약을 만들어다오.
요정이여, 지금 당장 내 노래에 대답해다오!"

곧이어 부드럽고 조용한 음악이 들리면서 동굴 뒤편에서 반짝이는 날개를 달고 황금빛 머리에 장미 화관을 쓴 흰옷 차림의 조그만 요정이 등장했다. 요정은 요술 지팡이를 흔들며 노래를 불렀다.

"나 여기 왔다네.

저 멀리 은빛 달에 있는 공기의 집에서.

자, 여기 마술 주문이 있으니,

부디 잘 사용하시오!

그러지 않으면 마술의 힘이 곧 사라질 테니!"

요정은 노래와 함께 조그만 황금색 병을 마녀의 발치에 떨어뜨리고는 금세 사라져버렸다. 병을 받아 든 하가는 다시 노래를 부르며 또 다른 환영을 불러냈다. 쿵 하는 소리와 함께 등장한 이번 환영은 음산한 목소리에 새까맣고 못생긴 꼬마 악마로, 휴고에게 시커먼 병을 던져주고는 기분 나쁜 웃음을 흘리며 사라졌다. 떨리는 목소리로 감사의 노래를 부른 후 물약이 든 병 두 개를 장화 안에 집어넣으며 휴고도 퇴장했다. 그사이 하가는 관객들에게 휴고가 과거에 자기 친구들을 살해했고, 그 때문에 자기는 그를 저주하고 있으며, 그의 계획을 망쳐버리고 그에게 복수하겠다는 얘기를 했다. 잠시 후 막이 닫히자 관객들은 사탕을 입에 넣고 휴식을 취하면서 연극에 대한 의견을 교환했다.

다시 막이 오르기 전에 망치질을 하는 소리가 한동안 요란하게 들려왔지만, 근사하게 꾸민 무대가 세워진 걸 보고는 아무도 시간이 지연된 것에 대해 불평하지 않았다. 무대는 정말 훌륭했다! 탑이 천장 높이까지 세워져 있었고 그 중간쯤 되는 지점에는 불 켜진 창문이 나 있었다. 곧이어 하얀 커튼 뒤에서 파란색과 은색의 아름다운 드레스를 입은 자라가 등장했다. 잠시 후 깃털로 장식한 모자와 빨간색 망토, 장화 차림에 기타를 메고 밤색 애교머리를 늘어뜨린 로드리고가 씩씩한 걸음걸이로 모습을 드러냈다. 그는 탑 밑에 무릎을 꿇은 채 감미로운 곡조의 세레나데를 불렀다. 그러자 자라가 이에 응답했다. 두 사람은 서로의 마음이 담긴 노래를 주고받은 뒤 같이 도망치기로 의견을 모았다. 다음 장면은 이 연극에서 가장 중요한 부분이었다. 이 장면에서 로드리고는 밧줄을 만들어 한쪽 끝을 위로 던져 올리며 자라더러 내려오라고 말했다. 머뭇거리며 격자창을 빠져나온 자라가 로드리고의 어깨에 한쪽 팔을 두른 채 우아하게 뛰어내리려는 찰나, '아아! 불쌍하게도' 치렁치렁한 드레스를 입었다는 걸 깜빡한 자라는 그만 창턱에 걸리고 말았다. 그 바람에 탑이 앞쪽으로 기우뚱쏠리고 우지끈 부서지면서 불행한 두 연인은 폐허 더미에 깔리고 말았다.

날카로운 비명 소리에 뒤이어 잔해 사이로 황갈색 장화가 비어져 나와 버둥댄다 싶더니 곧이어 황금색 머리가 소리를 지르며 불쑥 솟아올랐다.

"그러게 내가 몇 번이나 말했잖아!"

잠시 후 화려하게 등장한 돈 페드로가 황급히 딸을 끌어내며 말했다.

"웃지 마! 아무 일도 없었다는 듯이 연기해!"

그리고 로드리고에게 일어나라고 명령한 다음 분노에 못 이겨 그에게 추방 명령을 내렸다. 탑의 붕괴 때문에 충격을 받은 와중에도 로드리고는 노신사의 말을 무시한 채 꼼짝도 하지 않았다. 로드리고의 대담한 행동에 용기를 얻은 자라도 아버지의 말에 반항했다. 이에 화가 난 돈 페드로는 두 사람을 성에서 가장 깊은 지하 감옥에 가두라고 명령했다. 잠시 후 조그만 키에 통통한 몸집의 하인이 사슬을 가지고 등장해 두 사람을 데리고 갔다. 그러나 무척 겁에 질린 표정의 하인은 자신의 대사를 잊어버렸다.

3막의 무대는 성의 복도였다. 그곳에 하가가 두 연인을 풀어주고 휴고를 끝장내기 위해 등장했다. 하가는 휴고의 발걸음 소리를 듣고 몸을 숨긴 채 휴고의 행동을 지켜본다. 휴고는 포도주에 물약을 탄 다음 얼빠진 표정의 하인더러 "지하 감옥에 있는 포로들에게 갖다주고 내가 곧 간다고 전해라"라고 말한다. 하인이 휴고 옆에 다가와 뭐라고 얘기하는 사이, 하가가 물약을 탄 포도주 잔을 다른 잔과 바꿔버린다. '심복' 페르디난도가 잔들을 가져가자, 하가는 로드리고에게 먹이기로 되어 있는 독이 든 잔을 다시 제자리에 갖다 놓는다. 한참을 떠든 탓에 목이 마른 휴고는 뒤바뀐 잔에 든 포도주를 마시고는 한동안 몸부림치다가 정신을 잃고 바닥에 쓰러져 죽는다. 그사이 하가는 힘차고 아름다운 선율이 절묘하게 어우러진 노래를 부르며 자신이 한 행동을 휴고에게 알려준다.

혹자는 숱 많은 긴 머리채가 갑자기 비어져 나와서 악당이 최후를 맞이하는 장면의 효과가 다소 줄어들었다고 생각했을지도 모르겠으나, 정말이지 소름이 끼칠 정도로 감동적인 광경이었다. 관객들이 환호성을 지르자 휴고는 출연자를 통틀어 가장 훌륭한 노래를 선보인 하가를 앞세운 채 막 앞에 모습을 드러냈다.

4막에서는 자라가 자기를 버렸다는 얘기를 전해 들은 후 절망한 나머지 스스로를 칼로 찌르려 하는 로드리고의 연기가 펼쳐졌다. 단도가 로드리고의 심장을 겨누는 바로 그 순간, 자라의 마음은 변하지 않았지만 위험에 빠져 있으며 마음만 먹으면 그녀를 구할 수 있다는 내용의 아름다운 노래가 창가에서 들려온다. 문 열쇠가 감옥 안으로 던져지자, 로드리고는 미칠 듯이 기뻐하며 쇠사슬을 끊고는 사랑하는 여인을 구하러 달려 나간다.

5막은 자라와 돈 페드로의 험악한 싸움 장면으로 시작됐다. 돈 페드로는 딸을 수녀원에 보내고 싶어 하지만 자라는 그 말을 들으려고 하지 않는다. 자라가 심금을 울리는 애원 끝에 기절하려는 찰나, 로드리고가 달려와 그녀를 자기한테 달라고 한다. 그러나 돈 페드로는 로드리고가 가난하다는 이유를 내세워 그 청을 거절한다. 두 사람은 언성을 높이며 다투지만 끝내 서로의 의견 차이를 좁히지 못한다. 로드리고가 탈진한 자라를 데리고 나가려는 순간, 멍청한 하인이 갑자기 종적을 감춰버린 하가가 보낸 편지와 가방을 들고 등장한다. 편지에는 젊은 연인들에게 막대한 유산을 물려준다는 내용과 돈 페드로가 끝내 두 사람의 행복을 가로막을 경우 끔찍한 운명이 그를 기다리고 있을 것이라는 내용이 적혀 있다. 가방을 열자 병뚜껑으로 만든 돈 더미가 무대 위로 쏟아져 내린다. 이에 노여움이 완전히 풀린 완고한 아버지는 군말 없이 두 사람의 결합에 동의하고, 기쁨에 겨운 목소리로 다 같이 합창을 한다. 잠시 후 무릎을 꿇은 채 돈 페드로의 축복을 받는 두 연인들 머리 위로 막이 내려온다.

떠들썩한 박수갈채는, 그러나 '특등석'으로 마련된 간이침대가 갑작스레 접히는 뜻밖의 사태로 중단되고 말았다. 로드리고와 돈 페드로가 뛰어들어 넘어진 관객들을 일으켜 세웠다. 다친 사람은 아무도 없었지만 모두들 배꼽을 잡고 웃느라 한동안 말을 잇지 못했다. 흥분이 채 가라앉기 전에 해나가 들어와 "저녁을 차려놓았으니 다들 아래층으로 내려오라"는 마치 부인의 말을 전했다.

이는 배우들에게도 예상외의 일이었다. 식탁을 둘러본 자매들은 너무 놀라 서로를 쳐다보았다. 손님들을 위해 간단한 간식을 내놓는 건 '엄마'다운 행동이었지만, 풍족했던 시절이 지나간 이후로 이처럼 훌륭한 음식들을 구경하기는 처음이었다. 식탁에는 분홍색과 흰색 아이스크림을 담은 접시 두 개 외에도 케이크와 과일, 그리고 정신을 쏙 빼놓는 프랑스 봉봉(과즙이나 브랜디, 위스키 따위를 넣어 만든 사탕 : 옮긴이)이 차려져 있었다. 그 중앙에는 온실에서 키운 꽃으로 만든 커다란 꽃다발이 네 개나 놓여 있었다.

네 자매는 숨까지 멈춘 채 식탁과 흐뭇하게 웃고 있는 어머니의 얼굴을 번갈아 쳐다보았다.

"요정들이 다녀갔어요?"

에이미가 물었다.

"아니야, 산타클로스가 다녀갔어."

베스가 말했다.

"엄마가 준비하셨겠지."

아직 회색 수염과 흰 눈썹을 떼지도 않은 메그가 더없이 달콤한 미소를 지으며 말했다.

"마치 대고모가 선심이 발동해서 보내주신 걸 거야."

조가 갑자기 생각났다는 듯 큰 소리로 말했다.

"다들 틀렸다. 로런스 씨가 보내주신 거란다."

마치 부인이 대답했다.

"로런스네 할아버지가요! 세상에, 무슨 생각으로 이걸 보내신 걸까요? 우리는 그분을 모르잖아요."

메그가 소리쳤다.

"해나가 그 집 하인들 중 한 명한테 오늘 아침에 너희가 한 선행을 얘기했다는구나. 괴팍한 노인이긴 하지만, 그 얘기를 듣고 대견스러우셨나 보더라. 아버지와는 오래전부터 알고 지내는 사이시지. 그런데 글쎄, 그분이 오늘 오후에 크리스마스를 기념해 몇 가지 작은 선물을 보낼 테니 너희들에게 우정 어린 마음을 전하게 허락해달라는 편지를 보내오셨지 뭐니. 내용이 어찌나 정중한지 거절할 수가 없더구나. 덕분에 너희들이 이렇게 조촐한 잔치를 벌일 수 있게 된 거란다. 어떠니, 이 정도면 빵과 우유로 때운 아침을 보상하고도 남겠지?"

"그 애 생각일 거예요. 맞아요, 그 애가 그랬을 거예요. 착한 애거든요. 그 애와 친하게 지내고 싶은데. 우리를 잘 알고 있는 것 같은 눈치였어요. 하지만 수줍음을 잘 타요. 메그 언니는 혼자 숙녀인 체하면서 길에서 만나도 말을 못 걸게 해요."

조가 이제 막 녹기 시작한 아이스크림에 시선을 고정한 채 감탄사를 연발하며 말했다.

"너희 집 옆의 큰 저택에 사는 사람들 말하는 거지, 그렇지?"

관객으로 초대된 소녀들 중 한 명이 물었다.

"우리 엄마도 로런스 씨를 아시는데, 엄마 말씀이 자존심이 엄청 강하고 이웃과 어울리는 걸 싫어하신대. 그리고 가정교사와 말을 타러 나가거나 산책을 하러 나갈 때를 제외하고는 손자를 집 안에 가둬놓다시피 하면서 끔찍할 정도로 공부를 시킨대. 우리가 그 애를 파티에 초대했지만 끝내 오지 않은 거 있지. 우리 엄마 말씀이 착한 애라는데, 여자애들한테는 절대 말을 안 걸어."

"한번은 우리 집 고양이가 달아났는데, 그 애가 데려다줬어. 그때 울타리 너머로 크리켓 얘기를 하면서 어느 정도 친해졌는데 메그 언니가 오는 걸 보더니 도망가버렸어. 그 애도 기분 전환이 필요할 테니까, 언젠가는 그 애랑 친해질 거야."

조가 확신에 찬 어조로 말했다.

"난 그 애의 예의 바른 태도가 마음에 들더구나. 게다가 신사다운 것 같고. 적당한 때가 되면 네가 그 애랑 친하게 지내는 것에 반대할 마음은 없단다. 그 애가 직접 꽃을 가져왔는데 2층에서 무슨 일이 일어나고 있는지만 알았더라면 들어오라고 했을 거다. 뒤돌아서서 가는데 웃고 떠드는 소리를 들으며 부러워하는 눈치더라. 그때 생각한 건데 그 앤 그런 경험이 없는 게 분명해."

"왜, 자비를 베풀지 않으시고요?"

조가 장화에 눈길을 준 채 웃으며 말했다.

"하지만 언젠가 또 다른 연극을 하게 되면 그 애도 볼 수 있을 거예요. 어쩌면 그 애도 연극하는 데 도움을 줄 수 있을지도 모르고요. 그럼 재미있겠죠?"

"이런 꽃다발을 받아보긴 처음이야! 너무 예뻐!"

메그가 관심 어린 눈길로 꽃들을 하나하나 살피며 소리쳤다.

"그래, 예쁘구나. 하지만 내겐 베스의 장미가 훨씬 아름답단다."

마치 부인이 허리춤에 꽂혀 있는 반쯤 시든 장미를 코에 갖다 대며 말했다.

"아빠한테 제 꽃다발을 보내드리고 싶어요. 아빤 우리처럼 즐거운 크리스마스를 보내고 계시지 못할 것 같아요."

베스가 어머니 품에 기대며 나지막이 속삭였다.

3
로런스가의 소년

"조! 조! 어디 있니?"

메그가 다락방으로 통하는 계단 밑에 서서 소리쳤다.

"여기 있어!"

위에서 쉰 목소리가 들려오기에 뛰어 올라가 봤더니 조가 햇살이 비치는 창문 옆에 놓인 세 발 달린 낡은 소파에 앉아 사과를 입에 물고 이불을 턱까지 끌어당긴 채 『레드클리프의 상속인』이란 책을 읽으며 울고 있었다. 이곳은 조가 가장 좋아하는 피난처였다. 여기서 조는 대여섯 개의 사과와 한 권의 책과 함께 느긋하게 휴식을 취하거나, 고요 속에서 근처에 사는 애완용 쥐와 노닥거리는 걸 좋아했다. 먼지 따위는 조에게 전혀 문제가 되지 않았다. 메그가 나타나자 스크래블은 자기 구멍 속으로 황급히 사라져버렸다. 조는 빰 위에 난 눈물 자국을 훔치며 메그가 가지고 온 소식을 풀어놓기를 기다렸다.

"아주 신나는 소식이야! 이것 좀 봐! 가디너 부인이 내일 밤 파티의 초대장을 보내왔지 뭐니!"

메그는 소중한 종이를 흔들어 보이고는 들뜬 표정으로 소리내서 읽기 시작했다.

"'마거릿 양과 조세핀 양이 새해 전날 열리는 조촐한 무도회에 참석해 주신다면 기쁘겠습니다.' 엄마가 가도 좋다고 하셨어. 그런데 뭘 입고 가지?"

"다른 옷이 없어서 포플린 드레스를 입어야 한다는 걸 잘 알면서 뭘 물어봐?"

조가 한입 가득 사과를 베어 문 채 대답했다.

"비단 드레스가 있으면 얼마나 좋을까! 엄마가 열여덟 살이 되면 장만해 주신다고 하셨어. 하지만 2년이란 세월은 기다리기엔 너무 긴 시간이야."

메그가 한숨을 쉬며 말했다.

"포플린 옷이라도 우리가 입으면 비단 옷처럼 근사해 보일 거야. 언니 건 새 옷 같잖아. 이런, 내 옷에 탄 자국과 눈물 자국이 있다는 걸 까맣게 잊고 있었잖아. 어쩌면 좋지? 불에 탄 자국은 아주 이상해 보일 텐데. 없앨 수도 없고 정말 큰일 났네."

"넌 될 수 있는 한 가만히 앉아서 등을 보이지 마. 그래도 앞은 괜찮잖아. 난 머리에 새 리본을 달 거야. 엄마가 조그만 진주 핀을 빌려주신댔어. 거기다 예쁜 새 신발도 있고, 장갑도 썩 마음에 드는 건 아니지만 그만하면 괜찮은 편이야."

"내 건 레모네이드를 쏟아서 엉망이야. 그렇다고 새로 살 수도 없으니 난 그냥 장갑 없이 갈래."

평소에도 옷차림에는 별로 신경 쓰지 않는 조가 말했다.

"네가 장갑을 끼지 않고 가겠다면 난 가지 않을래."

메그가 단호하게 소리쳤다.

"장갑이 얼마나 중요한데. 장갑을 끼지 않으면 춤도 출 수 없단 말이야. 네가 춤도 못 추고 바보처럼 있으면 내가 얼마나 창피하겠니?"

"그럼 난 가만히 있을게. 사실 춤추고 싶은 마음도 별로 없어. 신나게 뛰어다닌다면 모를까, 원을 그리며 뱅뱅 도는 건 재미가 없거든."

"한두 푼도 아닌데 엄마한테 새걸 사달라고 부탁할 수도 없잖아. 네가 너무 부주의했어. 요전번에 장갑을 못 쓰게 만들었을 때 올 겨울에는 더 이상 사줄 수 없다고 말씀하신 거 너도 알지? 어떻게 고칠 방법이 없겠니?"

메그가 걱정스럽게 물었다.

"접어서 손에 쥐고 있으면 아무도 내 장갑이 더럽다는 걸 모를 거야. 그 방법밖에 없어. 아니야! 좋은 생각이 떠올랐어. 각자 깨끗한 장갑을 나눠 끼고 얼룩이 묻은 장갑은 손에 들고 있는 거야, 어때 내 생각?"

"네 손은 내 손보다 커서 그러면 내 장갑이 늘어나게 돼."

장갑을 무척이나 아끼는 메그가 말했다.

"그럼 난 그냥 갈래. 사람들이 뭐라고 말하건 난 신경 안 써!"

조가 책을 집어 들면서 소리쳤다.

"그래 좋아 한 짝 가져, 가지라고! 하지만 더럽히면 안 돼. 그리고 얌전하게 행동해야 돼, 알았지? 손을 등 뒤로 가져가거나 남을 노려보거나 '크리스토퍼 콜럼버스' 타령을 해선 안 돼, 알았니?"

"염려 마. 요조숙녀처럼 얌전한 체하면서 말썽 같은 건 절대 피우지 않을 테니까, 언닌 가서 답장이나 써. 난 이 책을 마저 읽을래."

그리하여 메그는 '초대에 감사히 응하겠습니다'라는 답장을 쓰고 무도회에 입고 갈 의상을 점검하기 위해 계단을 내려갔다. 잠시 후 메그가 흥겹게 노래를 부르며 한 벌밖에 없는 레이스 장식이 달린 옷을 손질하는 동안, 조는 읽던 책을 끝내고 사과를 네 개 더 먹어 치운 뒤 스크래블과 장난을 치며 놀았다.

섣달 그믐날의 거실은 텅 비어 있었다. 두 동생은 언니들 시중드느라, 두 언니는 무도회 준비에 열중하느라 바빴기 때문이다. 몸단장을 요란하게 하는 건 아니었지만, 계단을 오르내리는 소리와 웃음소리, 얘기 소리가 한동안 이어지더니 머리 타는 냄새가 온 집 안에 진동했다. 메그가 머리를 말아 올려서 얼굴 주변에 몇 가닥 늘어뜨리고 싶어 하기에 조가 머리를 종이에 말아 불에 달군 부젓가락으로 지지고 있었다.

"뭐가 타는 냄새 같은데?"

베스가 침대 위에 걸터앉은 채 물었다.

"물기가 마르면서 나는 냄새야."

조가 대답했다.

"이상한 냄새! 꼭 깃털 타는 냄새 같아."

곁에서 지켜보던 에이미가 뿌듯한 표정으로 탐스럽게 물결치는 자기 머리를 매만지며 말했다.

"이제 종이를 벗기면 예쁘게 말린 고수머리를 보게 될 거야."

조가 부젓가락을 내려놓으며 말했다. 그러나 종이를 벗겨내자 또르르 말린 고수머리 대신 종이에 눌어붙은 머리카락이 나왔다. 그걸 보고 사색이 된 미용사는 희생자 앞에 있는 화장대 위에다 불에 그슬려 가닥가닥 끊어진 머리카락을 일렬로 늘어놓았다.

"어머나! 대체 무슨 짓을 한 거니, 너? 너 땜에 망했잖아! 이 꼴을 하고 어떻게 무도회에 가니? 내 머리, 내 머리 물어내!"

메그가 들쭉날쭉 꼬불거리는 이마 위의 머리를 보며 절망에 찬 목소리로 외쳐댔다.

"또 망쳐놨네! 그러니까 나한테 시키지 말았어야지. 어째서 난 늘 하는 일마다 망쳐놓지? 변명할 생각은 없지만 젓가락이 너무 뜨거워서 그래."

기가 죽은 조가 검게 탄 팬케이크 앞에서 후회의 눈물을 흘리며 기어드는 목소리로 말했다.

"약간 곱슬거릴 뿐이지 그렇게 엉망은 아냐. 매듭이 이마 위에 오도록 리본을 매면 어때? 그럼 최신 유행처럼 보일 거야. 그렇게 하고 다니는 여자애들을 많이 봤거든."

에이미가 위로의 말을 건넸다.

"예쁘게 보이려고 했던 게 화근이야. 원래 내 머리 그대로 갈 걸 그랬어."

메그가 잔뜩 토라져서 소리쳤다.

"나도 그렇게 생각해. 이전 머리가 훨씬 예뻤는데. 하지만 곧 다시 자랄 거야."

베스가 다가와 털을 깎인 어린 양에게 키스를 하며 말했다.

메그의 몸단장은 그 후로도 자잘한 사고들을 겪고 나서야 끝이 났다. 조 차례가 되자 온 가족이 달라붙어 머리를 틀어 올린 후 옷을 입혔다. 소박한 옷이었지만 깨끗하게 차려입은 두 사람은 아주 근사해 보였다. 메그는 푸른색 벨벳 머리 망에 진주 핀을 꽂고 레이스 장식이 달린 은백색 드레스를 입었다. 조는 빳빳한 무명 깃이 달린 적갈색 드레스 차림에 흰 국화 한두 송이를 장식으로 달았다. 장갑은 깨끗한 쪽을 한 짝씩 나누어 끼고 얼룩이 묻은 쪽은 손에 들었다. 이 방법에 대해 다들 '효과 만점'이라고 평했다. 메그는 구두가 너무 꽉 끼는 바람에 발이 아팠지만 겉으로 드러내진 않았다. 조는 열아홉 개나 되는 머리핀들이 머리를 찔러대는 것 같아 불편했지만 모양을 내려면 그 정도 불편쯤은 감수하는 수밖에!

"얘들아, 재미있게 놀다 오거라."

마치 부인이 우아한 걸음걸이로 계단을 내려가는 두 딸에게 말했다.

"너무 많이 먹지들 말고 해나를 보낼 테니 열한 시까지는 돌아와야 한다."

대문이 닫히는 순간 창가에서 큰 소리로 외치는 소리가 들려왔다.

"얘들아, 얘들아! 손수건은 챙겼니?"

"네. 아주 멋진 손수건으로 챙겼어요. 메그 언니는 향수까지 뿌린걸요."

조는 이렇게 소리치고 나서 한바탕 웃더니 한마디 덧붙였다.

"엄만 지진이 나서 도망갈 때도 손수건을 챙겼냐고 물어보실 거야."

"왜, 엄마한테는 귀족적 취향이 있잖니. 틀린 말씀은 아니잖아. 숙녀라면 깔끔한 장화와 장갑, 손수건은 필수야."

나름대로 '귀족적 취향'을 지닌 메그가 대답했다.

"사람들한테 불에 탄 자국을 보이면 안 된다는 거 잊지 마, 조. 내 허리띠 바로 됐니? 내 머리 어때, 이상해 보이지 않니?"

가디너 부인의 집에 도착한 메그가 탈의실에 마련된 거울 앞에서 옷매무새를 다듬으며 한참을 서 있다가 돌아서며 말했다.

"분명 난 잊어버릴 거야. 내가 실수를 하는 것 같으면 눈을 찡긋해서 알려줘, 알았지?"

조가 깃을 바로 한 후 서둘러 머리를 손보며 대답했다.

"눈을 찡긋거리는 건 숙녀답지 못해서 안 돼. 잘못하고 있으면 눈썹을 위로 치켜세우고, 잘하고 있으면 고개를 끄덕거릴게. 어깨를 똑바로 펴고 얌전하게 걸어봐. 그리고 누군가를 소개받을 때 악수를 하면 안 돼, 알겠니?"

"언니는 어떻게 그 많은 걸 다 알고 있어? 난 죽었다 깨도 모를 거야. 저 음악 신나지 않아?"

무도회에 참석해 본 경험이 거의 없는 두 사람은 약간 머뭇거리며 아래층으로 내려갔다. 이번처럼 간단한 사교 모임도 두 사람한테는 하나의 사건이었다. 나이가 지긋한 가디너 부인은 두 자매를 반갑게 맞이한 후 여섯 딸들 중 제일 맏이에게 그들을 맡겼다. 이전부터 샐리와 아는 사이인 메그는 금세 분위기에 적응했지만, 여자아이들이나 여자아이들이 주고받는 수다에는 그다지 관심이 없는 조는 벽에 기대선 채 어쩌다 꽃밭에 들어온 망아지처럼 서먹해했다. 방 한쪽에서는 대여섯 명의 소년들이 스케이트를 주제로 즐겁게 이야기를 나누고 있었다. 스케이트 타는 게 인생의 즐거움 중 하나인 조는 거기에 끼고 싶은 마음이 굴뚝같았다. 참다못한 조는 메그에게 그래도 되냐는 눈짓을 보냈지만, 메그가 눈썹을 치켜세우며 주의를 주는 바람에 감히 움직일 생각을 못 하고 그 자리에 서 있었다. 조에게 말을 걸어오는 사람은 한 명도 없었다. 옆에 있던 사람들이 하나둘씩 줄어들더니 결국에는 조 혼자 남겨지고 말았다. 불에 탄 자국이 보일까 봐 마음대로 돌아다니지도 못하고 꼼짝없이 갇힌 신세가 되어버린 조는 춤이 시작될 때까지 다소 비참한 기분으로 사람들을 쳐다보는 수밖에 없었다. 메그는 춤 신청을 받은 후 꽉 끼는 신발 때문에 발을 헛디뎠지만, 워낙 씩씩하게 굴어서 아무도 그 고통을 눈치채지 못했다. 빨간 머리의 청년이 자기 쪽으로 다가오는 걸 보고 춤을 청할까 봐 불안해진 조는 방 안을 엿보며 혼자 느긋하게 여유를 즐길 속셈으로 커튼 뒤쪽으로 몸을 숨겼다. 그러나 불행히도 수줍음을 타는 또 다른 사람이 이미 그곳을 피난처로 사용하고 있었다. 그녀가 커튼 뒤에서 마주친 사람은 다름 아닌 '로런스 씨의 손자'였다.

"어머나, 여기 다른 사람이 있는 줄 몰랐어요."

조가 금방이라도 다시 튀어 나갈 태세로 더듬거리며 말했다. 그러나 소년은 약간 놀란 듯하기는 했지만 웃음을 터뜨리며 쾌활하게 말했다.

"나는 신경 쓰지 말고 원한다면 여기 있어요."

"방해가 되지 않나요?"

"전혀. 아는 사람도 별로 없고 어색한 느낌이 들어서 나도 방금 전에 들어왔어요."

"나도 그랬어요. 나가는 게 싫으면 가지 말아요."

소년은 다시 자리에 앉아 자기 구두를 물끄러미 내려다보았다. 잠시 후 조가 예의를 지키려 애쓰면서 말을 꺼냈다.

"전에 그쪽을 본 적이 있는 것 같아요. 우리 집 근처에 살고 있죠, 맞죠?"

"바로 옆집이죠."

고양이를 데려다주면서 크리켓에 대해 신나게 수다를 떨었던 걸 기억하는 소년은 조가 얌전한 척하는 모습이 우스웠는지 천장에 시선을 둔 채 대놓고 웃음보를 터뜨렸다.

조도 그런 소년의 태도에 마음이 놓여 금세 따라 웃었다. 그러고는 아주 진지한 목소리로 이렇게 말했다.

"근사한 크리스마스 선물 덕분에 우린 정말 즐거운 시간을 보냈어요."

"할아버지가 보내신 겁니다."

"하지만 그쪽에서 생각해낸 거 아니었나요?"

"고양이는 어때요, 마치 양?"

소년이 진지한 표정을 지으려 애쓰면서 물었지만, 검은 눈에는 장난기가 가득했다.

"물론 잘 있어요. 고마워요, 로런스 씨. 하지만 난 마치 양이 아니라 그냥 조예요."

젊은 아가씨가 대답했다.

"나도 로런스 씨가 아니라, 그냥 로리예요."

"로리 로런스, 정말 이상한 이름이네요."

"원래 이름은 시어도어지만 친구들이 도라라고 불러서 마음에 안 들어요. 그래서 친구들더러 그 이름 대신 로리라고 부르라고 했죠."

"나도 내 이름이 맘에 안 들어요. 너무 감상적으로 들리거든요.

다들 조세핀 대신 조라고 불러주면 좋을 텐데. 어떻게 친구들이 도라라고 부르는 걸 그만두게 만들었어요?"

"그야 때려줬죠."

"마치 대고모를 때릴 수는 없으니 나는 그냥 참아야겠네요."

조가 체념한 듯 한숨을 내쉬며 말했다.

"춤추는 거 싫어하나요, 조?"

로리가 물었다. 그의 표정으로 보아 조라는 이름이 그녀한테 썩 잘 어울린다고 생각하는 듯했다.

"공간도 넓고 다들 신나게 어울릴 수 있는 자리라면 기꺼이 춤을 추죠. 하지만 이런 곳에서는 사람들 발을 밟거나 뭔가 끔찍한 실수를 저지를 것 같아요. 그래서 실수하지 않으려고 메그 언니더러 잘 좀 지켜봐달라고 부탁해뒀어요. 그쪽도 춤추는 거 싫어하세요?"

"가끔씩 춰요. 알다시피 난 오랫동안 외국에 있었어요. 그래서 이곳 풍습을 잘 몰라요."

"외국에 있었다고요! 오, 그 얘기 좀 해주세요. 여행 얘기는 언제 들어도 재미있거든요."

조가 소리쳤다.

로리는 처음엔 어디서부터 시작해야 할지 몰라 난감해하는 눈치였지만, 호기심 가득한 조의 질문 공세가 이어지자 곧 이야기 보따리를 풀어놓기 시작했다. 그는 브베에서의 학창 생활에 대해 이야기해 주었는데, 그곳의 남자 아이들은 절대로 모자를 쓰지 않는다는 것부터 시작해 호숫가에는 보트들이 줄지어 있으며, 휴일에는 재미 삼아 교사들과 스위스 이곳저곳을 계속 걸어서 여행했다는 내용이었다.

"나도 그곳에 가보고 싶어요!"

조가 소리쳤다.

"파리엔 안 가봤어요?"

"작년 겨울에 갔었어요."

"불어도 할 줄 알아요?"

"브베에서는 어떤 말을 쓰든 상관없어요."

"그럼 조금만 해봐요. 난 읽을 줄은 알지만 말은 못 해요."

"켈 농 아 세트 죈 드무아젤 렁 레 팡투플 졸리?"

로리가 능숙한 불어로 말했다.

"너무 멋져요! '저기 예쁜 구두를 신은 아가씨는 누구냐'고 물었죠?"

"위, 마드무아젤."

"우리 언니 마거릿이에요, 알잖아요! 예쁘죠?"

"네. 언니를 보고 있으면 독일 소녀가 생각나요. 상큼하고 차분하게 생겼어요. 게다가 춤도 숙녀처럼 우아하게 추고."

조는 자기 언니를 칭찬하는 소리를 듣고 너무 기뻤다. 그리고 잘 기억하고 있다가 나중에 메그 언니에게 말해 주어야겠다고 생각했다. 방 안을 훔쳐보며 흉을 보기도 하고 수다를 떨다 보니 둘은 마치 오랜 친구 사이처럼 느껴졌다. 조가 남자처럼 굴면서 우스갯소리도 하고 편하게 대해 주었기 때문에 로리는 금세 수줍음이 사라졌다. 자기 옷이 어떤지를 까맣게 잊어버린 데다 눈썹을 치켜세우는 사람마저 없어서 조는 다시 평소처럼 명랑해졌다. 무엇보다도 '로런스 씨네 손자'가 좋아진 조는 언니와 동생들에게 자세히 설명해 주기 위해 그를 찬찬히 뜯어보았다. 남자 형제도 없고 사촌도 남자는 드물어서 자매들에게 남자들이란 거의 미지의 존재나 다름없었다.

'검은 고수머리와 갈색 피부, 커다랗고 검은 눈, 기다란 코, 가지런한 치아, 작은 손발에 키는 나보다 크네. 남자애치고는 아주 점잖은 데다 재치까지 갖췄어, 몇 살일까?'

조는 나이를 물어보고 싶어 입이 근질근질했지만 꾹 눌러 참고는 평소의 그녀답지 않게 우회적인 방법을 썼다.

"곧 대학에 입학한다죠? 책만 후벼 판다면서요. 아니 저 그러니까 내 말은 공부를 열심히 한다는 뜻이에요."

조는 자기도 모르게 '후벼 판다'는 말을 하고는 창피한 나머지 그만 얼굴을 붉히고 말았다.

로리는 가만히 미소를 지었지만 그다지 놀란 것 같지는 않았다. 그러고는 어깨를 한 번 으쓱하더니 대답했다.

"적어도 이삼 년 안에는 가지 않을 거야. 어쨌든 열일곱 살이 될 때까지는 대학에 가지 않을 생각이니까."

"그럼 지금 겨우 열다섯?"

상대가 적어도 열일곱 살은 될 거라고 생각했던 조는 자기 옆

"저기로 나가면 기다란 복도가 있거든. 거기서 멋지게 춤을 추는 거야.
아무도 우릴 보지 못할 거야. 자, 날 따라와."

에 있는 키 큰 소년을 바라보며 물었다.

"다음 달에 열여섯 살이 돼."

"나도 대학에 갈 수 있으면 얼마나 좋을까! 그쪽은 대학에 가고 싶어 하지 않는 것 같은 눈친데."

"난 대학 가기 싫어. 공붓벌레 아니면 건달이 될 게 뻔하니까. 그리고 난 이 나라 젊은이들의 생활 방식이 마음에 안 들어."

"그럼, 어떤 걸 좋아하는데?"

"이탈리아에서 내 식대로 신나게 즐기면서 살고 싶어."

조는 '내 식대로'라는 게 어떤 건지 물어보고 싶은 마음이 굴뚝같았지만, 짙은 눈썹을 찡그리고 있는 로리의 표정이 다소 험악해 보였기 때문에 발로 박자를 맞추면서 화제를 다른 데로 돌렸다.

"멋있는 폴카곡이네. 가서 춤추지 그래?"

"그쪽도 간다면."

"난 그럴 수 없어. 메그 언니가 그러지 말라고 단단히 주의를 줬거든. 왜냐하면……."

그 대목에서 조는 잠시 말을 멈춘 채 사실을 털어놓아야 할지 웃어야 할지 고민하는 듯한 표정을 지었다.

"왜?"

로리가 궁금한 듯 물었다.

"아무한테도 얘기 안 할 거지?"

"절대로 얘기 안 할게."

"난 난로 옆에 바짝 붙어 서 있는 나쁜 습관이 있거든. 그 때문에 툭하면 옷을 태우기 일쑤지. 이 옷도 그래서 태워먹은 거야. 감쪽같이 수선하긴 했지만 메그 언니가 그래도 표시가 난다며 아무도 보지 못하게 얌전히 있으라고 그랬어. 웃고 싶으면 웃어도 좋아. 나도 웃긴다는 거 알아."

그러나 로리는 웃지 않았다. 대신 아래쪽을 내려다보다가 잠시 후 고개를 들었다. 조가 그의 얼굴 표정을 보고 어리둥절해하는 사이 그가 부드러운 어조로 말했다.

"그게 뭐 어때서. 내게 좋은 생각이 떠올랐어. 저기로 나가면 기다란 복도가 있거든. 거기서 멋지게 춤을 추는 거야. 아무도 우릴 보지 못할 거야. 자, 날 따라와."

조는 로리에게 고마움을 느끼며 기쁜 마음으로 따라 나서다 상대방이 낀 근사한 진줏빛 장갑을 보고는 자기한테도 짝이 제대로 갖춰진 멋진 장갑이 있었으면 하는 생각을 했다. 둘은 아무도 없는 복도에서 멋들어지게 폴카를 추었다. 물론 로리가 춤을 아주 잘 추었기 때문이었다. 조는 로리가 가르쳐준, 회전과 도약 동작이 많은 독일식 스텝이 아주 마음에 들었다. 음악이 끝나자 두 사람은 계단에 앉아 숨을 돌렸다. 로리가 하이델베르크의 학생 축제에 대해 한창 설명하는 사이 메그가 동생을 찾으러 왔다. 메그가 손짓해 부르는 바람에 조는 마지못해 그녀를 따라 대기실로 갔다. 대기실에 들어갔더니 웬일인지 메그가 창백해진 얼굴로 소파에 앉아 발목을 부여잡고 있었다.

"발목을 삐었어. 멍청한 구두 굽이 꺾이는 바람에 삐었지 뭐니. 너무 아파서 서 있을 수가 없어. 이 상태로 어떻게 집에 갈지 걱정이야."

메그가 고통 때문에 몸을 비틀어대며 말했다.

"그렇게 바보 같은 신발을 신을 때부터 다칠 줄 알았어. 유감스럽지만 달리 방법이 없는 것 같아. 마차를 부르거나 여기서 밤을 새울 수밖에."

조가 메그의 다친 발목을 주무르며 대꾸했다.

"비용이 그렇게 비싸지 않으면 마차를 불러야지 뭐. 그런데 다들 바쁘니 누구에게 부탁하지? 마차를 빌리는 데까지는 꽤 먼 길이라 누구 보낼 사람도 없고 야단났네."

"내가 갈게."

"그건 안 돼! 열 시가 지나서 밖은 이집트처럼 깜깜해. 집이 꽉 차서 여기서 머물 수도 없고. 샐리 말로는 자고 갈 친구들이 꽤 되나 보던데. 할 수 없지 뭐. 해나 아주머니가 올 때까지 쉬고 있다가 그때 가서 방법을 찾아봐야지."

"내가 로리한테 부탁해 볼게. 그 사람이라면 갔다 와줄 거야."

조가 갑자기 떠오른 생각에 안도의 표정을 지으며 말했다.

"안 돼! 아무한테도 말하지 마. 내 실내화 좀 갖다줄래? 그리고 이 신발은 우리 물건들 있는 데 같이 넣어주고. 더 이상은 춤 못 추겠어. 저녁 식사가 끝나는 대로 해나 아주머니가 오는지 지켜보다가 도착하는 즉시 내게 알려줘."

"지금이 저녁 식사 시간이야. 하지만 난 언니와 함께 있을게."

"아니야, 가서 먹고 와. 그리고 올 때 커피나 한잔 갖다줘. 난 너무 피곤해서 꼼짝도 못 하겠어."

그리하여 메그는 실내화로 바꿔 신은 발을 감춘 채 소파에 기대 누웠고, 조는 쭈뼛거리며 식당으로 향했지만 도자기를 넣어두는 방을 식당으로 착각하고 들어갔다 나온 뒤에도 가디너 부인이 혼자 조용히 쉬고 있는 방의 문을 열어젖히는 실수를 범했다. 가까스로 식당을 찾아 저녁 식사를 마친 조는 커피 잔을 들고 오다가 엎지르는 바람에 드레스 앞쪽마저도 뒤쪽처럼 망쳐놓고 말았다.

"맙소사! 난 왜 늘 이 모양이지?"

조가 옷에 묻은 커피를 훔치느라 얼룩이 진 메그의 장갑을 쳐다보며 소리쳤다.

"내가 도와줄까?"

친절한 목소리에 고개를 들어보니 로리가 한 손에는 커피 잔을, 그리고 다른 한 손에는 아이스크림 접시를 들고 서 있었다.

"메그 언니한테 뭘 좀 갖다주려는 중이었어. 언니가 몹시 피곤해해서 말이야. 그런데 누가 나를 건드리는 바람에 보다시피 이 꼴을 하고 있는 거야."

조가 얼룩이 생긴 치맛자락과 커피로 더러워진 장갑을 참담한 표정으로 번갈아 바라보며 대답했다.

"정말 속상하겠다! 그렇지 않아도 이걸 줄 사람을 찾고 있었는데 언니한테 가져다줘도 될까?"

"오, 고마워! 언니가 있는 곳을 가르쳐줄게. 내가 나섰다가는 또 실수를 할 게 뻔하니까 네가 갖다주는 게 좋겠다."

조가 방향을 안내하자 로리는 숙녀들 시중을 드는 데 이골이 난 사람처럼 어디선가 조그만 탁자를 끌어오더니, 조를 위해 다시 커피와 아이스크림을 가져다주었다. 그 행동이 어찌나 친절한지 까다로운 메그조차도 그를 '멋있는 청년'이라고 칭찬할 정도였다. 세 사람은 봉봉 포장지의 광고 문구에 대해 이야기하며 즐거운 시간을 보냈다. 그러고는 방을 잘못 알고 들어온 두세 명의 젊은이들과 함께 조용조용 수수께끼를 하며 놀았다. 놀이가 한창 무르익을 무렵 마침내 해나가 도착했다. 메그는 발목을 삔 사실을 잊은 채 벌떡 일어나다가 비명을 지르며 조를 꽉 붙잡았다.

"쉿! 아무 말도 하지 마."

메그는 조의 귀에 대고 소곤거리고 나서 큰 소리로 말했다.

"아무것도 아니에요. 발목을 약간 삐끗했어요. 그뿐이에요."

그러고는 소지품을 가지러 절뚝거리며 계단을 올라갔다.

해나의 잔소리에 메그가 울음을 터뜨리자 조는 당황해서 어쩔 줄을 몰라 하다가 자기가 나서서 일을 해결하기로 했다. 몰래 밖으로 나온 조는 서둘러 계단을 내려가다 하인을 발견하고는 마차를 불러줄 수 있느냐고 물었다. 그러나 그는 저택에 임시로 고용된 사람이었기 때문에 이웃들에 대해서 아는 게 하나도 없었다. 조가 도움을 요청하기 위해 주위를 두리번거리고 있는데, 조가 하인과 나누는 얘기를 들은 로리가 다가와 할아버지가 보내준 마차가 방금 도착했으니 같이 타고 가자고 권했다.

"너무 이른 시간이잖아. 그쪽은 아직 갈 시간이 안 됐을 텐데."

조는 로리의 제안에 안도의 표정을 지었지만, 받아들여도 될지 어떨지 망설이고 있었다.

"난 항상 일찍 가. 정말이야! 내가 집까지 바래다주게 해줘. 너도 알다시피 우리 집 가는 길이잖아. 그리고 비도 온다는 것 같던데."

그렇다면 문제는 해결되었다. 조는 메그의 재난을 설명한 뒤 로리의 권유를 고맙게 받아들이기로 했다. 그리고 해나와 메그를 데리러 서둘러 집 안으로 뛰어 들어갔다. 해나는 고양이가 그런 것만큼이나 비를 싫어했기 때문에 설득하는 데 아무 문제가 없었다. 곧이어 일행은 화사하고 우아한 느낌을 주는 호화로운 마차에 몸을 싣고 집으로 향했다. 로리가 마부석에 앉은 덕분에 메그는 마음 놓고 발을 올려놓을 수 있었다. 집까지 오는 동안 두 자매는 무도회에 대해 이런저런 얘기를 나누었다.

"난 재미있었어. 언니는 어때?"

조가 틀어 올렸던 머리를 풀어 헤치며 물었다.

"발을 삐기 전까지는 나도 재미있었어. 샐리 친구인 애니 모팻이 내가 마음에 드는지 샐리가 올 때 같이 와서 일주일 정도 자기 집에 묵으래. 샐리는 봄에 갈 예정인데, 그때 오페라도 볼 수 있대. 엄마가 허락만 해주신다면 정말 너무너무 근사할 거야."

메그가 생각만 해도 신난다는 듯이 대답했다.

"내가 도망쳐 온 빨간 머리 남자와 언니가 춤추는 거 봤어. 어때, 괜찮은 사람 같아?"

"그럼, 아주 멋있는 사람이더라. 그리고 빨간 머리가 아니라 다갈색 머리야. 태도도 아주 정중했어."

"스텝 밟는 걸 보니까 촐싹대는 메뚜기 같던데 뭘. 로리와 내가 얼마나 웃었게. 우리가 웃는 소리 못 들었어?"

"아니. 그리고 말버릇이 그게 뭐니. 그러는 넌 거기 숨어서 대체 뭘 했는데?"

조는 자기가 겪은 모험에 대해 이야기하기 시작했다. 이야기가 끝났을 때는 어느새 집 앞에 와 있었다. 두 자매는 로리에게 고맙다는 말과 함께 잘 자라는 인사를 건넨 뒤, 가족들을 깨우지 않기 위해 발걸음 소리가 나지 않게 조심하며 집 안으로 들어갔다. 그러나 삐걱거리며 문이 열리는 순간, 나이트캡 두 개가 움직이는 모습이 보였다. 두 동생은 졸린 눈을 비비면서도 호기심이 가득한 목소리로 떼를 썼다.

"무도회 얘기 좀 해봐, 어서!"

메그가 '궁상을 떤다'고 핀잔을 줬지만, 조는 그러거나 말거나 동생들을 위해 챙겨 온 봉봉을 꺼내 놓았다. 그리고 그날 저녁의 가장 흥미로운 사건들에 대한 얘기가 오간 뒤 방 안은 곧 조용해졌다.

"무도회가 끝나고 나서 내 마차로 집에 돌아오고, 가만히 앉아

하녀의 시중을 받으며 화장복으로 갈아입는 근사한 숙녀가 된 것 같은 기분이야."

메그가 말하는 사이 조는 붕대를 꺼내 아르니카(신경통, 타박상 등에 효과가 있는 국화과의 다년초 : 옮긴이)를 메그의 발에 싸매준 뒤 머리를 빗었다.

"머리카락은 태우고, 드레스는 낡고, 장갑은 짝짝이고, 구두는 작아서 발목을 삐긴 했지만 우리만큼 재미있게 놀다 온 아가씨들은 없을 거야."

필자 역시 조의 말이 맞다고 생각한다.

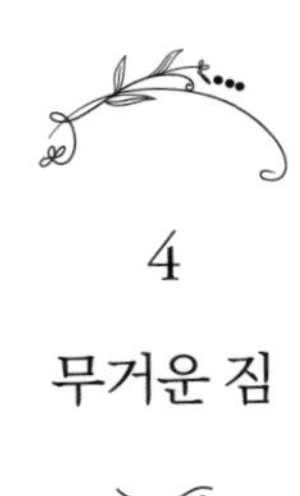

4
무거운 짐

"아, 다시 짐을 지고 갈 생각을 하니 너무 끔찍해."

무도회 다음 날 아침 메그가 한숨을 쉬며 말했다. 이제 휴가가 끝났다고 생각하니, 즐거웠던 지난 한 주 동안의 기억이 자꾸만 떠올라 지겨운 일상에 적응하기가 더 어려운 것 같았다.

"매일 크리스마스나 신년이었으면 좋겠다. 생각만 해도 신나지 않아?"

조가 우울한 표정으로 하품을 하며 대꾸했다.

"우린 지금보다 훨씬 더 절약하며 살아야 해. 하지만 매일매일 근사한 저녁과 꽃다발이 기다리고 있고, 무도회에 나가 즐기고, 마차를 타고 집으로 돌아오고, 느긋하게 독서를 하고, 애써 일할 필요도 없다면 얼마나 좋을까. 딴 세상 사람들 얘기 같지 않니?

언제나 그런 생활을 하는 사람들이 부러운 걸 보면 난 사치스러운 걸 너무 좋아하나 봐."

메그가 낡은 옷 두 벌을 앞에 놓고 어떤 게 조금이라도 덜 낡았는지 비교하며 말했다.

"글쎄, 우리한테는 먼 나라 얘기지. 그러니까 불평하지 말자고. 엄마처럼 즐거운 마음으로 짐을 짊어지고 가는 거야. 마치 대고모로 말하자면 내게는 완전히 바다의 노인(『신드바드의 모험』에 등장하는 인물로 일단 한번 등에 업히면 그 사람이 죽을 때까지 괴롭히며 놓아주지 않는다는 노인 : 옮긴이) 같은 존재야. 그렇지만 내가 아무 불평 없이 대고모님을 업고 다닐 때쯤 되면, 대고모님 쪽에서 싫다고 몸부림을 치거나 아니면 너무 가벼워져서 내가 힘들어할 이유가 없어질 거야."

조는 생각만 해도 웃음이 절로 나오는 그 광경을 상상하니 기분이 한결 좋아졌다. 하지만 메그는 그다지 표정이 밝지 못했다. 버릇없는 네 명의 아이들을 생각하니 그 어느 때보다도 어깨가 무거워지는 것 같았기 때문이다. 그래서 별로 예쁘게 꾸미고 싶은 마음도 없었지만, 평소처럼 파란색 리본을 목에 매고 자기한테 가장 잘 어울리는 모양으로 머리를 손질했다.

"네 명의 악동들 빼고는 내가 예쁘거나 말거나 신경 쓸 사람도 없는데 이렇게 치장하는 게 다 무슨 소용이람."

메그가 거칠게 서랍을 닫으며 투덜거렸다.

"가난하다는 이유 때문에 노는 건 어쩌다 가끔이고, 다른 아가씨들처럼 인생을 즐기지도 못할 거야. 하루 종일 일만 하면서 나이 들고 추해지고 괴팍해지는 건 정말 싫어!"

이때부터 시무룩한 표정을 짓기 시작한 메그는 아래층으로 내려와 아침을 먹을 때까지도 저기압 상태였다. 메그뿐만 아니라 다들 불만이 가득한 얼굴이었다. 베스는 머리가 아프다며 소파에 누워 어미 고양이와 새끼 고양이 세 마리와 노닥거렸다. 에이미는 교과서 내용이 안 배운 거네, 운동화가 안 보이네 하면서 불평을 해댔다. 유독 조 혼자만 휘파람을 불면서 소란을 떨었다. 마치 부인은 당장 부쳐야 할 편지를 마무리하느라 바빴다. 해나는 해나대로 늦잠을 잤다며 툴툴거렸다.

"우리처럼 괴상한 가족도 없을 거야!"

조가 잉크병을 엎지른 데다 구두끈까지 끊어지고, 모자를 깔고 앉게 되자 분통을 터뜨리며 소리쳤다.

"언니가 제일 괴상해!"

답이 모두 틀린 산수 문제를 지우며 석판 위에 눈물을 뚝뚝 흘리던 에이미가 받아쳤다.

"베스, 지금 당장 이 징글맞은 고양이들을 지하실에 갖다 처넣지 않으면 물에 빠뜨려버릴 거야."

메그가 가시처럼 달라붙으며 자꾸만 등으로 기어오르려는 새끼 고양이들을 떼어 놓으려다 잘 안 되자 화가 나서 고함을 질렀다.

메그의 신경질적인 반응에 조는 큰 소리로 웃은 반면, 베스는 금세 울상이 되어버렸다. 게다가 에이미까지 8 곱하기 12가 뭔지 몰라 질질 짰다.

"얘들아, 얘들아, 1분만이라도 좀 조용히 할 수 없니? 이 편지를 오늘 아침까지 끝내야 하는데 너희들 때문에 산만해서 도무지 집중을 할 수가 없구나."

마치 부인이 문장을 잘못 써서 벌써 세 번째 줄을 직직 그으며 소리쳤다.

잠시 잠잠하다 싶더니 해나가 불쑥 들어와서는 식탁 위에 뜨거운 파이 두 개를 내려놓고 황급히 나갔다. 해나가 구워내는 파이는 이 집안의 명물이었다. 자매들은 이것을 '머프(방한용 토시 : 옮긴이)'라고 불렀다. 달리 토시가 없었기 때문이기도 했지만, 추운 겨울날 아침 뜨거운 파이를 손에 들고 있으면 기분이 좋아졌기 때문이다. 해나는 아무리 바쁘더라도, 혹은 질척거리는 길 때문에 아무리 화가 나더라도 파이 굽는 걸 잊은 적이 단 한 번도 없었다. 안 그랬다간 두 시 전에 집에 돌아오는 일이 거의 없는 메그와 조가 점심을 굶어야 했기 때문이다.

"고양이 잘 돌보고 머리 아픈 거 빨리 나아야지, 베스. 다녀올게요, 엄마. 오늘 아침에는 다들 못되게 굴었지만, 집에 돌아올 때쯤엔 평소처럼 천사들이 돼 있을 거예요. 가자, 메그 언니!"

조는 이렇게 말한 후, 순례자들은 결코 이런 식으로 길을 떠나진 않았을 거라고 생각하며 성큼성큼 걸어가기 시작했다.

메그와 조는 모퉁이를 돌기 전에 늘 뒤를 돌아보았다. 어머니가 창가에서 미소를 머금고 고개를 끄덕이며 손을 흔들어주었기 때문이다. 그걸 거르면 왠지 하루를 무사히 넘기지 못할 것 같았다. 기분이 좋건 나쁘건, 먼발치에서 보는 어머니의 얼굴은 언제나 햇살 같은 느낌을 주었다.

"엄마가 손으로 키스를 보내는 대신 주먹을 흔드신다 해도 당연한 일이야. 다들 전에 없이 불한당처럼 굴었으니까."

조가 진창길과 매서운 바람을 벌이라고 생각하며 소리쳤다.

"그런 끔찍한 말은 쓰지 마."

세상에 염증이 난 수녀처럼 두건으로 얼굴을 가린 메그가 말했다.

"난 의미가 강렬하게 전달되는 표현이 좋아."

조가 벗겨지려는 모자를 붙잡으며 대꾸했다.

"네가 너 자신을 뭐라고 부르든 상관하진 않겠어. 하지만 난 불한당도 아니고 말괄량이도 아냐. 그리고 그런 식으로 불리는 것도 싫어."

"사람이 왜 그렇게 여유가 없어? 오늘은 짜증 부리는 날로 정했어? 왜 그러는데? 호화로운 마차를 타지 못해서? 가엾은 언니! 내가 큰돈을 벌 때까지만 기다려. 그러기만 하면 마차, 아이스크림, 굽 높은 신발, 꽃다발이 문제겠어? 아, 맞다. 빨간 머리 청년들과도 원 없이 춤추게 해줄게."

"말도 안 되는 소리 좀 작작 해라, 조!"

메그는 말은 그렇게 했지만 조의 엉뚱한 얘기에 한바탕 웃고 났더니 자기도 모르게 기분이 한결 좋아졌다.

“내가 그러는 게 다행인 줄 알아. 설마 나도 언니처럼 잔뜩 인상을 구기고 있길 바라는 건 아니겠지? 그럼 정말 볼만할 거야. 난 늘 재미있는 생각을 하니까 기분이 가라앉을 새가 없어. 고마운 일이지 뭐. 이제 우는소리 그만하고 집에 올 때는 웃어야 해, 알았지?”

조는 갈림길에서 헤어지며 격려하듯 언니의 어깨를 토닥여주었다. 둘은 파이를 가슴에 안은 채 추운 겨울 날씨와 힘든 일, 놀기 좋아하는 젊은 날의 채워지지 않는 욕망에도 불구하고 애써 쾌활한 표정을 지으며 각자의 길로 갔다.

아버지가 불운한 친구를 돕기 위해 애쓰다 재산을 날리자, 메그와 조는 용돈이라도 벌 수 있도록 일하게 해달라고 사정했다. 일찍부터 근면과 독립심을 배우는 것도 나쁘지 않다고 생각한 두 자매의 부모는 딸들의 제안에 흔쾌히 동의했고, 그때부터 둘은 온갖 시련이 닥쳐와도 반드시 성공하고야 말겠다는 결의를 다지며 일을 시작했다. 마거릿은 보모 겸 가정교사 자리를 구했고, 기껏해야 쥐꼬리만 한 월급이었지만 부자가 된 듯한 기분을 느꼈다. 본인 스스로도 말했듯이 ‘사치를 좋아하는’ 그녀로서는 가난이 가장 큰 고민거리였다. 더구나 아름답게 꾸며진 집과 편안하고 쾌적한 생활, 부족함이라고는 모르던 지난 시절을 기억하는 그녀인지라 동생들보다 가난을 견디기가 더욱 힘들었다. 메그는 남들을 부러워하거나 불만을 품지 않으려고 노력했지만, 그녀

또래의 젊은 처녀라면 누구나 예쁜 물건들과 재미있는 친구들, 행복한 생활을 갈망하기 마련이었다. 킹 씨네 집에서 그녀는 그토록 바라던 것들을 날마다 접했다. 자기가 돌보는 아이들의 누나들이 외출할 때 우아한 무도회 의상과 꽃다발을 보게 되었고, 때로는 극장과 음악회, 썰매장에서 열리는 사교 모임, 그 외 온갖 종류의 즐거운 행사들에 관한 얘기를 들었다. 때로는 돈이 아주 사소한 것들(물론 그녀에게는 아주 귀중한 것들일 테지만)에 낭비되는 걸 목격하기도 했다. 가엾은 메그는 불평을 하진 않았지만, 자신이 행복한 인생을 살아가는 데 필요한 축복을 얼마나 많이 누리고 있는지 아직 깨닫지 못했기에 가끔씩 세상이 불공평하다는 생각을 하며 모든 사람들에게 적의를 느끼곤 했다.

조는 우연한 기회에, 다리가 불편해 곁에서 시중을 들어줄 사람이 필요한 마치 대고모의 눈에 들게 되었다. 자식이 없는 이 노부인은 조네 집안 형편이 기울었을 때 자매들 중 한 명을 수양딸로 삼겠다는 제안을 했다가 거절당하자 감정이 몹시 상했다. 그 당시 주변 친구들은 돈 많은 노부인의 유산을 상속받을 절호의 기회를 걷어찬 거나 다름없다며 안타까워했지만, 물욕과는 거리가 먼 조의 부모는 이런 말을 했을 뿐이다.

"억만금을 준다 해도 우리 애들을 포기할 순 없어요. 잘살든 못살든 식구들이 다 같이 모여 사는 게 행복이죠."

그 일 이후로 노부인은 한동안 조네 식구들과 담을 쌓고 지냈지만, 친구 집에서 우연히 조를 보고는 익살스러운 표정과 솔직한 태도가 마음에 들었는지 조를 말동무로 삼고 싶다는 제안을 해왔다. 조는 전혀 구미가 당기지 않았지만, 그보다 좋은 일자리가 나타나지 않았기 때문에 어쩔 수 없이 마치 대고모의 제안을 받아들였다. 그러나 이 까다로운 노부인과 의외로 잘 지내서 모두를 놀라게 만들었다. 물론 그사이 큰 소동도 여러 번 있었다. 한번은 씩씩거리며 집으로 돌아온 조가 더 이상은 참지 못하겠다고 선언했지만, 뒤끝이 없는 성격인 마치 대고모는 거절할 수 없는 급박한 이유를 내세우며 조를 다시 불러들였다. 조도 마음속으로는 이 깐깐한 노부인을 좋아했기 때문에 돌아갔다.

그렇지만 필자가 보기에 조가 다시 그 집에 발을 들여놓은 진짜 이유는 다른 데 있었다. 마치 대고모부가 돌아가시고 난 뒤부터는 먼지와 거미줄 차지가 된 널찍한 서재 때문이 아닐까 싶다. 조는 마음씨 좋은 이 노신사를 아직도 생생하게 기억하고 있었다. 마치 대고모부는 조가 철도와 다리를 짓는다며 묵직한 사전을 갖고 놀아도 잔소리 한마디 하지 않았을 뿐 아니라 라틴어 책에 나오는 괴상한 삽화들에 대해서도 자세히 설명해 주었다. 그리고 길에서 만나면 그때마다 생강 비스킷을 한 아름씩 사 주곤 했다. 키 큰 책상 위에서 밑을 내려다보고 있는 흉상들과 푹신한 의자, 지구본, 그리고 무엇보다도 그 속에서 마음껏 상상의 날개를 펼 수 있는 책들이 있는 먼지투성이의 어두컴컴한 서재는 조에게는 천국과도 같았다. 마치 대고모가 낮잠을 자거나 손님을 접대하느라 바쁠 때면, 조는 이 조용한 장소로 달려와 커다란 의자에 웅크리고 앉은 채 책에 미친 사람처럼 시, 소설, 역사책, 기행문, 화집에 이르기까지 종류를 가리지 않고 게걸스럽게 읽어댔다. 그러나 모든 행복이 그렇듯이 그런 시간은 그리 오래가지 않았다. 소설의 절정 부분이나 시집 중에서 가장 달콤한 구절, 아니면 여행담 가운데 손에 땀을 쥐게 하는 장면을 펼치는 순간이면 어김없이 "조시-핀! 조시-핀!" 하고 부르는 날카로운 목소리가 들려왔기 때문이다. 그러면 조는 천국에서 나와 뜨개실을 감거나 푸들을 씻기거나 벨샴(윌리엄 벨샴, 1752~1852, 영국의 정치 작가이자 역사학자. 휘그당 지지자로 널리 알려져 있음. 여기서 벨샴의 수필은『철학, 역사, 문학 소론Essays Philospohical, Historical, Literary』을 말함 : 옮긴이)의 수필을 큰 소리로 읽어야 했다.

조의 야망은 뭔가 굉장한 일을 하는 거였다. 그게 뭔지는 아직 알 수 없었지만 시간이 지나면 자연히 알게 될 터였다. 조의 가장 큰 고통은 마음대로 책을 읽을 수도, 뛰어다닐 수도, 말을 탈 수도 없다는 사실이었다. 급한 성격과 직선적인 말투, 잠시라도 가만히 있지 못하는 기질 때문에 조는 늘 궁지에 빠졌다. 그 때문인지 그녀의 인생은 희극과 비극 사이를 오가는 시소게임 같았다. 그러나 마치 대고모 집에서 받는 훈련은 그녀에게 필요한 부분이었다. 그리고 "조시-핀!"이라고 불리는 건 정말 싫었지만 뭔가 일을 해서 자기 생활비를 벌고 있다는 생각은 그녀를 행복하게 해주었다.

베스는 수줍음이 너무 많아서 학교에 다니지 못했다. 그래도 처음에는 학교에 보내려고 시도해 보았지만 베스가 너무 힘들어 하는 바람에 그만두게 할 수밖에 없었다. 그 후부터는 집에서 아버지에게 배웠다. 아버지가 전쟁터로 떠나고 어머니마저 군인 원호회에 나가 봉사활동을 하느라 신경 쓰지 못하게 된 뒤에도 베스는 혼자서 공부하며 최선을 다했다. 알뜰한 살림꾼인 베스는 해나를 도와 집안일을 하면서도 사랑이라면 모를까 달리 상을 기대한 적은 한 번도 없었다. 그녀는 혼자서 긴 시간을 보내면서도 외로움을 느끼거나 게으름을 부린 적이 없었다. 그녀의 작은 세상에는 상상 속의 친구들이 함께 살고 있었기 때문이다. 게다가 그녀는 천성이 부지런한 벌이었다. 매일 아침마다 그녀는 여섯 개의 인형들을 꺼내 옷을 입혔다. 아직 어리기도 했지만 워낙 인형을 좋아했기 때문이다. 하지만 베스가 가지고 있는 인형들 중에 온전하거나 근사한 인형은 하나도 없었다. 언니들은 인형을 가지고 놀기에는 너무 많이 자랐고 에이미는 낡거나 못생긴 건 가지려 들지 않았기 때문에 베스가 거두기 전까지는 모두 버려져 있던 것들이었다. 베스는 그 때문에 인형들을 더 소중히 다루었다. 성한 데가 없는 인형들을 위해 병원을 차리기까지 했다. 핀으로 인형들을 찌른 적도 없었고 욕을 하거나 때린 적도 없었다. 아무리 못생긴 인형이라도 소홀히 대하거나 해서 마음을 아프게 한 적도 없었다. 대신 언제나 변함없는 애정으로 다들 똑같이 먹이고 입히고 간호하고 쓰다듬어주었다. 그중에서 특히 가장 엉망이 된 채 버려져 있던 인형은 원래 조의 것이었다. 격동의 세월을

격동의 세월을 보낸 후 폐품을 넣어두는 가방에 처박혀 있던 그 인형은 베스가
보호소로 데려오지 않았다면 그 끔찍한 수용소에서 잡동사니 신세를 면치 못했을 것이다.

보낸 후 폐품을 넣어두는 가방에 처박혀 있던 그 인형은 베스가 보호소로 데려오지 않았다면 그 끔찍한 수용소에서 잡동사니 신세를 면치 못했을 것이다. 베스는 아무런 장식도 없던 인형의 머리에 조그만 모자를 만들어 붙이는가 하면, 사라져버린 팔다리를 감추기 위해 이불을 만들어 덮어주기까지 하면서 만성질환으로 고생하는 이 환자를 돌보는 데 최선을 다했다. 누군가 베스가 그 인형에 쏟은 정성을 지켜보았다면 처음엔 웃을지라도 결국엔 진한 감동을 받았으리라. 적어도 필자는 그렇게 생각한다. 그녀는 인형에게 꽃다발을 갖다주고, 책도 읽어주고, 외투 속에 넣어 밖으로 나가 공기를 쐬게 해주고, 자장가를 불러주고, 잠자리에 들 때마다 "좋은 꿈 꾸길 바라"라고 속삭이며 그 더러운 얼굴에 키스까지 해주었다.

물론 베스에게도 고민거리가 있었다. 천사가 아니라 아직 어린 '인간 소녀'였기에, 조의 말에 따르면 '몰래 흐느껴' 울 때도 많았다. 베스가 몰래 우는 이유는 음악 수업을 받을 수 없는 데다 좋은 피아노를 가질 수도 없기 때문이었다. 그녀는 음악을 몹시 사랑했기 때문에 열심히 배우려고 노력했다. 그래서 음정도 맞지 않는 낡은 피아노로 열심히 연습했지만 누군가(마치 대고모를 뜻하는 건 아니다)가 나서서 도와주어야 할 것 같았다. 그러나 베스가 집에 홀로 남아 누렇게 변색된 건반 위에 떨어진 눈물방울들을 닦아내는 걸 본 사람은 아무도, 아무도 없었다. 그녀는 일을 할 때면 작은 종달새처럼 노래를 불렀고, 엄마와 자매들을 위해서라면 하루 종일 피아노를 연주하라고 해도 절대 지치는 법이 없었다. 그러면서 베스는 매일 자신에게 희망의 말을 속삭이는 것도 잊지 않았다. "내게 재능이 있다면 언젠가는 내 음악을 하게 될 거야."

세상에는 베스처럼 수줍음을 잘 타고, 말이 없고, 구석 자리에 앉아 있다 필요할 때만 모습을 드러내고, 다른 사람들을 위해 사는 걸 너무 즐거워해서 오히려 누구에게서도 그 희생을 인정받지 못하는 소녀들이 많다. 그러나 우리는 화덕 위의 작은 귀뚜라미가 노래를 멈추고 나면, 따뜻한 햇살이 침묵과 응달을 남겨둔 채 모습을 감추고 나면, 그때서야 비로소 그들의 중요성을 깨닫게 된다.

누군가 에이미에게 인생에서 제일 큰 걱정거리가 뭐냐고 묻는다면 바로 그 자리에서 '코'라고 대답하리라. 에이미가 어렸을 때 조가 실수로 석탄통에 빠뜨린 적이 있는데, 에이미는 그때 넘어지면서 자기 코가 영원히 주저앉은 거라고 주장했다. 그러나 그녀의 코는 불쌍한 페트리아의 코처럼 뭉툭하지도 빨갛지도 않았다. 다만 상당히 납작해서 세상 사람들이 모두 달려들어 한 번씩 꼬집어준다 해도 절대로 귀족적인 코가 될 것 같지는 않았다. 아무도 거기에 신경 쓰지 않았고 자라면서 훨씬 나아지고 있는데도 에이미는 그리스 조각상 같은 코를 갖지 못한 게 못내 서운한지 종이만 보면 오뚝한 코를 그리며 마음을 달랬다.

언니들이 붙여준 '꼬마 라파엘로'라는 별명에 어울리게 그녀는 그림에 남다른 재능이 있었다. 에이미는 꽃을 실물과 똑같이 그리거나 요정들의 모습을 상상하여 그리거나 이야기책을 보며 괴상한 삽화를 그릴 때가 가장 행복했다. 그녀를 가르치는 선생님들은 셈할 때 쓰는 석판에 동물들을 그리거나 지도책의 여백에 지도를 그리는 것도 모자라, 교과서 갈피에 교사들을 우스꽝스럽게 묘사한 만화를 끼우고 다닌다며 불평했다. 하지만 성적도 좋은 편이었고 행실이 발라서 그럭저럭 꾸중을 모면했다. 그녀는 성격도 무난하고 별다른 노력 없이도 사람들을 기쁘게 만드는 재주가 있어서 친구들 사이에서도 인기가 아주 높았다. 에이미의 다소 거만하고도 우아한 태도와 다방면에 걸친 재능은 급우들 사이에서 선망의 대상이 되었다. 그녀는 그림 외에도 피아노를 열두 곡이나 연주할 수 있었고 뜨개질에도 능숙했으며 불어도 단어의 3분의 2 이상을 틀리지 않고 읽을 수 있었다. 그리고 걸핏하면 "우리 아빠가 부자였을 때 어쩌고 어쨌다……"라며 애처롭게 푸념을 늘어놓았는데, 그 모습이 어찌나 감동적인지 언니들도 '우아 그 자체'라며 막힘없는 에이미의 수다 솜씨를 인정할 정도였다.

다들 에이미를 귀여워하는 데다 허영기와 이기심이 날로 커지고 있었기 때문에 까딱 잘못하다가는 버릇없는 아이가 될 가능성이 높았다. 그러나 사촌들이 입던 옷을 입어야 한다는 사실이 그런 에이미의 허영기를 어느 정도 눌러주는 효과를 발휘하는 듯했다. 사촌 플로런스의 엄마는 안목이라고는 약에 쓰려고 해도 없는 사람이었다. 그 때문에 에이미는 파란색 보닛 대신 외투와 조금도 어울리지 않는 빨간색 보닛을 써야 하거나 겉옷과 따로 노는 앞치마를 입어야 하는 게 늘 고역이었다. 옷감도 좋고 재봉 상태도 훌륭하고 별로 낡지도 않았지만, 에이미의 예술가적 안목을 채우기에는 턱없이 부족했다. 아무 장식도 없고 노란 물방울무늬만 찍힌 칙칙한 보라색 외투를 입고 학교에 가야 하는 올 겨울은 특히 더 괴로웠다.

"내 유일한 위안거리는 내가 말썽을 피워도 우리 엄마가 치맛단을 올리지 않으신다는 거야. 마리아 파크스의 엄마는 개가 말썽을 피울 때마다 치맛단을 안으로 집어넣어 꿰매버리거든. 정말 너무하지 않아? 심할 땐 외투 길이가 무릎 위로 올라간 적도 있어. 그래 가지고는 학교에 올 수가 없잖아. 그 창피를 생각하면 내 납작한 코와 촌스러운 보라색 외투도 참을 수 있을 것 같아."

에이미가 눈물을 글썽거리며 메그에게 말했다.

메그는 에이미의 절친한 친구이자 조언자였고, 성격이 거의 정반대이긴 하지만 베스에게는 조가 그런 존재였다. 수줍음을 잘 타는 베스는 오로지 조한테만 속마음을 털어놓았다. 베스는 자기도 모르는 사이에 껑충한 키에 늘 덤벙대는 조에게 가족 중 누구보다도 큰 영향력을 발휘하고 있었다. 메그와 조는 서로를 끔찍이 아꼈지만, 동생을 한 명씩 맡아서 각자의 방식대로 돌봐주고 있었다. 메그와 조는 이를 '엄마 놀이'라고 부르며 어린 여성의 모성 본능으로 인형 대신 동생들을 보살폈다.

"재미있는 소식 없니? 오늘은 하루 종일 우울해. 뭐 신나는 일 없을까?"

그날 저녁 다 같이 둘러앉아 바느질을 하면서 메그가 말했다.

"오늘 대고모님 댁에서 이상한 일이 있었어. 어떤 일이 있었는지 얘기해 줄 테니 들어봐."

이야기하는 걸 무척 좋아하는 조가 운을 뗐다.

"오늘도 그 지겨운 벨샴을 읽고 있었어. 평소 같으면 대고모님이 금방 주무시면 다른 책을 꺼내 대고모님이 깨어나실 때까지 부리나케 읽어치우는 게 정상이거든. 그런데 오늘따라 이상하게 내가 먼저 졸리더라고. 그래서 입을 쫙 벌리며 하품을 했더니, 글쎄 대고모님이 그렇게 입을 크게 벌려가지고 책을 한꺼번에 다 집어삼키기라도 하려는 거냐고 물으시는 거야. 그래서 건방지게 들리지 않도록 애쓰면서 '그렇게 할 수만 있다면 좋겠네요. 한 번에 다 이해해버리게요'라고 말했지.

그랬더니 대고모님은 나의 죄에 대해 긴 설교를 늘어놓으시고는 잠시 쉴 테니 앉아서 그 문제에 대해 곰곰이 생각해 보라고 하시더라고. 언니도 알다시피 대고모님은 그리 오래 주무시는 편이 아니잖아. 그래서 대고모님의 모자가 위아래로 흔들거리기 시작하자마자 주머니에서 『웨이크필드의 목사』를 꺼내, 한쪽 눈은 책에 나머지 한쪽 눈은 대고모님에게 고정시킨 채 일사천리로 읽어나갔지. 그런데 사람들이 물속으로 곤두박질치는 장면이 나오자 나도 모르게 웃음이 튀어나오잖아. 그 바람에 그만 대고모님이 깨어나시고 말았지 뭐. 그런데 낮잠을 한바탕 주무시고 난 뒤라 기분이 한결 좋아져서 그런지 조금 읽어보라고 하시면서, 가치 있고 교훈적인 벨샴을 놔두고 그렇게 열심히 보는 하찮은 작품이 어떤 책인지 좀 보자고 하시더라고. 난 최선을 다했어. 대고모님도 좋아하셨고. 물론 말씀은 이렇게 하셨지만 말이야.

'이게 무슨 말인지 난 도무지 모르겠구나. 아까 읽던 데서부터 다시 읽어봐라.'

그래서 그 부분을 펴서 어느 때보다도 실감나게 읽어드렸지. 그러다 아주 흥미로운 대목에서 '지겹지 않으세요? 그만 읽을까요?'라며 한번 능청을 떨었거든. 그랬더니 방금 전까지만 해도 가만히 계시던 대고모님이 뜨개질감을 뒤적이시며 돋보기 너머로 날 뚫어지게 쳐다보시더니 이렇게 말씀하시는 거야. '읽던 장은 마저 읽어야지. 무례하구나.'"

"그럼 대고모님이 재미있다는 걸 인정하셨니?"

메그가 물었다.

"물론, 그럴 리가 없지! 하지만 그 케케묵은 벨샴은 한쪽으로 밀어두셨어. 그런데 오후에 장갑을 찾으러 다시 갔더니 내가 복도에서 신이 나서 춤추며 웃음을 터뜨리는 소리도 못 들으시고 『웨이크필드의 목사』에 푹 빠져 계시더라고. 원하시기만 하면 아주 즐겁게 사실 수도 있을 텐데. 난 대고모님이 아무리 돈이 많아도 그다지 부럽지 않아. 내가 보기엔 부자들도 가난한 사람들만큼이나 걱정거리가 많은 것 같아."

조가 덧붙였다.

"조 얘기를 들으니 나도 할 얘기가 생각났어. 조의 얘기만큼 재미있지는 않지만 집에 돌아오면서 이 문제를 두고 아주 많이 생각해봤어. 오늘 킹 씨네를 갔는데 분위기가 살벌해서 혼났어. 애들 중 한 명이 갑자기 큰오빠가 끔찍한 짓을 저질러서 아빠가 먼 데로 보내버렸다고 하는 거야. 그 말에 킹 부인은 눈물을 흘리고 킹 씨는 언성을 높이고……. 그레이스와 엘런은 내가 지나가도 고개를 돌려버리길래 울어서 눈이 빨개진 걸 보고도 아는 척할 수가 없었어. 물론 아무것도 묻진 않았지만, 나쁜 짓을 저질러서 가문에 먹칠을 하는 망나니 같은 남자 형제가 없어서 다행이라는 생각이 들기보단 안됐다는 느낌이 들었어."

"난 학교에서 불명예스러운 일을 당하는 게 그보다 훨씬 더 쓰라릴 거라고 생각해."

메그의 얘기를 듣고 난 에이미가 깊은 인생 경험을 한 사람처럼 고개를 설레설레 흔들며 말했다.

"오늘 수지 퍼킨스가 예쁜 홍옥수 반지를 끼고 왔었거든. 난 그 반지가 끼고 싶어서 내가 그 애라면 얼마나 좋을까 하는 생각을 수도 없이 했어. 그건 그렇고, 그 애가 데이비스 선생님을 그렸는데 어떻게 그렸는지 알아? 코는 꼭 괴물 같고 등은 구부정하게 그린 데다 입 주변에 동그라미를 그려서 '꼬마 아가씨들, 내가 항상 지켜보고 있다는 거 명심해'라는 글까지 적어 넣었더라고. 선생님이 잘하시는 말이거든. 그런데 그걸 보고 다들 웃자 선생님이 갑자기 우리를 노려보시더니 수지더러 석판을 가져오라고 하는 거야. 수지는 무서워서 거의 마비 상태였지만 그래도 그걸 가지고 나갔어. 그런데 그 선생님이 어떻게 했을 것 같아? 수지의 귀를 잡아당겼어. 귀를! 생각만 해도 소름이 끼쳐! 그러고는 암송대로 데려가더니 석판을 든 채 30분 동안이나 거기 서 있게 했어."

"여자애들이 그림을 보고 웃지 않았니?"

그런 일을 당해본 경험이 있는 조가 물었다.

"아니, 단 한 명도 안 웃었어! 다들 생쥐처럼 얌전하게 앉아 있었고 수지는 엉엉 울었어. 나 같아도 그랬을 거야. 그러고 나서는 그 애가 하나도 부럽지 않았어. 그런 일을 겪는다면 홍옥수 반지가 수백만 개 있다고 해도 행복하지 않을 것 같았거든. 그렇게 치욕스러운 일을 당한다면 죽고 싶을 거야."

에이미는 뭐가 미덕인지를 깨달았다는 점과 어려운 단어 두 개를 단 한 번에 정확하게 발음했다는 점에 대해 자부심을 느끼면서 하던 일을 계속했다.

"오늘 아침에 기분 좋은 광경을 목격해서 저녁 식사 시간 때 이야기하려고 하다가 잊어버렸어."

베스가 뒤죽박죽으로 엉망인 조의 반짇고리를 정리하며 말을 꺼냈다.

"해나 아주머니 부탁으로 굴을 사러 갔다가 생선 가게에서 로런스 씨를 만났어. 하지만 그분은 날 보지 못하셨어. 그때 들통과

자루걸레를 든 웬 불쌍한 여자가 들어와서는 커터 씨에게 저녁거리가 없어 그러니 청소를 해주면 생선을 좀 줄 수 있느냐고 물었어. 커터 씨가 그 자리에서 안 된다고 거절하자 그 여자가 도망치듯 가게를 나가는데, 지친 표정에 미안해하는 그 모습이 참 안돼 보였어. 그걸 본 로런스 씨가 지팡이 끝으로 커다란 생선을 찍어 올리더니 그 여자한테 내미는 거 있지. 생각지도 않은 친절에 너무 기쁜 나머지 그 여자는 생선을 품에 안고 로런스 씨한테 몇 번이나 고맙다는 인사를 했어. 로런스 씨는 그 여자한테 어서 가서 그걸로 요리를 하라고 말씀하셨어. 그리고 그 여자는 아주 행복한 얼굴로 발걸음을 재촉하며 집으로 갔어. 어때, 그분 너무 훌륭하지 않아? 그 커다랗고 미끈거리는 물고기를 끌어안고서 로런스 씨에게 복 받을 거라고 말하는 여자의 모습이 얼마나 웃기던지."

베스의 이야기에 한바탕 웃고 난 자매들은 이번에는 어머니에게 이야기를 해달라고 졸랐다. 어머니는 잠시 생각하는 눈치더니 곧이어 진지한 목소리로 다음과 같이 말했다.

"오늘 다른 부인들과 함께 푸른색 플란넬 저고리를 마름질하는데 갑자기 아빠가 몹시 걱정되면서 아빠한테 무슨 일이라도 생긴다면 우리가 얼마나 외롭고 힘들어질까 하는 생각이 들더구나. 별로 현명하지 못한 일이라는 걸 알면서도 엄만 아빠 걱정을 떨쳐 버릴 수가 없었단다. 그런데 웬 노인이 옷을 좀 주문하러 왔다며 들어오더니 내 옆에 앉더구나. 지치고 근심 어린 모습이길래 엄마 쪽에서 먼저 말을 붙이기 시작했단다.

'아드님들이 군대에 있나요?'

노인이 가져온 물품 교환권에 적힌 내용을 보고 엄마는 이렇게 물었단다.

'그래요. 모두 넷이었는데 둘은 죽고 하나는 포로로 잡혀 있답니다. 지금은 나머지 한 녀석한테 가는 길이라오. 워싱턴 병원에 있다는데 몹시 아프다는구려.'

노인은 조용한 목소리로 이렇게 대답하더구나.

'조국을 위해 큰일을 하셨네요, 어르신.'

엄마는 그 노인에게 동정심 대신 존경심을 느끼며 이렇게 말했단다.

'당연히 할 일인걸요. 늙은이도 쓸모가 있다면 나도 나갔을 겁니다. 내가 못 나가는 대신 아들 녀석들을 보냈지요.'

자신의 전부를 바치고서도 어찌나 침착하고 쾌활해 보이는지 노인의 얘기를 들으며 나 자신이 부끄러워졌단다. 불평 한마디 없이 네 명이나 내보낸 사람이 있는데 엄마는 겨우 한 명을 보내놓고 무슨 큰일을 한 것처럼 굴고 있었지 뭐니. 난 집에서 나를 반갑게 맞아줄 딸들이 넷이나 되지만, 그 노인은 유일하게 남은 아들마저 어쩌면 마지막 작별 인사를 하기 위해 수 마일이나 떨어진 곳에서 아버지를 기다리고 있을지도 모르는데 말이다. 그런 생각을 하니 내가 너무 부자고 행복하다는 생각이 들길래 옷 보따리와 약간의 돈을 건네면서 좋은 교훈을 가르쳐주셔서 정말 감사하다는 말을 했단다."

"또 얘기해주세요, 엄마. 방금 전에 들려주신 것처럼 교훈적인 걸로요. 너무 설교조가 아니고 현실적인 내용이라면 나중에 천천히 음미해봐도 좋거든요."

잠시 동안의 침묵 뒤에 조가 말했다.

마치 부인은 미소를 지어 보이더니 곧바로 이야기를 시작했다. 그녀는 꼬마 청중들을 앞에 놓고 수년 동안이나 이야기를 해왔기 때문에 어떻게 하면 딸들을 기쁘게 할지 잘 알고 있었다.

"옛날에 네 명의 소녀가 살았단다. 먹을 거든 마실 거든 입을 거든 부족함이 없었고 그들을 정말 사랑하는 마음씨 착한 친구들과 부모가 있었지만, 그 애들은 만족할 줄을 몰랐지."

이 대목에서 청중들은 서로를 흘끔흘끔 쳐다보더니 열심히 바느질을 하기 시작했다.

"소녀들은 착해지고 싶어서 여러 가지 훌륭한 결심을 했지만 잘 지켜지지 않았단다. 게다가 자기들이 이미 얼마나 많은 걸 가지고 있는지, 자기들이 할 수 있는 즐거운 일이 얼마나 많은지를 잊은 채 늘 '이것만 있었으면', 혹은 '저것만 할 수 있었으면' 하고 말했단다. 그러던 어느 날, 소녀들은 한 할머니를 찾아가서 어떤 주문을 사용하면 행복해질 수 있냐고 물었어. 그러자 할머니는 '불만스러울 때마다 너희들이 누리는 축복에 대해 생각해 보렴. 그럼 감사하는 마음이 들 게다'라고 대답했단다."

이 대목에서 조는 뭔가 할 말이 있는 듯 고개를 번쩍 들었지만 이야기가 아직 끝나지 않았다는 걸 알고는 마음을 바꿨다.

"생각이 깊은 아이들이라, 소녀들은 할머니의 충고를 따르기로 결심했단다. 그리고 얼마 뒤 소녀들은 자기들이 얼마나 풍요롭게 잘 살고 있는지를 깨닫고는 깜짝 놀라고 말았어. 첫째는 아무리 많은 돈도 부자들의 집에서 수치와 슬픔을 걷어내줄 수는 없다는 걸 발견했고, 둘째는 인생을 즐길 줄 모르는 까다롭고 힘없는 노부인보다 가난하긴 하지만 젊고 건강한 자신이 훨씬 더 행복하다는 걸 깨닫게 되었지. 셋째는 저녁상 차리는 걸 거드는 게 아무리 귀찮더라도 끼니를 구걸해야 하는 것보다는 훨씬 낫다는 걸 알게 되었고, 넷째는 홍옥수 반지도 예절 바른 행동만큼 소중하지는 않다는 교훈을 얻었단다. 그리하여 소녀들은 더 많은 축복을 바라는 대신 한꺼번에 모두 잃어버리지 않기 위해 불평불만을 멈추고, 이미 누리고 있는 축복을 즐기며 소중히 여기기로 결심했단다. 엄마는 이 소녀들이 할머니의 충고를 따른 것에 대해 절대 실망하지 않을 거라고 믿는다."

"우리가 한 얘기를 슬쩍 돌려서 반성하는 마음을 끌어내시다니 엄만 정말 대단하세요!"

메그가 외쳤다.

"난 이런 식의 훈계가 좋아요. 아빠가 자주 사용하시던 이야기 방식이잖아요."

베스가 조의 바늘 쿠션 위에 바늘들을 가지런히 꽂으며 진지하게 말했다.

"난 남들만큼 불평을 많이 하진 않지만, 지금보다 더 신중해지려고 노력하겠어요. 수지의 추락을 보면서 많은 걸 배웠거든요."

에이미가 의젓하게 말했다.

"우리 모두에게 교훈이 필요했어요. 잊지 않을게요. 우리가 잊어버린 것 같으면 『엉클 톰스 캐빈』에 나오는 클로이처럼 '너희들에게 내리신 은총을 생각해라. 얘들아, 너희들에게 내리신 은총을 생각해라, 얘들아'라고만 말씀해 주세요."

다른 누구보다도 어머니의 이야기를 마음속 깊이 새겨들었으면서도 장난을 치지 않고는 못 배기는 조가 덧붙였다.

5
이웃이 되다

"대체 어딜 가려는 거니, 조?"

어느 눈 오는 날 오후, 예전에 입던 낡은 외투와 머리쓰개 차림에 고무장화를 신고 한 손에는 빗자루를, 다른 한 손에는 삽을 든 채 쿵쾅거리며 현관 쪽으로 걸어가는 동생을 보며 메그가 물었다.

"운동하러 가."

조가 두 눈 가득 장난기를 머금고 대답했다.

"아침에 두 번이나 먼 길을 갔다 온 걸로 충분하지 않니? 날씨도 춥고 우중충한데 나처럼 난롯불이나 쬐면서 따뜻한 집 안에 있으라고 충고하고 싶구나."

추위에 진저리를 치며 메그가 말했다.

"그런 충고는 사양하겠어! 얌전한 고양이처럼 하루 종일 집 안에 틀어박혀 있는 건 내 체질에 안 맞아. 게다가 난로 옆에서 꾸벅꾸벅 조는 건 딱 질색이야. 난 모험이 좋아. 나가서 재미있는 일을 찾아볼 거야."

메그는 다시 난로 옆으로 가 불을 쬐면서 『아이반호』를 읽었고, 조는 씩씩하게 눈을 치우며 길을 내기 시작했다. 다행히 눈은 그리 많이 쌓여 있지 않았다. 조는 해가 나면 인형들에게 신선한 공기를 쐬게 해주려고 밖으로 나오는 베스를 위해 빗자루로 정원 주변을 쓸어내며 순식간에 길을 냈다. 정원 옆은 로런스 씨네 저택이었다. 두 집 다 도시 외곽에 위치하고 있었는데 주변의 과수원과 잔디밭, 넓은 정원들, 한적한 거리가 아직도 시골 같은 분위기를 풍기고 있었다. 두 집의 경계에는 낮은 산울타리가 둘러쳐져 있었다. 이 울타리를 사이에 두고 한쪽에는 낡은 갈색 집이 서 있었다. 여름이면 담쟁이 덩굴이 벽을 뒤덮고 집 주위를 감싸듯 꽃들이 피어났지만 지금은 모두 져버린 탓에 다소 을씨년스럽고 초라해 보였다. 다른 한쪽에는 위풍당당한 석조 건물이 서 있었다. 대형 마차 차고와 잘 가꾸어진 정원부터 온실과 고급스러운 커튼 사이로 보이는 근사한 집기들에 이르기까지, 쾌적함과 호화로움에 관한 한 아무것도 부러울 게 없을 듯이 보였다. 그러나 왠지 그 집에는 활기라곤 전혀 없어 보였다. 그 집이 이처럼 쓸쓸해 보이는 이유는 잔디밭에서 뛰노는 아이들이나 창가에서 미소 짓는 어머니의 모습을 전혀 찾아볼 수 없는 데다, 노신사와 손자를 제외하고는 드나드는 사람도 거의 없었기 때문이다.

상상력이 풍부한 조의 눈에는 이 훌륭한 저택이 찬란한 광채와 환희로 가득 차 있으나 그 누구도 이를 즐기지 못하는 마법에 걸린 궁전처럼 보였다. 그녀는 오래전부터 이 저택의 숨겨진 영광을 직접 확인하는 한편, 누군가에게 알려지기를 기대하면서도 쉽게 남 앞에 나서지 못하는 것 같은 '로런스 가의 소년'과 사귀고 싶었다. 무도회 이후로 소년에 대한 궁금증이 더욱 커진 조는 그에게 다가갈 방법들을 여러 가지로 궁리해냈다. 그러나 최근 들어 소년의 모습이 보이지 않자, 그가 떠나버렸다고 생각하게 되었다. 그러던 어느 날 조는 2층 창가에서 베스와 에이미가 눈싸움을 하고 있는 정원을 부러운 눈길로 내려다보고 있는 갈색 얼굴을 훔쳐보게 되었다.

"저 애는 친구가 그리운 게 분명해."

그 모습을 본 조가 혼잣말을 했다.

"저 애 할아버지는 손자한테 뭐가 좋은지 모르고 계셔. 그러니까 저렇게 하루 종일 애를 가둬놓고 있지. 저 앤 같이 놀 친구들이 필요해. 아니면 적어도 젊고 활기찬 누군가가 필요해. 좋아, 결심했어. 기회를 엿봐서 그 노신사 분에게 그렇게 말씀드려야겠어!"

그 생각을 하자 조는 신이 났다. 워낙에 모험을 좋아하는 조는 늘 이상한 행동을 해서 메그를 난처하게 만들기 일쑤였다. 그동안 계속 '기회'만 엿보았던 조는 마침내 눈이 내리는 이날 오후,

계획을 실행에 옮기기로 결심했다. 그녀는 로런스 씨가 마차를 타고 외출하는 걸 보고는 눈을 쓸어내며 산울타리까지 길을 만든 다음, 잠시 멈춰 서서 저택 주변을 살폈다. 모든 게 고요했다. 1층 창가에는 커튼이 드리워져 있었고, 2층 창가에 기대서 있는 검은 고수머리를 빼고는 하인들도 보이지 않았다.

'저기 있다. 가엾어라! 이 우울한 날에 쓸쓸하게 혼자 있다니. 이건 말도 안 돼! 눈뭉치를 던져서 이쪽을 보게 해야지. 그러고는 친절한 말을 건네는 거야.'

조는 속으로 이렇게 생각했다.

조가 눈을 한 움큼 뭉쳐 위로 던지자 소년은 고개를 홱 돌렸다. 곧이어 생기 없던 표정은 온데간데없이 사라지고 커다란 눈을 반짝이며 입가에 미소를 지었다. 이를 본 조는 고개를 끄덕이며 한바탕 깔깔댄 후, 빗자루를 휘두르며 큰 소리로 외쳤다.

"안녕. 그런데 어디 아프니?"

그러자 로리가 창문을 열고는 갈까마귀처럼 잔뜩 쉰 목소리로 외쳤다.

"나아졌어. 고마워. 독감에 걸려서 이번 주 내내 집 안에 갇혀 지내고 있어."

"저런, 안됐다. 기분 전환할 거리는 있니?"

"없어. 여긴 무덤처럼 지루하고 답답해."

"책이라도 읽지 그래?"

"그것도 쉽지 않아. 푹 쉬어야 한다며 못 읽게 해."

"그럼 누구 다른 사람더러 읽어달라면 되잖아."

"가끔 할아버지가 읽어주시긴 하지만 나랑 취향이 다르셔서 내가 좋아하는 책은 재미없어하셔. 그렇다고 매번 브룩 선생님한테 읽어달라고 할 수도 없고."

"그럼 병문안하러 올 사람도 없니?"

"오라고 하고 싶은 사람이 없어. 남자애들은 너무 시끄러워서 머리만 더 아프거든."

"책도 읽어주고 너랑 놀아줄 멋진 여자애 없니? 여자애들은 조용하잖아. 그리고 남을 돌봐주는 것도 좋아하고."

"아는 여자애가 없어."

"우리를 알잖아."

조는 자기가 말해놓고 깔깔 웃더니 갑자기 뚝 멈추었다.

"정말 그러네! 우리 집에 와줄래?"

로리가 소리쳤다.

"난 조용하지도 멋지지도 않지만 엄마가 허락하시면 갈게. 가서 여쭤볼 테니 창문 닫고 내가 다시 올 때까지 얌전하게 기다리고 있어."

이 말과 함께 조는 빗자루를 어깨에 멘 채 식구들이 뭐라고 할지 궁금해하면서 집으로 향했다. 로리는 친구가 생긴다는 생각에 약간 흥분이 되어서 분주하게 오가며 손님 맞을 준비를 했다. 마치 부인이 표현했던 대로 로리는 '작은 신사'답게 고수머리를 단정하게 빗고 새 옷으로 갈아입었다. 그러고는 하인이 여섯 명이

나 되는데도 어질러진 자기 방을 청소하는 등 손님을 맞이하기 위해 만반의 준비를 갖췄다. 곧이어 초인종 소리가 요란하게 울리면서 '로리 씨'를 찾는 목소리가 들리더니 놀란 표정의 하인이 뛰어 올라와 어떤 숙녀분이 찾아왔다고 알렸다.

"괜찮아. 들어오시라고 해. 조 양이야."

로리가 조를 맞이하기 위해 자기 방 옆에 붙은 작은 응접실 문 쪽으로 가며 말했다. 잠시 후 장밋빛 얼굴에 침착한 표정을 한 조가 한 손에는 보자기를 씌운 접시를, 다른 한 손에는 베스의 새끼 고양이 세 마리를 들고 나타났다.

"나 왔어. 바리바리 싸 들고 왔지. 엄마가 안부와 함께 널 위해 뭔가 할 수 있어서 기쁘다는 말을 전해달래. 메그 언니는 블라망주(젤리의 일종으로 우유를 갈분과 한천으로 개서 굳힌 디저트 : 옮긴이)를 보냈고. 아주 맛있게 만들거든. 베스는 위로가 될 거라며 자기 고양이들을 보냈어. 얘들을 보면 네가 놀랄 거라는 걸 알면서도 베스가 자기도 뭔가를 하고 싶어 하는 바람에 거절할 수가 없었어."

그러나 베스의 엉뚱한 생각은 적중했다. 로리가 새끼 고양이들을 보고 활짝 웃었기 때문이다. 로리는 수줍음도 잊고 곧 쾌활해졌다.

"너무 예뻐서 도저히 못 먹겠어."

조가 보자기를 벗겨내고 에이미가 키운 제라늄의 푸른색 잎사귀와 진홍색 꽃들로 장식한 블라망주를 보여주자 로리가 미소를 지으며 말했다.

"별것 아니야. 우리 집 식구들이 성의 표시를 하고 싶었던 것뿐이라고. 하녀한테 차 마실 때 같이 내오라고 해서 먹도록 해. 부드러우니까 그냥 삼켜도 목이 아프지 않을 거야. 방이 참 아늑하다!"

"정돈만 잘하면 그럴지도 모르지. 하지만 하녀들이 게을러서 일을 시켜도 말을 잘 듣지 않아. 내가 사람 부릴 줄을 몰라서 그런가 봐."

"내가 2분 만에 정리해 줄 테니까 잘 봐. 난로의 먼지를 털고, 그다음엔 장식 선반 위에 있는 물건들을 이렇게 똑바로 세우고, 책들은 여기다 두고, 이 병들은 저쪽에 갖다 놓고, 소파는 이쪽으로 돌려놓고, 베개들은 이렇게 약간만 부풀려주면 돼. 자, 이제 한결 나아졌지?"

로리의 기분 또한 한결 나아졌다. 조가 웃고 떠들면서 물건들을 이리저리 옮겨 이전과는 아주 다른 방 분위기를 연출해냈기 때문이다. 로리는 존경 어린 눈길로 그녀를 쳐다보았다. 잠시 후 조가 턱으로 소파를 가리키며 앉기를 권하자 로리는 만족스러운 한숨을 내쉬며 앉은 뒤 감사의 말을 건넸다.

"넌 참 친절하구나! 맞아. 내가 원했던 게 바로 이거야. 자, 이제 여기 이 안락의자에 앉아서 나도 친구를 위해 뭔가를 할 수 있게 해줘."

"아니야. 내가 너를 즐겁게 해주려고 온 거잖아. 책 읽어줄까?"

이렇게 말하면서 조는 곁에 있는 책들을 애정 어린 눈길로 바라보았다.

"고마워. 하지만 다 읽은 책들이야. 괜찮다면 얘기를 나누고 싶은데."

로리가 대답했다.

"괜찮고말고. 네가 장단만 맞춰주면 난 하루 종일이라도 얘기할 수 있어. 베스는 나더러 한번 말을 시작하면 도대체가 멈출 줄을 모른대."

"얼굴이 발그스름하고, 가끔 작은 바구니를 들고 밖으로 나올 때를 제외하고는 거의 집 안에서만 지내는 애가 베스 맞지?"

로리가 흥미를 보이며 물었다.

"맞아. 그 애가 베스야. 정말 착한 애야."

"그리고 예쁘장하게 생긴 사람이 메그고, 머리가 곱슬곱슬한 애가 에이미지?"

"그걸 어떻게 알았어?"

그 말에 로리는 얼굴을 붉혔지만 이내 솔직하게 대답했다.

"너희들이 서로 이름을 부르는 소리를 자주 듣거든. 여기 혼자 있으면 나도 모르게 너희 집을 살피게 돼. 그때마다 너희 집 식구들은 늘 재미있게 지내는 것 같더라. 그런 내 행동이 무례하다는 건 알아. 하지만 너희가 가끔씩 화분들이 늘어서 있는 창문에 커튼 치는 걸 잊은 날에 불이 켜져 있으면 어머니와 식탁에 둘러앉은 너희 모습이 마치 한 폭의 그림 같다는 생각이 들곤 해. 너희 어머니 얼굴이 바로 맞은편에 있는데, 화분들 뒤로 어찌나 다정해 보이는지 도무지 눈을 뗄 수가 없어. 너도 알다시피 난 엄마가 없거든."

로리는 자기도 모르게 일그러지는 표정을 감추기 위해 괜히 난로를 들쑤셨다. 정에 굶주린 로리의 쓸쓸함이 조의 따뜻한 마음에 그대로 전해져왔다. 조는 마음만 먹으면 세상에 불가능한 일은 없다는 얘기를 들으며 자란 데다, 열다섯 살답게 순수하고 솔직했다. 이에 비해 로리는 아픈 데다 외롭기까지 했다. 조는 가족들의 사랑과 행복을 누리는 자신이 무척이나 부자라는 생각을 하면서 그런 느낌을 로리에게 나누어주기 위해 애썼다. 그녀는 아주 다정한 표정을 지으며 평소답지 않게 부드러운 목소리로 말했다.

"앞으로는 절대 커튼을 치지 않을 테니 실컷 봐. 하지만 그렇게 몰래 엿보는 것보다 직접 우리 집을 방문하는 게 어때? 우리 엄마는 아주 멋진 분이셔. 네가 오면 무척 잘해주실 거야. 그리고 베스는 내가 부탁하면 널 위해 노래를 불러줄 테고 에이미는 춤을 춰줄 거야. 메그 언니와 난 우스꽝스러운 무대 의상을 입고 널 웃겨줄게. 어때, 너네 할아버지가 허락하시지 않을 것 같니?"

"너희 어머니께서 부탁하신다면 허락하실 거야. 겉보기에는 그래도 무척 마음씨 좋은 분이거든. 그리고 내가 원하는 건 거의 다 들어주시는 편이야. 다만 내가 잘 모르는 사람들을 귀찮게 할까 봐 걱정하실 뿐이지."

아까보다 훨씬 표정이 밝아진 로리가 말했다.

"우린 잘 모르는 사람들이 아니라 이웃이잖아. 그리고 폐를 끼친다는 생각은 조금도 할 필요가 없어. 우린 너랑 친하게 지내고 싶어. 나도 오래전부터 너랑 친하게 지내고 싶었어. 너도 알다시피 우린 여기에서 산 지 아주 오래됐거든. 그래서 주변에 모르는 이웃이 없어. 너희 집만 빼고."

"우리 할아버지는 책 속에 파묻혀 지내시면서 밖에서 일어나는 일들에는 별로 관심이 없으셔. 내 가정교사인 브룩 씨도 여기서 살진 않아. 내 주변에는 같이 어울려 지낼 만한 사람이 아무도 없어. 그래서 그냥 집에 틀어박혀 있는 거야."

"그건 좋은 습관이 아냐. 넌 노력을 기울여야 해. 오라고 하는 데마다 빠짐없이 가서 친구들도 많이 사귀고 좋은 곳들도 알아둬야지. 부끄럼 타는 건 신경 쓰지 마. 계속해서 사람들을 만나다 보면 곧 고쳐질 테니까."

로리는 다시 얼굴이 빨개졌지만, 부끄러움을 많이 탄다는 말에 화가 나거나 하진 않았다. 말투는 무뚝뚝했지만 그 안에는 선의가 가득 담겨 있었기 때문에 로리는 조의 말을 기쁜 마음으로 받아들였다.

"학교생활은 재미있니?"

로리가 입을 다문 채 난로를 응시하다가 화제를 바꾸며 물었다. 그사이 조는 즐거운 표정으로 이곳저곳을 둘러보았다.

"난 학교에 안 가. 그러니까 내 말은 직장인이라는 거지. 대고모님 시중을 들어드리고 있어. 얼마나 까다로운 노인넨지 정말 죽을 맛이야.”

조가 대답했다. 로리는 다른 것도 묻고 싶었지만, 사람들 일에 대해 너무 많은 걸 묻는 건 예의가 아니라는 사실을 깨닫고는 다시 입을 다문 채 어색한 표정을 지었다.

조는 로리의 그런 태도가 마음에 들었다. 조는 대고모님 흉을 한바탕 늘어놓고서 그녀의 뚱뚱한 푸들과 스페인어를 하는 앵무새 폴리와 서재에 대해 자세하게 이야기해 주었다. 로리는 무척 재미있어하면서 열심히 귀를 기울였다. 특히 조가 언젠가 마치 대고모에게 구혼하러 찾아왔다가 폴리가 가발을 낚아채는 바람에 어찌할 바를 몰라 당황하던 노신사 얘기를 들려주었을 때는 아예 뒤로 드러누워서 눈물이 날 때까지 웃었다. 그 바람에 하녀가 대체 무슨 일이 있는지 알아보려고 머리를 불쑥 디밀었다.

“우스워 죽는 줄 알았어. 계속 얘기해 봐.”

로리가 너무 웃느라 빨개진 얼굴을 소파 쿠션 사이로 내밀며 말했다.

자기가 거둔 성공에 우쭐해진 조는 자매들의 연극 공연과 장래 희망, 아버지에 대한 걱정, 자매들이 사는 작은 세계 안에서 일어난 일들 중 가장 재미있었던 사건들에 대해 모조리 이야기해 주었다. 그러고 나서 두 사람은 책에 관한 얘기로 옮겨 갔다. 조는 로리가 자기만큼이나 책을 사랑할 뿐만 아니라 독서량이 자기보다 훨씬 더 많다는 걸 알고는 무척 기뻐했다.

“책이 그렇게 좋으면, 내려가서 서재를 구경시켜줄게. 할아버진 외출하고 안 계시니까 두려워할 필요 없어."

로리가 일어서며 말했다.

"난 겁나는 게 아무것도 없어."

조가 갑자기 머리를 쳐들며 대꾸했다.

"너라면 충분히 그럴 거야!"

로리는 감탄 어린 눈길로 그녀를 쳐다보며 소리쳤지만, 속으로는 할아버지의 심기가 불편할 때 마주친다면 많이는 아니더라도 조금은 무서워할 거라고 생각했다.

실내 공기는 마치 여름 같았다. 로리는 조의 상상력을 건드리는 게 있으면 멈춰서 자세히 살펴볼 수 있게 배려하면서 이 방 저 방을 돌아다니며 안내해 주었다. 마침내 서재에 들어서자 조는 아주 기쁠 때면 늘 그러듯이 손뼉을 치며 껑충거렸다. 서재에는 즐비하게 늘어선 책들 외에도 그림과 조각상, 동전과 신기한 물건들로 가득 찬 조그만 진열장, 안락의자, 괴상하게 생긴 탁자, 청동 제품들이 있었다. 하지만 그중에서도 제일 압권은 겉에 신기한 모양의 타일을 붙인 커다란 벽난로였다.

"정말 굉장하구나!"

조가 벨벳 의자에 깊숙이 파묻힌 채 아주 만족스러운 얼굴로 주위를 둘러보며 말했다.

"시어도어 로런스, 넌 세상에서 가장 행복한 애야."

"사람은 책을 먹고 살 순 없어."

로리가 맞은편 탁자 위에 걸터앉아 고개를 저으며 말했다.

그가 뭔가 더 말하려고 할 때 초인종이 울렸다. 조는 벌떡 일어서며 소리쳤다.

"맙소사! 너희 할아버지가 오셨나 봐!"

"그게 뭐 어때서 그래? 넌 겁나는 게 아무것도 없다며."

로리가 짓궂은 얼굴로 말했다.

"약간 겁이 나는 것 같아. 하지만 내가 왜 무서워해야 하지? 엄마한테 허락도 받았고 나 때문에 네가 더 악화된 것 같지도 않은데 말이야."

조가 침착성을 되찾으며 말했다. 하지만 눈은 계속해서 문 쪽에 고정되어 있었다.

"덕분에 아주 좋아져서 무척 감사하고 있어. 다만 내가 한꺼번에 너무 많은 말을 해달라고 졸라서 네가 피곤할까 봐 걱정돼. 네 얘기가 너무 재미있어서 그랬어."

로리가 감사의 마음을 전했다.

"의사 선생님이 오셨는데요, 도련님."

하녀가 들어와 어서 나오라는 손짓을 하며 말했다.

"잠시 나갔다 와도 괜찮겠니? 진찰을 받아야 하거든."

"나한테 신경 쓰지 마. 난 여기 있는 게 좋아."

로리가 나가자 조는 혼자 즐겁게 놀았다. 다시 문이 열렸을 때 조는 노신사의 초상화 앞에 서 있었다. 그녀는 뒤돌아보지도 않은 채 자신 있게 말했다.

"이제 이분을 무서워할 필요가 없을 것 같아. 입매는 상당히 고집스러워 보이지만 눈빛은 친절해 보이시거든. 우리 할아버지 만큼 잘생기진 않았지만, 이분이 마음에 들어."

"고맙소, 아가씨."

뒤쪽에서 굵고 탁한 목소리가 들려와 고개를 돌려보니 거기에는 놀랍게도 로런스 씨가 서 있었다.

가엾은 조는 더 이상 빨개질 수도 없을 정도로 얼굴이 붉어졌다. 그리고 자기가 방금 전에 한 말을 생각하자 심장이 걷잡을 수 없을 만큼 빨리 뛰기 시작했다. 잠시 동안 조는 어디론가 달아나고 싶은 충동에 사로잡혔지만, 자매들한테 겁쟁이라고 놀림을 받을까 봐 거기 그대로 서 있으면서 위기에서 벗어나기로 결심했다. 다시 보니, 숱 많은 회색 눈썹 아래 두 눈이 초상화보다 훨씬 더 친절해 보였다. 활기가 넘치는 그의 눈에는 장난기마저 서려 있어서 조의 두려움을 아주 많이 덜어주었다. 조마조마한 침묵이 흐른 뒤 노신사는 아까보다 더 무뚝뚝한 목소리로 불쑥 입을 열었다.

"그래, 넌 내가 무섭지 않단 말이지?"

"네."

"그리고 너희 할아버지보다 못생겼다고 생각한다고?"

"꼭 그렇지만은 않아요."

"그리고 내가 고집이 세다고 했니?"

"그냥 그럴 것 같다고 생각했을 뿐이에요."

"그런데도 내가 좋단 말이지?"

"네."

대답이 마음에 든 노신사는 짧게 웃고 나서 조에게 악수를 청했다. 그러고는 손가락으로 조의 턱을 들어 올려 한참을 들여다보더니 고개를 끄덕이며 이렇게 말했다.

"얼굴은 닮지 않았지만 기질이 할아버지를 많이 닮았구나. 너희 할아버진 멋진 분이셨지. 하지만 무엇보다도 용감하고 정직한 분이셨다. 난 네 할아버지의 친구라는 게 자랑스러웠다."

"감사합니다."

조는 로런스 씨의 말을 듣고 마음이 아주 편해졌다. 그녀의 구미에 딱 맞았기 때문이었다. 그러나 노인의 다음 질문은 날카로웠다.

"내 손자와 뭘 하고 있었니?"

"서로 사이좋은 이웃이 되려고 했을 뿐이에요."

그러면서 조는 자기가 어째서 이 집을 찾아오게 됐는지 설명했다.

"그러니까 네 말은 그 애한테 얼마간의 기분 전환이 필요하다, 그거냐?"

"네. 할아버지 손자는 외로워 보여요. 하지만 젊은 사람들과 어울리면 아마 곧 좋아질 거예요. 저희는 모두 여자지만, 도움이 된다면 기쁘겠어요. 지난번 크리스마스 때 보내주신 근사한 선물을 잊지 않고 있거든요."

조가 열심히 말했다.

"쯧, 쯧, 쯧! 그건 그 애가 한 일이란다. 그건 그렇고 그 불쌍한 여자는 어떻게 지내고 있니?"

"잘 지내고 있어요."

조는 아주 빠른 어조로 어머니가 부자 친구들의 도움을 받아 그들을 돌봐주고 있다는 이야기를 비롯해 훔멜 가족에 대해 아는 건 모조리 쏟아냈다.

"선행을 베푸는 게 너희 외할아버지를 꼭 닮았구나. 어머니께 언제 날씨 좋은 날 한번 찾아뵙겠다고 전해다오. 종이 울리는 걸 보니 차 마실 시간이 됐구나. 그 애 때문에 우리 집에선 좀 일찍 마신단다. 가서 이웃 간의 정을 계속 나누자꾸나."

"할아버지가 괜찮으신다면요."

"괜찮으니까 같이 가자는 거 아니겠니."

로런스 씨는 구식 예법에 따라 조에게 한 팔을 내밀었다.

'메그 언니가 이 사실을 알면 뭐라고 할까?'

조는 속으로 이런 생각을 하면서 집에 돌아가 이야기를 하는 상상에 두 눈을 반짝이며 로런스 씨 팔에 이끌려 서재를 나섰다.

"대체 무슨 일이냐?"

계단을 뛰어 내려오다 조가 자기 할아버지와 팔짱을 끼고 있는 모습을 보고 놀란 표정을 짓는 로리를 향해 노신사가 물었다.

"할아버지가 오신 줄 몰랐어요."

조의 의기양양한 시선을 받으며 로리가 대답했다.

"네가 쿵쾅거리며 계단을 뛰어 내려오는 걸 보니 거짓말은 아닌 것 같구나. 차 마시러 갈 때는 신사처럼 행동해야지."

로런스 씨는 손자의 머리를 쓰다듬듯 잡아당기고는 가던 길을 계속 갔다. 로리는 두 사람의 우스꽝스러운 뒷모습을 지켜보다 조 때문에 하마터면 웃음을 터뜨릴 뻔했다.

노신사는 차를 넉 잔이나 마시는 동안 말을 거의 하지 않았지만, 금세 친해져서 오랜 친구들처럼 쉴 새 없이 이야기를 주고받는 두 젊은이를 지켜보며 손자에게 일어난 변화를 확실히 느꼈다. 이제 소년의 얼굴에는 생기와 활기가 흘러넘쳤고 태도도 예전과는 다르게 밝아져 있었다. 그리고 웃음소리를 들어봐도 정말 즐거워하고 있다는 느낌을 받을 수 있었다.

'저 여자애 말이 맞아. 이 아이는 외로웠던 게야. 이웃집 꼬마 아가씨들이 내 손자를 위해 할 수 있는 일이 어떤 건지 짐작이 가는군.'

로런스 씨는 두 젊은이가 대화를 나누는 모습을 바라보며 속으로 이렇게 생각했다. 노인은 엉뚱하면서도 솔직한 조가 마음에 들었다. 노인이 보기에 조는 마치 자신의 일부라도 되는 것처럼 소년을 아주 잘 이해하는 것 같았다.

로런스 집안사람들이 조의 표현대로 '거들먹거리며 점잔이나 빼는 바보들'이었다면, 지금처럼 쉽게 친해지지 못했을 것이다. 그런 사람들은 늘 조를 주눅 들게 하거나 어색하게 만들었기 때문이다. 그러나 직접 부딪쳐 보니 자기처럼 여유를 알고 격의 없는 사람들이라는 인상을 받았다. 차를 다 마시고 일어서면서 조가 이만 가보겠다고 하자 로리는 더 보여줄 게 있다며 그녀를 위해 미리 불을 켜둔 온실로 데려갔다. 조의 눈에 비친 온실은 마치 동화 속 세계 같았다. 조는 통로를 오가며 양쪽 벽면을 뒤덮은 꽃들과 부드러운 불빛, 축축하고 달콤한 공기와 머리 위로 늘어진 덩굴과 나무들을 마음껏 감상했다. 그사이 그녀의 새 친구는 가장 아름다운 꽃들만을 한 아름 꺾어 묶더니 조가 좋아하는 행복한 표정을 지으며 이렇게 말했다.

"어머니께 갖다드려. 그리고 보내주신 약 매우 감사하다는 말도 전해줘."

두 사람이 다시 집 안으로 들어와 보니 로런스 씨는 널찍한 응접실의 난로 앞에 서 있었다. 하지만 조의 관심은 온통 커다란 피아노에 쏠렸다.

"피아노도 치니?"

조가 존경 어린 눈길로 로리를 쳐다보며 물었다.

"가끔."

조의 질문에 로리는 겸손하게 대답했다.

"한번 쳐봐. 듣고 싶어. 그래야 베스한테 말해줄 수 있잖아."

"네가 먼저 쳐봐."

"난 칠 줄 몰라. 너무 아둔해서 배우지 못했어. 하지만 난 음악이 좋아."

그리하여 로리가 피아노를 연주하자, 조는 향유초와 월계화로 만든 꽃다발 속에 코를 박은 채 로리의 연주에 귀를 기울였다.

'로런스 가의 소년'에 대한 조의 존경과 관심은 더욱 커졌다. 로리가 연주 실력이 수준급이면서도 잘난 척하지 않았기 때문이다. 그녀는 베스도 함께 들을 수 있었으면 정말 좋겠다고 생각했지만, 그 말을 입 밖에 내지는 않았다. 대신 로리의 얼굴이 빨개질 때까지 칭찬을 늘어놓았다. 그러자 옆에서 지켜보던 로런스 씨가 끼어들어 로리를 구해 주었다.

"그쯤 해두지, 꼬마 아가씨. 지나친 아부는 저 애한테 좋지 않아. 못 치는 건 아니지만 난 저 애가 그보다 중요한 일에도 능력을 발휘했으면 한단다. 왜, 가려고? 이렇게 와줘서 정말 고맙구나. 또 놀러 오렴. 어머니께 안부 전해다오. 그럼 살펴 가거라, 조."

그는 다정하게 악수를 청했지만 뭔가 못마땅한 게 있는 듯한 눈치였다. 현관에 이르러 조가 혹시 자기도 모르는 사이에 말실수한 게 있느냐고 묻자 로리는 고개를 흔들며 이렇게 말했다.

"아니야, 나 때문이야. 할아버진 내가 피아노 치는 걸 싫어하시거든."

"왜?"

"나중에 말해줄게. 난 못 나가니까 존이 널 집까지 데려다줄 거야."

"그럴 필요 없어. 난 숙녀도 아니고 엎어지면 코 닿을 거린데 뭐. 너나 몸 조심해, 알았지?"

"그럴게. 또 놀러 올 거지?"

"감기가 나은 다음에 우리 집에 온다고 약속하면."

"약속할게."

"잘 자, 로리."

"안녕, 조. 잘 자."

조한테서 오후에 겪은 모험에 대해 자세히 들은 식구들은 직접 그 집을 방문하고 싶다는 마음이 들었다. 울타리 너머의 저택에 뭔가 굉장히 매력적인 게 있다는 걸 알았기 때문이다. 하지만 마음을 끄는 대상은 제각각 달랐다. 마치 부인은 아직도 자기 부친을 잊지 않고 있는 그 노인과 대화를 나누고 싶었다. 메그는 온실을 구경하고 싶어 했고, 베스는 그랜드 피아노를 생각하며 한숨을 내쉬었다. 그리고 에이미는 훌륭한 그림과 조각상들을 직접 보고 싶어 했다.

"엄마, 어째서 로런스 씨는 로리가 피아노 치는 걸 싫어하시는 걸까요?"

궁금한 걸 못 참는 조가 물었다.

"나도 잘은 모르겠다만 로런스 씨의 아들, 그러니까 로리의 아버지가 자존심이 무척 강한 부친의 반대를 무릅쓰고 음악가인 이탈리아 여자와 결혼해서 그런 게 아닌가 싶구나. 로리의 어머니는 착하고 사랑스러운 여자인 데다 음악가로도 꽤 이름을 날렸지만 로런스 씨는 며느리를 싫어해서 결혼한 후로는 아들과 담을 쌓고 지냈단다. 로리가 어렸을 때 부모가 모두 죽자 할아버지가 그 애를 집으로 데려온 거란다. 이탈리아에서 태어나서 그런지 내가 보기엔 몸이 좀 허약한 것 같더구나. 노인은 손자를 잃을까 봐 걱정이 이만저만이 아닌가 보더라. 그 애한테 지나치다 싶을 정도로 신경 쓰는 건 그 때문이란다. 로리가 음악을 사랑하는 건 자기 엄마를 닮았기 때문이겠지. 이건 내 추측이지만, 그 애 할아버지는 손자가 음악가가 되겠다고 할까 봐 두려워하고 계신 게 아닌가 싶다. 어쨌든 그 애의 음악적 재능을 보고 있으면 자기가 싫어했던 며느리가 생각날 테니 말이다. 그래서 조가 말한 대로 '못마땅한 얼굴'을 하신 걸 테고."

"어쩜, 너무 낭만적인 얘기네요!"

메그가 소리쳤다.

"말도 안 돼요. 본인이 음악가가 되길 원한다면 그렇게 하게 놔둬야지요. 가기 싫어하는 대학에 억지로 가야 한다면 그 애 인생이 얼마나 괴롭겠어요."

조가 말했다.

"그 애가 매력적인 검은 눈에 예의 바른 태도를 지니고 있는 데는 그럴 만한 이유가 있었네. 이탈리아 사람들은 언제 봐도 멋있다니까."

다소 감상적인 기질의 메그가 말했다.

"그 애의 눈과 태도에 대해 언니가 뭘 안다고 그래? 말을 걸어 본 적도 없으면서."

감상적인 성격과는 거리가 먼 조가 소리쳤다.

"지난번에 무도회에서 봤잖아. 그리고 너한테 들은 얘기로도 그 애 행동거지가 어떤지 충분히 짐작할 수 있어. 엄마가 보낸 약에 대해 고맙다는 말을 전해달라고 한 걸로 봐서도 예의 바른 애인 게 틀림없어."

"내 생각엔 블라망주를 두고 한 말인 것 같은데."

"넌 애가 왜 그렇게 둔하니. 그건 너를 두고 한 말이야."

"정말?"

조가 그런 생각은 한 번도 해본 적이 없다는 듯 눈을 크게 뜨며 말했다.

"너 같은 앤 처음 본다! 그렇게 굉장한 찬사를 받고도 모르니?"

그 나이 또래의 아가씨답게 그런 일에 관해 특히 예민한 메그가 말했다.

"말도 안 돼. 그런 바보 같은 소리로 내 즐거움을 망치지 말아줬으면 고맙겠어. 로리는 괜찮은 애야. 물론 나도 그 애가 마음에 들어. 하지만 찬사니 뭐니 하는 시시껄렁한 소린 전혀 관심 없어. 우리 모두 그 애한테 잘 대해 주자. 그 앤 엄마가 없잖아. 언제 기회를 봐서 우리 집에 온댔어. 그래도 되죠, 엄마?"

"그럼, 되고말고. 네 친구는 언제든 환영이다. 그리고 애들은 애들답게 지내야 한다는 걸 잊지 말았으면 좋겠구나, 메그."

"아직 열세 살은 안 됐지만 난 애라는 말이 싫어요. 어떻게 생각해, 베스 언니?"

곁에서 가만히 듣고만 있던 에이미가 끼어들었다.

"난 천로 역정 놀이에 대해 생각하고 있었어."

대화를 전혀 듣고 있지 않았던 베스가 대답했다.

"착한 사람이 되기로 결심하고는 가파른 언덕을 오르며 절망의 늪과 작은 문을 통과했던 일을 생각했어. 어쩌면 저 집이야말로 우리의 미美의 궁전이 될지도 몰라."

"우선 사자들 옆부터 지나가야 해."

베스의 생각이 마음에 든 듯 조가 말했다.

6

베스, 미의 궁전을 발견하다

로런스 씨네 저택이 미의 궁전인 것은 분명했지만, 모두가 그곳에 들어가는 데에는 약간의 시간이 걸렸다. 특히 베스가 사자들 옆을 통과하는 데에는 많은 어려움이 따랐다. 로런스 씨는 가장 덩치 큰 사자였지만, 마치 집안을 방문해 자매들 한 명 한 명에게 농담이나 친절한 말을 건네는 한편 어머니와도 지나간 시절에 대한 얘기를 주고받은 뒤로는 수줍음 많은 베스를 빼면 아무도 그를 무서워하지 않았다. 또 다른 사자는 자매들은 가난한데 로리는 부자라는 사실이었다. 이 때문에 자매들은 로리가 베푸는 보답할 길 없는 호의들에 대해 상당히 조심스러운 반응을 보였다. 그러나 얼마 지나지 않아 자매들은 로리가 자기 집 식구들을 은인으로 여기고 있을 뿐만 아니라 마치 부인의 따뜻한 환대와 자매들과의 유쾌한 교제, 소박한 이웃집 가정을 통해 느끼는 즐거움에 대해 어떻게 표현해야 할지 모를 정도로 무척 고마워하고 있다는 것을 알게 되었다. 그 후부터 그들은 자존심을 접은 채 서로 허물없이 우정을 나누었다.

그 무렵 새로운 우정이 봄을 맞이한 풀처럼 무성하게 자라면서 온갖 재미있는 일들이 일어났다. 다들 로리를 좋아했고, 로리는 로리대로 가정교사에게 '마치 집안의 딸들은 모두 훌륭한 아가씨들'이라며 칭찬을 아끼지 않았다. 젊음의 열정에 이끌린 자매들은 이 고독한 소년을 자기들 일상의 한가운데에 놓을 만큼 소중히 여겼고, 소년은 소박한 마음씨를 지닌 소녀들과의 순수한 교제 속에서 전에 없이 마음이 끌리는 뭔가를 발견했다. 어머니나 여자 형제들이 없었던 탓에 로리는 마치 집안의 여자들에게 금세 감화되어갔다. 특히 활기차고 부지런한 자매들의 생활은 로리로 하여금 자신의 나태한 생활을 반성하게 했다. 로리가 공부를 등한시하면서 대신 사람들에게 지나친 관심을 보이자 브룩 선생님은 상당히 불만족스러운 보고를 할 수밖에 없었다. 로리가 툭하면 수업을 빼먹고 마치 자매의 집으로 달려갈 궁리만 했기 때문이다.

"너무 걱정하지 말게. 그 애한테도 놀 시간을 줘야지. 나중에 보충하면 되잖나. 마치 부인이 그러시더군. 공부도 좋지만 그 애한테는 친구들과 운동이 필요하다고 말일세. 내 생각에도 마치 부인 말씀이 옳은 것 같네. 그동안 난 할머니처럼 그 애를 너무

싸고돌았어. 그 애가 좋아하는 걸 하도록 내버려두세. 저 작은 수녀원에서 장난을 쳐봐야 얼마나 치겠나. 게다가 마치 부인이 우리가 할 수 있는 것보다 훨씬 더 많은 걸 그 애한테 해주고 있잖은가."

노신사가 말했다.

정말 그들은 즐겁게 지냈다. 연극과 활인화活人畵(살아 있는 사람이 분장하여 정지된 모습으로 명화나 역사적 장면 등을 연출하는 것 : 옮긴이)에 지치면 썰매와 스케이트를 타러 나갔고, 그렇지 않으면 고풍스러운 응접실에서 즐거운 저녁 시간을 보내거나 가끔씩 저택에서 자그마한 파티를 열기도 했다. 메그는 마음 내킬 때마다 온실을 산책하며 꽃들 속에 파묻혔고, 조는 새로 출입하게 된 서재를 드나들며 탐욕스럽게 책을 파고들다가 엉뚱한 비평으로 노신사를 한바탕 웃게 만들었다. 에이미는 그림들을 베껴 그리며 아름다움에 흠뻑 취했고, 로리는 기꺼운 마음으로 '장원의 영주' 역할을 했다.

그러나 베스는 그랜드 피아노를 몹시 동경하면서도 메그가 '천국의 장원'이라고 이름 붙인 로런스 씨 저택에 드나들 용기를 내지 못했다. 한번은 조의 손에 이끌려 갔다가 수줍음을 잘 타는 베스의 성격에 대해 잘 모르는 노인이 짙은 눈썹 밑으로 그녀를 빤히 쳐다보며 "어이!" 하고 큰 소리로 말을 건네는 바람에 혼비백산해서 집으로 달아나버렸다. 그러고는 아무리 피아노를 치고 싶더라도 두 번 다시는 그 집에 가지 않겠다고 선언했다. 그러고 나서 어떤 경로를 거쳤는지는 미지수이지만 그 사실이 로런스 씨의 귀에 들어가 노인이 직접 나서서 문제를 해결하기 전까지 주변 사람 모두가 달려들어 설득하고 달래도 그녀의 두려움은 사라지지 않았다. 자매들 집을 방문한 어느 날, 로런스 씨는 화제를 교묘하게 음악 쪽으로 돌리면서 지금까지 만난 훌륭한 가수들과 오르간 연주자들, 그들을 둘러싼 재미있는 일화들에 대해 이야기했다. 그러자 구석 자리에 멀찍이 떨어져 앉아 있던 베스는 더 이상 참지 못하고 홀린 듯 살금살금 다가왔다. 그러고는 노인의 등 뒤에 서서 눈을 동그랗게 뜬 채 흥분으로 뺨을 물들이며 처음 듣는 연주가들 얘기에 열심히 귀를 기울였다. 베스의 존재를 전혀 눈치채지 못한 로런스 씨는 계속해서 로리의 음악 수업과 교사들에 대해 이야기했다. 그러더니 갑자기 생각났다는 듯이 부인에게 이렇게 말했다.

"우리 애가 요즘 음악을 등한시한답니다. 음악에 너무 빠져 있는 것 같아서 걱정이었는데 잘됐지 뭡니까. 하지만 피아노를 너무 사용하지 않아도 문제잖습니까. 그래서 드리는 말씀인데 따님들 중 누군가가 가끔씩 건너와서 조율 상태도 점검할 겸 피아노를 연주해 줄 수 없겠습니까, 부인?"

그 말에 베스는 자기도 모르게 손뼉을 칠 뻔했으나 간신히 참으며 두 손을 꽉 맞잡은 채 한 걸음 앞으로 나왔다. 베스에게 노인의 제의는 그만큼 저항할 수 없는 유혹이었다. 그처럼 굉장한 악기를 연주할 수 있을지도 모른다는 생각에 베스는 가쁜 숨을 몰아쉬었다. 마치 부인이 미처 대답하기도 전에 로런스 씨는 보일 듯 말 듯 미소를 지으며 이야기를 계속했다.

"따님들은 우리 집 사람들과 마주치거나 이야기할 필요 없이 언제든지 드나들 수 있습니다. 저는 늘 서재에 틀어박혀 있고 로리도 집에 있는 시간이 거의 없으니까요. 하인들도 아홉 시 이후에는 응접실 출입을 하지 않는답니다."

로런스 씨가 여기까지 말하고는 갈 것처럼 일어서자, 베스는 말을 하기로 결심했다. 그 이상 좋은 조건은 없었기 때문이다.

"따님들에게 제 얘기를 전해 주십시오. 본인들이 싫다면 어쩔 수 없지만 말입니다."

이 말이 끝나기가 무섭게 조그마한 손이 그의 손 안으로 미끄러져 들어오더니 베스가 감격한 얼굴로 그를 올려다보며 수줍게 말했다.

"오, 아니에요. 가고말고요!"

"네가 음악을 좋아한다는 그 애냐?"

로런스 씨가 이번에는 소리를 질러 사람을 놀라게 하는 대신 아주 다정한 눈길로 베스를 내려다보며 물었다.

"제가 베스예요. 전 음악이 너무 좋아요. 아무도 제가 연주하는 걸 듣지 않고 방해하지 않는다고 약속해 주신다면 갈게요."

베스는 자기가 말해놓고도 당돌하다는 느낌이 들었는지 안절부절못했다.

"아무도 널 방해하지 않을 게다. 우리 집은 하루 중 반은 비어 있으니까 언제든지 와서 치거라. 그래준다면 고맙겠구나."

"할아버진 정말 친절하시군요!"

베스는 노인의 다정한 시선을 받으며 얼굴을 붉혔지만 더 이상은 무서워하지 않고 감사의 표시로 커다란 손을 꽉 잡았다. 노인이 준 소중한 선물에 대해 감사의 마음을 전달할 만한 말을 떠올릴 수 없었기 때문이다. 노신사는 베스의 앞머리를 가만히 걷어 올리고는 몸을 굽혀 키스를 하더니 지금까지 아무도 들어보지 못한 어조로 이렇게 말했다.

"내게도 꼭 이런 눈을 가진 손녀가 있었지. 네게 신의 은총이 내리길. 안녕히 계십시오, 부인."

노신사는 이 말을 끝으로 서둘러 떠났다.

베스는 어머니와 함께 감격을 나눈 뒤, 인형들에게 이 기쁜 소식을 알리기 위해 2층으로 뛰어 올라갔다. 자매들은 모두 집에 없었기 때문이다. 베스는 그날 저녁 내내 행복에 겨운 목소리로 노래를 부르며 피아노를 치다 식구들을 웃기고 말았다. 졸린 눈을 비벼가며 한밤중까지 피아노를 치다 결국은 에이미를 깨우기도 했다. 다음 날 로런스 씨와 로리가 모두 외출하는 걸 본 베스는 두세 차례 망설인 끝에 저택의 옆문으로 살짝 들어가 자신의 우상이 서 있는 응접실로 생쥐처럼 소리 없이 숨어들었다. 물론 우연의 일치였겠지만, 피아노 위에는 아름답고도 쉬운 악보가 놓여 있었다. 베스는 떨리는 손으로 악보를 펼쳐든 채 잠시 멈춰 서서 주변을 살펴본 뒤 드디어 피아노 건반을 만졌다. 그러고는 두려움은 물론 자기 자신까지도 잊은 채 음악이 안겨주는 말로 표현할 수 없는 기쁨에 빠져들었다. 그만큼 음악은 베스에게 사랑하는 친구의 목소리와도 같은 존재였다.

그녀는 해나가 저녁 식사가 준비됐다며 데리러 올 때까지 피아노 앞에 앉아 있었다. 그러나 식욕이 없는지, 식탁에 앉아서도 몹시 행복한 표정으로 식구들을 바라보며 미소만 지을 뿐이었다.

그 후로 거의 매일 갈색 두건을 뒤집어쓴 꼬마가 산울타리를 살짝 빠져나와 아무에게도 들키지 않고 널찍한 응접실에 모습을 드러내곤 했다. 그녀는 로런스 씨가 종종 서재 문을 열어놓은 채 자기가 좋아하는 옛날 곡들을 즐겨 듣는다는 사실은 물론, 로리가 하인들의 출입을 막기 위해 복도에서 보초를 선다는 사실에 대해 까맣게 모르고 있었다. 그뿐 아니라 선반 위의 연습용 악보와 새로운 곡들이 자신을 위해 특별히 준비된 것들이라는 사실도 전혀 모르고 있었다. 다만 일전에 로런스 씨가 자기 집을 방문해 음악에 대한 이야기를 했을 때, 자기를 끔찍하게 배려해 주는 노인이 무척 친절하다고만 생각했을 뿐이었다. 그래서 그녀는 마음껏 즐기면서 그토록 바라던 소망이 마침내 이루어졌다고 생각했다. 하지만 모든 소망이 다 이루어지는 건 아니다. 어쩌면 그녀의 경우에는 이 같은 축복을 너무나 감사히 여겨서 더 큰 축복을 받게 됐는지도 모를 일이었다. 어쨌든 그녀에게는 그 두 가지 모두를 누릴 자격이 있었다.

"엄마, 로런스 할아버지께 실내화를 만들어드리고 싶어요. 제

두려움은 물론 자기 자신까지도 잊은 채 음악이 안겨주는 말로 표현할 수 없는 기쁨에 빠져들었다. 그만큼 음악은 베스에게 사랑하는 친구의 목소리와도 같은 존재였다.

게 그토록 잘 대해 주시는데 저도 감사를 드려야겠어요. 달리 좋은 방법이 생각나지도 않고요. 그래도 돼요?"

로런스 씨 저택을 드나들기 시작하고 나서 몇 주가 지난 뒤 베스가 물었다.

"물론이지. 그분도 무척 기뻐하실 게다. 그분한테 감사를 전하기에 좋은 방법인 것 같구나. 언니들도 널 도와줄 거야. 재료는 내가 사 주마."

마치 부인은 베스의 청을 흔쾌히 들어주었다. 베스가 자기를 위해 뭔가를 부탁하는 일은 거의 없었기 때문이다.

베스는 메그와 조와 여러 차례 진지한 논의를 거쳐 모양을 정하고 재료를 산 다음 실내화를 만들기 시작했다. 진한 보라색 바탕에 점잖으면서도 화사한 분위기의 삼색제비꽃 무늬를 보고 다들 아주 예쁘다며 한마디씩 했다. 베스는 어려운 부분을 처리할 때만 가끔씩 고개를 들 뿐 아침부터 밤까지 열심히 만들었다. 손놀림이 빠른 베스는 다른 자매들이 싫증을 내기 전에 두 짝을 모두 완성했다. 그러고 나서 그녀는 짤막한 편지를 쓴 뒤 로리의 도움을 받아 노신사가 일어나기 전에 서재 책상 위에 몰래 갖다 놓았다.

가슴 설레는 흥분이 지나간 후, 베스는 어떤 일이 일어날지 궁금해하며 기다렸다. 하루가 지나 다음 날이 되고 나서도 꽤 시간이 흘렀지만 아무 소식이 없자, 베스는 자기가 괴팍한 노인을 화나게 한 건 아닌가 싶어 불안해지기 시작했다. 그날 오후 그녀는 심부름도 하고 가엾은 인형 조애나에게 운동도 시킬 겸 외출을 했다. 그러고 나서 돌아오는 길에 집 쪽을 보니 세 명, 아니 네 명이 거실 창밖으로 머리를 내민 채 손을 흔들며 환호성을 질러대고 있었다.

"로런스 할아버지가 편지를 보내셨어. 빨리 와서 읽어봐!"

"오, 베스 언니! 할아버지가 언니한테……."

에이미가 평소와 달리 수선을 피우며 말을 하기 시작했지만 조가 얼굴을 찡그리며 창문을 꽉 닫는 바람에 더 이상 말을 하지 못했다.

베스는 마음을 졸이며 발걸음을 재촉했다. 현관에 들어서자 자매들이 베스의 손을 잡고 거실을 향해 의기양양하게 행진해 가더니 손가락으로 거실 한쪽을 가리키며 합창하듯 말했다.

"저길 봐!"

자매들이 가리키는 쪽을 쳐다본 베스는 기쁨과 놀라움에 얼굴이 창백해졌다. 그도 그럴 것이 조그만 업라이트 피아노가 서 있었기 때문이다. 그리고 반짝거리는 뚜껑 위에는 '엘리자베스 마치 양에게'라고 적힌 편지가 마치 간판처럼 놓여 있었다.

"나한테 보낸 거라고?"

베스가 조에게 몸을 기대며 숨이 가쁜 듯 말했다. 얼마나 놀랐는지 꼭 넘어질 것만 같았다. 베스에게는 그만큼 굉장한 사건이었던 것이다.

"그래. 너한테 보낸 거야. 너무 근사한 분 아니니? 세상에서 가장 마음씨 좋은 노인이신 것 같지 않니? 편지 안에 열쇠가 있어. 어서 읽어봐. 다들 뭐라고 쓰셨는지 궁금해 죽을 지경이야."

조가 동생을 끌어안은 채 편지를 건네며 소리쳤다.

"언니가 읽어줘. 난 너무 떨려서 못 읽겠어. 정말이지 너무 예쁘다!"

베스는 이렇게 말하고는 뜻밖의 선물에 어쩔 줄을 몰라 하며 조의 앞치마에 얼굴을 묻었다.

조는 봉투를 열어보더니 거기 적힌 첫 번째 문장을 읽고는 웃기 시작했다.

"마치 양에게. 친애하는 아가씨……."

"너무 멋지다! 나도 이런 편지를 받아봤으면!"

구식 표현을 무척 우아하다고 생각하는 에이미가 말했다.

"지금까지 많은 실내화를 신어보았지만, 이처럼 나에게 꼭 맞는 실내화는 이번이 처음이오."

조는 잠시 뜸을 들인 뒤 계속해서 읽었다.

"삼색제비꽃은 내가 가장 좋아하는 꽃이라오. 이 꽃들을 볼 때마다 이걸 준 친절한 사람이 생각날 거요. 신세를 갚고 싶어 그러니 '이 늙은이'가 지금은 이 세상에 없는 손녀딸의 물건을 아가씨께 보내는 걸 허락해 주구려. 진심 어린 감사와 축복을 보내며. 당신의 좋은 친구이자 충실한 하인, 제임스 로런스."

"베스, 이건 굉장한 영광이야! 로리가 그러는데 로런스 씨는 죽은 손녀딸을 무척 귀여워해서 손녀딸이 쓰던 건 작은 물건 하나까지도 아주 소중하게 간직하고 계신대. 그런 분이 손녀딸이 쓰던 피아노를 너한테 주셨다고 생각해봐."

조가 아직도 떨고 있는 베스를 진정시키려 애쓰며 어느 때보다도 흥분된 얼굴로 말했다.

"초를 꽂을 수 있는 정교한 받침대와 황금빛 장미로 가운데 주름을 잡은 녹색 비단 덮개, 그리고 예쁜 선반과 걸상 좀 봐. 모든 게 완벽해."

피아노 뚜껑을 연 메그가 악기의 아름다움을 하나하나 열거하며 말했다.

"당신의 충실한 하인, 제임스 로런스. 그분이 언니한테 이런 표현을 했다고 생각해봐. 애들한테 이야기해줘야지. 보나 마나 다들 뒤로 넘어갈 거야."

편지 내용에 무척이나 감동을 받은 에이미가 말했다.

"아기 피아노 소리를 듣게 한번 쳐보세요."

기쁨이든 슬픔이든 언제나 가족과 함께 나누는 해나가 끼어들었다.

그리하여 베스가 피아노를 치자, 다들 지금까지 들어본 피아노 소리 중에서 제일 훌륭하다고 했다. 새로 조율한 게 분명한 피아노는 말 그대로 완벽했지만, 필자가 보기에 진정한 매력은 베스가 반짝거리는 페달을 밟으며 아름다운 건반을 짚어나가는 동안 피아노에 기대선 채 더없이 행복한 표정을 짓는 행복한 얼굴들 속에서 찾아야 하지 않을까 싶다.

"가서 감사하다는 말씀을 드려야지."

조가 농담조로 말했다. 그도 그럴 것이 베스가 정말 갈 거라고는 꿈에도 생각하지 못했기 때문이다.

"안 그래도 그럴 생각이야. 용기가 없어지기 전에 지금 갔다 올래."

이 말과 함께 베스는 놀란 식구들을 뒤로한 채 정원으로 내려가 산울타리를 지난 다음 로런스 씨네 집 문 안으로 사라졌다.

"세상에, 내 평생 이보다 더 신기한 일을 봤다면 내 목을 쳐도 좋아요. 베스 아가씨가 피아노 때문에 머리가 어떻게 됐나 봐요. 제정신이라면 절대 저러지 못할 텐데."

자매들이 이 같은 기적 앞에서 꿀 먹은 벙어리처럼 가만히 있는 동안 해나가 베스의 뒷모습을 지켜보며 소리쳤다.

식구들이 이후 베스의 행동을 보았더라면 이보다 훨씬 더 놀랐으리라. 베스는 생각할 겨를도 없이 서재 문을 두드렸다. 그리고 무뚝뚝한 목소리의 주인공이 "들어오시오"라고 말하자 안으로 들어가 깜짝 놀란 표정의 로런스 씨한테 곧바로 다가가서는 한쪽 손을 내밀며 약간 떨리는 목소리로 이렇게 말했다.

"감사하다는 말씀을 드리러 왔어요……."

그러나 로런스 씨가 너무나 다정한 눈길로 바라보는 바람에 할 말을 잊어버려 끝까지 말하지 못했다. 베스는 노인이 사랑하는 손녀딸을 잃었다는 사실을 기억해내고는 노인의 목에 팔을 두르고 키스를 했다.

자기 집 지붕이 갑자기 날아가버렸다 해도 이보다 더 놀라진 않았겠지만, 노인은 무척 기분이 좋았다. 정말 그랬다! 노인은 정말 기분이 좋았다. 그는 신뢰가 담뿍 담긴 키스에 감동한 나머지 체면을 모두 벗어던지고 베스를 번쩍 들어 자기 무릎에 앉혔다. 그러고는 주름살투성이 뺨을 베스의 분홍빛 뺨에 대고 비비며 손녀딸이 살아 돌아온 것 같은 기분을 맛보았다. 그 순간 이후로 베스는 노인에 대한 두려움에서 완전히 벗어나 마치 오래전부터 알고 지냈던 것처럼 노인의 무릎에 앉아 다정하게 이야기를 나누었다. 이처럼 사랑은 두려움을 몰아내고, 감사하는 마음은 자존심을 이길 수 있는 것이다. 베스가 집으로 돌아갈 때 노인은 그녀의 집 앞까지 함께 걸어가 따스한 마음이 담긴 악수를 건넸다. 그러고는 모자를 살짝 벗으며 인사를 한 후 왔던 길을 되돌아갔다. 허리를 곧추세운 채 당당하게 걸어가는 그 모습에서 근사하고 늠름한 노신사의 면모가 물씬 풍겼다.

그 광경을 지켜보던 조는 기분이 좋을 때마다 늘 그러듯이 핑그르르 돌며 춤을 추기 시작했고, 에이미는 놀란 나머지 창밖으로 떨어질 뻔했다. 메그는 두 손을 번쩍 쳐들고 "차라리 세상의 종말이 다가오고 있다는 말을 믿지!"라고 소리쳤다.

7
에이미, 굴욕의 계곡에 굴러떨어지다

"로리 오빠 좀 봐, 키클롭스(그리스 신화에 나오는 애꾸눈의 거인 : 옮긴이)랑 너무 닮지 않았어?"

어느 날 채찍을 휘두르며 말을 타고 지나가는 로리를 보며 에이미가 말했다.

"로리가 눈이 하나만 있는 것도 아닌데 어떻게 그런 말을 할 수 있니? 그리고 로리 눈이 얼마나 근사한데."

조가 자기 친구를 헐뜯는 소리에 잔뜩 화가 나서 소리쳤다.

"난 로리 오빠 눈을 두고 한 얘기가 아니었어. 말을 잘 타서 칭찬하느라 그런 건데 왜 그렇게 화를 내는지 모르겠어."

"오, 맙소사! 그럴 땐 켄타우로스(그리스 신화에 나오는 반인반마의 괴물 : 옮긴이)라고 해야지. 얘가 로리더러 키클롭스래."

조가 갑자기 웃음을 터뜨리며 소리쳤다.

"'말이 헛나온 것'뿐인데 그렇게 비웃을 것까진 없잖아."

에이미는 데이비스 선생님이 잘 쓰는 라틴어 표현을 어쭙잖게 인용하며 조의 말을 받아쳤다. 그리고 속으로는 언니들이 듣기를 바라면서도 혼잣말을 하듯 이렇게 덧붙였다.

"로리 오빠가 말에다 쏟아붓는 돈 중에 일부라도 내게 있으면 얼마나 좋을까."

"왜?"

메그가 다정하게 물었다. 조가 에이미의 두 번째 실수에 또다시 폭소를 터뜨리며 자리를 떠버렸기 때문이다.

"정말 돈이 필요해. 빚을 졌거든. 용돈을 받으려면 한 달은 있어야 하는데 어떡하지."

"빚을 졌다고? 그게 무슨 말이니, 에이미?"

메그가 심각하게 물었다.

"저기, 최소한 라임 절임 열두 개를 빚졌는데 용돈을 받기 전까지는 갚을 방법이 없어. 언니도 알다시피 엄마가 가게에서 외상으로 사는 건 절대 안 된다고 하셨잖아."

"자세히 얘기해봐. 요즘은 라임이 유행이니? 언제는 공을 만든다며 고무 조각을 가지고 난리를 치더니."

메그가 터져 나오려는 웃음을 애써 참으며 천연덕스럽게 말하자 에이미는 매우 심각한 표정을 지었다.

"요즘 여자애들 사이에선 라임을 사는 게 유행이야. 구두쇠라고 따돌림당하지 않으려면 사야 돼. 다들 라임 때문에 난리야. 수업 시간에 몰래 빨아먹기도 하고, 쉬는 시간에 연필이나 구슬 반지, 종이 인형 같은 거랑 바꾸기도 하거든. 그리고 자기가 좋아하는 애가 있으면 걔한테 라임을 줘. 라임을 받은 애가 상대방이 마음에 들면 준 애 앞에서 라임을 먹는 거야. 난 지금까지 받기만 했지 한 번도 주지 못했어. 그게 다 신용이 걸린 빚이기 때문에 꼭 갚아야 해."

"네 신용을 회복하려면 얼마면 되는데?"

메그가 지갑을 꺼내며 말했다.

"25센트면 충분할 거야. 몇 센트 남겨서 언니 것도 사다 줄게. 언니는 라임 안 좋아해?"

"난 별로야. 내 몫도 네가 가지렴. 자, 돈 여기 있어. 그리 많지 않으니까 최대한 아껴 써."

"고마워, 언니! 용돈이 생긴다는 건 정말 기분 좋은 일이야. 이제 잔치를 벌일 수 있겠다. 이번 주에는 라임 구경을 못 했거든. 받아도 갚을 수가 없으니까 기분이 찜찜했어. 얼마나 걱정이 되던지."

다음 날 에이미는 약간 늦게 학교에 갔다. 그러나 자존심을 회복할 수 있다는 생각 때문인지 물기가 밴 갈색 종이봉투를 책상 깊숙이 넣어두기 전에 친구들에게 자랑하고픈 유혹을 떨칠 수가 없었다. 그로부터 몇 분 지나지 않아 '짝패'들의 입을 통해 에이미 마치가 맛있는 라임을 스물네 개(그중 한 개는 이미 먹은 상태였지만)나 가지고 있으며 곧 나눠 줄 거라는 소문이 파다하게 퍼졌다. 그러자 케이티 브라운이 즉석에서 그녀를 파티에 초대했고, 메리 킹즐리는 쉬는 시간까지 차고 있으라며 시계를 빌려주었다. 일전에 라임이 없다며 에이미의 약을 바짝 올렸던 제니 스노까지 엄청난 개수의 라임을 약속하며 화해를 청해왔다. 그러나 에이미는 제니가 빈정대며 "다른 사람들의 라임 냄새를 맡지 못할 만큼 코가 그렇게 낮지 않고, 남의 라임을 달라고 하지 않을 만큼 자존심이 센 것도 아닌 거만한 사람들"이라고 한 말을 잊지 않고 있었다. 에이미는 그 자리에서 "라임을 받을 것도 아닌데 갑자기 그렇게 정중하게 나올 필요 없잖아"라는 전보를 띄워 제니의 희망을 무참하게 꺾어버렸다.

게다가 그날 아침, 에이미는 우연히 학교를 방문한 높은 사람으로부터 어쩌면 그렇게 지도를 잘 그렸냐는 칭찬까지 듣게 되었다. 이로써 적의 영혼에 쓰라린 상처를 안겨준 에이미 마치는 승리감에 취해 열심히 공부하는 얌전한 우등생처럼 굴었다. 그러나 아뿔싸, 오래 지속되는 권력은 없다더니 복수심에 불타는 제니가 형세를 역전시키고 말았다. 사연인즉, 손님이 진부한 칭찬의 말과 함께 인사를 하고 나가기가 무섭게 제니가 중요한 질문을 하는 척하면서 데이비스 선생님에게 에이미 마치의 책상 속에 라임이 있다고 고자질을 하고 말았던 것이다.

데이비스 선생님은 라임을 금지 품목으로 정해놓고 맨 처음 규칙을 어기는 사람에게는 다들 보는 앞에서 손바닥을 때리겠다고 공표한 상태였다. 이 유명한 남자는 길고 격렬한 전쟁 끝에 껌을 사라지게 한 데다 압수한 소설책과 신문을 불태워버렸다. 그뿐만 아니라 개인 우체국을 몰아냈으며 자기 얼굴을 이상하게 그린 풍자만화와 별명을 금지시키는 등 50명의 반항적인 여학생들을 휘어잡을 수 있는 일이라면 뭐든지 했다. 남학생들도 인간의 인내심을 시험하지만 여학생들은 그보다 훨씬 심하다. 남을 가르치는 데 전혀 소질이 없는 데다 독선적이고 신경질적인 성격의 신사들한테는 특히 더 그렇다. 그러나 데이비스 선생님은 그리스어와 라틴어, 대수는 물론, 모든 학문에 일가견이 있었기 때문에 좋은 교사라는 평가를 받고 있었다. 태도나 몸가짐, 정서 등은 그다지 중요하게 여겨지지 않았다. 에이미를 고자질하기에는 기회가 아주 좋았고 제니는 그 점을 잘 알고 있었다. 데이비스 선생님은 그날 아침에 커피를 너무 독하게 마신 게 분명했다. 게다가 데이비스 선생님의 신경통에 영향을 미치는 동풍이 불고 있었고, 수업 분위기도 썩 마음에 들지 않는 것 같은 눈치였다. 우아하지는 않지만 여학생들의 표현을 빌리자면, 한마디로 말해 '늙은 마녀처럼 신경질적이고 곰처럼 기분이 언짢은' 상태였다. 그런 상태에서 '라임'이라는 말을 했으니 난로에 기름을 붓는 격이었다. 그의 누런 얼굴이 벌겋게 달아올랐고, 그는 제니가 놀라서 황급히 자기 자리로 돌아갈 만큼 세게 책상을 두드려댔다.

"주목!"

서슬 퍼런 명령에 소음이 뚝 그치면서 푸른색과 검은색, 회색과 갈색을 띤 백 개의 눈동자가 일제히 그의 노기등등한 얼굴에 쏠렸다.

"마치 양, 교탁 앞으로 나오도록."

에이미는 아무렇지도 않은 척 순순히 자리에서 일어섰지만, 라임이 마음에 걸려 속으로는 몹시 떨고 있었다.

"책상 속에 있는 라임도 가지고 나오도록."

막 앞으로 나가려고 하는 순간, 뜻밖의 명령이 떨어지는 바람에 에이미는 그 자리에 얼어붙고 말았다.

"다 가지고 나가지 마."

옆에 앉은 짝의 침착한 귀띔에 에이미는 그중 여섯 개를 꺼내 데이비스 선생님의 발밑에 내려놓았다. 그러면서 인간의 심장을 가진 사람이라면 향긋한 냄새 앞에서 틀림없이 마음이 누그러질 거라고 생각했다. 그러나 불행히도 데이비스 선생님은 라임 냄새를 특히 싫어하는지라 불같이 화를 냈다.

"이게 다냐?"

"아뇨."

에이미가 더듬거리며 말했다.

"냉큼 가서 나머지도 가져오도록 해라."

에이미는 자기 자리를 절망 어린 눈길로 쳐다본 후 그 말에 복종했다.

"더 없는 게 확실하냐?"

"이게 다예요. 선생님."

"알겠다. 이제 이것들을 집어서 두 개씩 창문 밖으로 던져라."

마지막 희망이 사라지면서 마치 소규모 돌풍이 휩쓸고 지나가는 듯한 한숨 소리가 일제히 들려왔다. 에이미는 수치심과 분노로 얼굴을 붉힌 채 통통하고 먹음직스러운 라임의 운명을 결정하기 위해 열두 번을 왔다 갔다 했다. 그녀가 마지못해 겨우 라임을 던질 때마다 거리에서 들려오는 고함소리는 소녀들의 고통을 더욱 부채질했다. 불구대천의 원수인 아일랜드계 꼬마들이 뜻밖의 횡재에 기뻐 날뛰는 소리라는 걸 알 수 있었기 때문이다. 이건 해도 너무하지 않은가. 다들 분노나 애원이 가득 담긴 눈길로 잔인한 데이비스 선생님을 쳐다보았다. 그중에 특히 라임이라면 사족을 못 쓰는 한 학생은 끝내 울음을 터뜨리고 말았다.

에이미가 마지막 여행에서 돌아오자, 데이비스 선생님은 "에헴" 하며 헛기침을 하더니 최대한 감동적인 어조로 말했다.

"여러분, 여러분은 내가 일주일 전에 한 말을 기억할 겁니다. 이런 일이 일어나서 심히 유감스럽지만 난 내가 세운 규칙을 어길 마음이 추호도 없습니다. 마치 양, 손을 내밀도록."

깜짝 놀란 에이미는 애원하는 눈길로 선생님을 쳐다보며 두 손을 등 뒤로 가져갔다. 사실 그 편이 말을 하는 것보다 훨씬 효과가 컸다. 에이미는 '늙다리 데이비스' 선생님이 총애하는 학생이었기 때문에 분을 삭이지 못한 한 학생이 불만에 차서 쉿 하는 소리만 내지 않았어도 데이비스 선생님은 자기가 한 말을 거둬들였을지도 모른다. 그러나 거의 들릴 듯 말 듯한 쉿 소리가 성급한 데이비스 선생님의 비위를 건드리는 바람에 피고인의 운명은 그 자리에서 결정되고 말았다.

"손 내밀라니까."

이 말이 그녀의 무언의 애원에 대한 유일한 대답이었다. 자존심 강한 에이미는 울지도 애걸하지도 않았다. 대신 입을 굳게 다문 채 고개를 꼿꼿이 세우고는 손바닥에 가해지는 매질을 얼굴 한번 찡그리지 않고 묵묵히 견뎌냈다. 많이 때린 것도, 세게 때린 것도 아니었지만 어떻게 때리든지 에이미에게는 아무 차이가 없었다. 중요한 건 태어나서 처음 맞는 매라는 사실이었다. 에이미의 두 눈은 선생님이 자기를 때려눕히기라도 한 것처럼 수치심으로 가득했다.

"이제 쉬는 시간까지 교단 위에 서 있도록."

한번 시작한 일은 끝을 보고야 마는 성격인 데이비스 선생님이 말했다.

그건 너무 심한 처사였다. 자리로 돌아가 앉아 친구들의 동정 어린 얼굴을 보거나 몇 안 되는 적들의 득의양양한 표정을 보는 것만으로도 충분히 끔찍할 터였다. 그러나 새로 감당해야 하는 수치감에 떨며 급우들 앞에 서 있어야 하다니 도저히 견딜 수 없을 것 같았다. 비록 잠시 동안이긴 했지만 에이미는 그 자리에 주저앉아 엉엉 울고 싶은 심정이었다. 하지만 제니 스노 생각을 하자 오기가 생겨났다. 에이미는 얼굴들의 바다가 어른거리는 교실 천장의 난로 환기통에 시선을 고정시킨 채 불명예스러운 장소에서 있었다. 하얗게 질린 채 꼼짝도 않고 서 있는 가엾은 친구 때문에 나머지 학생들도 거의 공부를 할 수가 없었다.

15분이 지나는 동안 누구보다도 자존심 강하고 예민한 소녀는 평생 잊지 못할 수치심과 고통에 시달렸다. 다른 사람에게는 재수가 없거나 사소한 일처럼 보일지 몰라도, 에이미에게는 끔찍한 경험이었다. 지금까지 열두 해를 살아오는 동안 사랑만 받으면서 자란 에이미는 그런 식의 매는 한 번도 맞아본 적이 없었다. 그러나 다음과 같은 생각에 비하면 손바닥의 통증과 마음의 고통은 아무것도 아니었다.

'집에 가서 이야기하면 다들 나한테 실망할 거야!'

15분이 마치 한 시간처럼 느껴졌지만, 결국에는 끝이 났다. "휴식 시간!"이라는 말이 그렇게 반갑게 들리기는 이때가 처음이었다.

"자리로 돌아가도 좋다, 마치 양."

데이비스 선생님이 꺼림칙한 표정으로 말했다.

에이미는 한마디도 없이 곧장 옆방으로 들어가 소지품을 챙겨 들고는 '영원히' 그곳을 떠나버리기로 결심하고 교실 밖으로 나갔다. 데이비스 선생님은 에이미가 나가면서 그에게 던진 비난하는 듯한 시선을 쉽사리 잊을 수 없었다. 에이미는 집에 돌아와서도 여전히 비참한 기분을 떨쳐버릴 수 없었다. 그러다 언니들이 귀가하고 나서 얼마 후 곧바로 성토대회가 열렸다. 마치 부인은 말은 별로 하지 않았지만, 당황하는 눈치였다. 부인은 어느 때보다도 다정한 태도로 마음에 상처를 입은 막내딸을 위로했다. 메그는 동생의 손에 글리세린을 발라주며 눈물을 흘렸고, 베스는 이렇게 슬플 때는 사랑스러운 새끼 고양이들도 위안이 되지 않을 거라고 생각했다. 조는 데이비스 씨를 당장 체포해야 한다며 펄펄 뛰었고, 저녁 식사를 준비하던 해나는 '악당'에게 주먹을 흔들더니 절굿공이 밑에 데이비스 씨가 있기라도 한 듯 있는 힘을 다해 감자를 찧었다.

에이미가 수업을 빼먹고 집에 갔다는 소식은 급우들만 알고 있었지만, 눈이 매서운 여학생들은 데이비스 선생님이 오후 들어 상당히 인자해진 동시에 보기 드물게 초조해한다는 사실을 놓치지 않았다. 조는 그날 수업이 끝나기 직전에 인상을 잔뜩 구긴 채 학교에 나타났다. 그러고는 교탁 앞으로 뚜벅뚜벅 걸어가서는 어머니의 편지를 전한 후 에이미의 소지품을 챙겨 나오면서 그곳에서 묻은 먼지를 몽땅 털어내기라도 하듯 진흙 묻은 장화를 문 앞 깔개에다 대고 거칠게 문질렀다.

그날 저녁 마치 부인이 말했다.

"학교는 안 가도 되지만, 난 네가 베스 언니와 함께 매일 조금씩 공부했으면 한다. 매를 드는 건, 특히 여자애들한테 매를 드는 건 반대다. 그런 점에서 엄마는 데이비스 씨의 교수법이 정말 마음에 안 드는구나. 게다가 너랑 어울려 다니는 애들도 너한테 좋은 영향을 끼치는 것 같지 않고. 널 다른 학교로 보내기 전에 아빠 의견을 여쭤봐야겠다."

"정말이에요! 애들이 다 떠나서 학교가 망했으면 좋겠어요. 라임을 생각하면 지금도 화가 나 죽겠어요."

에이미가 자기가 무슨 순교자나 된 듯 한숨을 쉬며 말했다.

"네가 라임을 뺏긴 것에 대해서는 전혀 유감이 없구나. 규칙을 어겼으니 당연히 벌을 받아야지."

동정을 기대했던 에이미는 엄마의 가혹한 대답에 적잖이 실망했다.

"그럼 엄만 내가 반 아이들 앞에서 창피를 당한 게 기쁘다는 말씀이세요?"

에이미가 울며 소리쳤다.

"물론 나 같으면 잘못을 바로잡을 필요가 생겼을 때 그런 방법을 사용하지는 않았을 거다. 하지만 그보다 부드러운 방법이 네게 더 효과가 있을지 어떨지는 엄마도 확신이 서지 않는구나. 네가 갈수록 점점 더 거만해지고 있다는 거 아니? 이 일을 계기로 그 점을 고치도록 노력하길 바란다. 넌 재능도 많고 장점도 많지만 그렇다고 일부러 과시할 필요는 없을 것 같구나. 자만심이 천재들을 망치는 경우가 얼마나 많니. 진정한 재능이나 미덕은 결국에는 사람들 눈에 띄기 마련이란다. 설령 아무도 몰라본다 해도 자기가 알아서 잘 사용하면 그걸로 충분하다고 엄마는 생각한다. 가장 큰 미덕은 뭐니 뭐니 해도 겸손이라는 걸 명심하렴."

"옳은 말씀이세요!"

구석에서 조와 체스를 하던 로리가 소리쳤다.

"옛날에 어떤 여자애가 있었는데요, 음악에 상당한 재능을 가지고 있는데도 본인은 그 사실을 몰랐어요. 혼자 있을 때 그 애가 작곡한 곡들을 들어보면 얼마나 달콤한 느낌이 드는지 모르실 거예요. 하지만 그 애는 그 말을 믿으려 하지 않았어요."

"나도 그 사람과 알고 지내면 많은 도움이 될 텐데. 난 너무 둔하거든요."

로리 옆에 서서 열심히 귀를 기울이던 베스가 말했다.

"너도 아는 사람이야. 누구보다도 많은 도움이 될 거야."

로리가 장난기 가득한 검은 눈으로 쳐다보자 베스는 뜻하지 않은 발견에 갑자기 얼굴이 새빨개져서는 소파 방석에 얼굴을 묻고 말았다.

조는 로리가 베스를 칭찬해준 데 대한 보답으로 일부러 게임을 져주었다. 찬사를 듣고 난 베스는 피아노를 쳐달라는 주문을 받고도 끝내 치지 않았다. 그 때문에 로리는 마치 집안사람들로서는 거의 본 적이 없는 익살을 떨며 반주 없이 노래를 불러야 했다. 그가 가고 나자 저녁 내내 시무룩한 얼굴을 하고 있던 에이미가 무슨 새로운 생각이라도 떠오른 듯 갑자기 말을 꺼냈다.

"로리 오빠도 재능이 뛰어난가요?"

"그럼. 훌륭한 교육을 받아온 데다 재주도 아주 많단다. 귀여움을 너무 받아 잘못된 방향으로 나가지만 않는다면 훌륭한 남자가 될 거야."

어머니가 대답했다.

"그런데도 잘난 체하지 않죠, 그렇죠?"

"전혀 아니지. 로리가 저렇게 매력적인 건 그 때문이란다. 그러니까 우리도 다들 로리 오빠를 좋아하잖니."

"맞아요. 재능도 많고 행동도 우아하지만 남에게 과시하거나 잘난 척하지 않는다는 건 좋은 일인 것 같아요."

에이미가 진지하게 말했다.

"그런 것들은 그 사람의 태도와 말투를 보면 알 수 있단다. 겸손한 사람은 굳이 드러내지 않아도 진가가 나타나는 법이니까."

마치 부인이 말했다.

"사람들에게 네가 그런 걸 가지고 있다는 걸 알리기 위해 네게 있는 보닛과 외투와 리본을 한꺼번에 모두 쓰고 입고 매고 나갈 필요가 없는 거랑 마찬가지지."

조의 말 때문에 훈계는 웃음으로 끝나고 말았다.

8

조, 마왕을 만나다

"어디 가는 거야, 언니들?"

어느 토요일 오후, 언니들 방에 들어왔다 자기를 빼놓고 몰래 외출 준비를 하는 걸 보고 호기심이 발동한 에이미가 물었다.

"신경 쓰지 마. 쪼그만 게 궁금한 것도 많다."

조가 퉁명스럽게 대꾸했다.

어렸을 때 우리 기분을 상하게 만드는 게 있었다면 바로 이런 말일 것이다. 특히 "넌 좀 빠져"라는 말은 우리를 몹시 약 오르게 만든다. 조의 모욕적인 말투에 발끈한 에이미는 한 시간을 조르는 한이 있더라도 끝내 비밀을 알아내기로 결심했다. 그녀는 자기 말이라면 잘 거절하지 못하는 메그에게 달라붙어 아양을 떨었다.

"무슨 일인지 말해줘! 그리고 나도 좀 데려가, 언니. 베스 언니는 온통 인형들에게만 빠져 있지, 그렇다고 달리 할 일도 없지, 심심해 죽겠단 말이야."

"미안하지만 그럴 수 없어. 넌 초대받지 못했잖아……."

메그가 말을 하려 했지만, 조가 성급하게 끼어들었다.

"메그 언니, 괜히 쓸데없는 말을 해서 일을 망치지 마. 에이미, 넌 갈 수 없어. 그러니까 아기처럼 보채지 좀 마."

"로리 오빠랑 어디 가는 거지? 다 알아. 어젯밤 소파에서 소곤거리며 웃다가 내가 들어가니까 뚝 그치는 거 봤어. 로리 오빠랑 가는 거 맞지?"

"그래, 네 말이 맞아. 그러니까 이제 그만 좀 귀찮게 굴고 얌전히 있어."

에이미는 입은 다물고 있었지만, 눈동자를 바삐 굴리며 메그가 주머니에 부채를 슬쩍 집어넣는 걸 놓치지 않았다.

"알았다! '일곱 개의 성'을 보러 극장에 가는 거지, 그렇지?"

그러고는 고집스러운 목소리로 이렇게 덧붙였다.

"나도 갈 거야. 엄마가 나도 봐도 된다고 말씀하셨어. 그리고 용돈도 있단 말이야. 미리 말해주지 않다니 너무해."

"잠깐 내 말 좀 들어봐, 에이미. 엄마는 이번 주까지는 네가 외출하는 걸 원하지 않으실 거야. 극장의 조명을 감당할 만큼 눈이 다 낫지도 않았잖아. 다음 주에 베스와 해나 아주머니랑 같이 가서 구경하면 되잖니."

메그가 다정한 목소리로 달랬다.

"난 언니들과 로리 오빠랑 가고 싶어. 제발 좀 데려가 줘. 감기 때문에 며칠째 집 안에 갇혀 있느라 심심해 죽겠단 말이야. 응, 메그 언니? 얌전하게 있을게."

에이미는 최대한 불쌍해 보이는 표정을 지으며 사정했다.

"얘도 데려가자. 옷을 따뜻하게 입혀서 데려가면 엄마도 뭐라고 하지 않으실 거야."

메그가 말했다.

"에이미가 가면 난 안 갈래! 내가 안 가면 로리가 싫어할 거야. 게다가 로리는 우리만 초대했는데 에이미를 달고 가는 건 예의가 아니지. 부르지도 않았는데 따라가서 구석에 처박혀 있는 건 에이미도 싫어할걸."

조가 짜증을 벌컥 내며 말했다. 즐겁게 보내야 할 시간을 까다로운 어린애한테 신경 쓰느라 망치고 싶지 않았기 때문이다. 조의 태도에 화가 난 에이미는 장화를 신으며 잔뜩 약이 오른 목소리로 말했다.

"나도 갈 거야. 메그 언니가 가도 된댔어. 그리고 내 입장료는 내가 낼 거야. 그러면 로리 오빠랑 아무 상관도 없잖아."

"좌석을 미리 예약해두었기 때문에 가더라도 우리랑 같이 앉을 수 없단 말이야. 네가 혼자 떨어져 있으면 로리가 가만히 있겠니? 자기 자리를 양보할 게 뻔한데, 그러면 우리 마음이 잘도 편하겠다. 아니면 너 때문에 좌석을 하나 더 예약한다고 쳐. 초대받은 것도 아닌데 그러면 안 되지. 그러니까 넌 한 발자국도 움직이면 안 돼. 얌전하게 집에 있으란 말이야."

단단히 화가 난 조가 다급한 마음에 마구 손가락질을 해대며 에이미를 야단쳤다. 한쪽 장화만 걸친 채 바닥에 앉아 있던 에이미가 울음을 터뜨리자 메그가 달래기 시작했다. 그러나 곧이어 아래층에서 로리가 부르는 소리가 들리자 메그와 조는 서글피 우는 동생을 남겨둔 채 서둘러 내려갔다. 가끔씩 에이미는 어른다운 태도를 잊은 채 버릇없는 아이처럼 굴었다. 에이미는 계단 난간에 서서 막 출발하려는 일행을 보며 소리를 질렀다.

"후회하게 될 거야, 조 마치. 두고 봐."

"헛소리 마."

조가 문을 쾅 닫으며 대꾸했다.

메그와 조, 로리는 무척 즐거운 시간을 보냈다. '다이아몬드 호수의 일곱 개 성'은 더할 나위 없이 화려하면서 훌륭했다. 그러나 조는 우스꽝스럽게 생긴 꼬마 도깨비들과 활기에 넘치는 요정들, 그 밖에 근사한 왕자와 공주들을 보면서도 왠지 마음껏 즐거워할 수가 없었다. 금발의 요정 여왕을 보자 에이미가 생각났기 때문이다. 막간을 이용해 잠시 휴식을 취할 때면 에이미가 어떤 일을 저지를지 궁금해졌다. 평소에도 조와 에이미는 서로 부딪칠 때가 많았다. 둘 다 성격이 급해서 비위에 거슬린다 싶으면 물불을 가리지 않았기 때문이다. 에이미는 조를 귀찮게 했고, 조는 에이미의 약을 바짝 올려서 가끔씩 심하게 충돌했다가 나중에는 둘 다 후회했다. 언니이면서도 자제력이 약한 조는 불같은 성질을 죽이려고 애를 쓰긴 했지만 끊임없이 문제를 일으켰다. 하지만 뒤끝이 없는 데다 자신의 잘못을 순순히 시인했고, 진심으로 반성하면서 더 나아지려고 노력했다. 나머지 자매들은 조가 화를 내는 게 더 좋다고 말하곤 했다. 한바탕 화를 내고 나면 천사처럼 굴었기 때문이다. 가엾은 조는 착해지려고 무진 애를 썼지만, 폭발할 준비가 되어 있는 내부의 적에게 언제나 승리를 넘겨주어야 했다. 이런 성질을 잠재우는 데에는 꽤 기나긴 인고의 세월이 필요했다.

메그와 조가 집에 돌아와 보니 에이미는 거실에서 책을 읽고 있었다. 에이미는 언니들이 들어오자 일부러 더 토라진 표정을 지었다. 그러고는 책에 시선을 고정한 채 한마디도 하지 않았다. 하지만 베스가 와서 연극에 대한 얘기를 물어보지 않았더라면 호기심이 분을 이겼을지도 모를 일이다. 모자를 벗기 위해 2층으로 올라간 조는 맨 먼저 옷장부터 살폈다. 지난번에 다퉜을 때는 에이미가 조의 서랍을 바닥에 뒤집어엎는 걸로 분풀이를 했기 때문이다. 그러나 이번에는 모든 게 제자리에 있었다. 벽장과 가방, 상자들을 대충 훑어본 조는 에이미가 자기와 다툰 사실을 잊고 용서한 걸로 생각했다.

그러나 그건 조의 착각이었다. 다음 날 조는 그 사실을 알아차리고는 난리 법석을 피웠다. 오후 늦게 메그와 베스, 에이미가 함께 앉아 있는데 조가 상기된 얼굴로 방 안으로 불쑥 들어오더니 숨도 쉬지 않고 대뜸 이렇게 물었다.

"누구 내 원고 본 사람 있어?"

이에 메그와 베스는 동시에 "아니"라고 대답하며 놀란 표정을 지었고, 에이미는 아무 말 없이 난로를 들쑤셨다. 에이미의 얼굴이 빨개지는 걸 본 조는 그 즉시 동생을 다그쳤다.

"에이미, 네가 가져갔지!"

"아냐, 난 안 가져갔어."

"그럼 어디 있는지는 알지!"

"아니, 몰라."

"거짓말 마!"

조가 에이미의 어깨를 움켜잡으며 소리쳤다. 그 표정이 어찌나 살벌한지 에이미보다 용감한 아이도 겁을 집어먹을 것 같았다.

"거짓말 아냐. 난 갖고 있지 않단 말이야. 지금은 어디 있는지도 몰라. 내가 알 게 뭐야."

"넌 분명히 뭔가 알고 있어. 당장 실토하지 않으면 억지로라도 입을 열게 할 거야."

그러면서 조는 에이미를 붙잡고 있던 손에 힘을 주었다.

"언니가 아무리 다그쳐도 그 바보 같은 원고를 다시 찾진 못할걸."

이번에는 에이미가 흥분해서 소리쳤다.

"왜 못 찾아?"

"내가 태워버렸거든."

"뭐라고! 내가 그토록 아끼는 원고를 태워버렸다고? 아빠가 돌아오시기 전에 끝내려고 얼마나 열심히 썼는지 알면서도 그런 소리를 하는 거야? 거짓말이지?"

얼굴이 백지장처럼 창백해진 조가 말했다. 그러고는 눈에 불꽃을 튀기며 초조하게 에이미를 움켜잡았다.

"그래, 내가 태워버렸어! 어제 그랬잖아. 나한테 못되게 군 걸 꼭 갚겠다고……."

불같은 성질을 이기지 못한 조가 이빨이 달그락거릴 정도로 에이미를 마구 흔들어대는 바람에 에이미는 더 이상 말을 잇지 못했다. 곧이어 조는 몰아치는 슬픔과 분노 때문에 울면서 소리쳤다.

"이 나쁜 계집애! 그런 원고는 두 번 다시 쓸 수 없을 거야. 평생 널 용서하지 않겠어."

메그가 달려가 에이미를 구하는 사이 베스가 조를 달래려고 했지만, 조는 제정신이 아니었다. 조는 동생의 뺨을 한 대 올려붙이고는 다락방으로 뛰어 올라가 낡은 소파에 앉아 혼자 분을 삭였다.

잠시 후 아래층의 폭풍은 가라앉았다. 마치 부인이 집에 돌아와 자초지종을 듣고는 에이미를 타일러 잘못을 인정하도록 했기 때문이다. 에이미가 태워버린 원고는 조의 가장 큰 자랑거리였을 뿐만 아니라 가족들도 작가의 싹이 보인다며 인정해준 작품이었다. 다 합해야 짤막한 동화 여섯 편에 불과했지만, 조는 출판

“어제 그랬잖아. 나한테 못되게 군 걸 꼭 갚겠다고…….”

을 염두에 두고 심혈을 기울여 썼다. 그러나 정성을 다해 정서한 후 원본을 파기한 터라, 결국 에이미 때문에 몇 년 동안의 노력이 물거품이 되고 만 셈이었다. 다른 사람이 생각하기에는 대수롭지 않은 손실처럼 보였겠지만, 조에게는 복구가 전혀 불가능해 보이는 끔찍한 재앙이었다. 한편 베스는 죽은 새끼 고양이 때문에 시름에 잠겨 있었고, 메그도 이번에는 에이미의 편을 들어주지 않았으며, 마치 부인은 부인대로 슬픈 표정을 짓고 있었다. 그런 분위기 속에서 에이미는 어느 때보다도 깊이 후회하면서 자기가 한 행동에 대해 사과하지 않는 한 아무도 자기를 사랑하지 않을 거라는 느낌을 받았다.

차 마실 시간을 알리는 종이 울리자 조가 인상을 잔뜩 찌푸린 채 나타났다. 조의 험악한 표정에 기가 질린 에이미는 가까스로 용기를 내어 기어드는 목소리로 말했다.

"용서해줘, 조 언니. 내가 잘못했어. 정말 미안해."

"난 절대 용서할 수 없어."

조는 냉랭하게 대답한 후 에이미를 철저히 무시했다.

아무도 집안을 한바탕 휘저어놓은 사건에 대해 입을 열지 않았다. 마치 부인까지도 묵묵히 침묵을 지키고 있었다. 조가 화났을 때는 옆에서 아무리 뭐라고 해도 소용이 없으며, 가장 현명한 방법은 다른 사건이 일어나길 기다리는 것임을 다들 경험을 통해 알고 있었기 때문이다. 그날 저녁에는 모두들 조금도 행복하지 않은 시간을 보내야 했다. 자매들은 여느 때처럼 바느질을 했고 어머니는 브리머니 스콧이니 에지워스를 큰 소리로 읽었지만, 뭐가 빠졌기 때문인지 평소의 평화로웠던 집안 분위기는 전혀 느낄 수가 없었다. 이런 느낌은 노래를 부르는 시간이 되자 더욱 실감이 났다. 베스는 반주만 했고, 조는 입을 다문 채 돌처럼 서 있었으며, 에이미는 에이미대로 풀이 죽어 메그와 어머니만 노래를 불렀기 때문이다. 어머니와 메그는 종달새처럼 즐겁게 노래를 부르려고 노력했지만, 평소처럼 좋은 화음이 나오지 않는 것 같았다.

안녕히 주무시라는 인사와 함께 키스를 하는 조에게 마치 부인이 조용히 속삭였다.

"잠자리에까지 분노를 가지고 들어가진 마라. 서로 용서하고 도우며 다시 내일을 시작하자꾸나."

조는 어머니 품에 안겨 엉엉 울면서 슬픔과 분노를 모두 날려 버리고 싶었지만, 눈물은 나약한 사람이나 흘리는 거라고 생각했다. 게다가 마음의 상처가 너무 커서 아직은 용서하고 싶은 기분이 전혀 들지 않았다. 그녀는 눈을 깜빡이며 애써 눈물을 참은 뒤 곁에서 듣고 있는 에이미를 의식해 완강하게 고개를 저으며 일부러 더 퉁명스럽게 말했다.

"그런 말도 안 되는 짓을 저지르다니 절대 용서할 수 없어요."

조가 이 말과 함께 서둘러 자기 침대로 가버리는 바람에 그날 밤에는 유쾌한 농담이나 속내 이야기가 한마디도 오가지 않았다.

에이미는 화해 제의가 거절당한 데 대해 몹시 화가 나서, 그럴 줄 알았으면 고개를 숙이지 않는 게 나았을 거라고 생각하기 시작했다. 그리고 어느 때보다도 크게 상처받은 자존심을 회복하기 위해 자기의 장점을 들먹이며 잘난 체를 했다. 조는 여전히 인상을 찌푸린 채 하루 종일 집 안에만 틀어박혀 있었다. 그날 아침따라 몹시 추웠던 데다 소중한 파이를 도랑에 빠뜨렸고, 마치 대고모까지 사람을 달달 볶아대는 바람에 조의 기분은 그야말로 엉망이었다. 메그는 메그대로 침울했고, 베스도 집에 돌아와서는 시무룩한 표정을 지었다. 에이미는 다른 사람들이 모범을 보이면 자기도 착해지겠다고 입으로만 떠들면서 노력은 전혀 하지 않는 사람들에 대한 얘기만 늘어놓았다.

"다들 꼴 보기 싫어. 로리한테 스케이트나 타러 가자고 해야겠다. 로리는 마음씨도 착하고 명랑하니까 함께 있으면 기분 전환이 될 거야."

조는 혼자 이렇게 중얼거리며 집을 나섰다.

잠시 후 스케이트 날이 부딪치는 소리를 들은 에이미가 바깥을 내다보며 소리쳤다.

"다음번에는 꼭 데려가겠다고 약속해놓고는 자기 혼자만 가는 것 좀 봐! 이번이 마지막으로 어는 얼음인데. 하지만 저런 속 좁은 인간한테 데려가달라고 하는 내가 바보지."

"그렇게 말하면 못써. 네가 너무 버릇없이 굴었어. 그렇게 귀중한 원고를 잃어버렸으니 쉽게 용서가 되겠니. 하지만 지금쯤은 마음이 풀어졌을지도 몰라. 적당한 기회를 봐서 다시 한번 용서를 구한다면 조도 널 용서할 거야. 어서 따라가봐. 가서 조가 기분이 좋아질 때까지 조용히 기다리고 있다가 키스를 하거나 뭔가 다정한 행동을 해보는 거야. 그럼 너희 둘은 다시 예전처럼 친구가 될 거야."

메그가 말했다.

"언니 말대로 해볼게."

충고가 마음에 든 에이미는 서둘러 준비를 끝낸 뒤 방금 전에 언덕 너머로 사라진 조와 로리를 뒤쫓아 뛰어갔다.

강까지는 그리 멀지 않았지만, 에이미가 도착하기 전에 두 사람은 스케이트 탈 준비를 마쳤다. 조는 에이미가 다가오는 걸 보았지만 등을 돌려버렸고, 로리는 어제까지만 해도 날씨가 그리 춥지 않았기 때문에 강가를 따라 스케이트를 타고 가면서 얼음 상태를 확인하느라 에이미를 보지 못했다.

"저기 첫 번째 꺾어지는 데 보이지. 내가 가서 확인해 볼 테니까 얼음 상태가 괜찮으면 저기까지 경주하자."

에이미는 털외투와 털모자 때문에 러시아 청년처럼 보이는 로리가 달려 나가면서 하는 말을 들었다.

조는 에이미가 스케이트 신발을 신기 위해 발을 동동 구르며 숨이 턱에 차서 뒤따라오는 소리를 들었지만, 어디 당해 보라는 심정으로 못 본 척한 채 지그재그로 움직이며 천천히 강 아래쪽으로 내려갔다. 나쁜 생각이나 감정을 그 즉시 내던져버리지 않으면 거기에 조종당하는 것처럼, 조도 강해질 대로 강해진 분노에 사로잡혀 있었다. 로리가 방향을 틀며 소리쳤다.

"옆으로 바짝 붙어. 복판은 얼음이 완전히 얼지 않았어."

조는 이 말을 들었지만, 에이미는 중심을 잡고 일어서는 데 열중한 나머지 한 마디도 듣지 못했다. 조는 어깨 너머로 흘긋 쳐다보았지만, 마음속의 작은 악마가 귀에다 대고 이렇게 속삭였다.

"들었든 못 들었든 내 알 바가 아냐. 자기가 알아서 하겠지."

로리는 이미 꺾어진 모퉁이를 돌아 사라졌고, 조는 이제 막 돌려고 하는 참이었다. 한참 뒤쳐져 쫓아오던 에이미가 강 한가운데로 스케이트를 지치며 나아갔다. 조는 이상한 느낌이 들어 잠시 동안 가만히 서 있다가, 계속 가기로 했다. 그러나 뭔가가 그녀를 붙잡는 것 같아 뒤돌아본 순간, 갑자기 얼음이 깨지고 물보라가 솟구치면서 에이미가 비명 소리와 함께 두 손을 버둥거리며 밑으로 가라앉는 모습이 눈에 들어왔다. 조는 두려움 때문에 여전히 그 자리에 서 있었다. 그녀는 로리를 부르려고 했지만 목소리가 나오지 않았고, 앞으로 달려 나가려고 했지만 다리에 힘이 전혀 느껴지지 않았다. 잠시 동안 그녀는 얼어붙은 듯 그 자리에 서서 검은 강물 위에 떠 있는 조그만 푸른색 두건을 넋 놓고 지켜볼 수밖에 없었다. 그러고 있는데 뭔가가 아주 빠른 속도로 다가온다 싶더니 로리가 외치는 소리가 들려왔다.

"가서 울타리의 가로대를 가져와. 서둘러, 어서!"

조는 자기가 무엇을 하고 있는지도 모른 채 다음 몇 분 동안은 로리의 말에 따라 정신없이 움직였다. 그동안 로리는 얼음 위에 엎드려 한쪽 팔과 하키 채로 에이미를 붙들고 있었다. 조가 가로대를 끌어오자 두 사람은 함께 달려들어 에이미를 끌어냈다. 에이미는 다친 데는 없었지만 겁에 질려 있었다.

"이제 가능한 한 빨리 집으로 데려가야 돼. 내가 이 망할 스케이트를 벗는 동안 넌 우리 옷을 에이미한테 입혀."

로리가 외투를 벗어 에이미 몸에 두른 후 허리 옆에 달려 있던 가죽끈으로 꽁꽁 싸매며 소리쳤다.

두 사람은 물에 흠뻑 젖어 덜덜 떨며 우는 에이미를 집으로 데려왔다. 한바탕 흥분이 가라앉은 뒤 에이미는 담요에 싸여 난로 앞에서 잠이 들었다. 그동안 조는 말은 거의 하지 않았지만, 하얗게 질린 얼굴로 정신없이 뛰어다녔다. 울타리에서 가로대를 떼어내느라 옷은 찢어지고 두 손은 얼음과 빡빡한 죔쇠에 베이고 찔린 자국투성이였다. 에이미가 잠들고 집 안이 조용해지자 침대 옆에 앉아 있던 마치 부인은 조를 불러 다친 손에 붕대를 감아주었다.

"괜찮겠죠?"

조가 자기 눈앞에서 얼음 밑으로 영원히 가라앉아 버릴 뻔한 금발 머리를 후회에 찬 눈길로 바라보며 조용히 속삭였다.

"괜찮고말고. 다친 데도 없고, 네가 옷을 껴입혀서 빨리 집으로 데려온 덕분에 감기도 안 걸릴 것 같구나."

어머니는 밝은 목소리로 대답했다.

"다 로리가 했어요. 난 그쪽으로 가게 가만히 내버려둔 것밖엔

로리는 얼음 위에 엎드려 한쪽 팔과 하키 채로 에이미를 붙들고 있었다. 조가 가로대를 끌어오자 두 사람은 함께 달려들어 에이미를 끌어냈다. 에이미는 다친 데는 없었지만 겁에 질려 있었다.

한 일이 없는걸요. 엄마, 에이미가 죽으면 다 내 탓이에요."

조는 침대 옆에 털썩 주저앉아 후회의 눈물을 흘리며 자초지종을 설명했다. 그러고는 몰인정한 자신의 성격을 심하게 자책하는 한편, 평생 동안 짊어져야 했을지도 모를 무거운 벌을 면하게 된 데 대해 감사의 눈물을 흘렸다.

"모든 게 다 내 고약한 성질 때문이에요! 고치려고 노력하지만 잘 안 돼요. 이제 됐다 싶으면 전보다 더 악화돼 있어요. 엄마! 어쩌면 좋아요, 난?"

불쌍한 조가 자포자기한 채 외쳤다.

"늘 주의하면서 기도하렴. 그리고 노력하고 또 노력하는 거야. 혹시라도 네 결점을 극복하는 게 불가능하다는 생각은 아예 하지 마라."

마치 부인은 헝클어진 머리를 끌어당겨 자기 어깨에 기대게 한 뒤 축축한 뺨에 다정하게 키스를 했다. 그러자 조는 더 큰 소리로 흐느꼈다.

"엄마는 잘 모르세요! 이런 성격이 얼마나 나쁜지 엄마는 모르실 거예요. 열정에 휩싸이면 뭐든지 할 수 있을 것 같다가도, 화가 나면 아무한테나 상처를 주면서 그걸 즐겨요. 이러다 언젠가는 끔찍한 일을 저질러서 내 인생을 망치고 모든 사람한테 미움받는 존재가 될까 봐 겁나요. 엄마, 제발 절 도와주세요! 제발요!"

"그래, 내가 도와줄게. 내가 도와줄 테니 그만 울거라. 하지만 오늘을 기억하면서 두 번 다시는 이런 일이 일어나지 않도록 각오를 단단히 해라. 사랑하는 내 딸아, 우리에게는 저마다 자신이 이겨내야 할 유혹이 있단다. 그중에는 너보다 훨씬 더 힘든 유혹을 견뎌야 하는 사람들도 있지. 그뿐인 줄 아니, 유혹을 이겨내는 데 평생이 걸리는 경우도 많단다. 넌 네 성미가 이 세상에서 가장 고약하다고 생각하지만 이 엄마도 한때는 그랬다."

"엄마가요? 엄마가 화내시는 모습은 한 번도 못 봤는데요!"

조는 너무 놀란 나머지 처음으로 자책감을 잊어버렸다.

"지난 40년 동안 그런 내 성격을 고치려고 노력해왔지만, 완전히 극복했다기보다는 겨우 잠재우는 데 성공했을 뿐이야. 엄마도 살면서 거의 매일 화를 낸단다. 하지만 그걸 드러내지 않는 법을 터득했지. 이다음에는 아예 화를 못 느끼는 법을 배우고 싶구나. 그러려면 앞으로 40년이 또 걸릴지도 모르겠지만 말이다."

그녀가 너무도 사랑하는 얼굴에서 묻어나는 인내와 겸손은 조에게 그 어떤 현명한 훈계나 통렬한 비난보다도 훌륭한 교훈이 되었다. 어머니가 보여준 연민과 신뢰는 많은 위안이 되었다. 어머니도 자기와 비슷한 결점을 가지고 있었지만 끊임없는 노력을 통해 고쳤다는 걸 알게 되자 한결 마음이 편해지면서 반드시 고치고야 말겠다는 의지가 솟구쳤다. 하지만 열다섯 살밖에 안 된 소녀에게는 40년 동안이나 조심하며 기도해야 한다는 사실이 다소 지겹게 느껴졌다.

"마치 대고모가 잔소리를 하거나 사람들이 엄마를 괴롭힐 때면 가끔 입을 꽉 다물고 방에서 나가버리시던데, 화가 나서 그러시는 건가요?"

조가 그 어느 때보다도 엄마와 가까워진 듯한 기분을 느끼며 물었다.

"그래. 그동안 엄마 나름대로 경솔한 말이 입 밖으로 튀어 나가지 않게 자제하는 법을 터득했단다. 그러니까 내 의지와 상관없이 말이 터져 나올 것 같으면 잠시 밖에 나가 머리를 식히면서 나쁜 생각들을 털어내는 거지."

마치 부인이 흐트러져 있던 조의 머리칼을 단정하게 동여매며 대답했다.

"가만히 있는 법을 어떻게 터득하셨어요? 난 그게 문제예요. 무슨 말을 하고 있는지 깨닫기도 전에 험한 말부터 튀어 나가거든요. 말을 하면 할수록 상태가 악화되기만 해요. 심한 말을 해서 사람들 기분을 잡쳐야 직성이 풀리니, 내가 생각하기에도 정말 어처구니가 없어요. 어떻게 하면 엄마처럼 침착해질 수 있는지 가르쳐주세요. 네?"

"너희 외할머니께서 날 도와주시곤 했지……."

"엄마가 우리를 도와주시는 것처럼 말이죠?"

조가 감사의 키스를 하는 바람에 어머니의 말은 중간에서 끊기고 말았다.

"하지만 내가 지금의 너보다 약간 더 나이가 많았을 때 어머니가 돌아가시고 나서는 오랜 세월 동안 혼자 씨름해야 했단다. 자존심이 너무 세서 아무한테도 내 약점을 고백할 수 없었기 때문이지. 엄마한테는 무척 힘든 시기였단다. 아무리 노력해도 나아지지 않는 것 같아 눈물도 많이 흘렸단다. 그 뒤 네 아빠를 만나 착해지는 게 그리 어렵지 않다는 걸 깨닫게 됐지. 하지만 세월이 흘러 딸들이 넷이나 태어나고 가난에 쪼들리게 되자 해묵은 문제가 다시 고개를 쳐들기 시작하더구나. 원래 참을성이 많은 성격이 아니다 보니, 자식들이 돈 때문에 어려움을 당하는 걸 보면 속이 무척 상하더구나."

"가엾은 엄마! 그땐 어디서 도움을 받으셨나요?"

"너희 아빠가 도와주셨지. 아빤 인내심을 잃거나 불평을 하는 법이 절대로 없단다. 늘 희망을 잃지 않고 즐겁게 일하고 기다리면서 그렇지 않은 사람들까지 부끄러움을 느끼게 하는 분이지. 아빤 곁에서 나를 위로하면서 어린 딸들이 훌륭한 사람이 되길 원한다면 내가 먼저 모범을 보이며 덕을 쌓아야 한다는 걸 몸으로 가르쳐주셨단다. 나를 위해서라기보다 너희들을 위해서라고 생각하니 훨씬 수월해지더구나. 내 퉁명스러운 말 한 마디 한 마디에 깜짝깜짝 놀라는 너희들 표정을 볼 때마다 이 엄만 자신을 꾸짖고 또 꾸짖었단다. 그렇지만 너희가 보여준 사랑과 존경, 신뢰는 너희가 본보기가 되기 위해 내가 기울인 노력을 보상해 주고도 남았단다. 그것들이야말로 최상의 선물이었던 거지."

"오, 엄마! 내가 엄마의 반만이라도 착하다면 더 바랄 게 없겠어요."

조가 무척이나 감동받은 목소리로 외쳤다.

"엄만 네가 훨씬 더 좋은 사람이 될 거라고 생각하지만, 아빠가 늘 말씀하시는 것처럼 '내부의 적'을 조심해야 한다. 자칫 방심했다가는 인생을 망치기까지는 않는다 해도 슬픈 일을 겪게 될지도 모르니까 말이다. 하지만 이제 귀중한 교훈을 얻었잖니. 항상 그 교훈을 되새기면서 오늘 네가 겪은 것보다 더 큰 슬픔과 후회를 맛보기 전에 너의 그 급한 성미를 고치려고 노력해 보렴."

"열심히 노력해 볼게요, 엄마. 하지만 엄마가 도와주셔야 해요. 옆에서 지켜보시면서 딴 길로 새지 않게 막아주세요. 아빠가 손가락으로 입술을 만지작거리며 아주 다정하면서도 진지한 얼굴로 엄마를 바라보면, 엄만 입을 꽉 다물거나 밖으로 나가시곤 했잖아요. 아빤 그렇게 해서 엄마의 주의를 환기해 주셨던 거죠?"

"잘 봤구나. 내가 아빠한테 그렇게 해달라고 부탁한 거란다. 아빤 그렇게 하는 걸 한 번도 잊은 적이 없지. 아빠의 그 사소한 동작과 다정한 표정 덕분에 엄만 남들을 가슴 아프게 하는 말들을 내뱉지 않을 수 있었단다."

조는 그 말을 하는 동안 어머니의 눈가가 초조해지면서 입술이 떨리는 걸 보고는 괜한 말을 한 것 같아 근심 어린 목소리로 속삭였다.

"엄마를 관찰했던 게 잘못인가요? 말하지 말걸 그랬나 봐요. 엄마를 곤란하게 만들 생각은 전혀 없었어요. 하지만 엄마한테 내 생각을 모두 털어놓고 나면 가슴이 후련해져요. 지금 전 무척 행복해요."

"엄마한테 못 할 말이 뭐가 있겠니, 조. 내 딸들이 나를 믿고 속마음을 털어놓는 게 이 엄마한테는 가장 큰 행복이자 자랑거리란다."

"그럼 내가 엄마 마음을 아프게 해드린 건 아닌가요?"

"물론 아니고말고. 하지만 아빠 얘기를 하다 보니 아빠가 무척 보고 싶어지는구나. 엄마는 아빠한테 아주 많은 빚을 지고 있단다. 그 빚을 갚기 위해서라도 너희들을 잘 보살펴야 하지 않겠니."

"하지만 엄만 아빠더러 걱정 말고 다녀오라고 말씀하셨잖아요. 게다가 아빠가 집을 떠나실 때도 울지 않으셨을 뿐만 아니라, 지금까지도 불평 한마디 없이 잘해나가고 계시잖아요."

조가 의아하다는 듯이 말했다.

"난 내가 사랑하는 조국을 위해 최선을 다하고 싶었단다. 그래서 아빠가 떠나실 때도 눈물을 보이지 않았던 거야. 우린 둘 다 당연히 해야 할 일을 하는 거고, 결국에는 좋은 결과로 이어질 텐데 왜 불평을 하겠니? 내가 그 누구의 도움도 필요로 하지 않는 것처럼 보였다면, 그건 아빠보다도 더 좋은 친구가 있기 때문이란다. 너를 괴롭히는 인생의 수많은 유혹과 난관은 이제 시작일 뿐, 앞으로 더 많아질 거야. 하지만 네가 지상의 아버지에게서 느끼듯이, 천상에 계신 하나님 아버지의 힘과 다정함을 느낄 수 있는 방법을 터득한다면 모두 극복할 수 있을 거다. 네가 그분을 사랑하고 믿을수록 그분의 존재를 더욱 가까이 느끼게 되는 건 물론이고, 인간의 나약한 힘과 지혜에 덜 기대게 될 테고, 그분의 사랑은 지치거나 변하는 법이 없고, 평생에 걸쳐 평화와 행복과 힘의 원천이 되어준단다. 조, 내 말을 믿고 엄마한테 털어놓는 것처럼 그분에게도 네 근심과 소망, 죄와 슬픔을 숨김없이 털어놓거라."

조는 대답 대신 어머니를 꽉 끌어안은 채 마음속으로 기도를 드렸다. 슬프고도 행복한 그 한 시간 동안, 조는 자책과 절망의 쓰라림뿐만 아니라 극기와 절제의 달콤함에 대해서도 배웠다. 이 모두가 어머니의 손에 이끌려 세상의 그 어떤 아버지보다 강하고, 그 어떤 어머니보다 부드러운 사랑으로 모든 아이들을 감싸 안는 친구에게 가까이 다가간 덕분이었다.

에이미는 자면서도 몸을 뒤척이며 한숨을 내쉬었다. 조는 지금 당장이라도 자신의 결점을 고쳐버리고 싶은 마음이 간절한 듯 이제까지 한 번도 보지 못한 표정으로 에이미를 바라보았다.

"난 분노를 잠자리에까지 가지고 가면서 네 사과를 받아들이려 하지 않았어. 오늘 로리가 없었다면 너무 늦었을지도 몰라! 그럼 난 무슨 수로 그 죄를 갚았을까?"

조가 베개 위에 흩어져 있는 동생의 젖은 머리카락을 가만히 쓰다듬으며 조금 큰 소리로 말했다.

에이미는 그녀의 말을 듣기라도 한 듯 눈을 뜨더니 조의 가슴을 뭉클하게 만드는 미소를 지으며 두 팔을 내밀었다. 둘 다 한마디도 하지 않았지만 서로를 꽉 껴안았다. 그리고 비록 두 사람 사이에는 담요가 가로놓여 있었지만 마음에서 우러난 키스가 오가며 모든 게 용서되고 잊혔다.

9

메그, 허영의 시장에 가다

“킹 씨네 아이들이 마침 홍역을 앓아서 얼마나 다행인지 몰라.”

4월의 어느 날, 메그가 자기 방에서 동생들에게 둘러싸인 채 여행 가방을 꾸리며 말했다.

“게다가 애니 모팻이 언니에게 한 약속을 잊지 않다니 얼마나 고마워. 2주 동안 신나게 놀 수 있으니 정말 좋겠다.”

조가 기다란 팔로 치마들을 개키며 대꾸했다.

“날씨는 또 얼마나 좋아! 난 이런 날씨가 정말 좋더라!”

베스가 언니를 위해 특별히 빌려준 상자에 리본들을 정리하면서 한마디 거들었다.

“멋진 휴가를 보내면서 이것들을 다 입어볼 수 있다면 얼마나 좋을까.”

한입 가득 핀을 문 채 메그의 쿠션에 능숙하게 속을 다시 채워 넣으며 에이미가 말했다.

"너희들도 다 함께 가면 좋을 텐데. 물건들도 빌려주고 다들 자기 일처럼 달려들어 이렇게 거들어주는데, 그 정도는 아무것도 아니지."

메그가 거의 완벽해 보이는 여행 준비물들을 둘러보며 말했다. 그러나 메그 눈에만 그렇게 보였을 뿐, 실은 아주 검소한 여행 가방이었다.

"엄마가 보물 상자에서 뭘 꺼내주셨는데?"

삼나무 상자를 열 때 자리에 없었던 에이미가 물었다. 마치 부인은 때가 되면 딸들에게 선물로 주려고 그 안에 부유했던 시절의 물건들을 보관해두고 있었다.

"비단 양말, 예쁜 장식이 조각된 부채, 그리고 근사한 파란색 허리띠를 주셨어. 원래는 보라색 드레스를 입으려고 했지만 고칠 시간이 없어서 낡은 무도회복으로 만족하기로 했어."

"내 새 모슬린 치마 위에 매면 허리띠가 아주 멋져 보일 거야. 이럴 줄 알았으면 산호 팔찌를 망가뜨리지 않는 건데, 그랬으면 언니가 끼고 갈 수 있었잖아."

남한테 주거나 빌려주는 걸 좋아하지만 너무 사용해서 낡은 물건들밖에 없는 조가 말했다.

"보물 상자에 근사한 진주 팔찌가 있지만, 엄마 말씀이 젊은 아가씨한테는 생화가 가장 예쁜 장신구래. 그리고 로리도 내가 원한다면 꽃은 얼마든지 보내준댔어."

메그가 대답했다.

"어디 보자. 새로 산 회색 산책복도 챙겼고, 모자에 다는 깃털은 잘 말아주기만 하면 되고, 교회 갈 때나 약식 파티 때 입을 포플린 드레스도 챙겼고……. 봄인데 좀 더워 보이지 않니, 베스? 보라색 비단 드레스였더라면 좋았을 텐데."

"괜찮아, 지난번 무도회 때도 입고 갔었잖아. 천사 같기만 하던데 뭘."

에이미가 구경하는 것만으로도 신이 난다는 표정으로 메그의 옷 보따리를 찬찬히 살피며 말했다.

"목 부분도 답답해 보이고 치마 길이도 좀 짧은 편이지만, 어쩔 수 없지 뭐. 대신 푸른색 실내복은 마음에 들어. 이렇게 고치니까 새것 같지 않니? 하지만 이 비단 저고리는 너무 구식이야. 보닛도 샐리 거랑 비교하면 너무 이상해. 그리고 말은 하지 않았지만 이 양산을 보고 내가 얼마나 실망했는지 아니. 엄마한테 흰 손잡이가 달린 검은색 양산을 사다 달라고 부탁드렸더니 깜빡 잊으시고는 촌스러운 노란색 손잡이가 달린 녹색 양산을 사 오셨지 뭐니. 튼튼하고 깨끗하니까 불평하면 안 되겠지만, 꼭지가 금으로 된 애니의 비단 양산 옆에 서면 창피할 거야."

메그는 자그마한 양산을 상당히 못마땅한 눈초리로 바라보며 한숨을 쉬었다.

"그럼 바꿔."

조가 충고했다.

"그럴 순 없어. 내 물건을 준비하시느라 무척 고생하셨는데 엄마 마음을 상하게 해드릴 순 없어. 아무리 이상해도 바꾸지 않을 거야. 그건 그렇고 비단 양말과 멋진 장갑이 있어서 얼마나 마음 든든한지 몰라. 네 걸 빌려줘서 정말 고마워, 조. 새 비단 양말이 두 켤레에다 신던 거긴 하지만 깨끗이 빤 것까지 있으니까 아주 부자가 된 느낌인 거 있지."

메그가 장갑 상자를 살짝 들추어보며 말했다.

"애니 모팻은 나이트캡에다 알록달록한 리본을 매. 내 것에도 좀 매줄래?"

해나의 손을 거쳐 새것처럼 하얘진 포플린 드레스를 들고 들어오는 베스를 보며 메그가 부탁했다.

"그건 안 될 말이야. 나라면 안 그러겠어. 잠옷이 밋밋하다는 이유로 그랬다가는 캡만 도드라져 보일 거야. 가난한 사람들은 소박하게 꾸미는 게 나아."

조가 단호하게 말했다.

"요전에는 애니 모팻의 집에만 갈 수 있으면 더 이상 바랄 게 없겠다고 말했잖아."

옆에서 지켜보던 베스가 차분한 어조로 말했다.

"물론 그랬지! 난 행복해. 그리고 앞으론 불평 같은 거 다신 안 할게. 하지만 많이 가지면 가질수록 더 많은 걸 원하게 되는 것 같지 않니? 자, 이제 엄마가 손질해 주실 무도회복만 빼고 다 준비된 것 같아."

메그는 반쯤 찬 트렁크와 여러 번 다리고 고친 하얀 포플린 드레스를 번갈아 바라보며 기운차게 말했다. 물론 메그는 이 드레스를 끝까지 '무도회복'이라고 불렀지만.

다음 날은 날씨가 아주 화창했다. 메그는 예쁘게 차려입고 2주 동안의 진기하고 즐거운 경험을 위해 길을 떠났다. 원래 마치 부인은 메그가 집을 나설 때보다 불만이 더 많아져서 돌아올까 봐 이번 방문을 허락해야 할지 약간 망설였다. 하지만 메그가 워낙 애원을 하는 데다 샐리도 잘 돌봐주겠다고 약속했고, 겨울 내내 열심히 일한 뒤라 약간의 즐거움을 누리게 하는 것도 괜찮겠다 싶어 결국은 손을 들고 말았다. 그리하여 메그는 처음으로 상류 사회 생활을 체험하러 가게 된 것이었다.

모팻 집안은 상류층 중에서도 아주 부유한 축에 속했다. 순진한 메그는 화려한 저택과 그 집 사람들의 고상한 태도에 처음에는 다소 기가 죽었다. 그러나 사람들이 좀 경박하긴 하지만 다들 친절하게 대해줘서 메그는 곧 편안하게 지낼 수 있었다. 이유는 잘 몰랐겠지만 메그 역시 그들이 특별히 교양이 있거나 지적인 사람들도 아니거니와 겉으로 아무리 꾸며도 그 속에 들어 있는 평범함을 감출 수는 없다는 걸 느꼈을지도 모른다. 어쨌거나 매일 호화로운 생활을 하고, 좋은 마차를 타고 다니고, 값비싼 옷을 입고, 아무 일도 하지 않고 놀기만 한다는 건 분명 기분 좋은 일이었다. 메그한테는 그런 생활이 딱 맞았다. 얼마 지나지 않아 메그는 조금은 거만하고 고상하게 굴거나, 대화 중에 간간이 프랑스어를 섞거나, 머리를 곱슬곱슬하게 지지거나, 옷들을 몸에 꼭 달라붙게 줄이거나, 유행에 대해 이야기하면서 최선을 다해 그 사람들의 행동거지와 말투를 흉내 내기 시작했다. 메그는 애니 모팻의 예쁜 물건들을 보면 볼수록 그녀가 부러웠고, 부유하지 못한 자신의 처지가 싫었다. 이제 메그는 자기 집을 생각할 때마다 뭔가 휑하고 쓸쓸한 느낌이 들었고, 일도 더 이상은 힘들어서 못 할 것 같았다. 그리고 새 장갑과 비단 양말에도 불구하고 자신이 몹시 초라하게 느껴졌다.

하지만 다른 두 명의 아가씨들과 함께 '즐거운 시간'을 보내느라 바쁜 나머지 푸념할 겨를이 별로 없었다. 그들은 하루 종일 쇼핑을 하거나 산책을 하고, 말을 타거나 다른 집을 방문했다. 그리고 저녁에는 연극과 오페라를 구경하러 가거나 집에서 흥겹게 떠들며 놀았다. 애니는 친구도 많은 데다 사람들을 즐겁게 하는 방법을 잘 알고 있었다. 애니의 언니들도 다들 아주 참한 처녀들로 그중 한 명은 약혼한 상태였는데, 메그는 그 얘기를 들으며 정말 낭만적이라고 생각했다. 모팻 씨는 뚱뚱하고 재미있는 노신사였는데 메그의 아버지를 알고 있었다. 남편처럼 뚱뚱하고 재미있는 모팻 부인은 자기 딸이 메그를 좋아하는 것 못지않게 그녀를 아주 마음에 들어 했다. 만나는 사람마다 다들 '데이지'라 부르며 귀여워했기 때문에 메그는 자기도 모르게 우쭐해졌다.

'조촐한 파티'가 열리는 날 저녁이 되자, 메그는 자신의 포플린 드레스가 전혀 어울리지 않는다는 걸 깨달았다. 샐리의 사각거리는 새 드레스와 비교하니 그녀의 드레스는 더욱더 낡고 궁상맞게 보일 뿐이었다. 다른 처녀들이 자기 옷을 흘끔 쳐다보고 나서 서로 눈짓하는 모습을 보자, 메그의 뺨은 빨갛게 달아오르기 시작했다. 메그는 누가 봐도 얌전한 처녀였지만 자존심만큼은 무척 강했기 때문이다. 물론 메그의 옷에 대해 이렇다 저렇다 평을 하는 사람은 아무도 없었다. 대신 샐리는 메그의 머리를 만져주겠다고 했고, 애니는 허리띠를 매주겠다고 했다. 그리고 애니의 약혼한 언니인 벨은 메그의 하얀 팔을 칭찬했다. 그러나 메그는 그들의 친절한 행동 속에서 가난한 자신에 대한 동정을 느꼈을 뿐이었다. 그 때문에 마음이 무거워진 메그는 다들 웃고 떠들고 맵시를 뽐내면서 나비처럼 여기저기 돌아다니는 동안 혼자 우두커니 서 있었다. 시간이 지날수록 메그의 기분은 점점 더 가라앉기만 했다. 그때 하녀가 웬 남자와 함께 꽃이 든 상자를 들고 들어왔다. 애니가 숨을 죽인 채 뚜껑을 벗겨내자 다들 그 안에 있는 장미와 히스, 고비를 보며 탄성을 질렀다.

"벨 언니한테 온 거야. 조지가 늘 꽃다발을 보내긴 하지만, 이번 건 너무 근사하다."

애니가 향기를 맡으며 소리쳤다.

"이 꽃은 마치 양한테 온 겁니다."

남자가 말했다.

"여기 편지도 있답니다."

이번에는 하녀가 남자의 말을 거들면서 메그에게 편지를 내밀었다.

"어머나 세상에! 누가 보낸 거야? 네게 애인이 있는 줄 몰랐지 뭐니."

다들 호기심과 놀라움에 사로잡혀 탄성을 지르며 메그 주위로 몰려들었다.

"편지는 엄마가 보내신 거고 꽃은 로리가 보낸 거야."

메그는 말은 간단하게 했지만, 로리가 잊지 않고 꽃을 보내준 데 대해 무척 고맙게 생각했다.

"그랬구나!"

메그가 부러움과 허영심, 빗나간 자존심을 물리치는 일종의 부적과도 같은 어머니의 편지를 주머니에 슬쩍 밀어 넣는 걸 보더니, 애니가 우스꽝스러운 표정을 지으며 말했다. 몇 줄 안 되지만 사랑이 담뿍 담긴 말은 충분히 효과가 있었고, 아름다운 꽃이 그녀의 기분을 북돋워주었다.

다시 기분이 좋아진 메그는 자기 몫으로 고비와 장미 몇 송이를 고른 다음 나머지 꽃으로 친구들의 가슴이나 머리, 치마에 달 화사한 꽃 장식을 만들어 나누어주었다. 애니의 언니인 클라라는 그런 메그를 가리켜 '여태껏 만난 사람들 중에서 마음씨가 가장 고운 꼬마 아가씨'라고 말했다. 클라라뿐만 아니라 다들 메그의 작은 정성에 매우 감동한 듯했다. 어쨌든 이 친절한 행동 덕분에 그녀의 기분도 한결 나아졌다. 다들 모팻 부인에게 자랑하러 간 사이 머리에 고비를 꽂다가 메그는 거울에 비친 행복한 얼굴을 보았다. 그뿐만이 아니었다. 군데군데 장미를 단 드레스도 그다지 초라해 보이지 않았다.

그날 저녁 메그는 마음껏 춤을 추면서 아주 즐거운 시간을 보냈다. 다들 매우 친절하게 대해줬고, 세 번이나 찬사를 들었기 때문이다. 애니의 청에 못 이겨 노래를 부르자 누군가가 정말 훌륭한 목소리를 가졌다고 했고, 링컨 소령은 '눈이 아름다운 저 참한 아가씨'는 누구냐고 물었으며, 모팻 씨는 그녀가 '게으름을 부린 건 아니지만 그녀에게 어느 정도 책임이 있기' 때문에 반드시 자기랑 춤을 추어야 한다고 주장했다. 이렇게 해서 메그는 아주 멋진 시간을 보냈다. 그러다가 마음을 심란하게만 할 뿐 이로울 게 하나도 없는 어떤 대화를 우연히 엿듣게 되었다. 온실에 앉아 함께 춤을 췄던 청년이 얼음물을 가져다주기를 기다리고 있는데 꽃들에 가려진 맞은편에서 어떤 목소리가 들려왔다.

"몇 살인데?"

"열여섯 아니면 열일곱일 거예요."

다른 목소리가 대답했다.

"네 자매 중 누가 선택되든 굉장한 일 아니겠어요? 샐리가 그러는데 서로들 아주 친하게 지낸대요. 그 노인도 자매들에게 아주 잘해주는 모양이에요."

"마치 부인이 어련히 알아서 계획을 세워두었겠지! 좀 이르긴 하지만 그 부인이라면 잘 처리할 게다. 하지만 그 앤 아직 거기까지는 생각하지 못한 눈치더구나."

모팻 부인이 말했다.

"그 앤 자기 엄마 핑계를 댔지만, 꽃이 도착했을 때 보니까 얼굴이 빨개지던걸 뭐. 딱해 죽겠어! 목요일에 입을 드레스를 빌려주겠다고 하면 그 애가 화를 낼까?"

다른 목소리가 물었다.

"자존심이 강하긴 하지만, 입을 옷이라곤 그 초라한 포플린 드레스가 전부니 거절하진 못할 거야. 오늘 밤이라도 그 옷이 찢어진다면 그걸 구실로 옷을 빌려주면 좋은데."

"그야 두고 봐야지 뭐. 그 애한테 성의 표시도 할 겸 로런스를 초청할까 해. 어떻게 생각해, 재미있을 것 같지 않니?"

이 대목에서 메그의 춤 상대가 돌아와 보니 메그가 얼굴을 붉힌 채 안절부절못하며 앉아 있었다. 그러나 메그는 자존심이 강한 처녀였고, 그 자존심은 바로 이때 제대로 발휘되었다. 강한 자존심이 방금 들은 이야기 때문에 느낀 치욕과 분노, 혐오감을 감추는 데 도움이 됐기 때문이다. 순진하고 남의 말을 곧이곧대로 믿는 메그였지만 친구들이 한 얘기가 무슨 뜻인지 정도는 충분히 알 수 있었다. 잊어버리려고 노력할수록 '마치 부인이 계획을 세워두었을 거'라느니 '자기 엄마 핑계를 대더라'라느니 '초라한 포플린 드레스'니 하는 말들이 자꾸만 떠오르면서 금방이라도 울음이 터져 나올 것만 같았다. 메그는 당장 집으로 달려가 조언을 구하고 싶었다. 그러나 그건 불가능했기에 메그는 최선을 다해 명랑한 표정을 지었다. 거기다 약간 흥분된 상태를 아주 잘 이용했기 때문에 그녀가 엄청난 노력을 기울이고 있다는 사실을 아무도 눈치채지 못했다. 파티가 끝나자 그녀는 무척 기뻤다. 그리고 침대에 누워 달아올랐던 뺨이 저절로 흘러내린 눈물 때문에 식을 때까지 생각에 생각을 거듭했다. 한꺼번에 너무 많은 생각을 하느라 나중에는 머리가 깨질 것 같았다. 비록 선의에서 비롯된 것이었지만 그 어리석은 이야기들은 메그에게 새로운 세상을 열어 보이며 이전 세상의 평화를 뒤흔들어놓았다. 지금까지 메그는 이전 세상에서 아이처럼 행복하게 지내왔다. 하지만 어깨 너머로 들은 바보 같은 이야기 때문에 로리와의 순수한 우정에 금이 갔고, 자기 멋대로 사람들을 판단하는 모팻 부인의 입에서 나온 속물적인 계획이니 어쩌니 하는 말들은 어머니에 대한 신뢰마저 흔들어놓았다. 가난한 아버지의 딸답게 검소한 옷에 만족하겠다는 결심도 초라한 드레스를 이 세상에서 가장 큰 불행 중 하나라고 생각하는 친구들의 불필요한 동정 앞에서 약해졌다.

가엾은 메그는 밤새 뒤척이다 눈이 퉁퉁 부은 채로 일어났다. 그녀는 한편으로는 친구들이 원망스러웠지만, 또 한편으로는 솔직하게 털어놓고 모든 걸 바로잡지 못한 자기 자신이 부끄러웠다. 아침에는 다들 늑장을 부리다 정오가 되어서야 활기를 되찾기 시작했다. 메그는 그런 친구들의 태도 속에서 어딘지 모르게 달라진 점을 금방 눈치챌 수 있었다. 전에 비해 좀 더 신경 써서 그녀를 대하는 듯했고, 그녀가 하는 말에도 상당히 많은 관심을 기울이는 것 같았다. 그뿐만 아니라 그녀를 쳐다보는 시선들에서도 호기심이 느껴졌다. 메그는 영문을 몰랐지만, 이 모든 변화에 놀랍기도 하고 기분이 좋기도 했다. 그러다가 벨이 감상적인 어투로 자기가 쓴 초대장에 대해 얘기하는 걸 듣고 나서야 그 이유를 알게 되었다.

"데이지, 네 친구 로런스 씨한테 목요일 날 와주면 고맙겠다는 초대장을 보냈어. 우리 모두 그 사람이 보고 싶기도 하고, 너를 기쁘게 해주기엔 이 방법이 적당한 것 같아서 말이야."

메그는 반가운 나머지 얼굴을 붉혔지만, 친구들을 놀려주기 위해 점잔을 빼며 이렇게 대답했다.

"어머 친절도 하셔라. 하지만 그분은 못 오실 거예요."

"어째서?"

벨이 물었다.

"연세가 너무 많으시거든요."

"그게 무슨 말이야? 그 사람 나이가 몇 살인데!"

클라라가 소리쳤다.

"일흔 가까이 되셨을 거예요."

메그가 계속 시치미를 떼며 대답했다.

"앙큼하기는! 젊은 로런스 얘길 하고 있다는 걸 잘 알면서."

벨이 웃으며 소리쳤다.

"그 댁에는 그런 사람 없어요. 로리는 아직 어린애인걸요."

로리가 메그의 애인인 줄 알고 있던 모팻 집안 자매들이 황당한 표정을 짓는 걸 보며 메그도 따라 웃었다.

"네 나이 또래 아니니?"

낸이 물었다.

"제 바로 밑에 있는 동생 조랑 더 비슷해요. 전 8월이면 열일곱 살이 되거든요."

메그가 갑자기 고개를 빳빳이 세우며 대답했다.

"너한테 꽃을 보내준 걸 보면 굉장히 친절할 것 같은데, 맞니?

이번에는 애니가 마치 다 알고 있다는 듯한 표정을 지으며 말했다.

"나한테만 그런 게 아니라 우리 자매 모두한테 그래. 걔네 집에 가면 꽃이 널려 있거든. 우리 엄마와 로런스 씨가 친하게 지내다 보니 아이들도 자연스레 같이 어울려 지내게 된 거지 뭐."

메그는 이제 더 이상 말을 하고 싶지 않았다.

"데이지는 아직 아무것도 모르고 있는 게 분명해."

클라라가 고개를 끄덕이며 벨을 향해 말했다.

"그야말로 순진 그 자체라니까."

벨이 어깨를 으쓱하며 대답했다.

"너희들 물건을 사러 외출하려는 참인데 뭐 부탁할 거 없니?"

비단과 레이스로 몸을 감싼 모팻 부인이 코끼리처럼 육중하게 발걸음을 옮겨 놓으며 물었다.

"없어요. 목요일에 입을 분홍색 비단 드레스만 있으면 돼요. 다른 건 필요 없어요."

샐리가 대답했다.

"저도 됐어요……."

여기까지 말한 메그는 정말 갖고 싶지만 그럴 수 없는 물건들이 갑자기 생각나는 바람에 입을 다물어버렸다.

"넌 뭘 입을 건데?"

샐리가 물었다.

"전에 입었던 흰색 드레스를 입을 거야. 하지만 제대로 고칠 수 있을지 모르겠어. 어젯밤에 찢어졌거든."

메그는 아무렇지도 않은 듯 말했지만, 실은 몹시 속이 상했다.

"집에 사람을 보내 다른 옷을 보내달라고 하지 그래?"

생각이 그다지 깊지 못한 샐리가 말했다.

"내겐 이 옷밖에 없어."

메그는 이 말을 하는 데 무척 애를 먹었지만, 이것을 전혀 눈치채지 못한 샐리는 놀란 듯 큰 소리로 말했다.

"그 옷뿐이라고? 어떻게 그럴 수가……."

벨이 고개를 흔들며 끼어드는 바람에 샐리는 말을 끝내지 못했다.

"그게 뭐 어때서. 여행하면서 수십 벌씩 싸 들고 다닐 일 있니? 그리고 데이지, 집에 옷이 열두 벌이 있다 해도 가지러 보낼 필요 없어. 내게 작아서 못 입는 푸른색 비단 드레스가 있는데, 네가 입겠다면 빌려줄게. 입을 거지?"

"정말 친절하시군요. 하지만 전에 입던 드레스를 입어도 돼요.

저처럼 아직 어린애들한테는 그걸로도 충분하니까요."

메그가 말했다.

"근사하게 꾸며줄 테니까 나한테 맡겨봐. 그게 내 취미거든. 몇 군데만 손보면 전형적인 미인이 될 거야. 몸단장이 끝날 때까지 모두에게 비밀로 했다가 신데렐라처럼 나타나 사람들을 깜짝 놀라게 해주는 거야."

벨이 애원하듯 간절한 어투로 말했다.

메그는 벨의 친절한 제안을 거절할 수가 없었다. 몸단장을 끝내고 나서 자기가 과연 '전형적인 미인'이 되어 있을지 어떨지를 알고 싶었기 때문이다. 이로써 메그는 모팻 집안 자매들에게 품었던 서운한 감정을 깨끗이 잊어버렸다.

목요일 저녁, 벨은 하녀와 함께 자기 방에 틀어박혀 메그를 세련된 숙녀로 변모시켰다. 두 사람은 메그의 머리를 곱슬곱슬하게 말아 올렸고, 목덜미와 두 팔에는 향기로운 분가루를 칠했으며, 입술에는 산홋빛 연지를 발랐다. 메그가 거절하지만 않았다면 호르텐스가 그 위에 립스틱을 덧칠해 입술을 더 빨갛게 만들었을지도 모른다. 그런 다음 그들은 너무 꽉 껴서 숨쉬기조차 힘든 데다 얌전한 메그가 거울에 비친 자기 모습을 보고는 얼굴을 붉혔을 정도로 목이 깊이 파인 하늘색 드레스를 입혔다. 여기에 팔찌와 목걸이, 브로치 등 은으로 만든 장신구 세트가 추가되었다. 호르텐스는 눈에 띄지 않는 분홍색 비단 실로 보석을 묶어 메그의 귀에 걸어주기까지 했다. 가슴에 단 월계화와 루슈(여성복의 깃이

나 소매 끝에 다는 주름 끈이나 주름 장식 : 옮긴이)도 메그의 백옥처럼 새하얀 어깨와 아주 잘 어울렸다. 거기다 발목까지 올라오는 굽 높은 청색 비단 구두를 신은 메그는 더 이상 부러울 게 없었다. 레이스가 달린 손수건과 깃털 부채, 어깨띠에 꽂은 꽃다발을 끝으로 모든 치장이 끝나자 벨은 꼬마 아가씨를 이리저리 뜯어보며 흡족한 미소를 지었다.

“너무 멋지지 않아요?

호르텐스가 황홀한 듯 손뼉을 치며 소리쳤다.

“가서 사람들에게 네 모습을 보여줘.”

벨이 다른 사람들이 기다리고 있는 방 쪽을 가리키며 말했다.

바닥까지 끌리는 긴 치맛자락과 찰랑거리는 귀고리, 곱슬곱슬한 머리를 하고 가슴을 두근거리며 벨을 뒤따라가면서 메그는 마침내 진짜 ‘즐거움’이 시작된 것처럼 느껴졌다. 그도 그럴 것이, 거울이 메그가 ‘전형적인 미인’이라는 걸 분명히 말해주고 있었기 때문이다. 친구들이 입에 거품을 물고 찬사를 늘어놓으며 호들갑을 떠는 동안, 그녀는 이솝 우화에 나오는 까마귀처럼 빌려 입은 옷으로 마음껏 뽐내며 서 있었다.

“낸, 내가 옷을 갈아입는 동안 메그에게 걷는 연습 좀 시킬래? 치마도 긴 데다 구두 굽까지 높아서 미리 연습하지 않으면 넘어지기 십상일 거야. 클라라, 네 은나비 있지. 그걸 저기다 좀 달아줄래? 그리고 저기 저 긴 머리카락은 왼쪽으로 넘겨서 내려뜨려. 내가 공들여 만든 작품이니까 망가지지 않게 조심들 해야 한다.”

벨이 자신이 거둔 성공에 꽤 흡족한 표정으로 서둘러 나가며 말했다.

종이 울리고 모팻 부인이 다들 아래층으로 내려오라는 전갈을 보내오자, 메그가 샐리에게 말했다.

"밑에 내려가기가 겁나. 벌거벗은 것 같아서 너무 어색해."

"딴사람 같긴 하지만, 아주 근사해. 난 네 근처에도 못 가겠다, 얘. 벨 언니 감각은 정말 알아줘야 한다니까. 꼭 프랑스 아가씨 같아. 꽃을 너무 바짝 달았구나. 이제 됐으니까 거기에 너무 신경 쓰지 마. 그리고 넘어지지 않도록 조심해."

메그가 자기보다 더 예쁘다는 사실을 애써 무시하며 샐리가 대꾸했다.

메그는 샐리의 말을 명심하며 조심조심 계단을 내려가 모팻 씨네 가족과 일찍 도착한 손님들이 모여 있는 응접실로 향했다. 얼마 안 가 그녀는 좋은 옷에는 특정 계층의 사람들을 끌어당기는 매력이 있다는 사실을 깨달았다. 전에는 아는 척도 하지 않았던 몇몇 아가씨들이 갑자기 상냥하게 구는가 하면, 지난번 무도회 때는 그녀를 쳐다보기만 했던 청년들이 앞다퉈 자기를 소개하며 아부에 가까운 말들을 늘어놓았다. 소파에 앉아 다른 사람들 흉을 보던 노부인들도 관심을 가지고 그녀가 누구냐고 물었다. 그녀는 모팻 부인이 그중 한명에게 말하는 소리를 들었다.

"데이지 마치예요. 아버지가 육군 대령으로, 명문 집안 출신이지요. 하지만 가세가 기우는 바람에 요즘은 형편이 좋지 않은 모양이에요. 로런스 집안사람들과도 아주 친하게 지낸답니다. 정말 참한 규수지요. 우리 네드가 저 애한테 단단히 빠져 있다니까요."

"저런!"

노부인이 메그를 다시 보기 위해 돋보기를 들어 올리며 말했다. 메그는 겉으로는 전혀 못 들은 것 같은 표정을 지으면서도 모팻 부인의 가벼운 거짓말에 다소 신경이 쓰였다.

어색한 기분은 사라지지 않았지만, 메그는 세련된 숙녀 역을 맡아 연기하고 있다고 생각하면서 분위기에 적응해갔다. 하지만 꽉 끼는 드레스 때문에 옆구리가 욱신거리는 데다 계속해서 발에 밟히는 치맛자락 때문에 한시도 긴장을 풀 수가 없었다. 게다가 귀고리가 벗겨져 잃어버리거나 망가뜨릴까 봐 내내 불안했다. 부채를 부치며 젊은 신사들이 던지는 시시한 농담에 맞장구를 치던 메그는 갑자기 웃음을 멈춘 채 당황스러운 표정을 지었다. 바로 맞은편에 있는 로리를 보았기 때문이다. 순간 그녀는 낡았어도 자기 옷을 입고 있을 걸 그랬다는 생각이 들었다. 메그의 당혹감은 벨이 팔꿈치로 애니를 쿡쿡 찌르고 둘이 함께 그녀와 로리를 번갈아 쳐다보는 장면에서 절정에 달했다.

'어휴 저 바보들, 내가 자기네처럼 이상한 생각을 하는 줄 아나 봐! 신경 쓰지 말자. 자기들 멋대로 생각하라지, 뭐.'

메그는 이렇게 생각하고는 방을 가로질러 가서 로리에게 악수를 청했다.

"안 올 줄 알았는데 왔네요."

메그가 어른처럼 굴며 말했다.

"조가 가라고 해서 왔어요. 자기 언니가 어떤 모습을 하고 있는지 잘 보고 와서 이야기해달래요. 그래서 온 거예요."

로리는 마치 부인과 비슷한 메그의 말투에 희미하게 웃었지만, 시선은 여전히 메그에게 고정되어 있었다.

"그래서 뭐라고 얘기할 건데요?"

메그는 그의 생각을 알고 싶어 이렇게 물었지만, 처음으로 그가 불편하게 느껴졌다.

"만나지 못했다고 얘기할 겁니다. 너무 성숙해 보여서 평소의 메그답지가 않아요. 너무 낯설어요."

로리가 장갑 단추를 만지작거리며 말했다.

"그런 어리석은 말이 어딨어요! 친구들이 재미 삼아 이렇게 치장해준 거예요. 난 마음에 드는데요. 조가 왔어도 날 그렇게 뚫어지게 쳐다볼까요?"

메그는 그의 솔직한 의견을 들어보기로 결심하고는 이렇게 말했다.

"네, 그럴 거예요."

로리가 심각하게 대답했다.

"내 모습이 그렇게 마음에 안 드나요?"

"네."

무뚝뚝한 대답이 이어졌다.

"어째서죠?"

'오, 맙소사! 좀 더 깊이 생각해서 내 옷을 입었어야 했는데. 그랬다면 다른 사람들 기분을 망치지도 않았을 테고, 나도 이렇게 속상해할 필요가 없었을 텐데.'

로리는 그녀의 곱슬곱슬해진 머리와 드러난 어깨, 화려한 드레스를 훑어보았다. 그런 그의 태도에서는 평소의 정중함이라고는 전혀 찾아볼 수 없었고, 방금 전의 퉁명스러운 대답보다도 훨씬 더 그녀를 무안하게 만들었다.

"난 요란한 건 질색이거든요."

메그는 자기보다 어린 소년에게서 참을 수 없이 심한 말을 듣고는 기분이 상해 쏘아붙이듯이 말했다.

"정말 무례하군요."

몹시 속이 상한 그녀는 밖으로 나가 조용한 창가에 서서 꽉 끼는 드레스 때문에 발갛게 달아오른 뺨을 식혔다. 그러고 서 있는데 링컨 소령이 지나갔다. 잠시 후 그녀는 링컨 소령이 자기 어머니한테 이렇게 말하는 걸 들었다.

"사람들이 저 어린 아가씨를 바보로 만들고 있어요. 어머니께 눈여겨보시라고 말씀드릴 참이었는데, 사람들이 완전히 망쳐놓고 말았지 뭡니까. 오늘 밤 저 아가씬 인형에 불과해요."

'오, 맙소사! 좀 더 깊이 생각해서 내 옷을 입었어야 했는데. 그랬다면 다른 사람들 기분을 망치지도 않았을 테고, 나도 이렇게 속상해할 필요가 없었을 텐데.'

메그는 이렇게 생각하며 한숨을 내쉬었다.

그녀는 자기가 제일 좋아하는 왈츠곡이 연주되기 시작했는데도 서늘한 유리창에 이마를 기댄 채 커튼 뒤에 몸을 숨기고 서 있었다. 시간이 얼마나 지났을까 누가 건드리는 것 같아 뒤돌아

보니 로리가 바로 곁에 와 있었다. 반성하는 기색이 역력한 로리는 정중한 인사와 함께 손을 내밀며 말했다.

"내 무례를 용서해 줘요. 이제 그만 화 풀고 이리 와서 나랑 춤춰요."

"그랬다가 그쪽 비위를 건드리기라도 하면 어쩌죠?"

메그는 화가 난 것처럼 보이려고 했지만, 완전히 실패하고 말았다.

"무슨 그런 말씀을. 메그랑 춤추고 싶어서 안달이 난 거 안 보여요? 얌전하게 굴 테니까, 어서요. 옷은 마음에 들지 않지만, 아주 멋져요! 절대 빈말 아네요."

그러면서 로리는 말로는 자기 느낌을 표현하지 못하겠다는 듯 두 손을 저었다.

음악이 시작되길 기다리며 서 있는 동안 메그는 기분이 완전히 누그러져서 로리에게 이렇게 소곤거렸다.

"내 치마 조심해요. 밟으면 넘어지니까. 내 인생의 골칫거리예요. 이런 걸 입을 생각을 하다니 나도 참 바보였어요."

"치맛단을 핀으로 고정시켜요. 그럼 훨씬 나아질 거예요."

로리가 청색 구두를 내려다보더니 정말 그렇겠다는 표정을 지으며 말했다.

두 사람은 경쾌하면서도 우아하게 스텝을 밟아나갔다. 집에서 연습을 한 적이 있어서 그런지 둘은 아주 잘 어울렸다. 젊은 한 쌍이 원을 그리며 신나게 춤추는 모습은 가만히 지켜보는 것만으로도 즐거운 광경이었다. 두 사람은 사소한 말다툼 이후 어느 때보다도 가까워진 듯한 기분을 느끼며 즐겁게 춤을 추었다.

"로리, 부탁이 있는데 들어줄래요?"

본인은 인정하지 않겠지만 몹시 숨차하는 파트너를 위해 부채질을 해주는 로리를 보며 메그가 말했다.

"싫은데요!"

로리가 장난기 가득한 목소리로 대답했다.

"식구들한테 오늘 밤 내가 입은 옷에 대해 이야기하지 말아줘요. 얘기해도 이해하지 못할 거예요. 엄마도 걱정하실 테고."

로리의 눈이 '그걸 알면서 왜 그랬어요?'라고 말하는 것 같아 메그는 얼른 말을 이었다.

"내가 직접 얘기하려고 그래요. 엄마한테 내가 얼마나 어리석었는지 고백할 거예요. 하지만 내 입으로 직접 얘기하고 싶어요. 그러니까 말하지 말아줘요, 네?"

"그럴게요. 하지만 식구들이 물어보면 뭐라고 얘기하죠?"

"근사해 보이고, 즐겁게 지내더라고만 말해요."

"근사해 보이더라는 얘긴 기꺼이 하겠지만, 즐겁게 지낸다는 얘길 하긴 좀 그렇네요. 메그 얼굴을 보니까 즐겁게 지내는 것 같지 않아서요. 내가 잘못 짚은 건가요?"

로리가 빤히 쳐다보는 바람에 메그는 솔직하게 대답할 수밖에 없었다.

"맞아요, 별로 즐겁지는 않아요. 하지만 그렇게 끔찍한 수준은 아니에요. 난 그저 약간 즐기고 싶었을 뿐이에요. 그렇지만 생각했던 것만큼 재밌지 않네요. 갈수록 지겨운 거 있죠."

"네드 모팻이 이리로 오네요. 왜 오는 거죠?"

젊은 주인이 전혀 달갑지 않은지 로리가 짙은 눈썹을 잔뜩 찡그리며 말했다.

"춤출 사람 명단에 세 차례나 이름을 올렸거든요. 그래서 오는 걸 거예요. 정말 지겨운 사람이에요!"

메그가 전혀 관심 없다는 듯 말했다. 로리는 메그의 그런 태도가 무척 마음에 들었다.

그는 저녁 식사 시간이 될 때까지 메그와 얘기할 기회를 두 번 다시 갖지 못했다. 식당에서 마주친 그녀는 로리의 눈엔 '한 쌍의 바보들'처럼 보이는 네드와 그의 친구 피셔와 함께 샴페인을 마시고 있었다. 평소 로리는 오빠 혹은 남동생의 자격으로 마치 집안 자매들을 지킬 권리가 있다고 생각했을 뿐만 아니라, 실제로도 그들이 보호자를 필요로 하는 것 같으면 서슴없이 나섰다.

"샴페인을 너무 많이 마시면 내일 아침 머리가 쪼개지는 것처럼 아플 텐데요. 나 같으면 그렇게 많이 마시지 않겠어요, 메그. 어머니께서 이런 모습 좋아하시지 않잖아요."

로리는 네드와 피셔가 각각 메그의 잔을 다시 채우기 위해 돌아서 있거나 그녀의 부채를 줍기 위해 허리를 숙이고 있는 틈을 이용해 메그에게 다가가 속삭였다.

"오늘 밤 난 메그가 아니에요. 바보 같은 짓만 골라 하는 '인형'

일 뿐이지. 내일이면 이 '요란한 치장'을 벗어던지고 다시 착한 사람이 되기 위해 노력할 거예요."

그녀가 억지로 웃어 보이며 대답했다.

"그렇다면 지금이 내일이었으면 좋겠군요."

로리는 그녀에게 일어난 변화를 확인하고는 기분이 상해 투덜거리며 다른 데로 가버렸다.

다른 아가씨들처럼 메그도 저녁 내내 춤을 추거나 남자들과 농담을 주고받으며 시간을 보냈다. 저녁 식사 후 그녀는 독일의 민속춤을 추다가 긴 치맛자락에 걸려 파트너까지 쓰러뜨릴 뻔했다. 넘어지지 않으려고 발버둥 치는 그녀의 모습은 로리가 보기에도 낯 뜨거울 정도였다. 로리는 적당한 때를 봐서 한마디 해야겠다고 생각했지만 끝내 기회를 포착하지 못했다. 메그가 무도회가 끝날 때까지 그를 피해 다녔기 때문이다.

"명심해요!"

그녀가 이미 시작된 두통 때문에 가까스로 미소를 지으며 말했다.

"영원히 입 다물고 있을게요."

로리는 신파극에나 어울릴 법한 과장된 어투로 대답하고는 자리를 떴다.

두 사람의 이상한 대화는 애니의 호기심을 자극했지만, 메그는 너무 피곤한 나머지 한마디도 하지 않고 곧장 잠자리에 들었다. 마치 가면무도회에 갔다 온 듯한 느낌이었다. 게다가 기대했던 것만큼 즐겁게 지내지도 못한 것 같았다. 다음 날 메그는 하루 종일 앓았다. 마침내 토요일이 되자, 메그는 2주 동안의 쾌락에 완전히 녹초가 된 채 그 정도면 충분히 사치를 즐긴 것 같다고 생각하며 집으로 향했다.

"이제 예법 같은 데 신경 쓰지 않고 조용하게 지낼 수 있어서 정말 기뻐요. 화려하지는 않지만 집이 최고예요."

일요일 저녁, 메그가 어머니와 조와 함께 앉아 느긋한 표정으로 주위를 둘러보며 말했다.

"좋은 데 있다 와서 집이 지루하고 초라하게 느껴질까 봐 걱정했는데, 그렇게 얘기하는 걸 들으니 기쁘구나."

그날 유난히 걱정스러운 눈길로 메그를 지켜보던 어머니가 대답했다. 이처럼 어머니의 눈은 자식들의 얼굴에 나타난 변화를 금세 알아채는 법이다.

메그는 자기가 겪은 모험에 대해 얘기하면서 자기가 얼마나 즐거운 시간을 보내고 왔는지를 거듭 강조했지만, 아무래도 그녀의 마음을 짓누르는 뭔가가 있는 듯했다. 모팻 씨 댁에 다녀오고 나서부터 그녀는 동생들이 잠자리에 든 뒤 난롯불을 응시하며 혼자 앉아 있거나, 거의 입을 다물고 있거나, 근심 어린 표정을 짓곤 했다. 아홉 시를 알리는 시계 소리에 조가 이제 그만 올라가 자자고 말하자, 메그는 갑자기 자리에서 벌떡 일어나더니 베스의 피아노 의자를 끌어와 앉고는 어머니의 무릎에 팔을 올려놓으며 말했다.

"고백할 게 있어요, 엄마."

"그럴 줄 알았다. 뭔지 말해보렴."

"자리를 피해 줄까?"

조가 심각하게 물었다.

"아냐, 그냥 있어. 내가 언제 너한테 숨기는 게 있던? 동생들 앞에서는 부끄러워서 말 못 했지만, 너한테는 내가 모팻 씨 댁에서 저지른 어리석은 행동들을 모두 털어놓고 싶어."

"우린 준비됐다."

미소를 지으면서도 조금은 걱정스러운 얼굴로 마치 부인이 말했다.

"사람들이 나를 치장해줬다는 얘기는 했지만, 분을 칠한 거며 머리를 말아 올린 거며 허리를 꽉 졸라맨 얘기는 빠뜨렸어요. 로리는 그런 내가 못마땅한 눈치였어요. 말은 하지 않았지만 분명히 그렇게 생각했을 거예요. 어떤 사람은 그런 날 보고 '인형'이라고 불렀을 정도니까요. 어리석은 짓이라는 걸 알면서도 사람들이 미인이라고 치켜세우며 헛소리들을 늘어놓는 바람에 그만 우쭐해져서 같이 놀아났던 거예요."

"그게 다야?"

마치 부인이 딸의 풀죽은 얼굴을 말없이 바라보는 동안 조가 물었다.

"아니, 난 샴페인을 마셨고, 남자들과 어울려 시시덕거렸어. 도대체 무슨 생각으로 그랬는지 모르겠어."

메그가 자책하듯 말했다.

"내가 보기엔 그게 다가 아닌 것 같은데."

마치 부인이 갑자기 빨개진 딸의 뺨을 쓰다듬으며 말하자 그제야 비로소 메그는 천천히 모든 것을 털어놓기 시작했다.

"네. 말도 안 되는 소리지만 얘기해야겠어요. 사람들이 우리 자매와 로리에 대해 그런 식으로 말하는 게 전 너무 싫어요."

그러고는 모팻 씨 댁에서 들은 다양한 뒷말들을 그대로 전했다. 메그가 얘기하는 동안 조는 어머니가 입을 꼭 다물고 있는 모습을 보았다. 아마도 순진한 메그가 그런 어처구니없는 생각을 하게 된 게 속상한 모양이었다.

"내 평생 이렇게 황당무계한 소리는 처음 듣겠다. 왜 그 자리에서 따지지 않았어?"

조가 분개하며 소리쳤다.

"그땐 당황해서 그럴 수가 없었어. 처음엔 가만히 들을 수밖에 없었지만 나중엔 화가 나기도 하고 창피하기도 해서 당장 거기서 나와야 한다는 생각을 미처 하지 못했어."

"내가 당장 애니 모팻을 만나서 그런 웃기는 인간을 어떻게 다뤄야 하는지 보여줄 테니 두고 봐. '계획'이 있어서 로리한테 친절하게 대해준다고? 그 애 집이 부자니까 나중에 우리랑 결혼시키려 한다고? 로리한테 이런 얘길 하면 놀라서 고함을 지르겠지?"

다시 생각해 보니 재미있는지 조가 웃으며 말했다.

"로리한테 말하면 절대 널 용서하지 않을 거야! 얘기하지 못하게 해주세요. 네, 엄마?"

메그가 괴로운 표정을 지으며 말했다.

"이 얘기는 두 번 다시 꺼내지 마라. 그리고 빨리 잊도록 해라. 친절하긴 하지만 천박하기 이를 데 없고, 젊은 사람들에 대해 저속한 생각만 해대는 사람들에게 널 보내다니 내가 생각이 짧았다. 이번 방문이 네게 끼쳤을지도 모를 해악을 생각하면 뭐라 말할 수 없을 정도로 유감스럽구나."

마치 부인이 진지하게 말했다.

"너무 걱정하지 마세요. 그런 것 때문에 상처를 입거나 하진 않아요. 나쁜 일들은 모두 잊고 좋은 일들만 기억할게요. 재미있는 일도 많았어요. 가게 허락해 주셔서 무척 감사하고 있어요. 감상적이 되거나 불만을 품지 않을게요. 내가 부족하다는 거 잘 알아요. 그러니까 자기 자신을 잘 돌볼 수 있을 때까지 엄마 곁에 있을 거예요. 하지만 사람들한테 칭찬받는 건 기분 좋은 일이잖아요. 나도 칭찬받는 게 좋아요."

메그가 살짝 얼굴을 붉히며 속마음을 털어놓았다.

"그야 당연하지. 도가 너무 지나쳐 어리석은 생각을 품게 되지만 않는다면 나쁠 게 없지. 이제부터 들을 가치가 있는 칭찬과 그렇지 못한 칭찬을 구별하는 법에 대해 배우도록 해라. 예쁜 것도 좋지만 훌륭한 사람들에게서 칭찬을 들으려면 겸손해야 한다는 것도 잊지 말고, 메그."

마거릿이 앉아서 잠시 생각하는 동안, 조는 뒷짐을 진 채 호기심과 당혹감이 교차하는 표정으로 서 있었다. 메그가 얼굴을 붉히며 찬사니 애인이니 하는 얘기를 하는 걸 처음 보았기 때문이다. 조는 지난 2주 동안 자기 언니가 부쩍 커버린 듯한, 그래서 자기가 따라갈 수 없는 세상으로 떠나버린 듯한 느낌을 받았다.

"엄마, 모팻 부인의 말대로 정말 '계획'이 있으신가요?"

메그가 수줍어하며 물었다.

"물론 계획이 있고말고. 세상 모든 어머니들처럼 내게도 아주 많은 계획들이 있단다. 하지만 모팻 부인이 말한 계획과는 다르지. 한마디 진지한 말로 공상을 좋아하는 너희들의 자그마한 머리와 심장을 바로잡을 때가 왔으니 이제 내 계획들에 대해 얘기해 주마. 메그, 물론 넌 어리지만 내 말을 이해하지 못할 정도로 어리진 않다. 그리고 딸들에게 그런 말을 전하는 데에는 어머니의 입술보다 더 좋은 게 없단다. 조, 언젠가 네 차례도 올 게다. 그러니 내 '계획'을 잘 듣고 마음에 들거든 엄마가 실천에 옮길 수 있도록 도와다오."

조는 굉장히 엄숙한 행사를 앞둔 것 같은 표정을 지으며 의자 팔걸이 위에 앉았다. 마치 부인은 딸들의 손을 꼭 붙잡은 채 진지하지만 쾌활한 목소리로 말을 이어나갔다.

"난 내 딸들이 아름답고, 교양 있고, 훌륭한 여성으로 자라나길 바란단다. 다른 이들로부터 칭찬과 사랑과 존경을 받길 바라며, 행복하게 잘 지내다 좋은 상대를 만나 결혼해 행복하게 살면서 근심과 슬픔이 없는 보람되고 즐거운 삶을 누리길 바란단다.

좋은 남자에게 사랑받는다는 건 여자가 누릴 수 있는 가장 큰 행복이란다. 난 내 딸들이 이 아름다운 경험을 하게 되길 진정으로 바라. 메그, 그런 생각을 하는 건 당연한 일이다. 그때를 기다리면서 네 자신을 잘 준비해두면, 행복한 순간이 찾아왔을 때 네게 맡겨질 의무들을 기꺼운 마음으로 받아들일 수 있단다. 내 딸들아, 난 너희들에게 욕심이 많단다. 하지만 세속적인 의미에서의 출세를 바라지는 않는다. 오로지 부자이기 때문에, 화려한 저택을 가지고 있기 때문에 부자와 결혼한다면 진정한 가정을 꾸린다고 할 수 없단다. 사랑이 부족한 가정은 가정이 아니기 때문이지. 물론 돈이란 것은 살아가는 데 중요하고도 필수적인 요소야. 그리고 잘만 사용하면 고귀한 것이기도 하지. 하지만 난 너희들이 돈을 최우선으로 생각하는 건 절대 바라지 않는다. 권좌에 있으면서도 자긍심과 평화를 전혀 느끼지 못하는 여왕보다 행복하고 사랑받고 만족할 수만 있다면 난 너희들이 가난한 남자와 결혼한다 해도 개의치 않을 거야."

"하지만 가난한 집 처녀들은 자기를 적극적으로 내보여야지 기회를 붙잡을 수 있다고 벨이 말하던걸요."

메그가 한숨을 쉬며 말했다.

"그럼 노처녀로 지내지 뭐."

조가 씩씩하게 말했다.

"그건 조 말이 맞다. 불행한 아내나 신랑감을 찾아 여기저기 기웃거리는 처녀들보다는 행복한 노처녀가 백 배 낫다. 너무 걱정하지 마라, 메그. 서로 진정으로 사랑한다면 가난 때문에 헤어지는 경우는 거의 없단다. 내가 아는 훌륭하고 존경받는 여성들 중에서도 가난한 집안 출신들이 있지만, 자기 사랑은 자기가 지니고 다닌다는 말처럼 노처녀로 늙어 죽은 사람은 한 명도 없단다. 그런 문제는 시간에 맡기고 우리 집을 행복이 넘치는 집으로 만들자꾸나. 결혼을 하게 되면 각자 너희들 가정을 꾸리겠지만, 결혼을 하지 않더라도 가정의 소중함을 느끼며 만족할 수 있게 말이다. 내 딸들아, 엄마와 아빠는 언제 어디서든 늘 너희들의 친구가 돼줄 거라는 사실을 잊지 말거라. 너희들이 결혼을 하든 안 하든 우리 너희들이 우리 집안의 자랑이 될 거라고 믿는다."

"그럴게요, 엄마. 엄마 아빠의 자랑이 될게요."

둘은 잘 자라는 인사를 건네는 어머니를 향해 진심 어린 목소리로 함께 외쳤다.

10

피크위크 클럽과 우편함

봄이 오면서 새로운 놀이가 유행했고, 낮의 길이가 점차 길어지자 뭐든지 할 수 있을 만큼 넉넉한 오후 시간을 보내게 되었다. 겨우내 버려져 있던 정원을 손질하면서 자매들은 각자 나누어 가진 조그만 땅뙈기에 자기가 좋아하는 것들을 심었다. 그걸 보면서 해나는 이렇게 말하곤 했다.

"꽃밭을 보면 누가 주인인지 금방 알 수 있겠네요."

해나가 괜히 그런 말을 한 건 아니었다. 사실 자매들의 취향은 성격만큼이나 제각각 달랐다. 메그는 자기 구역에다 장미와 향유초, 은매화, 작은 오렌지나무를 심었다. 조의 화단은 계절마다 다른 모습으로 바뀌었는데, 조가 늘 새로운 걸 심었기 때문이다. 올해는 씨앗을 받아 암탉과 병아리들을 먹이기 위해 해바라기를 심을 예정이었다. 베스는 스위트피와 목서초, 참제비고깔, 패랭이꽃, 팬지, 개사철쑥처럼 향기가 진한 꽃들 외에도 자기가 기르는 새와 고양이들을 위해 별꽃과 개박하도 심었다. 에이미는 자기 구역에 작지만 아주 예쁜 정자를 만들어 그 위로 각양각색의 꽃을 피운 인동덩굴과 나팔꽃을 올리고 주변에는 키가 크고 흰 백합과 고비류, 그 외 온갖 화려하고 아름다운 꽃들을 심을 수 있는 만큼 최대한 많이 심었다.

날씨가 맑게 갠 날에는 정원을 가꾸거나 산책을 하거나, 강가에 나가 뱃놀이를 하거나, 식물을 채집했다. 비 오는 날에는 예전에 하던 놀이나 새로 개발한 놀이를 하면서 집에서 시간을 보냈다. 실내에서 하는 놀이들 중 하나가 바로 'P. C.(피크위크 클럽 Pickwick Club의 약자 : 옮긴이)'였다. 그때는 비밀 단체가 유행이었는데, 자매들이 자기들도 하나쯤 있는 게 좋겠다고 생각해서 만든 모임으로 다들 디킨스를 숭배했기 때문에 피크위크(디킨스의 소설 『피크위크의 기록』의 주인공 : 옮긴이) 클럽이라고 이름 지었다. 간혹 중단되는 경우도 있었지만, 자매들은 1년 동안 이 모임을 계속하면서 토요일 저녁마다 다락방에서 회합을 가졌다. 그때마다 책상 앞에 의자 세 개를 일렬로 늘어놓고 기념식을 거행했다. 책상 위에는 등잔과 각기 다른 색깔로 'P. C.'라고 쓴 하얀 휘장 네 개, 「피크위크 포트폴리오」라는 주간 신문을 올려놓았다. 다들 신문에 뭔가를 기고했고 글쓰기를 좋아하는 조가 편집장을 맡았다. 일곱 시가 되면 네 명의 회원들은 클럽의 집회실로 올라가 휘장을 머리에 두르고 엄숙하게 자리에 앉았다. 제일 연장자인 메그의 역할은 새뮤얼 피크위크였다. 문학에 재능이 있는 조는 오거스터스 스노드그래스였다. 베스는 얼굴이 둥글고 발그레하다고 해서 트레이시 텁맨이었다. 하지도 못하는 일을 하겠다고 늘 나서는 에이미는 너새니얼 윙클이었다. 의장인 피크위크가 기발한 이야기와 시, 지역 소식, 재미있는 광고, 서로의 실수와 단점을 은근히 지적한 알림 사항들로 꾸며진 신문을 소리 내어 읽었다. 가끔씩 피크위크 씨는 알 없는 안경을 쓰고 책상을 툭툭 치고 헛기침을 하면서 삐딱한 자세로 의자에 앉아 있는 스노드그래스 씨를 뚫어지게 쳐다보았다. 그러다가 스노드그래스 씨가 똑바로 앉고 나서야 신문을 읽기 시작했다.

피크위크 포트폴리오

18××년 5월 20일

시인의 코너

기념일에 부쳐

엄숙한 의식과 함께
우리의 52번째 기념일을 축하하기 위해
오늘 밤 우리는 피크위크 홀에서 다시 만났네.
한 사람도 빠짐없이,
모두 건강한 모습으로

또다시 서로의 낯익은 얼굴을 보며
따뜻한 악수를 나누네.

우리의 피크위크는
모두가 반기는 위엄 있는 모습으로 자리에 앉아
코끝에 안경을 걸치고
우리의 주간 신문을 읽고 있네.

감기 때문에 고통받고 있는
그의 갈라진 목소리에도 불구하고
그가 전해 주는 지혜의 말 때문에
우리는 기쁜 마음으로 그의 낭독을 듣고 있네.

6피트의 스노드그래스가
느릿느릿 우아한 걸음걸이로
모습을 드러낸다네.
가무잡잡하고 유쾌한 얼굴로
동료들에게 환한 미소를 지으며.

시에 대한 열정으로 두 눈을 빛내며
자신의 운명과 맞서 싸우니
보라, 이마 위의 야망과 콧잔등 위의 잉크 얼룩을.

그 뒤로 우리의 조용한 텝맨이 들어오나니,
발그레한 뺨에 토실토실한 우리의 귀염둥이.
동료들의 익살에 배꼽을 잡고 웃다
아뿔싸, 의자 뒤로 벌렁 나자빠지는구나.

꼬마 윙클도
여기 있구나.
단정하게 빗은 머리에
예의는 깍듯하지만,
세수하는 건 끔찍이도 싫어한다네.

세월이 가도
우리는 여전히 한자리에 모여
웃고 떠들고 책을 읽으며

영광으로 이어지는
문학의 길을 가려네.
우리의 신문이 더욱더 번창하고
우리의 모임이 계속되길 바라며,
앞으로도 많은 축복이
'P. C.' 와 함께하기를.

A. 스노드그래스

가면 결혼식

베니스 이야기

꼬리에 꼬리를 문 곤돌라 행렬이 대리석 계단으로 밀려들며 짐을 부려 놓자, 아델론 백작의 웅장한 홀을 가득 메운 화려한 군중의 숫자는 점점 더 늘어났다. 기사와 귀부인들, 난쟁이와 시종들, 수도승과 화동들이 한데 섞여 즐겁게 춤을 추었다. 달콤한 목소리와 아름다운 선율이 방 안 가득 흐르고 있었고, 환희와 음악소리가 넘쳐흐르는 가면무도회가 계속 이어졌다.

"댁의 주인께서 오늘 밤 비올라 아가씨를 만나보셨나요?"

화려한 복장의 음유 시인이 자기 팔에 기대어 홀로 향하는 요정의 여왕에게 물었다.

"네. 슬퍼 보이긴 하지만 너무 아름답더군요. 일주일 후에 안토니오 백작과 결혼하기로 돼 있어서 그런지 옷도 아주 잘 차려입었고요. 하지만 그 아가씨는 그분을 끔찍이도 싫어한답니다."

"정말이지 난 백작이 부럽습니다. 저기 백작이 오네요. 검은 가면을 빼고는 신랑처럼 차려입었군요. 저 가면을 벗으면 끝내 자기한테 마음을 주지 않는 아가씨에 대해 백작이 어떻게 생각하고 있는지 알 수 있겠지요."

음유 시인이 대답했다.

"아가씨가 젊은 영국인 화가와 사랑에 빠져서 노백작이 두 사람 사이를 갈라놓았다는 소문이 나돌고 있어요."

춤을 추고 있는 사람들 틈에 섞이며 부인이 말했다.

잔치가 한창 무르익을 무렵, 신부가 나타나 젊은 한 쌍을 보라색 우단이 드리워진 정자 안으로 데려가더니 무릎을 꿇으라고 했다. 그 순간 웃고 떠들던 군중 위로 침묵이 내려앉으면서 샘물이 떨어지는 소리나 달빛 속에서 잠든 오렌지나무 숲이 사각거리는 소리를 빼고는 아무 소리도 들리지 않았다. 그 침묵을 깨고 아델론 백작이 입을 열었다.

"신사 숙녀 여러분, 내 딸의 결혼식에 증인으로 세우기 위해 여러분을 이리로 불러들인 이 늙은이의 무례를 부디 용서해 주십시오. 주님의 은총이 우리 모두에게 함께하길."

그러자 모든 눈동자가 일제히 신랑과 신부 쪽으로 향했다. 그리고 잠시 후 군중들 틈에서 놀라움과 탄성이 뒤섞인 목소리가 들려왔다. 신부도 신랑도 가면을 벗지 않았기 때문에 다들 호기심과 의혹을 품었지만, 신성한 의식이 끝날 때까지 모두들 입을 다물고 있었다. 마침내 식이 끝나자 궁금증을 참지 못한 구경꾼들이 설명을 요구하며 백작 주위로 몰려들었다.

"이유를 안다면 기꺼이 설명해드리겠지만, 나도 내 미천한 여식 비올라의 변덕이라는 것밖에 아는 게 없소이다. 자, 얘들아 이제 놀이는 끝내자구나. 가면을 벗고 내 축복을 받거라."

그러나 아무도 무릎을 꿇지 않았다. 잠시 후 젊은 신랑의 목소리를 듣고 사람들은 깜짝 놀랐다. 그가 가면을 벗자 영국인 화가로 알려져 있는 퍼디낸드 드베로의 얼굴이 나타났다. 그리고 번쩍이는 영국 백작의 별이 달린 그의 가슴에 기댄 사람은 기쁨에 겨워 어쩔 줄 모르는 사랑스러운 비올라였다.

"어르신, 안토니오 백작처럼 명문가 출신에다 재산이 많다면 따님을 주겠노라고 하셨지요. 전 그 이상을 제시할 수 있습니다. 아무리 야심만만한 어르신의 영혼이라고 할지라도 드베로와 드베레 백작을 거절하진 못할 겁니다. 지금은 나의 부인이 된 이 아름다운 아가씨를 얻는 조건으로 내 조상의 명성과 끝없는 부를 드리지요."

노백작은 돌처럼 미동도 않고 그 자리에 서 있다가 군중에게로 돌아섰고, 퍼디낸드는 승리의 미소와 함께 이렇게 덧붙였다.

"여러분의 사랑도 나의 사랑처럼 결실을 거두길 바랍니다. 그리고 이 가면 무도회에서 나의 신부처럼 아름다운 아가씨를 손에 넣길 진심으로 바라는 바입니다."

S. 피크위크

P. C.가 바벨탑과 비슷한 이유는? 각자 제멋대로인 회원들만 있기 때문에.

호박의 역사

옛날 옛날에 한 농부가 자기 집 마당에 조그만 씨를 심었다. 얼마 후 여기에 싹이 나더니 곧이어 덩굴이 되었고, 덩굴에는 호박이 주렁주렁 열렸다. 10월의 어느 날 농부는 잘 익은 호박 하나를 따서 시장에 가지고 갔다. 그랬더니 어느 채소 장수가 그걸 사서 가게에 진열해놓았다. 같은 날 아침, 갈색 모자에 푸른색 드레스 차림의 얼굴이 동그랗고 코가 뭉툭한 작은 소녀가 어머니를 위해 가게에 들러 그 호박을 사 갔다. 소녀는 호박을 집으로 가져가 반으로 뚝 쪼개 커다란 솥에 넣고 삶은 다음 일부는 잘 찧어서 소금과 버터로 간을 하여 저녁에 먹었고, 나머지는 우유 1파인트와 계란 두 개, 설탕 네 스푼, 육두구, 크래커를 넣어 골고루 섞은 다음 우묵한 접시에 담아 노릇노릇해질 때까지 구웠다. 다음 날, 마치라는 성을 가진 가족들이 이 음식을 먹었다.

T. 텁맨

피크위크 씨께

클럽에서 큰 소리로 웃거나 이 훌륭한 신문에 글을 게재하는 걸 가끔씩 빠트려 말썽을 부리는 윙클이라는 남자의 죄에 대해 말씀드리고자 합니다 그의 나쁜 행동을 용서하시고, 대신 프랑스 동화를 싣게 해주셨으면 합니다 해야 할 숙제가 너무 많아서 도저히 쓸 여력이 없습니다 앞으로는 기회를 놓치지 않고 괜찮은 글을 준비하도록 하겠습니다 학교 갈 시간이 가까워져서 이만 줄이겠습니다.

N. 윙클 올림

(과거의 잘못을 솔직하게 인정하는 모습이 보기 좋다. 하지만 우리의 이 어린 친구가 문장 부호 사용법을 제대로 공부했다면 더 좋지 않았을까 싶다.)

슬픈 사건

지난주 금요일, 우리는 우리 집 지하실에서 일어난 소동 때문에 몹시 놀랐습니다. 뒤이어 들려온 비명 소리에 서둘러 달려가 보니, 우리의 사랑하는 의장이 집에서 쓸 나무를 찾으러 갔다가 발을 헛디뎌 넘어지는 바람에 바닥에 엎어져 있지 뭐겠습니까. 한마디로 난장판이었습니다. 넘어지면서 머리와 어깨가 물통에 처박힌 데다 비누통을 엎어 꼴이 말이 아니었고 옷까지 찢어진 상황이었습니다. 하지만 상황을 수습하고 보니, 몇 군데 멍 든 것을 빼고는 다친 데가 없다는 게 밝혀졌습니다. 상태가 점점 좋아지고 있다는 말을 덧붙일 수 있어 기쁩니다.

편집장

삼가 애도를 표하며

우리의 소중한 친구 스노볼 팻 포 부인이 갑작스럽게 사라졌다는 소식을 전하게 되어 심히 유감스럽습니다. 이 사랑스럽고 귀여운 고양이는 우리 모두가 아끼는 귀염둥이였습니다. 그녀의 아름다운 용모는 모든 이의 눈길을 끌었고, 우아한 자태는 보는 이의 마음을 사로잡았습니다. 그래서 더욱더 그녀의 실종이 안타깝습니다. 마지막으로 보았을 때 그녀는 대문 옆에 앉아 푸줏간 주인의 마차를 지켜보고 있었습니다. 그녀의 매력에 마음이 동한 어떤 악당이 비겁하게도 그녀를 훔쳐 간 게 분명합니다. 몇 주가 지났건만 전혀 흔적을 발견할 수 없습니다. 우리는 모든 희망을 버리고서 그녀가 집으로 사용하던 바구니에 검은 리본을 매달고 그녀의 접시를 한쪽으로 치워둔 채 두 번 다시 볼 수 없는 그녀를 위해 흐느껴 울고 있습니다. 다음은 한 친구가 그녀에 대한 안타까운 마음을 실어 보낸 글입니다.

추도사

S. B. 팻 포를 위해

우리의 작은 귀염둥이의 실종에 삼가 애도를 표합니다.

이제 더 이상은 낡은 초록색 대문 옆에서 장난치는 그녀의 모습을 볼 수 없기에 그녀의 불운한 운명을 생각하며 한숨을 내쉽니다.

그녀의 아이들이 잠든 조그만 무덤은
저기 저 밤나무 밑에 있건만,
우리가 찾아가 흐느껴 울 그녀의 무덤이 어디에 있는지는
아무도 모릅니다.

그녀의 텅 빈 침대와 임자 없는 공은
이제 더 이상 주인을 보지 못하겠지요.

현관문을 똑똑 두드리는 소리와 그르렁거리는 소리도
이제 더 이상은 들을 수 없겠지요.

쥐를 쫓을 고양이는 또 있지만,
더러운 그 녀석은
그녀의 날랜 사냥 솜씨를 따라갈 수 없습니다.

녀석은 스노볼이 놀던 바로 그 현관으로 살금살금 다가왔지만,
우리 개들을 향해 침을 뱉더니
줄행랑을 쳐버렸습니다.

녀석은 쓸모도 있고 성격도 온순한 데다 나름대로 최선을 다하

고 있지만,

용모가 뛰어나진 못합니다.

그래서 우리는 녀석에게 그대의 자리를 내줄 수 없는 겁니다.

그래서 우리는 그대를 경배하듯 녀석을 경배할 수 없는 겁니다.

A. S.

광고

다음 주 토요일 저녁 정기 공연이 끝난 뒤, 뛰어난 연사인 오런시 블러기지 양이 '여성과 여성의 지위'를 주제로 피크위크 홀에서 강연할 예정입니다.

* * *

젊은 아가씨들에게 요리법을 가르쳐주는 주례 모임이 부엌에서 열릴 예정입니다. 사회는 해나 브라운이 볼 예정입니다. 한 사람도 빠짐없이 모두 참석해 주시기 바랍니다.

* * *

더스트팬(쓰레받기라는 뜻 : 옮긴이) 모임이 다음 주 수요일에 열릴 예정이오니 모든 회원들은 유니폼과 빗자루를 갖추고 아홉 시 정각에 모여주시기 바랍니다.

* * *

베스 바운서 부인이 다음 주에 인형 모자 전시회를 열 예정이라고 합니다. 최근 파리에서 유행하는 스타일이 도착했으니 관심이 있으신 분은 주문하시기 바랍니다.

* * *

몇 주 뒤에는 지금까지 미국 무대에서 올려졌던 모든 연극들을 능가할 만큼 뛰어난 새 연극이 반빌('헛간' 이라는 뜻 : 옮긴이) 극장에서 상연될 예정입니다. '그리스 노예, 혹은 복수자 콘스탄틴' 이 박진감 넘치는 이 연극의 제목입니다!!!

알림 사항

S. P.가 손을 씻을 때 비누를 조금만 덜 사용한다면, 아침 식사 시간에 늘 지각하지는 않을 겁니다. A. S.에게 길거리에서 휘파람을 불지 말라는 요청이 들어왔습니다. T. T.는 에이미의 냅킨을 잊지 마시기 바랍니다. N. W.는 치마에 주름이 덜 잡힌 문제를 가지고 고민하지 말았으면 합니다.

주간 보고

메그 - 양호.

조 - 안 좋음.

베스 - 매우 양호.

에이미 - 보통.

의장이 신문(예전에 '보나 피데('성실한, 진실한'이라는 뜻의 라틴어 : 옮긴이)'라는 여학생 모임에서 발간한 「보나 피데」 사본을 인용한 데 대해 독자 여러분의 양해를 구하는 바이다) 낭독을 끝내자 박수갈채가 이어졌고 곧이어 스노드그래스가 자리에서 일어나 한 가지 제안을 했다.

"존경하는 의장님."

그는 국회의원 같은 태도와 어조로 첫머리를 시작했다.

"새로운 회원을 받아들일 것을 제안하는 바입니다. 그분은 상당한 명망가로, 회원으로 받아들여진다면 무척 감사할 겁니다. 그분은 우리 클럽에 '활기'를 더해 줄 뿐만 아니라 신문의 문학적 가치를 한 차원 끌어올려줄 겁니다. 또한 회원 여러분께 끊임없는 즐거움을 제공할 겁니다. 지금 이 자리에서 시어도어 로런스 씨를 P. C.의 명예로운 회원으로 추천하는 바입니다."

조의 갑작스러운 어조 변화에 다들 한바탕 웃었지만, 표정들은 다소 심각해 보였다. 스노드그래스가 자리에 앉는 동안 아무도 말을 하지 않았다.

"이 문제는 투표에 부치겠습니다. 여기에 찬성하시는 분은 '좋소'라는 말로 의견을 분명히 나타내주시기 바랍니다."

의장이 말했다.

스노드그래스가 우렁차게 대답했고, 놀랍게도 베스가 가녀린 목소리로 그 뒤를 이었다.

"반대하는 사람은 '아니오'라고 말하세요."

메그와 에이미는 반대표를 던졌다. 윙클 씨가 자리에서 일어나 아주 점잖게 이렇게 말했다.

"우린 남자를 끌어들이고 싶지 않습니다. 남자들은 시시한 농담이나 하고 분위기를 산만하게 만들 뿐입니다. 이건 여자들을 위한 모임이며, 우린 사생활을 침해받고 싶지 않습니다."

"그가 우리 신문을 보고 비웃을까 봐 염려스럽습니다."

피크위크가 뭔가 고민되는 일이 있을 때마다 늘 그러듯이 이마를 살짝 가린 머리카락을 잡아당기며 말했다.

이어서 스노드그래스가 자리에서 벌떡 일어나더니 열변을 토했다.

"의장님! 신사의 명예를 걸고 단언컨대 로리는 절대 그럴 사람이 아닙니다. 그는 글 쓰는 걸 좋아하기 때문에 독특한 필치로 우리 신문의 '품격'을 높여줄 겁니다. 그리고 우리가 감상적으로 흐르는 걸 막아줄 수도 있습니다. 우리가 그를 위해 해줄 수 있는 건 거의 없지만, 그는 우리를 위해 많은 걸 해주고 있습니다. 우리가 할 수 있는 최소한의 배려는 그를 위해 이곳에 자리를 마련해 주는 것뿐입니다. 오겠다면 기꺼이 환영합시다."

신세를 지고 있다는 걸 은근히 암시하는 스노드그래스의 말이 끝나자, 텁맨이 결정을 내린 듯 자리에서 일어나며 말했다.

"그래요. 약간 걱정이 되긴 하지만 그래야 할 것 같아요. 오라고 하세요. 원하신다면 할아버지도 같이요."

뜻하지 않은 베스의 씩씩한 태도는 회원들을 경악하게 만들었다. 조는 자리에서 일어나 동의의 악수를 청했다.

"자 그럼, 다시 투표합시다. 상대가 우리의 로리라는 걸 기억하시고 다들 '찬성'이라고 말씀해 주십시오."

스노드그래스가 흥분해서 소리쳤다.

"찬성! 찬성! 찬성!"

세 명의 목소리가 동시에 터져 나왔다.

"좋아요! 여러분께 하나님의 축복을! 자, 이제 문제 될 일이 없는 것 같으니 새 회원을 소개하겠습니다."

이 말과 함께 조가 벽장문을 활짝 열자, 놀랍게도 로리가 웃음을 참느라 새빨개진 얼굴에 두 눈을 반짝이며 폐품 가방 위에 앉아 있었다.

"이 사기꾼! 이 배신자! 조, 어떻게 이럴 수가 있어?"

스노드그래스가 의기양양한 표정으로 친구를 안내하며 의자와 휘장을 마련해 주는 사이, 나머지 세 명이 소리쳤다.

"당신들 둘의 대담함이란! 정말 놀랍군요."

얼굴을 찡그리려고 했으면서도, 자기도 모르게 미소를 지으며 피크위크 씨가 말했다. 그러나 새 회원은 조금도 당황하지 않았다. 그는 의장을 향해 감사의 절을 하며 애교가 철철 넘치는 목소리로 이렇게 말했다.

"의장님, 그리고 숙녀 여러분. 아니, 신사 여러분. 절 이 모임의 충실한 하인 '샘 웰러'라고 불러주십시오."

"좋아요! 좋아!"

조가 기대고 있던 낡은 탕파湯婆(잠자리를 따뜻하게 하기 위해 더운 물을 채워 이불 밑에 넣어두는 사기나 쇠로 만든 그릇 : 옮긴이) 손잡이를 두들겨대며 소리쳤다. 로리는 좌중을 향해 한쪽 손을 내밀며 계속 말을 이었다.

"저를 너무 분에 넘치게 소개해 주신 제 충실한 친구이자 고귀한 후원자는 오늘 밤의 이 일에 대해 아무런 책임이 없습니다. 다 제가 꾸민 일이었습니다. 제 친구는 그런 제 계획을 듣고 비웃기만 했습니다."

"자자, 그만해. 다 네가 꾸민 일만은 아니잖아. 벽장에 들어가 있으라고 한 건 나잖아."

로리가 하는 농담을 재미있게 듣고 있던 스노드그래스가 끼어들었다.

"제 친구의 말은 신경 쓰지 마십시오. 이런 일을 꾸민 전 비열한 인간입니다, 의장님."

새 회원은 피크위크 씨에게 하인처럼 공손하게 절을 하며 말했다.

"하지만 두 번 다시는 그런 짓을 하지 않을 것이며, 이 순간부터 길이 남을 이 모임의 이익을 위해 이 한 몸 바칠 것을 제 명예를 걸고 맹세합니다."

"다들 들었지!"

조가 탕파 뚜껑이 심벌즈라도 되는 듯이 쨍쨍 소리를 내며 외쳤다.

"계속해요!"

의장이 답례 인사를 하는 동안, 윙클과 텁맨이 거들었다.

"제게 베풀어주신 영광에 조금이라도 보답하기 위해 드리는 말씀인데, 인접한 두 국가 간의 우호 관계를 증진하기 위해 정원 아래쪽 울타리 안에 우편함을 설치했습니다. 공간도 널찍하고 문에 자물쇠를 달아 우편물을 주고받기에는 아주 그만입니다. 원래는 제비집이었던 걸, 문을 막고 대신 지붕을 터서 뭐든지 보관할 수 있게 만들었습니다. 따라서 그걸 이용하면 우리의 귀중한 시간을 절약할 수 있을 겁니다. 편지, 원고, 책은 물론 소포도 배달이 가능합니다. 나라별로 각기 열쇠를 가지고 있으면 아주 편할 겁니다. 이쪽 열쇠는 제가 기증할 수 있게 해주십시오. 여러분의 호의에 깊은 감사를 드리며 이만 자리에 앉도록 하겠습니다."

웰러 씨가 책상 위에 조그만 열쇠를 올려놓자 박수갈채가 터져 나왔다. 한동안 탕파가 덜거덕거리며 요란한 소리를 내는 통에 질서가 회복되기까지는 다소 시간이 걸렸다. 그러고 나서 긴 토론이 이어졌는데, 의외로 다들 최선을 다했다. 보기 드물게 활발하게 진행된 회합은 새 회원을 위해 만세를 외치면서 끝났다.

샘 웰러를 받아들인 것에 대해 후회하는 사람은 아무도 없었다. 어디에서도 그보다 더 헌신적이고 예의 바르고 유쾌한 회원을 구할 수 없었기 때문이다. 그는 확실히 모임과 신문에 '활기'와 '품격'을 더해 주었다. 그의 연설은 청중을 감동시켰고, 그의 글은 탁월했다. 그의 글은 때로는 애국적이며 때로는 고전적이고 때로는 희극적이며 때로는 극적이었지만, 결코 감상적으로 흐르진 않았다. 조는 그의 글들을 베이컨이나 밀턴, 셰익스피어의 글 못지않게 높이 평가하며 자신의 글쓰기에 좋은 영향을 미치리라고 생각했다.

우편함은 날로 번창을 거듭하며 중요한 기관으로 자리 잡아갔다. 실제 우체국처럼 갖가지 기묘한 물건들이 우편함을 통해 배달되었다. 비극과 넥타이, 시집과 피클, 꽃씨와 긴 편지, 악보와 생강빵, 지우개, 비난문과 초대장 등이 양쪽에 오갔다. 노신사도 이 우편함 제도를 좋아해 이상한 소포나 알쏭달쏭한 메시지, 재미있는 전보를 보내며 즐거워했다. 해나의 매력에 반한 로런스 씨네 정원사는 실제로 연애편지를 보냈다가 조에게 들통나기도 했다. 이 비밀이 알려지자, 얼마 안 있어 수많은 연애편지가 이 작은 우체국을 거치게 되리라는 건 상상도 못 한 채 다들 배꼽을 잡고 웃었다.

우편함은 날로 번창을 거듭하며 중요한 기관으로 자리 잡아갔다.
실제 우체국처럼 갖가지 기묘한 물건들이 우편함을 통해 배달되었다.

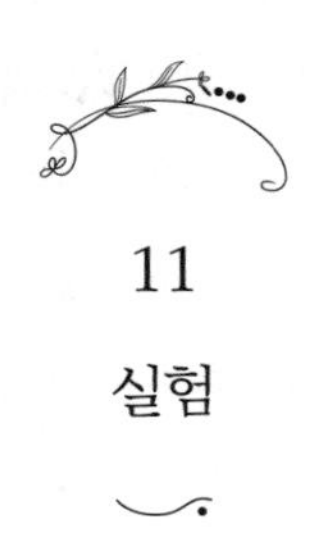

11
실험

"6월 1일, 그러니까 바로 내일 왕들(킹 씨네 가족을 일컬음 : 옮긴이)이 바닷가로 떠나면 난 자유야. 방학이 자그마치 석 달이야! 어떻게 보내면 좋을까!"

어느 무더운 날, 집으로 돌아온 메그가 평소답지 않게 기진맥진해서 소파에 누워 있는 조를 보고 외쳤다. 베스는 먼지가 뽀얗게 앉은 조의 장화를 벗기고 있었고, 에이미는 언니를 위해 레모네이드를 만들고 있었다.

"대고모님은 오늘 떠나셨어. 그 생각만 하면 너무 신나! 같이 가자고 하실까 봐 얼마나 불안했게. 그랬으면 어쩔 수 없이 따라가야 했을지도 몰라. 하지만 알다시피 플럼필드는 교회 마당처럼 시끌벅적하잖아. 그 북새통 소굴에 들어가느니 차라리 양해를 구했을 거야. 노인네를 보내버리는 게 얼마나 힘들었는지 몰라. 나한테 말을 걸 때마다 겁이 더럭 나지 뭐야. 빨리 그 자리를 벗어나고 싶어서 서둘러 일을 해치우는 날 보고 싹싹하다고 생각하셔서 나 없이는 못 가겠다고 하실까 봐 얼마나 걱정이 되던지. 대고모님이 마차에 탈 때까지 내가 얼마나 떨었는지 모를 거야. 거기다 마차가 막 출발하려는데 대고모님이 머리를 불쑥 내밀며 '조시-핀, 이거 좀……?'이라고 하시는 걸 듣고는 어찌나 놀랐는지 제정신이 아니었다니까. 그다음은 듣지도 못했어. 뒤돌아서서 도망쳐버렸으니까. 정말이야, 그대로 도망쳤다니까. 모퉁이를 돌고 나서야 비로소 안심이 되는 거 있지."

조가 말했다.

"가엾은 조 언니! 현관에 들어서는 걸 보니까 곰한테 쫓기는 사람 표정인 거 있지."

베스가 엄마처럼 언니의 발을 주물러주며 말했다.

"마치 대고모님은 전형적인 통통마디(원문에서는 샘파이어samphire : 옮긴이) 같아, 안 그래?"

심각한 표정으로 레모네이드를 맛보며 에이미가 말했다.

"통통마디는 해초의 일종이야. 그게 아니라 흡혈귀(원문에는 뱀파이어vampire라고 쓰여 있으며, 에이미가 간혹 단어를 혼동한다는 사실을 참고하기 바람 : 옮긴이)겠지. 하지만 아무려면 어때. 날씨가 너무 더워서 따질 힘도 없어."

조가 투덜거렸다.

"방학 동안 뭘 할 건데?"

에이미가 슬쩍 화제를 바꿔 질문을 던졌다.

"아무 일도 하지 않고 잠만 잘 거야. 겨울 내내 일찍 일어나서 다른 사람들을 위해 내 시간들을 바쳐야 했어. 그러니까 이제는 충분히 휴식을 취하면서 마음껏 즐길래."

흔들의자에 파묻혀 있던 메그가 대답했다.

"흠! 그런 따분한 생활은 내 체질에 맞지 않아. 그동안 난 열심히 책을 모아왔어. 이제부터는 늙은 사과나무 가지에 걸터앉아 책을 읽으면서 내 빛나는 시간들을 느긋하게 즐길 참이야. 물론 딱히……."

"설마 '종다리'라고 말하려는 건 아니겠지!"('have larks with someone', '~와 유쾌한 장난을 치다'라는 뜻으로 여기서는 종다리, 나이팅게일, 휘파람새 등 노랫소리가 아름답다는 공통점이 있는 작은 새 세 마리를 이용해 말장난을 하고 있음 : 옮긴이)

에이미가 '샘파이어'를 지적한 데 대한 앙갚음으로 응수했다.

"'나이팅게일'이라고 말하려던 참이었어. 로리하고 말이지. 그게 합당하고 적절하거든. 갠 휘파람새니까."

"베스 언니, 우리도 당분간 공부하지 말고 언니들처럼 하루 종일 놀면서 쉬자."

에이미가 제안했다.

"엄마가 그래도 괜찮다고 하시면 그렇게 하지 뭐. 난 새 노래를 배우고 싶어. 여름 동안 인형들도 고쳐줘야 하고. 다들 부상이 아주 심한 데다 옷도 엉망이거든."

"그래도 돼요, 엄마?"

자매들이 '엄마 자리'라고 부르는 곳에 앉아 바느질을 하고 있는 마치 부인 쪽을 바라보며 메그가 물었다.

"일주일 동안 실험해 보면서 어떤 결과가 나올지 두고 보자꾸나. 아마 토요일 밤쯤 되면 놀기만 하고 아무 일도 안 하는 게 일만 하고 전혀 놀지 못하는 것만큼이나 나쁘다는 걸 알게 될 거다."

"아뇨, 그런 일은 없을 거예요. 보나 마나 아주 즐거울 거예요."

메그가 흐뭇한 표정을 지으며 말했다.

"자, 우리 건배합시다. 내 '친구이자 짝패인 새어리 갬프'의 표현대로, 즐거움은 영원하고 일할 필요는 없기를."

조가 레모네이드가 담긴 잔을 치켜들며 소리쳤다.

다들 즐겁게 레모네이드를 마신 뒤, 그날부터 남은 시간 동안 빈둥거리며 실험을 시작했다. 다음 날 아침, 메그는 열 시까지 나타나지 않았다. 주인을 기다리다 지쳐 차갑게 식어버린 그녀의 아침 식사는 당연히 전혀 맛이 없었다. 그날따라 거실은 쓸쓸하고 지저분해 보였다. 조가 화병에 꽃을 꽂지 않은 데다 베스는 청소에서 손을 뗐고, 에이미의 책들이 사방에 흩어져 있었기 때문이다. 깨끗한 구석이라곤 '엄마 자리'밖에 없었다. 메그는 평소와 다름없어 보이는 그 자리에 앉아 '아무 생각 없이 책을 읽으며' 월급으로 예쁜 여름옷을 장만하는 상상을 했다. 조는 오전 나절은 로리와 함께 강에서 보내고, 오후에는 사과나무에 올라가 『넓고 넓은 세상』이라는 책을 읽으며 찔찔 짰다. 베스는 커다란 옷장의 내용물을 모조리 꺼내 뒤적거리기 시작했지만, 반도 못 하고 지쳐서는 살림을 뒤죽박죽으로 섞어놓은 채 설거지를 안 해도 된다는 사실에 기뻐하며 피아노를 치러 나가버렸다. 에이미는 정자를 깨끗이 청소한 다음, 자기 옷 중에서 제일 좋은 흰색 원피스를 꺼내 입고 곱슬머리를 매만지고는 인동덩굴 아래 앉아 있었다. 그러고는 누군가 지나가다 저 젊은 화가가 누구냐고 물어봐주길 바라며 그림을 그렸다. 호기심이 강한 장님거미 한 마리를 제외하고는 자기 그림에 관심을 나타내는 사람이 아무도 나타나지 않자, 에이미는 화구를 챙겨 들고 집으로 향했다. 그러나 도중에 소나기를 만나는 바람에 집에 돌아왔을 때는 온몸이 흠뻑 젖어버렸다.

차 마시는 시간이 되자 자매들은 모두 한자리에 모여 각자의 실험 결과를 비교하며 유달리 긴 하루이긴 했지만 즐겁게 보냈다는 데 동의했다. 오후에 쇼핑을 하러 나갔던 메그는 '파란색 모슬린'을 사 와 재단을 하다가 때가 잘 안 빠지는 천이라는 사실을 발견하고는 기분이 언짢아졌다. 조는 뱃놀이를 하다가 콧등을 태운 데다 책을 너무 많이 읽어서 머리가 몹시 아팠다. 베스는 옷장을 어질러 놓아서 걱정이 됐을 뿐만 아니라, 서너 곡을 한꺼번에 배우느라 애를 먹었다. 에이미는 제일 좋은 옷이 엉망이 된 데 대해 무척이나 한탄하고 있었다. 그도 그럴 것이, 케이티 브라운이 다음 주에 파티를 열 예정이었기 때문이다. 이제 에이미도 플로라 맥플림지처럼 '입을 게 하나도 없는 처지'가 되고 말았다. 그러나 이 정도쯤은 아직 참을 수 있었다. 자매들은 실험이 잘되어가고 있다며 어머니를 안심시켰다. 어머니는 아무 말 없이 미소를 짓더니 해나의 도움을 받아 딸들이 팽개쳐둔 일들을 처리하며 가사를 돌보았다. '휴식을 취하며 마음껏 즐기는데'도 이상하고 불편한 느낌이 들다니 정말 알 수 없는 일이었다. 시간이 지날수록 하루하루는 점점 길어져만 갔다. 날씨마저 변덕스러워 다들 안절부절못했으며, 사탄은 사탄대로 게으른 손들을 알아보고는 못된 장난질을 쳐댔다. 메그는 바느질감을 꺼내 한동안 거기에 열중하다가 그래도 시간이 남아돌자 모팻 씨네 집에서 본 최신 유행 스타일로 개조한다며 가위질을 하다 그만 옷을 망가뜨리고 말았다. 조는 눈알이 빠질 정도로 책을 읽다가 나중에는 책이라면 넌더리를 냈다. 어찌나 짜증을 부려대는지 성격이 좋은 로리마저 그녀와 다툴 정도였다. 그리하여 기분이 가라앉을 대로 가라앉은 조는 차라리 마치 대고모를 따라갈 걸 그랬다는 생각마저 하게 되었다. 이에 비해 베스는 아주 잘 지냈다. 일을 하지 않고 놀기만 해도 된다는 걸 잊어버리고는 이전 생활로 돌아갔기 때문이다. 그러나 주변의 이상한 분위기 때문에 조신하고 차분한 그녀도 자기도 모르는 사이에 거기에 휩쓸리곤 했다. 언젠가는 불쌍한 조애나를 흔들어대며 '도깨비'라고 말하기도 했다. 소일거리가 그리 많지 않은 에이미는 넷 중에서 가장 힘들어했다. 언니들이 혼자 알아서 놀라며 팽개쳐두자, 에이미는 어린 여자아이가 똑똑하고 진지한 것도 큰 짐이라는 걸 깨달았다. 인형은 싫고 동화책은 유치하고 그렇다고 하루 종일 그림을 그릴 수도 없는 노릇이었다. 그리고 제대로 준비되지 않은 상태에서는 차 마시는 모임도, 소풍도 흥이 나지 않았다.

"좋은 집에 착한 언니들만 있고, 거기다 여행까지 갈 수 있다면 여름이 정말 즐거울 텐데. 하지만 이기적인 세 언니들과 다 자란 사내아이랑 하루 종일 집에 있어야 하다니. 정말 너무 지겨워."

처음에는 신이 났지만 며칠이 지나자 짜증스럽고 권태로워진 맬러프로프(R. B. 셰리든의 희극 『연적』에 나오는 인물로 말의 오용誤用으로 유명한 노부인. 여기서는 에이미가 가끔 단어 선택을 잘못하는 것을 빗대서 한 표현 : 옮긴이) 양이 불평을 했다.

아무도 실험이 지겹다는 걸 인정하려 하지 않았지만, 금요일 밤이 되자 한 주가 거의 끝나간다는 사실에 다들 기뻐하는 눈치였다. 유머 감각이 뛰어난 마치 부인은 교훈을 좀 더 마음속 깊이 새기도록 해야겠다는 생각을 하며 적당한 기회를 봐서 실험을 끝내기로 했다. 그래서 해나에게 하루 동안 휴가를 주고는 딸들이 이번 놀이를 최대한 즐기도록 내버려두었다.

다음 날인 토요일 아침에 자매들이 눈을 떠보니 부엌 아궁이는 꺼져 있고, 식탁에는 아침 식사도 차려져 있지 않은 데다, 어머니도 보이지 않았다.

"맙소사! 도대체 무슨 일이람?"

조가 난처한 표정으로 주변을 둘러보며 소리쳤다.

메그는 2층으로 뛰어 올라 갔다가 다행이라는 표정을 지으며 곧 다시 내려왔지만, 약간 당황한 듯했다.

"엄만 아프지 않으셔. 그냥 피곤하실 뿐이래. 엄마 말씀이 방에서 하루 종일 조용히 있을 테니 우리가 알아서 하래. 엄마가 그런 말씀을 하시다니 너무 이상한 거 있지. 평소의 엄마 같지가 않아. 하지만 엄마 말씀이 일주일 동안 너무 힘들었으니까, 불평하지 말고 우리끼리 알아서 잘해보래."

"그야 식은 죽 먹기지. 난 좋아. 그렇지 않아도 뭔가 하고 싶어서 좀이 쑤셨거든. 그거, 참신하니 재밌겠다."

조가 재빨리 덧붙였다.

사실 뭔가 할 일이 생겼다는 것이 큰 위안이 되었다. 그래서 다들 큰맘 먹고 달려들었지만 '장난이 아니다'라는 해나의 말이 맞는다는 걸 곧 깨달았다. 음식은 식료품실에 아주 많았다. 베스와 에이미가 식탁을 차리는 동안 메그와 조는 아침 식사를 만들었다. 그러면서 하인들은 왜 힘들다고만 얘기하는지 이해할 수가 없었다.

"엄마 일은 엄마가 알아서 할 테니 우리가 신경 쓸 필요는 없다고 말씀하셨지만, 그래도 엄마한테 뭘 좀 갖다드려야겠어."

메그가 찻주전자 뒤에서 나이 지긋한 부인 같은 분위기를 풍기며 말했다. 그리하여 자매들은 아침을 먹기 전에 쟁반부터 챙겼고, 곧이어 조가 요리사의 안부 인사와 함께 쟁반을 들고 2층으로 올라갔다. 차는 몹시 썼고, 오믈렛은 탔고, 비스킷은 베이킹

파우더 때문에 얼룩덜룩했지만 마치 부인은 고맙다며 받아두었다가 조가 나간 뒤 실컷 웃었다.

"가엾은 녀석들, 안됐지만 고생 좀 해봐라. 너희들에게 좋은 경험이 될 거다."

미리 준비해두었던 음식을 꺼낸 다음 조가 가져온 형편없는 음식을 버리면서 마치 부인이 말했다. 딸들의 기분을 상하게 하지 않으려는 어머니다운 작은 속임수였다.

아래층에서는 손님들의 불평불만과 실패를 원통해하는 수석 요리사의 한숨 소리가 터져 나오고 있었다.

"괜찮아. 점심은 내가 준비할게. 내가 처음부터 끝까지 하인처럼 시중을 들 테니까 너희들은 손이나 깨끗이 씻고 잡담이나 하다가 나중에 주문만 해."

요리법에 대해서라면 메그보다 아는 게 훨씬 더 적은 조가 말했다.

이 친절한 제안이 기꺼이 받아들여지고 난 후, 메그는 거실로 물러나 소파 밑의 쓰레기를 치우고 먼지가 들어오지 않게 차일을 내리는 등 부지런히 청소를 했다. 자기 능력에 대한 완벽한 믿음과 다툰 후 둘 사이에 생긴 서먹함을 풀고 싶다는 욕심에 눈이 먼 조는 그 즉시 점심 식사에 로리를 초대한다는 내용의 짤막한 편지를 우편함에 집어넣었다.

"손님을 초대할 생각을 하기 전에 뭐가 있는지부터 살펴봐야 하는 거 아니니?"

의도는 좋지만 경솔한 조의 행동을 알게 된 메그가 말했다.

"소금에 절인 쇠고기가 있고 감자가 아주 많아. 해나식 표현을 따르면 '맛보기'용으로 아스파라거스하고 바닷가재를 좀 살까 해. 그리고 양상추 샐러드를 만들고. 어떻게 만드는지 모르지만 요리책을 보면 돼. 그리고 후식으로는 블라망주와 딸기를 낼 거야. 언니가 원한다면 커피도 준비할게."

"너무 많이 하려고 하지 마, 조. 넌 생강빵하고 당밀 사탕밖에 못 만들잖아. 난 점심 준비에 대해서는 손 뗄래. 로리를 오라고 한 건 너니까 네가 알아서 책임져."

"나도 언니가 손대는 거 원치 않아. 하지만 푸딩을 먹으면서 로리랑 얘기 좀 나눠줘. 그리고 내가 너무 힘들어하는 것 같으면 충고 좀 해주고. 그래 줄 거지?"

조가 약간 마음이 상해서 말했다.

"알았어. 하지만 빵하고 간단한 음식 몇 개 빼면 나도 아는 게 별로 없어. 그리고 뭘 주문하든 엄마 허락을 받는 게 좋을 거야."

메그가 조심스럽게 대답했다.

"물론 그럴 생각이야. 나도 바보가 아니거든."

자기 능력을 의심하는 듯한 말에 발끈하며 조가 말했다.

"나 방해하지 말고 너희들 하고 싶은 대로 하렴. 밖에서 점심 약속이 있어서 집안일에 신경 쓸 수가 없구나. 그동안 집안일하느라 많이 시달렸으니 오늘 하루는 좀 쉬자. 이 엄마도 책도 읽고 편지도 쓰고 아는 사람들 집도 방문하면서 즐기고 싶구나."

조가 상의를 하려고 올라가자 마치 부인이 말했다. 평소에는 늘 바쁘던 어머니가 이른 아침부터 흔들의자에 앉아 느긋하게 책을 읽고 있는 모습을 보니 조는 마치 신기한 자연 현상을 구경하는 것 같았다. 하지만 일식이나 지진, 화산 폭발도 이처럼 이상해 보이지는 않을 것 같았다.

"아무튼, 모든 게 비정상이야."

조는 계단을 내려오며 혼자 중얼거렸다.

"아니, 저건 베스의 울음소리잖아. 베스가 우는 걸 보니 이 집이 뭔가 잘못된 게 분명해. 에이미가 괴롭혀서 저러고 있는 거라면 가서 혼을 내줘야지."

조가 몹시 심란한 마음으로 서둘러 거실로 내려와보니, 베스가 새장 안에 죽어 있는 핍을 보며 흐느껴 울고 있었다. 먹이를 달라는 듯 작은 발톱을 애처롭게 벌리고 있는 걸 보니 아무래도 굶어 죽은 모양이었다.

"내 잘못이야. 핍을 까맣게 잊고 있었어. 새장을 보니까 씨 한 톨, 물 한 방울 없지 뭐야. 핍! 오, 핍! 어쩌면 내가 너한테 이렇게 잔인하게 굴 수가 있니?"

베스가 불쌍한 카나리아를 꺼내 되살리려 애쓰며 소리쳤다.

조가 반쯤 감긴 핍의 눈을 들여다본 다음 작은 가슴에도 귀를 대보았지만, 핍의 몸은 차갑게 식은 채 벌써 뻣뻣하게 굳어 있었다. 조는 고개를 흔들며 베스에게 관으로 쓸 도미노 상자를 내밀었다.

"오븐에 넣어봐. 몸을 따뜻하게 해주면 살아날지도 모르잖아."

에이미가 희망 어린 목소리로 말했다.

"굶은 것도 안됐는데 태우기까지 할 순 없어. 이제 핍은 죽었어. 수의를 만들어 입혀서 잘 묻어줄 거야. 그리고 두 번 다시는 새를 키우지 않을 거야. 오, 핍! 난 새를 키울 자격이 없는 사람이야!"

베스가 카나리아를 손에 쥔 채 바닥에 쭈그리고 앉아 중얼거렸다.

"장례식은 오늘 오후에 하자. 우리 모두 참석할게. 그러니 이제 울지 마, 베스. 어떻게 된 게 이번 주엔 제대로 되는 일이 하나도 없지? 그중에서도 이 실험의 최대 희생자는 핍이야. 수의를 만들고 내가 준 상자에 눕혀. 식사 후에 멋지게 장례식을 치르자."

이렇게 말하면서 조는 벌써부터 장례식을 떠맡은 것 같은 기분이 들었다. 베스를 위로하는 일은 다른 사람들에게 맡기고 조는 괜히 주눅이 들게 만드는 부엌으로 향했다. 조는 일단 앞치마를 두른 뒤 설거지를 하기 위해 그릇들을 모으다 불이 없다는 걸 발견했다.

"일거리가 하나 더 늘었군!"

조는 화덕 뚜껑을 열어젖힌 후 장작을 들쑤시며 투덜거렸다.

다시 불을 붙이는 데 성공한 조는 물이 끓는 동안 시장에 다녀와야겠다고 생각했다. 그래도 조금 걸었더니 활기가 되살아났다. 조는 너무 어린 바닷가재 한 마리와 너무 많이 자란 늙은 아스파라거스, 시금털털한 딸기 두 상자를 산 뒤, 정말 잘 샀다고 뿌듯해하며 다시 터벅터벅 걸어서 집으로 돌아왔다. 재료들을 손질하고 나자 점심때가 다 됐다. 때마침 아궁이의 불도 빨갛게 달아올랐다. 한편 메그는 해나가 준비해두고 간 반죽을 다시 부풀리기 위해 반죽 냄비를 화덕에 올려놓고는 그 사실을 까맣게 잊은 채 거실에서 샐리 가디너를 접대하고 있었다. 그때 갑자기 문이 벌컥 열리면서 밀가루를 뒤집어쓴 채 머리가 엉망이 된 조가 소리치며 나타났다.

"냄비가 넘칠 정도로 반죽이 부풀어 오르면 된 거 아냐?"

샐리는 웃기 시작했지만, 메그가 고개를 끄덕이며 눈썹을 있는 대로 치켜세우자 조는 다시 부리나케 부엌으로 들어가 서둘러서 시큼한 빵을 오븐에 집어넣었다. 마치 부인은 여기저기 기웃거리며 일이 돌아가는 모양을 살피더니 도미노 상자에 누워 있는 고인을 위해 수의를 만들고 있는 베스에게 위로의 말을 건넨 후 외출했다. 회색 보닛이 모퉁이를 돌아 사라지자, 알 수 없는 무력감과 절망감이 자매들을 사로잡았다. 그러고 나서 몇 분 후 크로커 할머니가 나타났다. 점심을 먹으러 왔다는 거였다. 날카로운 코와 호기심 가득한 눈에 바싹 마르고 안색이 노란 이 노처녀 할머니는 뭐든 놓치는 법이 없었고, 뭘 보고 왔느니 어쨌느니 하면서 사람들 험담을 하는 게 취미인 사람이었다. 자매들은 그녀가 싫었지만, 친구도 없고 불쌍한 노인이기 때문에 잘 대해줘야 한다고 배워왔다. 그래서 메그는 자기가 앉아 있던 안락의자를 내주며 그녀를 깍듯이 접대하려 애썼다. 그사이 크로커 할머니는 쉴 새 없이 불평을 해대며 자기가 아는 사람들에 대한 이야기를 쏟아놓았다.

그날 아침 조가 겪은 불안과 경험, 분투는 말로는 이루 다 표현할 수가 없다. 그녀가 준비한 점심 식사는 두고두고 놀림거리가 되었다. 더 물어보기가 미안해진 조는 혼자 이리 뛰고 저리 뛰다 열정과 선의만으로는 요리사가 될 수 없다는 사실을 깨달았다. 아스파라거스는 한 시간이나 삶는 바람에 머리든 줄기든 요리가 거의 불가능한 상태가 되어버렸다. 샐러드드레싱을 만드는데 너무 열중한 나머지, 아무리 해도 먹을 수 있게 만들기는 다 틀렸다는 걸 깨달을 때까지 나머지 일들을 모두 팽개쳐두는 바람에 빵마저 까맣게 태우고 말았다. 바닷가재는 어떻게 손을 대야 할지 몰라 막막했지만, 망치로 두드리고 꼬챙이로 쑤셔 껍질을 벗겨낸 후 빈약한 내용물을 상추 이파리에 싸서 숨겼다. 아스파라거스를 마냥 그냥 둘 수 없어서, 서둘러 감자를 요리해야 했지만 끝내 식사에 내놓지 못했다. 블라망주는 덩어리진 데다가 상자 윗부분만 좋은 것으로 채워 교묘하게 '위장한' 딸기는 겉보기와는 달리 익지도 않은 게 대부분이었다.

"배가 고프면 쇠고기하고 빵이라도 먹겠지. 아침을 홀랑 다 투자하고도 얻은 게 하나도 없다니 정말 억울해."

조는 이렇게 생각하며 평소보다 30분 늦게 종을 친 후, 온갖 산해진미에 길들여진 로리와 호기심 어린 눈으로 실패들을 채점

하고는 그 결과를 사방에 퍼뜨리고 다닐 크로커 할머니를 위해 늘어놓은 성찬을 풀 죽은 모습으로 지켜보며 서 있었다.

사람들이 음식을 하나씩 시식하는 동안 가엾은 조는 어서 그 자리가 끝나기만을 학수고대했다. 예상하지 못한 바는 아니었지만 에이미는 키득거렸고, 메그는 괴로운 표정을 지었으며, 크로커 할머니는 입술을 오므렸다. 로리는 애써 떠들고 웃음을 터뜨리며 그 재미있는 광경에 유쾌함을 더했다. 조가 내세울 만한 유일한 자랑거리는 골고루 설탕을 친 후 크림을 곁들인 과일이었다. 각자의 앞에 예쁜 유리 접시가 놓이고 다들 크림의 바다에 떠 있는 조그만 분홍빛 섬들을 기대에 찬 눈길로 쳐다보는 동안, 조는 빨갛게 상기됐던 얼굴을 식히며 길게 한숨을 내쉬었다. 곧이어 크로커 할머니가 제일 먼저 맛을 보더니 얼굴을 찡그리며 서둘러 물잔을 찾았다. 아직 맛을 보지 못한 조는 한번 숟가락을 대자마자 몸을 사리는 사람들을 보고 뭐가 덜 들어가서 그런가 보다고 생각하며 로리를 쳐다보았지만, 로리는 입술을 오므리면서도 으적으적 씹어 먹더니 접시에 시선을 고정했다. 미식가인 에이미는 한 숟가락 듬뿍 떠서 입에 넣더니 심하게 기침을 하며 냅킨으로 얼굴을 가린 채 황급히 자리를 떴다.

"왜 그래?"

조가 당황해서 소리쳤다.

"설탕 대신 소금을 뿌렸고, 크림은 시큼해."

메그가 안됐다는 표정을 지으며 대답했다.

조는 신음을 내뱉으며 의자 깊숙이 몸을 파묻었다. 기억을 더듬어보니 부엌 식탁에 있는 양념통 두 개의 내용물을 확인해 보지도 않고 그중 아무거나 꺼내 딸기에 뿌렸고, 우유는 냉장고에 넣는 걸 깜빡했었다는 게 생각났다. 그러자 얼굴이 화끈거리면서 금방이라도 울음이 쏟아져 나올 것만 같았다. 바로 그때였다. 필사적인 노력에도 불구하고 재미있어 죽겠다는 표정이 역력한 로리의 눈과 마주친 순간, 갑자기 우스꽝스럽다는 생각이 들면서 걷잡을 수 없이 웃음이 터져 나오기 시작했다. 어찌나 웃어댔는지 나중에는 눈물이 다 나올 정도였다. 그 모습을 보면서 다른 사람들도 모두 따라 웃었다. 심지어는 자매들이 '투덜이'라고 부르는 크로커 할머니까지 웃음을 터뜨렸다. 그리하여 불운한 점심 식사는 빵과 버터와 올리브, 화기애애한 농담이 오가는 가운데 즐겁게 끝이 났다.

"지금은 도저히 치울 엄두가 안 나. 우선 장례식부터 치르자."

조의 말에 크로커 할머니는 다른 집 저녁 식사 자리에 가서 이 새로운 이야기를 해주고 싶어 입이 근질거리는지 서둘러 갈 준비를 했다.

다들 베스를 위해 진지한 자세로 장례식에 참가했다. 로리가 근처 숲의 양치류들 밑에 무덤을 팠고, 핍은 마음이 여린 여주인의 눈물 세례를 받으며 땅속에 묻혔다. 조가 식사 준비 때문에 바쁜 와중에도 짬을 내어 쓴 비문이 새겨진 돌 위에 제비꽃과 별꽃으로 만든 화환을 걸고 이끼로 그 위를 덮었다.

6월 7일 세상을 하직한 핍 마치, 이곳에 잠들다.

우리 모두 사랑과 애도를 표하며,

그를 쉽게 잊지 않으리.

식이 끝나자 베스는 흥분을 가누지 못한 채 얼굴이 벌개져서 자기 방으로 돌아갔지만, 침대가 정리되어 있지 않았기 때문에 휴식을 취할 공간이 마땅찮았다. 그래서 베개의 먼지를 털고 물건들을 정리하다 보니 슬픔이 훨씬 가라앉는 것 같았다. 메그와 조는 만드는 데 반나절이 걸린 성찬의 잔해를 치우느라 너무 피곤해서 저녁은 차와 토스트로 때우기로 했다.

로리는 에이미를 마차에 태워 한 바퀴 돌러 나갔다. 시큼한 크림 때문에 기분이 몹시 안 좋아 보이는 에이미의 기분을 전환시켜주기 위해서였다. 마치 부인이 집에 돌아왔을 때는 세 딸들이 열심히 일하고 있었다. 옷장을 보니 적어도 실험의 한 부분은 성공했다는 것을 알 수 있었다.

손님들 뒤치다꺼리를 하고, 차를 끓이고, 심부름을 다녀오고, 미루고 미루던 바느질까지 하고 나서야 자매들은 겨우 쉴 수 있었다. 땅거미가 지자 이슬이 내려앉은 주변은 고요하기 그지없었고, 잠시 후 6월의 장미가 예쁘게 피어 있는 현관 베란다로 네 자매가 한 명씩 모여들더니 피곤한 듯 끙끙거리거나 한숨을 내쉬며 자리에 앉았다.

"오늘은 정말 끔찍한 하루였어!"

여느 때처럼 조가 처음으로 말문을 열었다.

"다른 때보다 짧게 느껴지긴 했지만, 배로 힘들었던 것 같아."

메그가 말했다.

"우리 집 같지가 않아."

에이미가 거들었다.

"엄마와 핍 없이는 못 살 것 같아."

베스가 천장에 매달려 있는 텅 빈 새장을 올려다보며 한숨을 내쉬었다.

"엄마 여기 있잖니. 네가 원한다면 엄마가 내일 다른 새를 사 줄게."

마치 부인이 다가와 딸들 틈에 앉으며 말했다. 자매들이야 그럴 만한 충분한 이유가 있었지만, 왠지 마치 부인도 모처럼의 휴가가 그다지 즐겁지 않았다는 듯한 표정이었다.

"이제 실험에 만족하니? 아니면 일주일 더 필요하니?"

마치 부인이 물었다. 베스는 어머니 품에 안기다시피 매달려 있었고 다른 자매들도 환한 얼굴로 꽃이 태양을 향해 고개를 내밀듯 어머니 쪽을 쳐다보고 있었다.

"전 필요 없어요!"

조가 단호한 목소리로 외쳤다.

"저도요!"

나머지 자매들도 합창을 하듯 다 같이 소리쳤다.

"그럼 일도 하고, 조금쯤은 다른 사람들을 위해 사는 게 더 좋다고 생각하니?"

"할 일 없이 빈둥거려보니까 남는 게 하나도 없어요. 이젠 너무 지겨워요. 아무래도 사람은 뭔가 보람 있는 일을 하며 살아야 하나 봐요."

"간단한 요리법을 배워두는 게 좋겠구나. 여자라면 그 정도쯤은 알고 있어야 한단다."

마치 부인은 조가 차린 점심 식사를 떠올리며 큰 소리로 웃었다. 도중에 크로커 할머니를 만나 자초지종을 들어서 그 일에 대해 훤히 알고 있었던 것이다.

"우리가 어떻게 하나 보시려고 일부러 모든 걸 맡겨두고 나가신 거죠?"

하루 종일 의심을 떨쳐버릴 수가 없었던 메그가 소리쳤다.

"그래. 자기한테 맡겨진 일을 소홀히 할 경우 다들 불편을 겪게 된다는 걸 깨닫게 해주고 싶어서 그랬던 거란다. 엄마하고 해나가 너희들 일을 하는 동안, 너희들은 아주 잘 지내더구나. 하지만 난 너희들이 그다지 행복하거나 즐겁진 않았을 거라고 생각한다. 그래서 너희들에게 교훈도 줄 겸, 모든 사람이 자기 자신만 생각할 때 어떤 일이 일어나는지 보여주기로 했던 거란다. 서로 도와가며 살고, 매일매일 할 일이 있고, 그래서 휴가를 더욱 소중하게 느끼고, 우리 모두에게 편안하고 즐거운 가정을 만들기 위해 조금씩 양보하고 참는 게 훨씬 더 즐겁지 않니?"

"맞아요."

자매들이 한목소리로 외쳤다.

"그럼 너희들의 작은 짐을 다시 짊어지도록 하렴. 때로 무겁게 느껴지기도 하겠지만, 그렇기 때문에 너희들에게 도움이 되는 거란다. 그리고 나중에 짐 나르는 법을 배우게 되면 지금보다 훨씬 가벼워질 거야. 일을 하면 좋은 점이 아주 많단다. 권태와 나쁜 유혹에서 지켜주지, 육체와 정신을 위해서도 좋지, 돈이나 겉모습으로는 얻을 수 없는 자신감과 독립심을 제공해 주지, 얼마나 좋니."

"앞으로는 벌처럼 열심히 일할게요. 그러나 안 그러나 두고 보세요! 이번 휴가 동안 요리법을 배워서 다음에 손님들에게 식사를 대접할 땐 꼭 성공하고 말겠어요."

조가 말했다.

"엄마 대신 제가 아빠를 위해 셔츠를 만들게요. 바느질을 좋아하진 않지만 그 정돈 할 수 있을 것 같아요. 제 옷은 그만하면 충분하니까 제 걸 만드느라 법석을 떠는 것보다는 그 편이 훨씬 나을 것 같아요."

메그가 말했다.

"전 매일 공부할게요. 음악과 인형에 시간을 너무 낭비하지 않을게요. 전 머리가 별로 좋지 않으니까 놀지 말고 열심히 공부해야 하거든요."

베스의 결심이었다.

"전 단춧구멍 만드는 걸 배우고, 단어 실력을 기르는 데 신경 쓸게요."

언니들에게 자극을 받은 에이미가 단단히 결심한 듯 힘주어 이야기했다.

"모두들 대견하다! 실험 결과가 이렇게 만족스러우니 다시 반복할 필요는 없을 것 같구나. 하지만 너무 한쪽으로 치우쳐서 노예처럼 일만 하진 말거라. 일하는 것도 중요하지만 노는 것도 중요하단다. 하루하루를 보람차고 즐겁게 보내렴. 그렇게 일과 놀이를 잘 조화시키면서 살면 시간의 소중함을 이해하게 될 거야. 그래야 젊은 시절을 즐겁게 보낼 수 있고, 나이가 들어서도 후회를 덜하게 되지. 난 너희들이 가난하더라도 아름다운 인생을 살았으면 좋겠구나."

"명심할게요, 엄마!"

그리고 자매들은 그렇게 했다.

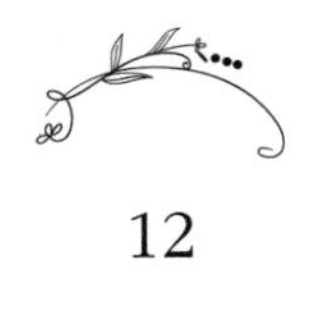

12

로런스 캠프

우체국장 자리는 베스에게 돌아갔다. 대부분의 시간을 집에서 지내는 베스는 우체통을 정기적으로 살펴볼 수 있는 데다 작은 우체통 문을 열고 우편물을 배달하는 걸 아주 좋아했기 때문이다. 7월의 어느 날, 베스는 우편물을 한 아름 들고 들어와서는 집 안 여기저기를 돌아다니며 편지와 소포를 떨구었다.

"여기 엄마 꽃이요. 로리 오빠는 한 번도 거르는 적이 없네요."

'엄마 자리'에 놓여 있는 꽃병에 작은 꽃다발을 꽂으며 베스가 말했다.

"메그 마치 양, 편지와 장갑 한 짝이 왔네요."

계속해서 베스는 어머니 곁에 앉아 셔츠 소맷부리를 감치고 있는 언니에게 우편물을 전달했다.

"어, 난 두 짝 다 두고 왔는데 이건 한 짝뿐이잖아. 한 짝은 정원에 흘리고 온 거 아니니?"

메그가 회색 면장갑을 쳐다보며 말했다.

"아냐, 원래 한 짝밖에 없었어."

"짝이 안 맞는 장갑은 정말 싫어. 신경 쓰지 마, 어디선가 나오겠지 뭐. 편지는 내가 좋아하는 독일 노래를 번역한 거야. 로리의 필체가 아닌 걸 보니 브룩 씨가 보냈나 봐."

마치 부인은 깅엄(면직물의 하나로 굵은 실로 격자무늬를 넣어 짠다 : 옮긴이)으로 된 실내복 차림에 이마 위에 애교머리를 늘어뜨린 채 흰색 천 조각들로 뒤덮인 옹색한 작업대에 앉아 바느질을 하고 있는 메그를 흘깃 쳐다보았다. 오늘따라 아주 예쁘고 여성스러워 보였다. 메그는 어머니가 무슨 생각을 하는지 전혀 눈치채지 못한 듯, 노래를 부르며 바느질에 열중하고 있었다. 그러면서 마음속으로는 허리춤에 꽂은 팬지처럼 때 묻지 않은, 신선한 공상을 하느라 바빴다. 마치 부인은 딸의 그런 모습을 지켜보면서 흐뭇한 미소를 지었다.

"조 박사님, 편지 두 통과 책 한 권, 우스꽝스럽게 생긴 낡은 모자가 도착했네요. 이 모자 말야, 우체통을 전부 차지하는 것도 모자라 밖으로 삐죽 나와 있지 뭐야."

조가 편지를 쓰고 있는 서재로 들어간 베스가 웃으며 말했다.

"로리가 또 장난을 쳤군! 일전에 매일 햇볕에 얼굴이 타니까 좀 더 큰 모자가 유행했으면 좋겠다고 말한 적이 있거든. 그랬더니 '왜 유행에 신경 써? 큰 모자를 쓰고 편하게 지내는 게 더 낫지!'라고 말하더라고. 그래서 난 그런 모자가 있으면 쓰고 다니겠다고 말했지. 그러니까 내가 어떻게 하나 보려고 이걸 보낸 거야. 그래, 재미로라도 쓰고 다니면서 그까짓 유행 같은 건 신경 쓰지 않는다는 걸 보여주겠어."

조는 로리가 보낸 챙 넓은 구식 모자를 플라톤의 흉상 위에 걸쳐놓고 편지들을 읽기 시작했다.

그중 한 통은 어머니가 보낸 편지였다. 그 편지를 읽는 순간 조의 얼굴은 환하게 밝아졌다. 거기에는 이렇게 쓰여 있었다.

사랑하는 딸에게

성질을 다스리기 위해 노력하는 네 모습이 너무 기특해서 몇 자 적어 보낸다. 아마 넌 네 자신의 이런저런 시도나 실패, 성공에 대해 입을 꾹 다물고 있으면서 매일매일 네 질문에 답해 줄 그 친구를 빼고는 네가 얼마나 많은 노력을 기울이고 있는지 아무도 모를 거라고 생각하겠지. 하지만 그분뿐만 아니라 나도 너를 지켜보고 있단다. 내가 준 안내서 표지가 너덜너덜하게 해진 걸 보면서, 그리고 이미 열리기 시작한 결실을 보면서 엄마는 네 결심이 쉽게 흔들리지 않으리라는 걸 믿게 되었단다. 네가 끈기 있고 용감하게 계속 나아가길 바란다. 그리고 너 자신보다 더 너를 이해하고 사랑하는 사람은 없다는 사실을 늘 명심하거라.

엄마가

"제게는 엄마의 편지가 돈이나 칭찬보다 훨씬 더 가치 있어요. 엄마, 저 노력할게요! 노력하고 또 노력할게요. 무슨 일이 있어도 절대 물러나지 않을게요. 이렇게 저를 도와주시는 엄마가 계시니까요."

조는 엎드린 채 행복의 눈물을 흘리며 잠시 감상에 젖었다. 착해지려는 자신의 노력을 아는 사람이 아무도 없다고 생각하고 있던 터라, 어머니의 격려는 배로 소중하게 느껴졌고 힘이 나게 해주었다. 그만큼 뜻밖이었던 데다 그녀가 가장 소중히 여기는 사람이 해준 칭찬이었기 때문이다. 조는 자기 내부의 마왕과 맞서 싸우겠다는 의지를 그 어느 때보다도 강하게 불태우며, 혹시라도 방심하는 것을 막아줄 방패 겸 경고 신호로 사용하기 위해 옷 안쪽에 편지를 핀으로 고정시켰다. 그러고는 좋은 소식이건 나쁜 소식이건 다 받아들일 수 있다고 생각하며 다른 편지 봉투를 열었다. 예상했던 대로 큼직큼직하고 시원한 로리의 필체가 두 눈 가득 들어왔다.

조에게,

야호! 내일 영국인 친구들 몇 명이 날 보러 온대. 난 그 친구들과 즐거운 시간을 보내고 싶어. 날씨가 좋으면 롱메도에 텐트를 칠까 해. 전원이 배를 타고 강 상류 쪽으로 올라가 거기서 점심 식사를 한 다음 크로케를 할 예정이야. 불을 피워서 음식도 해 먹고, 집시가 된 듯한 기분을 만끽하면서 재미있게 놀 거야. 다들 좋은 친구들이고,

그런 걸 좋아하거든. 남자들을 지도하기 위해서 브룩 선생님이 가실 거고, 여자들은 케이트 본 양이 지도를 맡아주실 거야. 난 너희 자매 모두가 참가했으면 좋겠어. 아무도 귀찮게 하지 않을 테니 베스도 꼭 와야 해. 음식이나 다른 것들은 내가 알아서 다 준비할 테니 몸만 오면 돼. 바빠서 이만 줄일게.

영원한 벗, 로리

"생각지도 못했던 복이 굴러왔네!"

메그에게 이 소식을 전하려고 뛰어 들어오며 조가 소리쳤다.

"가도 되죠, 엄마? 전 노를 젓고, 메그 언니는 점심을 준비하고, 베스와 에이미도 어떤 식으로든 제 몫을 할 테니 로리에게 큰 도움이 될 거예요."

"본 집안사람들이 잘난 척만 해대는 사람들이 아니어야 할 텐데. 그 집에 대해 뭐 좀 아는 거 있니, 조?"

"다 합해서 네 명이라는 것밖에 몰라. 케이트는 언니보다 위고, 쌍둥이인 프레드와 프랭크는 내 또래야. 막내 그레이스는 아홉 살이나 열 살쯤 됐을 거야. 로리 말로는 외국에 있을 때 알게 된 사람들이래. 남자애들은 좋아하는 게 분명한데, 케이트에 대해선 아무 말이 없는 걸 보면 그 여자는 별로 좋아하지 않나 봐."

"프랑스산 면으로 만든 옷이 깨끗해서 정말 다행이야. 이럴 때 딱 어울리는 옷이거든! 넌 뭘 입을 건데, 조?"

메그가 흡족해하며 소리쳤다.

"주홍색과 회색 뱃놀이 옷이 있는데 나한텐 그게 딱이야. 노도 젓고 여기저기 돌아다녀야 하니까 불편한 옷은 싫어. 베스, 너도 갈 거지?"

"남자애들이 나한테 말 걸지 못하게 하면 갈게."

"그건 내가 장담할게!"

"난 로리 오빠를 기쁘게 해주고 싶어. 그리고 브룩 씨는 하나도 겁 안 나. 아주 친절한 분이잖아. 하지만 같이 놀거나 노랠 부르거나 이야기를 하는 건 싫어. 난 내 일만 하면서 아무도 방해하고 싶지 않아. 조 언니가 잘 보살펴주겠다고 약속하면 갈게."

"정말 잘 생각했어. 수줍음을 잘 타는 성격과 맞서 싸우려는 네 모습이 난 좋아. 나도 겪어봐서 알지만 결점을 고친다는 건 쉽지 않거든. 그럴 땐 격려의 말 한마디가 큰 힘이 되더라. 고마워요, 엄마."

조는 어머니의 여윈 뺨에 감사의 인사를 했다. 마치 부인에게는 젊은이의 통통하고 발그레한 볼을 되돌려준다 해도 바꾸지 않을 소중한 키스였다.

"나한테는 초콜릿이 든 상자랑 평소에 갖고 싶어 하던 그림이 왔어."

에이미가 자기한테 온 우편물을 내보이며 말했다.

"로런스 할아버지가 너무 어두워지기 전에 보내줄 테니 오늘 저녁에 와서 피아노를 쳐달라는 편지를 보내오셨어."

노신사와의 우정이 갈수록 깊어져가는 베스가 한마디 했다.

"자 이제, 각자 나가서 평소보다 두 배로 일을 하자. 그래야 내일 홀가분한 마음으로 놀 수 있잖아."

조가 손에 쥐고 있던 펜을 빗자루와 바꿀 준비를 하며 말했다.

다음 날 아침, 화창한 날씨를 약속하는 듯한 밝은 태양이 자매들의 방을 들여다보다 재미있는 광경을 목격했다. 다들 야유회를 준비하느라 나름대로 신경 쓴 모습들이었다. 메그는 머리를 곱슬곱슬하게 만들기 위해 이마 가득 종이를 매단 채 잠들어 있었고, 조는 햇볕에 타서 따끔거리는 얼굴에 콜드크림을 잔뜩 바른 채 잠들어 있었다. 베스는 다가오는 이별의 시간을 보상하려는 듯 조애나를 곁에 누인 채 잠들어 있었고, 에이미는 화가가 화판에 도화지를 고정시키기 위해 빨래집게를 사용하듯 빨래집게로 코를 집은 채 잠들어 있었다. 코를 높이기 위해서라면 이보다 더 적절하고 효과적인 방법은 없을 듯했다. 이 우스꽝스러운 광경에 신이 났는지 태양은 갑자기 눈부신 햇살을 뿜어냈다. 잠시 후 밝은 빛에 잠을 깬 조가 에이미의 모습을 보고 웃음을 터뜨리자 다들 눈을 비비며 일어났다.

햇빛과 웃음소리가 즐거운 모임이 될 거라는 걸 예고해 주었고, 곧이어 양쪽 집에서는 떠들썩한 소동이 시작되었다. 그 가운데 한쪽 집에서는 제일 먼저 준비를 끝낸 베스가 창가에 서서 이웃집 상황을 알리는 전보를 타전하며 몸단장을 하는 자매들의 손길에 활기를 불어넣었다.

"저기 텐트를 든 남자가 지나가고 있어! 베이커 부인이 광주리와 커다란 바구니에 점심을 담고 있어. 가만, 로런스 할아버지가 하늘을 올려다보고 계셔. 같이 가시면 좋을 텐데. 그리고 풍향기도 보여. 로리 오빠가 보이는데 꼭 선원 같아. 멋있어! 맙소사! 사람들을 가득 태운 마차가 와! 키 큰 여자랑 어린 여자아이랑 끔찍해 보이는 남자 아이들이 둘이야. 그중 한 명은 가엾게도 다리를 절어. 목발을 짚고 있는걸! 로리 오빤 그런 얘긴 전혀 안 했는데. 서둘러, 늦었어! 근데 왜 네드 모팻이 저기 있지? 맞아, 그 사람이 분명해. 저기 봐, 메그 언니. 저번에 쇼핑하러 나갔을 때 언니한테 인사한 남자 맞지?"

"그렇구나. 지금쯤 산에 있어야 할 사람이 여긴 왜 왔지? 샐리도 왔네. 잘됐다. 나 괜찮니, 조?"

메그가 기분이 들떠서 소리쳤다.

"아주 예뻐. 그렇지만 치마 좀 올리고 모자 똑바로 써. 보기는 좋을지 모르겠지만 꽉 눌러쓰지 않았다간 조금만 바람이 불어도 날아가버릴 테니까. 자, 가자!"

"어머나, 조! 그 모자 안 쓰고 가면 안 되니? 너무 이상해! 꼭 선머슴 같아."

메그는 로리가 장난삼아 보낸 챙 넓은 구식 밀짚모자에 빨간 리본을 매는 조를 보며 잔소리를 해댔다.

"그래도 난 쓰고 갈 거야! 가볍고, 챙이 커서 햇볕도 잘 막아주고, 멋지잖아. 선머슴이라고 놀리거나 말거나 나만 편하면 상관없어."

챙이 달린 근사한 모자와 여름옷 차림에 행복한 표정을 짓고 있는 자매들은
다들 아주 좋아 보였다.

이 말과 함께 조가 씩씩하게 걸음을 옮기자 나머지 자매들도 그 뒤를 따랐다. 챙이 달린 근사한 모자와 여름옷 차림에 행복한 표정을 짓고 있는 자매들은 다들 아주 좋아 보였다.

자매들을 본 로리가 반갑게 달려 나와 자기 친구들을 소개해 주었다. 잔디밭이 즉석 접견장으로 바뀌면서 몇 분 동안 활기 넘치는 장면이 연출되었다. 메그는 나이는 스무 살이지만 옷차림이 검소한 케이트를 만나게 되어 기뻤고, 자신을 보러 일부러 왔다는 네드 모팻의 너스레에 더욱 기분이 좋았다. 조는 케이트 이야기가 나왔을 때 로리가 왜 '입을 다물었는지' 알 것 같았다. 다른 소녀들의 격의 없고 소박한 태도와는 정반대로 지나치게 까다롭게 굴었기 때문이다. 베스는 새로운 소년들을 관찰한 결과, 다리가 불편한 쪽은 끔찍하다기보다는 상냥하고 마음이 여리다는 결론을 내리고 잘 지내보기로 결심했다. 에이미는 그레이스가 예의바르고 유쾌한 소녀라고 생각했다. 몇 분 동안 아무 말 없이 서로를 뚫어지게 쳐다보던 두 사람은 어느 순간부터 갑자기 좋은 친구가 되었다.

텐트와 점심 식사, 크로케 기구를 먼저 실어 보낸 후, 곧이어 조 일행도 배에 올라탔다. 일행을 태운 보트 두 척은 강가에서 모자를 흔드는 로런스 씨를 남겨둔 채 점점 멀어져갔다. 로리와 조가 한 조가 되어 보트를 저었고, 브룩 씨와 네드가 다른 보트를 저었다. 쌍둥이 중 성격이 활발한 프레드 본은 1인용 나룻배에 타더니 뭘 잘못 먹은 물방개처럼 미친 듯이 노를 저으며 보트 두

척을 뒤집어버리기 위해 혼신의 힘을 기울였다. 조의 우스꽝스러운 모자는 여러모로 쓸모가 많았다. 처음에는 사람들을 웃게 만들어 서먹함을 없애는 데 도움이 됐을 뿐만 아니라, 노를 저을 때는 챙을 앞뒤로 펄럭이며 시원한 바람을 만들어주었다. 조의 말을 빌리면, 갑자기 소나기가 쏟아질 경우에는 일행이 모두 써도 될 만큼 훌륭한 우산 역할도 할 수 있을 것 같았다. 케이트는 조의 행동에 다소 놀란 것 같았다. 노를 놓친 후 "크리스토퍼 콜럼버스!"라고 외쳤을 때는 특히 더 그랬다. 게다가 로리가 자기 자리에 앉으려다 그녀의 발에 걸려 넘어지며 말했다. "이런, 나 때문에 어디 다치지 않았어?" 그러나 안경을 끼고 여러 번 살펴본 결과, '엉뚱하긴 하지만 똑똑한 소녀'라는 결론을 내리고는 멀리서 미소를 보냈다.

다른 보트에 탄 메그는 자리 배치가 마음에 든다는 표정을 지으며 노를 수평으로 젓는 신기한 '기술'을 뽐내는 두 남자와 정면으로 얼굴을 맞댄 채 즐거운 시간을 보냈다. 브룩 씨는 잘생긴 갈색 눈과 쾌활한 목소리가 매력적인, 과묵하고 조용한 청년이었다. 메그는 그의 조용한 태도가 마음에 들었다. 게다가 그녀가 관찰한 바에 따르면 브룩 씨는 모르는 게 없는 만물박사 같았다. 그는 말은 그렇게 많이 하지 않았지만 자꾸만 그녀를 쳐다보았다. 그 모습을 보면서 메그는 그가 적어도 자기를 싫어하지는 않는다는 확신을 얻었다. 네드는 갓 대학에 들어간 신입생답게 아무데나 끼어들어 대장 노릇을 하려 했다. 그는 그다지 현명한 편은 아니었지만 성격이 좋고 명랑해서 함께 소풍을 가기엔 더없이 적당한 사람이었다. 샐리 가디너는 흰색 피케(가로로 고랑이 지거나 무늬가 두드러지게 짠 면직물 : 옮긴이) 드레스가 더러워질까 봐 전전긍긍하면서, 짓궂은 장난을 쳐서 베스를 공포에 떨게 하는 프레드와 잡담을 나누고 있었다.

롱메도는 그리 멀지 않았지만, 일행이 도착해 보니 텐트와 크로케 경기에 필요한 철주문이 벌써 세워져 있었다. 탁 트인 풀밭 중앙에는 아름드리 떡갈나무가 세 그루 서 있었고, 그 옆으로 크로케를 하기에 안성맞춤인 잔디밭도 있었다.

"로런스 캠프에 오신 걸 환영합니다!"

젊은 주인이 배에서 내리는 일행을 향해 감격에 겨운 목소리로 외쳤다.

"브룩 선생님은 사령관이시고, 전 병참감입니다. 그 외 남자분들은 참모진이며 숙녀분들은 손님입니다. 텐트는 여러분을 위해 특별히 설치했으니 마음껏 이용하시기 바라며, 저쪽 떡갈나무는 응접실, 이쪽은 식당, 세 번째 나무는 부엌이오니 이용에 착오 없으시기 바랍니다. 무더워지기 전에 경기를 시작할 예정이니 협조를 부탁드립니다. 점심은 경기가 끝난 뒤에 먹도록 하겠습니다."

프랭크와 베스, 에이미, 그레이스는 잔디밭에 앉아 다른 여덟 명이 펼치는 경기를 지켜보았다. 브룩 씨는 메그, 케이트, 프레드와 한편이었고, 로리는 샐리, 조, 네드와 한편을 이루었다. 영국에서 온 손님들도 잘했지만, 우열을 가리자면 독립 정신에 힘입은 듯 한 치의 양보도 없이 밀어붙이는 미국 선수들이 한 수 위였다. 조와 프레드는 사소한 신경전을 몇 차례 벌이다 한번은 크게 언성을 높일 뻔했다. 그때 조는 마지막 철주문에서 공이 빗나가는 바람에 몹시 화가 나 있었다. 그 뒤를 이어 자기 차례가 된 프레드가 공을 쳤지만 공은 철주문을 맞고 튕겨 나와 1인치 정도 빗나간 지점에서 멈췄다. 그러나 근처에 아무도 없었기 때문에 자세히 살펴보러 달려간 프레드는 공을 발끝으로 살짝 밀어 정확한 위치에 갖다 댔다.

"통과했다! 조 양, 이번에는 내가 앞선 것 같으니 먼저 치겠습니다."

젊은 영국인 신사는 또다시 공을 치기 위해 나무망치를 흔들며 소리쳤다.

"발로 미는 거 봤단 말예요. 그러니까 내 차례예요."

조가 퉁명스럽게 말했다.

"맹세코 난 공을 건드리지 않았습니다. 아마 저절로 움직였나 보지요. 하지만 이런 경우는 인정이 되죠. 이제 공 좀 치게 물러서주시겠습니까?"

"우리 미국인들은 속이지 않지만 그쪽은 미국 사람이 아니니까 좋을 대로 하세요."

조는 화가 나서 소리쳤다.

"사기 치는 거라면 미국 사람들이 일가견이 있죠. 자, 갑니다."

프레드가 조의 공을 멀리 날려 보내며 대꾸했다.

조는 한마디 쏘아붙이려고 입을 열었지만, 끝까지 참았다. 대신, 이마까지 빨개진 채 잠시 서 있다 망치로 있는 힘을 다해 철주문을 내리쳤다. 그동안 프레드는 말뚝을 쳐서 아웃을 당했다. 조는 자기 공을 찾으러 풀숲으로 들어갔다가 한참 만에야 나왔다. 그사이 그녀의 표정은 침착하고 조용하게 바뀌어 있었다. 평정을 회복한 조는 다시 자리로 돌아가 참을성 있게 자기 차례를 기다렸다. 그러나 아까 있던 자리로 되돌아오기 위해서는 공을 여러 번 쳐야 했다. 조가 공을 다시 그 자리에 갖다 놓았을 때는 이미 승리가 다른 팀에게 넘어간 것 같았다. 케이트가 마지막 타자인 데다 공도 말뚝 가까이 있었기 때문이다.

"이제 끝났어. 수고했어요, 케이트 누나. 조, 이제 끝났어요."

프레드가 결승선을 향해 다가가며 흥분해서 소리쳤다.

"미국인들은 적에게 관대한 척하는 수법을 쓰죠."

조의 이 말에 프레드의 얼굴이 빨개졌다.

"적을 무찌를 땐 특히 더 그렇답니다."

조가 케이트의 공은 그대로 놔둔 채 멋진 타구를 날려 경기를 끝내면서 덧붙였다.

로리는 모자를 던져 올리다가 손님들의 패배에 기뻐 날뛰는 건 예의가 아니다 싶어 얼른 그만두고는 친구에게 조용히 속삭였다.

"잘했어, 조! 프레드가 속인 거 맞아. 내가 봤어. 그 친구한테 그러지 말라고 대놓고 말할 순 없지만, 다시는 그런 짓 안 할 거야. 내 말 믿어."

메그는 느슨해진 머리를 핀으로 고정시키는 척하면서 동생 옆으로 다가와 대견한 듯 말했다.

"아깐 정말 화났지? 하지만 잘 참았어. 네가 내 동생인 게 자랑스러워, 조."

"너무 치켜세우지 마, 메그 언니. 이 자리에서 저 인간 따귀를 올려붙일 수도 있으니까. 분이 가라앉을 때까지 풀숲에 있지 않았다면 분명 폭발했을 거야. 생각하면 지금도 화가 나. 저 인간, 내 앞에서 얼쩡대지 말았으면 좋겠어."

조가 커다란 모자 밑으로 프레드를 노려보다 입술을 잘근잘근 씹으며 대답했다.

"자, 이제 점심시간입니다. 병참감, 자넨 가서 불을 피우고 물을 길어 올 텐가? 그동안 마치 양과 샐리 양은 저와 함께 식탁을 차립시다. 커피는 누가 잘 끓이죠?"

브룩 씨가 시계를 보며 말했다.

"조가 잘 끓여요."

메그가 동생을 추천하게 된 것을 기뻐하며 말했다. 그리하여 조는 최근에 배운 요리법으로 체면 좀 세워야겠다고 생각하며 커피 주전자를 맡았다. 그동안 꼬마들은 마른 나뭇가지를 주워 왔으며, 소년들은 불을 피우고 근처 샘에서 물을 떠 왔다. 케이트 양은 그림을 그렸고, 프랭크는 골풀을 엮어서 임시 쟁반을 만들고 있는 베스 옆에서 계속 말을 걸었다.

곧이어 사령관과 그의 조수들이 푸른 잎사귀로 예쁘게 장식된 음식과 음료수를 식탁 가득 펼쳐놓았다. 잠시 후 조가 커피가 준비됐다고 알리자 다들 자리에 앉아 맛있게 먹기 시작했다. 젊을 때는 소화가 안 되는 일이라곤 거의 없는 데다 운동을 한 뒤라서 그런지 다들 식욕이 왕성했다. 정말 즐거운 점심 식사였다. 모든 게 신선하고 재미있어 보였고, 간혹 왁자하게 터져 나오는 웃음소리는 근처에서 풀을 뜯고 있는 늙은 말을 깜짝 놀라게 만들 정도였다. 식사를 하는 동안 컵이며 쟁반에 계속해서 유쾌한 불상사가 일어났다. 우유 잔 속에 도토리가 떨어지는가 하면, 개미들은 초대하지 않았는데도 와서 함께 다과를 먹었고, 털북숭이 송충이들도 무슨 일이 일어나는지 염탐하려는 듯 나무에서 기어 내려왔다. 하얀 모자를 쓴 꼬마 세 명이 울타리 너머로 일행을 훔쳐보았고, 강 맞은편에서는 웬 개가 뭐가 그리 못마땅한지 이쪽을 보고 온 힘을 다해 짖어댔다.

"필요하다면 소금도 있어."

로리가 딸기 접시를 조에게 건네며 말했다.

"고마워. 하지만 난 거미가 더 좋아."

조가 크림 속에 빠져 죽은 조심성 없는 거미 두 마리를 건져내며 대꾸했다.

"너무 근사하니까 내가 준비했던 그 끔찍한 점심과 비교되잖아!"

조가 한마디 덧붙이자 둘은 한바탕 웃고 나서 거의 머리를 맞대다시피 하며 먹기 시작했다. 접시가 모자라 같은 접시를 써야 했기 때문이다.

"그날 정말 즐거웠어. 지금도 그때만큼 즐겁진 않아. 너도 알다시피 오늘 내가 한 일은 하나도 없어. 너하고 메그, 브룩 선생님이 다 한 거지. 그 점에 대해 정말 고마워하고 있어. 그런데 더 이상 먹을 수 없게 되면 뭘 하지?"

로리가 점심 식사가 끝나면 카드놀이를 해야겠다고 생각하며 물었다.

"좀 선선해질 때까지 게임이나 하지 뭐. 난 '작가' 놀이를 준비해 왔어. 케이트 양이 뭔가 새로운 놀이를 알 것 같은데 가서 물어보지 그래. 네 손님이니까 같이 시간 좀 보내줘야 하는 거 아냐?"

"넌 손님 아니고? 케이트가 브룩 선생님과 잘 어울릴 것 같았는데, 브룩 선생님은 아까부터 메그하고만 얘기하고 계셔. 그리고 케이트는 말야. 그 이상하게 생긴 안경 너머로 두 사람을 물끄러미 쳐다보기만 하더라고. 갈 테니까 예의가 어떠니 저떠니 하면서 잘하지도 못하는 설교 같은 건 하려 들지 마."

케이트 양은 새로운 놀이 몇 가지를 알고 있었다. 여자들은 더 이상 먹으려 하지 않았고 남자들도 더 이상 먹을 수가 없게 되자, 다들 응접실로 몰려가 '말 잇기' 놀이를 했다.

"처음에 시작하는 사람이 말도 안 되는 이야기를 늘어놓다 절정에서 멈추면 다음 사람이 받아서 똑같은 식으로 하는 거예요. 잘하면 무척 재밌어요. 그리고 비극과 희극이 골고루 섞이도록 하는 게 좋아요. 그럼, 브룩 씨부터 시작하세요."

케이트가 명령을 내리듯 말하자, 자기가 아는 신사 중에서 브룩 씨를 가장 존경하는 메그는 적잖이 놀랐다.

브룩 씨는 숙녀들의 발치에 누워 잘생긴 갈색 눈을 햇빛이 반짝이는 강물에 고정한 채 이야기를 시작했다.

"옛날에 한 기사가 출세를 꿈꾸며 세상으로 나갔답니다. 하지만 기사한테는 칼과 방패가 전부였습니다. 기사는 거의 28년 동안 여기저기를 떠돌아다니며 고생하다가 어느 마음씨 좋은 늙은 왕의 궁전에 들르게 됐답니다. 왕은 혈통은 좋지만 고집이 무척 센 망아지를 길들여 훈련시키는 사람한테 상을 내리겠다는 방을 붙여놓았습니다. 기사는 왕에게 자기가 한번 해보겠다고 말하고는 천천히, 그러나 확실하게 그 일을 해나갔습니다. 망아지는 종자가 좋은 말답게 곧 자신의 새 스승을 사랑하는 법을 배웠습니다. 그러나 짓궂고 거친 건 여전했습니다. 기사는 왕의 망아지를 훈련시키면서 날마다 망아지 등에 올라타고 시내를 돌아다녔습니다. 꿈속에서는 여러 번 봤지만 실제로는 한 번도 본 적이 없는 아름다운 얼굴을 찾기 위해서였습니다. 그러던 어느 날, 한적한 거리를 따라 말을 달리던 기사는 다 쓰러져 가는 성의 창가에서 그토록 애타게 찾던 얼굴을 발견했습니다. 신이 난 기사는 저 낡은 성에 사는 사람들이 누구냐고 물어보았습니다. 사람들 얘기를 들어보니 포로로 잡혀 온 공주들이 주문에 걸린 채 거기 살고 있으며, 자유를 살 돈을 모으기 위해 하루 종일 실을 잣고 있다는 것이었습니다. 기사는 공주들을 풀어주고 싶은 마음이 굴뚝같았지만 가난했기 때문에, 아름다운 그 얼굴을 보기 위해 매일 그곳에 가는 것 외에는 달리 할 수 있는 일이 없었습니다. 그러다가 기사는 성으로 들어가서 공주들에게 어떻게 도와주면 되는지 물어보기로 결심했습니다. 기사가 문을 두드리자 그 큰 문이 열리면서……."

"굉장한 미모의 아가씨가 기쁨에 겨워 '마침내! 마침내!'라고 소리쳤습니다."

프랑스 소설을 많이 읽어서 그런 풍을 좋아하는 케이트가 그 뒤를 이었다.

"'여기 있었구려!' 구스타프 백작이 소리쳤습니다. 그러고는 너무 기쁜 나머지 쓰러지듯 그녀의 발치에 몸을 던졌습니다. '오, 일어나세요.' 대리석 조각처럼 고운 손을 내밀며 그녀가 말했습니다. '당신을 구할 수 있는 방법을 말해 줄 때까지 절대 여기서 나가지 않겠소!' 기사는 여전히 무릎을 꿇은 채 맹세했습니다. '나의 폭군이 파멸할 때까지 이곳에 머물러 있어야 하는 게 나의 잔인한 운명이랍니다.' '그 악당은 지금 어디 있소?' '연보라색 방에요. 가세요, 용감한 이여, 가서 나를 절망에서 구해 주세요.' '당신 말대로 하겠소. 이기지 못하면 죽어 돌아오리다!' 이 말과 함께 기사는 밖으로 사라졌습니다. 그리고 잠시 후 연보라색 방의 문을 활짝 열어젖히며 막 안으로 뛰어들려는 찰나……."

"검은 망토 차림의 노인이 기사를 향해 커다란 그리스어 사전을 집어 던졌습니다."

이번에는 네드가 그 뒤를 이었다.

"기사는 즉시 정신을 차리고 폭군을 창밖으로 내던진 후 아가씨에게 돌아가기 위해 문으로 달려갔지만 문은 잠겨 있었습니다. 그래서 기사는 커튼을 찢어 밧줄을 만들었습니다. 그러나 반쯤 내려갔을 때 밧줄이 끊어지는 바람에 기사는 그만 60피트 아래의 해자로 떨어지고 말았습니다. 오리처럼 헤엄치며 성 둘레를 돌아다니던 기사는 두 명의 거인이 지키고 있는 작은 문을 발견했습니다. 기사는 두 거인의 머리를 맞부딪쳐 땅콩처럼 바스러뜨린 후, 문을 비틀어 열었습니다. 이 정도는 기사의 엄청난 힘에 비하면 아무것도 아니었습니다. 그러고는 두께가 1피트는 될 것 같은 먼지와 주먹만 한 두꺼비, 기분 나쁜 거미들로 덮여 있는 돌계단을 올라갔습니다. 그러나 계단 꼭대기에 이른 순간, 기사는 온몸의 피가 얼어붙는 듯한 광경 앞에서 털썩 주저앉고 말았습니다……."

"온몸을 흰옷으로 감싼 채 얼굴까지 천을 뒤집어쓴 거인이 앙상한 손에 등잔을 들고 서 있었습니다."

메그가 계속했다.

"거인은 따라오라고 손짓하더니 스르르 미끄러지며 무덤처럼 어두컴컴하고 싸늘한 복도로 기사를 안내했습니다. 갑옷을 입은 조각상들이 복도 양 옆에 서 있었고, 죽음과도 같은 침묵이 주변을 둘러싸고 있었습니다. 등잔에는 파란 불꽃이 너울거리며 타오르고 있었고, 유령 같은 인물은 가끔씩 얼굴을 가린 하얀 천 너머로 섬뜩한 눈길을 보내며 기사를 쏘아보곤 했습니다. 드디어 두 사람은 휘장을 친 문 앞에 도착했습니다. 문 뒤에서는 감미로운 음악 소리가 흘러나오고 있었습니다. 기사는 안으로 들어가려고 했지만 유령이 앞을 막아서더니 그에게……."

"코담뱃갑을 내밀었답니다."

조의 음침한 목소리에 다들 배꼽을 잡고 웃었다.

"'고맙소.' 기사는 정중하게 말하고 나서 코를 담뱃갑에 가져가더니 일곱 번 재채기를 했습니다. 그러나 재채기를 너무 심하게 하는 바람에 그만 머리가 떨어지고 말았습니다. '하! 하!' 유령이 웃었습니다. 그러고는 열쇠 구멍으로 실을 잣고 있는 공주들을 몰래 들여다본 후, 머리가 떨어져 나간 기사를 들어 올려 커다란 양철 상자에 집어넣었습니다. 콩나물시루 같은 상자 안에는 머리 없는 기사들이 열한 명이나 꽉 들어차 있었습니다. 기사가 들어가자 다들 일어서서……."

"신나게 춤을 추기 시작했습니다."

조가 숨을 돌리려고 잠시 멈춘 사이 프레드가 끼어들었다.

"그들이 춤을 추는 동안, 무너지기 직전의 낡은 성은 돛을 모두 올린 군함으로 변했습니다. '삼각돛 올리고, 맨 위의 용총줄 줄여. 키를 바람 부는 방향으로 돌리고 사격 준비!' 잉크처럼 까만 깃발을 휘날리며 포르투갈 해적선이 시야에 나타나자 선장이 고함을 질렀습니다. '가서 적을 무찔러라.' 선장의 명령과 함께 무시무시한 전투가 시작됐습니다. 물론 늘 그렇듯이 영국 쪽이 이겼습니다. 해적 두목을 생포해 더욱 기세가 등등해진 영국인들은 적의 범선을 들이받았습니다. '닥치는 대로 베어 넘어뜨려라.' 선장의 명령에 따라 해적선의 갑판은 시체로 뒤덮였고 배수구에는 피가 넘쳐흘렀습니다. '갑판장, 저 악당 놈이 자기 죄를 이실직고하지 않거든 밧줄을 내려 놈을 매달라.' 영국인 선장이 말했습니다. 영국인 선원들이 승리의 환호성을 지르는 가운데 해적 두목은 입을 꾹 다물고 뱃전에 걸쳐진 널빤지 위를 두 눈이 가려진 채 걸어갔습니다. 그러나 약삭빠른 해적 두목은 바다로 풍덩 뛰어들더니 영국 군함 밑으로 들어가 구멍을 뚫어놓았습니다. 그리하여 배는 돛과 함께 바다 밑으로 가라앉기 시작했습니다. 바다, 바다, 바다 밑으로……."

"어머, 큰일 났네! 난 무슨 이야기를 하지?"

프레드가 자기가 좋아하는 책에서 본 해양 용어들을 이용해 뒤죽박죽 말도 안 되는 소리를 늘어놓자 샐리가 소리쳤다.

"음, 바다 밑에 도착했더니 아름다운 인어가 그들을 환영해 주었답니다. 하지만 머리 없는 기사들이 갇혀 있는 상자를 발견한 인어는 몹시 슬퍼하며 상자를 소금물에 담갔습니다. 혹시나 기사들의 비밀을 밝혀낼 수 있을지도 모른다는 생각에서였죠. 인어 역시 여자였기에 호기심이 생겼던 것입니다. 그러고 나서 얼마 후 잠수부가 내려오자 인어가 말했습니다. '이 상자를 뭍으로 가져가준다면 그 안에 있는 진주를 드릴게요.' 불쌍한 기사들을 되살리고 싶었지만 혼자 힘으로는 그 무거운 상자를 건져 올릴 수 없었기 때문이죠. 인어의 말을 듣고 상자를 건져 올린 잠수부는 서둘러 뚜껑을 열었습니다. 그러나 기대와는 달리 진주는 없었습니다. 몹시 실망한 잠수부가 쓸쓸한 들판에 상자를 남겨두고 가버리자 곧이어…….”

“들판에서 거위 백 마리를 기르고 있는 소녀가 상자를 발견했습니다.”

샐리의 이야기에 밑천이 드러나자 이번에는 에이미가 그 뒤를 이었다.

“기사들이 딱하게 느껴진 소녀는 지나가는 노파에게 그들을 도우려면 어떻게 해야 하느냐고 물었습니다. 그러자 노파는 이렇게 대답했습니다. ‘네가 기르는 거위들에게 물어보렴. 거위들은 모르는 게 없단다.’ 그래서 소녀는 거위들에게 기사들이 잃어버린 머리 대신 새로 머리를 만들어주려면 뭐가 좋겠느냐고 물어보았습니다. 그러자 거위들은 백 개의 입을 한꺼번에 벌리며 꽥꽥거렸습니다…….”

“‘양배추요!’”

에이미의 말이 끝나기가 무섭게 로리가 재빨리 말을 이었다.

“‘그래. 바로 그거야.’ 소녀는 이렇게 말하고는 정원으로 달려가 속이 꽉 찬 양배추 열두 개를 캐 왔습니다. 그리고 기사들의 목 위에 올려놓았습니다. 그러자 기사들은 금세 되살아나 소녀에게 고맙다는 말을 한 후 머리가 달라졌다는 사실을 전혀 눈치채지 못한 채 기쁜 마음으로 길을 떠났습니다. 세상에는 그런 머리를 한 사람들이 많았기 때문에 양배추 머리를 한 기사들을 이상하게 여기는 사람은 아무도 없었습니다. 그 사람들 틈에 끼어 있던 우리의 주인공 기사는 예쁜 얼굴을 찾기 위해 왔던 길을 되짚어 갔습니다. 마을에 도착한 기사는 공주들이 이미 오래전에 자유의 몸이 되었으며 한 명만 빼고는 모두 시집을 갔다는 소식을 들었습니다. 마음이 다급해진 기사는 언제나 변함없는 모습으로 그의 곁에 서 있는 망아지 등에 올라타고는 성으로 달려갔습니다. 성에 도착한 기사가 울타리 너머로 살짝 보니 자기가 사모하는 공주가 정원에서 꽃을 꺾고 있었습니다. '장미 한 송이만 얻을 수 있을까요?' 기사가 말했습니다. '당신이 직접 와서 가져가셔야 해요. 전 당신에게 갈 수가 없답니다.' 꿀처럼 달콤한 목소리로 공주가 말했습니다. 기사는 울타리를 넘으려고 했지만 넘으려고 애를 쓰면 쓸수록 울타리는 자꾸만 높아지는 것 같았습니다. 그래서 이번에는 울타리 틈새로 빠져나가려 했지만 그러면 그럴수록 틈새가 점점 좁아지는 것 같았습니다. 절망에 빠진 기사는 조그만 구멍이 생길 때까지 주변 가지들을 끈기 있게 부러뜨렸습니다. 기사는 조그만 구멍을 통해 안을 들여다보며 이렇게 애원했습니다. '나 좀 꺼내줘요! 나 좀 꺼내줘요!' 그러나 공주는 기사가 애원하는 소리를 듣지 못했는지 계속해서 장미만 꺾고 있었습니다. 기사가 마침내 정원으로 들어갔는지 어땠는지는 프랭크가 이야기해 줄 겁니다."

"난 못 해요. 이런 놀이는 한 번도 해보지 않았어요."

우스꽝스러운 한 쌍을 구해줘야 할 처지에 놓인 프랭크가 무척 당황하며 말했다. 베스는 조 뒤로 숨어버렸고, 그레이스는 잠들어 있었다.

"그래서 불쌍한 기사는 지금도 울타리 사이에 끼어 있는 건가?"

브룩 씨가 여전히 강물에 시선을 고정한 채 단춧구멍에 끼워 둔 들장미를 만지작거리며 물었다.

"기사를 불쌍히 여긴 공주가 금방 대문을 열어주었을 것 같은데요."

로리가 브룩 씨에게 도토리를 던지며 말했다.

"정말 말도 안 되는 이야기였어요! 연습을 했다면 좀 더 말이 되는 이야기를 만들어낼 수 있었을 텐데. '진실'에 대해 아세요?"

샐리가 일행이 꾸며낸 이야기에 한바탕 웃음을 터뜨린 후 물었다.

"그러길 바라지."

메그가 진지하게 대답했다.

"난 진실 게임을 말하는 건데."

"어떻게 하는 건데요?"

프레드가 물었다.

"음, 어떻게 하는 거냐면, 서로 손을 포갠 상태에서 아무 숫자나 정하는 거예요. 그런 다음 위에서부터 차례로 손을 빼내는 거예요. 그 차례와 숫자가 일치하는 사람이 다른 사람들의 질문에 대답하는 거예요. 아주 재미있어요."

"해요."

새로운 실험을 좋아하는 조가 말했다.

케이트 양과 브룩 씨, 메그, 네드는 사양했지만, 프레드와 샐리, 조, 로리는 그 즉시 게임을 시작했다. 게임 결과, 제비뽑기에 당첨된 사람은 로리였다.

"가장 존경하는 사람은 누구죠?"

조가 물었다.

"우리 할아버지와 나폴레옹이요."

"여자들 중에서 누가 가장 예쁘다고 생각하나요?"

샐리가 물었다.

"마거릿."

"누구를 가장 좋아합니까?"

프레드가 물었다.

"물론 조예요."

"별 웃기는 질문 다 보겠네!"

로리가 정색을 하고 대답하는 바람에 다들 웃자 조가 별로 탐탁지 않다는 듯 쏘아붙였다.

"계속해요. 어쨌든 진실 게임은 나쁘지 않잖아요."

프레드가 말했다.

"그쪽한테는 아주 유익하고말고요."

조가 낮은 목소리로 받아쳤다. 다음은 조의 차례였다.

"본인이 생각하기에 제일 큰 단점은 뭐죠?"

프레드가 실은 자기한테 부족한 덕목을 그녀에게 시험하려 들며 물었다.

"급한 성질."

"가장 갖고 싶은 건?"

로리가 말했다.

"구두끈."

질문하는 사람의 속마음을 알아챈 조가 대답했다.

"그건 솔직한 대답이 아닙니다. 정말 가장 갖고 싶은 걸 말하세요."

"천재성이에요. 왜, 구해 주시게요?"

조는 실망하는 로리의 얼굴을 보며 짓궂게 웃었다.

"남자가 갖춰야 할 가장 훌륭한 덕목은 뭐라고 생각하나요?"

샐리가 물었다.

"용기와 정직."

"이제 내 차례네."

프레드가 마지막으로 남은 자기 손을 쳐다보며 말했다.

"우리, 저 친구 혼내주자."

로리가 귓속말을 하자 조는 고개를 끄덕이며 당장 다음과 같은 질문을 했다.

"아까 크로케 할 때 속임수 썼죠?"

"글쎄, 조금요."

“좋아요! 그리고 말 잇기 할 때도 『바다사자』에서 이야기를 빌려 왔죠?”

로리가 말했다.

“약간은요.”

“영국은 모든 점에서 완벽한 나라라고 생각하고 있죠?”

샐리가 물었다.

“그야 당연하죠.”

“전형적인 영국 사람이군. 자, 이제 샐리 양 차롑니다. 단도직입적으로 묻겠습니다. 자신이 바람둥이라고 생각지 않나요?”

로리가 말했다. 조는 프레드에게 고개를 끄덕였다. 두 사람 사이에 평화가 선포됐다는 표시였다.

“정말 무례하군요. 물론 아니에요.”

샐리가 오히려 그 반대라는 표정을 지으며 소리쳤다.

“가장 싫어하는 건 뭐죠?”

프레드가 물었다.

“거미와 라이스 푸딩(우유, 쌀, 설탕으로 만드는 푸딩 : 옮긴이).”

“가장 좋아하는 건 뭡니까?”

조가 물었다.

“춤추는 것하고 프랑스제 장갑.”

“음, 진실 게임은 아주 어리석은 놀이인 것 같아요. 이제 이쯤 해두고 머리에 낀 때도 벗길 겸 작가 놀이를 하는 게 어때요?”

조가 제안했다.

네드와 프랭크, 나이 어린 소녀들이 여기에 동참했다. 잠시 후, 나이가 많은 세 사람은 따로 떨어져 앉아 대화를 나누었다. 케이트 양은 다시 스케치북을 꺼내 그림을 그리기 시작했고, 메그는 그녀의 모습을 지켜보았다. 그동안 브룩 씨는 잔디에 누워 책을 펴 들었지만 읽지는 않았다.

"정말 잘 그리시네요. 나도 그림을 그릴 수 있으면 좋을 텐데."

메그가 존경과 부러움이 섞인 목소리로 말했다.

"배워보지 그래요? 내가 보기엔 재능과 안목을 모두 갖췄을 것 같은데."

케이트 양이 상냥하게 대답했다.

"시간이 없어요."

"어머니가 그림 그리는 걸 별로 좋아하시지 않나 보군요. 하긴 우리 엄마도 그랬어요. 하지만 개인 교습을 받으면서 내게 재능이 있다는 걸 보여드렸죠. 댁도 가정교사한테 배우면 되잖아요?"

"난 가정교사가 없어요."

"깜빡했군요. 미국에서는 젊은 여성들이 학교에 다니는 경우가 더 많다죠? 아빠 말씀이 좋은 학교들이 아주 많다고 하시던데. 댁은 사립학교에 다니나요?"

"난 학교에 다니지 않아요. 가정교사로 일하고 있죠."

"아, 그랬군요!"

하지만 메그는 그녀의 말투와 표정에서 사람을 깔보는 듯한 분위기를 읽고는 얼굴이 빨개져서 솔직하게 얘기하지 말 걸 그랬다고 생각했다. 그때 브룩 씨가 두 사람을 올려다보며 재빨리 대화에 끼어들었다.

"미국 여성들은 우리 선조처럼 독립심을 아주 소중한 덕목으로 여긴답니다. 그래서 자기 생활비를 스스로 버는 여성들은 존경을 받고 있죠."

"아, 네. 그야 물론이죠! 그렇게 하는 게 옳은 일이죠. 영국에서도 덕과 재능을 갖춘 많은 여성들이 귀족들 집에서 가정교사로 일하고 있답니다. 점잖은 집안 출신이라 예의와 교양을 동시에 갖추고 있기 때문이죠."

선심을 쓰는 듯한 케이트 양의 거만한 말투에 메그는 자존심이 상했다. 갑자기 가정교사라는 직업이 따분하고 창피한 일처럼 느껴졌다.

"일전에 보내드린 독일 노래는 마음에 드시던가요, 마치 양?"

브룩 씨가 어색한 분위기를 깨기 위해 화제를 바꾸며 물었다.

"그야 물론이죠. 너무 감미로웠어요. 절 위해 번역해 주신 분께 무척 감사하고 있어요."

이 말을 하는 동안, 조금 전까지만 해도 그늘이 드리워져 있던 메그의 얼굴은 거짓말처럼 환해졌다.

"독일어 할 줄 아세요?"

케이트 양이 놀란 표정으로 물었다.

"잘하진 못해요. 아버지한테 독일어를 배웠는데 지금 집에 안 계시거든요. 발음을 교정해 줄 사람이 없어서 혼자서는 그다지 빨리 못 읽어요."

"조금만 읽어봐요. 여기 실러의 『마리아 슈투아르트』와 가르치는 걸 좋아하는 가정교사가 있으니까요."

브룩 씨는 자기 책을 메그의 무릎 위에 올려놓으며 어서 해보라는 듯 미소를 지었다.

"너무 어려워서 읽을 수 있을지 모르겠어요."

메그는 곁에 있는 요조숙녀에게 신경이 쓰이는지 수줍어하며 말했다.

"격려 차원에서 내가 조금 읽어볼게요."

케이트 양은 이렇게 말하면서 제일 아름다운 문장을 골라 정확하긴 하지만 그야말로 무미건조한 어조로 읽었다.

브룩 씨는 이에 대해 아무 평도 하지 않고 메그에게 다시 책을 건네주었다.

"저는 시라고 생각했어요."

"일부는 시예요. 여기 이 대목을 읽어보세요."

불쌍한 마리아가 슬퍼하는 부분을 펼친 브룩 씨의 입가에 묘한 미소가 떠올랐다.

메그는 꾀꼬리 같은 목소리로 새 '가정교사'가 긴 풀잎으로 짚어주는 부분을 천천히 읽어 내려가며 딱딱한 단어들을 어느새 아름다운 시어들로 바꾸어놓았다. 페이지가 거의 끝나갈 무렵, 메그는 슬픈 장면에서 느껴지는 아름다움에 취해 청중도 잊은 채 불행한 왕비의 대사에 비장미를 더하며 마치 자기만 홀로 있

"정말 잘 읽었어요."
메그의 실수들을 완전히 무시해버리고 이렇게 말하는 브룩 씨의 표정을 보니
'가르치는 걸 좋아한다'는 얘기가 정말 맞는 것 같았다.

는 듯 읽어 내려갔다. 그때 만약 그녀가 갈색 눈동자를 보았더라면 그 자리에서 멈췄겠지만, 그녀는 한 번도 고개를 들지 않았다. 덕분에 그녀의 교습은 아무런 방해도 받지 않고 무사히 끝날 수 있었다.

"정말 잘 읽었어요."

메그의 실수들을 완전히 무시해버리고 이렇게 말하는 브룩 씨의 표정을 보니 '가르치는 걸 좋아한다'는 얘기가 정말 맞는 것 같았다.

케이트 양은 안경을 끼더니 자기 앞에 놓여 있는 그림을 이리저리 뜯어보다 스케치북을 덮으며 생색을 내듯 말했다.

"억양이 좋군요. 조금만 더 연습하면 아주 잘 읽겠어요. 독일어는 교사들에게는 필수 교양이니까 배워두는 게 좋을 거예요. 그레이스를 돌보러 그만 가봐야겠어요. 가만 놔뒀더니 너무 설쳐서 안 되겠어요."

그러고는 걸어가면서 혼자 중얼거렸다.

"젊고 예쁘다지만, 내가 여자 가정교사의 보호자 노릇을 하려고 여기까지 온 건 아니잖아. 미국 사람들은 정말 이상해! 저 사람들 틈에서 로리가 이상해질까 봐 걱정되네."

"영국인들은 우리 미국인들과 달리 여자 가정교사를 깔본다는 걸 깜빡 잊고 있었네요."

메그가 멀어져가는 케이트의 뒷모습을 바라보며 기분이 상한 듯 말했다.

"내가 아는 한, 유감스럽지만 영국에선 남자 가정교사들도 힘들답니다. 우리처럼 일을 해야 먹고살 수 있는 사람들한테는 미국이 최고죠, 마거릿 양."

브룩 씨의 표정이 너무 만족스럽고 명랑해 보여서 메그는 신세를 한탄한 자신이 부끄럽게 느껴졌다.

"이제부턴 미국에 사는 걸 다행으로 여겨야겠군요. 난 내 일을 좋아하진 않지만, 결과적으로 따지고 보면 이 일을 통해서 많은 만족을 얻고 있어요. 그러니까 불평하지 말아야겠죠. 나도 브룩 씨처럼 가르치는 일이 즐거웠으면 좋겠어요."

"로리 같은 학생을 제자로 두면 가르치는 게 자연히 즐거워질 겁니다. 내년이면 저 애를 떠나보내야 한다는 게 무척 안타깝습니다."

브룩 씨가 부지런히 잔디에 구멍을 뚫으며 말했다.

"대학에 가나요?"

메그의 입술은 이렇게 말했지만, 눈은 '그럼 당신은 어떻게 되죠?'라고 묻는 듯했다.

"네. 준비도 거의 다 됐으니 이제 대학에 갈 일만 남았죠. 로리가 떠나면 전 군에 입대할 겁니다."

"잘 생각하셨어요!"

메그가 소리쳤다. 그러고는 슬픈 목소리로 이렇게 덧붙였다.

"젊은 남자라면 다들 군대에 가고 싶어 할 거예요. 하지만 집에서 기다리는 어머니나 누이들에게는 힘든 일이죠."

"내가 죽든 살든 걱정해 줄 가족이 내겐 없어요. 친구도 거의 없고요."

브룩 씨는 자기가 만든 구멍 속에 죽은 장미를 집어넣고는 작은 무덤처럼 흙을 덮으며 다소 씁쓸하게 말했다.

"로리와 로리 할아버지가 많이 걱정하실 거예요. 우리 가족도 브룩 씨한테 나쁜 일이 생기면 무척 가슴 아파할 테고요."

메그가 진심 어린 목소리로 말했다.

"고마워요. 그 말을 들으니 기운이 솟는데요……."

다시 얼굴이 밝아진 브룩 씨가 계속해서 말을 이었다. 그러나 그가 말을 채 끝내기도 전에 네드가 요란한 소리를 내며 나타났다. 그가 늙은 말을 타고 와서는 숙녀들 앞에서 곡마술을 자랑하는 바람에 그날의 조용한 시간은 그걸로 끝이었다.

"말 타는 거 싫어하니?"

네드의 지도 아래 다른 사람들과 함께 풀밭을 한 바퀴 돌고 나서 그레이스가 에이미에게 물었다.

"아니, 그 반대야. 우리 아빠가 부자였을 때 메그 언니는 자주 타봤어. 하지만 지금은 말이 한 마리도 없어. 참, 엘런 트리가 있구나."

에이미가 웃으며 덧붙였다.

"엘런 트리에 대해 이야기해 줄래? 당나귀니?"

그레이스가 궁금하다는 표정을 지으며 물었다.

"있잖아, 우리 조 언니는 말이라면 사족을 못 써. 그건 나도 그렇고. 하지만 우리한텐 낡은 말안장만 있고 말은 없어. 그런데 우리 집 정원에 사과나무가 한 그루 있거든. 그 사과나무에는 높이가 낮아서 걸터앉기에는 아주 그만인 나뭇가지가 달려 있어. 그래서 거기다 안장을 얹어놨어. 위로 향한 가지에는 고삐도 매뒀는걸. 그렇게 해놓고 마음 내킬 때마다 엘런 트리를 타고 기분을 내는 거지."

"정말 재미있겠다! 난 집에 조랑말이 한 마리 있는데, 프레드 오빠와 케이트 언니랑 공원에 나가서 거의 매일 타. 내 친구들도 같이 가는 데다 로튼 거리(런던 하이드 파크에 있는 승마 도로 : 옮긴이)를 가득 메운 신사 숙녀들도 구경할 수 있으니까 아주 재밌어."

"어쩜, 너무 근사하겠다! 언젠가는 나도 외국 여행을 하고 싶어. 하지만 로튼 거리보다는 로마에 가고 싶어."

로튼 거리에 대해 아는 바가 전혀 없어서 딱히 물어볼 것도 없는 에이미가 말했다.

바로 뒤에 앉아 두 소녀의 대화를 듣고 있던 프랭크는 즐겁게 뛰노는 소년들의 모습을 지켜보다 목발을 한쪽으로 밀쳐버렸다. 흐트러진 작가 카드를 정리하고 있던 베스는 그를 올려다보며 수줍지만 다정한 목소리로 말했다.

"피곤하겠다. 내가 뭐 해줄 일 없니?"

"얘기를 좀 해줘. 혼자 앉아 있으니까 지겨워 죽겠어."

응석받이로 커온 게 분명한 프랭크가 대답했다.

수줍음을 잘 타는 베스에게는 라틴어로 연설해달라는 부탁도 이보다 더 불가능한 일처럼 보이지는 않았으리라. 그러나 도망갈 장소도 없었고, 등 뒤에 가서 숨을 조 언니도 없었다. 게다가 불쌍한 소년은 너무도 간절한 눈길로 그녀를 쳐다보고 있었다. 베스는 결국 용기를 한번 내보기로 결심했다.

"어떤 얘기를 하는 게 좋겠니?"

카드를 한데 묶으려다 반이나 땅바닥에 떨어뜨리며 베스가 물었다.

"음, 크리켓과 조정, 사냥에 대한 얘기를 듣고 싶어."

오락도 힘이 있어야 즐길 수 있다는 사실을 아직 깨닫지 못한 프랭크가 대답했다.

"야단났네! 어떡하지? 그런 것들에 대해선 아는 게 하나도 없는데."

당황한 베스는 소년의 불행도 잊은 채 그가 입을 열길 기대하며 다음과 같이 말했다.

"나야 사냥하는 걸 한 번도 본 적 없지만, 넌 잘 알 것 같은데."

"딱 한 번 갔었어. 하지만 두 번 다신 사냥을 못 할 거야. 잠긴 대문을 뛰어넘다 다리를 다쳤거든. 그래서 더 이상은 말도 탈 수 없고 사냥도 할 수 없는 신세가 돼버렸지."

프랭크가 한숨을 내쉬며 하는 얘기를 들은 베스는 아무 생각 없이 말을 내뱉은 자신이 미워졌다.

"못생긴 아메리카들소보다 영국 사슴이 훨씬 예쁘더라."

베스는 조가 즐겨 읽던 소년용 책을 읽은 게 정말 다행이라고 생각하며 화제를 대초원으로 돌렸다.

들소 얘기를 꺼낸 건 정말 잘한 일이었다. 베스는 오로지 다른 사람을 즐겁게 해주려는 단 한 가지 생각에, 주위의 시선을 전혀 느끼지 못한 채 '끔찍한' 소년들 중 한 명과 얘기를 나누느라 정신이 없었다. 언니들은 평소와는 너무 딴판인 동생의 그런 모습에 한편으로는 놀라면서도 한편으로는 무척 기뻤다.

"언제 봐도 정말 착해! 프랭크가 딱해 보이니까 저렇게 잘해주는 것 좀 봐."

조가 크로케를 하다 활짝 웃으며 말했다.

"늘 얘기했지만 저 앤 작은 성자야."

메그가 더 이상 의심할 여지가 없다는 듯 잘라 말했다.

"지금까지 프랭크 오빠가 저렇게 오래 웃는 걸 들어본 건 오늘이 처음이야."

에이미와 나란히 앉아 인형에 대해 이야기하며 도토리깍정이로 다기 세트를 만들던 그레이스가 말했다.

"베스 언니는 마음만 먹으면 아주 까다로운 여자거든."

에이미가 베스의 성공에 기분이 좋아져서 말했다. 원래는 '매력적인fascinating'이라고 말해야 맞지만, 그레이스는 두 단어 모두 정확한 뜻을 몰랐기 때문에 아무래도 상관없었다. 그리고 '까다로운fastidious'이라는 단어가 듣기에도 좋았고 느낌도 마음에 들었다.

즉흥 서커스와 숨바꼭질, 크로케를 하는 동안 오후가 지나갔다. 해질녘이 되자 일행은 짐들을 정리해 배에 실은 후, 강을 따라 내려가면서 목청껏 노래를 불렀다. 감상적이 된 네드는 애수 어린 후렴구의 세레나데를 떨리는 목소리로 불렀다.

"나 홀로, 나 홀로, 아! 아! 나 홀로."

노래의 가사는 다음과 같았다.

우리 둘 다 젊고, 우리 둘 다 뜨거운 심장을 가지고 있건만,
어이하여 우리는 이렇게 떨어져 있어야 하나요?

네드가 짐짓 그리움에 사무친 표정으로 메그를 쳐다보는 바람에 메그가 큰 소리로 웃어버려, 노래는 중간에서 흐지부지되고 말았다.

"어째서 내게 이렇게 잔인하신가요? 하루 종일 콧대 높은 영국 여자 옆에 붙어 있더니, 지금은 제 기마저 꺾어놓으시는군요."

네드가 다른 사람들이 신나게 합창하는 틈을 타서 나지막이 속삭였다.

"일부러 그런 건 아니었어요. 하지만 그쪽 표정이 너무 웃겨서 나도 어쩔 수가 없었어요."

메그가 그의 비난 어린 말 중 앞부분에 대해서는 못 들은 척 시치미를 떼며 대답했다. 모팻 씨 집에서 열렸던 무도회와 그 후에 오간 이야기가 머릿속에서 떠나지 않아 그를 피했던 게 사실이었기 때문이다.

기분이 상한 네드는 샐리 쪽으로 돌아앉으며 약간 화난 목소리로 말했다.

"애교라고는 전혀 없다니까요, 안 그래요?"

"물론 없죠. 하지만 그래도 사랑스러운 사람이잖아요."

샐리가 친구의 단점을 인정하면서도 결국은 감싸며 대꾸했다.

"어쨌든 빌빌거리는 사슴('사랑스러운 사람'을 뜻하는 'dear'와 사슴을 뜻하는 'deer'가 발음이 같은 것을 이용하여 한 농담임 : 옮긴이)이 아닌 것만은 분명해요."

네드가 그 나이 또래의 젊은 남자들이 으레 그렇듯 재치를 발휘하려 애쓰며 말했다.

일행은 출발할 때 모였던 잔디밭에서 진심이 담긴 작별 인사를 주고받은 후 헤어졌다. 본 씨 가족이 곧 캐나다로 떠날 예정이었기 때문이다. 케이트 양은 네 자매가 정원을 지나 집으로 들어가는 모습을 뒤에서 지켜보며 진지한 목소리로 이렇게 말했다.

"미국 아가씨들은 행동이 좀 튀긴 하지만 사귀어보니 정말 좋은 사람들이군요."

"저도 그 말에 전적으로 동의합니다."

그 즉시 브룩 씨가 맞장구를 쳤다.

13

마음의 성채

제법 무더운 9월의 어느 날 오후, 로리는 이웃집 사정이 궁금하면서도 너무 게으른 나머지 직접 찾아가볼 생각은 하지 못하고 해먹에 누워 빈둥거리고 있었다. 그는 기분이 별로 좋지 않았다. 가능하다면 다시 되돌리고 싶을 정도로 무익하고 별 볼 일 없는 하루를 보냈기 때문이다. 모든 게 사람을 처지게 만드는 무더운 날씨 탓이었다. 그는 책이라곤 한 자도 들여다보지 않은 채 브룩 씨의 인내심이 어디까지인지 시험하는가 하면, 피아노 앞에 앉아 오후의 반을 날려 보내 할아버지를 화나게 했고, 기르는 개들 중 한 마리가 광견병에 걸렸다고 장난을 쳐서 하녀들의 정신을 반쯤 쏙 빼놓았다. 뒤이어 자기 말을 제대로 돌보지 않는다며 마부에게 잔소리를 퍼붓고 난 후 다시 해먹에 뛰어들어서는 세상 사람들의 어리석음에 분통을 터뜨렸다. 하지만 그렇게 얼마쯤 있다 보니 한낮의 평화로움 때문에 자기도 모르게 마음이 진정되었다. 그는 머리 위에 있는 마로니에의 녹색 그늘을 응시하다 깜빡 잠이 들었고, 그사이 온갖 꿈을 꾸었다. 그 가운데 세계일주를 하다 바다에 뛰어드는 장면에 이르렀을 때였다. 웅성거리는 사람들 소리에 눈을 떠보니 어느새 뭍이었고, 정신을 가다듬어 해먹 그물 사이로 살펴보니 마치 씨네 자매들이 탐험이라도 떠나는 듯한 옷차림으로 막 외출을 하고 있었다.

'도대체 지금 뭘 하려는 거지?'

로리가 이렇게 생각하고 졸린 눈을 치켜뜨며 자세히 살펴보니 이웃들의 모습이 약간 이상했다. 각자 커다란 모자를 쓰고 갈색 리넨 자루를 한쪽 어깨에 둘러메고는 한 손에 긴 지팡이를 들고 있었다. 그리고 메그는 방석을, 조는 책을, 베스는 국자를, 에이미는 화첩을 각각 다른 한 손에 들고 있었다. 다들 아무 말 없이 정원을 지나 작은 뒷문으로 나온 다음 집과 강 사이에 있는 언덕을 오르기 시작했다. 로리는 그 모습을 보며 혼자 중얼거렸다.

"어디 두고 보자! 소풍을 가면서 나한테 말도 안 하다니. 열쇠가 없으니 배를 타진 못할 텐데. 어쩌면 깜빡했을지도 몰라. 좋아, 열쇠를 들고 좇아가서 어떻게 나오나 두고 보자."

모자가 여섯 개나 됐지만 찾으려니 시간이 걸렸다. 게다가 결국엔 바지 주머니에서 발견한 열쇠를 찾는 데에도 꽤 애를 먹었다. 그래서 그가 울타리를 뛰어넘어 뒤쫓아 갔을 때 자매들은 한

참이나 앞서 있었다. 그는 지름길을 이용해 먼저 보트 창고에 도착한 후 자매들이 나타나기를 기다렸지만 아무도 보이지 않자 어떻게 된 일인지 알아보러 언덕으로 올라갔다. 언덕 한쪽으로 소나무 숲이 펼쳐져 있었고, 그 초록색 공간 한복판에서는 소나무 숲의 부드러운 살랑거림이나 귀뚜라미의 졸음에 겨운 울음소리보다 맑고 투명한 노랫소리가 들려왔다.

'경치 참 좋다!'

잠이 완전히 달아난 로리는 이렇게 생각하며 덤불 사이로 안을 들여다보았다.

향기를 머금은 바람이 머리칼을 어루만지며 뜨거운 뺨을 식혀주는 가운데, 햇볕과 그늘이 교차하는 구석진 응달에 옹기종기 모여 앉아 저마다의 일에 열중하고 있는 자매들의 모습은 차라리 한 폭의 예쁜 그림이었다. 굳이 표현하자면, 이방인은 없고 오래된 친구들만 함께 모여 있는 것 같은 분위기였다. 메그는 방석을 깔고 앉아 하얀 손을 우아하게 놀리며 바느질을 하고 있었는데, 분홍색 드레스를 입은 모습이 초록 물결 사이에서 한 송이 장미처럼 신선하고 달콤해 보였다. 베스는 근처 솔송나무 아래에 무수히 널려 있는 솔방울을 줍고 있었다. 그걸로 예쁜 물건들을 만들기 위해서였다. 에이미는 고사리 숲을 그리고 있었고, 조는 큰 소리로 책을 읽으며 뜨개질을 하고 있었다. 그들을 지켜보던 소년의 얼굴에 어두운 그림자가 스쳐 지나갔다. 초대받지 않았기 때문에 돌아가야 한다는 생각이 불현듯 들어서였다. 하지만 소년은 발길을 돌리지 못한 채 그 자리에서 서성댔다. 집은 너무 쓸쓸한 데다, 그의 불안한 영혼에게는 숲속의 이 조용한 파티가 굉장히 매력적으로 보였기 때문이다. 그가 꼼짝도 않고 가만히 서 있는 바람에 추수를 하느라 몹시 바쁜 다람쥐가 아무것도 모르고 그의 옆에 있는 소나무를 타고 내려오다 갑자기 그를 발견하고는 날카로운 비명을 지르며 후다닥 도망쳐버렸다. 그 소리에 위를 올려다본 베스가 자작나무 뒤에서 부러움이 가득한 얼굴을 발견하고는 더없이 다정한 미소를 지으며 가까이 오라고 손짓했다.

"방해가 안 된다면 들어가도 될까요?"

그가 천천히 앞으로 나서며 물었다.

메그가 눈썹을 찡그렸지만, 조는 그런 그녀를 못마땅한 눈초리로 노려보며 재빨리 말했다.

"물론이지. 같이 오자고 말할까 했지만, 네가 여자들 놀이는 좋아하지 않을 것 같아서 우리끼리 온 거야."

"난 너희들이 하는 놀이를 늘 좋아했잖아. 하지만 메그가 싫어하면 갈게."

"로리도 뭔가를 한다면 반대하지 않겠어요. 여기 법을 따르려면 게으름을 피워선 안 되거든요."

메그가 진지하게, 그러나 상냥하게 대답했다.

"정말 감사합니다. 잠시만이라도 여기 있게 해준다면 뭐든 하겠어요. 저 밑은 사하라 사막처럼 지겹거든요. 바느질? 독서? 솔방울 줍기? 뭐부터 할까요, 아니면 한꺼번에 몽땅 해치워버릴까요? 뭐든 시켜만 주세요. 전 준비됐습니다."

로리는 이렇게 말한 뒤 뭐든 시키는 대로 다 하겠다는 표정을 지으며 앉았다.

"내가 여기 이 발뒤꿈치를 처리하는 동안 넌 이 책을 끝내."

조가 그에게 책을 건네며 말했다.

"네, 알겠습니다."

어느새 양처럼 고분고분해진 로리는 '부지런한 벌들의 모임'에 자신을 받아들여준 데 대해 무척 감사하고 있다는 걸 입증하기 위해 열심히 책을 읽기 시작했다.

책은 내용이 그리 길지 않았다. 책 읽기가 끝나자 그는 용기를 내어 몇 가지 물어보기로 했다.

"저기요, 이 교훈적이고 매력적인 모임이 언제부터 시작됐는지 물어봐도 될까요?"

"너희들이 얘기해 줄래?"

메그가 동생들을 바라보며 말했다.

"이야기를 들으면 웃을 거야."

에이미가 경계하는 어투로 말했다.

"뭐 어때?"

조가 말했다.

"내 생각엔 좋아할 것 같은데."

베스가 거들었다.

"물론 좋아할 겁니다! 맹세코 절대 안 웃을게요. 조, 걱정 말고 어서 말해봐."

"누가 너 땜에 걱정한대! 우리가 '천로 역정 놀이'를 했던 건 너도 알 거야. 그런데 최근 들어, 그러니까 지난겨울부터 다시 시작했거든."

"응, 알아."

로리가 이미 알고 있다는 듯 고개를 끄덕이며 말했다.

"누구한테 들었어?"

조가 물었다.

"요정들한테서."

"아냐, 내가 말했어. 언니들이 모두 외출한 날 저녁이었는데, 로리 오빠가 우울해 보여서 재미있게 해주려고 내가 이야기했어. 로리 오빤 내 얘기를 듣고 아주 좋아했어. 그러니까 뭐라고 야단치지 마, 조 언니."

베스가 풀 죽은 목소리로 말했다.

"비밀 지키랬더니. 하지만 괜찮아. 덕분에 귀찮은 일을 덜게 됐으니까."

"계속해봐, 어서."

조가 기분이 약간 상해서 다시 자기 일에 몰두하자 로리가 말했다.

"베스가 우리의 새 계획에 대해선 얘기하지 않았니? 그동안 우린 휴가를 헛되이 보내지 않으려고 꽤나 노력해왔어. 각자 맡은 일이 있었고, 다들 열심히 일했지. 이제 휴가도 거의 끝나가고, 목표했던 일들도 모두 해치웠어. 여름휴가 동안 게으름을 피우지 않았다는 게 너무 기뻐."

"그래, 그럴 거야."

로리는 이렇게 말하고는 마음속으로 게을렀던 자신의 생활을 후회했다.

"엄마는 우리가 가능한 한 많은 시간을 밖에서 보내길 원하셔. 그래서 우리 일을 들고 와서 이렇게 시간을 보내고 있는 거야. 몇 년 전에 그랬던 것처럼, 재미 삼아 일거리를 자루 속에 집어넣고 낡은 모자를 쓰고 막대기를 짚으며 언덕을 올라오다 보면 우리가 마치 순례자가 된 듯한 기분이 들어. 우린 이 언덕을 '기쁨의 산'이라고 불러. 여기 올라오면 언젠가 우리가 뿌리를 내리고 살게 될 이 고장의 모습을 멀리까지 내다볼 수 있거든."

로리는 허리를 펴고 조가 가리키는 방향을 바라보았다. 숲속의 빈터를 지나 건너편으로 눈을 돌리면 푸른 초원과 마주 보는 넓고 푸른 강이 흐르고 있었고, 그 너머로 대도시의 교외 지역과 하늘과 맞닿은 초록빛 산들이 보였다. 태양이 지평선 가까이 기울어지면서 하늘은 가을의 노을빛으로 붉게 빛나고 있었다. 황금빛과 보랏빛 구름들이 산꼭대기마다 걸려 있었고, 불그레한 빛을 뚫고 우뚝우뚝 솟아오른 산봉우리들은 천상의 도시에서나 볼 수 있는 첨탑처럼 은빛으로 반짝거렸다.

"세상에, 이렇게 아름다울 수가!"

아름다운 걸 보면 참지 못하는 로리가 나지막하게 탄성을 질렀다.

“이런 풍경을 자주 볼 수 있어요. 우리도 해지는 광경을 지켜보길 좋아해요. 장엄한 건 똑같지만 볼 때마다 느낌이 달라요.”

에이미가 언젠가는 그 광경을 그림으로 나타낼 수 있기를 바라며 대꾸했다.

“아까 조 언니가 언젠가 우리가 뿌리를 내리고 살 고장이라고 했는데, 돼지와 병아리와 건초 더미가 있는 진짜 시골을 말하는 거겠지. 근사할 거야. 하지만 난 저 위에 있는 아름다운 나라가 현실에도 존재해서 우리 모두 같이 갔으면 좋겠어.”

베스가 생각에 잠겨 말했다.

“우리가 이다음에 아주 많이 착해져서 가게 될 곳은 저보다 훨씬 더 아름다울 거야.”

메그가 다정한 목소리로 대답했다.

“그때까지 기다리려니 너무 긴 것 같아. 저기 저 제비들처럼 한 번에 훌쩍 날아올라 그 화려한 대문 안으로 들어가고 싶어.”

“조만간 가게 될 테니 너무 걱정하지 마, 베스. 싸우다 싸우다, 오르다 오르다, 기다리다 기다리다 결국은 그곳에 들어가지 못할지도 모르는 사람은 바로 나니까.”

조가 말했다.

“조금이라도 도움이 된다면 내가 동행해 줄게. 하지만 네 천상의 도시가 보이는 곳까지 가려면 많은 여행을 해야 할 것 같구나.

내가 늦어지거든 날 위해 기도해 줄래, 베스?"

소년의 표정에서 느껴지는 묘한 분위기가 그의 어린 친구를 당황하게 만들긴 했지만, 베스는 시시각각 변하는 구름을 바라보며 명랑하게 대답했다.

"사람들이 진심으로 그곳에 가길 원한다면, 평생 동안 착실하게 노력한다면, 반드시 갈 수 있을 거라고 생각해요. 자물쇠도 없고 감시병 같은 것도 없을 거예요. 그림에서 보는 거랑 비슷할 것 같아요. 왜, 빛에 둘러싸인 사람들이 손을 뻗어 방금 강을 건너온 불쌍한 기독교인을 환영하는 그림 말이에요."

"우리가 상상으로 만든 성들이 현실로 나타나서 우리 모두 그 안에서 살 수 있다면 재미있을 것 같지 않니?"

조가 잠시 뜸을 들인 뒤 말했다.

"난 지금까지 너무 많이 만들어서 그중에서 고르려면 무척 힘들 거야."

로리가 벌렁 드러눕더니 아까 자기를 배신한 다람쥐에게 솔방울을 집어 던지며 말했다.

"로리가 제일 좋아하는 걸 고르면 되잖아요. 그게 뭐예요?"

메그가 물었다.

"내가 얘기하면, 메그도 이야기해 줄래요?"

"그럼요. 재들도 얘기할 거예요."

"얘기할 테니까 어서 말해봐, 로리."

"내가 원하는 만큼 세상 구경을 하고 나서 독일에 살면서 마음껏 음악을 하고 싶어요. 내가 유명한 음악가가 돼서, 전 세계 사람들이 내 음악을 듣기 위해 몰려드는 거예요. 그리고 돈이나 일에 전혀 구애받지 않고 내가 좋아하는 걸 하면서 즐겁게 사는 거, 그게 내가 제일 좋아하는 성이에요. 메그의 성은 어떤 거죠?"

메그는 말하기가 약간 곤란한 듯한 표정을 지으며 눈에 보이지 않는 각다귀를 쫓아버리기라도 하듯 고사리 잎사귀로 얼굴을 가리고는 천천히 이야기하기 시작했다.

"난 온갖 화려한 것들로 가득 찬 예쁜 집을 갖고 싶어요. 좋은 음식, 예쁜 옷, 멋진 가구, 유쾌한 사람들, 많은 돈……. 그 집의 여주인이 돼서 내가 하고 싶은 대로 하는 거예요. 하인들이 많으니까 난 일할 필요가 전혀 없어요. 그렇게만 된다면 정말 즐거울 거예요! 그리고 좋은 일을 많이 해서 모두가 나를 사랑하게 만드는 거예요."

"그 성에 남자 주인은 없나요?"

로리가 짓궂은 질문을 던졌다.

"내가 '유쾌한 사람들'이라고 하는 말 못 들었어요?"

메그는 이 말을 하며 신발 끈을 고쳐 맸기 때문에 아무도 그녀의 표정을 보지 못했다.

"근사하고 현명하고 착한 남편과 천사 같은 아이들도 있었으면 좋겠다는 말은 왜 못 해? 그래야 그림이 완벽해지잖아, 안 그래?"

책이 아닌 현실 속의 연애에 대해서는 아직까지 한 번도 생각해본 적이 없는 조가 퉁명스럽게 말했다.

"그래, 넌 말과 잉크병과 소설책만 있으면 되지?"

메그가 화가 나서 말했다.

"그야 물론이지. 난 아라비아 말들로 가득 찬 마구간하고 책들이 가득 쌓인 방하고, 그걸로 글을 쓰면 로리의 음악처럼 금세 유명해지는 요술 잉크병을 갖고 싶어. 그리고 난 성으로 들어가기 전에 뭔가 굉장한 일을 하고 싶어. 영웅적이고, 근사한 일 말이야. 그래서 내가 죽은 뒤에도 잊히지 않게. 아직은 그게 뭔지 모르겠지만, 열심히 찾고 있는 중이니까 언젠가는 다들 놀라게 될 거야. 난 책을 써서 돈도 벌고 유명해지고도 싶어. 내 성격에도 그게 맞을 것 같아. 이게 내가 제일 이루고 싶은 꿈이야."

"내 꿈은 엄마 아빠와 함께 살면서 두 분의 일을 도와드리는 거야."

베스가 그거면 충분하다는 표정을 지으며 말했다.

"그것 말고 달리 하고 싶은 거 없어?"

로리가 물었다.

"꼬마 피아노가 생겨서 더 이상 바랄 게 없어요. 바라는 게 있다면 우리 식구들이 행복하게 지냈으면 하는 것뿐이에요. 다른 건 없어요."

"난 하고 싶은 일이 많지만 그중에서 한 가지만 고르라면 화가가 돼서 로마에 가는 거야. 거기서 좋은 그림을 그리면서 세상에서 제일 훌륭한 화가가 되고 싶어."

에이미가 자신의 꿈을 겸손하게 털어놓았다.

"우리 모두 야심가들이었잖아, 안 그래? 베스를 빼고는 다들 돈과 명예와 화려한 생활을 원하잖아. 우리 중 과연 누가 자기 꿈을 이루고 살지 정말 궁금하군."

로리가 명상에 잠긴 송아지처럼 풀을 질겅질겅 씹으며 말했다.

"난 이미 내 성에 들어갈 열쇠를 가지고 있어. 하지만 그 열쇠로 문을 열 수 있을지 없을지는 두고 봐야 해."

조가 묘한 표정을 지으며 말했다.

"나도 열쇠는 있지만 아직은 사용할 수가 없어. 대학이 걸려 있거든!"

로리가 한숨을 내쉬며 투덜거렸다.

"내 열쇠는 이거야!"

에이미가 연필을 흔들며 말했다.

"난 열쇠 같은 거 없어."

메그가 기운 없는 목소리로 말했다.

"아뇨, 메그도 있어요."

로리가 재빨리 말했다.

"어디에요?"

"메그 얼굴에요."

"말도 안 돼, 그런 헛소린 사양하겠어요."

"그 덕분에 뭔가 좋은 일이 생길지도 모르죠. 사람 일은 두고 봐야 하는 거예요."

소년은 예전부터 알고 있는 작은 비밀을 떠올리며 빙그레 웃었다.

메그는 고사리 잎사귀로 가린 얼굴을 발갛게 물들였지만, 아무것도 묻지 않은 채 브룩 씨가 기사 이야기를 할 때 지었던 표정과 똑같은 기대감 섞인 표정으로 강을 내려다보았다.

"십 년 후에도 다들 살아 있다면 다시 만나서 누가 꿈을 이뤘는지, 아니면 지금보다 얼마큼이나 더 꿈에 가까이 다가갔는지 확인해 보는 게 어때?"

계획 세우는 걸 좋아하는 조가 말했다.

"맙소사! 십 년 뒤면 스물일곱 살이잖아!"

열일곱이 된 것만으로도 벌써 다 커버린 듯한 느낌이 드는 메그가 소리쳤다.

"그럼, 테디 너하고 난 스물여섯이 되는 거네. 베스는 스물네 살, 에이미는 스물두 살이 되는 거고. 뭐야, 늙다리들 모임이 되겠네!"

조가 말했다.

"그때까진 뭔가 자랑할 만한 일을 해놓아야 할 텐데. 하지만 너도 알다시피 내가 좀 게을러야 말이지. 그때까지도 '빈둥거리고' 있을 것 같아 겁나, 조."

"우리 엄마가 늘 말씀하시듯이, 네겐 동기가 필요해. 네가 느끼기에 이거다 싶은 일이 생기면 훌륭하게 해낼 거라고 하셨어."

"그러셨어? 기회만 주어진다면 반드시 그렇게 하고 말겠어."

로리는 갑자기 힘이 솟구치는지 벌떡 일어나 앉으며 소리쳤다.

"하지만 난 할아버지를 기쁘게 해드려야 해. 노력은 하고 있지만 너도 알다시피 그런 건 내 체질에 맞지 않잖아. 그래서 힘들어. 할아버진 내가 당신처럼 인도 무역상이 되길 바라시지만, 난 차든 비단이든 향신료든 할아버지의 낡은 배들이 가져오는 물건들은 다 싫어. 내가 사업을 맡으면 말아먹는 건 시간문제일 거야. 할아버진 내가 대학에 가는 걸 감사하셔야 할걸. 내가 사업에 손을 대는 시기가 4년이나 늦춰지는 셈이니까. 하지만 할아버지가 은퇴하고 나면 내가 그 일을 해야 돼. 우리 아버지처럼 멀리 도망가서 자기 인생을 살지 않는 한은 말이야. 할아버지 곁에 누구 한 사람만 있어도, 내일 아침 당장 짐을 쌀 텐데……."

로리가 흥분해서 말했다. 표정을 보니 화가 나서 괜히 해보는 소리가 아니라 정말로 실천에 옮길 듯한 기세였다. 그도 그럴 것이 그는 하루가 다르게 성장하고 있었고, 게으른 성격에도 불구하고 그 나이 또래의 젊은이들이 다 그렇듯이 그 역시 구속에 대한 증오와 혼자 힘으로 세상과 맞서고 싶은 갈망을 지니고 있었기 때문이다.

"내가 충고하겠는데, 너희 집 배들 중 하나를 집어타고 나가서 네 길이 확실히 보일 때까지 절대 집에 돌아오지 마."

갑자기 떠오른 모험 생각에 상상력이 발동한 데다 '테디가 처한 곤경'에 연민을 느낀 조가 말했다.

"그건 옳지 않아, 조. 그런 식으로 말하면 안 되지. 로리도 조가 한 얘긴 못 들은 걸로 해요. 여러 소리 말고 할아버지가 원하시는 대로 해요. 그래야 착한 손자지. 그리고 대학에 가서 최선을 다하세요. 당신을 기쁘게 해드리기 위해 노력하는 로리의 모습을 보면 할아버지도 심하게 나오시진 않을 테니까요. 로리도 말했지만, 할아버지 곁에 로리 말고 또 누가 있어요? 아무도 없잖아요. 우울해하거나 안달하지 말고 자기 본분을 지켜요. 그러다 보면 브룩 씨처럼 사람들로부터 존경과 사랑을 받고 그만한 보상을 누리게 될 테니까요."

메그가 마치 어머니라도 되는 것처럼 로리를 타일렀다.

"그분에 대해 뭘 알고 있는데요?"

로리가 좋은 충고를 해준 것에 대해 고마워하며 물었다. 그렇지만 지루한 설교를 받아들일 생각은 추호도 없었고, 지나치게 흥분하는 모습을 보인 뒤라 자기 얘기에서 벗어나 화제를 다른 데로 돌리게 된 게 그저 반가울 따름이었다.

"로리 할아버지한테 들은 얘기가 다예요. 할아버지 말씀이, 자기 어머니가 돌아가실 때까지 극진하게 돌보면서 외국에 좋은 가정교사 자리가 나도 어머니를 두고 갈 수 없다며 거절했대요. 그리고 지금은 자기 어머니를 간호해 준 어떤 할머니에게 생활비를 대주고 있는데, 아무한테도 그런 내색을 안 한대요. 브룩 씨처럼 너그럽고 인내심 많고 훌륭한 사람도 드물 거예요."

"그건 정말 그래요. 할아버진 브룩 선생님에 대해 모든 걸 알고 계시죠. 본인에게는 비밀로 한 채 다른 사람들에게 그분의 선행을 알려 다들 그분을 좋아하게 만들다니 역시 할아버지다워요.

그러니 브룩 선생님 입장에서는 메그 어머니께서 왜 그렇게 잘 대해 주시는지 모를 수밖에 없죠. 한번은 나랑 같이 집에 놀러 오라는 얘기를 듣고 갔다가 어머니한테 극진한 대접을 받고는 몇 날 며칠 동안 그 얘기만 하는 거 있죠. 그러더니 그다음엔 메그 얘기만 줄곧 해대는 거예요. 내 소원을 이루고 나면, 브룩 선생님을 위해 꼭 해드릴 일이 있어요."

로리는 메그가 얼굴을 붉힌 채 잠시 숨을 고르는 사이 진심으로 말했다.

"그게 뭔지는 모르지만, 괴롭히지나 말아요."

메그가 퉁명스럽게 말했다.

"내가 그분을 괴롭힌다는 건 어떻게 알았어요?"

"외출할 때 그분 얼굴을 보면 알 수 있어요. 로리가 말을 잘 들었을 땐 얼굴도 밝고 발걸음도 경쾌하지만, 로리가 말을 잘 안 들었을 땐 얼굴도 어둡고 발걸음도 무거워요. 그럴 땐 자기 집으로 돌아가서 하던 일이나 계속 하는 게 낫겠다는 표정이에요."

"그거, 재밌는 얘기네요! 그러니까 메그는 브룩 선생님의 얼굴을 보고 내가 잘하고 있나 평가하고 있었던 거군요, 맞죠? 선생님이 메그의 방 창 밑을 지나면서 인사를 한다는 건 알고 있었지만, 신호까지 주고받을 거라곤 생각지도 못했는데."

"그런 거 주고받은 적 없으니까 화내지 말아요. 그리고 내가 이런 소릴 했다는 거 그분한테 절대 이야기하지 말아요. 여기서는 마음 놓고 이야기할 수 있는 데다, 로리가 정말 잘해나가고 있는지 어떤지 걱정하고 있다는 걸 알려주려고 한 말일 뿐이에요."

메그는 아무 생각 없이 내뱉은 말 때문에 곤욕을 치르게 될지도 모른다는 생각에 소스라치게 놀라며 소리쳤다.

"아무 얘기도 안 할게요. 그건 그렇고, 앞으로 브룩 선생님이 온도계 역할을 할 조짐이 보이면 밖에 나가서 날씨가 좋다고 말씀하실 수 있도록 제가 주의해야겠네요."

로리가 '오만불손한' 태도로 대답했다. '오만불손하다'는 건 가끔씩 그의 얼굴에 떠오르는 특이한 표정을 보고 조가 생각해낸 표현이었다.

"제발 화내지 말아요. 설교나 잔소리를 할 생각은 없었어요. 조가 로리를 자꾸만 이상한 방향으로 몰아가기에 그러면 안 되겠다 싶어서 그런 말을 한 것뿐이에요. 로리가 우리한테 워낙 잘해 주는 데다 우리 모두 로리를 친형제처럼 여기고 있고, 그래서 못 할 말이 없다고 생각했던 거예요. 이제 그만 용서해줘요. 로리가 잘되길 바라는 마음에서 한 얘기라는 거 알잖아요."

그러면서 메그는 한쪽 손을 내밀었다. 약간 망설이긴 했지만 애정이 느껴지는 동작이었다.

로리는 잠시나마 화를 냈던 걸 부끄러워하면서 작은 손을 힘주어 잡으며 솔직하게 말했다.

"용서를 구할 사람은 저예요. 하루 종일 심술만 부려댔어요. 난 메그가 누나처럼 내 단점을 지적해 주는 게 좋아요. 그러니까 내가 가끔씩 까다롭게 굴더라도 신경 쓰지 마세요. 늘 고맙게 생각하고 있으니까요."

그는 기분이 상하지 않았다는 걸 보여주기 위해 최대한 살갑게 굴었다. 메그를 위해 실을 감아주었고, 조를 즐겁게 해주기 위해 시를 낭독했으며, 베스를 위해 나무를 흔들어 솔방울을 떨어뜨려주었다. 그리고 에이미가 고사리를 그리는 걸 도와주기도 했다. 이로써 로리는 '부지런한 벌들의 모임'에 낄 만한 사람이라는 걸 입증했다. 그러고 나서 바다거북(강에서 어슬렁거리며 기어 나오는 귀여운 생물체 중 하나인)의 습관을 주제로 한창 열띤 토론을 벌이고 있는데, 아래쪽에서 희미한 종소리가 들려왔다. 찻물을 올려놓았다는 해나의 신호였다. 이제 저녁을 먹으러 집으로 돌아가야 할 시간이었다.

"또 와도 돼요?"

로리가 물었다.

"이제 막 초보용 독본을 펴든 아이들처럼 얌전히 앉아 책을 읽겠다면 언제든지 와도 좋아요."

메그가 미소를 지으며 말했다.

"그럴게요."

"그렇다면 와도 좋아. 내가 뜨개질하는 법을 가르쳐줄게. 당장 양말이 필요하거든."

대문 앞에서 헤어지면서 조가 깃발처럼 생긴 푸른색 털실 양말을 흔들며 말했다.

그날 저녁, 베스는 로런스 씨를 위해 피아노를 연주했다. 로리는 커튼 뒤에 숨어 언제 들어도 자신의 우울한 영혼을 달래주는 작은 다윗의 소박한 음악 소리에 귀 기울이며, 허옇게 센 머리를 괴고 앉아 그렇게도 아끼던 죽은 손녀를 생각하는 노인을 지켜보았다. 소년은 낮에 나눴던 대화를 떠올리며 기꺼이 희생하기로 결심했다.

"성 이야기는 없었던 걸로 하고, 할아버지가 날 필요로 하는 동안은 곁에 있어드리자. 지금 할아버지한테는 내가 전부니까."

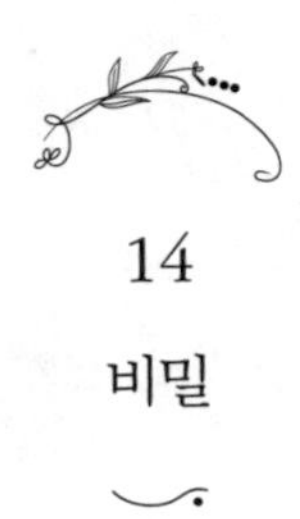

14
비밀

조는 다락에서 부지런히 무언가를 하고 있었다. 10월로 접어들면서 날씨가 추워지기 시작한 데다 낮이 짧아졌기 때문이었다. 태양이 높다란 창가 주변에 따뜻한 햇살을 쏟아부으며 낡은 소파에 앉아 앞에 놓인 트렁크 위에 원고지를 늘어놓은 채 정신없이 글을 쓰는 조의 모습을 비춰주고 있었다. 그렇게 두세 시간쯤 흘렀다. 그동안 조가 길들인 쥐 스크래블은 자기 수염에 대한 자부심이 아주 강한 잘생긴 장남과 함께 서까래 위를 어슬렁거리며 돌아다녔다. 마지막 종이가 가득 채워질 때까지 쉴 새 없이 글씨를 휘갈기며 일에 파묻혀 있던 조는 장식체로 서명을 한 후 마침내 펜을 내려놓으며 소리쳤다.

"어쨌든 난 최선을 다했어! 이게 안 먹혀들면 좀 더 잘할 수 있

마지막 종이가 가득 채워질 때까지 쉴 새 없이 글씨를 휘갈기며 일에 파묻혀 있던 조는
장식체로 서명을 한 후 마침내 펜을 내려놓으며 소리쳤다.

을 때까지 기다리는 수밖에."

조는 소파에 벌렁 드러누워 여기저기 말바꿈표를 표시하거나 작은 풍선처럼 생긴 느낌표를 집어넣으며 방금 탈고한 원고를 주의 깊게 읽었다. 그러고는 빨간 리본으로 정성스레 묶더니 벌떡 일어나 앉아 진지하고 심각한 표정으로 원고지 뭉치를 바라보았다. 그것만 보아도 그녀가 그 일에 얼마나 많은 공을 들였는지 충분히 짐작할 수 있었다. 다락에 있는 조의 책상은 벽에 붙어 있는 낡은 양철 조리대였다. 조는 그 안에다 원고지와 책 몇 권을 보관하고 있었다. 눈에 보이는 책들마다 갈기갈기 짓씹어 거기서 나온 종이 부스러기로 이동 도서관을 만들곤 하는 스크래블의 손을 피하기 위해서였다. 조는 이 양철 저장소에서 또 다른 원고를 꺼내 주머니에 쑤셔 넣고는 친구들이 펜과 잉크를 갖고 장난치도록 내버려둔 채 발걸음 소리를 죽이며 살금살금 계단을 내려갔다.

아래층으로 내려온 조는 될 수 있는 대로 소리를 내지 않으려 애쓰며 모자를 쓰고 윗도리를 걸친 후 뒤쪽 창문으로 가서는 베란다 지붕을 타고 집 밖으로 나왔다. 그러고는 풀이 우거진 제방을 빙 돌아 큰길로 접어들었다. 곧이어 큰길에 이르자 심호흡을 하며 일단 마음을 가라앉힌 뒤, 지나가는 합승 마차를 타고 뭔가 즐거운 비밀을 간직한 듯한 표정을 지은 채 시내로 들어갔다.

누군가가 조의 행동을 지켜봤다면 분명 이상하다고 생각했으리라. 조는 마차에서 내리자마자 성큼성큼 걸음을 옮겨 놓으며 번잡한 거리에 위치한 한 건물 앞에 도착했다. 그곳을 찾는 데 꽤 애를 먹은 그녀는 현관으로 다가가 지저분한 계단 위를 올려다보며 그 자리에 붙박인 것처럼 꼼짝도 않고 서 있다가 갑자기 거리로 뛰쳐나와 서둘러 그곳을 벗어났다. 맞은편 건물 창가에서 까만 눈의 젊은 신사가 어슬렁거리며 똑같은 동작을 여러 차례 반복하는 조를 재미있다는 듯 지켜보고 있었다. 두 번을 왔다 갔다 한 후 세 번째 도전에 나선 조는 온몸을 부르르 떨더니 모자를 눈 위까지 푹 눌러쓰고는 이를 몽땅 뽑으러 가는 듯한 표정으로 계단을 올라갔다.

입구를 장식하고 있는 간판들 틈에는 치과 간판도 끼여 있었다. 젊은 신사는 건강한 치아에 대한 관심을 끌기 위해 천천히 벌어졌다 닫히도록 해놓은 인공 턱을 잠시 쳐다보다 외투를 걸치고 모자를 쓴 다음 계단을 내려가더니 맞은편 건물 현관 안으로 사라졌다.

"이런 데 혼자 오다니 역시 그녀답군. 하지만 많이 안 좋으면 집까지 바래다줄 사람이 필요할지도 몰라."

10분쯤 지나서 새빨개진 얼굴로 계단을 뛰어 내려오는 조의 모습은 누가 보아도 이제 막 쓰라린 시련에서 겨우 벗어난 듯한 모습이었다. 그러나 젊은 신사를 발견한 조는 반갑다는 표정과 함께 고개만 까딱했을 뿐 아무 말 없이 그의 곁을 지나쳤다. 신사는 그런 그녀를 뒤쫓아 가며 안됐다는 듯이 물었다.

"힘들었지?"

"그렇게 힘들진 않았어."

"빨리 끝났네."

"그래, 정말 다행이야!"

"왜 혼자 왔어?"

"아무한테도 알리고 싶지 않았거든."

"넌 내가 아는 사람들 중에서 제일 괴상한 사람이야. 몇 개나 뽑았어?"

조는 무슨 말을 하는지 전혀 이해가 안 간다는 표정으로 친구를 쳐다보았다. 그러나 잠시 후 무척 재미있다는 듯 웃기 시작했다.

"난 두 개를 뽑고 싶은데, 일주일 기다려야 한대."

"근데 왜 웃어? 뭔가 꿍꿍이속이 있는 거지, 조."

로리가 미심쩍은 얼굴로 말했다.

"사돈 남 말 하네. 그러는 넌 저기 당구장에서 뭘 하고 있었는데?"

"미안하지만 아가씨, 저건 당구장이 아니라 체육관이네요. 그리고 난 펜싱 교습을 받고 있었습니다요."

"그 말을 들으니 반갑네."

"왜?"

"나한테 펜싱 좀 가르쳐줘. 그러면 '햄릿'을 무대에 올릴 때 네가 레어티스 역을 맡고 우리 둘이서 멋있는 펜싱 장면을 연출할 수 있잖아."

이 말에 로리는 지나가는 행인들이 자기도 모르게 미소를 지을 만큼 아주 신나게 웃어댔다.

"햄릿 공연 때문이 아니더라도 가르쳐줄게. 해보면 아주 재밌어. 게다가 자세도 아주 좋아질 거야. 하지만 반갑다고 말한 이유가 그것뿐이지는 않을 텐데. 어때, 다른 이유가 또 있지?"

"그게 다야. 난 네가 당구장에 간 게 아니라고 해서 반가웠어. 네가 그런 데 들락거리는 게 싫거든. 너, 그런 데 출입하니?"

"자주 가지는 않아."

"난 네가 아예 안 갔으면 좋겠어."

"네가 생각하는 것만큼 그렇게 나쁜 곳이 아냐, 조. 집에도 당구대가 있지만, 같이 치는 사람이 없으면 재미가 없어. 그래서 네드 모팻이나 다른 친구들과 함께 가끔씩 게임 하러 오곤 하지."

"네 얘길 듣고 있으려니 정말 걱정된다. 너 그러다가 당구에 푹 빠져서 돈과 시간을 낭비하고 그 끔찍한 사내애들처럼 되면 어쩌려고 그래. 난 네가 얌전히 지내면서 네 주변 사람들이 널 친구로 둔 걸 자랑스럽게 여기도록 행동하길 바라."

조가 고개를 설레설레 저으며 말했다.

"특별히 예의에 어긋나지 않는다면 가끔 간단한 오락쯤은 즐길 수 있는 거 아냐?"

로리가 바싹 약이 오른 표정으로 받아쳤다.

"그야 어디서 어떤 오락을 즐기느냐에 따라 다르지. 난 네드와 그 패거리들이 싫어. 그러니까 그 사람들이랑 어울리지 말란 말이야. 네드가 우리 집에 오고 싶어 해도 엄마가 못 오게 하시는 거 몰라? 너도 그 인간처럼 까불거렸다가는 엄마가 당장 우리와 함께 놀지 못하게 하실 거야."

"정말 그러실까?"

로리가 걱정스럽게 물었다.

"물론이지. 우리 엄만 젊은 사람들이 겉멋만 들어서 돌아다니는 꼴은 못 참으시거든. 모르긴 해도 그런 사람들과 교제하게 하느니 우리 모두를 판지 상자에 가둬버리실걸."

"글쎄, 아직까지는 판지 상자가 필요 없으실 것 같다. 난 겉멋이 들지도 않았고 그럴 마음도 없으니까. 하지만 가끔 가다 건전한 오락을 즐기는 건 괜찮지?"

"그럼. 그 정도 갖고 뭐랄 사람은 아무도 없지. 그러니까 가끔 기분 전환하는 건 좋지만 너무 빠지지는 마. 그랬다간 우리의 좋은 시절은 그길로 끝일 테니까."

"이제부터 티 없이 맑고 깨끗한 성자가 될게."

"난 성자는 감당 못 해. 다만 지금처럼 소박하고 정직하고 얌전하게만 굴면 널 버리는 일은 절대 없을 거야. 네가 킹 씨네 아들처럼 행동하면 어떡해야 할지 나도 모르겠어. 그 사람, 돈은 엄청 많았지만 어떻게 써야 하는지는 몰랐어. 술과 도박에 빠져 정신을 못 차리다가 결국은 도망가서 자기 아버지 얼굴에 먹칠만 하고……. 정말 끔찍해."

"나도 그럴 수 있다고 생각하는 거니 지금? 이 은혜는 절대로 잊지 않을게."

"아니, 아니야, 내가 어떻게…… 그건 절대 아니야! 하지만 돈이 사람을 망친다는 얘기가 자주 들리니까 어떤 때는 네가 가난했으면 하는 생각이 들기도 해. 그러면 걱정할 필요가 없잖아."

"내가 걱정되니, 조?"

"조금은. 가끔씩 네가 기분이 언짢거나 우울해 보일 때는 그래. 너는 고집이 세서 한번 잘못 발을 디디면 말리기가 힘들까 봐 두려워."

한동안 로리는 묵묵히 걷기만 했다. 조는 그런 그를 지켜보면서 괜한 말을 했다는 생각이 들었다. 그의 입술은 그녀의 충고를 받아들인 것처럼 여전히 웃고 있었지만 눈은 화가 나 보였기 때문이다.

"집까지 가는 동안 계속 설교를 해댈 거니?"

잠시 후 로리가 물었다.

"물론 아니야. 왜?"

"그럴 거라면 마차를 타고 가려고 그랬지. 안 그러겠다면 같이 가면서 굉장히 재미있는 얘길 해주려고."

"더 이상 설교할 생각은 없어. 어디, 굉장히 재미있는 얘기라는 게 뭔지 들어보자."

"좋았어. 이건 비밀인데, 내가 말해주면 너도 네 비밀을 얘기해 줘야 돼."

"난 비밀 같은 거 없어."

조는 이렇게 말하다가 자기한테도 비밀이 있다는 걸 기억해내고는 갑자기 뚝 멈췄다.

"숨기는 거 있잖아, 네 얼굴에 다 쓰여 있어. 그러니까 털어놓으란 말이야. 안 그러면 나도 얘기해 주지 않을래."

로리가 소리쳤다.

"그 비밀, 대단한 거니?"

"물론이지! 네가 아는 사람들에 관한 거야. 이건 굉장한 소식이야. 넌 꼭 들어야 해. 오래전부터 이야기하고 싶어 입이 근질근질했거든. 자, 너부터 시작해."

"집에 가서 아무 말도 안 할 거지?"

"입도 뻥긋 안 할게."

"그리고 얘기 듣고 나서 놀리지 않을 거지?"

"그런 일은 절대 없을 거야."

"좋아, 약속했어. 넌 사람들한테서 네가 원하는 건 뭐든지 얻어내고야 말지. 어떻게 하면 너처럼 할 수 있는지 좀 가르쳐주라. 아무튼 타고난 아첨꾼이라니까."

"고마워. 어서 말해봐."

"음, 신문사에 단편 두 개를 갖다주고 오는 길이야. 결과는 다음 주에 통보해준대."

조가 친구의 귀에 대고 속삭였다.

"미국의 유명한 여성 작가 마치 양 만세!"

로리는 모자를 공중으로 던져 올렸다 다시 잡으며 도시에서 한참 떨어진 시골에 있는 거위 두 마리와 고양이 네 마리, 암탉 다섯 마리, 아일랜드계 꼬마 여섯 명까지 소식을 듣고 덩달아 기뻐할 정도로 크게 외쳤다.

"쉿! 떨어질지도 모르잖아. 하지만 넘기고 나니까 마음이 편해. 다른 사람들을 실망시키고 싶지 않아서 아무 얘기도 안 하고 있었어."

"그런 일은 없을 거야. 요즘 매일 쏟아져 나오는 쓰레기 같은 소설들에 비하면 네가 쓴 글들은 셰익스피어 수준이야. 활자로 인쇄돼서 나온 걸 보면 정말 재미있겠다. 다들 우리의 여성 작가를 자랑스럽게 생각할 거야."

순간, 조의 두 눈은 기쁨으로 반짝였다. 타인의 신뢰를 받는다는 건 언제나 즐거운 일이며, 친구의 칭찬은 신문의 과장된 칭찬보다 훨씬 더 달콤하기 때문이다.

"네 비밀은 뭐야? 날 속일 생각 마, 테디. 그랬다간 두 번 다시는 네 말을 안 믿을 테니까."

조가 격려의 말 한마디에 갑자기 확 타오른 희망을 누그러뜨리려 애쓰며 말했다.

"말했다가 괜히 곤란해지는 건 아닐지 모르겠다. 하지만 말하지 않겠다고 약속한 게 아니니까 말할게. 이렇게 굉장한 소식을 너한테 얘기하지 않고서는 마음이 편치 못해서 그래. 메그의 장갑이 어디 있는지 난 알지."

"그게 다야?"

조가 실망했다는 듯이 말하자 로리는 뭔가 대단한 걸 알고 있는 것 같은 얼굴로 고개를 끄덕였다.

"지금은 별일 아닌 것처럼 느껴지겠지만, 장갑이 어디에 있는지 알면 너도 내 말에 동의하게 될걸."

"어디 있는데?"

로리가 허리를 굽혀 조의 귀에 대고 딱 세 마디를 속삭인 순간 우스꽝스러운 변화가 일어났다. 조는 그 자리에 서서 놀라움과 불쾌감이 뒤섞인 표정으로 한동안 로리를 노려보다 다시 걸음을 옮기며 퉁명스럽게 말했다.

"그걸 어떻게 알아?"

"내가 직접 봤거든."

"어디서?"

"주머니에서."

"내내 지니고 다닌단 말이야?"

"그럼. 낭만적이지 않니?"

"아니, 불쾌해."

"싫어?"

"그래, 싫어. 이건 말도 안 돼. 가만히 놔두면 안 되겠어. 메그 언니가 이 일을 알면 뭐라고 할까?"

"안 돼, 말하면."

"난 약속한 적 없어."

"약속한 거나 마찬가지였잖아. 그리고 난 널 믿었단 말이야."

"어쨌든 지금은 아냐. 불쾌해. 안 들었으면 좋았을걸."

"난 네가 기뻐할 거라고 생각했는데."

"누군가 메그 언니를 채 가려고 하는데 날더러 기뻐하라고? 천만의 말씀."

"누군가가 나타나서 널 데려가려고 한다면 지금보다는 훨씬 기분이 좋을 거야."

"누가 날 데려가려 할지 보고 싶은걸."

조가 소리쳤다.

"그건 나도 그래!"

그러면서 로리는 무슨 생각을 하는지 킬킬거렸다.

"난 비밀을 간직할 만한 성질이 못 되나 봐. 너한테 그 얘길 들은 후부터 마음속이 너무 복잡해."

조가 약간 기분이 나쁜 듯이 말했다.

"나랑 언덕 밑까지 경주하자, 그럼 기분이 풀릴 거야."

로리가 제안했다.

주변을 둘러보니 아무도 보이지 않았다. 평평하던 길이 그녀 앞에 이르러 적당한 경사를 이루고 있어 결코 거절할 수 없는 유혹이었다. 조는 쉬지 않고 내달렸고 곧이어 모자와 머리에 꽂는 빗, 여러 개의 머리핀들이 차례로 땅바닥에 떨어졌다. 목표 지점에는 로리가 먼저 도착했다. 그는 자신의 치료법이 먹혀들어 아주 만족하고 있었다. 조가 반짝이는 눈과 빨개진 볼에 머리칼을 휘날리며 달려오고 있었기 때문이다. 그런 조의 모습에서는 불쾌한 감정이라곤 전혀 찾아볼 수 없었다.

"말이라면 얼마나 좋을까. 그럼 이 상쾌한 공기를 마시며 숨을 헐떡거리지 않고도 수 마일을 달릴 수 있을 텐데. 덕분에 재미있었어. 하지만 내 꼴 좀 봐. 이렇게 된 데는 네 책임도 있으니까 가서 내 물건 좀 주워다 줄래?"

조가 진홍색 잎사귀들로 강둑을 뒤덮은 단풍나무 아래 털썩 주저앉으며 말했다.

로리는 잃어버린 물건들을 되찾기 위해 어슬렁거리며 떠났고, 조는 매무새를 다시 가다듬을 때까지 아무도 지나가지 않기를 바라며 땋은 머리를 틀어 올렸다. 그러나 한 사람이 지나갔는데, 다름 아닌 메그였다. 메그는 그날따라 여기저기 방문하느라 화려한 외출복을 입고 있어서인지 유난히 숙녀다워 보였다.

"도대체 여기서 뭐 하고 있는 거니?"

꼴이 엉망인 동생을 보고 놀란 메그가 물었다.

"낙엽을 줍고 있어."

조가 그제야 한 움큼 쓸어 모은 빨간 단풍잎들을 가려내며 우물쭈물 대답했다.

"그리고 머리핀도요."

로리가 조의 무릎에 머리핀 여섯 개를 던지며 끼어들었다.

"이쪽 도로에서는 머리핀도 자라거든요. 머리빗하고 밀짚모자도 자라고요."

"너 또 달리기했구나? 언제쯤이면 그런 말괄량이 짓을 그만

둘래?"

메그가 소매 끝을 바로 편 후 바람에 날려 헝클어진 머리를 매만지며 꾸짖듯 말했다.

"늙어 꼬부라져 목발을 짚어야 할 때까지 그만두지 않을 거야. 때가 되기도 전에 날 어른으로 만들려고 하지 마, 메그 언니. 언니가 갑자기 변한 것만으로도 충분히 힘들어. 난 가능한 한 오래오래 소녀로 남아 있고 싶어."

조는 말을 하면서 입술이 떨리는 걸 감추기 위해 낙엽 위로 몸을 숙였다. 요즘 들어 메그가 부쩍 여성스러워지고 있다는 걸 느낀 데다 로리에게서 들은 이야기 때문에 언젠가는 오고야 말, 그리고 지금은 아주 가까이 다가온 것 같은 이별이 갑자기 두려워진 탓이었다. 로리는 조의 얼굴에서 그런 고통을 읽어내고는 재빨리 질문을 던져 메그의 관심을 다른 데로 돌렸다.

"그렇게 근사하게 차려입고 어디 갔다 오는 길이에요?"

"가디너 씨 집에요. 샐리한테 벨 모팻의 결혼식 얘기를 자세하게 듣고 오는 길인데, 아주 굉장했나 봐요. 식이 끝나자마자 겨울을 파리에서 지낸다며 벌써 떠났대요. 정말 근사할 것 같지 않아요?"

"그런 게 부러워요?"

"그런 거 같아요."

"그거 참 다행이다!"

조가 모자를 푹 눌러쓰며 중얼거렸다.

"어째서?"

메그가 놀란 표정으로 물었다.

"왜냐하면 언니가 부자들에게 관심이 있는 한 가난뱅이 남자한테는 절대 시집가지 않을 테니까."

조가 바로 옆에서 말조심하라는 무언의 경고를 보내고 있는 로리에게 인상을 찌푸리며 말했다.

"난 아무한테도 시집 안 갈 거야."

메그가 우아하게 걸음을 옮겨 놓으며 말했다. 메그를 앞세운 조와 로리는 그 뒤에서 웃고, 소곤대고, 이따금 물수제비까지 떠 가며 걸어갔다. 제일 좋은 옷을 입지 않았더라면 두 사람과 함께 어울리고 싶은 마음이 들었을지도 모르지만, 메그는 그런 두 사람을 보면서 '애들 같다'고 생각했다.

그로부터 1, 2주 동안 조가 하도 이상하게 구는 바람에 자매들은 모두 몹시 당황했다. 우체부가 초인종을 누를 때마다 현관으로 달려나갔고, 브룩 씨를 만나기만 하면 무례하게 굴었으며, 가만히 앉아 슬픔에 잠긴 얼굴로 메그를 쳐다보다 갑자기 벌떡 일어나 손을 잡으며 키스를 퍼붓곤 했기 때문이다. 이 밖에도 자매들이 둘 다 제정신이 아니라는 결론을 내릴 때까지 로리와 늘 뭔가 신호를 주고받으며 '날개 편 독수리'에 대해 얘기를 나누곤 했다. 조가 창문을 통해 집 밖으로 빠져나가고 나서 두 번째로 돌아온 토요일, 메그는 창가에 앉아 바느질을 하다 로리와 조가 정원에서 장난치는 걸 보고는 마치 자기가 모욕당한 듯한 느낌을 받았다. 로리가 조를 잡느라 정원을 누비고 다니다 결국 에이미의 정자에서 생포한 뒤에는 어떻게 됐는지 볼 수 없었지만, 째지는 듯한 웃음소리에 뒤이어 중얼거리는 목소리와 신문이 펄럭거리는 소리가 들려왔다.

"저 애를 어떻게 한담? 저 앤 아마 죽을 때까지 숙녀처럼 행동하지 않을 거야."

메그는 못마땅한 얼굴로 두 사람을 지켜보며 한숨을 내쉬었다.

"난 지금의 조 언니 모습이 좋은걸. 거리감도 느껴지지 않고 재미있잖아."

베스가 말했다. 베스는 조가 자기 아닌 다른 사람과 비밀을 나눠 갖는다는 게 조금 속상하긴 했지만, 그에 대해 서운한 내색을 한 적은 한 번도 없었다.

"괴롭긴 하지만, 그렇더라도 안 보고 살 순 없잖아."

고수머리를 틀어 올려 훨씬 어른스럽게 보이는 에이미가 주름 장식을 만들다 한마디 거들었다.

몇 분 후에 조가 뛰어 들어오더니 소파에 앉아 신문을 읽는 척했다.

"뭐 재미있는 기사라도 있니?"

메그가 짐짓 다정하게 물었다.

"소설이야. 하지만 별로 대단친 않아."

조가 제목이 보이지 않게 그 부분을 가리며 대답했다.

"큰 소리로 읽어봐. 그러면 우리는 즐거워서 좋고, 언니는 장난을 안 쳐서 좋잖아."

에이미가 평소보다 훨씬 어른스러운 태도로 말했다.

"제목이 뭐야?"

조가 신문으로 얼굴을 가리고 있는 이유를 궁금해하며 베스가 물었다.

"화가들의 애증."

"재미있을 것 같은데. 읽어보렴."

메그가 말했다.

그러자 조는 큰 소리로 헛기침을 몇 번 하고는 숨을 길게 들이마신 뒤 매우 빠른 속도로 읽기 시작했다. 자매들은 흥미를 가지고 낭독에 귀 기울였다. 이야기는 낭만적인 데다 등장인물들이 거의 다 죽는 끝부분에 가서는 다소 비극적이기까지 했다.

"나는 화려한 그림에 대한 부분이 좋아."

조가 잠시 멈춘 사이, 에이미가 감동 어린 목소리로 말했다.

"난 사랑을 속삭이는 장면이 좋아. 비올라와 안젤로는 우리가 제일 좋아하는 이름인데, 이상하지 않니?"

메그가 비극적인 장면에 눈가를 훔치며 말했다.

"누가 썼어?"

베스가 조의 얼굴을 흘긋 쳐다보며 물었다.

그러자 조는 갑자기 벌떡 일어나 앉아 신문을 치우더니 얼굴이 빨갛게 상기된 채 진지하면서도 흥분된 목소리로 소리쳤다.

"네 언니!"

"네가 썼다구?"

메그가 바느질감을 떨어뜨리며 소리쳤다.

"정말 좋은 작품이야."

에이미가 논평하듯 말했다.

"그럴 줄 알았어! 그럴 줄 알았다고! 오, 조 언니. 난 언니가 너무 자랑스러워!"

베스가 언니를 껴안고 성공을 축하하며 말했다.

다들 얼마나 기뻐했을지 상상해 보라! 메그는 신문에 인쇄된 '조세핀 마치 양'이라는 글자를 보고 나서야 그 사실을 믿었고, 에이미는 이야기의 예술적 부분에 대해 정중하게 논평하며 그 뒤를 이어서 쓰라고 제안했다. 하지만 불행히도 남녀 주인공들이 모두 죽었기 때문에 속편을 쓰는 건 불가능했다. 베스는 잔뜩 흥분해서 껑충껑충 뛰어다니며 기쁨의 노래를 불렀고, 해나는 '조가 한 행동'에 깜짝 놀란 듯 '살아생전에 이보다 더 놀랄 일은 없을 거'라며 탄성을 질렀다. 마치 부인은 무척 대견해했고, 조는 이럴 줄 알았으면 거드름이나 실컷 부릴 걸 그랬다며 눈물을 찔끔거릴 정도로 웃었다. 그 후 신문이 손에서 손으로 전해지면서 '날개 편 독수리'가 힘차게 날개를 퍼덕이며 마치 씨 댁 위로 날아오르더라는 얘기가 돌았을지도 모를 일이다.

"자세하게 얘기해봐."

"신문은 언제 왔어?"

"원고료는 얼마나 받았어?"

"아빠가 뭐라실까?"

"로리가 웃진 않을까?"

식구들이 조의 주위로 모여들며 동시에 외쳐댔다. 약간 어수룩하지만 정이 많은 이 사람들은 일상의 사소한 기쁨에도 이처럼 야단법석을 떨었다.

"내가 다 얘기해 줄 테니까 조용히들 좀 해."

조는 버니 양이 「화가들의 애증」보다 「이블리나」에 더 호감을 보였던 걸 떠올리고는 이상하게 생각하며 말했다. 그리고 버니 양이 자기 소설을 어떻게 처리했는지 이야기한 후, 이렇게 덧붙였다.

"결과를 알아보러 갔더니 담당자가 자기는 둘 다 좋지만, 신인한테는 원고료를 지급하지 않고 대신 자기네 신문에 내주겠다고 하면서 작품에 대해 잠깐 평을 하더라고. 그러면서 그게 관행이라나. 그리고 신인 작가들이 나중에 실력이 향상되면 그때 원고료를 준다는 거야. 그래서 난 작품 두 개를 다 맡기고 왔고, 오늘 이게 온 거야. 로리가 붙잡고 읽어봐야겠다고 고집 피우는 바람에 그러라고 했지 뭐. 읽어보더니 훌륭하댔어. 난 앞으로 더 쓸 거야. 그리고 다음번에는 원고료를 받을 수 있을 거야. 그렇게 되면 내 용돈도 벌고 언니와 너희들도 도와줄 수 있을 테고. 아, 생각만 해도 너무 신나는 거 있지."

이 대목에서 조는 숨을 몰아쉬더니 신문으로 얼굴을 감싼 채 눈물을 흘렸다. 그 바람에 그녀의 짤막한 이야기가 실린 지면이 축축하게 젖어 들었다. 그도 그럴 것이, 경제적 독립을 이루고 자기가 사랑하는 사람들한테 칭찬을 받는다는 건 그녀가 가장 바라던 일이었기 때문이다. 이날의 사건은 그녀가 꿈꾸는 행복한 결말을 향한 첫걸음이었다.

15

전보

"1년 열두 달 중에서 11월이 제일 싫어."

어느 우중충한 날 오후, 메그가 창가에 서서 얼어붙은 정원을 바라보며 말했다.

"내가 괜히 11월에 태어났겠어?"

코에 잉크가 묻은 것도 모른 채 생각에 잠긴 조가 말했다.

"지금이라도 뭔가 즐거운 일이 일어난다면, 11월도 괜찮은 달이라고 생각하게 될 거야."

뭐든지, 심지어 11월까지도 긍정적으로 생각하는 베스가 말했다.

"그야 그렇지. 하지만 이 집에서는 평생 가도 즐거운 일이 일어날 것 같지 않아. 변화라곤 눈곱만큼도 없이 매일 죽어라 일만

하고, 정말 따분해. 감옥 안도 이보단 나을 거야."

아까부터 풀이 죽어 있던 메그가 말했다.

"이런, 다들 기분이 가라앉아 있잖아!"

조가 소리쳤다.

"다른 아가씨들은 신나게 즐기는데, 언니는 달이 가고 해가 가도 일만 해서 그래. 내 여주인공들에게 하는 것처럼 언니한테도 근사한 사건을 만들어줄 수 있으면 좋을 텐데. 내 얘길 좀 들어봐. 언니는 이미 충분히 예쁘고 착하니까 부자 친척이 언니한테 생각지도 않았던 유산을 물려주는 거야. 그러면 언니는 순식간에 상속인이 돼서 언니를 무시했던 사람들을 비웃으며 외국 여행을 즐기다가 무슨 무슨 귀부인이 돼서 금의환향하는 거야."

"요즘 누가 그런 식으로 재산을 물려받니. 돈을 벌려면 남자는 일을 해야 하고, 여자는 돈 많은 남자와 결혼해야 해. 지독하게도 불공정한 세상이야."

메그가 씁쓸하게 말했다.

"조 언니와 내가 언니들을 위해 돈 많이 벌 테니까 눈 딱 감고 10년만 기다려."

한쪽 구석에서 점토를 이용해 해와 과일, 얼굴 모양을 만들고 있던 에이미가 말했다. 해나는 이것을 '진흙 파이'라고 불렀다.

"난 기다릴 수 없어. 네 마음은 고맙지만 잉크와 잡동사니를 믿고 기다리기엔 내 믿음이 그렇게 강하지 못해."

메그는 한숨을 내쉬더니 서리 내린 정원 쪽으로 다시 고개를 돌렸다. 조는 탁자에 팔꿈치를 올려놓은 채 끙끙거리며 심각한 표정을 지었고, 에이미는 손바닥으로 점토를 힘껏 내리쳤다. 길가 쪽으로 난 창가에 앉아 밖을 내다보던 베스는 미소를 지으며 이렇게 말했다.

"기쁜 일이 두 가지나 생기고 있네. 엄마가 큰길에서 이쪽으로 오고 계시고, 즐거운 소식이 있는지 로리 오빠가 정원을 지나 우리 집 쪽으로 뛰어오고 있어."

두 사람은 거의 동시에 들어왔다. 마치 부인은 여느 때와 마찬가지로 "얘들아, 아빠한테서 무슨 소식 안 왔니?"라고 물었고, 로리는 언제나 그렇듯 상대방이 거절할 수 없는 붙임성 있는 말투로 이야기했다.

"누구 나랑 마차 타고 산책 나가지 않을래? 지금까지 내내 수학 공부를 했더니 머릿속이 어떻게 된 것 같아. 상쾌한 바람이라도 쐬면서 머리를 식혀야겠어. 날은 흐리지만 공기는 그다지 나쁘지 않아. 가는 길에 브룩 선생님을 집까지 모셔다 드릴 예정인데, 마차 안에 있어야 하는 게 좀 그렇긴 하지만 그래도 재밌을 거야. 조, 베스, 같이 가지 않을래?"

"물론, 가야지."

"고맙지만 난 바빠요."

메그가 일감이 든 바구니를 거칠게 집으며 말했다. 젊은 신사와 자주 나다니는 건 모양새가 좋지 않다는 어머니의 말씀에 동의했기 때문이다.

"저한테 뭐 부탁하실 거 없으세요?"

로리가 마치 부인의 의자에 기대며 다정한 얼굴로 물었다.

"별로 없구나. 하지만 괜찮다면 우체국에 들러주겠니? 편지가 오는 날인데 우체부가 아직 안 왔구나. 애들 아버지는 태양처럼 규칙적인 분인데, 아마 오는 길에 늦어지나 보다."

순간, 날카로운 초인종 소리가 마치 부인의 말을 가로막았다. 곧이어 해나가 편지를 가지고 들어왔다.

"우체부가 그 끔찍한 전보를 가지고 왔네요, 마님."

해나가 무슨 폭발물이라도 다루듯 조심스럽게 전보를 건네며 말했다.

'전보'라는 말에 마치 부인은 얼른 낚아채 단 두 줄뿐인 전보 내용을 보더니 그 조그만 종이쪽지가 가슴에 총알을 쏘기라도 한 것처럼 하얗게 질려서 의자에 털썩 주저앉았다. 로리가 물을 가지러 아래층으로 뛰어 내려간 사이 메그와 해나가 그녀를 부축했고, 조는 떨리는 목소리로 전보 내용을 크게 읽었다.

마치 부인께,

부군이 위독합니다. 즉시 출발하십시오.

S. 헤일

워싱턴 블랭크 병원

조가 편지를 읽는 동안 방 안은 쥐 죽은 듯 조용했고, 이상하게 하늘마저 어두컴컴해졌다. 어머니 주위로 모여든 자매들에게는 갑자기 세상이 뒤바뀐 것만 같았다. 그야말로 인생의 모든 행복과 버팀목이 한꺼번에 사라져버린 듯한 느낌이었다.

곧이어 정신을 가다듬은 마치 부인은 전보를 다시 찬찬히 읽고 나서 팔을 뻗어 딸들을 끌어안으며 결코 잊을 수 없는 목소리로 이렇게 말했다.

"당장 가봐야겠다. 하지만 너무 늦었을지도 모르겠구나. 오, 얘들아, 엄마가 이 시련을 이겨낼 수 있게 도와다오!"

몇 분 동안 방 안에는 울음소리만이 가득했다. 흐느낌 사이사이에 맥 빠진 위로의 말과 희망 섞인 속삭임이 이어졌지만 결국에는 눈물 속에 묻혀버렸다. 가족 중에서 제일 먼저 정신을 차린 사람은 해나였는데, 그녀는 자기도 모르는 사이에 지혜를 발휘해 나머지 식구들에게 모범을 보였다. 그녀에게는 일이 고통을 치유하는 만병통치약이었던 것이다.

"하나님께서 주인어른을 지켜주실 거예요! 내가 왜 이러고 있지, 이렇게 울고 있을 시간이 없는데. 어서 가서 마님이 가져가실 물건을 준비할게요."

그녀는 이렇게 말하면서 앞치마로 눈물을 닦고는 거친 손을 내밀어 여주인의 손을 따듯하게 감싸 쥐더니 세 사람 몫의 일을 한꺼번에 할 기세로 밖으로 나갔다.

"해나 말이 맞다. 지금은 눈물을 흘릴 때가 아니구나. 얘들아, 이제 그만 진정들 해라. 엄마도 생각 좀 하자꾸나."

자매들은 창백한 안색으로 꼿꼿이 앉아 슬픔을 참으며 앞일을 생각하는 어머니를 보면서 마음을 가라앉히려고 노력했다.

"로리는 어디 있니?"

생각을 정리한 마치 부인은 급한 일부터 처리하기로 결정하고는 이렇게 물었다.

"저 여기 있어요, 아줌마. 뭐든 시키세요."

아무리 절친한 사이라지만 함께 나누기에는 마치 가족의 슬픔이 너무 커 보여 옆방에 가 있던 로리가 재빨리 나오며 소리쳤다.

"우체국에 가서 내가 곧 간다고 전보를 치거라. 다음 기차가 새벽에 있으니 그걸 타고 간다고 말이다."

"다른 건요? 말을 대기시켜 놓았으니까 어디든 갈 수 있어요."

로리가 지구 끝까지라도 날아갈 기세로 말했다.

"그럼, 편지를 써줄 테니 마치 대고모님 댁에도 다녀오렴. 조, 펜과 종이를 가져오너라."

조는 가장 최근에 쓴 소설을 옮겨 적기 위해 새로 마련한 노트를 가져와 여백 부분을 골라 북 찢었다. 그러고는 어머니 앞으로 탁자를 끌어당겼다. 슬프고도 기나긴 여행을 위해서는 돈을 빌려야 한다는 걸 너무도 잘 알고 있는 조였기에 아버지를 위해 조금이라도 보탬이 될 수 있다면 뭐든지 할 수 있을 것 같았다.

"자, 됐다. 하지만 급하다고 너무 빨리 달리지는 마라. 그러다 사고라도 나면 큰일이니까."

그러나 마치 부인의 경고는 아무 소용이 없었다. 그로부터 5분

후, 로리는 창가로 달려가 몸을 날려 말 등에 올라타자마자 자기 생명이 걸리기라도 한 듯 전속력으로 말을 몰았다.

"조, 지금 당장 부인회 모임 장소로 뛰어가서 킹 부인에게 내가 못 간다고 전해라. 그리고 오는 길에 이 물건들을 사 오너라. 종이에 적어주마. 간호하는 데 필요한 물건들이란다. 병원 매점에는 없는 게 많거든. 베스, 넌 로런스 씨한테 가서 묵은 포도주 두 병만 달라고 부탁해서 가져오너라. 너희 아빠를 위해서라면 그깟 자존심쯤은 아무렇지도 않단다. 아빠한테는 뭐든 제일 좋은 걸로 해드리고 싶구나. 에이미, 넌 해나한테 검은색 여행 가방을 꺼내 오라고 이르고, 메그는 이리 와서 엄마가 짐 싸는 걸 도와다오. 정신이 없어 그런지 뭐가 어디 들어 있는지 모르겠구나."

한꺼번에 편지도 쓰고, 생각도 하고, 지시까지 하려니 정신이 없는 게 당연했다. 메그는 어머니더러 잠깐만이라도 방에 들어가 조용히 앉아 계시라고 설득한 후, 동생들을 재촉했다. 다들 세찬 바람을 맞은 나뭇잎처럼 뿔뿔이 흩어졌다. 전보에 악마의 주문이 들어 있기라도 했는지, 조용하고 행복했던 가정이 갑자기 거센 폭풍우에 휘말린 듯 풍비박산이 났다.

로런스 씨는 베스를 앞세우고 환자에게 필요하다고 생각하는 것들을 모조리 챙겨 들고 달려왔다. 그뿐 아니라 어머니가 없는 동안 딸들을 잘 보살피겠다는 친절한 약속까지 해서 마치 부인은 한결 마음이 놓였다. 로런스 씨는 자신의 실내복을 빌려주는 것은 물론 원한다면 병원까지 동행해 주겠다며 뭐든지 돕겠다고 나섰다. 그러나 마지막 제안은 실행이 불가능했다. 마치 부인이 노신사가 장거리 여행을 떠나는 걸 말렸기 때문이다. 그러나 노인이 그 얘기를 꺼냈을 때 마치 부인은 안도하는 기색이 역력했다. 노인은 그녀의 표정을 보고 미간을 찌푸리며 두 손을 비비더니 곧 돌아오겠다는 말을 남기고 갑자기 나가버렸다. 그 후 메그가 방한용 덧신과 찻잔을 양손에 나눠 들고 현관을 지나오다 갑자기 나타난 브룩 씨와 마주치기 전까지 다들 노인에 대해 까맣게 잊고 있었다.

"부친의 일은 정말 안됐습니다, 마치 양."

브룩 씨는 다정하고 조용한 목소리로 말했다. 그러나 마음이 심란한 메그에게는 다소 들뜬 목소리처럼 들렸다.

"댁의 어머니를 모시고 가려고 왔습니다. 마침 로런스 씨 지시로 워싱턴에 일을 보러 가는 길이라서요. 마치 양 어머님께 도움이 된다면 저도 정말 기쁘겠습니다."

메그는 고마운 마음에 손을 내밀려다 그만 덧신을 떨어뜨렸다. 그리고 찻잔까지 떨어뜨릴 뻔했다. 그녀가 너무 고마워하는 바람에 브룩 씨는 시간을 좀 내는 것뿐인데 그 이상의 대단한 희생을 해서 그에 대한 인사를 받고 있는 듯한 느낌이 들었다.

"두 분께 뭐라고 감사를 드려야 할지 모르겠군요. 어머니도 분명 기뻐하실 거예요. 동행이 생겼다는 걸 아시면 훨씬 마음이 놓이실 테니까요. 정말 감사합니다. 정말이에요."

자신이 하고 있던 일을 까맣게 잊은 채 감사를 표하던 메그는 자신을 내려다보는 갈색 눈동자에서 뭔가 심상치 않은 기색을 발견하고는 그제야 식어버린 차가 생각났다. 곧이어 메그는 어머니한테 알려드려야겠다며 황급히 거실로 들어가버렸다.

로리가 마치 대고모가 보낸 편지를 가지고 돌아왔을 때는 떠날 준비가 모두 끝나 있었다. 부탁한 돈을 동봉한 편지에는 마치 대고모가 전에도 여러 번 반복했던 얘기, 그러니까 군에 입대하는 건 어리석은 짓이며 결국은 좋은 꼴을 보지 못할 거라고 누차 얘기했는데도 자기 말을 안 들어 이런 일이 생겼으니 다음번에는 자기의 충고를 받아들이길 바란다는 내용이 적혀 있었다. 마치 부인은 편지는 태워버리고 돈만 지갑에 넣은 뒤 입을 꽉 다문 채 하던 일을 계속했다. 조가 그 자리에 있었더라면 입을 꽉 다문 어머니의 심정을 헤아렸으리라.

짧은 오후가 저물어가고 있었다. 다른 심부름들은 거의 다 끝났고, 메그와 어머니는 몇 가지 필요한 바느질을 하느라 바빴다. 그동안 베스와 에이미는 차를 끓였고, 해나는 그녀의 표현대로 다림질을 '뚝딱' 끝냈다. 그러나 조는 아직도 돌아오지 않고 있었다. 다들 걱정하기 시작하자 로리가 찾으러 나갔다. 하지만 조가 자기 머리에 어떤 괴상한 짓을 하리라고는 아무도 생각하지 못했고, 로리도 예외는 아니라서 조가 지나가는데도 몰라봤다. 조는 즐거움과 두려움, 만족과 후회가 한데 뒤섞인 아주 기묘한 표정으로 들어와 약간 목멘 소리로 "아빠를 편안하게 해드리고 집으로 모셔 오는 데 보태 쓰세요"라고 말하면서 어머니 앞에 돌돌만 지폐 뭉치를 내밀어 식구들을 당혹스럽게 만들었다.

"어디서 났니? 25달러나 되잖아! 조, 난 네가 경솔한 짓을 하지 않았기를 바란다."

"그런 돈 아니에요. 이건 내가 정직하게 번 돈이에요. 구걸하거나 빌리거나 훔친 게 아니라고요. 내가 번 거예요. 내 걸 팔았을 뿐이니까 뭐라고 하지 마세요."

이렇게 말하면서 조가 보닛을 벗자 다들 놀라서 일제히 비명을 질렀다. 그녀의 풍성한 머리털이 짧게 잘려 있었기 때문이다.

"네 머리! 네 그 아름다운 머리를 대체 어떻게 한 거니!"

"오, 조 언니 왜 그랬어? 언니의 외모 중에서 유일하게 예쁜 부분이 머리였는데."

"얘야, 그럴 필요까지는 없었는데."

"그렇게 하니까 조 언니 같지가 않아. 하지만 그래서 난 조 언니가 더 좋아!"

한 사람씩 소리치는 동안 베스는 짧게 자른 머리를 가만히 감싸 안았다. 조는 아무렇지도 않다는 표정(하지만 아무도 속지 않았다)으로 갈색 덤불을 헝클어뜨리며 마음에 든다는 듯 말했다.

"국가의 운명에 영향을 미치는 일이 아니니까 그렇게 울지 마, 베스. 내 허영심 때문에라도 잘됐지 뭐. 그동안 내 머리에 대해 지나치게 자랑하고 다녔거든. 머리가 짧은 게 뇌에도 좋을 거야. 머리가 아주 가볍고 상쾌해진 느낌이야. 이발사가 그러는데 조금만 있으면 끝이 곱슬곱슬해질 테니까 손질하기가 쉬워질 거래.

베스는 짧게 자른 머리를 가만히 감싸 안았다. 조는 아무렇지도 않다는 표정
(하지만 아무도 속지 않았다)으로 갈색 덤불을 헝클어뜨리며 마음에 든다는 듯 말했다.

난 만족해. 그러니까 엄마는 이 돈을 받으시고, 어서 저녁들 먹자고요."

"조, 자세히 말해봐라. 난 썩 내키지가 않는구나. 하지만 네가 사랑하는 사람을 위해, 네가 표현했듯이 네 허영심을 기꺼이 희생했다는 걸 잘 알기에 널 나무라지는 못하겠구나. 그래도 그럴 필요까지는 없었는데……. 얼마 안 가서 네가 후회할까 봐 걱정스럽다."

마치 부인이 말했다.

"아뇨, 절대로 후회하지 않을 거예요!"

조는 어머니가 자신의 행동을 나무라지 않는 걸 다행으로 여기며 씩씩하게 대답했다.

"무슨 생각으로 그랬어?"

자신의 예쁜 머리를 자르느니 목을 자르는 게 낫겠다고 생각하며 에이미가 물었다.

"글쎄, 난 정말 아빠를 위해 뭔가를 해드리고 싶었어."

자매들은 조의 이야기를 들으며 식탁 주위로 모여들었다. 한창 때의 젊은이들은 고통의 한가운데에서도 먹을 수 있기 때문이다.

"나도 엄마만큼이나 돈을 빌리는 게 싫었어. 그리고 마치 대고모님이 잔소리를 해댈 거라는 걸 알고 있었거든. 9펜스를 빌려도 잔소리를 하실 분이니까. 게다가 메그 언니는 석 달 치 봉급을 집세로 내놓았는데 난 내 옷만 사서 양심의 가책을 느끼고 있었거든. 돈을 구할 수 있다면 코라도 베어 팔았을 거야."

"양심의 가책을 느낄 필요는 없단다. 넌 겨울옷이 없었잖니. 네가 열심히 일해서 번 돈으로 검소한 옷 몇 벌 사는 걸 가지고 뭐랄 사람은 아무도 없다."

조는 어머니의 따뜻한 표정과 말씀에 마음이 훈훈해졌다.

"물론 처음엔 머리를 팔 생각이 전혀 없었어. 하지만 길을 걸으면서 내가 할 수 있는 일이 뭘까 고민하다 보니 아무 가게나 뛰어 들어가서 나라도 팔고 싶은 생각이 들잖아. 그러다 이발소 진열창에서 가격표가 붙은 머리털을 보게 됐어. 길긴 하지만 숱은 나보다 많지 않은 검은 머리가 40달러나 되더라고. 그걸 본 순간 갑자기 돈을 벌 만한 방법이 있다는 생각이 들지 뭐야. 그래서 곧장 이발소 안으로 들어가 머리털을 사는지, 산다면 내 건 얼마를 줄 건지 물어봤지."

"어떻게 그런 생각을 했어? 나 같으면 엄두도 못 냈을 거야."

베스가 대단하다는 듯 말했다.

"이발사는 머리에 기름을 바르는 게 인생의 목적인 것 같은 왜소한 남자였어. 처음에는 여자가 들어와 머리털을 사라고 하는 일이 흔치 않은지 빤히 쳐다보더라고. 그러더니 내 머리털이 그렇게 마음에 들지도 않고, 유행하는 색깔도 아니니 많이 줄 수 없다는 거 있지. 그 밖에도 여러 가지 이유를 늘어놓더라고. 날은 점점 어두워지지, 그 자리에서 바로 해치워버리지 않으면 나중엔 못 할 것 같은 생각이 들더라. 다들 알다시피, 난 일단 시작하면 중간에서 포기하는 걸 제일 싫어하잖아. 그래서 이발사한테 제발 좀 사달라고 간청하면서 내가 왜 그렇게 서두르는지에 대해 설명했지. 물론 어리석은 짓이었어. 하지만 그 때문에 이발사가 마음을 고쳐먹게 됐지 뭐야. 내가 흥분한 나머지 두서없이 이야기를 늘어놓자 그의 부인이 듣고는 이렇게 말했어. '사줍시다, 토머스. 아가씨가 저렇게 부탁하잖아요. 누가 내 머리털을 사겠다면 나도 우리 지미를 위해 기꺼이 팔 거예요.'"

"지미가 누구야?"

중간에 나서서 질문하길 좋아하는 에이미가 물었다.

"그 여자 아들이야. 군대에 있대. 그런 게 생판 모르는 사람 사이도 얼마나 가깝게 만들어주는지! 그 여자는 남자가 내 머리카락을 자르는 동안 내내 말을 시키면서 내가 딴 데 신경을 돌리게 해줬어. 정말 고맙지 뭐야."

"맨 처음 가위로 머리카락을 자를 때 끔찍한 느낌이 들지는 않았니?"

메그가 진저리를 치며 물었다.

"남자가 이발 도구를 챙기는 동안 내 머리를 마지막으로 봤는데, 그게 다였어. 난 그런 사소한 일에는 절대 안 울잖아. 하지만 고백하건대 내 머리카락이 탁자 위에 널려 있는 걸 보았을 땐 아주 기분이 이상했어. 머리가 갑자기 짧아진 게 마치 팔이나 다리가 잘려 나간 기분이 들더라고. 여자가 그런 나를 보더니 머리카락 몇 올을 집어서 보관하라고 주더라고. 이건 엄마께 드릴 테니 이걸 보면서 지나간 영광을 기억해 주세요. 머리가 짧으니까 아주 편해. 앞으로는 절대 머리를 안 기를 거야."

마치 부인은 밤색 머리카락을 정성스레 접어서 짧은 회색 머리카락과 함께 책상 서랍에 보관했다. 그러고는 조에게 고맙다고 말했지만, 어딘가 모르게 착잡해 보이는 표정이었다. 그러자 자매들은 얼른 화제를 바꿔 최대한 쾌활하게 보이려 애쓰면서 수다를 떨었다. 브룩 씨가 친절하다느니, 내일은 날씨가 좋을 것 같다느니, 아버지가 집에 돌아오시면 정말 좋겠다느니, 대강 그런 얘기들이었다.

열 시가 됐지만 다들 자러 갈 기미를 보이지 않자 마치 부인은 마지막 일을 끝내고 자매들을 불러 모았다. 베스가 피아노 앞에 앉아 아버지가 가장 좋아하는 찬송가를 연주하자 처음에는 다들 용감하게 시작했으나 한 사람씩 돌아가며 목이 메는 바람에 나중에는 베스 혼자서만 열심히 불렀다. 이번에도 음악은 언제나처럼 그녀를 따뜻하게 위로해 주었다.

"그만 떠들고 가서들 자거라. 내일은 새벽부터 일어나야 하니까 푹 자둬야지. 잘 자거라, 얘들아."

반주가 끝났지만 아무도 더 부르려 하지 않자 마치 부인이 말했다.

자매들은 어머니에게 키스를 한 후 앓아누운 아버지가 옆방에 누워 있기라도 한 듯 조용히 잠자리에 들었다. 집안에 들이닥친 우환에도 불구하고 베스와 에이미는 곧 잠이 들었지만 메그는 길지 않은 생애 중 어느 때보다도 심각한 문제들을 놓고 고민하느라 잠을 이루지 못했다. 조는 꼼짝도 않고 누워 있었다. 그래서 메그는 틀어막은 입 사이로 새어 나오는 흐느낌 소리에 놀라 동생의 젖은 뺨을 만져보기 전까지는 조가 잠든 줄로만 알았다.

"조, 왜 그래? 아빠 때문에 우는 거니?"

"아니, 지금은 아냐."

"그럼 뭐 때문에 우는 거니?"

"내…… 내 머리 때문에……."

가엾은 조는 베개에 얼굴을 파묻고 감정을 억제하려고 노력했지만 끝내 울음을 터뜨리고 말았다.

메그는 동생의 이런 행동이 전혀 우습게 느껴지지 않았다. 그녀는 다정한 키스와 포옹으로 상처 입은 여장부를 위로해 주었다.

"후회하는 건 아냐. 그럴 수만 있다면 내일이라도 또 자를 거야. 지금 이렇게 울고 있는 건 내 안의 이기적인 부분일 뿐이야. 이걸로 다 끝났으니까 아무한테도 얘기하지 마. 난 언니가 자는 줄 알았어. 그래서 내 용모 중에서 유일하게 아름다웠던 머리를 위해 조금 슬퍼해준 것뿐이야. 그런데 언니는 왜 여태 안 자고 있었어?"

"너무 걱정이 돼서 잠을 잘 수가 없어."

메그가 말했다.

"즐거운 일에 대해 생각해봐, 그러면 금방 잠이 올 거야."

"그렇게 해봤지만, 정신만 더 말똥말똥해지고 아무 효과가 없었어."

"무슨 생각을 하고 있었는데?"

"잘생긴 얼굴들, 특히 눈에 대해서."

메그가 어둠 속에서 슬며시 미소를 지으며 대답했다.

"언니는 어떤 색을 제일 좋아해?"

"가끔은 갈색도 좋은데, 역시 파란색이 제일 좋은 것 같아."

조가 웃자 메그는 퉁명스럽게 이제 얘기는 그만하고 어서 자라고 말했다. 그러고는 내일 아침에 머리를 다듬어주겠다고 약속한 후 상상 속의 성에서 사는 꿈을 꾸길 바라며 잠이 들었다.

시계는 자정을 알리고 있었고, 집 안은 몹시 조용했다. 그 속에서 침대에서 침대로 소리 없이 걸음을 옮겨 놓으며 이불을 판판하게 고르거나 베개 위치를 바로잡아주는 사람이 있었다. 그뿐만이 아니었다. 침대 머리맡에 멈춰 서서 잠든 얼굴들을 물끄러미 바라보며 정이 담뿍 담긴 입술로 키스를 하는가 하면, 세상 모든 어머니들이 그렇듯 가슴에서 우러나오는 기도를 드리기도 했다. 그녀가 커튼을 들치고 적막한 어둠 속을 응시하는 동안, 갑자기 구름 뒤에서 달이 나타나서는 그녀를 환하게 비추며 이렇게 속삭이는 것 같았다.

"힘을 내세요, 그대! 구름 뒤에는 늘 빛이 있기 마련이랍니다."

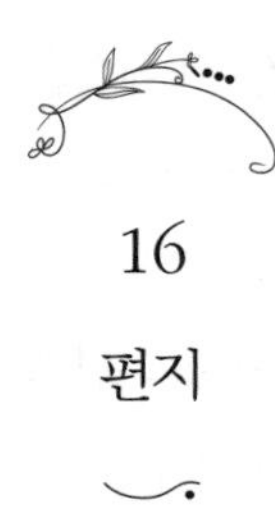

16
편지

쌀쌀한 잿빛 새벽, 자매들은 등잔에 불을 붙이고 전에 없이 진지한 태도로 자신들의 안내서를 읽었다. 실제로 고통의 그림자가 짙게 드리워진 지금, 자신들이 그동안 얼마나 따뜻한 햇볕 속에서 살았는지를 깨닫게 됐기 때문이다. 그 작은 책은 도움과 위안의 말들로 가득 차 있었다. 자매들은 옷을 입으며 명랑한 모습으로 작별 인사를 하자고 약속했다. 그렇지 않아도 어머니는 걱정이 한두 가지가 아닐 텐데, 딸들의 눈물이나 불평 때문에 어머니의 마음이 더 심란해지는 일이 없도록 하기 위해서였다. 아래층으로 내려갔더니 모든 게 아주 낯설어 보였다. 밖은 너무 어둡고 조용한 데 비해, 안은 너무 밝고 어수선했다. 그렇게 이른 시각에 아침을 먹으려니 왠지 이상했고, 나이트캡을 쓴 채 부엌에서 분주하게 움직이는 해나의 얼굴도 어딘지 부자연스러워 보였다. 커다란 여행 가방이 복도에 세워져 있었고, 소파 위에는 어머니의 외투와 보닛이 놓여 있었다. 어머니는 식탁에 앉아 음식을 삼키기 위해 애쓰고 있었지만, 수면 부족과 걱정 때문에 몹시 창백하고 피곤해 보이는 모습은 자매들의 다짐을 흔들어놓았다. 메그는 자기도 모르게 눈물이 그렁그렁했고, 조는 식기 운반대에 여러 번 얼굴을 가려야 했으며, 베스와 에이미는 마치 슬픔을 처음 경험하기라도 하는 것처럼 침울하고 곤혹스러운 표정을 지었다.

말을 많이 하는 사람은 아무도 없었지만, 떠날 시간이 가까워지면서 마차를 기다리는 동안 어머니의 숄을 개키랴, 보닛의 끈을 바로 하랴, 덧신을 챙기랴, 여행 가방을 잠그랴 다들 바빴다. 마치 부인은 그런 딸들을 불러 모아 주의를 주었다.

"얘들아, 해나한테도 당부해뒀고 로런스 씨도 너희들을 돌봐주신다고 했으니 엄마는 안심하고 떠난다. 해나가 성실한 건 너희들도 다 아는 사실이고, 로런스 씨도 당신 피붙이처럼 너희들을 챙겨주실 거다. 알아서 잘들 하겠지만, 너희들 마음고생이 클까 봐 걱정스럽구나. 내가 가더라도 슬퍼하거나 마음 아파하지 말았으면 좋겠다. 힘들다고 게으름을 부리거나 일부러 잊으려 하지 말고 평소 때처럼 계속 일을 하거라. 일은 훌륭한 위로가 된단다. 희망을 가지고 바쁘게 생활하고, 어떤 일이 일어나더라도 아빠를 잃는 일은 없을 거라는 점을 명심하렴."

"명심할게요, 엄마."

"메그, 매사에 신중하게 처신하고 동생들을 잘 보살펴야 한다. 뭐든지 해나와 상의하고, 곤란한 일이 생기면 로런스 씨한테 가서 도움을 청하거라. 조, 너무 낙담하지 말고 경솔한 행동은 삼가거라. 엄마한테 편지도 자주 쓰고. 평소처럼 씩씩하게 우리 모두를 격려해다오. 베스, 음악으로 마음을 안정시키고 네가 맡은 집안일에 충실하렴. 그리고 에이미, 네가 할 수 있는 한 최선을 다하고 언니들 말 잘 듣고 지내야 한다."

"알았어요, 엄마! 그렇게 할게요."

덜커덕거리며 다가오는 마차 바퀴 소리에 다들 깜짝 놀라며 귀를 기울였다. 괴롭고 힘겨운 순간이었지만, 자매들은 모두 잘 견뎌냈다. 울거나 도망치는 사람은 아무도 없었다. 아버지에게 안부를 전할 때는 너무 늦은 인사가 될지도 모른다는 생각에 마음이 무거웠지만 울음을 터뜨리거나 하진 않았다. 자매들은 키스와 포옹으로 인사를 나눈 후, 마차를 타고 떠나는 어머니를 향해 애써 쾌활하게 손을 흔들었다.

로리와 로런스 씨가 그녀를 배웅하러 왔고, 브룩 씨는 매우 든든하고 현명하고 친절해 보여서 자매들은 즉석에서 '그레이트하트'(『천로 역정』에서 주인공들을 도와주는 인물 : 옮긴이)라는 별명을 붙여주었다.

"잘 지내고 있거라, 얘들아! 주여, 우리를 지켜주소서."

마치 부인은 사랑스러운 딸들의 얼굴에 차례로 키스를 하면서 속삭였다. 그러고는 서둘러 마차에 올라탔다.

마치 부인을 태운 마차가 출발한 후 얼마 지나지 않아 해가 떠올랐다. 얼마쯤 가서 마치 부인이 뒤돌아보니 무슨 좋은 일이 생기려는지 대문 주변에 서 있는 사람들 위로 햇빛이 쏟아져 내리고 있었다. 그들도 이제 막 떠오르기 시작한 해를 보고는 활짝 웃으며 손을 흔들었다. 마치 부인이 모퉁이를 돌면서 마지막으로 본 건 딸들의 밝은 얼굴과 그 뒤에 호위병처럼 버티고 있는 로런스 씨, 믿음직스러운 해나, 그리고 자매들 일이라면 무슨 일이든 발 벗고 나서는 로리의 모습이었다.

"다들 우리한테 너무 잘해줘서 얼마나 고마운지 몰라요."

이렇게 말하며 고개를 돌린 마치 부인은 동행한 젊은이의 예의 바른 얼굴에서 그 사실을 새삼 확인했다.

"전 잘 모르겠는데요."

브룩 씨가 옆 사람까지 따라 웃고 싶은 기분이 들 만큼 환하게 웃으며 대답하자 마치 부인도 절로 미소 짓지 않을 수 없었다. 이렇게 해서 이 기나긴 여행은 일이 순조롭게 풀리려는지 처음부터 눈부신 햇빛과 미소, 유쾌한 대화로 시작되었다.

"마치 지진이 휩쓸고 지나간 것 같은 느낌이야."

로리와 로런스 씨가 아침을 먹기 위해 집으로 돌아가고 자매들만 남아 휴식을 취하게 되자 조가 입을 열었다.

"집이 텅 빈 것 같아."

메그가 쓸쓸한 표정을 지으며 말했다.

베스는 뭔가 말하려고 입을 벌렸지만, 어머니가 쓰던 탁자 위에 놓여 있는 양말들을 가리킬 수 있을 뿐이었다. 말끔하게 수선되어 있는 그 양말들은 어머니가 그 바쁜 와중에서도 딸들을 생각하며 일했다는 사실을 보여주었다. 사소한 일이었지만 자매들에게는 이것이 진한 감동으로 와닿았고, 단단하게 각오를 다졌음에도 불구하고 다들 주저앉아 울음을 터뜨리고 말았다.

자매들의 기분은 현명한 해나 덕택에 한결 나아졌다. 눈물바다가 진정될 조짐을 보일 때쯤, 커피 주전자로 무장한 해나가 구조에 나섰던 것이다.

"마님이 속 끓이지 말라고 하신 말씀 벌써 잊었어요? 자, 이리 와서 커피 한잔씩 들고 나서 일들 하세요."

커피는 자매들에게 큰 위안이 되었다. 해나는 그날 아침 자매들을 위로하는 데 굉장한 기지를 발휘했다. 아무도 그녀의 설득력 있는 명령이나 커피 주전자에서 흘러나오는 향기로운 초대에 저항하지 못했다. 그제야 자매들은 식탁으로 가서 손수건을 냅킨으로 바꾸었고, 10분쯤 지나자 다시 이전 모습으로 돌아왔다.

"'희망을 가지고 바쁘게 움직여라', 이게 우리의 표어야. 그럼, 지금부터 누가 이 말을 제일 잘 기억하는지 두고 보자고. 난 평소처럼 대고모님 댁에 다녀올게. 하지만 설교를 늘어놓으실 게 뻔한데, 어떡하지!"

기운을 되찾은 조가 커피를 홀짝이며 말했다.

"집에 있으면서 이것저것 챙기고 싶지만, 나도 킹 씨 댁에 가야 할 것 같아."

메그가 눈이 빨개지도록 울었던 걸 후회하며 말했다.

"집 걱정은 하지 마. 집안일은 베스 언니와 내가 잘할 수 있어."

에이미가 여전히 잘난 척하며 끼어들었다.

"해나가 우리가 해야 할 일을 일러주겠지. 언니들이 돌아올 때쯤엔 모든 게 정리돼 있을 거야."

베스가 자루걸레와 쓰레받기를 꺼내며 덧붙였다.

"근심이란 정말 재미있는 것 같아."

에이미가 설탕을 먹으며 심각하게 말했다.

그 말에 자매들은 웃지 않을 수 없었다. 메그는 설탕 단지로 슬픔을 달래는 꼬마 아가씨에게 고개를 설레설레 흔들었지만, 에이미의 말 한마디에 다들 기분이 좋아졌다.

해나가 구워준 두툼한 파이를 보자 조는 다시 침착해졌다. 일상의 임무를 처리하기 위해 집을 나선 두 사람은 늘 어머니가 서 있던 창가를 슬픈 눈길로 쳐다보았다. 당연히 어머니의 얼굴은 보이지 않았지만, 베스가 가족 간의 그 작은 행사를 기억해내고는 언니들에게 고개를 끄덕이며 거기 서 있었다. 그 모습이 꼭 얼굴이 발그레한 중국 인형 같았다.

"역시 베스다워!"

조가 고마움이 가득한 표정으로 모자를 흔들며 말했다.

"잘 가, 메그 언니. 오늘은 킹 씨 댁 아이들이 말썽 안 피우길 바라. 그리고 아빠 일로 너무 마음 쓰지 마."

메그와 헤어지면서 조가 말했다.

"나도 마치 대고모님이 잔소리 안 하시길 빌게. 그 머리 잘 어울린다. 남자 같고 멋있어 보여."

메그가 동생의 짧은 머리에 시선을 둔 채 웃지 않으려고 애쓰며 대답했다. 조의 머리가 떡 벌어진 어깨에 비해 우스꽝스러울 정도로 작아 보였기 때문이다.

"그게 내 유일한 위안이야."

조는 겨울날 털을 깎인 양 같다는 생각을 하며 로리처럼 모자를 만지작거리다 총총히 사라졌다.

아버지의 소식을 듣고 자매들은 한시름 놓았다. 아직도 위험하긴 하지만, 뛰어난 간호사인 어머니의 정성 어린 간호 덕택에 벌써 상태가 많이 좋아졌다는 내용이었기 때문이다. 브룩 씨는 매일 속보를 보내왔고, 메그는 일주일이 지나는 동안 점점 기쁜 소식이 늘어나는 속달 편지를 맏이인 자기가 읽어주겠다며 고집을 피웠다. 처음에는 다들 편지를 쓰고 싶어 했고, 워싱턴과의 서신 왕래를 중요하게 생각하는 자매들 중 누군가가 불룩한 봉투들을 조심스레 우체통에 밀어 넣었다. 우체통 속으로 들어가는 편지에는 자매들의 성격이 그대로 드러나 있었다. 어떤 내용들인지 읽어보도록 하자.

사랑하는 엄마에게

지난번에 엄마가 보내신 편지를 받고 우리가 얼마나 행복해했는지 말로는 도저히 표현할 수가 없어요. 너무 반가운 소식이라 다들 웃다가 울다가 했답니다. 브룩 씨는 정말 친절하세요. 로런스 씨의 사업 덕분에 그분이 엄마 곁에 오래 있을 수 있어서 얼마나 다행인지 몰라요. 동생들은 각자 자기 일들을 열심히 하면서 잘 지내고 있어요. 조는 제가 바느질하는 걸 도와주기도 하고, 힘든 일은 자기가 다 하겠다며 고집을 부려요. 하지만 저러다 제풀에 지쳐 곧 그만둘 거예요. 베스는 시계처럼 규칙적으로 일하면서 엄마가 하신 말씀을 한 번도 잊은 적이 없어요. 하지만 피아노 앞에 앉아 있을 때를 빼면 아빠 걱정을 하는지 늘 어두운 표정을 짓고 있어요. 에이미는 제 말을 아주 잘 들어요. 요즘은 머리도 혼자 빗기 시작했고, 제가 단춧구멍 만드는 법과 양말 수선하는 법을 가르쳐주고 있어요. 아주 열심이에요. 돌아오셔서 에이미의 의젓해진 모습을 보시면 기쁘실 거예요. 로런스 씨는, 조의 표현에 따르면, 늙은 어미 암탉처럼 우리를 돌봐주고 계세요. 로리도 무척 친절하답니다. 우리가 가끔 기분이 처져 있거나 엄마 아빠가 너무 먼 곳에 계셔서 고아처럼 느껴질 때마다 조와 작당해서 우리를 즐겁게 해주고 있어요. 해나 아주머니는 그야말로 성인이에요. 지금까지 한 번도 절 나무란 적이 없어요. 항상 절 '마거릿 아가씨'라고 부르면서 어른처럼 대해준답니다. 우리 모두 건강하고 바쁘게 지내고 있어요. 하지만 밤이나 낮이나 엄마가 돌아오실 날만을 손꼽아 기다리고 있답니다. 아빠께 제 사랑을 전해주세요.

영원한 엄마의 딸 메그 올림

향수를 뿌린 종이에 또박또박 눌러쓴 이 편지는 커다란 외국산 종이에 꼬불꼬불하게 휘갈겨 쓴 데다 잉크 얼룩이 여기저기 묻은 다음 편지와 큰 대조를 이루었다.

나의 소중한 엄마께

아빠를 위해 만세 삼창! 브룩 씨가 바로바로 전보를 쳐줘서 얼마나 고마운지 몰라요. 정말 좋은 사람인 것 같아요. 편지가 왔을 때 전 다락으로 뛰어 올라갔었어요. 우리한테 은혜를 베풀어주신 하나님께 감사를 드리려고요. 하지만 전 울면서 이렇게 말할 수밖에 없었어요. '전 정말 기뻐요! 정말이에요!' 마음속 깊이 감사했으니까 굳이 정식 기도가 아니더라도 이걸로 충분하지 않았을까요? 우리는 잘 지내고 있어요. 다들 너무 착해서 비둘기 둥지에서 사는 것 같다니까요. 메그 언니가 식탁 앞에 앉아 엄마 노릇을 하려고 애쓰는 모습을 보시면 엄마도 웃으실 거예요. 메그 언니는 하루가 다르게 예뻐지고 있어요. 어떤 땐 같은 여자인 저도 사랑하고 싶은 생각이 들 정도예요. 베스와 에이미는 대천사들 같아요. 그리고 전, 여전해요. 제가 어디 가겠어요. 참, 로리와 싸울 뻔했다는 얘길 해야겠네요. 아주 사소한 일이었는데 로리가 벌컥 화를 내지 뭐예요. 제가 옳았지만 전 가만히 있었어요. 그랬더니 사과할 때까지 다시는 오지 않겠다고 하면서 집으로 가버리잖아요. 그래서 저도 화가 나서 사과할 마음이 없다고 쏘아붙였죠 뭐. 그러고 났더니 하루 종일 기분이 안 좋은 게 그날따라 엄마가 무척 보고 싶었어요. 로리와 전 둘 다 자존심이 강해서 사과를 한다는 게 참 힘들거든요. 하지만 전 로리가 사과하러 올 줄 알았어요. 제가 옳았으니까요. 하지만 로리는 끝내 오지 않았고, 전 밤이 돼서야 에이미가 강물에 빠졌을 때 엄마가 하신 말씀이 생각났어요. 그러고 나서 엄마가 주신 책을 꺼내 읽었더니 기분이 훨씬 나아졌어요. 전 해가 넘어갈 때까지 분노를 간직해선 안 된다는 생각에 미안하다는 말을 하러 로리한테 달려갔어요. 대문에서 로리를 만났는데, 그 애도 같은 이유 때문에 저한테 오는 중이었대요. 우린 함께 웃으면서 서로 사과를 했고, 다시 편안해졌어요.

어제 해나 아주머니가 빨래하는 걸 도우며 '시'를 한 편 썼는데, 아빠가 제 시를 좋아하시니까 끝에다 덧붙일게요. 저 대신 아빠께 열렬한 포옹과 키스를 부탁드려요.

엄마의 말괄량이 딸 조 올림

비누 거품의 노래

나는야 욕조의 여왕, 하얀 거품이 뽀글뽀글 올라오는 동안
즐겁게 노래를 부른다네.
기운차게 옷들을 벅벅 문지르고, 헹구고, 비틀어 짠 다음,
빨랫줄에 널어 말린다네.
옷들은 햇볕이 내리쬐는 하늘 아래서
신선한 바람에 흔들거리지.

우리의 영혼과 마음도 깨끗이 빨 수 있다면
일주일의 묵은 때를 씻어 없앨 수 있다면
얼마나 좋을까.
물과 공기가 요술을 부려 우리를 깨끗하게 만들어준다면
아, 그날은 정말로 신나는 빨래의 날!

쓸모 있는 삶의 길목을 따라
마음의 평화가 꽃피리.
바쁜 마음은 슬픔이나 근심, 외로움을 생각할 겨를이 없나니
분주하게 비질을 하는 동안
마음의 근심도 쓸려 가누나.

내 일이 있으니 얼마나 기쁜가
매일의 노동은 건강과 힘, 희망을 가져다주나니
나 기꺼이 이렇게 말하려네.
'머리여, 생각하라! 마음이여, 느껴라
그러나 손이여, 항상 일하라!'

엄마 보세요.

제 사랑과 함께 제가 직접 키워 말린 팬지를 조금 보냅니다. 아빠께도 보여드리세요. 전 매일 아침 책을 읽으면서 착해지려고 노력하고 있어요. 그리고 아빠가 좋아하시는 노래를 부르며 잠이 듭니다.

요즘은 자꾸만 울음이 나와서 '천국'을 부를 수가 없답니다. 다들 아주 다정하고, 엄마가 안 계시다는 것만 빼면 우리 모두 행복하게 지내고 있어요. 에이미가 자기도 할 말이 있다고 졸라서 이만 써야겠어요. 그릇을 덮어주는 것도 잊지 않고 하고 있고, 매일 시계태엽을 감고 실내 공기를 환기시키는 것도 빠뜨리지 않고 하고 있어요.

저 대신 아빠 뺨에 키스해드리세요. 그리고 빨리 오세요.

엄마의 사랑하는 딸 베스 올림

사랑하는 엄마에게

우리 모두 잘 지내고 있어요 전 공부도 매일매일 열심히 하고요 언니들 말도 여태까지 한 번도 수긍한 적 없어요. 그런데 메그 언니가 옆에서 이럴 땐 '반박하다'라고 해야 한대요. 그래서 두 개를 다 적었으니까 맞는 걸로 골라 읽으세요. 메그 언니는 저한테 정말 잘해줘요. 그리고 저녁마다 차랑 곁들여서 젤리를 줘요 조 언니는 그래서 제 성격이 나긋나긋한 거래요. 로리 오빠는 이제 거의 열세 살인 절 아직도 꼬마라고 부르면서 애 취급하고 있어요. 거기다 내가 불어로 '고마워요'나 '안녕하세요'라고 하면 내가 알아듣지 못하게 너무 빨리 얘기해서 저를 기분 나쁘게 만들어요. 파란색 원피스의 소매가 너무 낡아서 메그 언니가 새 소매를 달아줬는데 앞쪽이 이상하게 달린 데다 다른 부분에 비해서 소매만 파래요. 속상했지만 불평하지 않고 꾹 참았어요 하지만 해나 아주머니가 제 앞치마에 풀을 좀 더 빳빳하게 먹이고, 날마다 메밀 팬케이크를 먹었으면 정말 좋겠어요. 해나 아주머니가 그렇게 해줄 수 있을까요? 물음표 잘 썼죠, 어때요? 메그 언니가 구두법과 맞춤법이 엉망이라고 해서 화가 나지만 할 말이 너무 많아서 멈출 수가 없어요. 아듀, 아빠께 하늘만큼 땅만큼 사랑한다고 전해 주세요.

엄마의 귀여운 딸 에이미 커티스 마치 올림

마치 부인께

우리 모두 아주 잘 지내고 있다는 말씀을 드리려고 몇 자 적습니다. 따님들 모두 현명하고 똑똑하게 처신하고 있습니다. 메그 아가씨는 나중에 현모양처가 될 것 같습니다. 살림하는 걸 좋아하기도 하지만, 하나를 가르쳐주면 어느새 열을 알고 있어 사람을 놀라게 합니다. 조는 열심히 하려고는 하지만, 하는 일마다 덤벙대서 나중에 뭐가 될지 모르겠습니다. 월요일에는 빨래를 하는데 물을 짜지도 않고 풀을 먹이질 않나 분홍색 옥양목 치마에 파란 물을 들여놓질 않나, 아무튼 우스워 죽는 줄 알았습니다. 베스는 제일 잘하고 있습니다. 돈도 아낄 줄 알고 믿음직스러워서 제게 많은 도움이 되고 있습니다. 뭐든지 배우려고 하고 있고, 그 나이에 벌써 장을 보러 다닌답니다. 게다가 셈에도 밝아서 저한테 정말 많은 도움이 되고 있습니다. 우리는 지금까지 무척 검소하게 생활하고 있습니다. 마님 지시에 따라 커피도 일주일에 한 번만 마시고, 식사도 되도록 간단하게 하고 있습니다. 에이미도 불평 없이 잘 따르고 있습니다. 로리 씨는 여전히 장난이 심해서 집 안을 거꾸로 뒤집어놓기가 일쑤입니다.

하지만 그렇게 해서 따님들 기분을 풀어주니 뭐라 잔소리를 할 수도 없습니다. 로런스 씨는 너무 많은 물건들을 보내주셔서 부담스러울 정도입니다. 말씀드리는 게 도리일 것 같아 말씀드리는 겁니다. 빵 반죽이 부풀어 올라 이만 줄여야겠습니다. 주인어른께 안부 전해 주십시오. 꼭 쾌차하시기를 빌겠습니다.

충실한 벗 해나 멀릿 올림

제2병동 수간호사께

래퍼해녹은 이상 없습니다. 군대도 최상의 상태를 유지하고 있고, 보급 부서도 아무 문제 없이 잘 관리되고 있으며, 테디 대령 휘하의 경비병들도 불철주야 경계 근무를 서고 있습니다. 사령관이신 로런스 장군께서도 하루도 빠짐없이 군대를 시찰하고 계십니다. 그뿐 아니라 병참 장교 멀릿도 막사 관리에 만전을 기하고 있으며, 라이언 소령도 밤마다 보초를 서고 있습니다. 워싱턴에서 도착한 반가운 소식을 기념하는 스물네 발의 축하 총성이 울려 퍼졌고, 숙소에서는 드레스 행진이 있었습니다. 사령관님께서 안부를 전하신답니다. 저 역시 마음에서 우러나오는 안부를 전합니다.

테디 대령

마치 부인께

따님들은 모두 다 잘 지내고 있습니다. 베스와 손자 녀석이 매일 소식을 전해 주고 있는데, 해나는 더없이 충실한 하인이고 메그도 용처럼 동생들을 잘 지키고 있으니 염려하시지 않아도 되겠습니다. 좋은 날씨가 계속돼 다행입니다. 필요한 게 있으시면 뭐든 브룩 군에게 시키시고, 비용이 초과될 것 같으면 서슴지 마시고 제게 말씀하십시오. 부군에게 필요한 게 있으면 아끼지 마십시오. 점차 좋아지고 있다니 더없이 다행한 일입니다.

당신의 충실한 벗이자 하인, 제임스 로런스

17

작은 신도들

일주일 동안 그 낡은 집에서 이루어진 선행의 양은 이웃에까지 나누어 줄 수 있을 정도였다. 다들 천사의 마음을 가진 듯했고, 극기가 대유행이었다. 그러나 아버지에 대한 걱정을 한시름 덜자, 서서히 긴장이 풀리면서 자매들은 옛날로 되돌아가기 시작했다. 자매들은 자신들의 표어를 잊지는 않았지만 희망을 가지고 바쁘게 산다는 게 점차 쉬워졌고, 엄청난 노력을 기울인 뒤라 쉴 만한 자격이 있다고 생각하며 게으름을 부렸다.

조는 짧은 머리를 잘 감싸지 않고 다니는 바람에 독감에 걸려, 다 나을 때까지 꼼짝 말고 집에 있으라는 명령을 받았다. 마치 대고모가 감기 걸린 목소리로 책 읽는 것을 몹시 듣기 싫어했기 때문이다. 조는 그렇게 된 걸 오히려 좋아라 하며 다락에서 지하실까지 휘젓고 돌아다니다 감기를 치료한다며 비소와 책 몇 권을 끼고 소파에 파묻혀 지냈다. 에이미는 집안일과 예술 활동을 병행하는 게 쉽지 않다는 결론을 내리고는 진흙 파이 만드는 일을 다시 시작했다. 메그는 매일 킹 씨 댁에 다녀와서 바느질을 하거나 해치워야 할 집안일에 대해 생각하긴 했지만, 어머니에게 장문의 편지를 쓰거나 워싱턴에서 온 속달 편지를 되풀이해 읽는 데 많은 시간을 보냈다. 베스는 어쩌다 아주 가끔씩만 게으름을 피우거나 슬픔에 빠져 있을 뿐 늘 한결같았다.

그녀는 온갖 자질구레한 일들뿐만 아니라 언니들이나 에이미가 깜빡 잊고 팽개쳐둔 일까지 매일매일 성실하게 처리했다. 그러다 어머니가 너무 보고 싶거나 아버지 걱정 때문에 마음이 무거워질 때면 벽장으로 달려가 어머니나 아버지의 낡은 잠옷 속에 얼굴을 파묻고 숨죽여 흐느끼다가 혼자 조용히 기도를 드렸다. 가끔씩 슬픔의 회오리에 휩싸이는 발작을 일으킨 후 베스가 어떻게 기운을 차리는지는 아무도 몰랐지만, 작은 일들에 위안이나 충고를 구할 때면 다들 그녀를 찾았다. 베스는 마음씨도 고울뿐더러 자신들에게 도움이 된다는 걸 잘 알고 있었기 때문이다.

아무도 이러한 경험이 각자의 성격을 시험하는 장이라는 걸 의식하지 못했다. 첫 번째 흥분이 가라앉았을 때, 자매들은 모두 스스로를 기특하게 여기면서 칭찬받을 만하다고 생각했다. 그래서 그들은 그렇게 했다. 그러나 그 전까지 해오던 노력까지 그만둔 건 그들의 실수였고, 걱정과 후회를 수없이 하고 나서야 그 교훈을 깨달았다.

"메그 언니, 훔멜 씨네 집에 좀 들러봐. 엄마가 가시면서 그 사람들한테 신경 쓰는 거 잊지 말랬잖아."

마치 부인이 떠나고 나서 열흘째 되는 날, 베스가 말했다.

"오늘 오후엔 너무 피곤해서 갈 수가 없구나."

메그가 흔들의자에 편안히 기대앉아 바느질을 하며 대답했다.

"조 언니는 어때?"

베스가 물었다.

"감기 걸린 사람이 외출하기엔 날씨가 너무 추워."

"이제 거의 다 나은 거 아냐?"

"로리랑 외출할 수 있을 만큼은 나았지만, 훔멜 씨네 집에 갈 정도는 아냐."

조는 웃으며 말했지만, 자기가 생각해도 이치가 닿지 않는 말에 겸연쩍어하는 눈치였다.

"네가 가지 그래?"

메그가 물었다.

"난 매일 갔어. 하지만 아이가 아파서 어떻게 해야 할지 모르겠어. 훔멜 부인은 일하러 나가고 로트첸이 아이를 돌보고 있지만 점점 상태가 나빠지고 있어. 내 생각엔 언니나 해나 아주머니가 가봐야 할 것 같아."

베스가 진지하게 말하자, 메그는 내일 가보겠다고 약속했다.

"해나 아주머니한테 음식을 좀 달라고 해서 갖다주렴. 바깥 공기를 쐬면 건강에도 좋잖아, 베스. 나도 가고 싶지만 이 글을 끝내고 싶어서 그래."

조가 미안하다는 듯 말했다.

"오늘은 머리도 아프고 피곤해. 그래서 언니들 중 한 사람이 가줬으면 했던 건데……."

베스가 말했다.

"에이미가 곧 올 테니까 에이미더러 가라고 하자."

메그가 제안했다.

"그럼, 잠깐 쉬면서 기다릴게."

이렇게 해서 베스는 소파에 누웠고, 메그와 조는 각자의 일에 다시 파묻혀 훔멜 씨네 일은 까맣게 잊어버렸다. 한 시간이 지났는데도 에이미는 돌아오지 않았다. 베스는 할 수 없이 조용히 일어나 두건을 두르고 불쌍한 아이들에게 가져다줄 여러 가지 물건을 바구니에 담은 뒤 참을성 있는 눈동자에 슬픔을 가득 담고서 차디찬 밖으로 나갔다. 이때 메그는 새로 만든 옷을 입어보러 자기 방으로 갔고, 조는 소설을 마저 쓰느라 정신이 없었으며, 해나는 부엌 난로 앞에서 곤히 잠들어 있었다. 베스가 돌아온 건 늦은 밤이었고, 그녀가 살그머니 2층 어머니 방에 들어가는 걸 본 사람은 아무도 없었다. 반 시간 후 조가 뭘 좀 찾으러 '어머니 옷장'에 갔다가, 베스가 눈이 빨갛게 충혈된 채 매우 심각한 표정으로 한쪽 손에 장뇌 약병을 들고 약 상자 위에 앉아 있는 것을 발견했다.

"크리스토퍼 콜럼버스! 대체 무슨 일이야?"

조가 소리치자 베스가 다가오지 말라는 듯 손을 내저으며 조용히 물었다.

"언니는 성홍열 앓은 적 있지?"

"몇 년 전에 메그 언니랑 같이 앓았어. 그건 왜?"

"그럼 말할게. 오, 언니! 아기가 죽었어!"

"무슨 아기?"

"훔멜 씨네 아기가 엄마가 돌아오기도 전에 내 무릎에서 죽었어."

베스가 흐느끼며 소리쳤다.

"가엾어라, 그래 얼마나 무서웠니! 내가 갔어야 했는데."

조는 어머니의 커다란 의자에 앉아 동생을 두 팔로 껴안으며 후회하는 표정으로 말했다.

"무섭진 않고, 그저 슬프기만 했어. 아기가 갑자기 악화된다 싶었지만 로트첸이 자기 엄마가 의사를 부르러 갔다고 하기에 내가 아기를 돌보면서 로티더러 좀 쉬라고 했어. 자는 것 같았는데 갑자기 힘없이 울면서 온몸을 부르르 떨더니 그다음엔 아주 조용해졌어. 내가 아기 발을 따뜻하게 해주려고 주무르는 동안 로티가 우유를 먹였지만 통 움직이질 않아서 죽은 걸 알았어."

"울지 마, 베스. 그래 그다음엔 어떻게 했니?"

"그냥 의자에 앉아서 훔멜 부인이 의사를 데리고 올 때까지 가만히 안고 있었어. 의사는 아기가 죽었다고 말했어. 그러고는 하인리히와 미나를 쳐다봤어. 둘 다 목이 따끔거리면서 아팠거든. '성홍열입니다, 부인. 나를 진작 불렀어야죠.' 훔멜 부인은 돈이 없어서 자기 손으로 아기를 치료해 보려고 했다는 거야. 그러면서 아기는 이제 할 수 없지만 치료비는 자선 단체에 도움을 청해 해결할 테니 다른 아이들이라도 치료해 달라고 부탁했어. 그제야 의사는 웃으면서 친절하게 굴었지만, 난 너무 슬퍼서 아이들을 껴안고 울었어. 그런데 의사가 갑자기 날 돌아보더니 빨리 집에 가서 벨라도나를 즉시 먹지 않으면 나도 성홍열에 걸린댔어."

"아니, 넌 절대로 안 걸려!"

조가 두려운 표정으로 베스를 꽉 껴안으며 소리쳤다.

"오 베스, 만에 하나 네가 병에 걸리기라도 하면 난 내 자신을 절대 용서하지 못할 거야! 어떡하면 좋지?"

"너무 걱정하지 마, 그렇게 많이 아플 것 같진 않아. 엄마 책을 봤더니 성홍열은 나처럼 머리가 아프고 목이 따끔거리고 불쾌한 느낌으로 시작된다고 적혀 있었어. 그래서 벨라도나를 좀 먹었더니 지금은 괜찮아졌어."

베스가 차가운 손을 뜨거운 이마에 갖다 댄 채 아무렇지 않은 표정을 지으려 애쓰며 말했다.

"이럴 때 엄마가 집에 계셨더라면 얼마나 좋을까!"

조가 책을 집어 들더니 워싱턴은 너무 멀리 떨어져 있다는 생각에 실망 섞인 목소리로 소리쳤다. 그녀는 책을 한 장 읽고 나서 베스를 쳐다보며 이마를 만지더니 이번에는 목구멍을 들여다보며 심각하게 말했다.

"아기와 일주일 이상 함께 지낸 데다 성홍열 기운이 있는 사람들 틈에 있었으니까 너도 걸릴 위험이 커. 해나 아주머니는 병에 대해 모르는 게 없으니까 가서 아주머니를 불러올게."

"에이미는 오게 하면 안 돼. 갠 성홍열에 면역이 안 됐잖아. 에이미한테 옮기기 싫어. 언니랑 메그 언니는 다시 걸리지 않겠지?"

베스가 걱정스럽게 물었다.

"그러진 않을 거야. 걸리더라도 상관없어. 너 혼자 가게 하고 집에서 쓰레기 같은 글이나 쓰고 앉아 있던 나같은 이기적인 돼지는 걸려도 싸!"

조가 해나를 부르러 가며 중얼거렸다.

착한 해나는 금방 잠에서 깨어 서둘러 앞장섰다. 그러면서 조금도 걱정할 필요 없다, 다들 성홍열에 걸린다, 잘만 치료하면 금방 회복된다며 조를 안심시켰다. 조는 해나의 말을 모두 믿었고, 메그를 부르러 2층으로 올라갔을 때는 훨씬 마음이 안정되어 있었다.

"이제부터 내가 하는 말 잘 듣고 그대로들 하세요."

해나가 베스를 살피며 몇 가지 질문을 하더니 말했다.

"우선 뱅스 박사를 불러서 진찰부터 받도록 하세요. 그런 다음 에이미 아가씨를 마치 대고모님 댁으로 보내 잠시 동안 거기서 지내게 하세요. 여기 있으면 아무래도 위험하니까요. 그리고 아가씨들 중 한 명은 집에 남아서 하루나 이틀쯤 베스 아가씨를 돌봐주도록 하세요."

"물론 만이인 내가 남아야죠."

메그가 근심과 자책이 가득 담긴 얼굴로 말했다.

"베스가 병에 걸린 건 내 탓이니까 내가 남을게. 엄마한테 심부름은 내가 맡겠다고 하고선 말뿐이었어."

조가 단호하게 말했다.

"베스 아가씨는 누가 남았으면 좋겠어요? 두 사람 다 있을 필요는 없답니다."

해나가 말했다.

"조 언니가 있어줘."

베스가 만족스러운 얼굴로 조에게 머리를 기대며 말했기 때문에 이 문제는 별다른 의견 차이 없이 해결되었다.

"난 가서 에이미한테 얘기할게."

메그는 약간 기분이 상했지만, 조와 달리 간호하는 걸 싫어했기 때문에 전체적으로는 오히려 다행이라는 생각을 하며 말했다.

에이미는 마치 대고모 댁에 가느니 차라리 성홍열에 걸리는 게 낫겠다며 길길이 날뛰었다. 메그는 설득을 하다가 달래기도 하고 야단도 쳐봤지만 허사였다. 메그는 에이미가 끝내 가지 않겠다고 버티는 바람에 절망에 빠진 그녀를 남겨둔 채 해나에게 어떻게 하면 좋을지 물어보러 나갔다. 메그가 돌아오기 전, 로리가 거실에 들어왔을 때 에이미는 거실에서 소파 방석에 얼굴을 묻은 채 울고 있었다. 에이미는 위로해 주기를 바라며 자초지종을 얘기했지만, 로리는 바지 주머니에 손을 찔러 넣은 채 방 안을 왔다 갔다 하며 나지막이 휘파람만 불었다. 미간을 찌푸리고 깊은 생각에 빠져 있던 로리는 잠시 후 그녀 옆에 앉더니 최대한 부드러운 목소리로 조용히 타일렀다.

"지금은 언니들이 시키는 대로 해야지, 그렇게 떼쓸 때가 아니야. 울지 말고 내가 얼마나 재미있는 계획을 세웠는지 좀 들어봐. 네가 마치 대고모님 댁에 가면 내가 매일 들러서 산책을 시켜줄게. 그리고 즐겁게 놀다 오는 거야, 어때? 여기서 인상 찡그리고 있는 것보다 그 편이 훨씬 낫지 않겠니?"

"난 거추장스러운 짐짝처럼 딴 데로 보내지는 게 싫단 말이야."

에이미가 자존심이 상한 듯한 목소리로 투덜대기 시작했다.

"이런! 다 널 위해서야. 설마 아프고 싶은 건 아니겠지?"

"물론 그렇진 않아. 하지만 집에 있을래. 지금까지도 베스 언니와 늘 함께 있었는걸."

"그래서 널 보내는 거야. 여기 있으면 병이 옮을 수도 있으니까. 하지만 다른 곳에 가 있으면 그럴 위험이 없잖아. 설령 아주 괜찮지는 않다 하더라도 그리 심하게 걸리진 않을 거야. 충고하는데 빨리 떠날수록 좋아. 성홍열을 우습게 봤다간 큰코다쳐요, 아가씨."

"하지만 마치 대고모님 댁에서 지내는 건 따분해. 게다가 대고모님 성격도 얼마나 괴팍한데."

에이미가 약간 겁을 집어먹은 얼굴로 말했다.

"내가 매일 들러서 베스 소식을 알려주기도 하고, 같이 놀러 다니기도 하면 지루하지 않을 거야. 노부인은 나를 좋아하니까 내가 눈치껏 행동하면 우리가 뭘 하든 잔소리 같은 건 하지 않으실 거고."

"그럼 퍽이 모는 마차에 태워서 데리고 나가줄 거야?"

"신사의 명예를 걸고 약속할게."

"그리고 날마다 와줄 거지?"

"두고 보면 알 거 아냐."

"그리고 베스 언니가 좋아지는 대로 데리러 올 거지?"

"그길로 달려갈게."

"그리고 극장에도 데려갈 거지?"

"열두 번이라도 갈 수 있어."

"그럼…… 음…… 갈게."

에이미가 천천히 말했다.

"아휴, 착해라! 자 이제 메그 언니를 불러서 네가 항복했다고 얘기해야지."

로리가 대견한 듯 말했지만, 에이미는 '항복'이라는 말에 기분이 상했다.

메그와 조가 로리가 이뤄낸 기적을 보러 2층에서 달려 내려오자, 에이미는 무슨 큰 희생이라도 하는 듯 빼기며 의사 선생님이 베스 언니가 아플 것 같다고 말하면 가겠다고 약속했다.

"베스는 좀 어때요?"

로리가 물었다. 베스를 특별히 아끼는 로리인지라, 겉으로는 괜찮은 척하고 있었지만 마음속으로는 무척 걱정하고 있었다.

"엄마 침대에 누워 있어요. 지금은 좀 괜찮아졌어요. 아기가 죽는 걸 보고 충격을 받아 그랬던 거지, 그냥 감기인 것 같아요. 해나 아주머니도 그렇게 생각한대요. 하지만 말만 그렇게 하지 걱정하는 것 같은 눈치라 나도 불안해요."

메그가 대답했다.

"사는 게 왜 이렇게 힘든지 모르겠어!"

조가 초조한지 머리를 헝클어뜨리며 말했다.

"한 고비를 넘기면 또 한 고비가 찾아오니. 엄마가 안 계시니까 의지할 곳이 아무 데도 없는 것 같아. 망망대해에 떠 있는 기분이야."

"그렇게 하니까 꼭 호저(고슴도치와 비슷하게 생긴 호저과의 포유동물 : 옮긴이) 같잖아. 제발 머리 좀 바로 하고 내가 뭘 도와주면 좋을지 얘기해줘, 조. 너희 엄마한테 전보 안 쳐도 되겠어?"

친구가 그나마 제일 봐줄 만했던 머리를 잘라버린 게 아직까지도 못마땅한 로리가 물었다.

"그 때문에 어떻게 할까 고민 중이에요. 베스가 정말 아프다면 엄마한테 알려야 한다고 생각하는데, 해나 아주머니는 알리지 말라는군요. 알려봤자 아버지 곁을 떠날 수 있는 것도 아니고, 두 분께 걱정만 끼쳐드릴 뿐이라고요. 베스의 병세가 그리 오래가지 않을 것 같은 데다 해나 아주머니가 어떻게 해야 하는지 잘 알고 있고, 어머니도 가시면서 해나 아주머니 말을 잘 따르라고 해서 그래야 한다고 생각하지만, 왠지 이번 문제만큼은 그렇게 처리하면 안 될 것 같아요."

"흠, 글쎄요. 나도 뭐라고 말을 못 하겠네요. 의사가 다녀가고 나면 우리 할아버지한테 여쭤보는 게 어때요?"

"그러는 게 좋겠어요. 조, 가서 뱅스 박사를 모셔 와, 어서. 결정을 하더라도 그분이 오신 다음에야 할 수 있으니까."

메그가 지시했다.

"넌 집에 있어, 조. 이런 일로 심부름 가는 건 내가 전문이잖아."

로리가 모자를 챙겨 들며 말했다.

"바쁘지 않아요?"

메그가 말했다.

"전혀요. 오늘 수업은 벌써 다 끝났어요."

"방학 때도 공부하니?"

조가 물었다.

"이웃들의 태도를 본받으려고."

방을 빠져나가면서 로리가 대답했다.

"로리는 나중에 크게 될 거야."

울타리를 훌쩍 뛰어넘는 로리의 모습을 흡족한 시선으로 지켜보며 조가 말했다.

"아직 어린 나이에 비해선 행동거지가 점잖은 편이지."

메그는 그 주제에 대해 그다지 관심이 없는지 다소 퉁명스럽게 말했다.

뱅스 박사가 와서 베스를 진찰하더니 성홍열 증세가 있긴 하지만 가벼운 것 같다고 말했다. 하지만 훔멜 씨네 이야기를 듣더니 심각한 표정을 지으며 우선 위험을 피하기 위해 에이미를 당장 다른 곳으로 데려가라고 지시했다. 그리하여 에이미는 조와 로리의 호위를 받으며 당당한 모습으로 출발했다.

마치 대고모는 평소와 다름없는 태도로 그들을 맞이했다.

"그래, 너희들이 원하는 게 뭐냐?"

마치 대고모가 안경 너머로 날카로운 시선을 던지며 물었다. 그동안 앵무새는 그녀의 의자 뒤에 앉아 소리쳤다.

"어서 꺼져, 남자들은 여기 오면 안 돼."

그래서 로리는 창가로 물러났고, 조가 자초지종을 설명했다.

"너희들이 가난한 사람들 일에 참견하고 돌아다닐 때부터 이런 일이 생길 줄 알았다. 아프지 않거든 에이미는 우리 집에 머물면서 밥값을 하거라. 지금 얼굴로 봐선 아플 것 같지는 않구나. 징징 짜지 마라, 우는 소린 딱 질색이니까."

에이미는 울음을 터뜨리기 직전이었지만, 로리가 앵무새의 꼬리를 슬쩍 잡아당기는 바람에 폴리가 갑자기 꽥꽥거리며 소리쳤다.

"아이구, 깜짝이야!"

그 모습이 어찌나 우스운지 에이미는 그만 웃고 말았다.

"너희 엄마한테선 무슨 소식 없던?"

마치 대고모는 평소와 다름없는 태도로 그들을 맞이했다.

노부인이 퉁명스럽게 물었다.

"아버지가 많이 좋아지셨대요."

조가 냉정을 유지하려 애쓰며 대답했다.

"오, 그래? 그럼, 오래가진 않겠구나. 마치가 사람들은 지구력이 부족했는데."

노부인이 쾌활하게 대답했다.

"하, 하! 죽는다는 얘기는 하지 마, 이 코담배 좀 맡아봐, 잘 가, 잘 가!"

폴리가 횃대에서 춤을 추다 로리가 뒤에서 꼬집자 노부인의 모자를 움켜잡으며 소리를 질렀다.

"입 다물어, 버르장머리 없는 새 같으니라고! 조, 넌 어서 가는 게 좋겠다. 머리가 텅 빈 사내 녀석들과 늦게까지 쏘다녀봐야 좋을 게 뭐 있니."

"입 다물어, 버르장머리 없는 새 같으니라고!"

홀쩍 날아오르다 의자를 넘어뜨린 폴리가 노부인의 말을 듣고 웃느라 정신을 못 차리는 '머리가 텅 빈 사내 녀석'을 쪼려고 달려가며 소리쳤다.

'견뎌낼 수 있을 것 같진 않지만, 노력해봐야지.'

마치 대고모와 단둘이 남게 된 에이미는 이렇게 생각했다.

"꺼져, 이 바보야!"

폴리가 소리쳤다. 에이미는 그 무례한 말버릇 때문에 훌쩍거리지 않을 수 없었다.

18
어두운 나날들

베스는 열이 났고, 해나와 의사가 생각했던 것보다 훨씬 증세가 심각했다. 자매들은 병에 대해 아는 게 없었고, 로런스 씨는 환자에게 접근하는 게 허락되지 않았기 때문에 해나가 모든 뒤치다꺼리를 했다. 뱅스 박사는 바쁜 와중에도 최선을 다했지만, 나머지 일들은 뛰어난 간호사가 와야 해결될 것 같았다. 킹 씨네 아이들에게 병을 옮길까 봐 집에 머물며 가사를 돌보던 메그는 어머니께 편지를 쓰면서 베스의 병에 대해 전혀 언급하지 않은 게 마음에 걸렸다. 그러나 어머니가 해나의 말에 따르라고 한데다, 해나는 "그런 사소한 일로 마님께 걱정을 끼쳐드려선 안 돼요"라며 어머니에게 알리는 걸 한사코 반대했다. 조는 밤낮으로 베스를 돌보았다. 베스는 인내심이 매우 강할 뿐만 아니라, 자신을 통제할 수 있는 한은 불평 한마디 없이 고통을 견뎌냈기 때문에 그다지 어려운 일은 아니었다. 그러나 열에 들떠 있는 동안은 침대보가 자기가 아끼는 피아노라도 되는 듯 연주하는 시늉을 내며 목이 너무 부어서 소리가 잘 나오지 않는데도 갈라진 목소리로 노래를 부르려고 애썼다. 또 어떤 때는 낯익은 얼굴들을 몰라보고 엉뚱한 이름을 대는가 하면, 어머니를 애타게 부르곤 했다. 그럴 때면 조는 더럭 겁이 났고, 메그는 해나를 붙잡고 어머니한테 사실대로 편지를 쓰게 해달라고 애원했지만 해나는 "아직 위험한 단계는 아니지만 생각해 볼게요"라고만 대답할 뿐이었다. 엎친 데 덮친 격으로 워싱턴에서 온 편지는 자매들의 걱정을 더해 주었다. 마치 씨의 병이 악화되어 집에 돌아오려면 시간이 더 오래 걸릴 것 같다는 내용이었기 때문이다.

그토록 단란했던 가정에 죽음의 그림자가 맴돌기 시작하자, 하루하루가 암담하기 짝이 없었다. 집에는 슬픔과 적막감이 감돌았고 일을 하며 기다리는 자매들의 마음은 무겁기 그지없었다. 그제야 메그는 혼자 앉아 일을 하다 말고 눈물을 뚝뚝 떨구며 자기가 그동안 얼마나 풍요로운 삶을 살아왔는지를 실감했다. 사랑, 보호, 평화, 건강 등과 같은 인생의 진정한 축복은 돈으로 살 수 있는 그 어떤 사치품보다 훨씬 소중한 것들이었기 때문이다. 조가 컴컴한 방에서 병에 시달리는 어린 동생과 함께 지내며 베스의 아름답고 착한 성품을 새삼 깨닫는 한편, 그녀의 마음 씀씀이가 얼마나 깊고 따뜻했는지 느끼게 된 것도 이때였다. 더불어 다른 사람들을 위해 살면서 모든 이들이 가지고 있는 소박한 미덕들, 예를 들어 재능이나 부, 미모보다 훨씬 더 사랑하고 존중해야 할 미덕들을 발휘해 행복한 가정을 만들겠다는 베스의 욕심 없는 꿈을 정식으로 인정하게 된 것 역시 이때였다. 유배 생활을 하고 있는 에이미는 어서 빨리 집에 돌아가 베스를 위해 일할 수 있기만을 손꼽아 기다렸다. 이제는 어떤 일을 하더라도 힘들거나 귀찮을 것 같지 않았다. 지금 와서야 비로소 후회하며 생각해 보니 자기가 안 하고 미룬 일들을 베스가 대신 해준 기억이 너무 많았다. 로리는 불안한 유령처럼 자매들 집을 들락거렸고, 로런스 씨는 그랜드 피아노를 잠가버렸다. 피아노를 보면 저녁 어스름 속에서 자신을 위해 연주를 해주곤 하던 어린 이웃이 생각나 견딜 수가 없었기 때문이다. 모든 사람이 베스를 그리워했다. 우유 배달부와 빵집 주인, 야채 장수, 푸줏간 주인이 베스의 병세가 어떤지 물어왔다. 불쌍한 훔멜 부인은 집으로 찾아와 생각이 짧았던 자신의 행동을 용서해달라고 하며 미나의 수의를 얻어 갔다. 이웃들로부터도 갖가지 위로와 안부 인사가 이어져 그녀를 잘 아는 식구들조차 수줍음을 잘 타는 어린 베스가 그토록 많은 사람들과 알고 지냈다는 사실에 깜짝 놀랐다.

그러는 동안 베스는 낡은 조애나를 옆에 둔 채 침대에 누워 있었다. 베스는 정신이 오락가락하는 와중에도 가엾은 이 인형만큼은 꼭꼭 챙겼다. 베스는 자기가 기르던 고양이들을 보고 싶어 했지만, 병이 옮을까 봐 데려오지 못하게 했다. 그리고 정신이 들었을 때는 조 걱정뿐이었다. 그 밖에도 에이미에게 사랑이 담긴 안부를 전하는가 하면, 소식이 없어 아버지가 서운하시겠다며 펜과 종이를 달라고 해 몇 자 적어보려 애를 쓰기도 했다. 그러나 곧이어 의식이 끊기면 몇 시간씩 몸을 뒤치락거리며 말이 안 되는 소리들을 늘어놓거나 원기 회복에 전혀 도움이 안 되는 깊은 잠 속으로 빠져들었다. 뱅스 박사는 하루에 두 번씩 왔고, 해나는 밤을 새웠으며, 메그는 언제라도 보낼 수 있게 전보를 책상 서랍 속에 보관해두고 있었고, 조는 한시도 베스의 곁을 떠나지 않았다.

12월의 첫날은 정말로 겨울이라는 걸 실감하게 해주는 날이었다. 살을 에는 듯한 혹독한 바람과 함께 눈이 펑펑 쏟아져 내리는 것이 기울어가는 한 해가 자신의 죽음을 준비하는 것처럼 보였기 때문이다. 그날 아침 뱅스 박사는 베스를 한참 동안 진찰하더니 베스의 뜨거운 한쪽 손을 잠시 쥐고 있다 가만히 내려놓으며 해나에게 나지막이 말했다.

"마치 부인이 부군 곁을 떠날 수 있다면, 지금 빨리 오시라고 하는 게 좋을 것 같군요."

이에 해나는 아무 말도 못하고 고개만 끄덕거렸다. 입술이 심하게 일그러졌기 때문이다. 메그는 그 소리를 듣고 온몸에서 기운이 빠져나가 의자에 털썩 주저앉았고, 조는 하얗게 질린 얼굴로 멍청히 서 있다가 거실로 뛰어 들어가서는 전보를 움켜쥐더니 황급히 옷을 챙겨 들고 눈보라가 치는 밖으로 뛰어나갔다. 그러고 나서 곧 돌아온 그녀가 소리 없이 외투를 벗는 사이, 로리가 마치 씨의 병세가 다시 나아지고 있다는 편지를 들고 들어왔다. 조는 다행이라고 생각하며 편지를 읽었지만 여전히 마음이 무거운 것 같았다. 조의 얼굴이 너무 어두워 보이자 로리가 조용히 물었다.

"왜 그래? 베스가 더 악화된 거야?"

"엄마한테 전보를 치고 오는 길이야."

조가 슬픈 표정으로 고무장화를 잡아당기며 말했다.

"잘했어, 조! 너 혼자 생각으로 그렇게 한 거니?"

그녀의 손이 몹시 떨리는 걸 본 로리가 그녀를 거실 의자에 앉히고는 말을 통 안 들어먹는 장화를 벗기며 물었다.

"아니, 의사가 그러라고 했어."

"오, 조, 그렇게 심각한 건 아니지?

로리가 깜짝 놀라며 소리쳤다.

"아니, 심각해. 우리를 몰라봐. 이젠 푸른 비둘기 떼 얘기도 안 해. 벽에 붙은 담쟁이덩굴을 보고 그렇게 불렀었거든. 우리 베스 같지가 않아. 우리가 이 상황을 견딜 수 있게 도와줄 사람이 아무도 없어. 부모님은 두 분 다 안 계시고, 하나님은 내 손길이 닿지 않는 너무 먼 곳에 계신 것 같아."

굵은 눈물방울이 가엾은 조의 뺨을 타고 흘러내렸다. 조가 어둠 속을 더듬어 찾듯 힘없이 한쪽 손을 내뻗자, 로리가 그녀의 손을 붙잡으며 목멘 소리로 속삭였다.

"내가 있잖아, 나한테 기대, 조!"

그녀는 뭐라고 말을 하진 못했지만, 로리에게 '기댔다'. 그러고 있는 동안 그의 손에서 전해져 오는 따뜻한 기운이 그녀의 아픈 마음을 달래주었을 뿐만 아니라, 고통에 빠진 그녀를 지탱해 줄 하나님의 품에 더 가까이 다가가게 해주는 것 같았다. 로리는 뭔가 따뜻한 위로의 말을 해주고 싶었지만, 적당한 말이 생각나지 않자 가만히 서서 그녀의 어머니가 그랬던 것처럼 머리를 천천히 쓰다듬어주었다. 그것만이 그가 할 수 있는 최선의 행동이었다. 하지만 감동적인 말보다 그 편이 훨씬 더 효과적이었다. 조는 말을 하지는 않았지만 자신을 걱정하는 상대방의 마음을 느꼈고, 침묵 속에서도 애정은 슬픔을 치유하는 데 도움이 된다는 따뜻한 교훈을 얻었다. 잠시 후 그녀는 눈물을 훔치고는 고마움이 가득 담긴 시선으로 로리를 올려다보았다.

"고마워, 테디. 덕분에 훨씬 나아졌어. 이젠 그렇게 비참한 기분은 아냐. 앞으로는 아무리 슬퍼도 참고 견디도록 노력할게."

"희망을 잃지 마, 조. 그래야 도움이 되지. 이제 곧 어머니가 오실 테니까 모든 게 잘될 거야."

"아빠가 좋아지셔서 정말 기뻐. 이젠 아빠를 두고 오시더라도 그렇게 불안하진 않으실 거야. 후유, 불행은 한꺼번에 몰려오는 건가 봐. 어깨가 너무 무거운 거 있지."

조는 젖은 손수건을 말리기 위해 무릎 위에 펼쳐 놓으며 한숨을 내쉬었다.

"너 혼자 끙끙대지 말고 메그한테도 짐을 나눠 주지 그래?"

로리가 화난 표정으로 물었다.

"물론 그러고 있지. 언니도 노력은 하고 있어. 하지만 나만큼 베스를 사랑하진 못해. 베스가 잘못되더라도 나만큼 그 애를 그리워하진 않을 거야. 베스는 내 양심이야. 난 그 애를 포기할 수 없어. 절대, 절대 포기할 수 없어!"

조는 젖은 손수건에 얼굴을 파묻으며 절망적으로 소리쳤다. 지금까지 용감하게 버텨오며 한 번도 눈물을 흘린 적이 없던 조였다. 로리는 손을 눈가로 가져갔지만, 목구멍까지 치밀어 오르는 감정을 진정시키고 나서야 겨우 말을 할 수 있었다. 이런 모습이 남자답지 않을는지는 모르겠으나 그로서는 어쩔 수가 없었다. 그리고 필자는 그 편이 오히려 더 마음에 든다. 잠시 후 조의 흐느낌이 진정되자, 그가 희망찬 목소리로 말했다.

"베스는 죽지 않을 거야. 그렇게 착하고 우리 모두 다 그 애를 사랑하는데, 하나님이 벌써 데려갈 리가 없어."

"착하고 사랑스러운 사람들일수록 일찍 죽는걸."

조는 괴로운 표정으로 중얼거렸지만 울음은 그쳤다. 의심과 두려움을 완전히 떨칠 순 없었지만 친구의 말이 위로가 되었기 때문이다.

"넌 너무 지쳤어! 미리부터 절망하는 건 너답지 않아. 여기서 좀 쉬고 있어. 조금만 기다리면 내가 기운이 펄펄 나게 해줄게."

로리가 한꺼번에 두 계단씩 건너뛰며 나가자, 조는 주인이 병이 난 후 탁자 위에 놓인 채 아무도 치울 생각을 안 했던 베스의 갈색 두건 위에 지친 머리를 올려놓았다. 순간 두건이 마술을 부렸는지 두건 주인의 유순한 성격이 조에게 스며드는 것 같았다. 로리가 포도주 잔을 들고 뛰어 내려오자, 조는 미소를 지으며 잔을 받아 들더니 씩씩한 목소리로 이렇게 말했다.

"베스의 건강을 위해 건배! 넌 훌륭한 의사야, 테디. 그리고 아주 좋은 친구고. 이 신세를 어떻게 다 갚지?"

따뜻한 위로의 말이 황폐했던 그녀의 마음에 자양분을 공급해 주었듯이, 이번에는 포도주가 그녀의 몸에 활력을 불어넣어 주었다.

"곧 청구서를 보낼게. 그리고 밤까지 얌전히 기다리고 있으면 한 병의 포도주보다도 네 마음을 훨씬 더 기쁘게 해줄 만한 선물을 줄게."

로리가 뭔가 즐거운 일이 있는 듯한 표정으로 조를 향해 활짝 웃으며 말했다.

"그게 뭔데?"

조가 잠시 슬픔을 잊은 채 궁금증을 이기지 못하고 소리쳤다.

"내가 어제 너희 엄마한테 전보를 쳤거든. 브룩 선생님한테서 즉시 출발할 거라는 회답이 왔으니까 오늘 밤에는 집에 도착하실 거야. 그러면 모든 게 잘될 거야. 어때, 나 잘했지?"

엄청나게 빠른 속도로 말을 쏟아낸 로리는 흥분으로 얼굴이 빨개졌다. 자매들을 실망시키거나 베스에게 안 좋은 영향을 미칠까 봐 지금까지 비밀로 하고 있었기 때문이다. 말이 끝나기가 무섭게 하얗게 질린 얼굴로 의자에서 벌떡 일어난 조가 목을 와락 껴안으며 소리치는 바람에 로리는 전기에 감전된 듯 깜짝 놀랐다.

"오, 로리! 오, 엄마! 이렇게 기쁠 수가!"

그녀는 다시 우는 대신, 뜻밖의 소식에 적잖이 당황한 듯 발작하듯이 웃음을 터뜨리며 친구에게 매달렸다.

로리는 무척 놀랐지만 침착하게 행동했다. 그는 한동안 조의 등을 토닥이다 그녀가 정신이 돌아오는 것 같자 한 번인가 두 번쯤 수줍게 키스했다. 그 바람에 정신이 번쩍 든 조는 계단 난간에 기댄 채 그를 살짝 밀어내며 숨 가쁜 목소리로 말했다.

"오, 이러지 마! 이럴 생각은 전혀 없었는데, 아무튼 난 못 말린다니까. 하지만 해나 아주머니가 그렇게 반대했는데도 전보를 친 건 정말 잘한 일이야. 너한테 안기다니 너무 흥분했었나 봐. 자, 이제 자세히 얘기해봐. 그리고 다시는 나한테 포도주 같은 거 주지 마. 포도주를 마시면 이런 행동을 하게 되니까 말이야."

"괜찮아."

로리가 얼굴 가득 웃음을 머금고 넥타이를 바로잡으며 말했다.

"있지, 너무 불안하더라고. 그건 할아버지도 마찬가지셨고. 우린 해나 아주머니가 자기한테 맡겨진 권한을 너무 지나치게 사용하고 있고 너희 어머니가 아셔야 한다고 생각했어. 만에 하나 베스가…… 베스한테 무슨 일이 생기면 우리를 절대 용서하지 않으실 거라고 생각했어. 그래서 할아버지께 뭔가 조치를 취해야 하지 않겠느냐고 말씀드리고는 어제 우체국으로 달려갔던 거야.

뱅스 박사 표정은 심각해 보이지, 전보를 치자고 했더니 해나 아주머니는 들으려고 하지도 않지, 그래서 마음을 굳게 먹고 그렇게 했던 거야. 너희 어머니는 꼭 오실 거야. 마지막 기차가 새벽 두 시에 도착해. 내가 마중 나갈 테니까 넌 어머니가 오실 때까지 마음을 가라앉히고 베스를 돌보고 있어."

"로리, 넌 천사야! 이 은혜를 무엇으로 보답하지?"

"다시 한번 안겨봐. 난 좋던데."

로리가 장난기 가득한 얼굴로 말했다. 그런 표정을 짓는 건 두 주 만에 처음이었다.

"됐네요. 하지만 너희 할아버지가 오시면 대신 안아드릴 의향은 있어. 쓸데없는 소리 말고 집에 가서 쉬어. 이따가 거의 밤을 새워야 하잖아. 고마워, 테디. 정말 고마워!"

그러면서 조는 뒤로 물러섰다. 그러더니 말을 끝내기가 무섭게 부엌으로 뛰어 들어갔다. 그러고는 찬장 위에 올망졸망 모여 앉아 있는 고양이들에게 자기는 지금 무척 행복하다고 말했다. 그 사이 로리는 일을 잘 처리했다고 생각하며 집으로 향했다.

"내 평생 그렇게 주제넘은 사람은 처음 보지만, 용서해야지 어쩌겠어요. 그나저나 마님이 빨리 오셨으면 좋겠네요."

조에게서 소식을 들은 해나가 한시름 놓았다는 표정을 지으며 말했다.

메그는 조용히 기쁨을 만끽하며 편지를 읽고 또 읽었고, 조는 환자가 있는 방을 깨끗이 정돈했다. 해나는 '뜻밖의 손님'을 맞이하기 위해 급히 파이를 만들었다. 집 안 곳곳이 신선한 공기로 채워지는 것 같았고, 햇빛보다도 더 좋은 뭔가가 조용한 방들을 환히 비추었다. 갑자기 모든 게 희망적으로 바뀐 듯했다. 베스의 새가 다시 지저귀기 시작했고, 창가에 있는 에이미의 화분에서는 반쯤 핀 장미가 발견되었다. 난롯불도 그 어느 때보다 밝게 타오르는 것 같았고, 자매들도 창백한 얼굴을 거두고 미소를 지었으며 마주칠 때마다 서로를 껴안았다. 그러고는 들뜬 목소리로 "엄마가 오신대!"라고 속삭였다. 베스를 빼고 다들 기뻐했다. 베스는 심한 혼수상태에 빠져 희망도, 기쁨도, 의심도, 위험도 의식하지 못하는 것 같았다. 발그레하던 얼굴은 아무 표정도 없이 푹 꺼져 있었고, 분주하게 움직이던 손은 힘없이 축 늘어져 있었으며, 단정하게 빗겨져 있던 머리는 윤기라곤 하나 없이 베개 위에 아무렇게나 헝클어져 있었다. 그런 모습이 보는 이들의 가슴을 너무 아프게 했다. 베스는 하루 종일 그렇게 누워 있다 가끔씩 눈을 뜨고는 너무 바싹 말라 말이 제대로 나오지 않는 입술로 "물!"이라고 중얼거렸다. 조와 메그는 기다리고, 희망을 품고, 하나님과 어머니를 부르며 하루 종일 그녀 곁을 지켰다. 온종일 눈이 내리고 바람이 세차게 불었다. 시간이 매우 더디게 흘러갔지만, 마침내 밤이 왔다. 자매들은 병상 양쪽에 가만히 앉아 시계가 울릴 때마다 눈동자를 반짝이며 서로를 쳐다보았다. 도움의 손길이 가까이 다가오고 있다는 신호였기 때문이다. 의사가 들러 환자의 상태를 보더니 자정을 전후로 좋아지든 나빠지든 결정이 날 거라고 하면서 그때 다시 오겠다고 했다.

완전히 녹초가 된 해나는 침대 옆에 있는 소파에 앉아 깜빡 잠이 들었고, 로런스 씨는 마치 부인의 근심스러운 얼굴을 대하느니 남부군 1개 중대를 상대하는 게 낫겠다고 생각하며 거실에서 왔다 갔다 했다. 로리는 양탄자 위에 드러누워 쉬는 척했지만, 생각에 잠긴 표정으로 난로를 응시하고 있었다. 그럴 때면 그의 새까만 두 눈이 아름답도록 온화하고 투명해 보였다.

그런 순간이면 흔히들 느끼게 되는 끔찍한 무력감에 사로잡혀 잠 한숨 자지 못하고 시계만 쳐다보던 그날 밤을 자매들은 절대 잊지 못했다.

"하나님께서 베스를 살려주신다면 난 두 번 다시 불평하지 않겠어."

메그가 진심으로 말했다.

"하나님께서 베스를 살려주신다면 평생 그분을 사랑하고 따르겠어."

조가 메그 못지않게 진심 어린 표정으로 대꾸했다.

"차라리 심장이 없었으면 좋겠어, 너무너무 아파."

메그가 잠시 숨을 고른 뒤 말했다.

"삶이 이렇게 힘든 거라면 앞으로 우리가 어떻게 헤쳐 나가야 할지 모르겠어."

그녀의 동생이 힘없이 덧붙였다.

시계가 자정을 알리자, 둘 다 베스를 지켜보느라 정신이 없었다. 그녀의 파리한 얼굴에 변화가 일어난 것처럼 보였기 때문이다. 집 안에는 죽음과도 같은 정적이 감돌았고, 깊은 침묵을 깨는 바람 소리 말고는 아무 소리도 들리지 않았다. 지친 해나는 아직도 자고 있었고, 메그와 조는 작은 침대 위에 어른거리는 듯한 희미한 그림자를 보았다. 한 시간이 지났지만 로리가 역으로 마중 나간 걸 빼고는 아무 일도 일어나지 않았다. 또 한 시간이 지났지만 여전히 아무도 오지 않았다. 메그와 조는 눈보라 때문에 기차가 연착되는 건 아닌지, 도중에 사고가 난 건 아닌지, 아니면 최악의 경우, 즉 워싱턴에 더 큰일이 생긴 건 아닌지, 별의별 생각이 다 들었다.

수의처럼 새하얀 눈에 뒤덮인 세상이 그날따라 무척 적막해 보인다고 생각하며 창가에 서 있던 조가 침대 옆에서 무슨 기척을 느끼고 재빨리 고개를 돌린 건 두 시가 지나서였다. 돌아보니 메그가 두 손으로 얼굴을 가린 채 어머니의 안락의자 앞에 무릎을 꿇고 앉아 있었다. 무시무시한 공포가 엄습해와서 순간적으로 조는 이렇게 생각했다.

'베스가 죽었나 봐. 메그 언니는 나한테 말하기가 겁나서 저러고 있는 거야.'

그녀는 즉시 자기 자리로 돌아갔다. 흥분한 그녀의 두 눈에는 커다란 변화가 일어난 것처럼 보였다. 열꽃과 고통스러운 표정이 사라지고, 사랑스러운 작은 얼굴은 창백하기는 했지만 휴식을 취하는 듯 평화로워 보였다. 그 모습을 보니 조는 슬퍼하거나 울고 싶은 생각이 전혀 들지 않았다. 조는 자매들 중에서 제일 사랑하는 베스의 얼굴 위로 몸을 숙이고 입술에 온 마음을 실어 축축한 이마에 키스를 하며 조용히 속삭였다.

"잘 가, 베스. 안녕!"

조가 움직이는 소리에 잠이 깼는지 해나가 후다닥 일어나더니 침대로 달려가 베스의 손을 만져보고 입술에 귀를 갖다 댔다. 그러고는 앞치마를 벗어 던지더니 비틀거리며 자리에 앉아 낮게 소리쳤다.

"열이 내렸어요. 지금 곤히 자고 있어요. 이렇게 고마울 데가! 오, 하나님, 감사합니다."

메그와 조가 그 기쁜 사실 앞에서 반신반의하고 있는데, 의사가 와서 그렇다는 걸 확인해 주었다. 뱅스 박사는 원래 가정적인 남자이긴 했지만, 메그와 조는 아버지처럼 자애로운 미소를 지으며 다음과 같이 말하는 그를 보면서 차라리 성스럽다고 생각할 정도였다.

"그래, 위험한 고비는 넘긴 것 같구나. 조용히 하고 푹 자게 둬라. 나중에 깨어나거든 뭘 주느냐 하면……."

그러나 뭘 주어야 하는지 둘 다 끝까지 듣지 못했다. 의사의 말이 채 끝나기도 전에 어두운 복도로 나가서는 계단에 앉아 서로를 꽉 끌어안고 말로는 다 표현할 수 없는 기쁨을 나누었기 때문이다. 곧이어 다시 방으로 돌아온 두 사람은 충실한 해나와 키스와 포옹을 나누었다. 그러고 나서 침대로 눈을 돌리니, 베스는 이제 평소 버릇대로 베개 대신 팔을 베고 누워 금방 잠든 것처럼 조용히 숨을 쉬고 있었다.

"엄마가 지금 오신다면 얼마나 좋을까!"

기울어가기 시작하는 겨울밤을 지켜보며 조가 말했다.

"이것 좀 봐."

메그가 반쯤 핀 흰 장미를 들고 다가오며 말했다.

"이 꽃이 내일 베스의 손에 들어갈 수 있으리라고는 꿈에도 생각하지 못했어. 하지만 밤새 이렇게 피었잖아. 여기 내 꽃병에다 꽂아놓으려고. 그러면 재가 눈을 떴을 때 이 작은 장미와 엄마의 얼굴이 제일 먼저 눈에 들어오게 될 거야."

길고도 슬펐던 밤이 물러가고 난 뒤, 이른 아침 메그와 조는 무거운 눈으로 밖을 내다보았다. 떠오르는 태양이 그렇게 아름답게 느껴진 적도, 세상이 그렇게 사랑스럽게 보인 적도 없었던 것 같았다.

"동화 속 세계 같아."

커튼 뒤에 서서 눈부신 광경을 지켜보던 메그가 미소를 지으며 말했다.

"들어봐!"

조가 벌떡 일어서며 소리쳤다. 그랬다, 아래층 현관에서 초인종 소리와 해나의 고함에 이어 기쁨에 들떠 외치는 로리의 목소리가 들려왔다.

"조, 어머니가 오셨어! 어머니가 오셨다고!"

19

에이미의 유언장

집에서 이런 일들이 일어나는 동안, 에이미는 마치 대고모 댁에서 힘겨운 시간을 보내고 있었다. 그녀는 자기가 현재 유배 중이라는 사실을 깊이 실감했을 뿐만 아니라 그동안 자기가 집에서 얼마나 많은 사랑과 귀여움을 받고 지냈는지 난생처음으로 깨달았다. 마치 대고모는 누구를 귀여워해본 적이 한 번도 없는 노인네였다. 그녀는 그런 걸 못마땅하게 생각했다. 그러나 나름대로 친절하게 대하려고 애썼고, 예의 바른 어린 소녀가 그녀를 무척 즐겁게 해주었기 때문에 내색은 하지 않았지만 늙은 마음 한구석에는 조카의 아이들을 위한 아늑한 장소를 마련해놓고 있었다. 그녀는 에이미를 행복하게 해주기 위해 정말 최선을 다했지만, 안타깝게도 실수만 계속할 뿐이었다. 간혹 노인들 중에는 주름살과 흰머리에도 불구하고 계속 젊은 마음을 유지하면서 아이들의 사소한 걱정과 기쁨에 공감하고 그들을 편안하게 해주거나, 자연스럽게 우정을 주고받으며 즐거운 놀이 속에 현명한 교훈을 슬쩍 집어넣는 사람도 있다. 그러나 마치 대고모는 이런 재능과는 아주 거리가 먼 사람이었다. 그녀는 규칙과 질서, 근엄한 태도, 길고 지루한 이야기로 에이미를 무척이나 불안하게 만들었다. 노부인은 에이미가 자기 언니보다 유순하고 붙임성 있는 성격이라는 걸 발견하고는 지나치게 자유스러운 조카 집안의 나쁜 영향력을 중화시키는 게 자신의 의무라고 생각했다. 그래서 에이미의 손을 붙잡고 60년 전에 자기가 배웠던 걸 그대로 가르쳤다. 에이미로서는 당연히 놀랄 수밖에 없었고, 그 과정을 견뎌내야 하는 자신이 빈틈이라고는 전혀 없는 촘촘한 거미줄에 걸린 파리처럼 느껴졌다.

그녀는 매일 아침마다 컵을 씻고, 구식 숟가락과 은으로 된 뚱뚱한 찻주전자, 유리잔들을 반짝반짝 윤이 날 때까지 닦아야 했다. 그러고 나면 방을 청소해야 했는데, 그처럼 참기 힘든 일은 없을 것 같았다! 마치 대고모의 눈은 티끌 하나도 놓치지 않았고, 가구들마다 발톱처럼 생긴 다리가 달린 데다 조각된 부분이 많아서 그녀가 원하는 수준으로 먼지를 털어낸다는 건 불가능한 일이었다. 그다음에는 폴리에게 먹이를 주고 애완용 개의 털을 빗겨야 했다. 이뿐만 아니라 다리가 불편해 거의 안락의자에서 살다시피 하는 노부인 대신 물건을 가지러 가거나 심부름을 하러 1층과 2층을 하루에도 열 번 이상은 오르내려야 했다. 게다가 이 피곤한 노동이 끝나면 학과 공부를 해야 했다. 그러고 나면 운동을 하거나 놀이를 할 수 있는 시간이 딱 한 시간 주어졌다. 자기가 가지고 있는 모든 미덕을 시험받고 난 후인지라, 에이미에게는 그야말로 금쪽같은 시간이었다. 로리는 매일 와서 마치 대고모를 온갖 감언이설로 구슬렸다. 그래서 마침내 허락이 떨어지면 에이미를 데리고 나가 산책을 하거나 마차를 타고 나가 즐거운 시간을 보냈다. 그러고 나서 저녁을 먹고 나면 큰 소리로 책을 읽어야 했고, 첫 장도 채 넘기지 못하고 잠이 든 노부인이 깨어날 때까지 거의 한 시간 동안 꼼짝도 않고 앉아 있어야 했다. 그 후에는 조각보나 수건이 등장했고, 에이미는 땅거미가 질 때까지 겉으로는 유순한 척했지만 속으로는 반역을 꾀하며 바느질을 했다. 그게 끝나면 차 마시는 시간까지 자기가 좋아하는 일을 할 수 있었다. 저녁 시간은 특히 더 참기가 어려웠다. 마치 대고모가 자기의 젊은 시절 이야기를 밑도 끝도 없이 늘어놓았기 때문이다. 그 시간이 어찌나 지루한지 에이미는 어서 빨리 잠자리에 들어 자신의 가혹한 운명을 한탄하며 울고 싶은 마음뿐이었지만, 일단 잠자리에 들면 겨우 한두 방울 눈물을 짜다 잠드는 게 보통이었다.

로리와 하녀인 늙은 에스터가 없었다면 그녀는 그 끔찍한 시간들을 결코 견뎌내지 못했으리라. 앵무새 하나만으로도 그녀의 마음은 충분히 괴로웠다. 그녀가 자기를 싫어한다는 걸 금세 눈치챈 앵무새 폴리가 틈만 나면 짓궂게 굴면서 복수를 했기 때문이다. 그녀가 가까이 다가올 때마다 머리카락을 잡아당기는가 하면, 금방 청소해놓은 새장에다 빵과 우유를 엎질러 그녀를 괴롭혔고, 여주인이 조는 동안 모프를 쪼아대 짖게 만들었다. 그뿐만 아니라 손님들 앞에서 그녀의 별명을 불러댔고, 모든 면에서 심술 사나운 늙은 새처럼 행동했다. 앵무새 말고도 에이미를 참을 수 없게 하는 것이 또 있었다. 다름 아닌 성미가 고약하고 뚱뚱한 개, 모프였다. 그 개는 그녀가 몸단장을 시켜줄 때마다 으르렁거렸고, 뭔가를 먹고 싶을 때면 벌렁 드러누워 사지를 치켜든 채 바보 같은 표정을 지었다. 그런 행동을 하루에도 열두 번씩 되풀이했다. 성질이 괴팍한 요리사와 늙은 귀머거리 마부 사이에서 에이미를 배려해 주는 사람은 에스터뿐이었다.

에스터는 수년 동안 '마담'과 함께 살고 있는 프랑스 여자였다. 그녀는 자기 여주인을 마담이라고 부르면서도 이제 자기 없이는 살 수 없게 된 노부인에게 다소 포악하게 굴었다. 그녀의 원래 이름은 에스텔이었지만, 마치 대고모가 이름을 바꾸라고 하자 종교에 대해서는 절대 상관하지 않는다는 조건으로 거기에 따랐다. '마드무아젤'이 좋아진 그녀는 프랑스에 있을 때 겪은 기묘한 인생 이야기를 들려주며 에이미를 매우 즐겁게 해주었다. 그때마다 에이미는 마담의 레이스 장식을 뜨는 그녀 곁에 앉아 이야기에 빠져들었다. 이 밖에도 그녀는 에이미가 그 큰 저택을 마음껏 돌아다니며 잡동사니 수집가인 마치 대고모가 커다란 옷장과 오래

된 궤짝에 보관해둔 신기하고 예쁜 물건들을 구경할 수 있게 허락해 주었다. 에이미는 그중에서도 인도산 장식장을 특히 좋아했다. 이상하게 생긴 서랍과 조그만 정리함들 외에도, 갖가지 장식품과 귀중하고 진기한 골동품들이 들어 있는 비밀 장소들이 가득했기 때문이다. 에이미에게는 이 물건들을 구경하고 정리하는 것이 커다란 낙이었다. 40년 전 어떤 미인을 치장했던 장신구가 쉬고 있는 보석 상자 안을 들여다볼 때는 특히 더 그랬다. 거기에는 마치 대고모가 외출할 때 달고 나가는 석류석 세트와 그녀의 아버지가 딸의 결혼식 날 선물로 준 진주, 그녀의 애인이 준 다이아몬드, 장례식용 홍옥 반지와 핀, 죽은 친구들의 초상화를 넣은 이상한 모양의 로켓(조그만 사진, 머리카락, 기념물 등을 넣어 목걸이 등에 다는 금으로 만든 작은 갑 : 옮긴이), 속을 머리카락으로 채운 베개, 한때 그녀의 어린 딸이 찼던 아기 팔찌, 마치 대고모부의 빨간 도장과 커다란 시계 외에도 지금은 뚱뚱해진 그녀의 손가락에는 너무 작아 다른 보석들처럼 한쪽에 얌전히 치워져 있는 그녀의 결혼반지가 들어 있었다.

"대고모님께서 물려주시겠다면, 마드무아젤은 어떤 보석을 고르겠어요?"

항상 옆에서 지켜보다 귀중품 상자에 자물쇠를 채우는 에스터가 물었다.

"난 다이아몬드가 제일 좋아요. 하지만 여기 있는 다이아몬드들 중에는 목걸이가 없어요. 난 목걸이가 좋아요. 나한테 잘 어울리거든요. 음, 난 이걸 고를래요."

에이미가 금과 상아로 된 줄에 같은 재료로 만들어진 묵직한 십자가가 달린 목걸이를 감탄 어린 눈길로 바라보며 말했다.

"나도 그게 마음에 들어요. 하지만 목걸이로 쓸 생각은 없어요. 난 독실한 가톨릭 신자답게 묵주로 쓸 거예요."

에스터가 목걸이를 탐내는 듯한 눈길로 바라보며 말했다.

"그럼 향나무 구슬로 만든 줄에 유리를 매단 염주처럼 쓰시겠단 말씀이세요?"

에이미가 물었다.

"맞아요. 나한테 그런 게 있다면 기도할 때 쓸 거예요. 가짜 보석 대신 이렇게 훌륭한 묵주를 사용하면 성자들도 기뻐하실 거예요."

"기도할 때의 에스터는 아주 편안해 보여요. 늘 차분하고 만족스러운 얼굴이에요. 나도 그럴 수 있었으면 좋겠어요."

"마드무아젤이 가톨릭 신자라면 진정한 마음의 평화를 찾을 수 있을 거예요. 하지만 꼭 그렇지만도 않답니다. 지금의 마담 전에 내가 모시던 여주인처럼 매일 혼자서 조용히 명상하고 기도드리는 걸로도 충분해요. 그분은 조그만 예배실을 가지고 계셨는데, 고통스러운 일이 생길 때마다 거기서 많은 위안을 얻곤 하셨지요."

"나도 그래도 될까요?"

에이미가 물었다. 요즘 들어 에이미는 뭔가 도움이 필요하다는 걸 절실하게 느끼고 있었을 뿐만 아니라, 베스가 옆에서 상기시켜주지 않아서 그런지 엄마가 주신 작은 책을 읽는 것도 자꾸만 잊어버려 마음이 꺼림칙했다.

"그럼요. 많은 도움이 될 거예요. 아가씨가 원한다면 작은 옷방을 치워놓을게요. 마담한테는 아무 얘기도 하지 마세요. 대신 마담이 주무실 때 잠깐 가서 좋은 생각들을 하면서 주님께 아가씨 언니를 보살펴달라고 기도하세요."

신앙심이 깊은 에스터가 진심에서 우러나오는 충고를 했다. 그녀는 원래 따뜻한 마음씨를 지니고 있는 데다, 자매들의 처지를 매우 딱하게 여기고 있었다. 에스터의 제안에 마음이 이끌린 에이미는 자기 방 옆의 조그만 옷방을 치워달라고 부탁했다.

"마치 대고모가 돌아가시면 이 예쁜 물건들이 다 어디로 갈까요?"

에이미는 이렇게 말하면서 반짝이는 염주를 다시 제자리에 갖다 놓았다. 그러고는 보석 상자들의 뚜껑을 하나하나 천천히 닫았다.

"그야 아가씨와 아가씨 언니들한테 가겠죠. 마담한테 들은 얘기도 있고, 언젠가 유언장을 봤는데 그렇게 적혀 있었어요."

에스터가 미소를 지으며 속삭였다.

"정말요! 하지만 지금 나눠 줬으면 좋겠어요. 지연하는 건 싫거든요."

에이미가 다이아몬드를 집어넣기 전에 마지막으로 한 번 더 구경하며 말했다.

"아가씨들이 이것들을 착용하고 다니는 건 금방이에요. 제일 처음 약혼하는 사람이 진주를 갖게 될 거예요. 마담이 그렇게 말씀하셨거든요. 작은 터키옥 반지는 아가씨가 집으로 돌아갈 때 주실 거예요. 아가씨가 말도 잘 듣고 예의 바르게 행동해서 마담께서 대견스럽게 생각하고 계시거든요."

"정말 그렇게 생각하세요? 저 예쁜 반지를 가질 수 있다면 뭐든 시키는 대로 하겠어요! 키티 브라이언트의 반지보다 이 반지가 훨씬 예뻐요. 대고모님이 너무너무 좋은 거 있죠."

에이미는 신이 난 표정으로 파란 반지를 껴보았다. 그런 그녀의 얼굴에서는 어떤 일이 있어도 반지를 얻고야 말겠다는 굳은 결의가 엿보였다.

그날부터 에이미는 순한 양이 되었고, 노부인은 힘들게 가르친 보람이 있다며 몹시 흐뭇해했다. 에스터는 옷방에 작은 탁자를 끌어다 놓고 그 앞에 발을 올려놓는 받침까지 갖다 놓았다. 그리고 문을 잠가둔 채 사용하지 않는 방들 중 하나에서 그림 한 점을 꺼내 와 벽에 걸었다. 값나가는 그림은 아니었지만 그런대로 괜찮아 보였고, 마담이 눈치채지 못할 거라는 걸 잘 알고 있었기 때문에 가져온 것이다. 설령 마담이 안다 해도 상관없었다. 그러나 그 그림은 세계적으로 유명한 그림을 베낀 아주 귀한 작품이었다. 에이미는 옷방에 들어와 이런저런 생각을 할 때마다 그림 속 성모 마리아의 자애로운 얼굴을 올려다보았는데, 아름다움을 사랑하는 그녀의 눈에는 아무리 봐도 그 그림이 지겹게 느껴지지 않았다. 에이미는 탁자 위에 작은 십계명과 찬송가, 그리고 로리가 날마다 가져다주는 아름다운 꽃들로 채운 꽃병을 올려놓고는 '혼자 앉아 좋은 생각들을 하거나 하나님께 언니를 지켜달라는 기도를 올렸다'. 에스터가 검은색 구슬로 만든 줄에 은으로 된 십자가를 매단 묵주를 주었지만, 에이미는 벽에다 걸어놓기만 하고 사용하지는 않았다. 청교도식으로 기도를 드리는 데에는 어울리지 않을 것 같았기 때문이다.

에이미는 이 시간만큼은 아주 진지하게 행동했다. 안전한 집으로부터 혼자 떨어져 나온 지금, 자신의 손을 꼭 잡아주는 다정한 손길이 필요하다는 것을 그 어느 때보다도 절실하게 느꼈기 때문이다. 그리하여 에이미는 본능적으로 자신의 어린 자식들을 한없는 부성애로 감싸 안는 강인하면서도 부드러운 '친구'에게 기댔다. 그녀는 자신을 이해하고 이끌어주는 어머니의 도움이 몹시 그리웠지만, 어디를 봐야 할지 알고 있었기에 최선을 다해 길을 찾았고, 찾은 후에는 아무 의심 없이 그 속으로 걸어 들어갔다. 그러나 에이미는 아직 어린 순례자에 불과했고, 지금 그녀의 짐은 몹시 무거워 보였다. 그녀는 이기심을 버리기 위해, 명랑하게 지내기 위해, 옳은 일을 하면서 만족을 느끼기 위해 노력했지만, 아무도 그런 그녀를 알아주거나 칭찬해 주지 않았다. 그녀는 착해지기 위한 첫 번째 노력으로 마치 대고모처럼 유언장을 작성하기로 결심했다. 자기가 병들어 죽을 경우 자신의 물건들을 공평하고 관대하게 나누어 주기 위해서였다. 그러나 그녀에게는 노부인의 보석들만큼이나 소중한 작은 보물들을 포기해야 한다고 생각하니 그것만으로도 칼로 도려내는 것처럼 가슴이 아팠다.

노는 시간을 이용해 그녀는 중요한 서류를 작성했다. 몇 가지의 법률 용어는 에스터의 도움을 받았다. 성격 좋은 이 프랑스 여자가 서류에 자기 이름을 써넣는 걸 보면서 에이미는 비로소 안도감을 느꼈다. 그리고 로리에게 보여주기 위해 이것을 잘 간수했다. 그를 두 번째 증인으로 세우고 싶었기 때문이다. 그날은 하루 종일 비가 와서 그녀는 2층에 있는 커다란 방들 중 한 곳에 들어가 폴리를 벗 삼아 놀았다. 이 방에는 구식 의상들로 가득 찬 옷장이 있었는데, 이미 에스터에게 거기 있는 옷들을 가지고 놀아도 된다는 허락을 받아둔 상태였다. 에이미는 이 집에서 할 수 있는 놀이 중에 빛바랜 비단 옷을 걸치고 기다란 거울 앞에서 사각거리는 소리를 내며 옷자락을 질질 끌고 왔다 갔다 하는 걸 제일 좋아했다. 이날은 그러고 노느라 너무 바빠서 그녀는 로리가 초인종을 누르는 소리도 못 들었을뿐더러 자기를 몰래 들여다보는 것도 알지 못했다. 그때 에이미는 푸른색 비단 드레스와 노란 페티코트 차림에 그와는 전혀 어울리지 않는 커다란 분홍색 터번을 두른 채 잔뜩 무게를 잡고 방 안을 왔다 갔다 하면서 고개를 꼿꼿이 쳐들고 부채질을 하고 있었다. 그녀는 굽 높은 구두를 신고 있었기 때문에 조심조심 걸을 수밖에 없었다. 로리가 나중에 조에게 얘기한 바에 따르면, 우스꽝스러운 옷을 입고 있는 대로 점잔을 빼며 걷는 에이미와 그녀 뒤에서 머리를 쳐들고 옆으로 걸으며 그녀의 행동을 그대로 따라 하다 가끔 멈춰 서서 웃거나 "우리 멋있지 않아요? 꺼져, 이 바보야! 입 다물어! 오 내 사랑, 키스해줘요, 하! 하!"라고 소리치는 폴리의 모습은 그 자체가 하나의 희극이었다.

로리는 여왕 폐하의 심기를 건드리지 않기 위해 터져 나오려는 웃음을 겨우 참으며 방문을 똑똑 두드렸고, 곧이어 에이미의 환대가 뒤따랐다.

"이것들을 벗을 동안 앉아서 쉬고 있어. 아주 심각한 문제로 로리 오빠한테 상의할 게 있거든."

화려하게 치장한 에이미가 폴리를 구석으로 쫓으며 말했다.

"저놈의 새는 내 인생의 시련이라니까."

에이미는 머리에서 '분홍색 산'을 치우며 계속 떠들어댔고, 그동안 로리는 의자에 앉아 있었다.

"어제 대고모님이 주무시는 동안 난 죽은 듯이 가만히 앉아 있는데 자기 우리에서 비명을 지르며 난리를 치지 뭐야. 그래서 꺼내주러 가보니 커다란 거미가 있더라고. 내가 손가락으로 쿡쿡 쑤시니까 책장 밑으로 도망가버리잖아. 그랬는데 폴리가 곧바로 거미를 뒤쫓아 가서 책장 밑을 들여다보고는 눈을 찡긋거리며 이렇게 말하는 거야. '나랑 산책하러 나가요. 내 사랑.' 그 말에 웃지 않을 수가 없더라고. 내가 웃는 소리에 폴리는 툴툴거렸고, 나중에는 대고모님까지 깨어나셔서 둘 다 혼났지 뭐."

"그래서 거미가 저 늙은 친구의 초대를 받아들였니?"

로리가 하품을 하며 물었다.

"응. 밖으로 나왔어. 그걸 보더니 폴리란 녀석, 잔뜩 겁에 질려 가지고 대고모님 의자 위로 올라가서는 내가 거미를 쫓는 동안 '잡아요, 잡아요'라며 고래고래 고함을 지르잖아."

"오, 이런, 새빨간 거짓말이야!"

폴리가 로리의 발끝을 쪼아대며 소리쳤다.

"네가 내 거였다면 네 목을 비틀어줬을 거다, 이 늙은 골칫덩이야."

로리가 폴리를 향해 주먹을 흔들어대자 앵무새는 고개를 옆으로 기울이고는 자갈이 굴러가는 듯한 소리로 꽥꽥거렸다.

"알렐루야, 입 닥쳐!"

"이제 다 됐어."

에이미가 옷장을 닫더니 주머니에서 종이를 꺼내며 말했다.

"이것 좀 읽어봐 줘. 그리고 법적으로 맞는지 틀린지 얘기해줘. 문득 그래야 할 것 같은 생각이 들었어. 인생이라는 게 불확실한데다 죽어서까지 욕을 듣고 싶진 않거든."

로리는 웃음을 참느라 입술을 잘근잘근 씹으며 아주 근엄한 표정으로 철자를 대충 짐작해가며 다음의 서류를 읽었다.

나의 유언장

나 에이미 커티스는 제정신인 상태에서 속세의 모든 재산을 다음과 같이 증여한다.

나의 아버지에게 내 그림 중에서 제일 잘 그린 그림과 소묘, 지도, 그 외 미술 작품을 액자와 함께 드린다. 아울러 나한테 있는 1백 달러도 함께 드린다.

나의 어머니에게 주머니가 달린 푸른색 앞치마를 제외한 나의 옷 전부를 드린다. 아울러 나의 사랑과 더불어 나의 초상화와 메달을 드린다.

나의 사랑하는 언니 마거릿에게 터키옥 반지(만약 얻게 된다면)와 비둘기가 그려진 녹색 상자, 목에 두를 수 있는 진짜 레이스, 연필로 그린 그녀의 초상화를 그녀의 '꼬마 아가씨'에 대한 추억으로 남겨준다.

조 언니에게 봉랍으로 수리한 브로치와 청동 잉크스탠드(뚜껑은 조 언니가 잃어버렸음), 그리고 내가 가장 아끼는 석고 토끼를 준다. 석고 토끼는 그녀의 원고를 태운 데 대한 내 사과의 표시이다.

베스 언니에게(나보다 더 오래 산다면) 내 인형들과 작은 화장대, 리넨 깃과 새 실내화(두툼하지는 않지만 몸이 회복되면 신을 수 있으니까)를 준다. 아울러 이 자리를 빌어 조애나를 놀린 데 대해 진심으로 사과하는 바이다.

내 친구이자 이웃인 시어도어 로런스에게 종이로 만든 서류 가방과, 그걸 보고 목이 없다고 말하긴 했지만 점토로 만든 말을 준다. 아울러 내가 힘들 때 그가 베풀어준 친절에 대한 보답으로 내 작품 중에서 그가 가장 마음에 들어 하는 것을 준다. 참고로 노트르담이 최고이다.

우리의 존경하는 후원자인 로런스 씨에게 뚜껑에 거울이 달린 나의 진홍색 상자를 드린다. 펜을 보관하기에 좋은 이 상자를 보면서 그분이 가족, 특히 베스 언니에게 베푼 호의에 감사하는 죽은 소녀를 기억해 주시면 감사하겠다.

내가 가장 좋아하는 친구 키티 브라이언트에게는 키스와 함께 푸른색 비단 앞치마와 금반지를 주고 싶다.

해나 아주머니에게는 그녀가 갖고 싶어 하던 판지 상자와 그걸 볼 때마다 날 기억해 주기를 바라며 조각보 전부를 드린다.

이제 나의 소중한 재산 전부를 처분했으니 결과를 만족스럽게 받아들이고 고인을 욕하지 말기 바란다. 나는 모든 사람을 용서하며, 최후의 심판을 알리는 나팔 소리가 울릴 때 우리 모두가 만나게 될 것을 믿어 의심치 않는다. 아멘.

이 유언장은 내가 직접 작성하고 1861년 11월 20일 오전에 밀봉한다.

에이미 커티스 마치

증인: 에스텔 발노르, 시어도어 로런스

에이미는 로리에게 마지막 이름을 연필로 썼기 때문에 그 부분을 잉크로 다시 써서 봉해야 한다고 설명했다.

"도대체 무슨 생각으로 이런 걸 만든 거야? 누가 너더러 베스가 자기 물건들을 나눠 주었다고 얘기했니?"

빨간색 끈과 함께 봉랍과 초, 잉크병을 자기 앞에 늘어놓는 에이미를 보며 로리가 심각하게 물었다. 그녀는 이유를 설명하고 나서 걱정스러운 표정으로 "베스 언니가 어쨌는데?"라고 물었다.

"이런 말을 하게 돼서 유감이지만 말해야겠다. 하루는 베스가 너무 아파서 조를 보고 피아노는 메그한테, 새는 너한테, 가엾은 조애나는 자기 대신 사랑해 줄 조한테 주고 싶다고 말한 적이 있었어. 베스는 줄 게 너무 적다고 안타까워하면서 나머지 사람들한테는 머리카락을, 할아버지한테는 사랑을 남긴다고 했어. 하지만 유언장을 써야겠다는 얘긴 비치지도 않더라."

로리는 노래를 부르며 봉투를 밀봉하다 굵은 눈물방울이 종이에 떨어지는 걸 보고 그제야 고개를 들어 에이미를 쳐다보았다. 에이미의 얼굴에는 근심이 가득했지만, 입에서 튀어나온 말은 전혀 뜻밖이었다.

"간혹 사람들이 유언장에다 추신을 덧붙이는 적은 없어?"

"물론 있지. 그걸 '유언 보충서'라고 해."

"그럼 내 것에도 넣어줘. 내 머리를 잘라서 친구들한테 골고루 나눠 주고 싶어. 그걸 깜빡했어. 하지만 내 꼴이 엉망이 되는 한이 있어도 그러고 싶어."

로리는 에이미의 마지막 숭고한 희생에 빙그레 웃음 지으며 유언장에 그 얘기를 추가했다. 그러고 나서 한 시간 동안 그녀와 놀면서 그녀가 겪는 시련에 깊은 관심을 나타냈다. 그러나 그가 가려고 하자 에이미는 그를 붙잡으며 떨리는 목소리로 이렇게 속삭였다.

"베스 언니가 정말 위험한 거야?"

"유감이지만 아직은 그래. 하지만 희망을 가져야지. 그러니까 너도 울지 마."

그러면서 로리는 오빠가 여동생을 다루듯이 한 손으로 에이미를 안아 달래주었다.

로리가 가자 에이미는 작은 예배실을 찾았다. 그리고 저녁 어스름 속에 앉아 눈물을 줄줄 흘리며, 가슴에 심한 고통을 느끼며, 다정한 막내 언니를 잃는다면 백만 개의 터키옥 반지도 아무런 위안이 되지 않을 거라고 생각하며, 베스를 위해 기도했다.

20

속내 이야기

아무리 머리를 쥐어짜도 어머니와 딸들의 만남을 적절하게 묘사할 만한 말이 떠오르지 않는다. 너무나 아름다운 시간들이었지만 표현하기가 너무 어렵다. 따라서 자매들의 집에는 행복이 가득 넘쳐흘렀고 베스가 긴 잠에서 깨어나 작은 장미와 어머니의 얼굴을 제일 처음 보게 됨으로써 메그의 소박한 꿈이 이루어졌다는 얘기만 하고 나머지는 독자 여러분의 상상에 맡기고자 한다. 너무 쇠약해져서 이상하다는 생각조차 하지 못하는 베스는 어머니의 따뜻한 품에 안겨, 그리움으로 인해 생겼던 허기가 마침내 채워졌다고 생각하며 미소만 지을 뿐이었다. 그러고 나서 곧 다시 잠들자 자매들은 어머니의 시중을 들었다. 베스가 자면서도 어머니의 손을 놓으려고 하지 않았기 때문이다.

해나는 자신의 기쁜 마음을 나타낼 만한 다른 방법이 도저히 없다고 판단하고는 여행자를 위해 근사한 아침 식사를 준비했다. 그리고 메그와 조는 아버지의 상태와 브룩 씨가 남아서 그를 돌보겠다고 약속했다는 얘기, 집으로 오는 동안 눈보라 때문에 기차가 지연됐다는 얘기, 피로와 걱정과 추위로 녹초가 된 채 역에 도착했을 때 로리의 밝은 얼굴을 보고 말은 하지 않았지만 안심이 됐다는 얘기를 들으며 의무에 충실한 어린 황새처럼 어머니 입에 음식을 넣어드렸다.

그날은 무척 이상하고도 유쾌한 날이었다! 바깥은 더없이 화려하고 눈부셨으며, 세상 전체가 첫눈을 환영하는 듯했다. 반면 안은 더없이 조용하고 평온했다. 해나가 꾸벅거리며 문 옆에서 보초를 서는 동안 다들 자거나 환자를 지켜보느라 조용하기 그지없는 집 안에는 안식일의 고요함이 감돌고 있었다. 드디어 짐을 벗었다는 해방감에, 메그와 조는 지친 눈을 감고 폭풍을 만나 고생하다 고요한 항구에 안전하게 닻을 내린 배처럼 느긋하게 휴식을 취했다. 마치 부인은 베스의 곁을 떠나려 하지 않았다. 그녀는 안락의자에 앉아 쉬면서도 시시때때로 눈을 뜨고는 잃어버렸던 보물을 되찾은 수전노처럼 어린 딸의 얼굴을 들여다보고 쓰다듬었다.

한편 로리는 에이미를 위로하러 가서 그간의 이야기를 들려주었는데, 이야기를 어찌나 잘하는지 마치 대고모를 '훌쩍거리게' 만들 정도였다. 이에 비해 에이미는 아주 강인한 모습을 보여주었다. 필자가 생각하기에는 작은 예배실에서의 명상이 결실을 거두기 시작한 게 아닌가 싶다. 그녀는 재빨리 눈물을 훔치고는 어머니를 보고 싶은 욕심을 꾹 참았다. 로리는 그런 그녀를 가리켜 '나무랄 데 없는 작은 아씨'처럼 행동한다고 말했다. 옆에서 듣고 있던 마치 대고모가 이 말에 진심으로 동의했을 때도 에이미는 터키옥 반지는 생각조차 하지 않았다. 폴리도 감동했는지 그녀를 '착한 아이'라고 부르는가 하면, 그녀를 붙잡고 아주 사근사근한 목소리로 '나랑 같이 산책하러 가자'며 졸라댔다. 그녀 역시 눈부신 겨울 날씨를 만끽하러 밖으로 나가고 싶은 마음이 간절한데도 불구하고, 로리가 사실을 숨기려고 애를 써도 실은 잠을 못 자 몹시 피곤한 상태라는 걸 눈치채고는 그를 설득해 소파에서 쉬게 했다. 그사이 그녀는 어머니에게 전할 편지를 썼다. 그녀가 한참 후에 돌아와보니 로리는 팔을 베고 깊이 잠들어 있었고, 마치 대고모는 커튼을 치고 조용히 앉아 있었다. 평소의 마치 대고모를 생각한다면 보기 드물게 친절한 배려였다.

잠시 후 두 사람은 그를 그대로 놔두면 밤까지 잘 거라는 생각이 들기 시작했다. 에이미가 어머니를 보고 너무 기쁜 나머지 내지른 소리에 깨지 않았다면 그랬을지도 모를 일이다. 그날 도시의 안팎에는 행복한 꼬마 아가씨들이 많이 있었겠지만, 필자가 생각하기에는 어머니의 무릎에 앉아 그간의 힘든 일들을 털어놓는 에이미가 그중에서 가장 행복한 소녀가 아니었을까 싶다. 어머니가 대견하다는 듯 미소를 지으며 쓰다듬어주어, 더없이 훌륭

해나는 자신의 기쁜 마음을 나타낼 만한 다른 방법이 도저히 없다고 판단하고는
여행자를 위해 근사한 아침 식사를 준비했다.

한 위로와 보상을 받은 것 같았기 때문이다. 에이미는 어머니와 단둘이 예배실에 남게 되자 어머니가 어떻게 나올지 몰라 약간 주저하며 그곳의 용도를 설명했다.

"오히려 그 반대란다. 엄마는 여기가 무척 마음에 드는데."

어머니는 먼지 낀 묵주와 닳아 해진 작은 책과 상록수 가지로 장식한 아름다운 그림을 둘러보며 말했다.

"현실이 우리를 괴롭히거나 가슴 아프게 할 때 혼자 조용히 머물 수 있는 장소가 있다는 건 아주 좋은 일이지. 우리가 살아가는 동안 어려운 시기가 아주 많지만, 바로 도움을 요청할 수 있다면 견뎌나갈 수가 있단다. 엄마 생각엔 우리 막내딸이 그걸 배우고 있는 것 같구나."

"그런 것 같아요, 엄마. 집에 돌아가면 큰 옷방 구석에다 내 책들과 저 그림을 보고 제가 직접 그린 그림을 갖다 놓을 거예요. 그런데 여자 얼굴이 이상하게 그려졌어요. 너무 아름다워서 똑같이 그릴 수가 없었어요. 하지만 아기는 그보다 잘 그렸어요. 난 이 아기가 참 좋아요. 그분도 한때 어린 꼬마였다고 생각하면 힘이 나요. 그때는 그렇게 멀리 가지 못했을 거 아녜요. 그런 생각을 하면 위로가 돼요."

에이미가 어머니 무릎에서 웃고 있는 아기 예수를 가리키는 순간, 마치 부인은 에이미가 들어 올린 손에서 이상한 걸 보았다. 그녀는 아무 말도 하지 않았지만, 에이미는 그 표정과 잠깐 동안의 침묵의 의미를 이해했다. 그래서 심각한 목소리로 이렇게 덧붙였다.

"이것에 대해 엄마한테 말씀드리고 싶었지만, 깜빡했어요. 대고모님께서 오늘 저한테 반지를 주셨어요. 저를 부르시더니 제게 키스를 하면서 손가락에 끼워주셨어요. 그러면서 제가 자랑스럽다며 저를 당장 옆에 두고 싶다고 하셨어요. 그리고 터키옥 반지가 빠지지 않게 그 위에 끼라며 이 우스꽝스러운 반지까지 주셨어요. 전 끼고 다니고 싶어요. 그래도 돼요, 엄마?"

"아주 예쁘구나, 하지만 엄마 생각엔 그런 장신구를 하고 다니기엔 네가 아직 어린 것 같은데?"

마치 부인이 하늘색 돌로 된 반지와 두 개의 황금 손이 서로 꽉 붙잡고 있는 괴상한 모양의 반지가 끼워져 있는 통통한 손을 바라보며 말했다.

"자랑하고 다니지 않을게요. 그저 예뻐서 좋아하는 게 아니에요. 동화 속 여자가 팔찌를 찼던 것처럼, 나도 이걸 끼고 다니면서 뭔가를 생각하고 싶어서 그래요."

"지금 마치 대고모님을 두고 하는 얘기니?"

어머니가 웃으면서 물었다.

"아뇨. 이걸 보면서 이기적이 되지 않게 노력하려고요."

에이미의 표정이 너무 진지해 보여서 마치 부인은 웃음을 멈추고 막내딸의 계획에 귀를 기울였다.

"최근에 '나의 나쁜 버릇들'에 대해 아주 많이 생각해봤어요. 그랬더니 그중에서 이기적인 부분이 제일 문제인 것 같았어요.

그래서 그 점을 고치려고 열심히 노력하고 있어요. 베스 언니는 이기적이지 않으니까 다들 사랑하잖아요. 언니를 잃을지도 모른다는 생각에 다들 슬퍼하는 것도 그 때문이고요. 만약 내가 아팠다면 사람들은 그 반만큼도 걱정하지 않았을 거예요. 그래도 싸죠. 하지만 저는 많은 사람들한테 사랑받고 싶어요. 그래서 베스 언니처럼 되기 위해 노력하려고 해요. 하지만 결심은 이렇게 해도 잊어버릴 때가 많아요. 주변에 생각을 깨우쳐주는 게 있다면 훨씬 잘할 수 있을 것 같아요. 그렇다면 끼고 다녀도 되지 않아요?"

"그러렴. 하지만 엄만 그 옷방 예배실이 훨씬 더 믿음직스럽구나. 그럼, 반지를 끼고 다니도록 해라. 그리고 최선을 다하길 바란다. 엄마는 네가 잘해낼 거라고 생각해. 착해지려는 마음을 먹은 것만으로도 벌써 반은 이룬 셈이니까. 자, 이제 베스한테 가봐야겠다. 꿋꿋하게 잘 지내고 있거라. 곧 다시 집으로 데려갈 테니까."

그날 저녁, 메그가 아버지에게 여행자가 무사히 도착했다는 내용의 편지를 쓰는 동안 조는 2층 베스의 방으로 살짝 들어가 늘 앉던 그 자리에 앉아 있는 어머니를 보고는 무슨 걱정거리가 있는 듯 떨떠름한 표정으로 머리카락을 배배 꼬며 잠시 서 있었다.

"무슨 일 있니?"

마치 부인이 마음 놓고 얘기하라는 표정으로 손을 내밀며 물었다.

"엄마께 드릴 말씀이 있어요."

"메그에 대한 얘기니?"

"어떻게 그렇게 금방 아세요! 맞아요, 메그 언니에 대한 얘기예요. 대단한 일은 아니지만 걱정이 돼서요."

"베스가 잠들었으니까 작게 얘기하렴. 자, 어디 들어보자. 모팻과 관련된 얘기는 아니겠지?"

마치 부인이 약간 예민한 반응을 보이며 물었다.

"아니에요. 그 인간이 내 앞에 나타났다면 면전에서 문을 닫아걸었을 거예요."

조가 어머니 곁으로 다가가 바닥에 주저앉으며 말했다.

"작년 여름에 메그 언니가 로런스 씨 댁에 장갑을 두고 왔는데 한 짝만 되돌아왔어요. 우린 그 일에 대해 까맣게 잊고 있었는데, 테디가 말하길 브룩 씨가 그걸 갖고 있다는 거예요. 조끼 주머니에 넣어 가지고 다니다가 떨어뜨린 걸 테디가 보고 농담을 했는데, 메그 언니를 좋아하고 있는 눈치더래요. 하지만 감히 드러내놓고 얘길 하진 못하더라나요. 언닌 젊은데 그 사람은 가난하잖아요. 이쯤 되면 일이 끔찍하게 돌아가는 거 아니에요?"

"넌 메그가 그 사람을 좋아한다고 생각하니?"

마치 부인이 걱정스러운 표정으로 물었다.

"무슨 그런 말씀을! 전 사랑이니 뭐니 하는 따위에 대해선 전혀 아는 게 없어요."

조가 관심과 경멸이 묘하게 뒤섞인 표정을 지으며 소리쳤다.

"소설에서는 여자들이 깜짝 놀라며 얼굴을 붉히거나, 기절을 하거나, 바싹 야위거나, 바보처럼 행동하는 식으로 사랑에 빠진 티를 내더라고요. 하지만 메그 언닌 전혀 안 그래요. 정상인처럼 밥도 잘 먹고 잠도 잘 자요. 내가 그 사람 얘기를 해도 내 얼굴을 똑바로 쳐다보는 것 같고, 테디가 연인들에 대한 농담을 할 때만 약간 얼굴을 붉힐 뿐이에요. 테디더러 그러지 말라고 하는데, 내 말은 들은 척도 안 해요."

"그럼 넌 메그가 존에게 관심이 없다고 생각하는 거니?"

"누구요?"

조가 깜짝 놀라며 소리쳤다.

"브룩 씨 말이다. 난 이제 그 사람을 존이라고 부른단다. 병원에 있으면서 그냥 이름을 부르게 됐는데, 그 사람도 그걸 좋아하더구나."

"오, 맙소사! 그럼 엄마는 그 사람 편을 드시겠군요. 아빠한테 잘해줘서 함부로 대할 순 없겠지만, 언니가 원할 때만 그 사람과 결혼시키세요. 속이 훤히 들여다보여요! 아빠한테 알랑거리고 엄마한테 잘 보여서 두 분을 자기편으로 끌어들이려는 속셈이잖아요."

조가 화난 표정으로 다시 머리칼을 잡아당기며 말했다.

"이런, 그렇게 화내지 마라. 어떻게 된 일인지 다 얘기해 줄 테니까. 존은 로런스 씨 요청으로 나와 함께 간 거란다. 네 아빠한테 얼마나 헌신적이던지 그 사람을 좋아하지 않을 수가 없더구

나. 그 사람은 메그에 대해 솔직하고 흠 잡을 데 없는 생각을 가지고 있더라. 우리더러 메그를 사랑하긴 하지만, 가정을 꾸릴 수 있는 안정된 직장을 얻기 전까진 청혼하지 않겠다고 하더구나. 그 사람은 단지 우리가 메그와의 교제를 허락해 주길 원했을 뿐이란다. 그는 훌륭한 청년이고, 우리는 그 사람 얘기를 거절할 수가 없었어. 하지만 난 메그가 너무 어린 나이에 약혼하는 건 반대다."

"물론 안 되죠. 그건 어리석은 짓이에요. 이런 일이 생길 줄 알았다니까요. 느낌이 이상했어요. 하지만 제가 생각했던 것보다 훨씬 더 상황이 나빠요. 내가 메그 언니와 결혼할 수 있다면 얼마나 좋을까요. 그러면 우리 가족끼리 언제까지나 오붓하게 살 수 있을 텐데."

이 말도 안 되는 얘기에 마치 부인은 조용히 미소를 지었지만, 짐짓 심각하게 말했다.

"조, 너를 믿고 한 얘기니까 메그한테는 아직 아무 소리도 하지 마라. 존이 돌아와 두 사람이 함께 있는 걸 보면 그 애가 존에 대해 어떤 감정을 품고 있는지 좀 더 잘 알 수 있겠지."

"언니는 그 사람이 자기에 대해 어떻게 생각하는지를 자기가 늘 얘기하는 그 사람의 잘생긴 눈에서 보게 될 테죠. 그렇게 되면 모든 게 언니 판단에 달려 있는 거 아니에요? 언니는 마음이 너무 여려서 누가 자기를 다정하게 쳐다보면 햇볕에 내놓은 버터처럼 녹아버리고 말 거예요. 엄마 편지보다도 그 사람이 보낸 짧은 편지를 더 많이 읽었는걸요. 그래서 내가 그 얘기를 하니까 날 꼬집으면서 자기는 갈색 눈이 좋고 존이라는 이름이 뭐 어떠냐면서 내 속을 긁잖아요. 언니는 결국 사랑에 빠지게 될 테고, 그렇게 되면 평화롭고 즐거운 우리의 시간도 끝장나는 거죠, 뭐. 안 봐도 훤해요! 서로 사랑한다는 냄새를 팍팍 풍기면서 온 집 안을 돌아다니면 우린 피해줘야겠죠. 메그 언니는 정신을 못 차릴 테고, 나 같은 건 안중에도 없을 테죠. 그 사람은 언니를 채 가는 엄청난 행운을 잡게 되겠지만, 우리 가족들로서는 두 눈 멀쩡히 뜨고 빈 구멍이 생기는 걸 지켜보는 수밖에요. 그러면 난 찢어지는 가슴을 안고 불행의 늪에서 헤매게 되겠죠. 오, 우리가 남자로 태어났다면 이런 일은 없었을 거 아녜요!"

조는 우울한 표정으로 턱을 무릎에 기댄 채 괘씸한 존을 향해 주먹을 흔들어댔다. 마치 부인이 한숨을 내쉬자, 조는 지원군이라도 만난 듯 고개를 들어 어머니를 쳐다보았다.

"엄마도 싫죠? 다행이에요. 그 사람은 자기 일에나 신경 쓰라고 하고 메그 언니한테는 아무 말도 하지 마세요. 그리고 우리 모두 지금처럼 행복하게 지내요, 네?"

"한숨을 쉰 건 내가 잘못했다, 조. 너희들이 때가 돼서 가정을 갖는 건 자연스럽고도 당연한 일이란다. 하지만 난 될 수 있는 한 내 딸들과 오래오래 살고 싶단다. 나도 이런 일이 너무 빨리 일어나서 유감이구나. 메그는 이제 겨우 열일곱밖에 안 됐고, 존도 가정을 꾸리려면 어느 정도 있어야 될 것 같으니 말이다. 너희 아빠와 난 언니가 스무 살이 되기 전까지 약속에 얽매이거나 결혼하는 건 반대다. 네 언니와 존이 서로 사랑한다면 기다리면서 그 사랑이 과연 진실한 사랑인지 아닌지 확인할 수 있겠지. 네 언니는 신중하니까 그 사람을 막 대하거나 하는 일은 없을 거야. 사랑하는 내 딸아! 엄마는 네 언니가 행복하길 바란단다."

"엄마는 언니를 부자랑 결혼시키고 싶지 않으세요?"

마지막 말을 할 때 어머니의 목소리가 약간 떨리는 듯하자, 조가 물었다.

"물론 돈은 유용한 것이지. 난 내 딸들이 돈에 너무 쪼들리며 사는 것도 바라지 않고, 돈에 너무 집착하며 사는 것도 바라지 않는다. 존이 확실한 자기 일만 있다면 엄마는 그걸로 족해. 빚을 안 지고, 메그를 고생시키지 않을 만큼의 수입만 있으면 충분하다고 생각하니까. 엄마는 재산이 많거나 사회적으로 지위가 높은 사람을 사위로 맞아들이고 싶은 욕심은 없다. 물론 지위와 돈에다 사랑과 미덕까지 겸비하고 있다면, 그 이상 바랄 게 없겠지. 하지만 행복은 평범하고 작은 집에서도 충분히 누릴 수 있단다. 그건 엄마의 경험에서 나온 거야. 매일 먹을 빵이 있고, 좀 모자란 듯한 가운데서 작은 재미들이 더해지는 법이거든. 난 메그가 소박하게 출발하는 모습을 보고 싶단다. 내가 잘못 생각하는 게 아니라면 한 남자의 마음을 차지하는 네 언니는 그 자체만으로 부자일 테고, 그게 돈보다 훨씬 가치 있으니까 말이다."

"잘 알겠어요, 엄마. 저도 엄마 말씀이 옳다고 생각해요. 하지만 메그 언니한테는 실망이에요. 전 언니를 테디랑 결혼시키려고 했거든요. 그래서 평생 호강하며 살았으면 했는데, 그게 좋지 않아요?"

조가 아까보다 밝아진 얼굴로 어머니를 올려다보며 물었다.

"너도 알다시피 걘 언니보다 어리잖니……."

마치 부인이 채 말을 끝내기 전에 조가 끼어들었다.

"오, 그건 중요하지 않아요. 테디는 나이에 비해 성숙해 보이고 키도 크잖아요. 마음만 먹으면 어른처럼 행동할 수도 있고요. 그리고 부자인 데다 속도 넓고 우리 모두를 사랑하잖아요. 제 계획이 물거품이 돼서 유감이에요."

"내 생각엔 로리가 메그와 짝이 되기엔 아직 어린 것 같구나. 게다가 지금으로선 누군가를 책임지기엔 변덕도 심하고. 계획 같은 건 세우지 말자꾸나, 조. 그건 시간과 두 사람의 마음에 달린 문제지, 우리가 개입할 문제가 아니잖니. 서로의 우정을 망치지 않으려면 네 말처럼 섣부른 '사랑 놀음'은 경계하는 게 좋을 것 같구나."

"조심할게요. 하지만 전 일들이 제자리를 못 찾고 이리저리 꼬이는 게 싫어요. 머리를 눌러주는 다리미가 있어서 더 이상 자라지 못하게 해준다면 얼마나 좋을까요. 하지만 봉오리는 장미가 되고 새끼 고양이는 어른 고양이가 되는 게 자연의 이치라는 거 알아요. 그게 안타까운 거죠."

"다리미는 뭐고, 새끼 고양이는 또 뭐니?"

메그가 다 쓴 편지를 들고 방으로 들어오며 물었다.

"말도 안 되는 소리를 했을 뿐이야. 나 자러 갈 건데 언니도 같이 가자."

조가 아리송한 분위기를 풍기며 말했다.

"아주 잘 썼구나. 그리고 존에게 내가 안부를 전한다는 말도 추가해 주렴."

마치 부인이 편지를 읽고 나서 되돌려주며 말했다.

"그 사람을 존이라고 부르세요?"

메그가 미소 띤 얼굴로 어머니의 눈을 내려다보며 물었다.

"그렇게 됐단다. 그 사람은 아들처럼 우리를 대해 주었고, 우리도 그 사람을 아주 좋아한단다."

마치 부인이 날카로운 시선으로 메그를 살피며 대답했다.

"그렇다니 기쁘군요. 무척 외로운 사람이거든요. 안녕히 주무세요, 엄마. 엄마가 집에 오셔서 얼마나 마음이 놓이는지 몰라요."

메그가 조용한 목소리로 대답했다.

마치 부인은 메그에게 다정하게 키스를 한 후 방을 나가는 딸을 보며 대견스러움과 안타까움이 뒤섞인 어조로 중얼거렸다.

"저 앤 아직 존을 사랑하고 있지 않지만 곧 깨닫게 되겠지."

21

로리, 실수를 저지르고 조, 화해를 이끌어내다

다음 날 조의 표정은 볼만했다. 비밀을 알고 있다는 부담감이 얼굴에 그대로 드러났기 때문이다. 메그는 뭔가 이상한 낌새를 느꼈지만, 이것저것 물어보느라 공연히 속을 끓이는 짓은 하지 않았다. 조를 다루는 가장 좋은 방법은 정반대로 하는 것이란 사실을 잘 알고 있었기 때문이다. 즉, 물어보지 않고 가만히 있으면 조만간에 모든 걸 알게 될 터였다. 그러나 침묵이 깨지지 않자 메그는 다소 놀랐다. 조는 계속해서 거만하게 나왔고, 그런 그녀의 태도에 화가 난 메그는 갖은 위엄을 부리며 어머니의 시중을 들었다. 덕분에 조는 마음껏 활개를 칠 수 있었다. 조의 역할을 대신 떠맡은 마치 부인이 조에게 베스를 간호하느라 오랫동안 갇혀 지냈으니 쉬면서 운동도 하고 즐기라고 했기 때문이다. 에이미가 집에 없는 탓에 로리는 그녀의 유일한 피난처였다. 그러나 조는 그와의 만남이 즐거우면서도 때로는 그를 보는 게 두려웠다. 짓궂기가 이루 말할 수 없는 데다, 자기를 살살 달래어 비밀을 캐낼 것만 같았기 때문이다.

그녀의 생각은 적중했다. 장난이라면 사족을 못 쓰는 로리가 뭔가 비밀이 있다는 걸 눈치채고는 곧바로 확인 작업에 들어가 조를 못살게 굴었기 때문이다. 그는 진실을 캐내기 위해 온갖 감언이설에 뇌물 공세를 펼쳤고, 심지어는 협박까지 했다. 그래도 안 되자 나중에는 관심이 없는 척하면서 초인적인 인내심을 발휘해 결국 메그와 브룩 씨가 관련된 일이라는 걸 알아내고 나서야 만족했다. 그 후 자신의 가정교사가 자기한테 속마음을 털어놓지 않았다는 사실에 분개한 그는 그 같은 무례에 대해 응분의 보복을 가하기 위해 꾀를 짜냈다.

한편 메그는 그 일을 까맣게 잊고 아버지가 집에 돌아오실 때를 대비해 이런저런 준비를 하느라 여념이 없었다. 그러던 어느 날 갑자기 그녀에게 변화가 일어난 것 같았다. 하루 이틀 동안 그녀는 평소의 모습과 너무 달랐다. 누가 말을 걸면 깜짝깜짝 놀라는가 하면, 쳐다보기만 해도 얼굴을 붉혔으며, 뭔가 고민이라도 있는 듯한 얼굴로 가만히 앉아 바느질만 했다. 어머니가 왜 그러냐고 물어봐도 괜찮다고만 대답했고, 조가 물어도 혼자 있게 해달라며 더 이상 말도 꺼내지 못하게 했다.

"언닌 사랑에 빠진 게 분명해요. 사랑에 빠진 사람의 증상들이 거의 다 나타나고 있어요. 딴 데 정신이 팔린 사람 같다니까요. 먹지도 않지, 자지도 않지, 우거지상을 하고 구석에만 처박혀 있잖아요. 요전번에는 브룩 씨가 언니에게 준 노래를 하다 말고 '존'이라고 부르더니 양귀비꽃처럼 빨개지지 뭐예요. 대체 어떻게 해야 하죠?"

조가 강제로라도 뭔가 조치를 취해야겠다는 표정으로 말했다.

"그냥 기다려보자꾸나. 언니를 혼자 있게 놔두렴. 아버지가 오시면 모든 게 해결되겠지."

어머니가 대답했다.

"메그 언니, 편지 왔어. 그런데 꽁꽁 봉해져 있어. 이상도 하지! 테디는 절대 안 봉하는데."

다음 날, 작은 우체국에 도착한 내용물들을 나눠주며 조가 말했다.

마치 부인과 조는 각자의 일에 몰두하다가 메그가 이상한 소리를 내자 놀라서 고개를 들었다. 메그가 몹시 당황한 얼굴로 편지를 뚫어져라 쳐다보고 있었다.

"무슨 일인데 그러니?"

어머니가 메그에게 달려가며 소리쳤다. 그사이 조는 문제의 편지 내용을 확인했다.

"내가 잘못 알고 있었어. 그 사람이 보낸 게 아니었어. 어떻게 나한테 이럴 수 있니, 조?"

마음이 몹시 상한 듯 메그가 손으로 얼굴을 가린 채 울음을 터뜨리며 소리쳤다.

"내가 그랬다고! 난 아무 짓도 안 했어! 대체 지금 무슨 소릴 하고 있는 거야?"

조가 당황해서 소리쳤다.

주머니에서 구겨진 또 한 장의 편지를 꺼내 조에게 집어 던지는 메그의 눈은 평소의 부드러운 분위기와 달리 분노로 이글거렸다.

"네가 썼잖아. 보나마나 그 나쁜 자식이 옆에서 도왔을 테고. 우리 둘한테 어쩜 이렇게 야비하고 잔인하고 무례할 수가 있니?"

조는 어머니와 함께 독특한 필체로 쓰인 편지를 읽느라 메그의 말을 거의 듣지 못했다.

사랑하는 마거릿

더 이상은 내 감정을 억누를 수가 없습니다. 돌아가기 전에 내 운명을 알아야만 하겠습니다. 당신 부모님께는 아직 말씀드리지 못했지만, 우리가 서로 사랑한다는 걸 아신다면 그분들도 동의하실 겁니다. 로런스 씨가 우리가 살 적당한 장소를 마련하도록 도와주실 테니, 당신은 날 행복하게 해주기만 하면 됩니다. 부모님께는 아직 아무 말씀하지 마시고, 로리를 통해 희망적인 말을 보내주시길 간청합니다.

당신을 헌신적으로 사랑하는 존

"오, 이 꼬마 악당 같으니라고! 내가 엄마와의 비밀을 지킨 데 대한 복수로 이런 짓을 한 거예요. 따끔하게 혼을 내주고, 당장 끌고 와서 사과하도록 할게요."

조가 당장 처벌을 하러 갈 기세로 소리쳤다. 그러나 어머니가 평소에는 거의 볼 수 없었던 표정을 지으며 그녀를 제지했다.

"잠깐만 있어봐라, 조. 그 전에 네가 결백하다는 것부터 증명해야겠다. 그동안 네가 짓궂은 장난을 많이 한 걸로 미루어 본다면 네가 이 일에 연관되지 않았다는 걸 어떻게 믿겠니."

"맹세코 전 아무 관련이 없어요, 엄마. 저 편지는 지금 처음 보는 거고, 거기에 대해선 아는 게 하나도 없어요. 이건 제가 살아 있다는 것만큼이나 확실하다고요."

조가 너무 진지하게 말하는 바람에 둘 다 그녀의 말을 믿었다.

"만약 내가 이 일에 관여했다면 이보다는 훨씬 잘 썼을 거예요. 게다가 생각해봐, 브룩 씨가 저런 엉터리 같은 글을 쓸 리가 있겠어?"

조는 가소롭다는 듯 편지를 집어 던지며 덧붙였다.

"하지만 그 사람 필체랑 비슷해."

메그가 손에 들고 있던 편지와 새로 도착한 편지를 비교하며 말을 더듬었다.

"오, 메그, 설마 답장을 쓴 건 아니겠지?"

마치 부인이 소리쳤다.

"아뇨, 썼어요!"

메그가 부끄러운 나머지 다시 얼굴을 가리며 말했다.

"이런, 일이 터지고 말았군! 당장 끌고 와서 어떻게 된 일인지 설명하라고 해야겠어요. 그 악당을 붙잡아 오기 전에는 마음을 놓을 수가 없을 것 같아요."

조가 다시 문 쪽으로 걸어가며 말했다.

"가만! 생각보다 훨씬 문제가 심각한 듯하니 이 일은 내게 맡겨라. 마거릿. 하나도 빼지 말고 엄마한테 모두 이야기해다오."

마치 부인이 메그 옆에 앉으며 말했다. 그러면서도 한 손으로는 조가 튀어 나가지 못하게 꽉 붙잡고 있었다.

"첫 번째 편지는 로리가 전해줬는데, 표정을 보니 내용에 대해선 아무것도 모르는 눈치였어요."

메그가 눈을 내리깐 채 말을 꺼내기 시작했다.

"처음에는 걱정이 돼서 엄마한테 말씀드리려고 했어요. 하지만 엄마가 브룩 씨를 좋아한다는 데 생각이 미치자, 며칠쯤은 저 혼자 비밀을 간직해도 괜찮겠다 싶었어요. 아무도 모를 거라고 생각하다니 제가 너무 어리석었어요. 어떻게 말할까 고민하는 동안 내가 마치 책 속에 나오는 여자 같다는 생각이 들었어요. 용서해주세요, 엄마. 제 어리석음에 대한 대가는 톡톡히 치르고 있으니까요. 두 번 다시는 그 사람 얼굴을 보지 못할 거예요."

"그 사람한테 뭐라고 했니?"

마치 부인이 물었다.

"전 아직 너무 어려서 그 문제에 관해 뭐라고 말할 입장이 못

된다고. 그런 일 때문에 비밀을 만들고 싶지 않으니 먼저 아버지께 말씀드리라고 했어요. 그리고 친절에 대해 매우 감사하며 친구가 될 용의는 있지만, 당분간은 그 이상이고 싶지 않다고 했어요."

마치 부인은 만족한 듯 미소를 지었고, 조는 웃음과 함께 손뼉을 치며 탄성을 질렀다.

"신중하기로 유명한 캐롤라인 퍼시 빰치겠네. 계속해봐, 메그 언니. 그러니까 그 사람이 뭐랬어?"

"처음 보낸 편지 내용이랑 너무 달랐어. 자기는 연애편지 같은 건 보낸 적이 없으며, 짓궂은 당신 여동생이 우리 두 사람의 이름을 멋대로 도용한 데 대해 심히 유감스럽다고 했어. 매우 친절하고 정중한 말투였지만, 나한테는 얼마나 끔찍한 일이니!"

메그는 낙담한 표정으로 어머니에게 기댔고, 조는 분을 가라앉히기가 힘든지 로리의 이름을 부르며 방 안을 왔다 갔다 했다. 그러고는 갑자기 멈춰서더니 두 장의 편지를 집어 들고 자세히 살펴본 후 자신 있게 말했다.

"내 생각엔 두 장 다 브룩 씨가 안 쓴 것 같아. 둘 다 테디가 쓴 거야. 내가 비밀을 얘기해 주지 않으니까 날 골탕 먹이려고 언니 편지를 보관하고 있는 게 분명해."

"조, 비밀이 있으면 숨기지 말고 엄마한테 말씀드려. 나처럼 곤란한 상황에 빠지지 말고."

메그가 훈계조로 말했다.

"맙소사! 내 비밀이 아니라, 엄마한테 들은 거야."

"이제 됐다, 조. 언니는 엄마가 알아서 달랠 테니 넌 나가서 로리를 찾아오렴. 이번 일만큼은 끝까지 파헤쳐서 이런 못된 장난은 당장 그만두게 해야겠다."

조가 뛰어나가자, 마치 부인은 브룩 씨의 감정을 메그에게 사실대로 이야기해 주었다.

"자, 이제 네 생각은 어떠니? 그 사람이 너와 가정을 꾸릴 준비가 될 때까지 기다릴래, 아니면 당분간 거리를 두고 지켜볼래?"

"너무 놀라고 충격이 커서 연인들과 관계된 일은 한동안 경험하고 싶지 않아요. 아니, 영원히 경험하고 싶지 않아요. 존이 이번 일에 대해 아무것도 모른다면, 아무 말씀도 하지 마세요. 그리고 조와 로리한테도 입 다물고 있으라고 단단히 일러두세요. 전 조롱거리가 되고 싶지 않아요. 이런 창피가 어딨어요!"

메그가 단단히 토라져서 대답했다.

평소에는 온순하던 메그가 이 짓궂은 장난에 자존심이 상당히 상했는지 발끈하는 걸 보고, 마치 부인은 철저히 침묵하고 선택에 대해 메그에게 권한을 줄 것을 약속하며 딸을 달랬다. 복도에서 로리의 발걸음 소리가 들리자마자 메그가 서재로 도망쳐버리는 바람에 마치 부인 혼자서 범인을 맞이했다. 조는 로리가 오지 않을까 봐 어머니가 왜 그를 찾는지에 대해 아무 말도 하지 않았지만, 마치 부인의 얼굴을 본 순간 로리는 자기가 불려 온 이유를 알 수 있었다. 가만히 서서 모자를 만지작거리고 있는 모습이 자기 죄를 인정하고 있는 듯했다. 조는 나가 있으라는 지시를 받았지만, 죄수가 달아날까 봐 보초처럼 복도를 왔다 갔다 하고 있었다. 거실에서 이야기를 나누는 두 사람의 목소리가 30분 동안 들려오다 끊겼지만, 면담 내용에 대해서는 아무도 알지 못했다.

메그와 조가 들어와도 된다는 어머니의 허락이 떨어져 들어가 보니, 로리는 무척 후회하는 듯한 얼굴로 어머니 곁에 서 있었다. 조는 그 모습이 안쓰러워 그 자리에서 그를 용서했지만, 그렇다는 걸 내색하는 건 현명하지 못하다고 생각했다. 메그는 로리의 사과를 받아들였으며, 로리에게서 브룩 씨는 이번 일에 대해 아무것도 모른다는 말을 듣자 무척 안심하는 눈치였다.

"죽는 날까지 입 다물고 있을게요. 야생마들에게 질질 끌려 다닌다 해도 내 입에서는 아무 소리도 나오지 않을 거예요. 그러니 용서해줘요, 메그. 이 미안한 마음을 어떻게 전해야 할지 모르겠어요."

로리가 부끄러워 몸 둘 바를 모르겠다는 표정으로 이렇게 덧붙였다.

"노력은 해보겠지만, 정말 신사답지 못한 행동이었어요. 난 로리가 그렇게 교활하고 악의적으로 행동할 거라고는 생각지도 못했어요."

메그는 일부러 나무라는 듯한 표정을 지어 보이면서 처음 겪는 혼란을 감추려 애쓰며 대답했다.

"뭐라고 할 말이 없어요. 한 달 동안 나와 말을 안 해도 좋아요.

하지만 정말 그러지는 않겠죠?"

로리가 간청하듯 두 손을 맞잡고 굉장히 후회하고 있다는 표정으로 두 눈을 깜빡거리며 애원하듯 말하는 바람에, 그의 괘씸한 행동에도 불구하고 아무도 그에게 인상을 찌푸릴 수가 없었다. 메그도 그를 용서했고, 마치 부인도 자기가 지은 죄에 대해서는 어떤 벌도 달게 받겠다며 상처 입은 처녀 앞에서 벌레처럼 자신을 낮추는 로리의 다짐을 듣고는 냉정을 유지하려는 노력에도 불구하고 자기도 모르게 근엄한 표정을 풀어버리고 말았다.

그동안 조는 마음을 단단히 먹으려 애쓰며 멀찍이 떨어져 선 채 불만이 가득한 얼굴을 꼿꼿이 쳐들고 있었다. 로리는 한두 번인가 그녀를 쳐다봤지만, 그녀가 전혀 누그러지는 기색이 없자 풀 죽은 모습으로 등을 돌리고 있다가 다른 사람들에게 꾸벅 절을 하고는 아무 말 없이 방을 나갔다.

그가 나가자마자 조는 용서할 걸 그랬다는 생각이 들었다. 그런 생각을 하고 있는데, 메그와 어머니마저 2층으로 올라가버리자 갑자기 외로움이 밀려들면서 테디가 보고 싶어졌다. 한동안 참아보려고 애쓰던 조는 결국 충동을 이기지 못하고 돌려줄 책을 챙겨 들고는 이웃집으로 향했다.

"로런스 씨 계세요?"

조가 아래층으로 내려오고 있던 하녀에게 물었다.

"네, 아가씨. 하지만 지금은 만나 뵙기가 좀 곤란할 것 같네요."

"왜요, 어디 편찮으세요?"

"아뇨, 그런 건 아니에요. 도련님이 밖에서 무슨 기분 나쁜 일이 있었는지 들어오자마자 어르신한테 성질을 부려대는 바람에 두 분이 한바탕했거든요. 전 무서워서 근처에도 못 가겠어요."

"로리는 어디 있어요?"

"도련님 방에요. 제가 여러 번 문을 두드려봤지만 아무 대답도 없으세요. 점심 식사를 어떻게 해야 할지 모르겠어요. 준비는 다 됐는데 드실 분이 아무도 없으니."

"내가 가서 무슨 일인지 알아볼게요. 별일 아닐 거예요."

조는 2층으로 올라가 로리가 서재로 쓰는 방 문을 세게 두드렸다.

"그만두지 못해! 안 그랬다간 문을 열고 나가서 단단히 혼쭐을 내주고 말 거야."

젊은 신사가 위협적인 목소리로 소리쳤다.

조는 즉시 다시 문을 두드렸다. 그러자 문이 벌컥 열렸다. 그 바람에 조는 로리가 놀라움을 채 수습하기도 전에 안으로 뛰어드는 꼴이 되어버렸다. 로리는 정말 화가 나 있었다. 그를 다루는 법을 잘 아는 조는 반성하는 표정을 지으며 무릎을 꿇고 앉아 복종적인 목소리로 말했다.

"내가 너무 까다롭게 군 거 용서해줘. 사과하러 왔어. 내 사과를 받아들이기 전까진 가지 않겠어."

"괜찮으니까 어서 일어나. 바보처럼 굴지 마, 조."

기사가 탄원자에게 말했다.

"고마워. 그렇다면 일어날게. 그런데 무슨 일인지 물어봐도 되겠니? 네 얼굴을 보니 마음이 편치 않은 거 같아서 그래."

"화가 나 죽겠어. 이번만큼은 도저히 못 참겠어!"

로리가 분통을 터뜨리며 으르렁거렸다.

"누가 널 그렇게 화나게 했는데?"

조가 물었다.

"할아버지지 누구긴 누구겠어……."

상처 입은 청년은 오른팔을 휘두르며 말을 끝냈다.

"별일 아닌 걸 갖고 왜 그래. 나도 널 자주 화나게 하지만, 나한테 안 이러잖아."

조가 달래듯 말했다.

"그야 넌 여자니까. 게다가 재밌기도 하고. 하지만 남자가 날 건드리는 건 용서할 수 없어."

"지금처럼 그렇게 인상을 쓰고 있으면 아무도 널 건드리지 못할 것 같은데 뭘. 무슨 일 때문에 그랬는데?"

"너희 엄마가 왜 날 찾으셨는지 얘기하지 않는다고. 말하지 않기로 약속했는데, 약속을 깰 수는 없잖아."

"다른 방법으로 할아버지를 만족시켜드릴 수는 없었니?"

"없었어. 할아버진 진실의 일부가 아니라 모든 걸 알고 싶어 하셨어. 난 메그를 끌어들이지 않고 내 실수에 대해서만 말씀드렸지. 나중에는 어쩔 수가 없어서 입을 다물고 꾸중하시는 대로 꾹 참고 있는데, 목덜미를 붙잡고 안 놔주시잖아. 그래서 화가 나서 도망쳐 나와버렸어. 나도 흥분하면 어떻게 나갈지 모르니까."

"좋은 일은 아니었지만, 할아버지도 분명 후회하고 계실 거야. 내려가서 사과드려."

"그럴 거면 목매달고 죽는 게 낫지. 장난 좀 친 거 가지고 이 사람 저 사람한테 돌아가며 잔소리 듣고 싶은 생각은 털끝만큼도 없어. 메그한테는 잘못했으니까 남자답게 사과한 거지만, 이번에는 경우가 달라. 내가 잘못한 것도 아닌데 사과하고 싶진 않아."

"할아버진 모르고 계셨잖아."

"내가 아기처럼 행동하는 것도 아닌데 날 믿으셔야지. 네가 그래봐야 소용없어, 조. 나도 이제 자기 자신 정도는 충분히 돌볼 수 있으니까 쫓아다니며 잔소리하는 사람은 필요 없다는 걸 깨닫게 해드려야 해."

"성질하고는! 대체 어떻게 해결하려고 그래?"

조가 한숨을 내쉬며 물었다.

"할아버지가 사과해야 돼. 자세히 말씀드릴 사정이 안 된다고 설명을 드렸으면 날 믿으셔야지."

"맙소사! 할아버지가 잘도 사과하시겠다."

"사과하실 때까지는 내려가지 않을 거야."

"테디, 말이 되는 소리를 해. 네가 참아. 자, 내 말 좀 들어봐. 여기서 버텨서 어떡하려고 그래. 일을 그렇게 복잡하게 만들 필요가 뭐 있어?"

"어차피 여기서 오래 버티고 싶은 생각도 없어. 몰래 빠져나가서 아무 데로든 여행을 가버릴 거야. 내가 보고 싶으시면 할아버지도 마음을 바꾸시겠지."

"그러시기야 하겠지. 하지만 그런 식으로 할아버지를 걱정시켜 드리면 안 되잖아."

"설교하지 마. 워싱턴에 가서 브룩 선생님을 찾을 거야. 거기서 마음껏 즐길 거라고."

"그거 참 재밌겠다. 나도 같이 갈 수 있으면 얼마나 좋을까!"

조는 수도 얘기가 나오자 조언자의 직분도 잊은 채 이렇게 말했다.

"그럼 같이 가면 되지. 넌 가서 너희 아빠를 놀라게 해드리고, 난 브룩 선생님을 놀라게 해드리는 거야. 생각만 해도 신난다. 그렇게 하자, 조. 우리 걱정은 하지 말라는 편지를 남기고 둘이서 같이 사라지는 거야. 돈은 나한테 충분히 있어. 너희 아빠를 만날 수 있으니까 너한테 득이 되면 됐지 해가 되진 않을 거야."

잠시 동안 조는 그 말에 이끌리는 듯한 표정을 지었다. 무모하기 이를 데 없는 계획이었지만, 그래서 더 마음에 들었기 때문이다. 그녀는 답답한 생활이 지겨웠고, 그럴수록 변화가 그리웠다. 게다가 아버지에 대한 생각과 한 번도 경험해 보지 못한 병영과 병원 생활, 나아가 자유의 매력이 뒤섞이면서 순간적으로 마음이 흔들렸다. 고개를 돌려 창문 쪽을 바라보는 그녀의 두 눈은 동경으로 반짝였지만, 건너편에 있는 낡은 집에 시선이 닿는 순간 그녀는 어쩔 수 없는 현실 앞에서 고개를 설레설레 저었다.

"내가 남자라면 너랑 같이 도망가서 즐거운 시간을 보냈겠지만 난 여자야. 슬프지만 어쩔 수 없는 사실이야. 난 얌전히 집에 있어야 돼. 그러니까 날 유혹하지 마, 테디. 그건 정신 나간 계획이야."

"그거 괜히 해보는 소리지!"

어떻게든 굴레를 벗어나고 싶어 안달이 난 로리가 고집을 부리며 말했다.

"그 얘긴 더 이상 꺼내지 마! 점잔 빼는 게 내 운명이야. 그러니 거기에 따라야지. 난 널 달래러 온 거지, 너한테 설득당하려고 온 게 아니란 말이야."

조가 귀를 막으며 소리쳤다.

"메그한테는 이런 제안이 통하지 않을 거라고 생각했지만, 넌 기뻐할 줄 알았는데."

로리가 떠보듯이 말했다.

"나쁜 자식, 조용히 해. 나까지 죄인으로 만들 궁리 그만하고 앉아서 네가 지은 죄에 대해 생각해봐. 내가 너희 할아버지한테 사과를 받아내면, 도망가는 계획 포기할래?"

조가 심각하게 물었다.

"그래. 하지만 할아버지한테 사과를 받아내는 건 불가능할걸."

로리는 화해하고 싶었지만, 먼저 땅에 떨어진 체면부터 챙겨야 할 것 같아서 이렇게 대답했다.

"손자를 다룰 수 있으면 그 할아버지도 다룰 수 있어."

조가 중얼거리며 나가자, 로리는 두 손으로 턱을 받친 채 철도 지도를 들여다보았다.

"들어와요!"

조가 문을 두드리자 평소에도 퉁명스러웠지만, 지금은 그 어느 때보다도 퉁명스럽게 느껴지는 로런스 씨의 목소리가 들려왔다.

"저예요. 책을 돌려드리려고 왔어요."

조가 안으로 들어가면서 침착하게 말했다.

"더 빌려 가고 싶은 책 있니?"

노신사는 화가 난 표정이었지만, 내색하지 않으려고 애쓰며 물었다.

"네. 존슨 전기가 너무 재미있어서 2권을 읽어볼까 하고요."

조가 일부러 보즈웰(18세기 영국의 유명한 전기 작가, 그가 쓴 『존슨전』은 전기 문학의 걸작으로 알려져 있음 : 옮긴이)의 존슨을 들먹이며 대답했다. 일전에 그가 적극 추천해준 책이었기 때문에 그러면 혹시나 그의 환심을 살 수 있을까 해서였다.

아니나 다를까 숱 많은 눈썹이 약간 꿈틀거린다 싶더니, 곧이어 노인은 존슨풍의 작품이 꽂혀 있는 책장 쪽으로 사다리를 옮겨 놓았다. 조는 노인이 밀어준 사다리 꼭대기에 앉아 책을 찾는 척했지만, 속으로는 자신의 위험한 방문 목적을 어떻게 하면 가장 잘 설명할 수 있을지 고민하고 있었다. 로런스 씨도 그런 그녀를 보면서 뭔가 꿍꿍이속이 있다는 걸 눈치챈 것 같았다. 방 안을 몇 번 둘러본 뒤 그녀의 표정을 살피며 불쑥 말을 꺼냈기 때문이다.

"그 녀석 어떻게 하고 있던? 내 앞에서 그 녀석을 두둔할 생각일랑 아예 마라! 집에 들어올 때 꼬락서니를 보고 뭔가 못된 장난을 쳤다는 걸 한눈에 알아봤다. 물어봐도 아무 얘기도 않기에 좀 으박질렀더니 냅다 2층으로 뛰어 올라가서는 방에서 나오질 않는구나."

"로리가 잘못한 건 확실하지만, 우리 모두 용서했는걸요. 그리고 다들 아무한테도 얘기하지 말자고 약속했거든요."

조가 머뭇거리며 이야기하기 시작했다.

"그걸로는 안 되지. 마음이 여린 너희 여자애들과 한 약속 뒤에 숨어서 위기를 모면하겠다는 속셈 아니냐. 잘못을 했으면 솔직하게 털어놓고 용서를 구한 뒤 응분의 벌을 받아야지. 그 책 갖고 나가거라, 조. 그 일로 신경 쓰고 싶지 않구나."

로런스 씨의 표정과 말투가 너무 무섭고 퉁명스러운 나머지 할 수만 있다면 당장이라도 도망치고 싶었지만, 조는 사다리 꼭대기에서 꼼짝도 할 수 없었다. 노인이 발밑에 사자처럼 버티고 서 있는 바람에 조는 정면으로 대응할 수밖에 없었다.

"엄마가 아무한테도 말하지 말라고 단단히 이르셔서 저도 자초지종을 말씀드릴 수 없어요. 하지만 로리는 자기 잘못을 시인했고, 사과도 했어요. 그리고 벌도 받을 만큼 충분히 받았고요. 우린 로리를 보호하기 위해서가 아니라, 다른 사람을 위해 입을 다물고 있는 거예요. 만약 할아버지가 개입하시면 일이 훨씬 더 복잡해질 거예요. 부분적으로 제 탓도 있었지만, 지금은 다 해결됐어요. 그러니 그 일은 잊어버리시고 마음 푸세요."

"쓸데없는 소리 말고 어서 내려와서 경솔한 내 손자 녀석이 배은망덕하거나 무례한 짓을 하지 않았다고 맹세하거라. 만약 녀석이 그런 짓을 저질렀다면 내 손으로 흠씬 두들겨줄 테니까."

노인의 협박은 무시무시하게 들렸지만, 조는 하나도 무섭지 않았다. 성미가 급한 노인이 말은 그렇게 해도, 손자한테 손가락 하나 대지 않으리라는 걸 잘 알고 있었기 때문이다. 그녀는 순순히 내려와 메그를 배반하지 않는 범위 내에서 사건의 전말을 성의껏 설명했다.

"음! 하! 쓸데없는 고집 때문이 아니라 약속을 했기 때문에 입을 다문 거라면, 용서해줘야지. 도대체가 말을 들어먹는 녀석이라야 말이지."

로런스 씨가 머리를 벅벅 문지르며 말했다. 어찌나 세게 문질러댔는지 돌풍이 지나갈 때 밖에 나갔다 온 사람처럼 보였다. 하지만 이제는 안심되는지 찌푸렸던 얼굴이 많이 풀어져 있었다.

"저도 고집이 센걸요. 하지만 왕의 말과 신하들이 모두 달려들어도 꿈쩍도 안 하다가 친절한 말 한마디에 움직이기도 하거든요."

조가 한 가지 골치 아픈 일은 해결됐으나 여전히 또 다른 곤경에 처해 있는 것 같은 친구를 변호하려 애쓰며 말했다.

"그러니까 네가 보기엔 내가 그 애한테 친절하게 대하지 않는다는 거냐?"

곧바로 날카로운 질문이 날아들었다.

"오, 아니에요. 그러니까 제 말은 어떤 때는 너무 친절하게 대해 주시다가도 로리가 할아버지의 인내심을 건드린다 싶으면 그걸 못 참으신다는 거죠. 그렇게 생각하지 않으세요?"

조는 자신이 생각하기에도 무척 대담한 말에 약간 떨렸지만, 한번 부딪쳐보기로 결심하고는 애써 침착한 표정을 지었다. 조에게는 무척 다행스럽고 놀랍게도, 노인은 안경을 벗어 책상 위에 집어던졌을 뿐 솔직하게 말했다.

"네 말이 옳다. 내가 좀 성미가 급하지! 그 애를 사랑하긴 하지만 내 인내심을 건드릴 때면 나도 모르게 벌컥 화를 낼 때가 많단다. 이대로 계속 가다간 어떻게 끝이 날지 나도 모르겠다."

"저, 이런 말씀을 드리긴 뭐하지만…… 아마 로리는 도망가버릴 거예요."

조는 그런 말을 해야 하는 게 유감스러웠지만, 로리가 더 이상은 속박을 견뎌내지 못할 거라는 걸 알려주고 싶었다. 거기다 노인이 좀 더 인내심을 가지고 손자를 대하길 바라는 마음도 작용했다.

갑자기 안색이 변한 로런스 씨는 의자에 앉더니 책상 위에 걸려 있는 잘생긴 남자의 사진을 곤혹스럽게 쳐다보았다. 사진 속의 남자는 젊어서 집을 나간 후, 노인의 반대에도 불구하고 결혼한 로리의 아버지였다. 조는 노인이 과거를 회상하면서 후회하고 있다고 생각했다. 아무래도 괜한 얘기를 꺼낸 것 같았다.

"하지만 머리가 아주 돌지 않고서는 그러지 않을 거예요. 공부에 싫증이 날 때만 가끔 그런 소릴 해요. 저도 가끔 그런 생각을 하는걸요. 머리를 잘랐을 때는 특히 더 그랬어요. 만약 저희가 없어지고 나서 저희를 보고 싶으시거든 소년 두 명을 찾는다는 광고를 내세요. 그러면 인도행 배에서 우릴 발견하시게 될 거예요."

조가 말을 하면서 웃자, 로런스 씨는 조의 얘기를 모두 농담으로 받아들였는지 표정이 밝아졌다.

"이런 말괄량이하고는, 감히 내 앞에서 그런 말을 하다니! 할아비를 존경하는 마음이 털끝만큼이라도 있는 게냐? 가정교육은 또 어디 두고 온 게냐? 아이들이란 정말 골칫덩어리라니까! 하지만 너희들이 없으면 우리가 살 수 없으니 그게 문제지."

노인이 조의 뺨을 살짝 꼬집으며 말했다.

"가서 그 녀석보고 밥 먹으러 내려오라고 해라. 그리고 괜찮으니 이 할아비 때문에 우거지상 하지 말라는 얘기도 전해라. 난 그런 꼴은 못 참는다."

"안 내려올 거예요. 말씀드릴 수 없다고 했는데도 할아버지가 자길 믿어주시지 않았다고 단단히 화가 나 있어요. 할아버지가 너무 윽박지르셔서 마음이 많이 상했나 봐요."

조는 애처로운 표정을 지으려고 애썼지만, 실패한 게 틀림없었다. 로런스 씨가 웃음을 터뜨렸기 때문이다. 이제 승리는 조의 차지였다.

"나도 그 점에 대해선 미안하게 생각하고 있다. 내 어깨를 붙잡고 흔들어대지 않은 것에 대해 녀석에게 감사라도 드려야겠구나. 그래, 녀석이 원하는 게 뭐냐?"

노인이 조급한 자신의 성격에 대해 조금 부끄러워하는 듯한 표정으로 물었다.

"제가 할아버지라면 로리한테 사과한다는 편지를 쓰겠어요. 할아버지가 사과하기 전까지는 절대 안 내려오겠대요. 그러면서 워싱턴이 어쩌니 저쩌니 하며 엉뚱한 얘기만 늘어놓고 있어요. 정식으로 사과하신다면 로리도 자기가 얼마나 바보 같은지를 깨닫고 마음을 풀 거예요. 그렇게 하세요. 로리가 무척 좋아할 거예요. 그리고 직접 말씀하시는 것보다 이 편이 나아요. 쓰시면 가져가는 건 제가 할게요. 그리고 로리의 의무가 뭔지 가르칠게요."

로런스 씨는 날카로운 시선으로 조를 흘끗 쳐다보더니 안경을 쓰고는 천천히 말했다.

"이 녀석, 꾀가 보통이 아니구나. 하지만 너나 베스한테는 얼마든지 휘둘려도 상관없다. 가서 종이나 가져오너라. 이 어리석은 짓을 어서 해치워버리게."

편지를 쓰면서 노인은 다음번에도 손자에게 모욕을 주는 일이 생기면 그때도 지금과 똑같이 하겠다고 약속했다. 조는 로런스 씨의 벗겨진 머리에 키스를 한 후 편지를 가지고 2층으로 뛰어 올라가 로리의 방문 밑에 슬쩍 집어넣었다. 그러고는 열쇠 구멍을 통해 고분고분하고 예의 바르게 행동하라고 충고했다. 잠시 후 문이 다시 잠겨 있는 걸 발견한 그녀가 편지를 남겨두고 조용히 계단을 내려가고 있는데, 어느새 난간을 타고 내려온 젊은 신사가 계단 밑에서 그녀를 기다리고 있다가 감탄스럽다는 표정을 지으며 말했다.

"너 참 대단하다, 조! 야단맞지 않았어?"

"아니, 너희 할아버진 대체적으로 아주 점잖으셨어."

"난 별 생각을 다 했지 뭐야! 너까지 날 팽개쳐두고 가는 바람에 까짓것 될 대로 되라는 심정이었다고."

로리가 변명하듯 말했다.

"그런 식으로 말하지 마. 이제 마음을 고쳐먹고 다시 시작하는 거야, 테디. 그래야 착한 내 아들이지."

"마음이야 늘 고쳐먹지, 얼마 못 가서 탈이지만. 시작은 많이 하지만 끝까지 가본 적이 한 번도 없어."

그가 서글픈 목소리로 말했다.

"가서 점심부터 먹어. 밥을 먹고 나면 기분이 좋아질 거야. 남자들은 배가 고프면 늘 툴툴거리더라."

조가 현관 쪽으로 바삐 걸어가며 말했다.

"그게 내 문제거든."

로리는 에이미의 말투를 흉내 내며 이렇게 대답한 후, 할아버지 곁에 앉아 굴욕적인 식사를 하기 위해 식당으로 향했다. 그 일이 있고 난 후 할아버지는 그날 하루 내내 성자 같은 태도를 보였다.

모든 사람이 이 문제는 끝났고, 그로 인해 생겼던 먹구름도 완전히 걷혔다고 생각했다. 그러나 장난의 후유증은 계속되었다. 다른 사람은 다 잊어도 메그는 기억하고 있었기 때문이다. 그녀는 특별히 어느 누구를 붙들고 얘기하지는 않았지만, 존을 생각하며 전에 없이 많은 꿈들을 꾸었다. 한번은 조가 우표를 찾기 위해 메그의 책상 서랍을 뒤지다 '존 브룩 부인'이라는 글씨를 휘갈겨 쓴 종이를 발견한 적도 있었다. 이걸 본 조는 혼자 전전긍긍하다 로리의 장난이 끔찍한 날을 앞당겼다고 생각하며 종이를 난롯불 속에 던져버렸다.

22

상쾌한 초원

폭풍우가 지나간 뒤의 화창한 날씨처럼 평화로운 몇 주가 흘렀다. 상이군인들은 빠르게 회복되었고, 마치 씨는 신년 초에 돌아오겠다는 얘기를 전해왔다. 베스는 하루 종일 서재 소파에 앉아 처음에는 사랑하는 고양이들과 장난을 치다가, 나중에는 한참 동안 소홀히 했던 인형들을 손질하며 시간을 보냈다. 한때 활발하게 움직였던 그녀의 몸은 이제 너무 뻣뻣하고 쇠약해져 있었다. 그래서 조는 매일 그녀를 부축해 집 주변을 산책하며 바람을 쐬게 해주었다. 메그는 '귀염둥이'를 위해 하얀 손이 까매지는 것도 아랑곳하지 않고 이런저런 음식들을 만들었고, 반지의 충실한 노예가 된 에이미는 언니들에게 엄청난 양의 보물을 나누어 주면서 귀가를 자축했다.

크리스마스가 다가오자 이 무렵이면 늘 그랬듯이 비밀스러운 분위기가 집 안에 감돌기 시작했고, 조는 다른 해보다 특별히 더 즐거운 그해의 크리스마스를 기념하자며 거의 불가능하거나 매우 엉뚱한 의식들을 제안해 식구들을 자주 웃겼다. 비현실적이라는 면에서는 로리도 마찬가지였다. 만약 그가 자기 마음대로 할 수 있었더라면 횃불이나 봉화, 개선문 같은 의식을 준비한다며 법석을 떨었을지도 모를 일이다. 수많은 의견 충돌과 타박이 오간 뒤, 커다란 야심을 품은 이 두 사람은 주변의 반대에 기가 꺾인 듯 풀 죽은 표정으로 집 안을 어슬렁거렸다. 그러나 둘이 함께 있을 때는 한바탕 폭소를 터뜨리는 걸로 보아 주변의 예상이 빗나갔을지도 모를 일이었다.

예년과는 달리 온화한 날씨가 계속되었고, 바야흐로 크리스마스가 되었다. '보기 드물게 멋진 날이 될 것'이라는 해나의 예감은 적중했다. 모든 일들이 술술 잘 풀리는 것 같았기 때문이다. 이로써 해나는 자신이 진정한 예언자임을 입증해 보였다. 우선 마치 씨가 곧 돌아온다는 편지를 보내왔고, 베스도 그날 아침에는 상당히 건강해 보였다. 베스는 어머니가 선물한 부드러운 진홍색 메리노 실내복을 입고 조와 로리가 준비한 선물을 구경하기 위해 창가로 자리를 옮겼다. 불굴의 투지를 자랑하는 두 사람은 그 이름에 걸맞게 최선을 다했다. 요정들처럼 밤새도록 일을 꾸며 깜짝 놀랄 만한 마술을 부려놓았던 것이다. 베스가 창밖을 내다보니 정원에 서양가시나무 화관을 쓰고 과일 바구니와 새

악보를 손에 든 눈사람 소녀가 차가운 어깨를 숄로 감싼 채 위풍당당하게 서 있었다. 거기다 분홍색 종이테이프로 만든 입술에서는 크리스마스 캐럴이 흘러나오고 있었다.

융프라우가 베스에게

하나님의 축복이 있길, 사랑하는 베스!
이번 크리스마스에는
모든 일이 뜻대로 이루어지고
건강과 평화와 행복만이 그대와 함께하길.

여기 우리의 바쁜 벌을 먹일 과일과
그녀의 코를 즐겁게 해줄 꽃과
그녀의 피아노를 위한 악보와
그녀의 발을 감싸줄 숄이 있다네.

제2의 라파엘로가 심혈을 기울여 그린
조애나의 초상화도 있다네.

마담 퍼러(고양이를 말함 : 옮긴이)의 꼬리를 위한
빨간 리본을 받아주오.
사랑스러운 페그(마거릿의 애칭, 메그를 말함 : 옮긴이)가 만든 아이스크림, '들통 속의 몽블랑'도 받아주오.

나를 만든 사람들이 눈으로 된 내 가슴속에 뜨거운 사랑을 불어 넣었다네.

받아주오 그 사랑을. 알프스의 소녀와 함께.

조와 로리로부터.

그걸 본 순간 베스는 배꼽을 잡고 웃었다. 로리는 1층과 2층을 수도 없이 오르락내리락하며 선물들을 날랐고, 조는 옆에서 우스꽝스러운 농담을 건넸다.

"너무너무 행복해. 아빠만 계신다면 더 이상 바랄 게 없겠어."

너무 흥분한 뒤라 휴식을 취하기 위해 조의 부축을 받으며 서재로 자리를 옮긴 베스가 '융프라우'가 보낸 맛있는 포도를 맛보며 말했다.

"나도 그래."

조가 오래전부터 갖고 싶었던 『물의 요정과 신트람』이 들어 있는 주머니를 툭툭 치며 거들었다.

"물론 나도 그래."

메그가 처음으로 입어보는 비단 드레스의 접힌 부분을 가만히 쓰다듬으며 소리쳤다. 그 옷은 로런스 씨가 우겨서 선물한 것이었다.

"그건 나도 마찬가지란다!"

마치 부인이 남편의 편지와 베스의 웃는 얼굴을 번갈아 쳐다보며 감사한 표정으로 말했다. 그리고 한 손으로는 방금 전에 딸들이 가슴에 달아준 회색과 황금색, 밤색, 진한 갈색 머리칼로 만든 브로치를 쓰다듬었다.

가끔씩 이 무미건조한 세상에서도 이야기 책 속에서나 나올 법한 일들이 일어나 사람들을 더없이 기쁘게 만들곤 한다. 다들 너무 행복해서 그보다 더 행복했다가는 도저히 참을 수 없을 것 같다고 말한 지 정확히 30분 후에 정말로 또 다른 행복이 찾아왔다. 로리가 거실 문을 열더니 아무 말 없이 불쑥 들어왔다. 그러나 흥분을 억누르고 있는 표정과 기쁨을 감추지 못하는 목소리로 미루어 보건대, 재주넘기를 하면서 함성을 지르는 게 훨씬 더 어울릴 것 같았다. 그가 숨 가쁜 목소리로 "마치 가족을 위해 또 다른 크리스마스 선물이 도착했습니다"라고 말한 순간, 다들 벌떡 일어났다.

로리는 말을 채 끝내기도 전에 급히 모습을 감췄고, 대신 외투를 턱까지 끌어올린 키 큰 남자가 또 다른 키 큰 남자의 팔에 기댄 채 나타났다. 그는 뭔가 말을 하려고 했지만, 끝내 아무 말도 하지 못했다. 이상하게도 다들 말을 하지 못했던 것이다. 곧이어 마치 씨는 사랑하는 네 여자들의 팔에 둘러싸여 모습이 보이지 않았다. 조는 망신스럽게도 거의 기절할 뻔하는 바람에 도자기 찬장에 들어가 있던 로리의 부축을 받아야 했다. 브룩 씨는 얼떨

그는 뭔가 말을 하려고 했지만, 끝내 아무 말도 하지 못했다.
이상하게도 다들 말을 하지 못했던 것이다.

결에 메그에게 키스를 하고는 실수였다며 앞뒤가 맞지 않는 변명을 둘러댔다. 평소에는 점잔을 떨던 에이미는 의자에서 굴러 떨어졌는데도 일어날 생각도 하지 않고 아버지의 장화를 껴안은 채 엉엉 울었다. 그 와중에서 제일 먼저 정신을 차린 마치 부인은 한쪽 손을 치켜들고는 "쉿! 베스를 생각해야지"라며 주의를 주었다.

그러나 때는 너무 늦었다. 서재 문이 벌컥 열리면서 빨간 실내복 차림의 베스가 문지방 위에 나타났기 때문이다. 기쁨이 연약한 몸에 힘을 불어넣어준 모양이었다. 베스는 곧바로 아버지의 품으로 달려갔다. 그다음에 벌어진 일에 대해서는 신경 쓰지 말기 바란다. 가슴 가득 기쁨이 흘러넘치면서 과거의 쓰라린 고통은 모두 쓸어내버리고 현재의 달콤함만을 남겨놓았기 때문이다.

낭만적인 것과는 거리가 멀었지만, 모두들 한바탕 크게 웃게 만든 사건이 곧이어 발생했다. 부엌에서 뛰어나올 때 엉겁결에 들고 나온 살찐 칠면조를 붙잡고 씨름하는 해나의 뒷모습이 문 뒤에서 발견되었기 때문이다. 웃음이 가라앉자 마치 부인이 브룩 씨에게 남편을 극진하게 돌봐주어 감사하다는 인사를 건넸다. 그제야 브룩 씨는 마치 씨를 쉬게 해야 한다는 걸 기억해내고는 로리를 끌고 급히 사라졌다. 그러고 나서 두 명의 환자에게 쉬라는 명령이 떨어졌고, 두 사람은 명령대로 커다란 의자에 앉아 그동안 하지 못했던 얘기들을 나누었다.

마치 씨는 식구들을 놀라게 해주고 싶었다는 얘기며, 날씨가 좋아서 의사가 여행을 허락해 주었다는 얘기, 브룩 씨가 헌신적으로 자기를 돌봐주었다는 얘기, 정말이지 훌륭하고 올곧은 청년이라는 얘기 등을 했다. 마치 씨가 그 대목에서 잠시 말을 멈추고 난로를 쑤셔 불을 돋우는 메그를 흘끗 쳐다본 후 무언가를 묻듯 눈썹을 찡그리며 부인을 쳐다본 이유에 대해서는 여러분의 상상에 맡기겠다. 마치 부인이 가만히 고개를 끄덕이며 갑자기 뭘 좀 먹지 않겠느냐고 물어본 이유에 대해서도 여러분의 상상에 맡기겠다. 두 사람의 표정을 이해한 조는 인상을 잔뜩 구긴 채 포도주와 쇠고기 수프를 가지러 방을 나가 문을 쾅 닫고는 혼자 중얼거렸다.

"갈색 눈을 가진 훌륭한 청년들은 딱 질색이야!"

마치 가족에게 그날처럼 훌륭한 크리스마스 만찬은 일찍이 없었다. 해나가 속을 채워 노릇노릇하게 구운 살찐 칠면조는 보기만 해도 군침이 돌았다. 건포도 푸딩도 입에서 살살 녹았고, 에이미가 꿀단지 속에 들어간 파리처럼 반색을 하며 먹어 치운 젤리도 그랬다. 모든 게 훌륭했다. 해나는 이게 다 하나님의 은총 덕택이라고 말했다.

"하도 경황이 없어서 하마터면 푸딩도 안 구워놓고 칠면조 속을 채울 때 건포도 옆에 있던 행주까지 집어넣을 뻔했지 뭐예요, 마님."

로런스 씨와 손자, 브룩 씨도 마치 가족과 함께 식사를 했다. 조는 브룩 씨를 못마땅한 눈초리로 노려보았고, 로리는 그런 그녀를 재미있다는 듯 쳐다보았다. 베스와 아버지는 식탁 앞에 놓인 안락의자에 나란히 앉아 칠면조와 과일을 먹었다. 다들 건강을 위해 축배를 든 후, 이야기도 하고 노래도 부르고 나이 든 사람들 표현처럼 추억에 잠기기도 하면서 즐거운 시간을 보냈다. 원래는 썰매를 타러 갈 계획이었지만 자매들이 아버지 곁을 떠나려 하지 않았기 때문에 손님들은 일찍 자리를 떴고, 땅거미가 내려앉자 행복에 겨운 가족들은 난롯가에 모여 앉았다.

"1년 전만 해도 우울한 크리스마스가 될 것 같다며 불평했었어요. 다들 생각나?"

조가 긴 대화 끝에 찾아온 짧은 침묵을 깨며 물었다.

"그래도 대체적으로 즐거운 한 해였어!"

메그가 브룩 씨 앞에서 점잖게 행동한 자신이 대견한지 살짝 미소를 지으며 말했다.

"나한테는 아주 힘든 한 해였던 것 같아."

생각에 잠긴 듯한 눈길로 반지를 내려다보며 에이미가 말했다.

"이제 다 끝나서 다행이야. 아빠도 돌아오셨잖아."

아버지 무릎 위에 앉아 있던 베스가 속삭였다.

"너희 어린 순례자들에게는 다소 힘든 여행이었을 테지. 뒤에 가서는 특히 더 그랬을 게다. 그런데도 다들 씩씩하게 이겨냈구나. 아빠 생각에는 짐들을 벗게 될 날이 멀지 않은 것 같다."

마치 씨가 자기 주위에 모여 있는 네 딸들의 얼굴을 흐뭇하게 바라보며 말했다.

"어떻게 아세요? 엄마가 말씀해 주시던가요?"

조가 물었다.

"꼭 그렇지는 않아. 지푸라기는 바람이 부는 방향을 알려주는 법이거든. 그리고 오늘 너희들의 모습을 보면서 몇 가지 발견한 사실이 있단다."

"오, 그게 뭔지 말씀해 주세요, 아빠!"

아버지 곁에 앉아 있던 메그가 소리쳤다.

"여기 하나 있지!"

이렇게 말하면서 마치 씨는 의자 팔걸이에 올려놓은 손을 들어 덴 자국이 있는 거칠거칠한 집게손가락과 두세 군데 굳은살이 박인 손바닥을 가리켰다.

"아빠는 이 손이 하얗고 부드러웠던 때를 기억하고 있단다. 네 첫 번째 관심도 손이었지. 그때도 이 손이 무척 예뻤지만, 내게는 지금이 훨씬 더 예뻐 보이는구나. 이 상처들에서 작은 역사를 읽었기 때문이지. 덴 자국은 허영심을 버리지 않고서는 만들어질 수 없었을 거고, 손바닥이 이렇게 딱딱해지기까지는 단순한 물집 이상의 뭔가를 얻었을 게다. 아빠는 네가 바늘에 찔린 자국이 선명한 이 손가락들로 앞으로도 오랫동안 바느질을 할 거라고 믿는다. 한 땀 한 땀 정성을 넣으면서 말이지. 메그, 이 아빠는 하얀 손이나 뛰어난 재능보다도 가정을 행복하게 해주는 여자의 손길이 훨씬 더 중요하다고 생각한다. 아빠는 이 훌륭하고 부지런한 손이 정말 자랑스럽구나. 앞으로도 그럴 수 있기를 바란다."

메그가 힘들었던 노동의 시간들에 대해 조금이라도 보상을 원했다면, 자신의 손을 따뜻하게 감싸 쥐는 아버지의 손길과 모든 걸 알고 있는 듯한 미소만으로도 충분할 듯했다.

"조 언니한테서는 뭘 보셨어요? 칭찬 한마디 해주세요. 절 간호하느라 무척 힘들었을 거예요. 저한테 얼마나 잘해주었다고요."

베스가 아버지의 귀에다 대고 속삭였다.

그 말에 아버지는 웃으면서 맞은편에 앉아 있는 키 큰 소녀를 더없이 온화한 표정으로 바라보았다.

"머리는 저렇게 짧게 잘랐지만, 내가 1년 전에 두고 떠난 '아들 조'의 모습은 온데간데없구나. 대신 깃을 똑바로 세우고 구두끈을 단정하게 묶은 젊은 아가씨가 있을 뿐이지. 이젠 예전처럼 휘파람을 불지도 않고, 점잖지 못한 소리를 하지도 않고, 양탄자에 벌렁 드러눕지도 않고 말이다. 간호하느라 힘들었는지 얼굴은 조금 마르고 창백해졌지만, 아빠는 지금 저 얼굴이 좋구나. 태도도 부드러워지고 목소리도 낮아진 데다, 뛰어다니는 대신 조용조용 움직이고, 어떤 꼬마를 엄마처럼 돌보다니 아빠는 정말 기쁘다. 예전의 말괄량이 소녀가 그립긴 하지만, 그 대신 강하고 마음씨 고운 여인을 얻는다면 그걸로 아빠는 대만족이다. 양털을 깎여서 우리의 검은 양이 침착해진 건지 어떤 건지는 잘 모르겠지만, 우리 착한 딸이 보낸 25달러로 산 물건보다 더 아름다운 건 워싱턴을 다 뒤져도 찾을 수가 없더구나."

조의 날카로운 눈이 잠시 흐려진다 싶더니, 아버지의 칭찬을 듣는 순간 스스로도 그럴 만한 자격이 있다고 생각했기 때문인지 수척한 얼굴이 난로 불빛을 받아 발그레해졌다.

"이제 베스 언니 차례예요."

자기 차례가 오기만을 기다리던 에이미가 속마음과는 달리 점잖게 말했다.

"뭐라고 많이 얘기하면 사라져 버릴까 봐 조심스럽구나. 하지만 예전보다는 수줍음을 덜 타는 것 같구나."

아버지는 쾌활하게 말을 꺼냈지만, 그녀를 거의 잃을 뻔했다는 데 생각이 미치자 딸을 끌어안고 뺨에다 자기 얼굴을 갖다 대며 다정하게 말했다.

"무사해서 정말 다행이다. 베스, 이제 이 아빠가 널 안전하게 지켜주마. 하나님, 부탁드립니다."

잠깐의 침묵이 흐른 뒤에 마치 씨는 자기 발치에 앉아 있는 에이미를 내려다보았다. 그러고는 머리를 쓰다듬으며 이렇게 말했다.

"에이미가 저녁 식사 때 닭다리도 나르고, 오후 내내 엄마 심부름도 하고, 오늘 밤 메그에게 자기 자리도 양보하고, 불평 한 마디 없이 사람들을 시중드는 걸 지켜보았단다. 게다가 전과 달리 불평도 많이 안 하고, 멋도 안 부리고, 예쁜 반지를 끼고 있으면서도 자랑 한번 안 하더구나. 그걸 보고 아빠는 우리 막내가 자신보다는 다른 사람들을 더 많이 생각하는 법을 배웠다는 걸 알았단다. 그리고 점토 인형을 빚듯이 자기 성격을 조심스레 빚어

나가기로 결심했구나 하고 생각했지. 우리 막내의 우아한 모습도 사랑스럽지만 이 아빠는 자기 자신뿐만 아니라 다른 사람들의 삶까지 아름답게 해주는 재주를 가진 사랑스러운 딸이 훨씬 더 자랑스러울 것 같구나."

"지금 뭘 생각하니, 베스?"

에이미가 아버지에게 감사하다는 말을 하면서 반지에 대해 설명하는 동안 조가 물었다.

"오늘 『천로 역정』을 읽었는데, 크리스천과 호프풀이 온갖 역경을 겪고 나서 1년 내내 백합이 피어 있는 어느 상쾌한 초원에 도착하는 대목이었어. 거기서 두 사람은 지금의 우리처럼 여행의 끝을 앞두고 행복하게 휴식을 취했어."

베스가 아버지의 품에서 빠져나와 피아노를 향해 천천히 걸어가며 대답했다.

"이제 노래 부를 시간이야. 옛날 내 자리로 돌아가고 싶어. 순례자들이 들었던 양치기 소년의 노래를 불러볼게. 아빠를 위해 이 곡을 만들었어요. 가사는 아빠가 평소 좋아하시는 시예요."

베스는 이렇게 말하면서 작은 피아노 앞에 앉아 부드럽게 건반을 누르며 두 번 다시는 들을 수 없을 것 같은 달콤한 목소리로 자기한테 딱 들어맞는 찬송가 반주에 맞춰 노래를 불렀다.

저 아래 있는 그분은 떨어지는 걸 두려워하지 않으시네.

낮은 곳에 임하시는 그분은 자존심을 내세우지 않으시네.

언제나 겸손한 그분은 주님을 안내자로 삼으시네.

적거나 많거나
내가 지금 가진 것으로 족하다네.
그러나 주여! 당신에 비하면 저는 아직 멀었나이다.

짐은
순례의 길을 떠나는 그들에게 축복일지니,
대대손손 주님의 은총이 있으리라!

23

마치 대고모, 문제를 해결하다

다음 날이 되자 여왕의 꽁무니를 쫓아다니는 벌들처럼, 어머니와 딸들은 친절에 치여 비명을 지르기 직전인 새 환자를 들여다보고 시중드느라 만사를 제쳐놓은 채 마치 씨 주변을 맴돌았다. 그가 세 딸들에게 둘러싸인 채 베스가 앉은 소파 옆 큰 의자에 기대앉아 있는 동안, 해나가 '사랑하는 어르신을 들여다본다'며 가끔씩 고개를 들이밀곤 했다. 온 식구가 이보다 더 행복할 수는 없을 것 같았다. 그러나 여기에도 뭔가가 필요했다. 어른들은 그것을 느꼈지만 아무도 그 사실을 입 밖에 내지 않았다. 마치 씨와 마치 부인은 메그를 쳐다보며 걱정스러운 표정을 지었고, 갑자기 침착해진 조는 복도에 두고 간 브룩 씨의 우산을 향해 주먹을 흔들어대는 모습이 목격되었다. 부끄러움이 많아지고 말수가 적어진 메그는 멍한 상태로 있다가 초인종이 울릴 때마다 깜짝 깜짝 놀라는가 하면, 브룩 씨의 이름만 들어도 얼굴을 붉혔다. 에이미의 말에 따르면 '아버지가 무사히 집에 돌아오셨는데도 어찌 된 일인지 다들 안절부절못하며 뭔가를 기다리는 눈치'였다. 순진한 베스는 평소에는 자주 드나들던 이웃집 사람들이 어째서 놀러 오지 않는지 궁금해했다.

오후에 로리가 지나가다 창가에 있는 메그를 보더니 갑자기 신파극에서나 나올 만한 행동을 취했다. 차가운 눈밭 위에 한쪽 무릎을 꿇고 가슴을 치며 머리카락을 쥐어뜯더니 뭔가를 간곡하게 부탁하는 사람처럼 두 손을 맞잡는 것이었다. 그러다 메그가 얌전하게 굴라고 하자 손수건에서 눈물을 짜는 시늉을 해 보이더니 깊은 절망에 빠진 사람처럼 비틀거리며 모퉁이를 돌아 사라졌다.

"저 바보가 왜 저러는 거니?"

메그가 짐짓 모르겠다는 표정을 지으며 말했다.

"언니의 존이 곧 저렇게 될 거라는 걸 보여주는 거잖아. 감동적이지 않아?"

조가 조롱 섞인 말투로 대답했다.

"나의 존이라니. 그런 식으로 말하지 마. 적절한 표현도 아니고 사실도 아니니까."

그러나 그 말을 하는 메그의 목소리에는 진한 아쉬움이 담겨 있었다.

“날 괴롭히지 마, 조. 너한테 얘기했다시피 난 그 사람한테 별로 관심 없어. 그리고 우린 그냥 친구 사이고 앞으로도 예전처럼 지낼 거라는 말밖에는 할 말이 없어.”

“우린 그럴 수 없어. 왠지 알아? 이미 무슨 말인가가 내뱉어졌기 때문이야. 로리의 장난이 언니를 망쳐놨어. 내 눈엔 그게 보여. 그건 엄마도 마찬가지야. 언니는 예전의 언니가 아냐. 나한테서 점점 멀어져만 가는 것 같아. 언니를 괴롭힐 마음도 없고 남자처럼 꿋꿋하게 참아낼 생각이지만, 모든 게 잘 해결됐으면 하는 게 나의 바람이야. 난 기다리는 건 질색이야. 그러니까 그럴 마음이 있거든 빨리 해치워버리란 말이야.”

조가 성난 목소리로 말했다.

“그 사람이 말하기 전까진 난 아무 말도 할 수 없어. 아빠가 아직은 내가 너무 어리다고 말씀하셨기 때문에 그 사람도 당분간은 잠자코 있을 거야.”

메그는 그 부분에 대해서는 아버지의 말에 전적으로 동의할 수 없다는 듯 묘한 미소를 흘리며 말했다.

“그 사람이 얘기를 꺼낸다면 언니는 무슨 말을 해야 할지 몰라 울거나 얼굴을 붉히지 않으면, 거절을 못 하고 그 사람 멋대로 행동하게 만들 게 뻔해.”

“난 네가 생각하는 것처럼 그렇게 어리석지도 나약하지도 않아. 무슨 말을 해야 하는지 정도는 나도 안다고. 이미 머릿속으로 다 생각해뒀기 때문에 당황하거나 하는 일은 없을 거야. 무슨 일이 일어날지는 알 수 없지만, 준비는 해두고 싶었어."

조는 자기도 모르게 정색하며 얘기하는 메그를 보고 웃지 않을 수 없었다. 그런 메그의 태도는 다양하게 변하는 그녀의 얼굴빛과 아주 잘 어울리는 듯했다.

"뭐라고 말할 건지 얘기해 주면 안 돼?"

조가 아까보다 훨씬 정중한 어조로 물었다.

"안 될 것도 없지. 너도 이제 열여섯 살이니까 내 말을 충분히 이해할 테고, 내 경험이 나중에 네가 이런 상황에 빠졌을 때 도움이 될 수도 있으니까."

"그런 소린 하지도 마. 다른 사람이 연애하는 걸 지켜보는 건 재밌지만, 내가 주인공이 될 생각은 조금도 없어."

조가 깜짝 놀란 표정을 지으며 말했다.

"네가 어떤 사람을 아주 좋아하고 그 사람도 널 좋아한다면 생각이 바뀔걸."

메그는 자기 자신에게 이야기하듯 이렇게 말하고는 여름날의 저녁 어스름 속에 연인들이 함께 걸어가는 모습을 자주 지켜보곤 했던 골목길을 내다보았다.

"난 언니가 그 사람한테 모든 걸 다 얘기할 거라고 생각했지."

언니의 작은 환상을 불쑥 자르며 조가 말했다.

"오, 아주 침착하고 단호하게, 단지 이렇게만 말할 거야. '감사합니다, 브룩 씨. 매우 친절하시군요. 하지만 지금 당장 약혼 같은 걸 하기에는 제가 너무 어리다는 아버지 말씀에 저도 동의합니다. 그러니 더 이상 아무 말씀 마시고 지금처럼 친구로 지냈으면 합니다.'"

"음, 그 정도면 상당히 냉정한데! 하지만 언니가 과연 그런 말을 할 수 있을지는 두고 봐야지. 만약 언니가 그렇게 나온다면 그 사람 실망이 크겠는걸. 그 사람이 계속해서 책에 나오는 실연당한 연인처럼 굴면, 그 사람의 감정을 다치게 하기보다는 언니 쪽에서 손을 들지 않을까."

"아니, 그런 일은 없을 거야. 그 사람한테 내 마음은 이미 정해졌다고 말한 뒤 품위 있게 방을 나올 거야."

메그는 이렇게 말하면서 일어나더니 우아하게 방을 나가는 연습을 하려다 복도에서 발소리가 들리자 나는 듯이 자리로 돌아가 앉았다. 그러고는 주어진 시간 안에 솔기를 다 꿰매지 못하면 목숨이 위험하기라도 한 듯 바느질을 하기 시작했다. 조는 언니의 갑작스러운 변화에 가까스로 웃음을 참으며 누군가가 문을 두드리는 소리에 전혀 달갑지 않은 듯한 표정으로 문을 열었다.

"안녕하세요. 우산도 가져갈 겸 아버님 상태가 어떠신지 보러 왔습니다."

브룩 씨가 약간 당황한 표정으로 조의 얼굴과 메그의 얼굴을 번갈아 바라보며 말했다.

"아주 건강하세요. 선반에다 잘 보관해뒀어요. 가서 브룩 씨가 오셨다고 말씀드릴게요."

조는 아버지와 우산 얘기를 두서없이 뒤섞어서 몇 마디 한 후 메그에게 말할 기회를 주기 위해 서둘러 방을 나갔다. 그러나 메그는 그녀가 나가자마자 옆 걸음으로 문 쪽으로 다가가며 중얼거렸다.

"어머니가 보고 싶어 하실 거예요. 가서 모셔 올 테니 잠깐만 앉아 계세요."

"가지 말아요. 내가 두렵습니까, 마거릿?"

이렇게 말하는 브룩 씨의 표정이 너무 안돼 보여서 메그는 자기가 굉장히 무례한 행동을 한 것처럼 생각되었다. 그녀는 그가 처음으로 마거릿이라고 부르는 소리를 듣고는 애교머리를 늘어뜨린 이마까지 빨개졌다. 그의 입에서 나온 말이 너무도 자연스럽고 달콤하게 들려서 스스로도 놀랄 지경이었기 때문이다. 그러나 그녀는 아무렇지도 않은 듯한 표정을 지으려고 애쓰며 신뢰의 표시로 한쪽 손을 내민 채 정중하게 말했다.

"저희 아버지한테 그렇게 친절하게 대해 주시는데 제가 왜 두렵겠어요. 이 고마운 마음을 어떻게 하면 전할 수 있을까 하는 생각뿐인걸요."

"어떻게 해야 할지 제가 알려드릴까요?"

브룩 씨는 메그의 조그만 손을 자신의 큰 손으로 꼭 감싸 쥐고는 사랑이 가득 담긴 눈길로 메그를 내려다보았다. 그 바람에 메그의 심장은 심하게 요동치기 시작했다. 메그는 그 자리를 피해 어디론가 도망치고 싶은 마음뿐이었다.

"아뇨, 제발 아무 말씀도 마세요. 안 듣는 게 좋겠어요."

그녀는 손을 빼내려고 노력하며 겁먹은 표정으로 말했다.

"당신을 곤란하게 하지는 않겠습니다. 다만 당신이 조금이라도 날 좋아하는지 어떤지 알고 싶을 뿐입니다. 메그, 당신을 사랑합니다. 그것도 아주 많이 말입니다."

브룩 씨가 다정한 목소리로 덧붙였다.

준비해둔 말을 하기에는 이때가 더없이 좋은 기회였지만, 메그는 할 말을 모두 잊어버렸는지 고개를 떨군 채 "전 잘 모르겠어요"라고만 대답했다. 그러나 목소리가 너무 작아서 존은 그 바보 같은 대답을 듣기 위해 허리를 숙여야 했다.

잠시 후 만족한 듯 빙그레 미소를 짓는 걸로 보아 그는 수고한 보람이 있었다고 생각하는 것 같았다. 그는 통통한 손을 꽉 잡고는 애원하듯 말했다.

"한번 알아봐 주시겠습니까? 난 당신의 생각을 알고 싶습니다. 제 노력이 결실을 맺게 될지 어떨지를 알기 전까지는 아무 일도 할 수가 없습니다."

"전 아직 너무 어려요."

메그는 가슴이 그토록 조마조마한 이유가 도대체 뭔지 궁금해하며 기어들어가는 목소리로 말했다.

"기다리겠습니다. 그동안 나를 좋아하는 법을 배우게 될 겁니다. 어때요, 어렵겠습니까?"

"배우겠다고 마음만 먹으면 그렇지는 않겠지만……."

"배우는 쪽을 선택해 주십시오, 메그. 전에도 말했다시피 난 가르치는 걸 좋아합니다. 그리고 이건 독일어보다 훨씬 쉬울 겁니다."

존이 말을 가로채며 다른 한 손까지 마저 잡는 바람에 메그는 자신을 내려다보는 그의 시선으로부터 얼굴을 피할 길이 없었다.

그의 말투는 분명 애원조였지만, 그의 얼굴을 살짝 훔쳐본 메그는 그 얼굴에서 자신의 성공을 믿어 의심치 않는 사람의 흡족한 미소를 발견하고는 바싹 약이 올랐다. 교태 운운하던 애니 모팻의 말도 안 되는 가르침이 그녀의 마음속에 떠올랐고, 그 순간 이 착한 작은 아씨의 가슴속에 잠들어 있던, 자신의 지배력을 확인하고픈 욕구가 그녀를 사로잡았다. 낯선 느낌에 흥분한 그녀는 어떻게 해야 좋을지 모른 채 변덕스러운 충동에 휘말려 두 손을 빼내며 성난 목소리로 말했다.

"그러지 않겠어요. 어서 나가주세요. 혼자 있고 싶어요!"

그 말을 들은 가련한 브룩 씨는 마음속에 소중하게 간직해둔 성채가 자기 눈앞에서 무너지고 있는 듯한 표정을 지었다. 그도 그럴 것이 전에는 한 번도 메그의 그런 태도를 본 적이 없었기 때문이다. 그는 적잖이 당황했다.

"진정으로 하시는 말씀인가요?"

그는 방을 나가는 메그의 등 뒤에 대고 걱정스레 물었다.

"네, 진심이에요. 그런 일로 마음을 쓰고 싶지 않아요. 아버지도 그럴 필요가 없다고 말씀하셨어요. 아무래도 너무 이른 것 같아요. 그런 선택은 안 하는 게 좋겠어요."

"지금은 그렇게 생각하고 있지만, 시간이 흐르면 마음이 바뀌지 않을까요? 기다릴 테니 좀 더 여유를 두고 천천히 생각해 주십시오. 날 가지고 장난치지 말아요, 메그. 난 당신을 그런 식으로 생각한 적이 단 한 번도 없습니다."

"저에 대한 생각은 하지 마세요. 그러는 게 저도 편해요."

메그는 연인의 인내심과 자신의 힘을 시험하며 묘한 만족감에 휩싸인 채 말했다.

창백한 얼굴에 침울한 표정을 짓고 있는 그의 모습은 그녀가 찬미하는 소설 속의 주인공을 연상시켰다. 그러나 그는 소설 속의 주인공들처럼 이마를 내려치지도, 방 안을 쿵쾅거리며 걸어다니지도 않았다. 다만 가만히 서서 애처로운 눈길로 그녀를 바라볼 뿐이었다. 그 모습이 어찌나 딱해 보이는지 그녀의 마음은 어느새 누그러지기 시작했다. 이 흥미로운 순간에 마치 대고모가 다리를 절며 나타나지 않았더라면 다음에 어떤 일이 일어났을지 필자도 알 수 없다.

노부인은 조카를 보고 싶은 마음을 억누를 수가 없었다. 바람을 쐬러 나왔다가 로리를 만나 마치 씨가 집에 왔다는 소식을 듣고는 곧바로 마차를 몰아 달려오는 길이었다. 나머지 식구들은 집 뒤에서 저마다 맡은 일을 하느라 분주했고, 노부인은 그들을 놀라게 해줄 생각으로 소리 없이 조용히 들어왔던 것이다. 계획대로 그녀는 두 사람을 깜짝 놀라게 만들었다. 메그는 유령을 본 것처럼 소스라치게 놀랐고, 브룩 씨는 서재로 사라져버렸다.

"맙소사! 이게 대체 무슨 변고냐?"

창백한 얼굴의 젊은 신사와 홍당무처럼 얼굴을 붉히고 있는 아가씨를 번갈아 쳐다보던 노부인이 지팡이를 이리저리 휘두르며 소리쳤다.

"저 사람은 아버지 친구분이세요. 연락도 없이 이렇게 갑자기 오셔서 깜짝 놀랐어요!"

메그가 한바탕 설교를 들을 각오를 하고 더듬거리며 말했다.

"놀란 건 분명한 것 같구나. 그런데 아버지 친구가 뭐라고 했기에 네 얼굴이 그렇게 빨간 게냐? 뭔가 석연치 않은 일이 벌어지고 있는 게 분명한데, 그게 뭔지 알아야겠다."

노부인은 이렇게 말하면서 또다시 지팡이를 흔들었다.

"그냥 얘기를 나누고 있었어요. 브룩 씨는 우산을 가지러 왔던 거예요."

메그는 브룩 씨와 우산이 무사히 집 밖으로 빠져나갔기를 바라면서 이야기를 시작했다.

"브룩이라고? 그 녀석의 가정교사 아니냐? 오라, 이제 알겠구나. 그 문제라면 내 다 알고 있다. 조가 네 아버지가 보낸 편지 중에 이상한 내용이 있다며 구시렁대길래 다그쳐 물은 적이 있다. 설마 저 사람의 청혼을 받아들이는 지경까지 간 건 아닐 테지?"

마치 대고모가 괘씸하다는 표정으로 소리쳤다.

"쉿! 그 사람이 듣겠어요. 어머니를 모셔 올까요?"

메그가 난감한 표정을 지으며 말했다.

"어머니는 나중에 부르러 가도 되니 그냥 있거라. 내 너한테 할 말이 있었는데 이 자리에서 다 일러둬야겠다. 어디 말해봐라. 쿡인지 브룩인지 하는 저 작자와 결혼할 셈이냐? 그럴 생각이라면, 내 돈은 한 푼도 받지 못할 줄 알아라. 내 말 명심하고 현명하게 처신해라."

노부인이 못을 박듯 강하게 말했다.

마치 대고모는 성격이 아주 온순한 사람이라도 발끈하게 만드는 독특한 재주를 완벽하게 발휘하고 있었다. 아무리 착한 사람도 괴팍한 면이 있기 마련이다. 그 사람이 아직 젊은 데다 사랑에 빠져 있을 때라면 특히 더 그렇다. 마치 대고모가 존 브룩의 청혼을 받아들이라고 사정했다면 그럴 생각이 전혀 없다고 잘라 말했을지도 모르겠지만, 그 사람을 좋아해서는 안 된다는 말을 듣는 순간, 메그는 그 자리에서 그 사람과 결혼하기로 마음을 굳혔다. 좋아하는 마음도 없지는 않았지만 오기가 발동해서 쉽게 결정을 내렸던 것이다. 이미 흥분할 대로 흥분한 메그는 보기 드물게 용감한 태도로 노부인에게 반기를 들었다.

"전 제가 좋아하는 사람과 결혼할 거예요. 대고모님 돈은 대고모님이 좋아하는 사람한테나 주세요."

메그는 단호하게 말했다.

"겁나는구나! 내 충고를 그런 식으로밖에 못 받아들이겠니? 오막살이에서 사랑 타령을 하다가 그게 아니란 걸 깨달았을 땐 후회해도 이미 늦을 게다."

"큰 집에 살면서 실패한 인생이라고 생각하는 것보다 더 나쁘진 않을 거예요."

메그가 역습을 가했다.

마치 대고모는 안경을 끼고 메그를 찬찬히 살폈다. 그녀에게 이렇게 새로운 면이 있는 줄은 미처 몰랐기 때문이다. 메그도 자기에게 그런 면이 있다는 사실은 거의 모르고 있었다. 갑자기 용감하고 독립적이 된 그녀는 존을 변호하는 한편 그를 사랑할 권리를 주장하는 자신이 무척이나 자랑스러웠다. 마치 대고모는 첫 단추를 잘못 끼웠다는 걸 깨닫고는 잠시 뜸을 들인 뒤 될 수 있는 한 부드러운 목소리로 새롭게 시작했다.

"얘, 메그야. 정신 차리고 내 충고를 따르도록 해라. 난 네가 시작부터 실수를 해서 인생 전체를 망치는 꼴을 보고 싶지 않다. 넌 좋은 데 시집가서 네 가족들을 도와야 하잖니. 부자랑 결혼하는 게 네 의무란다. 너 자신을 봐서도 그러는 게 좋지 않겠니?"

"아빠와 엄마는 그렇게 생각하지 않으세요. 그분들은 존이 가난해도 그 사람을 좋아하세요."

"너희 엄마 아빠는 세상일에 대해선 어린애만큼도 모르는 위인들 아니냐."

"전 그게 기뻐요."

메그는 수그러들 기세가 전혀 보이지 않았다. 마치 대고모는 이에 아랑곳하지 않고 설교를 계속했다.

"그 브룩이라는 작자는 가난뱅이에다 주변에 부자 친척도 없지,

아마?"

"없어요. 하지만 좋은 친구들은 많이 있어요."

"사람은 친구들만으로는 살 수 없단다. 그 사람들과 멀어질 때를 생각해 보렴. 번듯한 직업도 없지 않니?"

"아직은 없지만 로런스 씨가 도와주실 거예요."

"그렇다 해도 그리 오래가지는 못할 게다. 제임스 로런스는 변덕스러운 늙은이라 마음 놓고 기댈 위인이 못 된단다. 그래, 내 말을 들으면 평생을 호강하며 살 수 있는데도 돈도 없고 지위도 없고 직업도 없는 남자와 결혼해서 지금보다 더 고생하며 살 작정이냐? 난 네가 이렇게 분별 없는 아이인 줄은 몰랐구나, 메그."

"제 인생의 절반을 기다린다 해도 이보다 더 좋은 사람을 만나진 못할 거예요. 존은 착하고 현명해요. 재능도 많고요. 열심히 일해서 꼭 성공할 거예요. 얼마나 열정적이고 용감한데요. 다들 그 사람을 좋아하고 존경해요. 그런 사람이 가난하고 어리석고 나이도 어린 절 좋아한다고 생각하면 자랑스러워요."

메그가 어느 때보다도 진지한 표정으로 말했다.

"그 작자는 너한테 부자 친척이 있는 걸 노린 게야. 아무래도 내 생각에는 그래서 너를 좋아하는 것 같구나."

"대고모님, 어떻게 그런 말씀을 하실 수가 있죠? 존은 그렇게 야비한 사람이 아니에요. 계속 그런 식으로 말씀하실 거라면 더 이상 듣지 않겠어요."

메그는 노부인의 터무니없는 의심에 너무 화가 난 나머지 다른 생각은 모두 잊어버린 채 소리쳤다.

"저의 존은 돈 때문에 결혼할 사람이 아니에요. 그건 저도 마찬가지고요. 우린 열심히 일할 거예요. 지금까지도 행복하게 지냈으니까 가난 같은 건 전혀 두렵지 않아요. 전 그 사람 곁에 있을 거예요. 그 사람도 절 사랑하고 저도……."

이 대목에서 아직 마음을 정한 게 아니었다는 데 문득 생각이 미친 메그는 갑자기 입을 다물어버렸다. 조금 전까지만 해도 '자신의 존'더러 나가라고 했던 그녀가 아닌가. 존이 옆방에서 앞뒤가 맞지 않는 자신의 얘기를 엿듣고 있을지도 모른다는 생각에 그녀는 더 이상 말을 이을 수가 없었다.

마치 대고모는 몹시 화를 냈다. 조카의 예쁜 딸에게 좋은 배필을 구해 줄 작정을 하고 있던 터였기 때문이다. 게다가 젊은 처녀의 행복한 얼굴에 나타난 그 무언가가 이 고독한 노부인의 심기를 긁어놓았던 것이다. 그건 말하자면 슬프면서도 아니꼬운 느낌이었다.

"네 생각이 정 그렇다면, 난 이 일에서 손을 떼겠다! 이제 봤더니 고집이 아주 센 아이로구나. 너의 어리석은 행동 때문에 네가 생각하는 것보다 훨씬 더 많은 걸 잃었다는 걸 알아둬라. 너한테 실망했다. 지금은 네 아버지를 보고 싶은 생각도 없구나. 결혼을 하더라도 나한텐 아무것도 바라지 마라. 그 잘난 브룩의 친구들이 알아서 널 돌봐주겠지. 나와 너의 관계는 이걸로 영원히 끝이다."

마치 대고모는 메그의 면전에서 문을 쾅 닫고 나가더니 그길로 마차에 올라타 집으로 직행했다. 그러나 그녀가 나가면서 메그의 용기도 사라져버린 듯했다. 혼자 남겨진 메그는 웃어야 할지 울어야 할지 결정을 못 내린 채 잠시 서 있었다. 그러고 있는 사이 브룩 씨가 불쑥 들어와 숨도 쉬지 않고 말을 쏟아놓았다.

"듣지 않을 수가 없었습니다, 메그. 나를 변호해줘서 고맙습니다. 당신이 나를 그토록 좋게 생각하고 있다는 걸 증명해준 마치 대고모님께도 감사를 드려야겠군요."

"대고모님이 당신을 모욕하기 전까진 저도 당신을 그 정도로까지 생각하고 있는 줄 몰랐어요."

"이제 나갈 필요 없이 여기 당신 곁에 있어도 되겠지요?"

딱 부러지게 얘기하고 나서 우아하게 빠져나갈 좋은 기회가 다시 찾아왔지만, 메그는 순한 양처럼 "네, 존"이라고 대답한 뒤 브룩 씨의 조끼에 얼굴을 파묻음으로써 조에게 영원히 놀림감이 되는 쪽을 택했다.

마치 대고모가 떠나고 나서 15분 후, 조용히 아래층으로 내려온 조는 거실로 통하는 문 앞에 멈춰 서서 안에서 아무 소리도 들리지 않는 걸 확인하고는 만족스러운 미소를 지으며 중얼거렸다.

"언니가 우리가 계획했던 대로 그 사람을 보내버렸네. 이걸로 이 일도 끝이군. 가서 재미난 얘기를 들으며 실컷 웃어야지."

그러나 가엾은 조는 결코 웃지 못했다. 그녀는 눈앞에 펼쳐진 광경에 휘둥그레진 눈만큼이나 입을 크게 벌린 채 문턱 앞에 얼어붙은 듯 서 있었다. 적의 패배를 축하하는 한편 못마땅한 연인을 추방해버린 언니의 강한 의지를 칭찬하러 왔다가 바로 그 적이 태평하게 소파에 앉아 있는 모습과 의지가 강한 언니가 지극히 순종적인 표정으로 그의 무릎에 앉아 있는 모습을 봤으니 놀라는 게 당연했다. 조는 갑자기 찬물 세례를 받은 사람처럼 숨을 헐떡거렸다. 뜻밖의 반전이 실제로 그녀를 숨막히게 했기 때문이다. 이상한 소리에 연인들이 고개를 돌려보니 조가 서 있었다. 메그는 수줍고도 자랑스러운 표정을 지으며 벌떡 일어났지만, 조가 '그 사람'이라고 부르는 존은 환하게 웃고 나더니 반쯤 얼이 나간 방해꾼에게 키스를 하며 침착하게 말했다.

"조, 우리를 축하해줘요!"

그건 쓰라린 상처에 소금을 뿌리는 격이었다! 그럴 수는 없는 일이었다! 조는 두 손을 저으며 완강하게 반대 의사를 표한 뒤 한마디 말도 없이 사라져버렸다. 2층으로 뛰어 올라간 그녀는 방 안으로 뛰어들며 비참하게 부르짖어 환자들을 놀라게 만들었다.

"오, 아무나 어서 아래층으로 내려가보세요. 존 브룩이 끔찍한 행동을 하고 있는데도 메그 언니는 오히려 그걸 좋아하고 있어요."

마치 씨와 마치 부인은 급하게 방을 나갔고, 조는 침대에 몸을 던진 채 한동안 울며불며 난리를 피우다 베스와 에이미에게 그 끔찍한 소식을 전했다. 그러나 두 동생이 그 사건을 기분 좋게 받아들이는 바람에 조는 아무 위안도 얻지 못했다. 그리하여 조는 자기 피난처가 있는 다락으로 올라가 쥐들에게 고민을 털어놓을 수밖에 없었다.

그날 오후 거실에서 무슨 일이 있었는지는 아무도 몰랐지만, 많은 얘기들이 오간 것만은 분명했다. 침착한 브룩 씨는 유창하고 열정적인 웅변 솜씨를 자랑하며 구혼의 변을 늘어놓아 친구들을 놀라게 했다. 그는 자신의 계획을 얘기하는 한편, 친구들을 설득해 모든 상황이 자기가 원하는 대로 돌아가도록 만들었다.

그가 메그를 위해 마련할 천국에 대해 장광설을 늘어놓는 동안 차 마시는 시간을 알리는 종이 울렸다. 잠시 후 그는 하던 얘기를 마무리하고 나서 당당하게 메그를 데리고 주방으로 갔다. 둘 다 너무 행복해 보였기 때문에 조는 질투를 하거나 언짢은 기미를 드러낼 엄두가 나지 않았다. 에이미는 브룩의 헌신적인 태도와 메그의 기품 있는 태도에 무척 감명받았다. 베스는 멀리서 두 사람을 보며 활짝 웃었고, 흐뭇한 표정으로 젊은 한 쌍을 이리저리 뜯어보는 마치 씨와 마치 부인의 모습은 '세상일을 전혀 모르는 한 쌍의 아기들'이라는 마치 대고모의 말이 딱 들어맞는다는 걸 입증해 주었다. 많이 먹는 사람은 아무도 없었지만, 다들 아주 행복해 보였고 가족의 첫 번째 연애 사건이 시작된 초라한 방은 갑자기 환해진 듯했다.

"지금도 즐거운 일이 없다고 말할 수 있어, 메그 언니?"

에이미가 연인들을 그리려면 어떤 식으로 구도를 잡는 게 좋을지 고민하면서 물었다.

"아니, 할 수 없어. 마지막으로 그 말을 하고 나서 너무 많은 일들이 일어났어. 벌써 1년 전 일인 것 같아."

빵과 버터 같은 일상적인 것들에서 벗어나 더없이 행복한 꿈에 빠진 메그가 대답했다.

"이번에는 기쁨이 슬픔을 덮어주는구나. 내 생각에는 벌써 변화가 시작된 것 같은데. 대부분의 가정을 보면 가끔 유난히 사건이 많은 해가 있는 법이란다. 우리 가족에게는 올해가 그런 해였지만, 결국은 이렇게 좋게 끝나는구나."

마치 부인이 말했다.

"다음번에는 이보다 더 좋게 끝났으면 좋겠어요."

낯선 사람에게 빠져 있는 메그를 바로 눈앞에서 보는 게 몹시 고통스러운 조가 투덜거렸다. 조는 주변 사람들을 끔찍이 사랑했고, 그 때문에 어떤 식으로든 그들의 사랑을 잃거나 그 사랑이 옮어지는 걸 무척 싫어했다.

"지금으로부터 3년째 되는 해에는 이보다 더 좋게 끝날 겁니다. 그때 가면 제가 세운 계획들이 실현될 테니까요."

브룩 씨가 지금 자기한테는 모든 게 가능하다는 듯 메그에게 미소를 지으며 말했다.

"3년은 기다리기에 너무 긴 것 같지 않아요?"

어서 빨리 결혼식을 보고 싶은 에이미가 물었다.

"준비를 하려면 배워야 할 게 너무 많아. 그런 생각을 하면 3년도 내게는 짧은 것 같아."

메그가 전에는 한 번도 본 적이 없는 아주 진지한 표정으로 대답했다.

"당신은 기다리기만 하면 됩니다. 모든 준비는 내가 할 겁니다."

존이 메그에게 냅킨을 챙겨주는 걸로 첫 발걸음을 내딛으며 말했다. 옆에서 그 모습을 지켜보던 조는 고개를 설레설레 흔들다 현관문이 요란하게 닫히는 소리에 안도의 표정을 지으며 혼자 중얼거렸다.

"로리가 왔네. 이제 좀 더 상식 있는 대화를 나눌 수 있겠군."

그러나 그건 순전히 조의 착각이었다. 로리가 잔뜩 흥분한 모습으로 '존 브룩 부인'을 위해 신부 부케처럼 보이는 커다란 꽃다발을 들고 껑충거리며 들어왔기 때문이다. 표정을 보아하니 이 모든 일이 자신의 탁월한 수완 덕택이라는 망상에 빠져 있는 게 분명했다.

"브룩 선생님이 결국 뜻을 이룰 줄 알았어요. 선생님은 늘 그러시거든요. 한번 하기로 마음먹으면 하늘이 두 쪽이 나도 반드시 해내고야 마시니까요."

로리가 준비해온 선물을 증정하며 말했다.

"칭찬이 너무 과한 것 같군. 미래를 위한 좋은 징조로 받아들이겠네. 말이 난 김에 이 자리에서 자넬 내 결혼식에 초대하고 싶네."

모든 인간에게, 심지어는 짓궂기 이를 데 없는 자기 제자한테까지 너그러워진 브룩 씨가 대답했다.

"지구 끝에 가 있다 해도 꼭 참석하겠습니다. 그날 조의 얼굴을 보는 것만으로도 긴 여행이 충분히 가치 있을 테니까요. 표정이 즐거워 보이지 않는데요, 부인. 무슨 일 있으신가요?"

로런스 씨를 맞이하기 위해 다들 거실로 자리를 옮기자, 로리는 거실 구석에 처박혀 있는 조에게로 다가가며 물었다.

"난 이 결혼에 동의하지 않아. 하지만 참기로 했으니까 입 꾹 다물고 있어야지."

조가 진지하게 말했다.

"메그 언니를 잃는 게 나한테 얼마나 힘든 일인지 넌 모를 거야."

그녀는 약간 떨리는 목소리로 계속해서 말했다.

"넌 메그를 완전히 잃는 게 아니야. 반만 잃는 거지."

로리가 위로의 말을 건넸다.

"두 번 다시는 같을 수 없을 거야. 난 내 가장 친한 친구를 잃었어."

조가 한숨을 내쉬며 말했다.

"하지만 너한테는 내가 있잖아. 내가 그리 훌륭한 위인은 못 된다는 거 나도 알지만, 평생 네 곁에 있을게. 맹세해."

로리는 진심으로 말했다.

"네가 그럴 거라는 거 나도 알아. 늘 너한테 고마워하고 있어. 넌 언제나 나한테 큰 위로가 돼, 테디."

조가 고맙다는 듯 악수를 하며 대꾸했다.

"자 이제 인상 풀어. 여기 좋은 친구가 있잖아. 아무 문제 없어, 조. 메그는 저렇게 행복해하고 브룩 선생님은 당장이라도 독립해서 자리를 잡을 수 있을 텐데, 뭘. 할아버지가 모른 척하지 않으실 거거든. 생각해봐, 자기 가정을 꾸린 메그를 보는 게 얼마나 기분 좋은 일일지 말이야. 메그가 결혼하고 나면 우리끼리 즐거운 시간을 보내는 거야. 나도 오래지 않아 대학을 졸업할 테고, 그러면 같이 외국으로 떠나든가 좋은 데로 여행을 가는 거야. 어때, 위로가 되지 않아?"

"그러고 싶어. 하지만 3년 후에 어떤 일이 일어날지는 아무도 알 수 없잖아."

조가 생각에 잠겨 말했다.

"그건 그래! 넌 미래를 내다보면서 그때쯤엔 우리 모두가 어디에 있을지 생각해 보고 싶지 않아? 난 그러고 싶어."

로리가 대꾸했다.

"난 아니야. 지금은 다들 너무 행복해 보이지만, 그때 가면 왠지 슬픈 일이 일어날 것 같거든. 난 우리 식구들이 지금보다 더 좋아질 거라고는 생각지 않아."

천천히 방 안을 둘러보던 조의 두 눈은 가족들의 행복한 모습 앞에서 환하게 밝아졌다,

아버지와 어머니는 나란히 앉아 20여 년 전에 시작된 로맨스의 첫 번째 장을 조용히 회상하고 있었다. 에이미는 자신들만의 아름다운 세계에 따로 떨어져 앉아 있는 연인들의 모습을 그리

고 있었다. 그러나 이 어린 화가는 그들의 얼굴 위에 어른거리는 은총의 빛까지 그릴 수는 없었다. 베스는 소파에 기대 앉아 오랜 친구의 손을 붙잡고 즐겁게 이야기를 나누었다. 노인은 그 작은 손에서 그녀가 걸어가는 평화로운 길로 자신을 인도하는 힘을 느꼈다. 조는 자신에게 가장 잘 어울리는 진지하고 차분한 표정으로 자기가 제일 좋아하는 자리에서 빈둥댔고, 로리는 그녀의 의자 뒤에 기대어 곱슬곱슬한 조의 머리 위치와 같아지도록 턱을 낮춘 채 두 사람의 모습이 비친 기다란 거울을 보며 애정이 담뿍 담긴 미소를 머금고 그녀에게 고개를 끄덕였다.

이렇게 해서 메그와 조, 베스, 에이미 위로 막이 내려졌다. 막이 다시 오를지는 '작은 아씨들'이라는 가정극의 제1막에 대한 반응에 달려 있다.

제 2 부

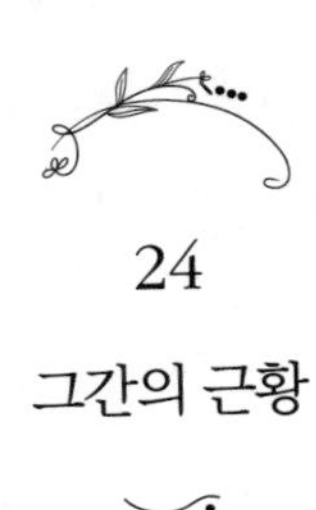

24

그간의 근황

다시 새롭게 출발선에 서서 홀가분한 마음으로 메그의 결혼식에 가려면 마치가 사람들의 근황으로 시작하는 것이 좋을 듯하다. 그리고 이 자리를 빌려 만에 하나 어른들 중 누구든 나의 걱정대로 이야기에 '연애사'가 너무 많다고 생각한다면(내 생각에 젊은 사람들은 그렇게 반대할 것 같지 않다) 내가 마치 부인 입장에서 할 수 있는 이야기는 이것밖에 없다는 점을 밝혀두고 싶다. "집에 밝고 쾌활한 아가씨가 넷이나 있고, 바로 맞은편에는 늠름하고 근사한 이웃이 살고 있다면 이야기는 빤한 거 아닌가요?"

지나간 3년은 조용한 이 집에 겨우 한두 가지를 빼고는 거의 아무런 변화도 가져오지 않았다. 전쟁이 끝났고, 마치 씨는 무사히 집에 돌아와 책과 조그만 교구 일로 바쁘게 지냈다. 교구민들의 눈에 비친 그는 은총의 힘 못지않게 천생이 빚어낸 타고난 목회자요, 학식을 능가하는 지혜와 모든 인류를 '형제'라 부르는 너그러움과 의연하고 온화한 성품으로 꽃을 피우는 신앙심이 몸에 그득 밴 과묵하고 학구적인 남자였다.

지독한 가난과 그를 좀 더 세속적인 성공으로부터 멀찌감치 떼어 놓은 칼 같은 성실성에도 불구하고 이런 특성들은 향기로운 풀이 벌을 끌어들이듯 자연스럽게 대단한 사람들을 그의 곁으로 수없이 끌어들였고, 그는 당연하다는 듯 그들에게 50년의 고된 경험 끝에 쓴맛이라고는 한 방울도 섞이지 않게 된 꿀을 주었다. 진지한 젊은이들은 머리가 희끗희끗한 학자가 내면은 자신들 못지않게 젊다는 점을 발견했다. 생각이나 걱정이 많은 여자들은 본능적으로 세상에서 가장 조용한 공감과 가장 지혜로운 조언을 접할 수 있다고 확신하며 각자의 의심을 그에게 들고 와 풀어놓았다. 죄인들은 각자의 죄를 순수한 마음씨의 노인에게 털어놓고는 질타와 구원을 받았다. 재능을 타고난 사람들은 그에게서 동질성을 발견했다. 야심만만한 사람들은 자신들의 야심보다 고귀한 야심을 보았고, 심지어 속물들마저 그의 믿음이 비록 '돈이 되지는 않는다' 해도 아름답고 진실하다고 고백했다.

외부인들 눈에는 활기 넘치는 다섯 명의 여성이 그 집을 좌지우지하는 듯 보였고 실제로도 많은 점에서 그랬지만, 과묵한 학자는 책들 사이에 앉은 채 여전히 가장이자 집안의 양심이요, 닻이자 위안을 주는 존재였다. 그의 눈에는 늘 바쁘고 걱정거리가 많아 보이는 그 집 여자들은 곤란한 일이 생길 때마다 남편과 아버지라는, 세상에서 가장 성스러운 저 말들의 가장 참된 의미를 그를 통해 새삼 확인했다.

딸들은 어머니의 보살핌에는 마음을 주었고, 아버지의 보살핌에는 영혼을 주었다. 자신들을 위해 그토록 충실하게 생활하며 힘들게 일하는 두 분 부모님께는 사랑을 주었다. 그 사랑은 그들의 성장과 함께 자라나 삶을 축복하며 죽음보다 더 오래 지속되는 가장 달콤한 끈으로 그들 모두를 푸근하게 묶었다.

마치 부인은 우리가 마지막으로 봤을 때보다 흰머리가 약간 더 늘긴 했지만 여전히 힘차고 쾌활하다. 지금은 메그의 일에 너무 깊이 몰입해 있어서 여전히 다친 '아들들'과 군인의 미망인들로 가득한 병원과 가정들은 어머니 선교사의 방문을 눈이 빠져라 기다려야 했다.

존 브룩은 1년 동안 자신에게 주어진 의무를 남자답게 수행하다가 부상을 입고 집으로 돌아와 다시는 부대에 복귀하지 못했다. 그는 비록 계급장을 받지는 못했지만 받을 자격이 충분했다. 삶과 사랑이 꽃을 활짝 피우는 시기에는 그 둘 다 매우 소중함에도 불구하고 자신이 가지고 있는 것을 기꺼이 모두 내걸었기 때문이다. 제대 쪽으로 완전히 마음을 정한 뒤 그는 건강을 회복하고, 사업할 준비를 갖추고, 메그를 위해 집을 마련하는 일에 전념했다. 그를 특징짓는 요소가 사리분별과 강직한 독립심이었던 만큼 그는 로런스 씨의 좀 더 후한 제안을 거절하고, 빌린 돈으로 위험을 무릅쓰기보다 정직하게 번 월급으로 시작하는 것이 훨씬 더 마음 편하겠다고 생각하며 회계 장부 담당자 자리를 받아들였다.

메그는 기다리면서 성격에서는 여성스러움을, 살림 기술에서는 지혜로움을 갈고 닦는 한편 일을 하면서 시간을 보냈다. 그 모습이 그 어느 때보다 어여뻤는데, 그만큼 사랑은 훌륭한 화장품이기 때문이다. 그녀는 처녀다운 욕심과 희망을 품고 있었기에 새 삶을 다소 초라하게 시작해야 한다는 점에 약간 실망했다. 네드 모팻은 샐리 가디너와 막 결혼한 상태였는데, 메그는 그 둘의 근사한 집과 마차, 수많은 선물들, 화려한 옷을 자신의 형편과 비교하지 않을 수 없었고 그때마다 속으로 몰래 자신도 그와 똑같이 누릴 수 있기를 빌었다. 그러나 존이 자신을 기다리는 작은 집에 끈질기게 쏟아붓는 그 모든 사랑과 수고를 생각할 때면, 어스름 저녁에 둘이 함께 앉아 소소한 계획에 관해 도란도란 이야기할 때면 어찌 된 영문인지 부러움과 불만은 금세 사라지고, 대신 미래가 어찌나 아름답고 밝게 자라나는지 샐리의 화려함은 까맣게 잊은 채 전 세계 기독교인을 통틀어 가장 부유하고 행복한 여자가 된 듯한 느낌이 들었다.

조는 마치 대고모에게 두 번 다시 돌아가지 않았다. 이 노부인은 에이미가 마음에 쏙 든 나머지 최고의 교사에게 그림 지도를 받게 해주겠다는 제안으로 그녀를 매수했고, 이러한 이점 때문에 에이미는 훨씬 더 힘든 시중도 들었을 터였기 때문이다. 그래서 그녀는 아침 시간은 의무에, 오후 시간은 즐거움에 배정하며 알차게 지냈다. 한편 조는 문학과 열병이 과거의 일이 되고 나서 한참이 지나도 여전히 허약한 상태를 벗어나지 못하는 베스에게 전념했다. 그녀는 혼자 생활하기 어려운 병약자까지는 아니었지만 예전처럼 장밋빛 뺨을 지닌 건강한 피조물로는 영영 다시 돌아가지 못했다. 그런데도 그녀는 늘 희망적이고, 행복하고, 평화로웠으며, 그녀가 사랑하는 조용한 의무들로 분주한 가운데 그녀를 누구보다도 사랑하는 사람들이 미처 깨닫기 훨씬 전부터 모두의 친구이자 집안의 천사였다.

조는 「스프레드 이글」이 본인의 자칭 '쓰레기' 글에 편당 1달러씩 지불하는 한 스스로를 능력 있는 여성으로 여기며 자잘한 로맨스들을 부지런히 지어냈다. 그러나 그녀의 분주한 머리와 야망으로 가득한 마음속에서는 원대한 계획들이 무르익고 있었고, 다락방의 낡아빠진 깡통 부엌에는 여기저기 잉크 얼룩이 묻은 원고들이 더디지만 수북수북 쌓여갔다. 언제고 그 원고 더미가 마치라는 성을 명사들 명단에 올려놓을 터였다.

로리는 할아버지를 기쁘게 해드리기 위해 군말 없이 대학에 간 뒤로 지금은 가장 손쉬운 방법으로 자기 자신을 기쁘게 하면서 그런대로 잘 지내고 있었다. 돈과 깍듯한 예의, 빼어난 재능, 다른 사람들을 곤경에서 꺼내주려다 오히려 자기 자신을 곤경에 빠뜨리곤 하는 세상 누구보다도 친절한 마음씨 덕분에 누구에게나 사랑받는 그는 망나니가 될지도 모르는 엄청난 위험에 처해 있었다. 액막이 부적을 지니고 있지 않았더라면 전도유망한 청년들이 대부분 그렇듯이 그 또한 진작에 인생을 망쳤을지도 모른다. 자신의 성공을 애타게 바라는 다정한 할아버지와 마치 자기 아들인 양 그를 지켜보는 어머니 같은 친구를 그는 늘 기억했고, 마지막으로 온 마음을 다해 자신을 사랑하고, 흠모하고, 신뢰하는 순진무구한 소녀 넷의 존재를 어떤 식으로든 인식하고 있었다.

'근사하고 인간적인 청년'인 그는 물론 신이 나서 까불거리며 여자들과 노닥이기도 하고, 멋을 잔뜩 부리기도 하고, 물놀이를 가기도 하고, 운동에 열중하기도 했다. 그러다 대학의 유행이 정해지자 신고식 명목으로 골탕을 먹이거나 먹기도 하고, 비속어를 사용하기도 하고, 위험하게도 정학과 퇴학 근처까지 간 적도 한두 번이 아니었다. 그러나 기고만장과 재미에 대한 사랑이 이런 장난질의 원인이었던 만큼 그는 솔직한 고백이나 명예로운 속죄, 그의 전매특허인 저항할 수 없는 설득의 힘으로 언제나 스스로를 무사히 구해내곤 했다. 사실 그는 구사일생으로 번번이 위기를 모면하는 자신의 능력을 다소 자랑스럽게 여겼고, 노기등등한 강사와 근엄한 교수들, 완패한 적들을 상대로 거둔 이런저런 승리들을 생생하게 묘사하며 자매들을 전율시키는 것을 좋아했다. 자매들의 눈에 '내 동급생들'은 영웅이었고, '우리 동기들'의 무용담에 한 번도 싫증 났던 적이 없는 자매들은 로리가 종종 친구들을 집에 데려올 때면 이 위대한 피조물들의 미소를 실컷 누릴 수 있었다.

에이미는 특히 이 대단한 영광을 즐겼고, 넷 중에서도 단연 최고 미인으로 꼽혔다. 그녀 안의 귀부인이 날 때부터 주어진 매력이라는 선물을 일찌감치 간파해 이를 활용하는 법을 배운 덕분이었다. 메그는 은밀하고 특별한 자신만의 존에게 너무 푹 빠진 나머지 다른 만물의 영장 누구에게도 관심이 없었고, 베스는 수줍음이 너무 많은 나머지 먼발치에서 남자들을 살짝살짝 훔쳐보며 에이미는 어쩌면 저들을 저리도 잘 다룰까 궁금해하는 것 이상의 행동은 하지 못했다. 이에 비해 조는 마치 물 만난 고기 같았다. 신사다운 태도와 말투, 행동거지 등을 그대로 흉내 내고 싶어 몸이 근질근질했고, 그녀에게는 젊은 아가씨들이 지켜야 하는 예법보다도 이쪽이 훨씬 더 자연스러워 보였다. 다들 조를 엄청나게 좋아했지만 그녀와 사랑에 빠지지는 않았다. 대신 에이미의 성소 앞에서는 저마다 감상적인 한숨 한두 번씩을 조공으로 바치며 뒷걸음질 쳤다. 이렇게 감상이라는 얘기가 나오고 보니 '비둘기장'이 절로 생각난다.

그것은 브룩 씨가 메그의 첫 번째 보금자리로 마련한 자그마한 갈색 집의 이름이었다. "부리를 맞대고 구구거리는 멧비둘기 한 쌍처럼 뭐든 함께하는" 이들 조용한 연인에게 아주 잘 어울린다며 로리가 지어준 이름이었다. 그것은 뒤꼍에는 조그만 정원이, 앞쪽에는 손수건만 한 잔디밭이 딸린 아주 작은 집이었다. 여기에 메그는 분수대와 관목 숲, 사랑스럽고 탐스러운 꽃밭을 앉

"부리를 맞대고 구구거리는 멧비둘기 한 쌍처럼 뭐든 함께하는"
이들 조용한 연인에게 아주 잘 어울린다며 로리가 지어준 이름이었다.

히고 싶어 했지만 현재 분수대는 차 찌꺼기를 쏟아 버리는 낡아 빠진 항아리 같았고, 관목 숲이라고 해야 아직 살지 말지 결정하지 못한 어린 낙엽송 몇 그루가 전부였으며, 꽃밭으로 말할 것 같으면 씨앗을 심은 곳을 가리키는 다수의 막대기들이 그곳이 꽃밭이라고 암시할 뿐이었다. 하지만 안은 하나부터 열까지 멋졌고, 행복한 신부는 다락에서 지하실에 이르기까지 그 어떤 결점도 보지 못했다. 현관 복도는 누가 보나 너무 비좁아 피아노가 있다 해도 통째로는 아무리 용을 써도 들어갈 수 없겠기에 없는 게 차라리 다행이었다. 주방도 너무 작아 여섯 명이 앉으면 꽉 찼고, 부엌 계단은 하인들과 도자기를 느닷없이 석탄 통으로 밀어 넣는다는 특급 목적에 안성맞춤인 듯 보였다. 그러나 이런 가벼운 흠들에 익숙해지고 나면 그 이상 완벽할 수가 없었다. 훌륭한 안목과 취향이 집 안 가구 전체를 주도하고 있었고, 그 결과가 매우 만족스러웠기 때문이다. 작은 거실에는 상판이 대리석으로 된 탁자도, 기다란 거울도, 레이스 커튼도 없었지만 소박한 가구와 수많은 책들, 훌륭한 그림 한두 점, 내달이 창 안쪽의 꽃을 꽂은 세움대가 눈에 띄었고, 다정한 손들이 건넨 예쁜 선물들이 사방에 흩어져 있어 선물과 함께 딸려온 애정 어린 메시지에 훨씬 잘 어울리는 분위기를 자아냈다.

내 생각에 로리가 준 새하얀 프시케 대리석상은 존이 받침대를 세워 그 위에 올려놓은 덕분에 본래의 아름다움을 하나도 잃지 않았던 것 같고, 제아무리 천갈이 전문가라 해도 평범한 모슬린 커튼을 에이미의 예술적 손길보다 더 우아하게 바꿔놓을 수는 없었을 것이다. 조와 어머니가 메그의 소지품 상자와 통, 꾸러미 등을 옮겨 놓은 창고만큼 행복을 비는 마음과 훈훈한 덕담, 행복한 희망으로 넘쳐나는 곳도 없었을 것 같고, 해나가 냄비며 프라이팬을 열두 번도 넘게 일일이 정리하고 "브룩 부인이 집에 오실" 시간에 딱 맞춰 불 피울 준비를 해놓지 않았더라면 이 '완전 신상' 부엌이 이처럼 아늑하고 깔끔해 보이진 않았을 거라고 나는 확신한다. 게다가 세상 어떤 새색시도 걸레며 받침이며 잡동사니 보관 주머니를 그렇게나 많이 가지고 결혼 생활을 시작할 수 없을 거라고 나는 생각한다. 베스는 은혼식까지 내내 쓰고도 남을 만큼 충분히 만들어주었고 또 특별히 혼수용 도자기를 닦을 전용 행주까지 세 종류나 발명해냈다.

이런 것들을 돈을 주고 모조리 해결하는 사람들은 자신들이 무엇을 잃고 있는지 절대 알지 못한다. 애정 어린 손길이 닿으면 집 안 구석구석이 아름다워지기 마련인데, 메그는 자신의 작은 보금자리를 차지하는 모든 물건에서 그 증거를 수도 없이 확인할 수 있었다. 주방용 밀대부터 거실 탁자 위의 은제 꽃병에 이르기까지 물건 하나하나가 가족의 정과 배려를 말해주고 있었다.

함께 계획을 세우는 시간은 얼마나 행복했던지, 장을 보러 나설 때는 또 얼마나 엄숙했던지, 둘이 저지른 실수는 또 얼마나 웃겼던지, 로리가 사 온 우스꽝스러운 물건들을 보고 터진 웃음소리는 또 얼마나 컸던지! 이 젊은 신사는 워낙 장난을 좋아해 대학 졸업을 앞두고도 여전히 소년 같았다. 최근에는 무슨 바람이 불었는지 일주일에 한 번 집에 올 때마다 새롭고 유용하면서도 기발한 물건을 젊은 새댁에게 갖다주었다. 이번에는 처음 보는 빨래집게를 주머니 가득 사 오나 싶더니 다음번에는 처음 사용하자마자 조각조각 바스라지고 만 육두구 강판, 칼이란 칼은 모조리 결딴내고 만 칼 세척기, 카펫의 보풀은 말끔히 제거하지만 먼지는 그대로 남겨놓는 청소기 등을 사 왔다. 이 밖에도 노동력을 절약해준다던 비누는 손의 피부를 벗겨냈고, 절대 틀림없다던 시멘트는 속아 구입한 사람의 손가락만 단단히 붙여놓았으며, 옛날 동전을 집어넣는 장난감 저금통부터 자체 수증기로 물건을 세척하지만 그 과정에서 언제든 폭발할 수 있는 찜탕기에 이르기까지 갖가지 양철 제품이 등장했다.

메그는 그에게 제발 좀 그만하라고 사정했지만 아무 소용이 없었다. 존은 그를 비웃었고, 조는 그를 '순진남'이라고 불렀다. 그는 미국인의 독창성을 후원하고 친구들이 필요한 물건을 제때 받아서 쓰는 모습을 볼 수 있다면 물불을 가리지 않았다. 그 때문에 매주 기상천외한 물건들이 모습을 드러냈다.

마침내 모든 준비가 끝났다. 에이미는 각기 다른 색깔의 방에 맞게 비누 색깔도 다르게 배치해놓았고, 베스는 첫 식사를 위한 식탁을 차렸다.

"마음에 드니? 집처럼 보여? 어때, 여기서 행복할 것 같니?"

마치 부인이 딸과 팔짱을 낀 채 새로운 왕국 이곳저곳을 누비며 물었다. 그 순간 두 모녀는 그 어느 때보다도 서로 찰싹 달라 붙어 있는 듯 보였다.

"네, 엄마, 마음에 꼭 들어요. 다 모두들 덕분이에요. 아무 말도 안 나올 만큼 정말 행복해요."

그러면서 짓는 표정은 백 마디 말보다 훨씬 나았다.

"이제 하인만 한두 명 있으면 되겠네."

에이미가 거실에서 나오며 말했다. 에이미는 청동으로 된 메르쿠리우스 조각상을 장식 선반 위에 놓는 게 가장 보기 좋을지 아니면 벽난로 선반 위에 두는 게 좋을지를 놓고 한창 고민하던 중이었다.

"그 문제에 대해선 엄마랑 얘기해봤는데, 일단은 엄마 말대로 해보기로 마음을 정했어. 할 일도 거의 없을 것 같은 데다, 로티가 후다닥 심부름도 해주고 이것저것 도와줄 테니까. 그리고 할 일이 있어야 게을러지지도 않고 집 생각도 안 할 거 아냐."

메그가 침착하게 대답했다.

"샐리 모팻은 하인이 넷이나 돼."

에이미가 입을 열었다.

"이 집에 하인이 넷이면 머물 데도 마땅찮을 테고, 주인 부부는 마당에서 야영이라도 해야 할걸."

조가 큼지막한 푸른색 앞치마에 폭 감싸인 채 문손잡이들에 마지막으로 광을 내다 말고 끼어들었다.

"샐리는 가난한 남자의 아내가 아니잖니. 근사한 집에 많은 하녀들, 암 잘 어울리지. 메그와 존은 시작은 소박하지만, 난 말이지 이 작은 집에 큰 집 못지않게 많은 행복이 깃들 거라고 믿는다. 메그 같은 젊은 여자들이 옷치장이나 하고, 가만히 앉아서 시키기나 하고, 쓸데없이 이 말 저 말 수군대는 것만큼 큰 잘못이 어딨겠니. 내가 갓 결혼했을 때는 말이다, 새 옷이 어서 빨리 닳거나 해지기를 바랐단다. 그래야 옷을 고치는 즐거움을 맛볼 테니 말이다. 수나 놓고 손수건이나 만지작거리는 게 정말 지겨웠거든."

"부엌에 들어가 어지르기라도 하지 그러셨어요? 샐리는 재미로 그렇게 한대요. 그런데 뭘 만들어도 결과가 형편없어서 하인들이 웃는 게 일이래요."

메그가 말했다.

"엄마도 한동안 그랬단다. 물론 '어지르려고' 그랬다기보다 해나에게 제대로 배워보려고 그랬지. 하인들이 날 보면서 웃지 않아도 되게 말이다. 그때는 놀이 삼아 그랬던 건데 나중에 의지뿐만 아니라 우리 꼬마 아가씨들에게 몸에 좋은 음식을 만들어줄 수 있는 능력까지 생겨서 정말 고마운 때가 오더구나. 게다가 그 덕분에 더 이상 도와줄 사람을 부릴 처지가 못 됐을 때는 이 엄마가 혼자 다 할 수 있었고 말이다. 메그, 넌 이 엄마와는 반대로 시작하는 셈이지만 지금 네가 배우는 교훈들이 장차 존이 더 부자가 됐을 때 네게 꽤 쓸모가 있을 게야. 아무리 손에 물 한 방울 적실 필요가 없다 해도 제대로 된 시중을 받고 싶다면 집의 안주인이 집안일 돌아가는 사정쯤은 알고 있어야 하니까 말이다."

"네, 엄마, 명심할게요."

메그가 그 작은 강연을 깍듯이 새겨들으며 대답했다. 자고로 최고의 여성일수록 집안일이라는 흥미로운 주제에 대해 할 말이 많은 법이다.

"이 꼬마 집에서 제가 제일 좋아하는 곳이 이 방인 거 아세요?"

잠시 뒤 다들 2층으로 올라가자 메그가 리넨 천이 가지런히 정리되어 있는 옷장을 들여다보며 덧붙였다.

먼저 와 있던 베스가 선반에 눈처럼 새하얀 옷감 더미를 다소곳이 내려놓으며 깔끔하게 정리된 옷감 앞에서 기뻐 어쩔 줄 몰라 하고 있었다. 메그의 말에 세 사람 모두 웃음을 터뜨렸다. 그 리넨 옷장은 보기만 해도 절로 웃음이 나왔기 때문이다. 마치 대고모가 메그에게 '그 브룩인가'와 결혼하면 한 푼도 주지 않겠다고 선언한 것은 다 아는 사실이다. 시간이 지나 화가 가라앉자 대고모는 자신의 맹세를 후회했지만 이미 엎질러진 물이라 이러지도 저러지도 못하는 상태였다. 대고모는 한번 뱉은 말은 절대 깨는 법이 없었던 터라 대충 넘어갈 수 있는 방법을 찾아 이리저리 궁리하던 중 마침내 마음에 쏙 드는 묘안을 하나 짜냈다. 플로렌스의 엄마인 캐럴 부인을 시켜 리넨 천을 사오게 해서는 식탁보 같이 가정에서 쓰는 리넨 제품을 넉넉히 만들어 그녀가 주는 선물로 보내는 것이었다. 이 모두는 정확하게 이행되었지만 비밀이 새나가면서 가족들을 한바탕 즐겁게 했다. 마치 대고모가 전혀 모르는 척 시치미를 뚝 떼면서 오래전 처음 결혼하는 신부에게 주겠다고 약속한 구식 진주만 주겠노라 고집을 부렸기 때문이다.

"이건 주부 취향이네. 마음에 드는걸. 내가 알고 지내던 어떤 젊은 새댁은 침대보 여섯 장으로 살림을 시작했는데, 막상 자기 마음에 드는 건 손님용 손 씻는 그릇이었다더구나."

마치 부인이 그 촘촘한 짜임새에 감탄하듯 굉장히 여성스러운 손길로 다마스크 천 식탁보를 톡톡 두드리며 말했다.

"저한텐 손 씻는 그릇이 하나도 없지만 해나 아줌마 말대로 이게 앞으로 제가 평생 간직할 '첫 살림살이'잖아요."

메그가 꽤 만족스러운 듯한 표정을 지으며 말했다.

"순진남 등장이오."

밑에서 조가 소리치자 다들 로리를 맞이하러 아래층으로 내려갔다. 조용한 그들의 삶에서 매주 한 번씩 돌아오는 로리의 방문은 중요한 행사였다.

큰 키에 어깨가 떡 벌어진 청년이 바투 깎은 머리에 챙이 넓은 펠트 모자를 쓰고 외투 자락을 펄럭이며 도로를 따라 성큼성큼 걸어 내려왔다. 그러더니 낮은 울타리를 훌쩍 뛰어넘어 곧장 열린 대문으로 들어와서는 두 손을 활짝 벌리며 서슴없이 마치 부인에게 다가가 따스하게 인사를 건넸다.

"저 왔어요, 어머니! 보시다시피 아무 일 없어요."

마지막 말은 그를 쳐다보는 마치 부인의 표정에 대한 대답이었다. 다정하게 안부를 묻는 얼굴을 잘생긴 두 눈이 어찌나 빤히 쳐다보는지 작은 환영식은 평소처럼 자애로운 입맞춤으로 마무리됐다.

"존 브룩 부인에게 오는 선물이에요, 만든 사람의 축하 인사도 같이 딸려 왔지요. 베스, 신의 축복이 함께하길! 조, 넌 기운이 넘쳐 보인다 야! 에이미, 넌 짝 없는 아가씨라고 하기엔 점점 더 너무 예뻐지는 것 같다."

로리는 이렇게 말하면서 메그에게 갈색 종이 꾸러미를 건넸다. 그러고는 베스의 머리 리본을 잡아당기고 조의 큼직한 앞치마를 쓰윽 훑어보더니 에이미 앞에서 짐짓 황홀해 죽겠다는 듯한 태도를 취해 보이고는 돌아가며 모두와 악수했다. 그리고 다들 재잘대기 시작했다.

"존은 어디 있지?"

메그가 걱정스러운 듯 물었다.

"내일 필요한 허가증을 받으러 잠시 나갔습니다, 부인."

"지난 번 시합은 어느 쪽이 이겼어, 테디?"

조가 물었다. 어느새 열아홉 살인데도 그녀는 여전히 남자들의 스포츠에 관심이 많았다.

"물론 우리 편이지. 너도 보러 왔으면 좋았을 텐데."

"사랑스러운 랜들 양은 어떻게 지내셔?"

에이미가 의미심장한 미소를 지으며 물었다.

"날이 갈수록 고약해지신다. 나 꼬챙이처럼 말라가고 있는 거 안 보여?"

로리가 자신의 널찍한 가슴팍을 소리 나게 찰싹 내려치며 과장되게 한숨을 푹 내쉬었다.

"이번에는 또 얼마나 웃기는 걸까? 어서 풀어보자, 메그 언니."

베스가 호기심 가득한 눈으로 혹처럼 여기저기 울룩불룩 솟은 꾸러미를 쳐다보며 말했다.

"이건 집에 불이 나거나 도둑이 들었을 때 유용한 물건이야."

야경꾼이 들고 다니는 딸랑이의 등장에 자매들이 웃음을 터뜨린 가운데 로리가 말했다.

"존 형님이 집을 비워 무서울 땐 이걸 앞쪽 창문 밖으로 내밀어 흔드세요, 메그 누님. 그럼 이웃들이 놀라서 금세 깰 겁니다. 어때요, 멋지지 않아요?"

그러면서 로리가 딸랑이의 힘을 몸소 보여주는 바람에 다들 귀를 틀어막아야 했다.

"고맙다는 인사를 이렇게들 하신다 이거죠! 기왕 고맙다는 말이 나온 김에 다들 해나 아줌마에게 고맙다고 해야 할걸요. 결혼식 케이크를 절체절명의 위기에서 구했거든요. 지나가는데 케이크가 이 집으로 들어가는 게 보이지 뭐예요. 해나 아줌마가 단호하게 지키지 않았더라면 그 대단한 자두 케이크에 내 손자국이 찍혔을걸요."

"언제쯤 클지 원, 로리."

메그가 엄마 같은 말투로 말했다.

"그야 최선을 다하고 있습지요, 부인. 하지만 이 타락한 시대에 남자 키가 180센티미터 정도면 클 만큼 큰 거라서 더 크긴 어려울 듯한뎁쇼."

머리가 작은 샹들리에 높이와 얼추 비슷한 젊은 신사가 대답했다.

"이 깔끔한 휴식처에서 뭘 먹는다는 건 신성모독이나 다름없으니 엄청나게 배가 고픈 이 몸은 이만 물러가겠나이다."

그가 이내 덧붙였다.

"엄마랑 난 존을 기다려야 해. 마지막으로 결정해야 할 게 좀 있거든."

메그는 이렇게 말하고는 서둘러 자리를 떴다.

"베스 언니랑 난 내일 쓸 꽃을 더 얻으러 키티 브라이언트네 집에 가볼게."

에이미가 그림 같은 고수머리에 그림 같은 모자를 얹고는 어느 누구 못지않게 그 효과를 즐기며 덧붙였다.

"어이, 조, 설마 친구를 버리진 않겠지. 나 있지, 완전히 녹초 상태라 누구 도움 없인 집에 못 갈 거 같아. 그 앞치마는 무슨 일이 있어도 절대 벗지 마, 너한테 아주 잘 어울리니까."

로리의 이 말에 조는 그의 특별한 혐오 대상을 큼직한 호주머니에 집어넣고는 한쪽 팔을 내밀어 비칠거리며 걷는 그를 부축했다.

"있지, 테디, 나 내일 일로 너랑 진지하게 할 이야기가 있어."

둘이 함께 걸어가는 동안 조가 말문을 열었다.

"점잖게 행동하고, 장난도 안 치고, 결혼식을 망치지 않겠다고 약속해."

"장난 안 칠게."

"그리고 진지해야 할 때 웃기는 소리도 않기야."

"절대. 너나 그러지 마."

"그리고 부탁인데 예식이 진행되는 동안 나 쳐다보지 말아줬으면 해. 네가 날 쳐다보면 난 분명 웃음을 터뜨리고 말 거야."

"어디 내가 보이겠냐? 너무 많이 울어서 네 주위의 두꺼운 안개가 시야를 가릴 텐데."

"난 아주아주 괴로울 때 말고는 절대 안 울어."

"친구가 대학에 가는 것도 그런 일이냐, 응?

"치, 잘난 체는? 그땐 여자애들하고만 놀아야 한다는 게 쪼금 슬펐을 뿐이야."

"어련하시겠어. 그런데 조, 이번 주 할아버지 기분이 어떠신 거 같아? 아주 좋으셔?"

"좋으셔. 그런데 그건 왜? 너 또 말썽에 휘말려서 할아버지 기분이 어떠신지 살피는 거야?"

조가 다소 날카롭게 물었다.

"야, 조, 넌 내가 아무 일 없는 게 아닌데도 너희 엄마 얼굴을 똑바로 쳐다보면서 '아무 일 없어요'라고 말할 인간으로 보이냐?"

로리가 갑자기 걸음을 멈추고 기분이 상한 듯 말했다.

"그야 아니지."

"그럼 의심 좀 그만해. 그냥 돈이 좀 필요해서 그런 것뿐이야."

로리가 조의 따스한 말투에 기분이 누그러져서 다시 걸으며 말했다.

"넌 돈을 너무 많이 써, 테디."

"이런, 내가 돈을 쓰는 게 아니라 어떻게 된 게 돈이 돈을 쓴다니까. 내가 알지도 못하는 사이에 그냥 없어져버려."

"넌 너무 마음이 좋고 인정이 많아서 사람들이 돈을 꿔달라고 하면 거절을 못하잖아. 헨쇼 이야기는 우리도 들어서 알고 있어. 네가 그 사람한테 어떻게 했는지도. 네가 늘 그런 식으로 돈을 쓴다면 아무도 널 비난하지 못할 거야."

"아, 그건 헨쇼가 침소봉대한 거야. 너 같아도 그런 훌륭한 친구가 죽도록 일만 하는 꼴은 그냥 두고 보지 못했을걸. 조금만 도와주면 우리 같은 게으른 녀석들 열두 명 몫은 거뜬히 할 수 있는데, 안 그래?"

"그야 물론 그렇지만 조끼 열일곱 벌하고 몇 갠지도 알 수 없는 넥타이하고 집에 올 때마다 매번 바뀌는 모자가 왜 필요한지 난 도무지 모르겠네. 멋 부릴 시기는 지났다고 생각했는데, 가끔 새록새록 도지나 봐. 요즘은 흉측한 몰골로 다니는 게 유행이냐? 머리 꼴은 뻣뻣한 솔이 따로 없고, 미친 사람들이나 입는 구속복에, 주황색 장갑은 또 뭐고, 꼴사납게 발가락 부분이 사각형인 장화라니. 그나마 싸다면 말을 안 해, 그런데 비싸잖아, 도무지 이해가 안 돼."

이런 공격에 로리는 고개를 꺾은 채 실컷 웃어젖혔다. 그 바람에 펠트 모자가 땅에 떨어졌고, 조가 엉겁결에 모자를 밟고 말았다. 로리는 학대당한 모자를 접어 주머니에 쑤셔 넣으며 이 모욕을 급조한 복장의 장점을 미주알고주알 늘어놓는 기회로 삼았다.

"강의는 그만, 착하기도 하지! 강의라면 일주일 내내 신물 나게 들었고, 집에 왔을 때만이라도 즐겁게 지내고 싶어. 내일은 비용이 얼마가 들든 친구들이 흡족하도록 멋지게 차려입을 거야."

"네가 머리를 기르기만 한다면 평화롭게 가만히 놔둘게. 난 귀족은 아니지만 풋내기 권투 선수처럼 보이는 사람과 같이 다니기는 싫거든."

조가 심각하게 말했다.

"이런 겸손한 스타일은 공부를 잘하도록 도와줘. 그래서 우리가 이러고 다니는 거야."

로리가 대꾸했다. 탐스러운 고수머리를 자진해서 1센티미터도 채 안 되게 바짝 깎은 걸 두고 허영심 때문이라고 비난할 수도 없는 노릇이었다.

"그건 그렇고 조, 꼬맹이 파커가 에이미한테 점점 깊이 빠지고 있는 거 같아. 입만 열었다 하면 에이미 얘기고, 시를 쓰질 않나, 멍하니 먼 산만 바라보는 게 아무래도 수상하단 말이지. 그런 섣부른 열정은 더 자라기 전에 싹을 자르는 게 좋은데, 안 그래?"

잠깐의 침묵 끝에 로리가 오빠 같은 말투로 조심스럽게 덧붙였다.

"물론이지. 우리 집은 앞으로 몇 년은 결혼식을 또 치를 형편이 안 돼. 맙소사, 어린 애들이 대체 무슨 생각을 하고 있는 거야?"

조는 에이미와 꼬맹이 파커가 아직 10대도 안 된 것처럼 분개한 듯 보였다.

"빠른 세월이야, 난 우리가 어디로 가고 있는지 모르겠어, 아가씨. 넌 아직 젖먹이지만 다음은 조 네 차례일 테고, 우린 남겨진 채 슬퍼하겠지."

로리가 세월의 무상함에 고개를 절레절레 흔들며 말했다.

"걱정하지 마. 난 그런 고분고분한 부류의 사람이 못 돼. 아무도 날 원하지 않을 테고, 어느 집에나 노처녀 하나씩은 있기 마련이잖아."

"어느 누구한테도 기회를 주지 않겠다 이 말씀이지?"

로리가 곁눈질을 하며 말했다. 햇볕에 그을린 얼굴이 전보다 약간 더 벌겋게 보였다.

"넌 어떻게 된 애가 나긋나긋한 구석이라고는 전혀 없어. 어떤 남자가 우연히 네 여성스러운 모습을 접하고 호감이라도 보일라 치면 거미지 부인(찰스 디킨스의 소설 『데이비드 코퍼필드』에 등장하는 까다로운 늙은 과부 : 옮긴이)처럼 그 사람한테 찬물을 끼얹고는 감히 아무도 건드리거나 쳐다볼 엄두도 안 나게 차갑게 굴잖아."

"그런 부류는 내 취향이 아니네요. 그런 말도 안 되는 얘기에 신경 쓸 새도 없고 가족이 그런 식으로 결딴나다니 생각만 해도 끔찍해. 그러니까 그 얘기는 이제 그만해. 메그 언니 결혼 때문에 다들 제정신이 아닌가 봐. 애인이니 뭐니 하는 헛소리는 그만했으면 좋겠어. 화내기 싫으니까 주제를 바꾸자."

그의 기분이 어땠는지는 모르겠지만, 로리는 길고 낮은 휘파람으로 위안을 삼더니 대문에서 헤어질 때 무시무시한 예언을 내뱉었다.

"내 말 명심해, 조, 다음은 네 차례야."

25

첫 결혼식

현관을 뒤덮은 6월의 장미가 구름 한 점 없는 햇살에 온 마음을 다해 기뻐하며 다정한 어린 이웃들처럼 평소와 다름없이 아침 일찍부터 활짝 깨어났다. 흥분으로 한껏 상기된 꽃들은 발그레해진 얼굴로 바람에 몸을 흔들며 방금 본 광경을 서로에게 속삭였다. 몇몇 꽃들은 잔치가 열리는 주방 창문에서 안을 엿보았고, 몇몇은 위층으로 타고 올라가 신부에게 옷을 입히는 자매들에게 고개를 까딱이며 미소를 건넸다. 그런가 하면 또 몇몇은 이런저런 심부름으로 정원과 현관, 복도 등을 오가는 사람들에게 환영의 인사를 건넸고, 그런 가운데 불그스레하게 활짝 핀 꽃부터 파리한 어린 싹에 이르기까지 그토록 오래 자신들을 아끼며 돌봐온 온화한 안주인에게 아름다움과 향기로 감사의 공물을 바쳤다.

메그는 그야말로 한 떨기 장미 같았다. 이날 그녀는 마음과 영혼의 더없이 달콤한 최상의 상태가 얼굴에 활짝 피어난 듯 아름다움 그 자체보다 더 아름다운 매력을 뿜어내는 것이 그보다 더 맑고 상냥해 보일 수가 없었다. 메그는 비단도, 레이스도, 오렌지꽃 화관도 마다했다. 그러면서 이렇게 말했다.

"오늘은 낯설거나 판에 박힌 듯 보이고 싶지 않아. 난 유행을 따르는 결혼식보다는 내가 사랑하는 사람들과 함께하는 그런 결혼식을 하고 싶어. 그리고 그 사람들에게 평소의 익숙한 내 모습대로 보이고 싶어."

그래서 그녀는 소녀다운 마음의 연약한 희망과 순수한 사랑을 한 땀 한 땀 정성껏 담아 웨딩드레스를 손수 만들었다. 자매들은 그녀의 어여쁜 머리칼을 땋아 올려주었고, '그녀의 존'이 모든 꽃 중에서 제일 좋아하는 계곡의 백합꽃이 그녀의 머리를 치장하는 유일한 장신구였다.

"사랑하는 우리 메그 언니 그대로네, 너무너무 예쁘고 사랑스러워서 드레스만 안 구겨진다면 꼭 안아주고 싶어."

몸단장이 모두 끝나자 에이미가 기쁨에 겨워 신부를 훑어보며 소리쳤다.

"그렇다면 나도 만족해. 하지만 드레스는 상관 말고 다들 와서 안고 키스해줘. 오늘 같은 날 이딴 게 좀 구겨지면 어때."

그러면서 메그는 새로운 사랑이 찾아온다고 해서 예전의 사랑이 변질되는 것 같지는 않다고 느끼며 동생들을 향해 두 팔을 활짝 벌렸다. 동생들은 4월 같은 얼굴로 잠시 메그에게 매달렸다.

"난 이제 존의 넥타이를 매주고 나서 서재에 들러 아빠랑 조용히 시간 좀 보내고 올게."

그러고 나서 메그는 아래층으로 뛰어 내려가 그 작은 의식들을 치른 뒤 어머니가 어딜 가든 그 뒤를 졸졸 따라다녔다. 얼굴의 미소에도 불구하고 둥지를 떠나 첫 비행에 나서는 새끼를 지켜보는 어머니의 마음속에는 남모르는 슬픔이 감춰져 있다는 것을 알고 있었기 때문이다.

동생들은 모여 서서 각자 수수한 몸단장을 마무리했다. 다들 제일 예뻐 보이는 바로 지금이 지난 3년 동안 자매들의 외모에 일어난 몇 가지 변화를 이야기하기에 좋은 때가 아닐까 싶다.

조는 우아하지는 않지만 몸가짐이 편안해졌고, 분위기가 전체적으로 훨씬 부드러워졌다. 짧게 잘랐던 고수머리는 길게 길러 틀어 올렸는데, 훤칠하게 키가 큰 몸 꼭대기의 조그만 머리통과 잘 어울렸다. 가무잡잡한 볼에는 생기가 넘쳤고, 눈은 은은하게 빛났다. 날카롭기만 하던 입에서도 오늘은 상냥한 말들만 나왔다.

베스는 예전보다 더 여위고 창백했으며 그 어느 때보다도 말이 없었다. 아름답고 친절한 눈은 더 커지고 슬퍼 보였지만 그것은 실은 슬픔이 아니었다. 그것은 눈물겨운 인내에서 오는 고통의 그림자였다. 하지만 베스는 좀처럼 불평하는 법이 없이 "곧 나아질 거야"라며 늘 희망적으로 말했다.

에이미는 누가 뭐래도 '집안의 꽃'이었다. 아직 열여섯 살이지만 벌써 성숙한 여인의 자태와 분위기를 갖추고 있었다. 에이미는 아름답지는 않았지만 말로 표현할 수 없는 우아한 매력을 지니고 있었다. 몸매를 이루는 선과 손동작, 물결처럼 드리워진 옷자락과 찰랑대는 머리카락은 무심결에 조화를 이루었고, 사람들은 아름다움만큼이나 눈길을 붙잡는 그 매력에 이끌렸다. 도무지 그리스인 코가 될 것 같지 않은 코는 여전히 에이미를 괴롭혔고, 그 점에서는 너무 큰 입도 마찬가지였다. 딱딱한 인상을 주는 턱 또한 마음에 들지 않았다. 사실 그런 단점들은 에이미의 얼굴에 개성을 부여하고 있었지만 에이미는 그것도 모르고 티 없이 하얀 피부와 새파란 눈, 그 어느 때보다도 풍성해진 금발의 고수머리를 위안으로 삼았다.

셋 다 은회색의 얇은 드레스(가장 좋은 여름용 드레스) 차림에 머리와 가슴에 붉은 장미를 달았지만 다들 평소의 모습 그대로였다. 그러니까 바쁜 일상에서 잠시 벗어나 여자의 사랑이라는 책에서 가장 달콤한 장을 동경 가득한 눈으로 읽는 앳된 얼굴의 행복한 처녀들이었던 것이다.

결혼식은 격식을 따지기보다 최대한 자연스럽고 소박하게 치러질 예정이었다. 사정이 그렇다 보니 마치 대고모는 집에 도착하자 밖으로 쪼르르 달려 나와 자신을 맞이하고 안으로 들이는 신부를 보고는 있는 대로 역정을 냈다. 게다가 신랑은 다 시들어 빠진 꽃 장식을 달고 있었고, 얼핏 보니 목사인 신부의 아버지는 근엄한 얼굴로 겨드랑이 밑에 포도주를 한 병씩 끼고 위층으로 올라가는 듯했다.

"잘들 하는 짓이로구나! 신부는 마지막 순간까지 얼굴을 보여서는 안 되는 거야, 아가."

노부인이 자신을 위해 특별히 마련한 좌석에 앉아 라벤더 색 물결무늬 비단 드레스의 주름을 바스락바스락 매만지며 소리쳤다.

"전 구경거리가 아니에요, 대고모님. 사람들이 저를 구경하러 오는 것도 아니고, 제 드레스를 품평하거나 얼마짜리 점심이 나오는지 살피러 오는 것도 아닌데요 뭐. 전 너무 행복해서 누가 뭐라고 말하든, 어떻게 생각하든 상관없어요. 제 결혼식은 제가 원하는 대로 소박하게 치르고 싶어요. 존, 여기 당신 망치요."

그러고 나서 메그는 새신랑이 하기에는 너무나 어울리지 않는 일에 매달려 있는 '그 남자'를 도우러 자리를 떴다.

브룩 씨는 고맙다는 말은 하지 않았지만 낭만과는 거리가 먼 도구를 받으려고 고개를 숙이다가 접이식 문 뒤에서 어린 신부에게 키스를 했다. 마치 대고모는 때마침 신랑의 표정을 보고는 매서운 노안에 갑자기 이슬이 맺히자 주머니를 뒤져 얼른 손수건을 꺼냈다.

우당탕 하는 소리와 비명에 이어 로리가 웃음을 터뜨리며 요란하게 놀려대는 소리가 들렸다.

"주피터 태양신이시여! 조가 또 케이크를 엎었대요!"

그 때문에 한바탕 소동이 벌어져 좀처럼 끝날 기미가 보이지 않고 있을 때 친척들 한 무리가 도착해 어릴 적 베스가 즐겨 쓰던 표현대로 '우르르 들어왔다'.

"저 덩치 큰 청년이 내 곁에 오지 못하게 해라. 모기보다 더 신경 쓰이는구나."

노부인이 사람들로 북적이는 방 안에서 주변 사람들 위로 불쑥 솟은 로리의 시커먼 머리를 보며 에이미에게 귓속말을 했다.

"오늘은 얌전하게 굴겠다고 약속했어요. 저 오빤 마음만 먹으면 아주 점잖기도 해요."

에이미는 이렇게 대답하고는 미끄러지듯 헤라클레스 옆으로 다가가 용을 조심하라고 경고했다. 하지만 그 경고는 헤라클레스가 오히려 노부인을 졸졸 따라다니게 만들었고, 그 바람에 노부인은 정신이 다 산란할 지경이었다.

신부 입장은 따로 없었지만 마치 씨와 어린 신부가 초록색 아치 아래 서자 갑자기 방 안에 침묵이 내렸다. 어머니와 자매들은 메그를 내주기 싫은 듯 그녀 가까이로 모여들었다. 아버지는 목이 메는지 여러 번 말을 잇지 못했는데, 그 덕분에 예식이 더 아름답고 엄숙하게 느껴졌다. 신랑은 손을 눈에 띄게 바르르 떨었고, 대답할 때의 목소리 또한 너무 작아 들리지도 않았다. 그러나 메그는 남편의 눈을 똑바로 쳐다보며 "네!"라고 말했다. 신부의 얼굴과 목소리에서 묻어나는 애정 어린 신뢰에 신부 어머니의 가슴은 무척 흐뭇했고, 마치 대고모는 사방에 들리도록 콧물을 훌쩍였다.

조는 하마터면 울음을 터뜨릴 뻔했지만 끝내 울지 않았다. 로리가 장난기와 감정이 우스꽝스럽게 뒤섞인 검은 눈을 짓궂게 빛내며 자신을 뚫어져라 지켜보고 있다고 생각하면 참을 수 있었다. 베스는 줄곧 어머니의 어깨에 얼굴을 묻고 있었지만 에이미는 우아한 조각상처럼 서 있었다. 한 줄기 햇살이 그녀의 하얀 이마와 머리에 꽂은 꽃을 밝게 비추었다.

물론 그것으로 다가 아니었다. 성혼이 선언되는 순간 메그는 "제 첫 키스는 엄마에게 드릴게요!"라고 소리치며 돌아서서 진심을 담아 어머니의 입술에 입 맞췄다. 그로부터 15분 동안 메그는 그 어느 때보다도 한 송이 장미꽃 같았다. 로런스 씨부터 해나에 이르기까지 저마다 각자의 특권을 최대한 활용했기 때문이다. 희한하게 만든 머리 장식으로 치장한 늙은 해나는 복도에서 신부와 마주치자 울음 반 웃음 반이 섞인 목소리로 이렇게 소리쳤다.

"우리 아가씨에게 은총이 백 번 내리길! 케이크도 흠 잡을 데 없고 모든 게 아주 좋아 보이네요."

그러고 나서 다들 마음을 가라앉히고 뭔가 멋진 말을 하거나 하려고 애썼다. 못 해도 상관없었다. 마음이 가벼우면 웃음이 절로 나오기 마련이므로. 선물을 구경하는 순서는 없었다. 이미 작은 신혼집으로 모두 옮겨 놓았기 때문이다. 정성스럽게 차린 아침 식사도 없긴 마찬가지였지만 대신 꽃으로 장식한 케이크와 과일로 푸짐하게 차린 점심이 나왔다. 로런스 씨와 마치 대고모는 하녀 셋이 나르는 음료수가 물과 레모네이드와 커피뿐이라는 것을 알고는 어깨를 으쓱이며 서로에게 미소를 지었다. 다들 말이 없는 가운데 로리가 신부의 시중을 들겠다고 고집부리며 음식이 가득한 은쟁반을 들고 어리둥절한 얼굴로 신부 앞에 나섰다.

"조가 실수로 다 깨뜨린 거예요? 아니면 내가 뭘 착각하고 있는 건가요? 오늘 아침에 분명히 포도주 병 몇 개가 굴러다니는 걸 본 거 같은데."

로리가 귓속말로 물었다.

"착각 아냐. 너희 할아버지께서 친절하게도 최상급 포도주를 보내주셨고, 마치 대고모님도 몇 병 보내오셨어. 그런데 아빠가 베스 몫으로 조금 남겨두시고는 나머지는 모두 병사의 집에 보내셨어. 우리 아빠가 포도주는 오로지 환자에게만 쓰여야 한다고 생각하시는 거 너도 잘 알잖아. 엄마도 이 집에서 당신 본인이든 딸들이든 젊은 남자에게 포도주를 따르는 일은 절대 없을 거라고 말씀하시고."

메그는 진지하게 말하면서 로리가 인상을 쓰거나 웃음을 터뜨릴 거라 생각했지만 로리는 어느 것도 하지 않았다. 그저 메그를 흘끗 쳐다보고 나서 평소처럼 심드렁하게 말했다.

"거 참 잘됐네요! 다른 여자들도 누나처럼 생각했으면 좋겠어요. 술이 얼마나 해로운지는 충분히 봤으니까요."

"설마 경험에서 나온 지혜는 아니겠지, 그렇지?"

이렇게 묻는 메그의 목소리에서 걱정스러운 기색이 묻어났다.

"독일인들처럼 결혼한 사람들은 손을 잡고 신혼부부를 둥글게 에워싸고 돌면서 춤을 추고,
우리 미혼 남녀들은 원 밖에서 쌍쌍이 짝을 지어 껑충껑충 뛰는 겁니다!"

"아뇨. 그 점에 대해선 절 믿으셔도 돼요. 그렇다고 절 너무 좋게 생각하지는 마세요. 술은 그저 제 취향이 아닐 뿐이니까요. 포도주가 아무리 물처럼 흔하고 아무런 해가 없다고 해도 전 술은 별로예요. 물론 예쁜 아가씨가 권한다면야 이야기가 달라지겠지만."

"하지만 너 자신만을 위해서가 아니라 다른 사람들을 위해서라도 약속해. 로리, 네가 약속한다면 이날이 내 생애에서 가장 행복한 날로 기억될 이유가 또 하나 생기는 거야."

요구가 너무 갑작스럽고 진지해서 청년은 잠시 머뭇거렸다. 비웃음이 금욕보다 참기 어려울 때가 더 많기 때문이다. 메그는 로리가 일단 약속을 하면 무슨 일이 있어도 지킬 것이라는 걸 알고 있었기에 친구를 위해 자신이 가지고 있는 여성의 힘을 사용해 보기로 마음먹었다. 메그는 아무 말 없이 백 마디 말보다 설득력 강한 행복한 얼굴로 로리를 올려다보았다. 그리고 "오늘은 아무도 내 말을 거절하지 못할걸"이라고 말하는 미소도 함께 지어 보였다. 물론 로리는 거절하지 못하고 승낙의 미소와 함께 한쪽 손을 내밀며 진심으로 말했다.

"약속하지요, 브룩 부인!"

"정말 정말 정말 고마워."

"테디, 네 결심이 오래가길 바라는 뜻에서 건배."

조가 격려와 칭찬의 의미로 로리를 향해 활짝 웃으며 잔을 흔들다가 레모네이드를 철버덕 튀기며 소리쳤다.

그렇게 해서 축배와 함께 수많은 유혹 앞에서도 약속을 지키겠다는 맹세가 이루어졌다. 이는 두 자매가 본능적인 지혜를 발휘해 행복한 순간을 놓치지 않고 친구에게 도움이 되는 일을 했기 때문이다. 훗날 로리는 평생에 걸쳐 그 둘에게 고마움을 표시했다.

점심 식사가 끝나고 사람들은 두셋씩 짝을 지어 집 안과 정원 이곳저곳을 돌아다니며 안팎의 햇살을 즐겼다. 메그와 존은 어쩌다 우연히 잔디밭 한가운데 함께 서 있게 됐는데, 로리는 신혼부부를 발견하고는 이 밋밋한 결혼식을 마지막으로 장식할 기발한 생각을 떠올렸다.

"독일인들처럼 결혼한 사람들은 손을 잡고 신혼부부를 둥글게 에워싸고 돌면서 춤을 추고, 우리 미혼 남녀들은 원 밖에서 쌍쌍이 짝을 지어 껑충껑충 뛰는 겁니다!"

로리가 소리치며 에이미와 함께 신나게 뜀뛰기를 하기 시작하자 그 활기와 기술에 감염되기라도 했는지 다들 군말 없이 둘을 따르기 시작했다. 마치 부부와 캐럴 숙모 부부가 먼저 따라나섰고, 곧이어 다른 사람들도 속속 합류했다. 심지어 샐리 모팻도 잠시 망설이다가 옷자락을 한쪽 팔에 걸치더니 네드를 얼른 원 안으로 끌어당겼다. 하지만 그날의 가장 웃긴 백미는 뭐니 뭐니 해도 로런스 씨와 마치 대고모였다. 노부인은 풍채 좋은 노신사가 근엄한 표정으로 발을 미끄러지듯이 옮기며 다가오는 것을 보고는 지팡이를 한쪽 팔 밑에 쏙 집어넣더니 씩씩하게 깡충깡충 뛰면서 대열에 끼어들어 손을 잡고 신혼부부 주위를 돌며 춤을 추었다. 그동안 젊은 사람들은 한여름 날의 나비 떼처럼 정원을 가득 채웠다.

숨이 턱 밑까지 차면서 즉석 무도회는 막을 내리고 사람들은 자기 집으로 돌아가기 시작했다.

"잘 살아라, 얘야. 네가 잘 살기를 진심으로 바란다만 언제고 후회할 날이 올 게다."

마치 대고모가 메그에게 말했다. 그리고 마차까지 자신을 배웅하는 신랑을 향해 덧붙였다.

"자넨 횡재한 줄 알게. 어디, 자네가 과연 그럴 자격이 있는지 내 두고 봄세."

"이렇게 예쁜 결혼식은 정말 오랜만이에요, 네드. 왜 그런지는 모르겠어요. 딱히 눈길을 끄는 점도 없었는데 말예요."

모팻 부인이 마차를 타고 떠나면서 남편에게 말했다.

"로리, 너도 이런 게 부럽거든 그 집 딸들 중에서 아무나 한 명 고르도록 해라. 그럼 이 할아비는 아무 불만이 없을 테니."

로런스 씨가 떠들썩한 오전을 보낸 뒤 안락의자에서 휴식을 취하며 말했다.

"기대에 어긋나지 않도록 최선을 다할게요, 할아버지."

로리는 조가 단춧구멍에 꽂아준 조그만 꽃 장식을 조심스럽게 떼어 내다 말고 웬일로 고분고분 대답했다.

작은 신혼집은 멀지 않은 곳에 있었다. 존과 함께 친정에서 신혼집까지 조용히 걷는 것이 메그의 신혼여행인 셈이었다. 메그가 어여쁜 퀘이커교도 처녀처럼 비둘기색 정장과 흰 끈으로 묶은 밀짚모자 차림으로 내려오자 그녀가 먼 곳으로 여행을 떠나기라도 하는 것처럼 다들 그녀 곁으로 모여들어 다정하게 작별 인사를 건넸다.

"제가 아주 떠난다고 생각하지 마세요, 엄마. 제가 존을 많이 사랑한다고 해서 엄마를 덜 사랑한다고 생각하지도 마시고요."

메그가 눈물이 그렁그렁한 눈으로 어머니 곁에 찰싹 달라붙으며 말했다.

"매일 집에 올게요, 아빠. 이제 결혼한 몸이지만 식구들 마음속의 제 옛 자리는 그대로 있다고 생각할게요. 베스는 이 언니랑 많은 시간을 보내자. 그리고 너희도 가끔 들러서 내 서툰 살림 솜씨를 실컷 비웃어줘. 행복한 결혼식을 만들어줘서 다들 고마워요. 안녕, 안녕!"

가족들은 모두 서서 두 손 가득 꽃을 들고 남편의 팔에 기댄 채 사랑과 희망, 자긍심이 가득한 얼굴로 떠나가는 메그를 지켜보았다. 6월의 햇살이 메그의 행복한 얼굴을 환히 비춰주었다. 그렇게 메그의 결혼 생활은 시작되었다.

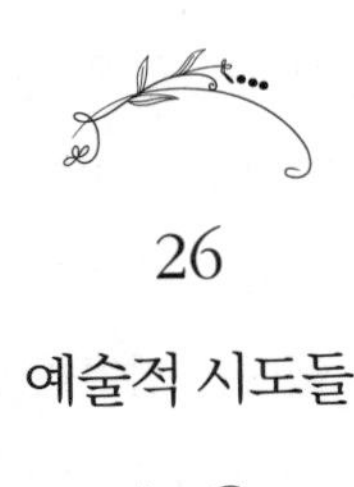

26
예술적 시도들

사람들이 재능과 천재성의 차이를 알아보기까지는 오랜 시간이 걸린다. 특히 야심만만한 젊은이들은 더욱 그렇다. 에이미는 수많은 시련을 통해 그 차이를 배우고 있었다. 그녀는 열정을 영감으로 착각하고는 젊은이다운 배짱을 앞세워 미술의 모든 분야에 도전하고 있었다. 한동안은 '진흙 파이'에 빠져 잠잠히 지내나 싶더니 곧이어 정교하기 그지없는 펜화에 매달렸다. 이 분야에서 그녀가 보여준 취향과 기교는 정말 대단해서 그녀의 우아한 수제품은 웬만큼 인기도 끌었고 수지도 맞았다. 그러나 눈을 너무 혹사해야 해서 펜과 잉크는 곧 한쪽으로 밀려났고, 대신 과감하게 부지깽이 그림(배관공의 납땜 도구처럼 생긴 부지깽이로 라임 나무나 기타 목재에 태운 자국을 내서 그리는 그림 : 옮긴이)에 새로 도전장을 내밀었다.

이 도전이 지속되는 동안 가족들은 언제든 큰불이 날 수도 있다는 두려움에 끊임없이 시달려야 했다. 나무 타는 냄새가 하루 온종일 온 집 안을 가득 채웠고, 다락과 헛간에서는 불안할 만큼 연기가 자주 피어올랐다. 해나는 잠자리에 들 때마다 불이 날 때를 대비해 문간에 물 한 양동이와 식사 때 울리는 종을 준비해두었다. 밀가루 반죽을 치대는 나무판 뒤쪽에는 라파엘의 얼굴이, 맥주 통 뚜껑에는 바쿠스가 불쑥 모습을 드러냈다. 성가를 부르는 천사가 설탕 단지 뚜껑을 장식했고, 로미오와 줄리엣을 그릴 때는 한동안 불쏘시개 걱정이 없었다.

그러다 손가락을 불에 데면서 불은 자연스레 유화로 옮겨 갔고, 에이미는 수그러들 줄 모르는 열정으로 그림 그리기에 빠져들었다. 미술을 하는 한 친구가 안 쓰는 팔레트며, 붓이며, 물감을 대주자 에이미는 마음껏 붓을 휘둘렀고, 그 결과 지상에서도 바다에서도 한 번도 본 적이 없는 목장 풍경과 바다 풍경들이 탄생했다. 그녀가 그린 아주 크고 기괴한 가축은 농축산물 경시 대회에 나갔다면 상을 탔을 테고, 아래위로 위태롭게 요동치는 배는 바다에서 잔뼈가 굵은 사람도 뱃멀미를 하게 했을 것이다. 그 전에 배를 짓고 장비를 들일 때의 원칙을 깡그리 무시해 처음 보자마자 포복절도하게 하지 않는다면 말이다. 작업실 한쪽 구석에서 사람들을 뚫어져라 쳐다보는 까무잡잡한 사내아이와 검은 눈의 마리아들은 무리요(1617~1682, 원죄 없는 잉태의 성모 마리아 그림으로 유명한 에스파냐의 화가 : 옮긴이)를 흉내 낸 듯했다. 그런가 하면 얼굴의 번드르르한 갈색 그림자와 엉뚱한 곳에 야단스럽게 자리 잡은 기다란 띠는 렘브란트를, 가슴이 풍만한 여자와 통통하게 부은 아기들은 루벤스를 염두에 둔 듯했고, 푸른색 천둥과 주황색 번개, 갈색 비와 자줏빛 구름이 눈길을 끄는 폭풍우 그림에서는 터너(1775~1851, 풍경화로 유명한 영국의 국민 화가 : 옮긴이)가 보이는 듯했다. 한가운데를 장식한 토마토 색깔의 얼룩은 보는 사람의 기분에 따라 태양이나 부표 같기도, 아니면 선원의 셔츠나 왕의 대례복 같기도 했다.

그다음으로 목탄 초상화 차례가 오자 온 식구가 마치 석탄 통에서 방금 깨어난 듯 꼴사납고 초췌한 모습으로 줄줄이 내걸렸다. 그에 비하면 크레용으로 그린 스케치는 분위기가 부드러워진 게 훨씬 나아 보였다. 에이미의 머리칼, 조의 코, 메그의 입, 로리의 눈은 실물과 비슷해서 '아주 훌륭하다'는 말을 듣기까지 했다. 그러고 나서 다시 찰흙과 석고로 돌아왔고, 가족과 친지들의 얼굴 틀이 집 이 구석 저 구석에서 유령처럼 불쑥 튀어나오거나 옷장 선반에서 사람들의 머리 위로 툭 떨어졌다. 한동안 아이들이 꼬임에 넘어가 모델을 서다가 그녀의 수상한 작업을 둘러싸고 두서없는 증언을 쏟아내면서 에이미 양은 무서운 괴물 취급을 받게 되었다. 하지만 이 분야에 쏟은 그녀의 노력은 뜻밖의 사건으로 갑자기 막을 내리고 말았으니, 이 사건은 그녀의 열정에 찬물을 끼얹고도 남았다. 한동안 다른 모델들을 구할 수 없게 되자 그녀는 자신의 예쁜 발을 본뜨기로 했다. 어느 날 식구들은 이 세상 것이라고 하기에는 너무도 기이하게 쿵쿵대는 소리와 비명 소리에 깜짝 놀라 구조하러 황급히 소리 나는 쪽으로 달려갔다. 그랬더니 젊은 열성가가 석고가 가득 든 양동이에 한쪽 발을 붙잡힌 채로 헛간을 이리저리 미친 듯이 뛰어다니고 있었다. 석고 반죽이 생각지도 않게 너무 빨리 굳어버려서 그렇게 된 것이었다. 에이미는 무수한 어려움과 어느 정도의 위험까지 겪고 나서야 간신히 구출되었다. 조가 웃음을 참느라 무진 애를 쓰다 칼을 너무 깊이 넣었고, 이를 빼면서 불쌍한 발을 베는 바람에 예술적 시도를 영원히 기념하는 흔적이 적어도 하나는 남게 되었다.

이 사건 이후로 에이미는 한동안 잠잠하나 싶더니 결국 자연을 그리고 싶은 마음을 누르지 못하고 실제 같은 습작을 그린답시고 강으로, 들로, 숲으로 쏘다니다 실패하고는 한숨만 내쉬었다. 돌멩이, 나무 그루터기, 잎줄기가 꺾인 들꽃으로 이루어진 '기분 좋아지는 한 조각' 또는 막상 완성해놓고 보니 깃털 이불을 늘어놓은 것처럼 보이는 '천국의 구름'을 꼼꼼히 그리느라 계속 축축한 풀밭에 앉아 있는 바람에 그녀는 늘 감기를 달고 살았다. 게다가 한여름에는 빛과 그림자를 연구한답시고 땡볕에 강가를 돌아다니다가 낯빛을 희생하질 않나, 또 '시점視點'인지 뭔지를 찾는답시고 실눈을 뜨고 보다가 콧등에 주름을 얻기까지 했다.

"천재는 곧 끝없는 인내다"라는 미켈란젤로의 말이 맞는다면 에이미는 훌륭한 자질이 있다고 주장할 만했다. 그 모든 시련과

젊은 열성가가 석고가 가득 든 양동이에 한쪽 발을 붙잡힌 채로
헛간을 이리저리 미친 듯이 뛰어다니고 있었다.

실패, 절망에도 불구하고 때가 되면 이른바 '순수 예술'이라는 가치 있는 뭔가를 해낼 수 있으리라고 굳게 믿으며 끈기 있게 버텨 왔기 때문이다.

그런 가운데 그녀는 비록 위대한 예술가가 되지는 못한다 해도 매력적이고 다재다능한 여성이 되기로 마음먹고는 다른 것들도 열심히 배우고 익히고 즐기고 있었다. 사실 그녀는 여기서 더 큰 성공을 거두었다. 그녀는 굳이 애쓰지 않고도 어딜 가나 친구들을 사귀고 인생을 정말 태평하게 여기며 유유자적 즐긴다는 점에서 행운의 별 아래 태어난 행복한 피조물 중 하나였다. 다들 그녀를 좋아했지만 거기에는 여러 가지 훌륭한 재능 중에서도 재치가 큰 몫을 했다. 그녀는 상대방을 기쁘게 하는 법과 적절한 선을 본능적으로 알아차려 사람에 따라 늘 알맞은 말만 했고, 그 시간 그 장소에 딱 맞는 행동만 했으며, 또 어찌나 침착했던지 언니들이 "에이미는 사전 연습 없이 궁전에 들어가도 알아서 척척 잘할 것"이라고 말할 정도였다.

그녀의 약점 중 하나는 실은 '최상'이 정말 무엇을 의미하는지 확실히 알지도 못하면서 '최상류층'에 들어가고 싶어 한다는 것이었다. 그녀의 눈에는 돈, 지위, 화려한 성공 같은 것들이 제일 바람직해 보였고, 그래서 그런 것들을 가진 사람들과 어울리길 좋아했다. 그러다 종종 거짓을 진실로 착각하기도 하고, 우러를 만한 것이 못 되는데도 우러러보았다. 하지만 에이미는 자신은 날 때부터 귀부인이었다는 점을 한시도 잊지 않은 채 귀족적 취향과 감수성을 갈고닦았다. 그래야 기회가 왔을 때 지금은 가난 때문에 빼앗긴 자리를 되찾을 수 있을 터였기 때문이다.

그녀는 친구들이 붙여준 별명대로 '아씨'가, 진짜 귀부인이 정말 간절히 되고 싶었지만 돈으로는 타고난 교양을 살 수 없고, 지위가 높다고 해서 품격도 반드시 높은 것은 아니며, 겉으로 보이는 결점이 있더라도 진정한 인품은 절로 드러나기 마련이라는 것을 아직 모르고 있었다.

"부탁이 하나 있어요, 엄마."

하루는 에이미가 심각한 표정으로 들어오며 말했다.

"그래, 우리 꼬마 아가씨, 무슨 부탁인데?"

어머니가 대답했다. 어머니의 눈에는 아무리 의젓한 숙녀라도 여전히 '아기' 같기만 했다.

"다음 주면 우리 미술반이 방학에 들어가요. 여름 동안 헤어져 있기 전에 친구들을 하루 여기로 부르고 싶어요. 와서 강을 직접 보고, 부서진 다리를 그리고, 제 스케치북에서 감탄하며 봤던 것들을 자기들도 한번 그려보고 싶다고 다들 난리도 아니에요. 다들 여러 가지로 저한테 아주 친절했고, 저도 고마워하고 있어요. 다들 부자에다 제가 가난하다는 걸 아는데도 차별 같은 건 절대 하지 않았거든요."

"그 애들이 차별은 왜 해?"

마치 부인이 딸들의 표현에 따르면 '마리아 테레지아(1717~1780, 오스트리아 합스부르크 왕가의 유일한 여성 통치자로 18세기 유럽 열강의

세력 각축전 속에서 오스트리아를 견고히 지켜낸 뛰어난 정치가 : 옮긴이)
같은 분위기'를 풍기며 질문을 던졌다.

"그런 상황에서 거의 모두가 차별한다는 거 저처럼 엄마도 잘 아시면서. 자기 새끼가 더 잘난 다른 새들한테 쪼였다고 화가 나서 깃을 세우는 어미 닭처럼 그러지 마세요. 아시다시피 미운 오리 새끼는 결국 백조로 밝혀지니까요."

그러면서 에이미는 밝은 성격과 낙천적인 기운의 소유자답게 활짝 미소 지었다.

이에 마치 부인은 한바탕 웃고는 엄마의 자존심을 내려놓으며 물었다.

"그래, 우리 백조, 어디 네 계획 좀 들어볼까?"

"다음 주에 애들을 오라고 해서 점심을 대접하고 싶어요. 그리고 마차에 태워 여기저기 걔들이 보고 싶어 하는 곳을 다니고, 강에서 뱃놀이도 할까 해요. 물론 걔들을 위해 조그만 예술 행사도 열면 좋겠죠."

"거 그럴듯해 보이는데. 점심으로는 뭘 대접할 건데? 내 생각에 케이크, 샌드위치, 과일, 그리고 커피면 될 것 같은데, 어때?"

"어머, 안 돼요! 차가운 혀하고 닭고기, 프랑스제 초콜릿과 아이스크림이 빠지면 안 돼요. 걔들은 그런 음식에 익숙하고, 저는 생활비를 벌어야 하는 처지이긴 하지만 제대로 된 우아한 점심을 대접하고 싶어요."

"아가씨들이 몇 명이나 오는데?"

어머니가 심각한 표정을 짓기 시작하며 물었다.

"한 반이 열두 명에서 열네 명쯤 되는데 아마 다 오지는 않을 거예요."

"저런, 그 정도 인원이 다니려면 큰 마차를 빌려야 할 것 같구나."

"아니, 엄마, 왜 그런 생각을 하세요? 기껏해야 여섯 명 아니면 여덟 명이 올 텐데요 뭘. 포장마차는 한 대만 세내고 로런스 할아버지네서 체리 바운스(해나의 발음으로는 '차라방크')를 빌리면 돼요."

"그래도 비용이 상당할 텐데, 에이미."

"그렇게 많이는 안 들어요. 비용은 벌써 계산해봤고, 제 힘으로 감당할 수 있어요."

"그런데 이런 생각은 안 드니? 그런 음식을 매일 먹는 그 애들한테는 우리가 아무리 최선을 다한다고 해도 전혀 새로운 게 없을 테고, 오히려 뭔가 좀 더 소박한 계획이 그 애들한텐 아무래도 변화인 셈이라 더 기분 좋을 거라고 말야. 우린 우리대로 우리한테 필요하지도 않은 걸 사거나 빌리지 않아도 되고, 우리 형편에 맞지도 않는 방식을 억지로 보여주지 않아도 되니 훨씬 더 좋을 테고."

"제 생각대로 할 수 없다면 차라리 안 하고 말래요. 엄마와 언니들이 조금만 도와주면 완벽하게 잘 해낼 자신 있어요. 게다가 비용은 제가 다 부담할 텐데 못할 이유가 없잖아요."

에이미는 반발을 넘어 고집으로 바뀌었을 만큼 단단히 결심을 하고 말했다.

마치 부인은 경험만큼 훌륭한 스승도 없다는 것을 잘 알기에 딸들이 엄마의 충고를 소금과 차풀처럼 군말 없이 받아들일 자세가 되어 있을 때는 기꺼이 나서서 일이 더 쉬워지도록 거들었지만, 그렇지 않을 때는 딸들이 스스로 교훈을 배우도록 가만히 놔두었다.

"그래 알았다, 에이미, 이미 마음을 정했다면 돈, 시간, 기운을 너무 많이 들이지 말고 어디 네가 하고 싶은 대로 한번 해보렴. 엄마는 더는 말하지 않을 테니 언니들이랑 의논해서 결정해. 네가 어떤 결정을 하든 엄마는 힘껏 도울 테니."

"고마워요, 엄마, 엄마는 늘 정말 친절하세요."

그러면서 에이미는 언니들 앞에 자신의 계획을 펼쳐 보이러 나갔다.

메그는 단숨에 찬성하더니 작은 신혼집부터 최고 품질의 소금 숟가락에 이르기까지 자신이 가진 것은 뭐든 기꺼이 내놓겠다며 도움을 약속했다. 그러나 조는 계획을 다 듣고는 인상을 쓰며 자기는 관여하지 않겠다는 입장을 보였다.

"도대체 왜 널 조금도 신경 쓰지 않는 애들 때문에 네 돈을 쓰고, 네 가족들을 걱정시키고, 집 안을 온통 들었다 놨다 해야 하는데? 난 너처럼 자존심 강하고 지각 있는 애가 프랑스제 장화를 신고 고급 마차를 타고 다닌다는 이유로 그저 그런 여자한테 굽

신거릴 줄은 꿈에도 몰랐어."

조가 말했다. 소설의 비극적 클라이맥스를 쓰다 말고 불려온 터라 사교 모임 소식에 기분이 썩 좋지는 않았다.

"내가 언제 굽신거렸다고 그래? 그리고 난 언니처럼 잘난 체하면서 사람을 가르치려 드는 거 정말 싫거든."

에이미가 씩씩대며 되쏘았다. 그런 문제들이 생기면 둘은 여전히 신경을 곤두세웠다.

"그 애들은 날 배려하고 나도 그 애들을 배려해. 언니가 그 어떤 말도 안 되는 소리를 늘어놓는다 해도 그 애들이 얼마나 친절하고 분별력 있고 재능이 많은데? 언니는 사람들이 언니를 좋아하든 말든 신경 쓰지 않지. 상류층에 들어가는 것도, 예의범절과 취향을 기르는 것도. 하지만 난 신경 쓴다고. 오는 기회는 하나도 놓치지 않고 최대한 활용할 거야. 팔꿈치를 내밀고 하늘 높이 콧대나 세우면서 세상을 헤쳐 나가는 걸 독립심이라고 생각한다면 얼마든지 그렇게 해, 난 상관없으니. 그건 내 길이 아니니까."

에이미는 상식에서 벗어나는 일이 거의 없었기 때문에 혀에 발동이 걸리고 마음을 편안하게 비우고 나면 언제든 싸움에서 이겼지만, 조는 자유를 사랑하고 인습을 극도로 싫어하는 탓에 이런 말싸움에서 번번이 질 수밖에 없었다. 조의 독립심 개념에 대한 에이미의 정의가 하도 뜻밖이라 둘 다 웃음을 터뜨렸고, 그 덕분에 대화 분위기가 훨씬 화기애애해졌다. 조는 마음이 썩 내키진 않았지만 결국은 그런디 부인(토머스 모턴의 1789년 희곡 『쟁기질에 속도를*Speed the Plough*』에 등장하는 인물로 이후 고루하고 고상한 체하는 인물의 대명사가 됨. 여기서는 에이미를 가리킴 : 옮긴이)을 위해 하루 희생하기로 하고 에이미가 그 '말도 안 되는 행사'를 무사히 치르도록 돕기로 합의했다.

초대장이 보내지고 거의 다들 초대를 수락해 돌아오는 월요일이 대망의 행사일로 잡혔다. 해나는 한 주의 일정이 엉망이 되는 바람에 심사가 사나워져 "빨래와 다림질이 제대로 안 되어 있으면 아무것도 되는 일이 없을 것"이라고 예언했다. 집안일이라는 구조의 주된 흐름에서 이 문제는 일 전체에 나쁜 영향을 미쳤지만 에이미의 좌우명은 "좌절하지 말라"였다. 그녀는 무엇을 어떻게 해야 할지 마음을 정하고는 그 모든 장애에도 아랑곳하지 않고 계획대로 밀고 나갔다. 우선 해나의 요리가 신통치 않은 것으로 드러났다. 닭고기는 질겼고, 혀는 너무 짰으며, 초콜릿은 거품이 제대로 나오지 않았다. 그다음으로 케이크와 아이스크림은 에이미가 예상했던 것보다 비용이 더 들었다. 그 점은 마차도 마찬가지였고, 기타 잡다한 비용도 처음에는 하찮아 보였지만 나중에는 아차 싶을 만큼 불어났다. 베스는 감기에 걸려 몸져누웠다. 메그는 갑자기 손님들이 많이 들이닥치는 바람에 집을 비울 수가 없었고, 조는 마음이 어수선해서 그런지 평소와는 비교도 안 될 만큼 자주 심각하게 뭘 깨먹고, 사고를 치고, 실수 연발이었다.

"엄마가 안 계셨다면 절대 무사히 끝내지 못했을 거야."

나중에 에이미는 이렇게 선언하며 다른 사람들은 모두 '이 계절의 최고 웃기는 일'을 까맣게 잊었을 때도 고마운 마음을 잊지 않고 기억했다.

만약 월요일에 날씨가 맑지 않으면 꼬마 숙녀들은 화요일에 오기로 했는데, 조와 해나는 그것도 극도로 마음에 들지 않았다. 월요일 아침 날씨는 꾸준히 비가 퍼붓는 것보다 더 짜증스러웠다. 이슬비처럼 조금씩 내린다 싶으면 해가 반짝 비치고, 그러다 또 바람이 불어 이러지도 저러지도 못한 채 결정을 미루다가 그만 때를 놓치고 말았다. 에이미가 새벽에 깨서 사람들을 침대에서 내몰아 아침을 먹게 한 덕분에 집 안은 웬만큼 정돈된 듯했다. 그런데 그날따라 유독 초라해 보이는 거실이 그녀를 붙잡는 바람에 그녀는 자신이 가지지 못한 것에 대한 아쉬움의 한숨을 내쉴 겨를도 없이 자신이 가진 것을 최대한 솜씨 좋게 활용했다. 카펫의 해진 부분에는 의자를 배치하고, 벽의 얼룩은 담쟁이로 테를 두른 그림으로 가리고, 아무것도 없이 휑한 구석은 집에서 만든 조각상들로 채워 넣었다. 그러자 조가 여기저기 갖다놓은 사랑스러운 꽃병들과 어우러져 방이 꽤 예술적인 분위기를 풍겼다.

점심 식사도 꽤 그럴듯해 보였다. 에이미는 식탁을 점검하면서 음식이 맛있기를, 빌려 온 유리잔과 도자기, 그리고 은식기가 무사히 다시 집으로 돌아가기를 진심으로 기원했다. 마차는 예약해 놓았고, 메그와 어머니도 손님을 치를 만반의 준비를 마쳤다. 베스는 무대 뒤에서 해나를 돕기로 했고, 조는 머리가 멍하고 골치가 지끈거리는 통에 누구를 봐도 뭘 봐도 다 못마땅했지만 싹싹하고 상냥하게 굴기로 약속했다. 에이미는 벌써부터 녹초가 된 채 옷을 갈아입으며 점심 식사가 무사히 끝나고 친구들과 '체리 바운스'를 타고 예술적 즐거움이 기다리는 오후를 만끽하게 될 행복한 순간을 고대하며 위안으로 삼았다. 그리고 부서진 다리 또한 그녀의 강점 중 하나였다.

그러고 나서 몇 시간째 긴장감이 흘렀고, 에이미가 거실과 현관을 수도 없이 들락거리는 사이 여론은 풍향계처럼 들썩였다. 열한 시에 내린 시원한 소나기가 열두 시에 도착하기로 한 꼬마 숙녀들의 열의를 꺼뜨린 게 분명했다. 시간이 되어도 아무도 나타나지 않았고, 두 시까지 기다리다 지친 식구들은 그 무엇도 버릴 수 없기에 땡볕에 앉아서 상하기 쉬운 음식부터 해치웠다.

"오늘 날씨에 대해선 의심의 여지가 없어, 애들이 반드시 올 테니까 서둘러서 손님 맞을 준비를 해야 해."

이튿날 아침 햇살에 잠이 깬 에이미가 말했다. 그녀는 겉으로는 씩씩하게 말했지만 속으로는 화요일에 대해서는 아예 아무 말도 하지 말았으면 좋았을걸 하고 생각했다. 케이크 같은 그녀의 관심사가 어느새 약간 김이 빠지고 있었기 때문이다.

"오늘은 어떻게 된 게 가재를 한 마리도 못 잡았어. 그러니까 샐러드는 기대하지들 말거라."

30분 뒤 마치 씨가 돌아와 달관한 표정으로 말했다.

"그럼 닭고기를 쓰죠 뭐, 좀 질기긴 해도 샐러드에 넣는 데에는 아무 문제 없을 거예요."

그의 아내가 귀띔했다.

"해나 아줌마가 좀 전에 부엌 식탁에 놔뒀는데 있지, 새끼 고양이들이 채 가버렸어. 정말 미안해, 에이미."

아직도 고양이들의 후원자를 자처하는 베스가 거들었다.

"그럼 가재를 한 마리 사 와야겠어요, 혀만으로는 부족할 테니까요."

에이미가 단호하게 말했다.

"내가 후딱 시내에 가서 한 마리 사 올까?"

조가 순교자의 희생정신을 발휘해 물었다.

"언니는 종이에 싸지도 않고 겨드랑이에 낀 채 털레털레 집으로 가져와서 나를 시험할 게 분명해. 차라리 내가 갈래."

슬슬 성질이 나기 시작한 에이미가 대답했다.

그녀는 두툼한 베일을 두르고 고풍스러운 장바구니로 무장한 뒤 마차에 몸을 맡긴 채 시원하게 바람이라도 쐬고 나면 뒤숭숭했던 마음도 가라앉고 그날의 수고에 대한 보상도 될 거라고 생각하며 길을 나섰다. 약간의 지체 끝에 그녀는 바라던 대상을 손에 넣었고, 집에서의 시간 손실을 되도록 줄이기 위해 드레싱도 한 병 사서는 스스로의 깊은 생각을 대견스럽게 여기며 다시 마차에 올랐다.

합승 마차에는 꾸벅거리며 조는 노부인 말고는 다른 승객이 없었기 때문에 에이미는 베일을 접어 주머니에 넣고는 대체 그 돈이 다 어디로 갔는지 추적하면서 지루한 귀갓길을 겨우겨우 참았다. 그렇게 다루기 힘든 숫자로 빽빽한 메모지와 씨름하느라 웬 남자가 마차를 세우지도 않고 올라탔는데도 전혀 알아채지 못했다. 그러다 "안녕하세요, 마치 양"이라는 남자 목소리에 고개를 들었더니 로리의 멋진 대학 친구 중 한 명이 눈에 들어왔다. 에이미는 그 남자가 자기보다 먼저 내리기를 간절히 바라며 발치의 장바구니를 모르는 척 완전히 무시했다. 그러고는 새 옷을 입었다는 사실을 그나마 위안으로 삼으며 청년의 인사에 평소처럼 상냥하고 활기차게 화답했다.

둘은 죽이 척척 맞았다. 신사가 먼저 내린다는 것이 알려지면서 에이미의 주된 고민이 금세 해결됐기 때문이다. 그녀가 유독 잘난 체하며 수다를 떨고 있을 때였다. 노부인이 내리려다 문에 발이 걸려 넘어지며 장바구니를 엎는 바람에 (아뿔싸!) 튜더 가문(15세기 말부터 17세기 초까지 영국을 다스린 왕족 가문으로 그 후에도 사회 다방면에서 큰 영향력을 행사했다 : 옮긴이)의 고귀한 신사 눈앞에 상스러운 크기의 가재가 껍질을 반짝거리며 그 모습을 드러내고 말았다!

"이런, 할머니가 저녁거리를 깜빡하셨네!"

아무것도 모르는 청년은 지팡이로 새빨간 괴물을 쿡쿡 찔러 원래 자리로 집어넣고는 장바구니를 노부인에게 건네주려 했다.

"제발 그만하세요, 그거요, 그거 제 거예요."

에이미가 가재처럼 빨개진 얼굴로 중얼거렸다.

"앗, 정말 죄송합니다. 가재가 드물게 물이 좋군요, 안 그렇습니까?”

튜더 집안 청년이 명문가 태생답게 굉장히 침착하고 진지하게 말했다.

에이미는 단번에 정신을 차리고는 대담하게도 장바구니를 자리로 올려놓더니 웃으며 말했다.

“얘가 만드는 샐러드를 드시고 싶지 않으세요? 샐러드를 먹기로 돼 있는 매력적인 젊은 아가씨들도 만나보시고요?”

그것은 말 그대로 재치였다. 남자의 마음 중에서 가장 큰 약점 두 곳을 건드렸다는 점에서 그랬다. 이제 가재는 즐거운 추억의 후광에 둘러싸였고, ‘매력적인 젊은 아가씨들’에 대한 호기심이 그의 마음에서 방금 전의 웃지 못할 작은 사고를 흔적도 없이 걷어냈다.

‘저 남자는 오늘 일을 두고 로리 오빠와 웃으면서 농담하겠지만 내 눈에 띄지 않으면 상관없어.’

에이미는 튜더가 청년이 인사를 하고 내리자 이렇게 생각했다.

뜻하지 않은 소동 때문에 드레싱이 줄줄 흘러나와 새 드레스가 엉망이 되었는데도 에이미는 집에 와서 그 만남에 대해 아무 말도 하지 않고 대신 어제보다 더 귀찮게 느껴지는 준비를 묵묵히 끝냈다. 열두 시가 되자 다시 모든 준비가 마무리되었다. 이웃들이 자신의 일거수일투족에 관심을 보이고 있다는 생각에 그녀는 오늘은 반드시 대성공을 거두어 어제의 실패를 지우고 싶었다. 그래서 ‘체리 바운스’를 불러 연회에 오는 손님들을 맞이하러 나갔다.

"덜컹거리는 소리로 보아 손님들이 오는 모양이구나! 현관으로 나가서 맞이해야겠다. 환대하는 모습을 보여줘야지. 가엾은 우리 아이가 갖은 고생을 했으니 이제 즐거운 시간을 보냈으면 좋으련만."

마치 부인이 자신의 말을 행동으로 옮기며 말했다. 하지만 밖을 흘끔 내다보고는 뭐라고 표현하기 힘든 표정을 지으며 뒤로 물러났다. 커다란 마차 안이 텅텅 빈 채 에이미와 아가씨 한 명만 앉아 있었기 때문이다.

"베스, 넌 얼른 뛰어가서 해나 아줌마랑 식탁에 차린 음식 중 반은 치워버려. 달랑 아가씨 한 명뿐인데 열두 명분의 오찬은 너무 터무니없어 보일 테니까."

조가 너무 흥분한 나머지 잠시 웃을 여유도 없이 서둘러 아래층으로 내려가며 소리쳤다.

에이미는 매우 차분하게 안으로 들어와 약속을 지킨 손님을 기꺼운 마음으로 정성스럽게 대접했다. 나머지 식구들은 극적인 반전 앞에서도 각자의 역할을 어느 누구랄 것 없이 똑같이 잘 해내긴 했지만, 그들을 사로잡은 웃음을 완전히 제어하는 것은 불가능했기에 엘리엇 양은 정말 재미있는 가족이라고 생각했다. 서둘러 다시 차린 점심을 즐겁게 먹은 뒤 작업실과 정원을 둘러보며 예술을 주제로 열띤 토론을 벌이고 나서 에이미는 1~2인용 마차를 불러 (우아한 체리 바운스에 삼가 애도를!) 친구를 태우고 조용히 집 근처를 돌아다녔고, 해질녘이 되자 '일행은 모두 떠났다'.

집 안으로 들어온 에이미는 매우 피곤한 표정이었지만 여느 때처럼 침착했고, 이 불행한 축제의 흔적은 못마땅한 듯 잔뜩 오므린 조의 입술 말고는 어디에서도 찾아볼 수 없었다.

"마차로 둘러보기에 안성맞춤인 오후였지?"

어머니가 열두 명이 모두 왔다 가기라도 한 듯 대수롭지 않게 말했다.

"엘리엇은 참 다정다감한 아가씨야, 내 생각엔 재미있게 있다 간 거 같아."

베스가 전에 없이 따뜻하게 말했다.

"케이크 좀 나눠 줄래? 정말 필요하거든. 손님들은 엄청 많이 오는데, 이렇게 맛있는 케이크는 난 못 만들거든."

메그가 정색을 하고 물었다.

"다 가져가. 우리 집에서 단걸 좋아하는 사람은 나밖에 없잖아. 다 먹기도 전에 곰팡이가 피고 말 거야."

에이미가 큰맘 먹고 사들인 음식들이 결국 이렇게 끝이 나는구나 하는 생각에 한숨을 내쉬며 대답했다.

"로리가 있었다면 엄청 도움이 됐을 텐데 아쉽네."

이틀 사이에 두 번째로 온 식구가 둘러앉아 아이스크림과 샐러드를 먹을 때 조가 입을 열었다.

어머니의 경고 어린 표정에 조는 더는 말을 삼갔고, 온 식구가 묵묵히 용감하게 먹기에 돌입했다. 이윽고 마치 씨가 부드럽게 말했다.

"샐러드는 옛날 사람들이 즐겨 먹던 음식 중 하나였어. 특히 에벌린은……."

이 대목에서 다들 왁자하게 웃음을 터뜨리는 바람에 박학다식한 신사는 깜짝 놀랐고 '샐러드의 역사'는 도중에 끊기고 말았다.

"몽땅 바구니에 담아 훔멜 씨네 집에 보내야겠어요. 독일인들은 잡탕 찌개도 좋아하니까요. 이제 이건 보기만 해도 속이 다 울렁거려요. 내 바보짓 때문에 우리 가족 모두 과식으로 죽을 필요는 없잖아요."

에이미가 눈가를 훔치며 소리쳤다.

"너희 두 여자애들이 그 머시기 안에서 이리 뒹굴 저리 뒹굴 굴러다니는데, 커다란 열매 안에 들어 있는 조그만 알맹이 두 개 같더라니까. 거기다 떼로 몰려들 줄 알고 단단히 준비하고 기다리고 있는 엄마를 보니까 딱 죽겠더라고."

조가 웃다 기운이 달리는지 숨을 몰아쉬며 말했다.

"네가 실망해서 정말 안됐지만 네 기분을 맞춰주려고 우리 모두 최선을 다했단다."

마치 부인이 푸근하지만 아쉬움이 어린 목소리로 말했다.

"전 만족해요. 할 만큼 한걸요 뭐. 일이 엉망으로 꼬인 게 제 탓도 아니고요. 그걸 위안으로 삼을래요."

에이미가 약간 떨리는 목소리로 말했다.

"도와줘서 다들 정말 고마워요. 그리고 적어도 한 달 동안 이 일을 입 밖에 꺼내지 않는다면 훨씬 더 고맙겠어요."

그 뒤로 몇 달 동안 아무도 이 일을 입에 올리지 않았지만 '손님맞이'라는 말만 나오면 다들 슬그머니 웃음을 흘렸고, 로리가 에이미에게 준 생일 선물은 산호석으로 만든 앙증맞은 가재 모양의 시곗줄 장식이었다.

27
문학 수업

행운이 느닷없이 조를 향해 미소를 지으며 그녀의 앞길에 행운의 1페니짜리 동전을 떨어뜨렸다. 물론 금화는 아니었지만 돈벼락을 맞았다 해도 이런 식으로 다가온 푼돈이 주는 행복보다 더 기쁘지 않았을 것이다.

몇 주에 한 번꼴로 그녀는 글쓰기 작업복 차림으로 자기 방에 틀어박혀 본인의 표현대로 '소용돌이에 휘말려 들어간 듯' 열과 성을 다해 소설을 써 내려갔다. 글이 완성되기 전까지는 평화를 찾을 수가 없을 것 같았기 때문이다. 그녀의 '글쓰기 작업복'은 마음 내킬 때마다 펜을 쓱쓱 문질러 닦을 수 있는 검정색 양모 앞치마와 발랄한 빨간색 리본으로 장식한 같은 재질의 모자로 이루어져 있었다. 조는 행동에 돌입할 때면 머리카락을 모자 안으로 집어넣었다. 그런 의미에서 앞에만 챙이 달린 이 모자는 식구들의 호기심 어린 눈에 일종의 횃불인 셈이었다. 조가 글쓰기에 매달리는 기간에는 식구들은 그저 가끔 머리를 들이밀고 관심 있게 "영감이 막 타올라, 조?"라고 묻기만 할 뿐 일정하게 거리를 유지했다. 그나마 이런 질문도 늘 던질 수 있는 형편이 아니어서 그럴 때는 모자를 유심히 살펴 그때그때 판단을 내렸다. 예를 들어 모자가 이마 아래로 내려와 있으면 일이 잘 안 풀린다는 신호였고, 신이 날 때는 모자가 한량처럼 삐딱하게 얹혀 있었다. 그런가 하면 작가가 절망에 사로잡혔을 때는 모자가 완전히 벗겨진 채 바닥에 내동댕이쳐졌다. 그럴 때면 불청객은 소리 없이 뒤로 물러났고, 빨간 리본이 작가의 이마 위에서 똑바로 선 채로 까불거릴 때까지 감히 누구도 조에게 말을 걸지 못했다.

조는 결코 스스로를 천재라고 여기지는 않았지만 글이 술술 잘 써질 때는 거기에 완전히 푹 빠져서 가난도, 근심도, 나쁜 날씨도 깡그리 잊은 채 더없이 행복한 삶을 살았다. 그리고 그동안에는 실제 친구 못지않게 진실하고 다정한 친구들로 가득한 상상의 세계에서 안정과 행복을 누렸다. 그럴 때면 눈에서 잠도 달아났고, 음식도 전혀 먹히지 않았다. 그럴 때만 그녀를 찾아와 축복해 주는 행복을 즐기기에는 낮과 밤이 모두 너무 짧았고, 비록 이렇다 할 결실을 맺지 못한다 해도 이런 시간들은 분명히 살 가치가 있었다. 성스러운 영감은 대개 한두 주 지속됐고, 그러고 나면 조는 '소용돌이'에서 빠져나와 허기지거나, 졸리거나, 짜증스럽거나, 낙담한 상태로 모습을 드러냈다.

이런 습격의 후유증에서 막 회복되고 있을 때였다. 조는 크로커 할머니를 모시고 웬 강의를 들으러 갔다가 뜻밖에도 참신한 생각이 떠올라 선행에 대한 보상을 받았다. 일반인을 대상으로 한 그날 강의의 주제는 피라미드였는데, 조는 이런 청중을 위해 왜 하필 이런 주제를 골랐는지 약간 궁금했다. 하지만 석탄과 밀가루 가격으로 생각이 분주한 데다 스핑크스의 수수께끼보다 더 어려운 수수께끼들을 푸느라 고단하게 살아가고 있는 청중에게 파라오의 영광을 펼쳐 보인다면 거대한 사회악이 치유되거나 엄청난 가난이 해소될 수도 있지 않을까 생각했다.

둘은 일찍 도착했다. 그래서 크로커 할머니가 스타킹 뒤꿈치를 손보는 동안 조는 자리에 앉아 있는 사람들의 얼굴을 요리조리 뜯어보며 시간을 보냈다. 그녀의 왼쪽으로 나이 지긋한 부인이 둘 있었는데, 널찍한 이마에 어울리는 보닛 차림으로 여성의 권리에 대해 토론하면서 레이스를 뜨고 있었다. 그 옆으로 순진하게 서로 손을 잡고 있는 수수한 연인들과 종이봉투에서 민트 사탕을 꺼내 먹는 침울한 노처녀, 노란색 스카프 뒤에서 작심하고 낮잠을 자는 노신사가 눈에 들어왔다. 오른쪽으로는 학구적으로 보이는 청년만이 혼자서 신문에 코를 박고 있었다.

삽화가 실려 있는 난이라 조는 가장 가까운 쪽의 그림을 들여다보았다. 시간도 남아돌겠다, 완전한 전투 복장을 한 인디언이 늑대에게 목을 물린 채 낭떠러지 아래로 떨어지고 있고, 비정상적일 만큼 발이 작고 눈이 큰 청년 둘이 불같이 화를 내며 지근거리에서 서로를 찌르는 가운데 그 뒤에서는 웬 산발한 여자가 입을 떡 벌린 채 혼비백산 도망치고 있는 삽화를 보면서 그녀는 우연이 얼마나 겹치면 저런 극적인 그림이 필요할까 생각해 보았다. 청년이 신문을 넘기려다 조가 옆에서 쳐다보는 것을 보고는 친절하게도 신문의 절반을 내밀며 불쑥 말했다.

"읽어볼래요? 이야기가 정말 재밌어요."

조는 미소를 지으며 신문을 받아들었다. 나이가 들어서도 사내아이들과 어울리길 좋아하는 취향이 그대로인 그녀는 곧이어 사랑과 미스터리, 살인 사건의 흔하디흔한 미로 속으로 빠져들었다. 열정이 잔치를 벌이는 가벼운 문학에 속하는 이런 유의 이야기는 작가의 창의력이 시들해지면 대참사가 일어나 등장인물 절반의 무대를 치워버리고, 남은 절반은 그들의 파멸을 보며 기뻐 어쩔 줄 모르는 것으로 끝나기 일쑤였다.

"끝내주죠, 안 그래요?"

조의 눈이 이야기의 마지막 문단을 향해 내려가고 있을 때 청년이 물었다.

"우리도 노력하면 이 정도는 쓸 수 있을 것 같은데요."

조가 대답했다. 사실 그녀는 청년이 이런 쓰레기에 감탄하는 데 적잖이 놀랐다.

"이런 글을 쓸 수 있다면 무지 행운아게요? 이 여성 작가는 이런 이야기를 써서 돈을 엄청나게 버나 보더라고요."

그러면서 그는 이야기 제목 아래의 S. L. A. N. G. 노스버리 부인이라는 이름을 가리켰다.

"이 여자를 아세요?"

조가 갑자기 관심을 보이며 물었다.

"아뇨, 하지만 이 여자 글은 모두 읽었어요. 그리고 이 신문을 인쇄하는 사무실에서 일하는 친구는 알죠."

"이런 이야기로 돈을 그렇게 많이 번단 말이에요?"

그러면서 조는 동요하는 사람들과 여기저기 빼곡하게 뿌려져 있는 느낌표를 좀 더 존경 어린 눈으로 바라보았다.

"아마도요! 이 여잔 사람들이 뭘 좋아하는지 잘 알아요. 그리고 그걸 글로 써서 돈을 많이 버는 거고요."

이제 강의가 시작되었지만 조는 듣는 둥 마는 둥했다. 샌즈 교수가 벨초니(1778~1823, 유럽인으로서는 처음으로 기자의 제2피라미드 현실에 도달하는 등 이집트 미술품의 발굴 및 반출에 활약한 이탈리아의 모험가 : 옮긴이)니, 쿠푸(재위 기원전 2589?~기원전 2566, 기자에 최대 규모의 피라미드를 남긴 이집트 고왕국 제4왕조의 제2대 파라오 : 옮긴이)니, 스카라베이(고대 이집트에서 수호 부적과 인장으로 사용되던 쇠똥구리 : 옮긴이), 상형문자 등에 대해 장황하게 늘어놓는 동안 조는 신문의 주소를 몰래 옮겨 적으며 100달러의 상금이 걸린 선정적인 이야기에 큰맘 먹고 한번 도전해 보기로 결심했다. 강의가 끝나고 청중이 잠에서 깨어날 즈음 조는 (비록 최초의 신문 연재 부자 작가는 못 되었어도) 어느새 상당한 재산을 모은 가운데 자신이 지어낸 이야기에 깊이 빠져 있었다. 다만 결투 장면을 연인들의 도피 행각 전에 넣을지 아니면 살인 사건 후에 넣을지를 결정하지 못했을 뿐이었다.

조는 집에 돌아와 자신의 계획에 대해 아무 얘기도 하지 않았지만 이튿날부터 바로 작업에 들어가 '영감이 불탈' 때 늘 걱정스러워 보이는 어머니의 근심을 부채질했다. 여태까지 조는 「스프레드 이글」에 아주 가벼운 연애 소설을 싣는 데 만족했을 뿐 이런 유형의 글은 한 번도 시도해본 적이 없었다. 이제 그간의 경험과 잡다한 독서가 꽤 쓸모가 있었다. 극적인 효과에 대한 아이디어도 얻을 수 있었고 줄거리, 대사, 의상과 관련해서도 큰 도움이 됐기 때문이다. 그녀의 이야기는 절박감과 절망으로 가득했다. 조는 그런 불편한 감정들을 많이 접해 보지는 못했지만 이야기 배경이 리스본인 만큼 충격적이면서도 적절한 대단원의 막으로 지진(1755년 11월 1일 아침 세 차례에 걸쳐 포루투갈·에스파냐 및 아프리카 북서부 일대를 강타한 대규모 지진을 말함 : 옮긴이)을 선택했다. 원고는 크게 기대하지는 않지만 이야기가 상을 받지 못하더라도 글의 가치를 고려해 얼마라도 받을 수 있다면 매우 기쁘겠다는 내용의 정중한 쪽지를 동봉해 은밀하게 발송되었다.

6주는 그냥 기다리기에도 긴 시간이다. 거기다 비밀을 안고 있는 소녀에게는 훨씬 더 긴 시간이다. 하지만 조는 둘 다 겪었고, 자신의 원고를 살아생전 다시 볼 수 있을 거라는 희망을 슬슬 포기할 즈음 편지 한 통이 도착했다. 편지를 열어보고 조는 거의 숨이 멎을 뻔했다. 100달러짜리 수표가 그녀의 무릎 위로 떨어졌기 때문이다. 잠시 그녀는 수표를 마치 뱀이기라도 한 듯 노려보다가 편지를 읽고는 울기 시작했다. 그렇게 친절하게 편지를 쓴 사근사근한 신사가 자신이 한 인간에게 주고 있는 행복이 얼마나 큰지 알았더라면 일부러 짬을 내서라도 그 기쁜 순간을 함께했을 것이다. 조는 돈보다도 편지를 더 소중히 여겼다. 비록 통속소설 한 편을 쓴 것에 지나지 않았지만 몇 년 동안의 노력 끝에 뭔가를 해냈다고 생각하니 정말 기뻤다.

마음이 진정되자 이 세상 그 누구보다 당당한 모습의 아가씨는 한 손에는 편지를, 또 한 손에는 수표를 들고 나타나 상을 탔다는 소식을 전하며 식구들을 깜짝 놀라게 만들었다. 물론 굉장한 축하가 있었고, 이야기가 나오자 다들 읽어보고 칭찬을 아끼지 않았다. 하지만 아버지는 표현도 훌륭하고 사랑 이야기도 신선하고 감동적인 데다 비극은 아주 흥미진진하다고 평한 뒤 고개를 흔들며 그만의 초월한 듯한 말투로 이렇게 말했다.

"넌 이것보다 더 잘할 수 있어, 조. 목표를 최대한 높이 잡고, 돈에는 연연하지 말았으면 한다."

"뭐니 뭐니 해도 돈이 최곤데요, 뭐. 이 큰돈으로 뭘 할 거야?"

에이미가 감탄 어린 눈길로 수표가 무슨 마법의 종이라도 되는 양 쳐다보며 물었다.

"베스와 엄마를 한두 달 바닷가 휴양지로 보내드릴까 싶어."

조가 즉시 대답했다.

"와, 정말 멋지다! 아니, 난 그렇게는 못 해. 그건 너무 이기적이야."

베스가 여윈 두 손으로 손뼉을 치며 상쾌한 바닷바람을 들이마시기라도 하듯 길게 숨을 들이쉬더니 갑자기 동작을 멈추고는 언니가 앞에서 흔들어대는 수표를 치우라고 손짓하며 소리쳤다.

"이런, 그냥 가, 난 이미 마음 정했어. 그러려고 내가 노력한 거고, 또 그러려고 성공도 한 거잖아. 나 혼자만 생각해선 오래 못 가. 널 위해 일하는 게 나한테도 도움이 된다고. 게다가 엄마도 기분 전환이 필요해. 그런데 네 곁을 떠나려 하지 않으실 테니까 너도 가야지. 볼이 다시 통통하고 발그레해져서 집에 돌아오는 널 보면 얼마나 신날까? 언제나 환자들을 척척 치료하는 닥터 조 만세!"

수많은 토론을 거친 뒤 두 사람은 바닷가로 떠났다. 베스는 기대한 만큼 통통하고 발그레한 모습으로 돌아오진 않았지만 훨씬 더 좋아졌고, 마치 부인은 10년은 더 젊어진 것 같다고 선언했다. 그래서 조는 상금의 쓰임새에 만족하며 가뿐하게 작업에 돌입해 정말 마음에 드는 그 수표를 좀 더 벌어들이는 데 몰두했다. 그해 조는 수표를 몇 장 더 벌었고, 그러면서 자신이 집안에 힘이 되고 있다고 느끼기 시작했다. 펜의 마법으로 '쓰레기'가 가족 모두의 위안으로 탈바꿈했기 때문이다. 「공작의 딸」은 고깃값을 치러주었고, 「유령의 손」은 카펫을 새로 깔아주었으며, 「코번트리가의 저주」는 식료품과 옷으로 마치가 사람들에게 내린 축복을 입증해 보였다.

부는 분명히 아주 바람직한 것이긴 하지만 가난도 그 나름대로 밝은 면을 지니고 있으며, 머리를 쓰든 손을 쓰든 진실한 노동에서 오는 순수한 만족은 역경의 달콤한 열매 중 하나다. 그리고 세상의 지혜롭고 아름답고 쓸모 있는 축복의 절반은 결핍이 주는 영감 덕분이다. 조는 이러한 만족을 즐기게 되면서 부잣집 아가씨들을 더는 부러워하지 않았다. 원하는 것이 있으면 자신의 힘으로 해결할 수 있고 누구한테도 손 벌릴 필요가 없다는 인식에서 큰 위안을 얻었기 때문이다.

조의 이야기들은 그리 유명하지는 않았지만 시장이 있었고, 조는 이 사실에 용기를 얻어 부와 명성을 목표로 한번 과감하게 써 보기로 마음먹었다. 그녀는 탈고한 소설을 네 번 옮겨 적어 믿을 만한 친구들에게 모두 읽힌 뒤 두려움 반 흥분 반의 심정으로 출판사 세 곳에 보냈다. 결국 조는 전체의 3분의 1을 쳐내고 그녀가 특히 아끼는 부분을 몽땅 생략한다는 조건 아래 소설을 처분했다.

"이제 이걸 곰팡이가 피거나 말거나 내 깡통 부엌에 도로 처박아두었다 내 돈으로 출판하든가, 아니면 구매자들 요구대로 뭉텅뭉텅 잘라내고 돈을 받든가 둘 중 하나예요. 집안 입장에선 명예도 매우 좋지만 돈은 편안하게 해주죠. 이건 중요한 문제라 가족 전체의 의견을 듣고 싶어요."

조가 가족회의를 소집하며 말했다.

"네 책을 망쳐선 안 된다, 우리 딸. 그 안에는 네가 아는 것보다 더 많은 게 있을 수 있고, 또 느낌도 잘 살아 있잖니. 때를 기다려 보자."

아버지의 충고였다. 그는 자신이 설교하는 대로 행동하며 자신의 열매가 무르익기를 30년이나 묵묵히 기다려왔고, 그 열매 맛이 달콤하고 그윽해진 지금도 서둘러 따려고 들지 않았다.

"내 생각엔 기다리는 것보다 일단 한번 시험해 보는 게 조한테는 더 좋지 않을까 싶어요. 그런 일엔 비평이 최고의 시험대예요. 생각지도 못했던 장점과 결점을 보여줘 다음번엔 더 잘할 수 있게 도와줄 테니까요. 우린 편파적일 수밖에 없어요. 하지만 외부인의 칭찬과 비난은 비록 돈은 얼마 안 되더라도 유용할 거예요."

마치 부인이 말했다.

"네, 바로 그거예요. 글을 붙잡고 꽤 오래 씨름해왔는데, 좋은지 나쁜지 아니면 그저 그런지 잘 모르겠더라고요. 냉정하고 공명정대한 사람들이 보고 자기들 생각을 말해주면 큰 도움이 될 텐데 말이에요."

조가 이맛살을 찡그리며 말했다.

"나라면 한 글자도 빼게 두지 않을 거야. 만약 그랬다가는 글을 망치고 말걸. 이 이야기의 관건은 사람들의 행동보다 마음에 있거든. 그래서 이야기가 진행되면서 설명이 없으면 뒤죽박죽 엉망진창이 되고 말 거야."

메그가 말했다. 메그는 이번 책이 여태껏 쓴 소설 중에 가장 훌륭하다고 굳게 믿고 있었다.

"하지만 앨런 씨는 '설명은 다 빼고 되도록 간결하고 극적으로 가면서 등장인물들이 이야기를 풀어나가게 하세요'라고 말했는걸."

조가 출판업자의 지적에 기대며 끼어들었다.

"그럼 그 사람 말대로 해. 그 사람은 어떤 게 팔릴지 잘 알 테지만 우린 아니잖아. 훌륭하면서도 인기 있는 책을 내서 돈을 최대한 많이 버는 거야. 앞으로 이름을 날리게 되면 그때 살짝 옆길로 새서 철학적이고 형이상학적인 인물들을 언니 소설에 등장시켜도 되잖아."

에이미가 그 문제를 순전히 현실적인 눈으로 바라보며 말했다.

"글쎄, 내 등장인물들이 '철학적이고 형이상학적'이라 해도 내 잘못은 아냐. 난 가끔 가다 아빠한테서 주워듣는 거라면 모를까, 그런 것들에 대해선 아무것도 알지 못하거든. 아빠의 현명한 생각들을 내 사랑 이야기와 적당히 섞을 수 있다면 나로선 정말 금상첨화일 텐데. 베스, 이번엔 네가 좀 말해볼래?"

"난 책으로 나왔으면 좋겠어, 되도록 빨리."

베스는 이렇게만 말하며 미소 지었다. 하지만 자기도 모르는 사이에 마지막 말에 힘을 주었고, 아이 같은 순진함을 여전히 하나도 잃지 않은 눈에서는 아쉬운 기색이 묻어났다. 그 눈빛에 조는 잠시 심장이 얼어붙는 듯하면서 불길한 예감에 사로잡혔고, 그래서 '되도록 빨리' 진행하기로 결심했다.

그리하여 젊은 여성 작가는 첫째를 책상 위에 올려놓고 스파르타인의 확고부동한 의지로 무서운 괴물처럼 인정사정없이 잘라냈다. 모두를 기쁘게 하겠다는 희망을 품고 조는 모두의 충고를 수용했지만 우화에 나오는 노인과 당나귀처럼 아무도 만족시키지 못했다.

자매들의 아버지는 글에 무의식적으로 녹아 있는 형이상학적인 구석을 좋아했기 때문에 조는 좀 의심스럽긴 했지만 그 부분은 남겨두기로 했다. 어머니는 지나치게 장황한 설명이 좀 많다고 생각했다. 그래서 들어냈는데, 그 결과 이야기에서 꼭 필요한 연결 고리들이 무더기로 자취를 감췄다. 메그는 비극을 마음에 들어 했다. 그래서 에이미가 재미를 이유로 반대하는데도 메그가 좋아할 만한 비극 요소들을 왕창 남겨놨고, 삶의 선한 의도들은 그대로 끌고 가면서 이야기의 진지한 성격을 경감하는 활기찬 장면들은 과감히 쳐냈다. 그런 다음 설상가상으로 3분의 1을 잘라낸 뒤 기르던 개똥지빠귀를 부산한 세상으로 날려 보내는 심정으로 그 불쌍하고 여린 연애 소설을 두 눈 질끈 감고 출판사에 보내 그 운명을 시험대에 올렸다.

어쨌든 문제의 글은 책으로 출간됐고, 조는 그 대가로 300달러를 받았다. 그리고 예상했던 것보다 훨씬 더 많은 칭찬과 비난이 쏟아지는 바람에 조는 당황해서 갈피를 잡지 못했고, 그 상태에서 벗어나는 데 꽤 시간이 걸렸다.

"엄마는 비평이 내게 도움이 될 거라고 말씀하셨지만 이렇게 의견들이 모순되는데 내 글이 가능성이 있는지 아니면 십계명을 모두 어겼는지 무슨 수로 알겠어요?"

불쌍한 조가 수북이 쌓인 편지 더미를 뒤엎으며 소리쳤다. 편지를 음미하며 읽고 있노라면 한순간은 자부심과 기쁨으로 가득하다가도 다음 순간 분노와 지독한 실망감이 엄습해왔다.

"이 남자는 이렇게 썼네요. '진실과 아름다움, 정성이 가득한 매우 강렬한 책. 온통 달콤하고 순수하고 건강하다.'"

여성 작가가 당혹스러워하며 말을 이었다.

"그다음 건 이래요. '이 책의 이론은 형편없다. 병적인 공상과 유심론적 개념, 부자연스러운 인물들로 넘쳐난다.' 난 어떤 이론도 가지고 있지 않았듯 유심론도 믿지 않아요. 실생활에서 만나는 인물들을 그대로 옮겨놨을 뿐인데 이 비평이 어떻게 옳을 수가 있죠? 또 한 사람은 이렇게 말했어요. '오랜만에 모습을 드러낸 미국 최고의 소설이다.' 물론 그 말을 곧이곧대로 믿는 건 아니지만 말이에요. 그런가 하면 '독창적이고도 엄청난 힘과 생각을 담은 위험한 책'이라고 주장하는 사람도 있어요. 이건 아니잖아요! 어떤 사람은 조롱하고, 어떤 사람은 지나치게 칭찬해대고. 거의 모두가 내게 무슨 길게 설명해야 할 만큼 심오한 이론이 있다고들 얘기하는데, 난 그저 재미와 돈을 위해 썼을 뿐이에요. 전부 출판하든지 아니면 아예 하지 말 걸 그랬어요. 이렇게 말도 안 되는 오해를 받아야 하다니 정말 싫어요."

가족과 친구들이 위로도 하고 칭찬도 듬뿍 해주었지만 예민하고 괄괄한 조에게는 힘든 시간이었다. 좋은 의도로 시작한 일이 누가 봐도 엉뚱한 방향으로 흘러가버렸으니 그럴 만도 했다. 그러나 이 일은 결과적으로 그녀에게 득이 되었다. 진실로 가치 있는 독자의 의견과 비평은 작가에게는 가장 좋은 스승이며, 첫 쓰라림이 가시자 조는 여전히 그 가능성을 믿고 있긴 했지만 자신의 불쌍한 책에 대해 웃어넘길 수 있었을 뿐 아니라 혹평에 대해서도 더 지혜로워지고 강해진 느낌을 받을 수 있었다.

"키츠처럼 천재는 아니지만 그런 것에 나자빠질 내가 아냐. 내 입장에서 보면 얼마나 웃기는데. 실생활에서 그대로 따온 부분은 불가능하고 터무니없다고 비난받고, 내 바보 같은 머리로 만들어낸 장면은 '매력적일 만큼 자연스럽고 다정하고 진실하다'고 난리들이니. 그래서 이 정도로 만족하고 준비가 됐을 때 다시 일어나 또 도전할 거야."

조가 결연히 말했다.

28

신혼 생활의 빛과 그림자

여느 새댁들처럼 메그도 타의 모범이 되는 가정주부가 되겠다고 결심하며 결혼 생활을 시작했다. 존은 집에서 천국을 발견했고, 늘 미소 띤 얼굴을 보며 매일매일 융숭하게 대접받았다. 물론 단추가 떨어진 걸 보는 일 또한 한 번도 없었다. 메그는 집안일에 엄청난 애정과 에너지를 쏟아부으며 더없이 기분 좋게 일했고, 그런 만큼 약간의 장애에도 불구하고 결국 성공할 수밖에 없었다. 그런데 그녀의 천국은 평온하지가 않았다. 이 작은 여인은 남편을 기쁘게 해줘야 한다는 일념에 사로잡혀 법석을 떨어댔고, 마치 마르다(성경에서 자기 집에 찾아온 예수를 극진히 대접하려다가 예수에게 너무 그렇게 애쓰지 말라는 당부를 들은 여인 : 옮긴이)가 다시 살아난 듯 부산스럽게 움직이며 공연한 근심들로 스스로를 들볶았다. 그러다 보니 때로 미소 지을 힘조차 없을 만큼 너무 피곤했고, 존은 맛 좋은 요리들 때문에 소화 불량에 걸리자 고마운 줄도 모르고 소박한 음식을 요구했다. 단추로 말할 것 같으면 얼마 안가 메그는 단추의 행방을 궁금하게 여기는 법, 남자들의 부주의함에 고개를 절레절레 젓는 법, 남편에게 직접 달라고 으름장을 놓는 법, 남편이 단 단추가 자기가 단 단추보다 성급하고 어설픈 손가락을 더 잘 견디는지 어떤지 확인하는 법을 터득했다.

그러나 사랑만으로는 살 수 없다는 걸 알게 된 뒤에도 둘은 행복했다. 존의 눈에는 낯익은 커피 주전자 뒤에서 자신을 향해 환하게 웃는 메그의 아름다움이 여전히 그대로였다. 메그 역시 매일 아침 헤어질 때면 여전히 연애 감정이 우러나왔고, 그때마다 남편은 "저녁거리로 송아지 고기를 사 보낼까, 아니면 양고기를 사 보낼까, 여보?"라고 다정하게 물으며 입맞춤을 해왔다. 작은 신혼집은 이제 더는 달콤하기만 한 나무 그늘이 아니라 진짜 집으로 바뀌었고, 젊은 부부는 곧 이를 더 나은 변화로 받아들였다. 처음에 부부는 소꿉놀이를 하며 아이들처럼 까불거렸다. 그렇게 얼마가 지났을까, 존은 어깨를 짓누르는 가장의 근심을 느끼며 착실하게 일터로 향했고, 메그는 얇은 면 소재의 실내복은 치워버리고 큼지막한 앞치마 차림으로 아까 말한 대로 신중함보다는 의욕을 더 앞세워 집안일에 매달렸다.

요리에 대한 열정이 불타오르는 동안 그녀는 코닐리어스 부인의 요리책을 무슨 수학 문제를 풀 듯 인내심과 주의를 기울여가며 열심히 탐독했다. 때로 성공한 음식이 너무 푸짐하다 싶으면 가족들을 불러 먹어 치우게 했고, 실패한 음식은 사람들의 눈을 피해 로티 편에 몰래 보내 훔멜 씨네 아이들의 편안한 위장 속에 숨도록 조치했다. 존이 가계부를 점검하는 저녁이면 대개 요리에 대한 열정이 잠시 소강상태에 들어가면서 검소한 음식이 뒤따르곤 했다. 그럴 때면 가엾은 남자는 브레드 푸딩과 다진 고기 요리, 다시 데운 커피로 만족하며 영혼을 시험받아야 했지만, 칭찬받아 마땅할 만큼 의연하게 견뎌냈다. 하지만 아직은 중용의 의미를 깨닫기 전이라 메그는 젊은 부부의 집치고 없는 집이 거의 없다는 집 항아리(부부싸움의 다른 표현 : 옮긴이)를 살림살이에 추가했다.

메그는 집 저장실을 수제 절임 식품으로 가득 채우고픈 욕심에 불타 까치밥나무 열매 젤리를 직접 선보이기로 마음먹고 존에게 작은 병 열두어 개와 설탕을 넉넉히 주문해 집으로 보내달라고 부탁했다. 집에 있는 까치밥나무 열매가 잘 익어 당장 어떻게 해야 할 듯했기 때문이다. 존은 '나의 아내'는 뭐든 못하는 게 없고 살림 솜씨도 타고났다고 굳게 믿으며 아내가 만족하려면 겨울 내내 먹을 수 있을 양만큼 열매를 따야 한다고 생각했다. 그리하여 마음에 쏙 드는 작은 병 마흔여덟 개와 설탕 반 통에다 열매를 딸 소년까지 집으로 딸려 왔다. 앳된 주부는 예쁜 머리카락을 조그만 모자 안에 밀어 넣고 소매를 팔꿈치까지 말아 올린 뒤 턱받이가 붙어 있긴 해도 요염해 보이는 체크무늬 앞치마를 입고 성공을 믿어 의심치 않으며 일에 달려들었다. 해나가 하는 걸 수백 번도 더 보지 않았던가? 처음에는 줄줄이 늘어선 병들을 보고 약간 놀랐지만 존이 이 젤리를 정말 좋아하는 데다 이 근사하고 앙증맞은 단지들을 맨 위 선반에 진열해놓으면 얼마나 보기 좋을까 하는 생각에 메그는 몽땅 채우리라 다짐하고는 온종일 따고 끓이고 물기를 빼고 하면서 젤리 만들기에 분주했다. 메그는 최선을 다했다. 코닐리어스 부인에게 조언도 구하고 머리를 쥐어짜며 해나가 어떻게 했는지 기억해내고는 다시 끓이고 설탕을 더 넣고 다시 물기를 뺐지만 그 끔찍한 것은 어떻게 된 게 '젤리'처럼 굳을 생각을 하지 않았다.

그녀는 친정으로 달려가 엄마에게 도와달라고 부탁하고 싶었다. 하지만 남편 존과 부부만의 걱정거리나 실험, 다툼 따위로 그 누구도 성가시게 하지 말자고 단단히 약속한 터였다. 둘은 그 약속을 할 때 아무리 생각해도 너무 말이 안 되는 것 같아 '다툼'이란 말을 해놓고는 한바탕 웃긴 했지만 다짐을 지켰고, 도움 없이 둘이 해낼 수 있을 때마다 그렇게 했다. 그리고 그렇게 하라고 충고한 사람도 마치 부인이었기 때문에 어차피 방해하는 사람은 아무도 없었다. 그래서 그 뜨거운 여름날 메그는 다루기 힘든 설탕 절임과 혼자 씨름하다가 다섯 시쯤 엉망진창이 된 부엌에 주저앉아 끈적거리는 두 손을 비벼대며 소리 높여 엉엉 울었다.

신혼 생활을 처음 막 시작했을 때 메그는 남편에게 이런 말을 자주 하곤 했다.

"언제든 당신이 원하면 친구를 집에 데려와도 돼요. 항상 손님 맞을 준비를 해둘게요. 허둥대지도 않을 거고, 잔소리도 안 할 거고, 불편하게도 안 할게요. 대신 깔끔한 집, 명랑한 아내, 맛있는 저녁이 기다리고 있을 거예요. 그러니까 존, 여보, 내 눈치 보지 말고 당신 마음대로 초대해요, 난 언제든 환영이니까요."

정말 굉장하지 않은가! 존은 아내의 말을 듣고 자부심으로 반짝반짝 빛났다. 그는 그렇게 훌륭한 아내를 둔 것이 정말 축복이라고 생각했다. 하지만 가끔 손님을 맞은 적은 있지만 갑자기 치른 적은 한 번도 없었기 때문에 현재까지는 메그가 정말 남다른지를 확인할 기회가 없었다. 그런데 이 눈물의 골짜기(구약성경 시편에 나오는 표현으로 고달픈 이 세상 또는 견디기 힘든 시련을 뜻함 : 옮긴이)에서는 아무리 억울하고 분해도 그저 참을 수밖에 없는 일들이 일어나기 마련이다.

존이 젤리 일을 까맣게 잊은 게 아니라면 1년의 하고많은 날들 중에서 하필이면 그날 저녁을 골라 예고도 없이 친구를 집에 데려온 것은 정말 용서할 수 없는 일이었을 것이다. 그는 그날 아침 저녁거리를 푸짐하게 사서 보내길 잘했다고 생각하며 지금쯤 준비가 다 됐을 거라고 믿어 의심치 않았다. 그리고 예쁜 아내가 자신을 맞으러 달려 나오면 친구를 자신의 저택으로 안내하는 기분 좋은 상상을 하며 젊은 집주인이자 남편으로서 주체할 수 없는 만족감에 휩싸였다.

존이 비둘기장에 도착했을 때 발견했듯이 그것은 실망의 세계였다. 평소에는 활짝 열려 있던 현관문이 지금은 닫혀 있을 뿐만 아니라 잠겨 있었고, 어제의 진흙이 아직도 계단을 장식하고 있었다. 거실 창문도 닫힌 채 커튼이 드리워 있었고, 하얀 옷에 마음을 사로잡는 조그만 리본으로 머리를 동여매고 베란다에서 바느질을 하는 예쁜 아내도, 미소 띤 얼굴로 수줍게 손님을 맞이하는 초롱초롱한 눈망울의 안주인도 보이지 않았다. 그뿐만이 아니었다. 까치밥나무 아래서 잠들어 있는 살벌한 인상의 웬 사내아이 말고는 아무도 보이지 않았다.

"아무래도 무슨 일이 있는 것 같군. 자넨 정원으로 들어가보게, 스콧, 난 아내를 찾아볼 테니."

존이 조용하고 을씨년스러운 분위기에 놀라며 말했다.

존은 설탕이 타는 매캐한 냄새에 이끌려 서둘러 집 뒤로 돌아갔고, 스콧 씨도 묘한 표정으로 어슬렁거리며 그를 뒤따랐다. 존이 사라지자 스콧 씨는 사려 깊게도 잠시 멈춰 서서 어느 정도 거리를 유지했지만 얼마든지 보고 들을 수 있었고, 미혼의 입장에서 눈앞에 펼쳐진 전망을 마음껏 즐겼다.

부엌 안은 혼란과 절망이 지배하고 있었다. 젤리 한 판은 이 병에서 저 병으로 줄줄 흐르고 있었고, 또 한 판은 마룻바닥에 쌓여 있었다. 그런가 하면 세 번째 판은 불 위에서 제멋대로 끓고 있었다. 로티는 게르만족의 후예답게 차분히 빵과 까치밥나무 과실주를 먹고 있었다. 젤리가 여전히 가망 없게도 액체 상태였기 때문이다. 그리고 그 옆에서는 브룩 부인이 앞치마를 뒤집어쓰고 서럽게 흐느끼고 있었다.

"아니 여보, 대체 이게 다 무슨 일이에요?"

존이 소리쳤다. 그는 불에 덴 손과 뜻하지 않은 광경에 놀라는 와중에도 정원에 손님이 있다는 생각에 속으로 난감해하면서 달려들었다.

"아, 존, 너무 힘들고 덥고 짜증 나고 걱정돼 죽겠어요! 지금까지 이걸 하느라 완전히 녹초가 되고 말았다니까요. 이리 와서 나 좀 도와줘요. 안 그럼 난 죽어요."

지친 새댁이 남편 품에 와락 안기며 말 그대로 달콤한 환영 인사를 건넸다. 앞치마와 마룻바닥이 설탕물에 흠뻑 절어 있었기 때문이다.

"뭐가 그리 걱정인데요, 여보? 무슨 끔찍한 일이라도 일어난 거예요?"

존이 삐뚜름히 기울어버린 모자 꼭대기에 다정하게 입 맞추며 걱정스레 물었다.

"네."

메그가 절망에 겨워 흐느끼며 겨우 대답했다.

"어서 말해봐요. 울지 말고. 당신이 우는 건 도저히 못 보겠어요. 어서 다 말해요, 여보."

"저…… 젤리가 영 굳질 않아서 어떻게 해야 할지 모르겠어요!"

존 브룩은 나중이었다면 감히 웃지 못했을 테지만 그때는 웃었고, 크게 터진 웃음소리에 스콧 또한 자기도 모르게 배시시 웃음을 흘렸다. 하지만 이것은 가엾은 메그의 비통한 심정에 결정타를 날리고 말았다.

"그게 다예요? 모두 창밖으로 던져버리고 더는 신경 쓰지 말아요. 당신이 원한다면 얼마든지 더 사 줄 테니 제발 성질 좀 내지 말아요. 저녁이나 같이 할까 하고 잭 스콧을 데려왔으니……."

존은 더는 말을 잇지 못했다. 메그가 그를 밀쳐내고는 비극의 여주인공처럼 두 손을 움켜잡고 의자에 털썩 주저앉으며 분노와 비난과 절망이 뒤섞인 목소리로 소리쳤기 때문이다.

"저녁 식사 손님이라뇨, 이 난장판 속에서! 존 브룩, 당신이 어떻게 이럴 수 있어요?"

"쉿, 스콧이 정원에 있단 말이에요! 그 빌어먹을 젤리 생각을 못 했지 뭐요. 하지만 이제 와서 어쩔 수도 없잖소."

존이 걱정스러운 눈으로 사태를 관망하며 말했다.

"전갈을 보내든지 아니면 오늘 아침에 말했어야죠. 그리고 내가 얼마나 바쁠지도 생각했어야죠."

메그가 성을 내며 계속 말했다. 멧비둘기도 심사가 사나우면 부리로 쪼는 법이다.

"오늘 아침에는 이럴 줄 몰랐고, 또 스콧은 퇴근길에 만났기 때문에 전갈을 보내고 말고 할 시간이 없었소. 그리고 내가 하고 싶은 대로 하라고 당신이 늘 말해와서 당신 허락을 구해야 한다는 생각을 아예 못 했지 뭐요. 전에 이런 적도 없었고, 앞으로 또 이러면 날 죽여도 좋소!"

존도 감정이 상해 덧붙였다.

“그런 일은 없길 바라야죠! 당장 그 사람을 데리고 나가세요. 이 꼴로 그 사람을 볼 수도 없고, 저녁도 하나도 준비 안 했단 말예요.”

“말도 안 돼! 내가 집으로 보낸 소고기와 채소는 다 어쩌고, 그리고 당신이 약속한 푸딩은 어딨소?”

존이 식품 저장실로 달려가며 소리쳤다.

“뭘 요리할 시간이 없었단 말예요. 저녁은 엄마 집에 가서 먹을 생각이었어요. 미안해요. 하지만 정말 바빴단 말이에요.”

그리고 메그는 다시 눈물을 보이기 시작했다.

존은 순한 남자였지만 그도 인간이었고, 고된 하루 일과를 끝낸 뒤 지치고 허기진 몸으로 기대에 차서 집에 왔더니 집 안은 난장판에 식탁은 텅 비어 있고 아내는 짜증이나 부려대니 마음이나 태도가 느긋할 리 없었다. 하지만 그는 화를 꾹꾹 참았고, 재수 없는 말 한 마디만 아니었어도 돌풍은 불어닥치지 않았을 것이다.

“난처한 상황이라는 건 나도 모르는 바 아니지만 당신이 조금만 협조해 주면 우리 함께 이 상황을 해결하고 즐거운 시간을 보낼 수 있을 거예요. 여보, 울지 말고 기운을 좀 내서 뭐라도 좀 만들어봐요. 우리 둘 다 굶주린 사냥꾼처럼 배가 고프니까 뭐든 상관없어요. 차가운 고기하고 빵과 치즈면 돼요. 젤리는 달라고 안 할 테니까.”

그는 좋은 뜻에서 던진 농담이었지만 그 말 한 마디가 그의 운명을 결정짓고 말았다. 메그는 자신의 슬픈 실패를 은근히 들추는 남편의 처사가 너무 야속하다고 생각했고, 그의 말에 마지막 남은 인내심의 조각마저 사라져버렸다.

"이 난처한 상황은 당신 혼자 헤쳐 나가세요. 난 지금 너무 지쳐서 누굴 위해 '기운 낼' 처지가 못 돼요. 손님에게 뼈다귀하고 형편없는 빵과 치즈를 내놓을 생각을 하다니 남자답네요. 내 집에서 그런 꼴은 절대 못 봐요. 그 스콧인가 뭔가 하는 사람은 엄마 집으로 데려가세요. 그리고 난 없다고 하든가 아프다고 하든가 죽었다고 하든가 아무렇게나 둘러대세요. 난 그 사람 안 볼 테니까 둘이서 나랑 내 젤리를 실컷 비웃든지 하세요. 하지만 그 이상은 아무것도 기대하지 마세요."

메그는 자신의 못마땅한 심기를 단숨에 토해내더니 앞치마를 벗어던지고 갑자기 전장을 떠났다. 그러고는 자기 방에서 신세를 한탄했다.

메그가 자리를 비운 사이에 그 두 피조물이 무얼 했는지는 알 길이 없지만 스콧 씨를 엄마 집으로 데려가지 않았다는 것은 분명했다. 그녀가 내려와보니 두 사람은 나가고 없었고 놀랍게도 점심때 남긴 음식이 흔적만 남아 있었다. 로티가 두 남자가 "껄껄 웃으며 많이 드셨고, 주인어른의 지시로 단것 나부랭이는 몽땅 버리고 병들은 숨겼다"고 전했다.

메그는 어머니에게 가서 다 말하고 싶었지만 자신의 결점들이 창피하기도 하고 '야속할지도 모르지만 그렇다고 그걸 누구에게도 들켜서는 안 되는' 존에 대한 의리도 있어서 꾹 참았다. 그리고 집을 대충 치운 뒤 예쁘게 차려입고 다소곳이 앉아 존이 와서 용서를 구하길 기다렸다.

그러나 불행히도 존은 이 상황을 나름대로 심각하게 여기며 끝내 돌아오지 않았다. 그는 스콧 앞에서는 장난인 척 시치미를 떼며 어린 아내에 대해 사과하고는 집주인으로서 최선을 다해 환대했고 그의 친구도 즉석에서 차린 저녁을 즐기며 다시 들르겠다고 약속했다. 하지만 존은 겉으로 드러내지 않았을 뿐 실은 화가 나 있었다. 그는 메그가 궁지에 몰린 자신을 버렸다고 생각했다.

'언제든 마음 놓고 사람들을 데려오라고 말해놓고 그 말대로 친구를 데려왔더니 불같이 화를 내면서 잔소리를 해대고, 남편이 비웃음을 사든 동정을 사든 나 몰라라 저버리다니 옳지 않아. 암, 절대 옳지 않지! 이건 메그도 알아야 해.'

그는 저녁을 먹는 동안 속이 부글부글 끓어올랐지만 스콧을 배웅하고 나서 집으로 슬슬 걸어올 때쯤에는 돌풍이 지나가고 한결 순해진 기분이 그를 감싸 안았다.

'가엾은 사람! 나를 기쁘게 해주려고 그렇게 애쓰다니 얼마나 힘들었을까. 물론 잘못은 했지만 아직 어리긴 하지. 내가 참고 잘 가르쳐야지.'

그는 메그가 친정으로 쪼르르 달려가지 않았기를 바랐다. 남

얘기 하기 좋아하는 사람들의 뒷이야기와 간섭은 정말이지 싫었기 때문이다. 그 생각을 하니 잠시 또 화가 치밀었지만 속이 울렁거리도록 혼자 울었을 메그 걱정에 마음이 풀리면서 발걸음이 빨라졌다. 그런 가운데 그는 조곤조곤하고 다정하지만 단호하게, 아주 단호하게 아내로서 배우자에게 진 의무를 저버린 지점이 어딘지 보여주기로 굳게 마음먹었다.

마찬가지로 메그도 '조곤조곤하고 다정하지만 단호하게' 남편에게 남편으로서의 의무가 뭔지 보여주겠다고 마음먹었다. 또 한편으로는 달려 나가 남편을 맞이하고 용서를 구하고 나서 남편에게 키스와 위로를 받고 싶기도 했고 또 그러리라 다짐도 했다. 그러나 막상 존이 들어오는 것을 보고는 그러기는커녕 최고급 거실에서 한가로이 여유를 즐기는 귀부인처럼 몸을 흔들며 바느질을 하다가 자기도 모르게 콧노래까지 흥얼거리기 시작했다.

존은 온순한 니오베(그리스 신화에 나오는 왕비로 자식을 많이 낳았다고 자랑하다가 신의 노여움을 사 자식 열넷을 모두 잃었다 : 옮긴이)가 보이지 않아 실망했지만 위엄이 서려면 먼저 사과부터 받아야 한다고 생각하고는 느긋하게 안으로 들어가 소파에 앉으며 매우 의미심장하게 한마디 꺼냈다.

"우리 초승달처럼 새롭게 시작합시다, 여보."

"이의 없어요."

메그도 똑같이 침착하게 말했다.

브룩 씨가 일반적인 관심사를 화제로 꺼내면 브룩 부인이 거기에 찬물을 끼얹는 식의 대화가 이어졌다. 존은 창가로 가서 신문을 펼쳐놓고 비유적으로 말하자면 그 안으로 들어갔다. 메그는 그 반대편 창가로 가서 실내화에 새로 장미꽃을 수놓는 일이 살아가는 데 꼭 필요한 일이기라도 한 듯 바느질에 몰두했다. 둘 다 아무 말이 없었다. 둘 다 매우 '침착하고 단호하게' 보였지만 속으로는 몹시도 불편해하고 있었다.

'나 참, 결혼 생활이란 게 정말이지 힘든 거구나, 엄마 말씀대로 사랑 못지않게 인내도 끝없이 필요한 거였어.'

메그는 '엄마'라는 말에 오래전 어머니가 해줬던 조언들이 생각났다. 그때는 들으면서도 못 믿겠어서 반발심만 생겼었다.

"존은 좋은 남자지만 결점도 있는 만큼 그걸 알아두고 너도 단점이 있다는 걸 기억하면서 상대방의 결점을 참아주는 법을 배워라. 존은 매우 단호하지만 네가 다정하게 설득하고 성마르게 반대하지만 않는다면 고집을 부리진 않을 사람이야. 매우 정확하고 진실에 대해선 특히 더 그렇지. 넌 그걸 두고 '까다롭다'고 하지만 좋은 구석이지. 말로든 표정으로든 절대 존을 속이지 마라, 메그. 네가 보여주는 만큼 존도 널 믿고 지지해 줄 거야. 존은 우리처럼 발끈 달아올랐다가 금세 식는 유형은 아니지만 그래도 성질은 있어. 하얗고 묵묵한 화는 여간해선 꿈쩍도 않지만 한번 불이 붙으면 웬만해선 꺼지기 어려운 법이지. 그 사람 화를 건드리지 않도록 조심, 또 조심해라. 남편이 존경을 받느냐 아니냐에 집안의 평화와 행복이 달려 있는 거란다. 너 자신을 돌아보고 둘

다 잘못했어도 네가 먼저 사과하거라. 사소한 다툼이나 오해, 성급한 말을 항상 조심하렴. 쓰라린 슬픔과 후회에 이르는 길은 종종 거기서부터 놓이는 법이란다."

메그는 해질녘에 우두커니 앉아 바느질을 하다가 이 말들을 떠올렸다. 특히 마지막 말이 가슴에 와닿았다. 이것은 처음 있는 심각한 불화였고, 돌이켜보니 자신이 어리석고 박정한 말들을 성급하게 쏟아놓은 것 같았다. 이제 와서 보니 어린애처럼 성질을 부린 것 같았고, 집에 돌아와 그런 광경과 마주한 불쌍한 존을 생각하자 마음이 녹아내렸다. 메그는 눈물이 그렁그렁한 눈으로 존을 흘깃 쳐다보았지만 존은 그녀의 눈물을 보지 못했다. 메그는 일감을 내려놓고 일어서며 생각했다.

'내가 먼저 미안하다고 말해야지.'

하지만 존은 메그의 마음을 모르는 듯했다. 메그는 자존심을 삼키기 어려워 느릿느릿 방을 가로질러 남편 곁에 섰지만 그는 고개도 돌리지 않았다. 잠시 메그는 정말 엄두가 나지 않았지만 곧이어 이런 생각이 들었다.

'이건 시작이야. 내 할 일을 다해야 나중에 후회하지 않지.'

그러고 나서 메그는 허리를 굽혀 남편의 이마에 살짝 입술을 갖다 댔다. 물론 그것으로 상황은 정리되었다. 뉘우침의 입맞춤은 말잔치보다 나았고, 존은 아내를 단숨에 자기 무릎에 앉히고는 다정하게 말했다.

"그 불쌍하고 작은 젤리 단지를 보고 웃다니 내가 너무 나빴어요. 용서해줘요, 여보. 다신 안 그러리다!"

그러나 웬걸, 존은 골백번도 더 웃었고, 그건 메그도 그랬다. 둘은 그것이 여태껏 만든 젤리 중 가장 달콤한 젤리라고 선언했다. 가정의 평화가 그 작은 단지에 담겼기 때문이다.

이 일을 겪은 뒤로 메그는 특별히 초대장까지 보내 스콧 씨를 저녁 식사에 불러서 기분 좋은 만찬을 대접하며 녹초 상태였던 주부 모습을 말끔히 걷어냈다. 거기다 메그가 굉장히 싹싹하고 우아하게 뭐든지 척척 잘 해내자 스콧 씨는 존에게 복도 많은 놈이라고 말했고, 집에 가는 길에는 독신 생활의 고충을 되씹으며 고개를 절레절레 흔들었다.

가을이 되자 새로운 시련과 사건이 메그에게 닥쳤다. 메그와 다시 친해진 샐리 모팻은 틈만 나면 메그의 작은 집으로 쪼르르 달려와 소문을 한 접시씩 나눠 주거나, 아니면 '불쌍한 친구'를 큰 집으로 불러 함께 시간을 보냈다. 칙칙한 날이면 종종 외로움을 타는 메그에게는 잘된 일이었다. 친정 식구들은 하나같이 바빴고, 존은 밤이 되어서야 집에 돌아왔기 때문에 바느질을 하거나 책을 읽거나 빈둥대는 것 말고는 할 일이 없었다. 그래서 메그는 어느새 친구와 쏘다니며 남의 뒷이야기를 하는 버릇이 생기고 말았다. 게다가 샐리의 예쁜 물건들을 볼 때마다 부럽기도 하고 그런 것들이 없는 자신의 처지가 가엾게 느껴졌다. 샐리는 매우 친절했고, 또 메그가 탐내는 물건들을 종종 내주기도 했지만 메그는 존이 싫어할 걸 알았기에 거절했다. 하지만 그러고 나서 이 어리석고 여린 여자는 존이 훨씬 더 질색할 짓을 저지르고 말았다.

메그는 남편의 수입을 잘 알고 있었고, 남편이 자신의 행복뿐 아니라 어떤 남자들은 그보다 더 큰 가치를 두는 돈까지도 자기를 믿고 맡긴다는 게 좋았다. 메그는 돈이 어디 있는지도 알고 있었고 마음대로 꺼내 쓸 수도 있었다. 존이 메그에게 부탁한 것은 세 가지가 전부였다. 지출을 1페니까지 빠짐없이 기록할 것, 한 달에 한 번씩 청구서들을 확인하고 지불할 것, 그리고 가난한 남자의 아내라는 사실을 잊지 말라는 것이었다. 그때까지 메그는 잘해오고 있었다. 신중하고 정확했고, 자그마한 가계부를 깔끔하게 기록해두었다가 매달 당당하게 남편에게 보여주었다. 하지만 그해 가을 뱀이 메그의 낙원으로 들어와 사과가 아니라 드레스로 또 한 명의 현대판 이브를 유혹했다. 메그는 동정을 받기도 싫었고 처량한 기분이 드는 것도 싫었다. 그럴수록 짜증이 났지만 창피해서 그렇다고 인정하지도 못한 채 샐리에게 절약해야 하는 주부처럼 보이지 않으려고 가끔 예쁜 물건을 사는 것으로 위안을 삼았다. 그러고 나면 늘 예쁘기는 해도 꼭 필요하지는 않은 물건들을 굳이 샀다는 사실에 죄 지은 느낌이 들기도 했지만, 그렇게 비싸지는 않은 것들이었기에 크게 걱정할 것까지는 없었다. 그렇게 해서 사소한 물건들이 부지불식간에 하나둘씩 늘어났고, 물건을 사러 나설 때면 메그는 더는 소심한 구경꾼이 아니었다.

그러나 아무것도 아닌 듯한 그런 물건에 들어간 돈은 생각보다 많았고, 메그는 월말에 가계부를 정리하면서 합산된 금액을 보고 깜짝 놀랐다. 존은 그달따라 너무 바빠서 청구서를 메그에게 맡겼고, 그다음 달에는 마침 집을 비웠지만 세 번째 달에는 존이 분기별 결산을 하기로 되어 있었고, 메그도 이를 잊지 않고 있었다. 끔찍한 짓을 저지르기 며칠 전 메그는 그 때문에 마음이 무거웠다. 샐리가 비단 옷감을 사자 메그도 근사하고 가벼운 파티 드레스 옷감을 딱 하나만 새로 장만하고 싶었다. 지금 있는 검정 비단 드레스는 너무 흔했고, 또 얇은 야회복들은 소녀들한테나 어울렸다. 마치 대고모는 새해가 밝을 때마다 자매들에게 선물로 보통 25달러씩 챙겨 주었다. 앞으로 한 달만 기다리면 되는데, 여기 사랑스러운 연보랏빛 비단 옷감이 싸게 나와 있었고, 메그에게는 큰맘 먹고 꺼내 쓰기만 하면 되는 돈이 있었다. 존은 늘 자기 것이 곧 그녀 것이라고 말했지만 앞으로 생길 25달러에다 생활비에서 25달러를 더 써야 하는 상황을 과연 수긍할까? 그것이 문제였다. 옆에 있던 샐리가 돈을 빌려주겠다고 제안하면서 사라고 계속 부추겼다. 지금껏 살아오면서 받은 그 최고의 선의가 발휘하는 유혹의 힘을 메그는 도저히 뿌리치지 못했다. 악마가 끼어드는 순간 가게 점원이 차곡차곡 접힌 채 일렁이듯 빛나는 옷감을 들어 보이며 말했다.

"정말 싸게 나온 겁니다, 부인."

"주세요."

그녀의 대답에 옷감은 끊겼고 값은 치러졌다. 샐리는 기뻐서 어쩔 줄 몰라 했고, 메그는 별일 아니라는 듯 웃어넘기며 그 자리를 떴지만 뭔가를 훔치고 경찰에 쫓기는 듯한 기분이 들었다.

집에 돌아와 메그는 양심의 가책을 덜어보려고 그 사랑스러운 옷감을 펼쳤지만 아까보다 덜 반짝여 보였고 자신에게 어울리지도 않았다. 어쨌든 '50달러'라는 글자가 폭마다 무늬처럼 찍혀 있는 것 같았다. 메그는 옷감을 치워버렸지만 뇌리에서 떠나질 않았다. 새 드레스가 생겨 기쁘기는커녕 쉽게 찾아볼 수 없는 어리석음의 덫에 걸린 것 같아 그저 끔찍하기만 했다. 그날 밤 존이 가계부를 꺼냈을 때 메그는 가슴이 철렁 내려앉으면서 결혼한 뒤 처음으로 남편이 무서웠다. 다정한 갈색 눈이 금세라도 차갑게 돌변할 것만 같았다. 남편은 그날따라 몹시 기분이 좋아 보였지만 메그는 남편이 자신의 잘못을 알아채고도 모르는 척 시치미를 떼고 있다고 생각했다. 청구서는 모두 지불됐고, 가계부도 모두 순서대로 정리되어 있었다. 존이 메그를 칭찬하고 나서 부부가 '은행'이라고 부르는 낡은 지갑을 막 열려는 찰나였다. 메그는 지갑이 텅 비었다는 것을 알기에 남편의 손을 잡고 소심하게 말했다.

"내 개인 지출 장부는 아직 보지 않았잖아요."

존은 한 번도 그 장부를 보자고 한 적이 없었지만 메그는 늘 그것도 봐야 한다고 고집을 부렸고, 여자들은 이상한 것을 좋아한다며 놀라는 남편의 모습을 재미있어하면서 '가두리 장식'이 뭔지 알아맞혀보게도 하고, '허그 미 타이트(몸에 꼭 끼는 여성

용 편물 상의 : 옮긴이)'의 뜻을 다그쳐 묻기도 하고, 장미꽃 봉오리 세 개와 벨벳 천 조각, 줄 한 쌍이 어떻게 모자가 되며 가격이 5, 6달러나 하는지 궁금증이 일게 만들기도 했다. 그날 밤 그는 종종 그랬듯이 아내가 쓴 돈의 용도를 캐물으며 아내의 과소비에 깜짝 놀란 척하는 재미를 즐기려는 듯 보였다. 빈틈없는 아내를 특히 자랑스럽게 여기면서 말이다.

조그만 장부가 천천히 모습을 드러내 그의 앞에 펼쳐졌다. 메그는 남편의 지친 이마에서 주름살을 펴준다는 구실 아래 그의 의자 뒤에 서서 한 마디 한 마디 할 때마다 두려움이 커지는 걸 느끼며 이렇게 말했다.

"존, 막상 장부를 보여주려니 창피하네요. 요즘 들어 돈을 정말 물 쓰듯 펑펑 썼지 뭐예요. 알다시피 많이 돌아다니다 보니까 어쩔 수 없이 사게 되더라고요. 그리고 샐리가 하도 사라고 하는 통에 사기도 했고요. 새해 용돈으로 일부는 벌충할 수 있겠지만 내가 한 일을 후회했어요. 당신이 나를 책망할 것 같아서요."

존은 한바탕 웃은 뒤 메그를 자기 옆으로 끌어당기며 호탕하게 말했다.

"숨바꼭질은 그만합시다. 난 당신이 뭐 저런 걸 신나 싶은 신발을 산다고 해도 입도 뻥긋 안 할 테니까. 그보다 난 내 아내의 발을 자랑스러워할 거고, 당신이 신발값으로 8, 9달러를 썼다고 해도 신발만 멋있다면야 상관하지 않을 거요."

그것은 메그가 지난번에 사들인 '사소한 물건들' 중 하나였고,

그녀의 대답에 옷감은 끊겼고 값은 치러졌다. 샐리는 기뻐서 어쩔 줄 몰라 했고, 메그는 별일 아니라는 듯 웃어넘기며 그 자리를 떴지만 뭔가를 훔치고 경찰에 쫓기는 듯한 기분이 들었다.

존은 말하면서 거기에 시선을 고정했다.

'아, 이이가 그 끔찍한 50달러를 보면 과연 뭐라고 할까!'

메그는 바들바들 떨며 생각했다.

"신발보다 한술 더 뜬 거예요, 비단 드레스예요."

메그가 모든 걸 포기한 듯 차분한 목소리로 말했다. 최악의 상황이 어서 지나가기를 바랄 뿐이었다.

"그러니까 여보, 만탈리니 씨(찰스 디킨스의 소설 『니콜라스 니클비 *Nicholas Nickleby*』에 나오는 등장인물로 자기보다 훨씬 나이가 많은 아내의 수입에 의지해 사치를 일삼으며 살아가는 제비족 : 옮긴이)의 말대로 그 '망할 총액'이 대체 얼마냐니까요?"

그 말은 평소의 존 같지가 않았고, 메그는 그가 고개를 들어 자신을 똑바로 쳐다보고 있다는 것을 알았지만 지금까지처럼 그의 정직한 얼굴을 아무 거리낌 없이 마주 보며 솔직하게 대답할 수가 없었다. 메그는 장부를 넘기면서 고개는 딴 데로 돌린 채 50달러를 빼고도 이미 심각한 지경에 이른 총액을 짚어 보였다. 그런데 거기에 또 50달러를 더해야 하다니 간이 오그라붙는 것만 같았다. 잠시 방 안은 쥐 죽은 듯 조용했다. 이윽고 존이 천천히 입을 열었지만 메그는 그가 불쾌한 기색을 드러내지 않으려고 꽤나 애쓰고 있다는 것을 느낄 수 있었다.

"어디 보자, 드레스 한 벌에 50달러면 그렇게 심한 편도 아니지. 요즘 드레스는 완성하려면 주름 장식도 많고 이것저것 신경 써야 할 게 한두 가지가 아니니까."

“바느질과 장식은 아직 손도 안 댔어요.”

메그는 힘없이 한숨을 내쉬었다. 아직도 들어가야 할 비용이 있다는 데 갑자기 생각이 미치자 너무 기가 막혔기 때문이다.

“비단이 20미터가 넘으면 당신처럼 몸집이 작은 여자는 온통 휘감고도 남겠는걸. 그래도 당신이 이걸로 옷을 해 입으면 네드 모팻의 아내만큼이나 근사해 보일 건 확실해.”

존이 무미건조하게 말했다.

“화난 거 알아요, 존. 하지만 어쩔 수 없었어요. 당신이 번 돈을 낭비할 생각은 없었어요. 그리고 그 조그만 것들이 그렇게 큰 액수로까지 불어날 줄은 미처 몰랐어요. 샐리가 원하는 건 뭐든 사면서 그렇게 못 하는 나를 딱하게 여기는데, 그냥 가만히 있을 수가 없었어요. 만족하려고 애쓰고는 있지만 힘도 들고, 이젠 가난한 데 지쳤어요.”

마지막 말은 들릴 듯 말 듯 아주 낮게 나왔기 때문에 메그는 존이 듣지 못했다고 생각했지만 존은 그 말을 듣고 깊이 상처받았다. 그동안 메그를 위해 그 나름대로 많은 즐거움을 포기해왔기 때문이다. 그 말을 내뱉은 순간 메그는 자기 혀를 깨물 수 있었다면 아마 분명히 그랬을 것이다. 존이 장부를 밀치며 벌떡 일어서서는 희미하게 떨리는 목소리로 이렇게 말했기 때문이다.

“이럴까 봐 두려웠어. 난 최선을 다하고 있소, 메그.”

그가 나무라거나 심지어 붙잡고 흔들어댔다고 해도 그 몇 마디 말처럼 그녀의 가슴을 찢어놓지는 못했을 것이다. 그녀는 남편에게 달려가 꽉 끌어안고는 후회의 눈물을 흘리며 이렇게 말했다.

"아, 존, 여보, 다정하고 성실한 내 남자. 그 말은 진심이 아니었어요. 그런 말을 하다니 못되고 불손하고 배은망덕해도 유분수지! 아, 내가 감히 그런 말을 하다니!"

존은 아주 다정했고 기꺼이 메그를 용서했다. 게다가 책망하는 말도 한 마디 하지 않았지만 메그는 남편이 이 일을 두 번 다시 입에 올리지는 않을지 몰라도 자신이 했던 말과 행동은 금세 잊히지 않을 거라는 걸 알고 있었다. 메그는 좋을 때나 나쁠 때나 남편을 사랑하겠다고 서약해놓고는 그런 그녀가, 그의 아내가 남편이 벌어온 돈을 함부로 쓰고 나서 가난하다며 남편에게 치욕을 안겼다. 몸서리가 쳐졌다. 그중에서도 최악은 그 후로 존이 마치 아무 일도 없었다는 듯 너무도 조용히 지낸다는 점이었다. 다만 늦게까지 시내에 남았고 밤에도 일했다. 그럴 때마다 메그는 혼자 울다 잠이 들었다. 후회의 일주일은 메그를 거의 병자로 만들었고, 존이 새 외투를 주문했다가 취소했다는 사실은 메그를 보기 안쓰러울 만큼 심한 절망으로 밀어 넣고 말았다. 메그가 놀라 그 이유를 묻자 존은 그저 "여유가 없어요, 여보"라고만 대답했다.

메그는 더 말하지 않았지만 몇 분 뒤 존은 메그가 복도에서 자신의 낡은 외투에 얼굴을 파묻고 가슴이 미어질 듯 울고 있는 모습을 발견했다.

그날 밤 부부는 한참을 이야기했고, 메그는 가난하기에 남편을 더욱 사랑한다는 것을 깨달았다. 가난이 지금의 존을 만든 것 같았기 때문이다. 그는 가난을 통해 자신만의 길을 헤쳐 나갈 힘과 용기를 얻었고, 사랑하는 사람들의 자연스러운 욕망과 결점을 참고 위로할 수 있는 부드러운 인내심을 배웠다.

이튿날 메그는 자존심은 주머니에 넣어두고 샐리에게 가서 진실을 말한 다음 그 비단 옷감을 사달라고 부탁했다. 천성이 착한 모팻 부인은 기꺼이 그 부탁을 들어주었고, 그걸 곧바로 메그에게 선물하지는 않을 만큼 사려도 깊었다. 그런 다음 메그는 존이 취소했던 외투를 집으로 갖다 달라고 주문했고, 존이 집에 돌아오자 그걸 입고는 새 비단 드레스가 어떠냐고 물었다. 존이 어떤 대답을 했을지, 어떻게 선물을 받았을지, 얼마나 큰 행복이 뒤따랐을지는 충분히 상상할 수 있을 것이다. 그 뒤로 존은 일찍 귀가했고, 메그는 더 이상 나돌아 다니지 않았다. 그리고 그 외투는 아침마다 매우 행복한 남편이 입고 나갔다가 저녁이면 더없이 헌신적인 아내가 받아 걸었다. 그렇게 그해는 스르륵 지나갔고, 한여름이 되자 여자의 일생에서 가장 심오하고 뭐라고 말하기 어려운 경험이 메그에게 찾아왔다.

어느 토요일, 로리는 흥분한 얼굴로 비둘기장의 부엌으로 몰래 숨어들었다가 심벌즈가 울릴 때처럼 쨍하는 소리를 들었다. 알고 보니 해나가 한 손에는 냄비를, 다른 한 손에는 냄비 뚜껑을 들고 맞부딪치는 소리였다.

존은 아주 다정했고 기꺼이 메그를 용서했다. 게다가 책망하는 말도 한 마디 하지 않았지만 메그는 남편이 이 일을 두 번 다시 입에 올리지는 않을지 몰라도 자신이 했던 말과 행동은 금세 잊히지 않을 거라는 걸 알고 있었다.

"작은 마나님은 어때요? 다들 어디 있어요? 내가 집에 오기 전에 미리 좀 알려주지 그랬어요?"

로리가 딴에는 속삭인다고 했다지만 너무 큰 목소리로 물었다.

"여왕처럼 행복하죠, 뭐! 다들 위층에서 예배드리고 있어요. 소란 피우면 안 돼요. 도련님은 거실에 가 계세요, 내가 식구들을 내려 보낼 테니까요."

해나는 평소보다 약간 길게 대답하고는 기분이 몹시 좋은지 연신 킬킬대며 사라졌다.

곧이어 조가 커다란 베개 위에 플란넬 옷감 뭉치를 보란 듯이 떡 얹은 채 나타났다. 조의 얼굴은 아주 침착했지만 눈은 반짝반짝 빛났고, 목소리는 이상하게도 감정을 억제하고 있는 듯 들렸다.

"눈 꼭 감고 팔 내밀어봐."

조가 기대해도 좋다는 듯 말했다.

로리는 얼른 구석으로 물러나 양손을 뒤로 감추며 애원하듯 말했다.

"고맙지만 됐네요. 안 할래. 아무래도 떨어뜨리거나 부서뜨릴 것 같아, 틀림없어."

"그럼 네 조카는 못 보겠네."

조가 갈 것처럼 돌아서며 단호하게 말했다.

"할게, 할게! 근데 무슨 일이 생기면 순전히 네 책임이야."

로리가 명령대로 용감하게 눈을 질끈 감자 그의 팔에 뭔가가 안겼다. 다음 순간 조, 에이미, 마치 부인, 해나, 존이 다 같이 웃는 소리에 로리는 눈을 떴다. 알고 보니 그의 품에 안긴 아기는 하나가 아니라 둘이었다.

당연히 다들 웃었다. 로리가 퀘이커교도마저 포복절도하게 만들 만큼 우스꽝스러운 표정을 지었기 때문이다. 그 자리에 선 채 천진난만하기만 한 아기들과 아주 신바람이 난 사람들을 번갈아 가며 빤히 쳐다보는 로리의 표정이 얼마나 얼빠져 보였던지 조는 아예 바닥에 주저앉아 비명을 질러댔다.

"맙소사, 쌍둥이라니!"

로리는 1분 동안 이 말만 되풀이하다가 여자들에게 돌아서서 웃기도록 애처로운 표정으로 덧붙였다.

"누가 좀 데려가요! 웃다가 떨어뜨릴 것 같단 말이에요."

존이 아기들을 구해 양팔에 하나씩 안고 왔다 갔다 했다. 그 모습이 마치 아기 돌보는 묘미에 벌써 푹 빠진 듯 보였고, 그사이 로리는 눈물이 뺨을 타고 내릴 때까지 웃어댔다.

"이 계절을 통틀어 제일 웃기는 사건이야, 안 그래? 널 놀라게 하려고 일부러 말 안 했는데, 역시 그러길 잘했어."

조가 한숨 돌리며 말했다.

"살면서 이렇게 놀란 건 처음이야. 진짜 웃기지 않아? 둘 다 아들이야? 이름은 뭐라고 지을 거야? 한 번 더 보자. 나 좀 받쳐줘, 조. 내 인생에는 하나도 너무 많거든."

덩치 크고 아주 온순한 뉴펀들랜드종 개가 새끼 고양이 둘을 쳐다보듯 쌍둥이를 바라보며 로리가 대답했다.

"아들이랑 딸이야, 예쁘지 않아?"

대견한 마음을 숨기지 못하는 아기 아빠가 꼼지락거리는 작고 빨간 아기들을 향해 마치 아기 천사들을 보듯 환하게 웃으며 말했다.

"이제껏 제가 본 아기들 중 최고예요. 누가 누구죠?"

그러면서 로리는 신동들을 자세히 보려고 두레박처럼 고개를 푹 숙였다.

"에이미가 아들한테는 파란 리본을 달고 딸한테는 분홍색 리본을 달아놨어. 프랑스식이라나, 덕분에 구분하긴 쉬울 거야. 그리고 한 명은 파란 눈이고 또 한 명은 갈색이야. 뽀뽀해 주세요, 테디 삼촌."

조가 짓궂게 말했다.

"아기들이 싫어할 것 같은데."

로리가 평소와 달리 그런 문제에 수줍어하며 말했다.

"싫어하긴? 이제 아기들은 뽀뽀에 익숙해. 얼른 뽀뽀하세요, 아저씨!"

조가 명령했다. 그녀는 로리가 대용품을 제안할까 봐 걱정스러웠다.

로리가 얼굴을 찡그린 채 자그만 볼에 차례로 조심조심 뽀뽀하자 다시 웃음이 터져 나왔고, 아기들은 꺅꺅 소리를 질러댔다.

"거봐, 싫어할 줄 알았어! 요놈이 아들이네. 발길질하는 것 좀 봐, 어라, 주먹질도 꽤 하는걸. 어이, 브룩 2세, 네 덩치에 맞는 남자한테나 덤비시지, 응?"

로리가 소리쳤다. 쪼그만 주먹이 허공에서 이리저리 팔락대며 얼굴을 쿡쿡 찌르는 게 기분이 좋은 모양이었다.

"얘는 존 로런스라고 지을 거고, 딸은 엄마와 할머니를 따라 마거릿으로 지을 거야. 메그가 둘이 되지 않도록 얘는 데이지라고 부를 거고, 더 좋은 애칭이 없으면 남자애는 잭이 좋겠어."

에이미가 이모답게 관심을 보이며 말했다.

"데미존이라고 짓자, 줄여서 '데미'라고 부르고."

로리가 말했다.

"데이지와 데미, 바로 그거야! 테디가 해결할 줄 알았어."

조가 손뼉을 치며 소리쳤다.

그때 테디는 정말 큰일을 했다. 이 책이 끝날 때까지 아기들은 '데이지'와 '데미'로 불렸기 때문이다.

29

외출

"어서, 조 언니, 시간 다 됐어."

"무슨 일인데?"

"설마 나랑 한 약속 잊은 건 아니지? 오늘 방문할 곳이 여섯 집이야."

"살면서 경솔하고 바보 같은 짓들을 꽤 많이 해오긴 했지만 내가 미쳤니, 하루에 여섯 집을 방문하겠다고 말하게? 일주일에 한 집도 죽을 맛인데."

"아니, 했어. 우리 거래했잖아. 내가 언니한테 크레용으로 베스 언니 초상화를 그려주면 언니는 나랑 이웃들을 같이 방문하기로 했잖아."

"날씨가 좋으면, 그게 계약 조건이었다고. 난 내 계약 조건대로 할 뿐이야, 샤일록. 동쪽에 구름이 꽉 끼어 있어. 날씨가 안 좋으니까 난 안 갈래."

"그런 식으로 피해 보시겠다? 비 한 방울 떨어질 것 같지 않은 화창한 날씨야. 언니는 약속을 지키는 걸 자랑스러워하잖아. 그러니까 명예롭게 굴란 말이야. 가서 언니의 의무를 다하고 앞으로 6개월 동안 평화를 누려."

마침 그때 조는 옷 만들기에 한창 빠져 있었다. 조는 식구들의 망토 만드는 일을 도맡고 있었고, 바느질도 글쓰기만큼 잘한다는 걸 보여줄 수 있었기 때문에 그 일에 특히 자부심이 강했다. 가봉을 하다가 붙잡혀 더운 7월에 최대한 갖춰 입고 이 집 저 집 돌아다닐 생각을 하니 왈칵 짜증이 났다. 조는 격식을 따지는 방문을 워낙 싫어해서 에이미가 거래나 뇌물, 약속을 앞세워 억지로 불러내기 전까지는 꿈쩍도 하지 않았다. 그런데 지금은 아무리 봐도 빠져나갈 구멍이 없었고, 조는 반항조로 가위를 마구 맞부딪치며 천둥 냄새가 난다고 항의하다가 포기하고는 일감을 치워 버렸다. 그러고는 체념한 듯 모자와 장갑을 챙겨 들고 에이미에게 희생자가 준비를 끝냈다고 말했다.

"조 마치, 언니는 성자도 화나게 할 만큼 삐딱한 사람이야! 설마 그 꼴로 남의 집을 방문할 생각은 아니겠지, 아마 아닐 거야."

에이미가 놀라서 조를 훑어보며 소리쳤다.

"뭐 어때서? 단정하고 시원하고 편안하기만 한데. 더운 날씨에 먼지 날리는 길을 걸어가기엔 딱이고. 나보다 내 옷에 더 관심을 보이는 사람들이라면 만나고 싶지 않아. 네가 내 몫까지 실컷 차려입고 마음껏 우아를 떨든가. 치장하는 건 네 취향이지 내 취향은 아니야. 이것저것 달린 옷은 성가시기만 하지."

"어휴! 이제는 아예 대놓고 엇나가네. 내가 매만져준다고 할까 봐 선수 치는 거 알아. 오늘 같은 날 외출하는 거 나도 반갑지 않지만 그건 우리가 사람들한테 진 빚이고, 그 빚을 갚을 사람은 언니와 나밖에 없는 걸 어쩌겠어. 언니가 제대로 갖춰 입고 나랑 같이 가서 교양 있게 굴기만 한다면 내가 뭐든 다 해줄게. 언니는 말도 잘하고 제대로만 꾸미면 아주 귀족 같아 보인단 말이야. 그리고 노력하면 아주 훌륭하게 행동할 수도 있고. 난 그런 언니가 얼마나 자랑스러운데. 혼자 가기 무서우니까 같이 가서 나 좀 돌봐주라."

"성난 언니를 어르고 구슬리는 게 교활한 여우가 따로 없네. 내가 귀족 같아 보이고 교양이 있다느니, 혼자 가기가 무섭다느니, 이게 다 무슨 소리야? 뭐가 제일 어처구니없는 소리인지 알지도 못하겠네. 음, 이번 원정의 대장은 네가 맡아, 난 뭐든 하라는 대로 할 테니까. 그럼 만족하겠니?"

삐딱하던 조가 갑자기 양처럼 순하게 돌변해서 말했다.

"언니는 영락없는 아기 천사야! 가서 제대로 갖춰 입고 와. 어느 집에서 어떻게 행동해야 하는지는 내가 알려줄게. 그럼 좋은 인상을 심어줄 수 있을 거야. 난 사람들이 언니를 좋아했으면 좋겠어. 언니가 조금만 살갑게 굴면 다들 언니를 좋아할 거야. 머리도 예쁘게 손보고, 모자에 분홍색 장미도 달아봐. 잘 어울릴 거야. 언니는 수수하게 입으면 너무 냉철해 보인단 말이야. 얇은 장갑이랑 거기 자수 손수건을 가져가. 그리고 메그 언니네 집에 들러서 하얀 양산을 빌려가자. 언니는 내 비둘기색 양산을 쓰면 돼."

에이미는 옷을 차려입으면서 이런저런 지시를 쏟아냈고, 조는 그대로 따랐지만 불만이 없을 수가 없었다. 버석거리는 새 오건디(약간 빳빳하고 얇은 면직물 : 옮긴이)를 급히 입자니 한숨이 나왔고, 모자 끈을 흠잡을 데 없는 리본 모양으로 묶으려다가 절로 인상이 찡그려졌다. 깃을 달 때도 핀과 씨름하느라 진을 빼야 했고, 손수건을 흔들 때마다 자수가 지금 이 상황만큼이나 성가시게 코를 건드리는 바람에 오만상을 찌푸려댔다. 조는 우아함의 화룡정점으로 단추 세 개와 술이 달린 꽉 끼는 장갑에 두 손을 집어넣고는 에이미에게 돌아서서 얼빠진 표정으로 온순하게 말했다.

"이보다 더 비참할 순 없을 거야. 하지만 네가 그럭저럭 남 앞에 내놓을 만하다고 한다면 정말 행복할 거야."

"아주 멋져. 천천히 돌아봐, 꼼꼼히 봐줄 테니."

조는 제자리에서 돌았고, 에이미는 고개를 한쪽으로 기울인 채 여기저기 손보고는 뒤로 물러나 살피더니 우아하게 말했다.

"응, 그만하면 됐어. 특히 머리는 더 손볼 게 없네. 그 하얀 모자는 장미를 다니까 기가 막히게 예쁜데. 어깨를 쫙 펴고 장갑이 꽉 끼더라도 손을 자연스럽게 움직여. 언니한테 잘 어울릴 만한 게 하나 더 있어. 그래, 숄을 걸쳐봐. 난 안 어울리지만 언니가 하니까 아주 근사해. 마치 대고모님이 그 예쁜 숄을 언니한테 준 게 얼마나 다행인지 몰라. 수수하지만 예쁜 숄이야. 팔 위의 저 주름들도 정말 예술적이고 말이야. 내 망토 끝이 한가운데 와 있는지 좀 봐줄래? 치맛단을 살짝 올렸는데 들쭉날쭉하지 않아? 코는 영 아니지만 발은 예쁘니까 신발이 보이게 하고 싶어."

"너야 아름다움과 기쁨 그 자체지 뭐."

조가 감정가처럼 손가락 사이로 금발에 꽂힌 파란 깃털 장식을 보며 말했다.

"그건 그렇고 제 가장 좋은 드레스 자락을 먼지바닥에 질질 끌고 다닐까요, 아니면 들어 올릴까요, 아가씨?"

"걸을 때는 들어 올리고 집 안에서는 늘어뜨려. 언니한테는 질질 끌리는 스타일이 제일 잘 어울리니까 치맛자락을 우아하게 끌고 다니는 법을 꼭 익혀놔. 한쪽 소맷부리 단추가 절반만 채워졌잖아, 얼른 채워. 작은 부분이라고 해서 꼼꼼하게 신경 쓰지 않으면 어딘가 부족한 것처럼 보인단 말이야. 작은 부분이 모여서 만족스러운 전체를 이루는 거거든."

조는 한숨을 내쉰 뒤 소맷부리 단추를 마저 채웠는데, 그러느라 장갑의 단추들이 다 터지고 말았다. 하지만 마침내 둘 다 준비를 끝냈고, 조와 에이미는 해나가 위층 창밖으로 몸을 내밀고 둘을 내려다보면서 던진 말 그대로 '그림처럼 예쁜' 모습으로 집을 나섰다.

"조 언니, 체스터 부부는 자기들이 아주 고상한 사람들이라고 생각하고 있어. 그러니까 몸가짐에 각별히 신경 써야 할 거야. 퉁명스럽게 말해서도 안 되고, 이상한 짓도 하면 안 돼, 응? 그냥 차분히 얌전하게 조용히 있어. 그러면 무사히 넘어갈 테고 숙녀처럼 보일 거야. 15분만 있으면 되니까 잘할 수 있을 거야."

양팔에 아기를 안은 메그에게 하얀 양산을 빌리고 최종 점검도 받고 나서 첫 번째 집이 가까워지자 에이미가 말했다.

"어디 보자, '차분히 얌전하게 조용히' 있어라 이거지. 좋아, 그 정도는 할 수 있어. 무대에서 새침한 아가씨 역할도 해봤으니까 그 역할을 하는 셈 칠게. 곧 보게 되겠지만 내 능력이 얼마나 엄청난데? 그러니까 마음 편하게 가지셔, 동생님."

에이미는 안심하는 듯 보였지만 짓궂은 조는 첫 번째로 들른 집에서 동생의 지시를 곧이곧대로 실행에 옮겼다. 그녀는 손동작과 발동작 하나하나를 우아하게 하고 드레스의 주름을 일일이 접어 드리우면서 여름 바다처럼 평온하고, 눈 더미처럼 서늘하고, 스핑크스처럼 조용하게 앉아 있었다. 체스터 부인이 조의 '매력적인 소설'을 언급했고, 딸들도 파티, 소풍, 오페라, 유행 등 주제를 바꿔가며 이야기를 꺼냈지만 헛수고일 뿐이었다. 그때마다 미소와 인사, "네" 또는 "아니오"라는 새침한 반응만 돌아왔기 때문이다. 에이미가 "말 좀 해"라는 신호를 보내며 눈치도 주고 아무도 모르게 발로 쿡쿡 찔러보기도 했지만 허사였다. 조는 "얼음처럼 한결같고 눈이 부시도록 무심한" 모드(영국 시인 앨프리드 테니슨의 같은 제목 시에 나오는 여인 : 옮긴이)의 얼굴을 하고 정말 아무것도 모른다는 듯이 앉아 있었다.

"저 마치 양의 언니라는 사람은 왜 저렇게 거만하고 꽉 막혔대?"

문이 닫히면서 체스터 집안의 여자들 중 한 명의 입에서 나온 이 말을 애석하게도 밖으로 나가던 손님들이 듣고 말았다. 조는 복도를 걸어 나오는 내내 숨 죽여 킥킥거렸지만 에이미는 자신의 지도 실패에 똥 밟은 얼굴이 되어서는 조에게 비난을 퍼부어 댔다.

"어떻게 내 말을 그런 식으로 잘못 알아들을 수가 있어? 내 말은 적당히 품위를 지키며 차분하게 행동하라는 거였는데, 언니는 무슨 꿔다 놓은 보릿자루처럼 굴었잖아. 램 씨네에서는 좀 어울리려고 해봐. 다른 여자들처럼 수다도 떨고, 드레스니 연애니 말도 안 되는 소리가 나와도 관심을 보이란 말이야. 램 씨네는 상류층이고 알아두면 도움이 될 사람들이라 어떻게든 좋은 인상을 심어주고 싶어."

"그놈의 비위 맞추는 게 뭐 어렵다고, 맞추면 될 거 아냐. 수다도 떨고, 키득거리고, 조그만 일에도 화들짝 놀라거나 껌뻑 넘어가라는 거지? 나도 이번 건 좀 마음에 드네, 이른바 '매력 덩어리 아가씨'처럼 굴면 되는 거잖아. 메이 체스터를 흉내 내면 되니까 까짓것 아무 문제 없어. 게다가 그 여자보다는 내가 더 나을걸. 두고 봐, 램 씨네 집 사람들의 입에서 '조 마치 양은 어쩜 저리도 명랑하고 상냥할까요!'라는 말이 나오나 안 나오나."

에이미는 당연히 걱정스러웠다. 조는 한번 엇나가기 시작하면 도무지 견잡을 수 없었기 때문이다. 에이미는 뭔가를 연구하는 사람처럼 언니가 옆의 응접실로 사뿐사뿐 들어가 방 안의 아가씨들에게 돌아가며 요란하게 입맞춤을 날린 뒤 젊은 신사들을 향해 우아하게 활짝 웃어 보이며 사람들 틈에 끼어 보는 사람이 깜짝 놀랄 만큼 기세 좋게 수다를 떨어대는 모습을 빠짐없이 지켜보았다. 그러고 나서 평소 그녀를 예뻐하는 램 부인에게 붙잡히는 바람에 루크레티아(미모와 정절로 유명한 고대 로마의 전설적 여인으로 다른 남자에게 능욕당하고 복수를 부탁하며 자살했다 : 옮긴이)의 마지막 일격을 둘러싼 장황한 이야기를 그저 듣고 있을 수밖에 없었다. 그런 와중에 훤칠하고 잘생긴 청년 셋이 근처를 서성이며 틈만 보이면 달려들어 에이미를 빼내 올 기세로 호시탐탐 기회를 노렸다. 그렇게 에이미가 꼼짝없이 붙잡혀 아무 힘도 쓰지 못하는 사이에 조는 슬그머니 장난기가 발동했는지 중년 여성 뺨치는 입심을 자랑하며 주절주절 수다를 떨어댔다. 사람들의 머리가 매듭처럼 조를 빙 둘러싸고 있는 가운데 에이미는 이야기가 어떻게 돌아가는지 들으려고 귀를 쫑긋 세웠다. 에이미는 중간에 문장이 끊길라치면 불안했고, 사람들이 눈을 휘둥그렇게 뜨며 손을 치켜들 때는 호기심이 일었으며, 사이사이 와락 웃음이 터질 때면 재미를 함께 나누고 싶어 좀이 쑤셨다. 에이미가 엿들으며 괴로워한 토막 난 대화를 대충 맞춰보면 이랬다.

"그 아가씨는 말을 아주 잘 타는군요. 누구한테 배웠나요?"

"배우긴요? 나무에 낡은 안장을 걸치고 혼자 연습했는걸요. 올라타는 것부터 고삐를 잡는 것, 똑바로 앉는 것 등등 전부 다요. 이젠 못 타는 말이 없답니다. 도무지 겁이란 걸 모르거든요. 마구간지기도 그 애한텐 말을 싸게 빌려줘요. 그 앤 여자들도 안심하고 탈 수 있게 말을 잘 다루거든요. 무슨 애가 말이라면 어찌나 좋아하는지 나중에 이 일 저 일 다 안 되거든 말을 조련해 먹고 살아도 되겠다고 말할 정도라니까요."

이 끔찍한 말에 에이미는 가만히 참고 있기가 힘들었다. 하긴 그녀가 특히 싫어하는 촐랑대는 아가씨라는 인상을 주게 생겼으니 무리도 아니었다. 하지만 무엇을 할 수 있단 말인가? 노부인이 한창 자기 이야기를 하고 있어 끝나려면 아직 멀었고, 조는 한층 더 우스꽝스러운 이야기를 쏟아놓으며 훨씬 무시무시한 실수를 또 저지르기 시작했다.

"네, 그날 에이미는 엄청 실망했더랬어요. 좋은 말은 다 나가고 달랑 세 마리만 남아 있었는데, 한 마리는 절름발이에 또 한 마리는 눈이 멀었고 나머지 한 마리는 입 속에 억지로 흙을 퍼 넣어야 겨우 움직일 만큼 말을 안 듣는 녀석이었거든요. 사실 같이 재밌게 놀기에는 그런 놈이 제격이죠, 안 그래요?"

"그래서 에이미 양은 어떤 말을 골랐나요?"

웃고 있던 신사들 중 한 명이 그 주제에 관심을 보이며 물었다.

"어떤 말도 고르지 않았어요. 강 건너 농가에 젊은 말이 하나 있는데, 지금까지 여자는 한 번도 태워본 적이 없다는 얘기를 들었거든요. 잘생기고 팔팔한 녀석이라 에이미는 한번 도전해 보기로 결심했죠. 그러고 나서 에이미가 한 고생은 정말이지 눈물겨울 정도였어요. 안장을 가져다줄 사람이 없어 안장까지 직접 가져가야 했거든요. 실제로 동생은 안장을 배에 싣고 노를 저어 강을 건넌 뒤 그걸 또 머리에 이고 농가 헛간까지 걸어갔어요. 당연히 그 늙은 농부가 깜짝 놀랄 밖에요!"

"그래서 그 말을 탔나요?"

"물론이죠, 얼마나 신나했게요? 난 그 애가 엉망인 꼴로 집에 올 줄 알았는데, 그야말로 말을 완벽하게 다뤄서 다들 한바탕 웃었지 뭐예요."

"음, 담력 있는 아가씨군요!"

그러면서 램 집안의 젊은 아들은 호감 어린 눈으로 에이미를 돌아보았다가 어머니가 대체 무슨 말을 하기에 저 아가씨가 얼굴이 벌게진 채 저리 불편한 표정인지 의아하게 생각했다.

잠시 뒤 갑자기 화제가 바뀌면서 옷 이야기가 나오자 에이미의 얼굴은 더욱더 빨개지고 불편해 보였다. 아가씨 한 명이 소풍 때 썼던 예쁜 모자는 어디서 산 거냐고 묻자 바보 같은 조가 2년 전 그 칙칙한 모자를 산 가게 이름을 대는 대신 고집스럽게도 굳이 하지 않아도 될 말을 술술 토해냈기 때문이다.

"아, 그건 에이미가 칠한 거예요. 그런 연한 색감의 모자는 파는 데가 없거든요. 우린 원하는 색깔을 직접 칠한답니다. 예술가 동생을 둬서 얼마나 편한지 몰라요."

"어떻게 그런 기발한 생각을 할 수가 있죠?"

램 양이 조를 굉장히 재미있는 사람이라고 생각하며 소리쳤다.

"그 애의 눈부신 작품들에 비하면 그건 아무것도 아니에요. 그 앤 못하는 게 없답니다. 글쎄, 저번 샐리네 파티 때는 파란색 부츠를 신고 싶다면서 때 묻은 흰색 부츠를 하늘색으로 칠했는데, 색깔이 어찌나 기가 막히던지 딱 공단처럼 보이지 뭐예요."

조가 동생의 위업을 자랑하며 의기양양하게 덧붙였다. 하지만 에이미는 어찌나 화가 치미는지 언니에게 명함집이라도 집어 던져야 그나마 분이 풀릴 듯했다.

"저번에 댁의 소설을 읽었는데 우리 모두 정말 재미있게 봤어요."

램 집안의 장녀가 여성 문학가를 칭찬하고 싶어 입을 열었다. 단언하건대 이때까지만 해도 조는 전혀 괴짜처럼 보이지 않았다. '작품' 얘기만 나오면 조는 뭐가 그렇게 못마땅한지 뻣뻣하게 굳은 채 화난 표정을 짓거나, 아니면 지금처럼 퉁명스럽게 화제를 돌려버렸다.

"그런 걸 읽으시다니 딱하시네요. 그런 쓰레기는 잘 팔리니까 쓰는 건데, 뭐 보통 사람들은 좋아하죠. 그건 그렇고 이번 겨울에 뉴욕에 가신다고요?"

램 양은 그 이야기를 '재미있게' 읽었던 만큼 조의 이 말에서 고마움도 인사치레도 찾아볼 수 없었다. 조는 곧바로 실수했다는 걸 깨달았지만 상황만 더 나쁘게 만들 것 같아 얼른 그 자리를 피하는 게 상책이라고 생각하고는 갑자기 자리를 떴다. 그 바람에 세 사람은 입 속에 말을 머금은 채 우두커니 남겨질 수밖에 없었다.

"에이미, 그만 가자. 잘 있어요, 여러분. 언제 우리 집에 들르세요. 기다리고 있을게요. 램 씨에게는 굳이 오시라고 청하진 않겠지만 오신다면 쫓아 보낼 생각은 없어요."

조가 메이 체스터의 물색없는 말투를 우스꽝스럽게 흉내 내며 말하자 에이미는 웃고 싶기도 하고 울고 싶기도 한 심정으로 최대한 서둘러 방을 나갔다.

"나 잘하지 않았니?"

조가 걸어가면서 만족스러운 듯 물었다.

"최악이었어. 대체 무슨 생각으로 안장이니 모자니 부츠니 하는 따위들을 시시콜콜 떠벌린 거야?"

에이미가 참담한 표정으로 말했다.

"왜, 재밌잖아, 다들 좋아하던데 뭐. 우리가 가난한 거 모르는 사람이 없는 마당에 마부를 여럿 두고 계절마다 모자를 서너 개씩 사들이고 그 사람들처럼 느긋하게 누릴 것 누리면서 사는 척해봐야 말짱 꽝인 거야."

"그렇다고 자질구레한 속사정까지 일일이 떠벌려서 우리가 가난하다는 걸 쓸데없이 드러낼 것까지는 없잖아. 자존심이라고는 그렇게 눈곱만큼도 없으니까 언제 입을 다물고 언제 말해야 하는지 평생 알 리가 없지."

에이미가 절망한 어조로 말했다.

가엾은 조는 겸연쩍은 표정으로 자신이 지은 죄에 대해 속죄의 고행이라도 치르듯 뻣뻣한 손수건으로 코끝을 말없이 문질렀다.

"여기선 어떻게 할까?"

세 번째 저택으로 다가가면서 조가 물었다.

"언니 맘대로 해. 난 손 뗐으니까."

에이미가 짧게 대답했다.

"그럼 나 좋을 대로 할게. 이번엔 남자애들과 좀 놀아야겠어. 누가 뭐래도 난 기분 전환이 필요해. 우아한 건 도무지 내 체질에 안 맞아."

조가 어울리려는 노력이 수포로 돌아가서 못내 마음이 상한 듯 툴툴거렸다.

조는 청년 셋과 예쁜 아이들의 열렬한 환영에 가라앉았던 기분이 금세 나아졌고, 그래서 이 집 안주인과 자신처럼 엉겁결에 손님으로 불려온 튜더 씨를 상대하는 일은 에이미에게 맡긴 채 젊은이들과 마음껏 어울리며 다시 기운을 차렸다. 그녀는 깊은 관심을 가지고 대학 생활 이야기에 귀 기울이는가 하면, 조용히 포인터와 푸들을 쓰다듬기도 했으며, 칭찬의 형태가 적절하든 말든 상관없이 "톰 브라운은 든든한 친구였네요"라며 진심으로 동감을 표시하기도 했다. 자기가 키우는 거북이를 보러 가자는 웬 아이의 제안에 군말 없이 얼른 따라나서기도 했다. 그 아이의 엄마는 곰처럼 우악스럽지만 애정 어린, 그리고 솜씨 좋은 어느 프랑스 여자의 손끝에서 나온 완전무결한 머리 모양보다 더 소중한 자식의 포옹에 엉망이 된 모자를 눌러쓰며 흐뭇한 미소를 지었다.

에이미도 언니가 하고 싶은 대로 하도록 내버려둔 채 마음껏 즐겼다. 튜더 씨 삼촌이 왕족의 팔촌쯤 되는 영국 여성과 결혼했다는 얘기에 에이미는 그 집안을 굉장히 높게 평가했다. 에이미는 비록 미국에서 나고 자랐지만 우리 중 최고에게 따라다니는 지위를 숭배했다. 사실 의식하지 못할 뿐이지 몇 해 전 금발의 왕실 도련님이 온다는 소식은 하늘 아래 가장 민주적이라는 나라를 발칵 뒤집어놓았고, 능력이 닿는 한 품어주다가 자식이 반항하자 꾸짖으며 떠나보내는 가녀리지만 당당한 어머니를 향한 다 큰 아들의 그것처럼 신생국이 본국에 품고 있는 애정과 여전히 상관있는 왕들에 대한 초창기 신앙은 여전히 지켜지고 있었다. 그러나 영국 귀족의 먼 인척과 나누는 즐거운 대화도 에이미가 시간을 잊어버리게 하지는 못했다. 어느 정도 시간이 지나자 에이미는 마지못해 이 귀족 사회를 뿌리친 채 구제불능의 언니가 마치 가문의 체면에 먹칠을 하는 사고만은 치지 않았기를 간절히 바라며 조를 찾아 나섰다.

이 정도로 그친 게 다행인지도 몰랐지만 그래도 에이미는 심기가 영 불편했다. 조가 남자아이들에게 둘러싸인 채 천막을 친 풀밭 위에 앉아 있었기 때문이다. 그런 가운데 발이 지저분한 개 한 마리가 조의 외출복 치맛자락 위에서 쉬고 있었고, 조는 자신을 따르는 청중에게 로리가 친 장난들 중 하나를 중계하고 있었다. 한 꼬마는 에이미가 아끼는 양산으로 거북이들을 쿡쿡 찌르고 있었고, 또 한 꼬마는 조의 가장 좋은 모자를 깔고 앉아 생강쿠키를 먹고 있었다. 그런가 하면 또 한 꼬마는 조의 장갑으로 공놀이를 하고 있었다. 어쨌든 다들 즐거운 시간을 보내고 있는 듯했다. 조가 망가진 소지품들을 챙겨 자리를 뜨려 하자 아이들이 배웅하러 따라 나와 꼭 다시 오라고 신신당부하며 이렇게 말했다.

"로리 형이 장난 친 얘기는 진짜 재밌었어요."

"착한 아이들이야, 그렇지 않니? 이제야 다시 젊어지고 상쾌해지는 것 같아."

조가 뒷짐을 지고 걸으며 말했다. 뒷짐 지는 것은 조의 버릇이기도 했지만 흙탕물을 뒤집어쓴 양산을 숨기려는 의도 때문이기도 했다.

"언니는 왜 튜더 씨만 봤다 하면 피해?"

에이미가 엉망이 된 조의 차림새에 대해 한마디 하고 싶었지만 지혜롭게 꾹 참고 물었다.

"난 그 남자 싫어. 잘난 체하고, 자기 누이들을 무시하고, 아버지를 걱정시키고, 자기 어머니에 대해서도 좋게 말하지 않잖아. 로리가 그러는데, 경박한 사람이래. 아무래도 알고 지내서 좋을 게 없는 사람인 것 같아. 그래서 상대 안 하는 거야."

"아무리 그래도 예의 바르게 대했어야지. 그냥 차갑게 고개만 까딱이면 어떡해? 방금 식료품 가게 아들 토미 체임벌린한테는 더없이 깍듯하게 머리를 숙이고 미소까지 지었으면서. 그 반대로 했으면 좋았잖아."

에이미가 나무라듯 말했다.

"아니, 그건 아니지. 난 튜더를 좋아하지도 존경하지도 우러르지도 않아. 그 남자 할아버지의 삼촌의 조카의 조카딸이 왕족의 먼 친척이라고 해도 상관없어. 토미는 가난하고 숫기도 없지만 착하고 아주 똑똑해. 난 그 사람을 높이 사고 있고, 그런 내 생각을 보여주고 싶어. 그 남자는 식료품 봉투를 배달하고 다닐지언정 진정한 신사니까."

조가 응수했다.

"언니랑 아웅다웅 다퉈봐야 무슨 소용 있겠어."

에이미가 포문을 열었다.

"소용없고말고. 자, 이제 얼굴 펴고 명함이나 한 장 두고 가자. 킹 씨네는 다들 나갔나 봐. 어찌나 고마운지 원."

가족 명함이 의무를 다하자 자매는 다음 집으로 걸음을 재촉했다. 조는 다섯 번째 집에서도 감사를 올렸다. 그 집 아가씨들도 다른 일로 바쁘다는 얘기를 전해 들었기 때문이다.

"오늘은 마치 대고모님 댁은 그냥 놔두고 집에 가자. 거긴 언제든 갈 수 있잖아. 이렇게 피곤하고 짜증스러운데 제일 좋은 옷을 입고 먼지 구덩이 속을 걸어가야 하다니 정말 너무하잖아."

"언니는 그런지 몰라도 난 아니거든. 우리가 이렇게 차려입고 인사드리러 찾아뵙는 걸 대고모님이 얼마나 좋아하시는데. 별일 아니지만 대고모님은 좋아하신단 말이야. 더러운 개들과 개구쟁이 남자애들이 언니 물건을 망쳐놓은 거에 비하면 이건 아무것도 아니야. 고개 좀 숙여봐. 언니 모자에 과자 부스러기가 있어서 털어야겠어."

"어쩜 이리도 착할까, 에이미!"

조가 후회하는 눈초리로 엉망이 된 자신의 매무새와 여전히 깨끗하고 흠 하나 없는 동생의 매무새를 번갈아 쳐다보며 말했다.

"나도 너처럼 작은 일로도 사람들을 즐겁게 해줄 수 있다면 얼마나 좋을까. 그럴 생각이 없는 건 아니지만 그러려면 시간이 너무 많이 걸려. 그래서 더 큰 친절을 베풀려고 기회를 노리다가 작은 것들을 놓치고 마는 거지. 결국엔 작은 것들이 가장 소중한데 말이야."

그러자 에이미가 금세 마음이 누그러져 환하게 미소 지으며 엄마처럼 말했다.

"여자는 살갑게 굴 줄도 알아야 해. 특히 가난한 여자는. 그것 말고는 사람들한테 받은 친절을 되갚을 방법이 없으니까. 그 점을 명심하고 열심히 노력한다면 나보다 더 예쁨 받게 될 거야. 언니는 장점이 많은 사람이니까."

"걸핏하면 불뚝대는 내 성질은 어쩌고. 물론 네 말이 맞는다는 건 인정해. 하지만 있잖니, 마음이 내키지 않는데도 살갑게 구느니 차라리 어떤 사람을 위해 목숨을 거는 편이 내겐 더 쉬워. 좋고 싫은 게 나처럼 너무 분명한 건 큰 불행 아니니?"

"그걸 숨기지 못하는 게 더 큰 불행이야. 실은 나도 언니 못지 않게 튜더가 맘에 안 들지만 그 사람에게 그걸 굳이 말할 필요는 없잖아. 언니도 마찬가지야. 그 사람이 무례하게 군다고 해서 언니도 무례하게 굴 필요는 없잖아."

"하지만 여자들도 못마땅한 남자들한테는 본때를 보여줘야 한다고 생각해. 그러는 덴 태도가 제일 좋지 않겠어? 설교는 백날 해봐야 아무 소용이 없거든. 슬픈 사실이지만 내가 테디를 상대하며 배운 바로는 그래. 나는 말 한 마디 하지 않고도 여러 가지 방법으로 테디를 움직일 수 있어. 할 수만 있다면 우리 여자들은 그런 식으로 남자들을 대해야 한다고 생각해."

"테디는 보기 드문 남자야. 테디를 다른 남자들과 똑같이 생각해선 안 돼."

에이미는 '그 보기 드문 남자'가 들었다면 배꼽을 잡고 웃었을 만큼 굳은 확신에 차서 말했다.

"우리가 엄청난 미인이거나 부와 지위가 있는 여자라면 뭐든 할 수 있겠지. 하지만 우리가 마음에 안 드는 남자들에게는 인상을 쓰고 마음에 드는 남자들에게는 미소를 지어 보인다고 해서 뭐가 달라지기라도 해? 모르긴 해도 우리만 별난 청교도 취급을 받게 될걸."

"엄청난 미인도 백만장자도 아니니 일이 됐든 사람이 됐든 싫어도 그냥 참고 받아들여야 한다는 거야? 참 훌륭한 미덕도 다 있네."

"그 점을 입증해 보일 수는 없지만 그게 세상을 살아가는 법이라는 것쯤은 알고 있어. 그걸 거스르는 사람들은 고생만 실컷 하다 비웃음이나 사지. 난 개혁가는 싫어. 언니가 그렇게 되지 않기를 바랄 뿐이야."

"난 좋은데, 그리고 할 수만 있다면 난 그렇게 되고 싶은데. 세상은 그런 사람들을 비웃지만 막상 없으면 굴러가지 않을걸. 이 문제에 관한 한 우린 생각이 다를 수밖에 없겠다. 넌 옛날 방식을 좋아하고 난 새 방식을 좋아하니까. 넌 편하게 살아, 난 신나게 살게. 모욕과 비웃음을 즐기면서 말이지."

"에고, 이제 그만 진정해. 언니의 그 새로운 생각으로 대고모님을 걱정시키지 말고."

"노력해 볼게. 하지만 대고모님 앞에서는 이상하게 말도 더 무뚝뚝해지고 마구 엇나가고 싶어진단 말이야. 처음부터 생겨먹은 게 그래서 나도 어쩔 수가 없어."

노마님 곁에는 캐럴 숙모도 함께 있었다. 두 사람은 자매가 들어서자 말을 뚝 그쳤지만 어딘지 눈치를 보는 표정으로 보아 조카의 딸들 얘기를 하고 있었던 게 분명했다. 조는 기분이 상해 또 다시 엇나가기 시작했지만 에이미는 천사가 되기로 작심했는지 성질을 누르고 착실하게 자신의 의무를 다하며 모두를 기쁘게 했다. 이런 싹싹한 태도는 금세 전해졌고, 평소에도 에이미를 '귀염둥이'라며 특별히 예뻐하던 대고모와 숙모는 나중에 "저 아이는 날마다 나아지네"라고 힘주어 말했다.

"아가, 너도 그 자선 행사에 가서 도울 거냐?"

에이미가 어른들이 기특해하는 싹싹한 태도로 옆에 와서 앉자 캐럴 숙모가 물었다.

"네, 작은어머니. 체스터 부인이 부탁하셔서 판매대 하나를 맡겠다고 말씀드렸어요. 제가 기부할 건 시간밖에 없어서요."

"전 안 갈 거예요."

조가 불쑥 끼어들며 단호하게 말했다.

"누구든 생색내는 사람은 딱 질색이에요. 체스터 집안사람들은 자기네 상류층 자선 행사에 우릴 끼워주면서 무슨 큰 호의를 베푸는 줄 알아요. 왜 한다고 그랬니, 에이미? 그 사람들은 그냥 너한테 일을 시키려는 것뿐인데."

"난 일하고 싶어. 이 행사는 체스터 집안을 위한 것이기도 하지만 해방 노예들을 위한 것이기도 해. 내게 일거리와 재미를 나누어 주다니 얼마나 친절해? 난 의도만 좋다면 후원하면서 생색 좀 내도 상관없다고 생각해."

"암, 그래야지. 고마워할 줄 아는 마음씨가 기특하구나. 내 노력을 알아주는 사람을 돕는다는 건 기쁜 일이지. 안 그런 사람들도 더러 있는데, 그러면 힘든 법이거든."

마치 대고모가 시무룩한 표정으로 저쪽에 떨어져 앉아 몸을 비틀어대고 있는 조를 안경 너머로 쳐다보며 말했다.

만약 조가 지금 엄청난 행운이 자신과 에이미 사이에서 왔다 갔다 하고 있다는 사실을 알았더라면 당장 비둘기처럼 유순해졌을 테지만 안타깝게도 우리 가슴에는 창이 나 있질 않아서 친구의 마음속에서 일어나는 일들을 볼 수가 없다. 물론 대개는 볼 수 없어서 더 좋기도 하지만 볼 수 있다면 가끔은 위안이 되기도 하고 시간과 감정을 절약할 수도 있을 것이다. 다음의 말로 조는 몇 년의 즐거움을 제 발로 걷어차버린 뒤 입을 다무는 기술과 관련해 시의적절한 교훈을 얻었다.

"저는 호의가 싫어요. 누가 호의를 베풀면 괜히 주눅 드는 것 같고 노예 같다는 생각이 들거든요. 저는 차라리 모든 걸 혼자 해결하면서 누구한테도 간섭받지 않고 그야말로 독립적으로 살고 싶어요."

"에헴."

캐럴 숙모가 마치 대고모의 눈치를 보며 나지막이 헛기침을 했다.

"그러게 내가 뭐라던."

마치 대고모가 결심이 선 듯 캐럴 숙모를 보며 고개를 끄덕였다.

다행히 조는 자신이 방금 무슨 짓을 했는지 까맣게 모른 채 코를 치켜들고 앉아 있었다. 그 반항적인 모습은 전혀 매력적이지 않았다.

"아가, 프랑스 말은 할 줄 아니?"

캐럴 숙모가 에이미의 손에 자기 손을 올려놓으며 물었다.

"꽤 잘해요. 대고모님 덕분에요. 대고모님 배려로 에스터 아줌마와 프랑스어로 자주 이야기했거든요."

에이미가 감사의 표정을 지으며 대답했고, 이에 노부인은 흐뭇한 미소를 지었다.

"넌 외국어 실력이 어떻니?"

캐럴 숙모가 조에게 물었다.

"한 마디도 못해요. 전 머리가 너무 나빠서 공부는 젬병이거든요. 게다가 그 미끄덩거리고 바보 같은 프랑스어는 정말 참을 수가 없어요."

조의 퉁명스러운 대답이었다.

두 사람 사이에서 또 한 번 눈빛이 오갔다. 잠시 뒤 마치 대고모가 에이미에게 말했다.

"이젠 튼튼하고 건강해 보이는구나. 눈은 더 아프지 않니?"

"전혀요, 다 대고모님 덕분이죠. 전 아주 건강해요. 다음 겨울엔 정말 신나는 일들을 하고 싶어요. 로마에도 가보고요, 그런 기쁜 순간이 과연 올지는 모르겠지만요."

"착하기도 하지! 넌 갈 자격이 있어. 언젠가 꼭 가게 될 게다."

마치 대고모가 자신의 실타래를 주워주는 에이미의 머리를 대견한 듯 쓰다듬으며 말했다.

잘 토라지는 아이야, 걸쇠를 걸어라,

불가에 앉아 실을 자아라.

조의 의자 등받이에 걸터앉아 있던 앵무새 폴리가 고개를 숙이고 조의 얼굴을 빤히 들여다보며 악을 써댔다. 건방지게도 취조하는 듯한 그 모습이 어찌나 우스운지 다들 웃지 않을 수 없었다.

"관찰력이 아주 좋은 새야."

노부인이 말했다.

"이리 와, 산책 가자."

폴리가 각설탕이 생각난 듯 도자기 찬장 쪽으로 깡충깡충 뛰어가며 소리쳤다.

"고마워, 그럴게. 가자, 에이미."

그리고 조는 그날의 방문을 끝냈다. 오늘의 외출이 자신의 앞날에 뭔가 나쁜 영향을 미쳤다는 느낌이 그 어느 때보다 강하게 들었다. 조는 남자처럼 악수를 했지만 에이미는 대고모와 숙모의 뺨에 입을 맞추었다. 자매는 빛과 그림자 같은 인상을 남기고 떠나갔다. 자매의 모습이 사라지자 마치 대고모가 말했다.

"그렇게 하자, 메리. 돈은 내가 댈 테니."

그러자 캐럴 숙모가 마음을 정한 듯 대답했다.

"저 아이 부모만 동의하면 그렇게 할게요."

30

결과

체스터 부인의 자선회는 아주 우아하고 몇 손가락 안에 드는 고급스러운 행사였던 만큼 판매 도우미로 위촉받아 매대를 관리하는 것은 그 일대 아가씨들에게 크나큰 영광이었을 뿐 아니라 모든 이의 관심사이기도 했다. 에이미는 위촉받은 데 비해 조는 그렇지 못했는데, 이는 여러모로 잘된 일이었다. 인생의 이 시기에 조는 양손을 늘 허리에 갖다 댄 채 매사에 딴지를 걸려고 들어 둥글둥글해지는 법을 터득하기까지 수많은 우여곡절을 겪어야 했기 때문이다. 이 '거만하고 꽉 막힌' 인간은 그야말로 외톨이 신세로 전락하고 말았지만, 에이미는 재능과 안목을 인정받아 예술품 판매 도우미로 위촉받자 그 일에 누가 되지 않도록 제 몫을 다하기 위해 만반의 준비를 갖췄다.

모든 게 순조롭게 착착 진행되던 중 행사를 하루 앞두고 사소한 충돌이 발생했다. 하긴 나이 지긋한 부인부터 아직 새파란 아가씨에 이르기까지 감정선과 편견이 제각각 다른 여자 스물다섯 명이 모여 함께 일을 하자니 문제가 생길 수밖에 없었다.

그렇지 않아도 메이 체스터는 자기보다 훨씬 인기가 많은 에이미를 질투하고 있었다. 그런 와중에 때마침 몇 가지 사소한 일들이 벌어지면서 그런 감정에 날개를 달아준 꼴이 되고 말았다. 에이미의 앙증맞은 펜화 작품 때문에 자신이 그린 꽃병이 완전히 묻혀버리자 메이에게는 그 펜화들이 눈엣가시와도 같았다. 그러고 나서 어느 늦은 저녁 파티 때 만인에게 사랑받는 튜더 집안 아들이 에이미와는 네 번이나 춤을 추면서 메이와는 달랑 한 번만 춤을 추었다. 그것이 두 번째 눈엣가시였다. 그러나 메이의 영혼을 들쑤셔 냉담하게 굴도록 만든 주된 불만의 원인은 그녀를 생각해준답시고 주변에서 귀띔해준 소문이었다. 그 소문이란 마치 집안 딸들이 램가에서 메이를 웃음거리로 만들었다는 것이었다. 모든 책임은 조에게 돌아갔어야 했는데 조의 무례한 흉내는 도저히 둘러댈 수 없을 만큼 실제와 똑같았고, 장난기가 발동한 램 집안사람들이 그 일을 퍼뜨렸던 것이다. 정작 범인들은 일이 어떻게 돌아가고 있는지 알지 못하는 상태였으니 에이미가 얼마나 당황했을지 충분히 상상이 갈 것이다. 자선회 바로 전날 저녁, 에이미는 보기 좋게 꾸민 자신의 판매대를 마지막으로 손보고 있었다. 그때 자기 딸을 웃음거리로 만들었다는 이야기에 당연히 화가 난 체스터 부인이 다가와서 말투는 담담했지만 차가운 표정으로 말했다.

"저기, 내가 내 딸들을 놔두고 남한테 이 매대를 내줬다고 아가씨들 사이에서 말들이 많은 모양이에요. 사실 여기가 눈에 제일 잘 띄는 곳이라 가장 좋은 자리라고 말하는 사람들도 꽤 있어요. 그래서 말인데, 이 자리는 손님을 가장 많이 유치할 만한 사람에게 맡기는 게 좋겠다고 결정했어요. 미안하게 됐지만 에이미 양은 원래 이 행사의 취지에 진심으로 관심 있어 했으니까 그렇게 실망하지는 않을 거라고 생각해요. 그리고 원한다면 다른 매대를 맡아도 좋아요."

체스터 부인은 이런 몇 마디 말로 수월하게 끝나겠거니 생각하고 왔지만 막상 닥치고 보니 아니었다. 놀라움과 혼란으로 가득한 에이미의 두 눈이 아무런 의심 없이 자신을 똑바로 쳐다보자 아무 일도 아닌 듯 자연스럽게 말하기가 어려웠다.

에이미는 이 뒤에 뭔가가 있다고 느꼈지만 그게 뭔지는 알 수 없었고, 그래서 상처받은 얼굴로 그저 조용히 물었다.

"혹시 판매대를 아예 맡지 말라는 말씀은 아니시죠?"

"저기 있지, 무슨 나쁜 감정이 있어서 그러는 건 아니에요. 다 잘해보자고 그러는 거지. 알다시피 내 딸들이 앞장서서 행사를 주도하게 될 텐데, 그러면 이 자리가 그 애들한테 제격이거든. 물론 에이미 양한테도 아주 잘 어울리고 또 이렇게 예쁘게 꾸며줘서 무척 고마워하고 있지만 우리 모두 개인적인 욕심은 버려야 하지 않겠어요. 에이미 양은 여기 말고 다른 좋은 곳에 자리를 잡을 수 있을 거예요. 꽃 판매대는 어때요? 어린애들이 맡았는데, 잘 안 되나 봐요. 에이미 양이라면 잘할 수 있을 거예요. 알다시피 꽃 판매대는 늘 매력적인 곳이니까."

"특히 남자들에게는요."

메이가 덧붙였다. 그때 에이미는 그들이 갑자기 호의를 거두어들인 이유가 메이의 저 표정과 관련이 있다는 걸 단박에 알아챘다. 에이미는 화가 나서 얼굴이 다 벌게졌지만 방금 전의 빈정거림은 못 들은 척 일부러 더 싹싹하게 대답했다.

"말씀대로 할게요, 체스터 부인. 여기 이 자리는 내놓고 꽃 판매대를 맡을게요."

"원한다면 네 물건들은 네 판매대로 가져가도 좋아."

메이가 입을 열었다. 메이는 예쁜 선반과 색칠한 조개껍데기, 고풍스럽게 장식한 책 등 에이미가 심혈을 기울여 만들어 더없이 우아하게 진열한 물건들을 보며 조금 양심의 가책을 느꼈다. 메이는 좋은 뜻으로 한 말이었지만 에이미는 그 뜻을 오해하고 재빨리 말했다.

"방해가 된다면 당연히 그래야지."

그러고는 앞치마에 허둥지둥 기부품들을 쓸어 담고는 자기 자신뿐만 아니라 자신의 작품들까지 씻을 수 없는 모욕을 받은 듯한 기분을 느끼며 그 자리를 떴다.

"엄청 화났나 봐요. 아, 엄마한테 부탁하지 말 걸 그랬어요."

메이가 이제 자기가 맡게 된 매대의 텅 빈 공간을 절망스럽게 쳐다보며 말했다.

"여자들 싸움은 금세 끝나는 법이야."

체스터 부인이 이 싸움에 자기도 한몫했다는 생각에 약간 부끄러움을 느끼며 대답했다.

여자애들은 에이미와 그녀의 보물들을 아주 반갑게 맞이했다. 에이미는 화기애애한 환영에 언짢았던 기분을 조금이나마 가라앉히고 예술로는 성공하지 못해도 꽃으로는 반드시 성공하겠다는 결심 아래 일에 매달렸다. 하지만 모든 게 에이미들에게 등을 돌린 듯했다. 시간은 너무 늦은 데다 몸도 피곤했다. 다들 자기 일을 하느라 바쁜 나머지 에이미를 도와주지 못했고, 여자애들은 방해만 됐다. 참새 새끼들처럼 쉴 새 없이 부산을 떨고 재잘거리며 완벽하게 정리되어 있는데도 일손을 보탠답시고 괜히 건드려서 오히려 일만 만들었기 때문이다. 에이미가 일껏 세워놓은 상록수 아치문은 가만히 서 있질 못하고 비틀댔고, 거기 매달아놓은 화분에 물을 붓자 금세라도 에이미의 머리 위로 무너져 내릴 것만 같았다. 그 와중에 에이미의 최고 걸작인 타일 그림에 물이 튀는 바람에 큐피드의 뺨에 불그죽죽한 눈물이 남고 말았다. 거기서 끝이 아니었다. 망치질을 하다 손에 멍이 들었고, 찬바람을 맞으며 일하느라 감기마저 들어 그 때문에 내일 일을 못 하게 될까 봐 걱정까지 더해졌다. 이처럼 힘든 일을 겪어본 여성 독자라면 불쌍한 에이미를 딱하게 느낄 뿐만 아니라 맡은 일을 무사히 끝내기를 기원할 것이다.

그날 저녁 식구들은 에이미에게서 자초지종을 듣고는 크게 분개했다. 어머니는 어처구니없는 일이지만 에이미가 올바로 처신했다고 말했다. 베스는 그 자선 행사에 다시는 가지 않겠노라 선언했고, 조는 그 비열한 인간들은 자기들끼리 잘해보라고 내버려두고 그길로 작품들을 챙겨서 나왔어야 했는데 왜 그러지 않았느냐고 에이미를 다그쳤다.

"그 사람들이 비열하게 나온다고 해서 나까지 그럴 필요는 없으니까. 난 그런 것도 싫고, 또 억울하다고 해서 굳이 그걸 내색하고 싶지도 않아. 그 사람들은 내가 화가 나서 말을 쏟아내거나 발끈 성을 낸 것보다 느끼는 게 더 많을 거야. 그렇죠, 엄마?"

"그래, 바로 그게 올바른 마음가짐이지. 물론 쉽지 않을 때도 더러 있겠지만 내게 주먹을 날리는 사람에게 웃으며 손을 내미는 것이 언제나 최선인 법이란다."

말과 행동의 차이를 일찌감치 터득한 사람의 면모를 풍기며 어머니가 말했다.

이튿날 에이미는 분한 마음과 복수하고픈 마음이 절로 들었지만 친절로 적을 무릎 꿇게 하겠다는 결심을 충실히 지켜나갔다. 시작은 좋았다. 생각지도 못하고 있었는데 때마침 조용히 눈에 띈 어떤 물건 때문이었다. 그날 아침 여자애들이 대기실에서 꽃바구니에 물을 주고 있을 때였다. 에이미는 매대를 정리하다가 그녀가 특별히 애지중지하는 작은 책을 집어 들었다. 가죽으로 된 책장에 표지가 고풍스러운 그 책은 아버지가 보물처럼 아끼는 물건들 중 하나로 에이미는 거기 적힌 문구를 일일이 제 손으로 아름답게 장식했다. 에이미는 뿌듯한 마음으로 앙증맞은 장식들이 가득한 책장을 넘기다가 한 구절을 보고는 손길을 멈추고 생각에 잠겼다. 진홍색과 파란색, 황금색 소용돌이무늬의 테두리 장식 안에 선의는 좋은 일이 있을 때나 나쁜 일이 있을 때나 서로를 돕는다는 말과 함께 "네 이웃을 네 몸같이 사랑하라"라는 문구가 적혀 있었다.

'이랬어야 했는데.'

에이미는 이렇게 생각하며 화사한 책장에서 커다란 꽃병들 뒤에 있는 메이의 시무룩한 얼굴로 눈길을 돌렸다. 아무리 큰 꽃병들을 갖다 놓았어도 한때 에이미의 예쁜 작품들로 가득했던 그 공간은 어딘지 텅 비어 보였다. 에이미는 잠시 가만히 선 채 한 손으로 책장을 넘기며 원한과 몰인정을 은근하게 꾸짖는 문구들을 읽었다. 우리가 미처 의식하지 못할 뿐 익명의 수많은 목회자들이 거리와 학교, 사무실과 가정에서 지혜롭고 진실한 설교들을 하고 있다. 시절을 타지 않는 훌륭하고 유용한 말씀을 전할 수만 있다면 자선 행사 판매대도 얼마든지 연단이 될 수 있다. 에이미의 양심은 그 책의 소소한 설교를 마음에 새기게 했고, 우리 대부분과 달리 그녀는 그 가르침을 곧바로 실천에 옮겼다.

여자들이 메이의 판매대 주변을 에워싼 채 예쁜 물건들을 칭찬하면서 판매원 교체를 놓고 이야기하고 있었다. 그들은 목소리를 낮췄지만 에이미는 그들이 자기 이야기를 하면서 한쪽 말만 듣고 섣불리 판단하고 있다는 걸 알 수 있었다. 당연히 기분이 좋지는 않았지만 그녀에게는 선한 영혼이 깃들어 있었고, 지금이 그것을 증명해 보일 기회였다. 에이미의 귀에 메이의 한숨 섞인 푸념이 들려왔다.

"너무 속상해. 다른 물건들을 준비할 시간도 없고, 그렇다고 시시한 잡동사니들로 채울 수도 없고 말이야. 그땐 판매대가 완벽했는데, 지금은 엉망이 되고 말았어."

"네가 부탁하면 그 애가 물건들을 다시 갖다 놓을지도 몰라."

누군가가 제안했다.

"그 난리를 떨어놓고 어떻게?"

메이는 말을 꺼내기는 했지만 끝맺지는 못했다. 복도 맞은편에서 에이미의 명랑한 목소리가 들려왔기 때문이다.

"필요하면 내 허락 같은 거 구하지 말고 언제든 가져가도 돼. 그렇지 않아도 도로 갖다 두는 게 어떨지 물어보려던 참이었어. 원래 여기가 아니라 네 탁자에 있던 물건들이니까. 여기 있으니 가져가. 그리고 어제 저녁에 내가 쌩하니 가져가버린 거 미안해."

에이미는 이렇게 말하고는 미소 띤 얼굴로 고개를 끄덕이며 기부품들을 돌려준 뒤, 가만히 서서 고맙다는 인사를 받는 것보다 친절을 베푸는 쪽이 더 쉽다고 생각하며 서둘러 그 자리를 떴다.

"이제 보니 깜찍한 구석이 있는 애네, 안 그래?"

한 소녀가 소리쳤다.

메이의 대답은 들리지 않았지만 한 아가씨가 레모네이드를 만들다 성질머리도 함께 시큼해졌는지 기분 나쁜 웃음을 흘리며 덧붙였다.

"정말 깜찍하네. 자기 판매대에 둬봐야 팔리지 않을 걸 알고 저러는 거야."

혹독한 말이었다. 누구나 작은 희생을 하면 적어도 그것을 알아주기를 바라기 마련이다. 잠시 에이미는 선의가 늘 보답을 받는 것은 아니라는 생각에 자신의 행동을 후회했다. 하지만 곧 확인하게 되듯이 보답은 있기 마련이었다. 에이미는 다시 기운을 차리기 시작했고, 그녀의 능란한 손길 아래 판매대는 활짝 꽃을 피웠다. 다른 아가씨들도 친절하게 대해 주었고, 그 작은 행동 하나가 분위기를 놀랍도록 밝게 바꿔놓은 듯했다.

그러나 그 뒤로 혼자 판매대에 앉아 있을 때가 많아지면서 에이미에게는 매우 길고 고된 하루가 이어졌다. 여자애들은 걸핏하면 사라지고 없었고, 여름철이라 꽃을 사려는 사람도 거의 없었기 때문이다.

예술품 판매대는 행사장에서 가장 눈길을 끌었다. 하루 종일 인파가 들끓었고, 그곳에서 일하는 도우미들도 무슨 중요한 임무를 맡기라도 한 듯 이리저리 뛰어다니며 돈 상자를 덜거덕덜거덕 여닫느라 분주했다. 에이미는 종종 부러운 눈길로 그쪽을 쳐다보았다. 구석에서 하는 일 없이 우두커니 있느니 익숙하고 행복한 느낌이 드는 그곳에 있고 싶었다. 우리 중 어떤 사람들에게는 고난처럼 보이지 않을지도 모르지만 예쁘고 활달한 아가씨에게 할 일이 없다는 것은 지루하다 못해 매우 괴로웠고, 가족들과 로리 일행이 저녁때 그곳에 온다고 생각하니 순교자의 심정이 어떨지 알 것 같았다.

밤이 되도록 에이미는 집에 가지 않았다. 불평은 고사하고 자세한 얘기도 하지 않았지만 가족들은 몹시도 창백하고 조용한 에이미를 보고 힘든 하루였다는 것을 짐작하고도 남았다. 어머니는 코디얼(향이 있으며 주로 단맛이 나는 음료로 흔히 알코올 성분을 함유하고 있으며 사기를 북돋는 자양강장의 효능을 지니기도 함 : 옮긴이)을 한 잔 더 주었고, 베스는 에이미가 옷 입는 것을 거들어주고 예쁘장한 화관까지 만들어주었다. 그런가 하면 조는 평소 같지 않게 잘 차려입고 나타나 음울하게 곧 판세가 뒤집힐 거라고 넌지시 말해서 가족들을 깜짝 놀라게 만들었다.

"제발 무례한 행동은 하지 말아줘, 조 언니. 소란 피우고 싶지 않단 말이야. 그러니까 그냥 지나가게 놔두고 얌전히 있으라고."

에이미가 자신의 불쌍하고 가녀린 판매대에 다시 활기를 불어넣어줄 꽃을 보강하기 위해 자리를 뜨면서 부탁했다.

"나는 그냥 아는 사람들에게 예쁘게 보여서 그 사람들을 최대한 오래 네 자리에 붙잡아두려는 것뿐이야. 테디와 그 친구들도 도와줄 거야. 이제 우린 즐기기만 하면 돼."

조가 로리가 오나 보려고 정문 쪽으로 목을 길게 내밀며 대답했다. 곧이어 땅거미 사이로 익숙한 발자국 소리가 들리자 조가 뛰어나가 로리를 맞이했다.

"내 친구 맞나요?"

"댁이 내 친구이니 그렇겠지요!"

그러면서 로리는 모든 소원을 이룬 남자 같은 표정을 지으며 조의 손을 자기 팔 밑에 집어넣었다.

"아, 테디, 별 희한한 일이 다 있지 뭐야!"

그러고 나서 조는 누가 언니 아니랄까 봐 핏대를 세우며 에이미가 당한 일을 설명했다.

"내 친구들이 하나씩 나타날 거야. 녀석들에게 에이미의 꽃을 모조리 팔지 못하면 내 목을 맬게. 꽃이 모두 동이 나면 판매대 앞에서 진을 칠 생각이야."

로리가 조의 명분을 따뜻하게 지지해 주며 말했다.

"에이미 말이 꽃 상태가 영 좋질 않대. 새 꽃도 제때 도착한다는 보장이 없고. 터무니없이 의심하고 싶진 않지만 꽃이 새로 오기나 할지 모르겠어. 한 번 비열한 짓을 한 사람들이 두 번을 못 하겠어?"

조가 역겹다는 듯 말했다.

"헤이스가 우리 집 정원에서 가장 좋은 꽃을 보내지 않았어? 그러라고 말했는데."

"난 몰랐지, 깜빡했나 보네. 그렇지 않아도 꽃을 좀 얻고 싶었지만 너희 할아버지가 편찮으신데 괜한 부탁을 드려서 걱정 끼치고 싶지 않았어."

"야, 조, 그걸 왜 부탁이라고 생각해? 그 꽃들은 내 것이기도 하지만 네 것이기도 해. 우린 뭐든 반반씩 나누기로 했잖아?"

로리가 또 조의 성질을 돋우는 말투로 포문을 열었다.

"맙소사, 난 싫어! 네가 가진 것의 절반은 나한테 어울리지도 않아. 어쨌든 여기서 이렇게 시시덕거리며 서 있을 때가 아냐. 난 에이미를 도와야 하니까 너도 가서 네 할 일을 해. 그리고 헤이스를 시켜 멋진 꽃 몇 송이만 여기 행사장으로 보내주는 친절을 베풀면 내가 평생 축복해 줄게."

"지금 해주면 안 돼?"

로리가 뭔가를 암시하듯 뻔뻔하게 나오자 조는 얼른 로리의 면전에 대고 문을 쾅 닫고는 철창 사이로 소리쳤다.

"어서 가, 테디, 나 바빠."

공모자들 덕분에 그날 밤 판매대 상황은 역전됐다. 우선 헤이스가 엄청난 꽃과 함께 최고의 실력을 발휘해 만든 매대 중앙을 장식할 근사한 꽃바구니까지 보내왔다. 그러고 나서는 마치 가족이 한꺼번에 우르르 나타났고, 특히 조는 어떤 목적을 위해, 그러니까 그저 사람들을 오게 하는 것이 아니라 그곳에 머물며 자신의 우스갯소리에 한바탕 웃기도 하고 에이미의 안목을 칭찬하기도 하면서 정말 즐거운 시간을 보내도록 하기 위해 온갖 노력을 기울였다. 거기다 로리와 그 친구들까지 용케 틈새를 비집고 다니며 꽃다발을 사고 판매대 앞에 진을 치면서 에이미의 자리는 행사장에서 가장 활기찬 곳으로 바뀌었다. 에이미는 이제 물 만

난 고기처럼 신이 난 데다 고마운 마음에 더없이 명랑하고 싹싹하게 굴었다. 그리고 그즈음 선의는 결국 보답을 받는다는 결론에 이르렀다.

조는 예의범절의 본보기라 할 만큼 깍듯하게 행동했다. 그러고는 에이미가 의장대에 둘러싸여 행복해하는 모습을 보고 행사장을 둘러보며 이런저런 뒷이야기들을 주워듣다가 체스터 부인이 자리를 바꾸게 된 사연을 알게 되었다. 조는 사태가 악감정으로까지 발전한 데 자기도 한몫했다고 자책하며 최대한 빨리 에이미의 결백을 밝히기로 결심했다. 거기다 에이미가 그날 아침 무슨 일까지 했는지 알고 나자 조는 동생이야말로 관대함의 전형처럼 여겨졌다. 예술품 판매대를 지나면서 조는 동생의 작품이 있는지 대충 훑어보았지만 하나도 보이지 않았다.

'안 보이게 아예 싹 치워버렸군.'

조는 속으로 이렇게 생각했다. 조는 자신이 억울한 일을 당하면 쉽게 용서하면서도 가족이 모욕을 받은 것 같으면 참지 못하고 펄펄 뛰었다.

"안녕하세요, 조 양. 에이미는 잘하고 있나요?"

메이가 자기도 마음이 넓다는 걸 보여주고 싶었는지 화해를 청하는 듯한 말투로 물었다.

"팔 만한 건 모두 팔고 지금은 즐거운 시간을 보내고 있어요. 알다시피 꽃 판매대는 늘 매력이 넘치죠, '특히 남자들에게는요.'"

조는 참지 못하고 끝내 작은 한 방을 날렸지만 메이가 너무 고분고분하게 나오는 바람에 곧 후회하고는 아직도 팔리지 않은 채로 남아 있는 애꿎은 꽃병만 칭찬했다.

"에이미가 채색한 책은 없나요? 아버지께 하나 사 드리고 싶었는데."

동생 작품의 운명이 무척이나 궁금했던 조가 물었다.

"에이미의 작품은 진즉에 다 팔렸어요. 제가 신경 써서 관심 있어 하실 분들한테만 보여드렸는데 우리 수준에선 다들 꽤 높은 가격에 사 가셨어요."

에이미와 마찬가지로 그날의 이런저런 유혹들을 이미 털어낸 메이가 대답했다.

조는 기쁨에 겨워 부리나케 달려가 기쁜 소식을 이야기했고, 에이미는 메이의 말과 태도를 전해 듣고 놀라기도 하고 감동도 받은 눈치였다.

"자, 신사 여러분, 이제 다른 자리로 가셔서 여기서처럼 관대하게 의무를 다해주세요. 특히 예술품 판매대를 부탁드릴게요."

에이미가 자매들이 '테디의 졸개들'이라고 부르는 대학 친구들에게 명령했다.

"'돌격, 체스터, 돌격!'이 그 판매대의 좌우명이에요. 남자답게 의무를 다해주세요. 그러면 말 그대로 값어치 있는 예술 작품을 손에 넣게 될 거예요."

괄괄한 조가 출전을 앞둔 헌신적인 병사들에게 한마디 했다.

"명령대로 따르겠습니다. 하지만 마치가 메이보다 훨씬 더 아름답습니다."(여기서 마치는 에이미 마치를, 메이는 메이 체스터를 가리키기도 하지만 각각 3월과 5월을 뜻하기도 함. 동음이의어를 이용한 영어의 말장난에 속함 : 옮긴이)

꼬맹이 파커가 재치와 다정함을 동시에 보여주려고 딴에는 엄청 분발했지만 곧 로리에게 밟히고 말았다. 로리는 "꼬맹이 주제에 대단한데, 자식"이라고 말하고는 아버지처럼 파커의 머리를 쓰다듬으며 쫓아 보냈다.

"꽃병들 좀 사줘."

에이미는 로리에게 이렇게 속삭여 적의 머리에 마지막으로 숯불을 쌓아 올렸다.("원수가 배고파하면 먹을 것을 주고 목말라하면 마실 것을 주십시오. 그렇게 하면 그의 머리에 숯불을 쌓아 놓는 셈이 될 것입니다"라는 로마서의 구절을 인용하고 있음 : 옮긴이)

메이로서는 대단히 기쁘게도 로리는 꽃병들을 산 것은 말할 것도 없고 그것을 양쪽 겨드랑이에 하나씩 끼고 행사장 구석구석을 누비고 다녔다. 로리의 친구들도 온갖 종류의 허접한 잡동사니를 막무가내로 사들여서는 밀랍 꽃다발, 색칠한 부채, 금줄로 장식한 서류 가방 등 나름대로 유용하고 적절한 물건들을 꼼짝없이 짊어지고 행사장을 돌아다녔다.

캐럴 숙모도 행사장에 왔다가 자초지종을 듣고는 흐뭇한 얼굴로 구석에서 마치 부인에게 뭔가를 속삭였다. 마치 부인은 만족스러운 듯 환하게 웃더니 대견스러움과 걱정이 뒤섞인 얼굴로 에이미를 쳐다보았다. 하지만 마치 부인이 입을 꾹 다무는 바람에 그 기쁜 소식은 며칠 뒤에야 밝혀졌다.

자선 행사는 큰 성공을 거두었고, 메이는 에이미에게 잘 가라는 인사를 건네며 평소처럼 진실성 없이 마구 호들갑을 떠는 게 아니라 애정 어린 입맞춤을 해왔다. 그러면서 얼굴 표정으로 "용서하고 깨끗이 잊자"고 말했다. 그것으로 에이미도 만족했다. 그러고 나서 집에 돌아와 보니 거실 벽난로 선반 위에 큼직한 꽃다발이 꽂힌 꽃병들이 늘어서 있었다. 로리가 요란하게 선언했듯이 그것들은 "관대한 마치 양의 미덕을 치하하는 보상"이었다.

"넌 내가 지금까지 생각했던 것보다 훨씬 더 원칙이 뚜렷하고 너그럽고 기품이 있어, 에이미. 그렇게 착하게 행동하다니 정말 네가 존경스럽다."

그날 밤 서로의 머리를 빗겨주면서 조가 따스하게 말했다.

"그래, 우리 모두 널 존경하고 사랑해. 그렇게 쉽게 용서하다니. 그렇게 오래 공들여 만든 예쁜 물건들을 직접 팔고 싶었을 텐데 보통 힘들지 않았을 거야. 나 같으면 너처럼 친절하게 행동하지 못했어."

베스가 베갯머리에서 덧붙였다.

"에이, 언니들, 그렇게 칭찬할 것까진 없어. 난 내가 대우받고 싶은 대로 대했을 뿐이야. 내가 숙녀가 되고 싶다고 말하면 언니들은 날 비웃겠지만 난 마음가짐에서도 몸가짐에서도 진짜 숙녀가 되고 싶어. 그래서 내가 아는 선에서 최대한으로 노력하고 있는 거야. 정확히 설명할 순 없지만 아무것도 아닌 일에 치사하고 어리석게 굴어서 스스로를 망치는 여자들이 얼마나 많아? 난 그렇게 되고 싶지 않아. 아직 한참 멀었지만 난 최선을 다하고 있고, 언젠가 때가 되면 엄마처럼 되고 싶어."

에이미의 진지한 이야기에 조가 다정하게 껴안으며 말했다.

"이제 네가 무슨 말을 하는지 아니까 다신 비웃지 않을게. 넌 내가 생각하는 것보다 빨리 성숙하고 있어. 넌 이미 그 비결을 배웠으니까 그야말로 정중하게 너한테 배울게. 계속 노력해, 우리 막내. 그러다 보면 언젠가는 반드시 보답을 받게 될 테고, 그렇게 되면 그 누구보다도 내가 기뻐해 줄게."

일주일 뒤 에이미는 보답을 받았고, 불쌍한 조는 마냥 기뻐할 수만은 없었다. 캐럴 숙모에게서 편지가 한 통 왔고, 그 편지를 읽으며 마치 부인의 얼굴이 환해지자 곁에 있던 조와 베스가 기쁜 소식이 뭔지 알려달라고 졸라댔다.

"캐럴 숙모가 다음 달에 외국으로 나가신대. 그래서……."

"나도 같이 데려가신대죠!"

조가 기쁨을 주체하지 못하고 의자에서 벌떡 일어나며 끼어들었다.

"아니야, 조, 네가 아니야. 에이미란다."

"아니, 엄마! 에이미는 너무 어리잖아요. 당연히 제가 먼저 가야죠. 오래전부터 바라던 일이에요. 제게 엄청난 도움이 될 거예요, 정말 멋질 거라고요. 제가 가야 해요!"

"그건 안 될 것 같아, 조. 숙모님이 에이미라고 분명히 말씀하셨어. 그리고 숙모님이 호의를 베푸시는 건데 우리가 이래라저래라 할 순 없잖니."

"늘 이렇지. 재미는 언제나 에이미만 보고 난 죽어라 일만 하지. 너무해, 아, 정말 너무해!"

조가 열을 내며 소리쳤다.

"네 잘못도 있는 것 같더구나, 조. 저번에도 숙모님은 너의 무뚝뚝한 태도와 지나친 독립심을 안타까워하셨고, 여기 편지에도 네가 한 말을 인용하신 것 같아. '처음에는 조더러 가자고 할 생각이었지만 그 애가 호의는 부담스럽다느니 프랑스어는 질색이라느니 하지 뭐예요. 아무래도 조는 안 될 것 같아요. 에이미는 참하니까 플로에게 좋은 동행이 될 듯하고, 또 이 여행을 고맙게 받아들여 뭐라도 도움이 될 만한 것을 건질 듯싶어요.'"

"아, 이 입, 이놈의 입이 늘 주책이지! 어째서 난 입을 가만히 두지 못하는 걸까?"

조가 일을 그르친 원인을 떠올리며 괴로워했다. 조가 그 말을 하게 된 경위를 듣고 나서 마치 부인이 안타까운 듯 말했다.

"나도 네가 갔으면 싶다만 아무래도 이번엔 어렵겠구나. 그러니까 그러려니 생각하고 누굴 비난하거나 자책하는 기색을 보여 에이미의 즐거움을 망치지 말거라."

"노력해 볼게요."

조가 눈을 심하게 깜빡거리며 허리를 숙이더니 방금 전 기쁨에 겨운 나머지 엎어버린 바구니를 똑바로 세우며 말했다.

"에이미를 본받을게요. 그리고 기뻐하는 척만 하는 게 아니라 정말 그러도록 노력할게요. 에이미의 행복을 단 한 순간도 배 아파하지 않을게요. 하지만 쉽지는 않을 거예요. 실망이 이만저만이 아니거든요."

그러면서 불쌍한 조는 들고 있던 두툼하고 작은 바늘꽂이를 쓰디쓴 눈물 몇 방울로 적셨다.

"아, 조 언니, 나 너무 이기적인가 봐. 하지만 언니를 내주기 싫은 걸 어떡해. 언니가 가지 않게 돼서 난 좋아."

베스가 조와 바구니를 한꺼번에 끌어안으며 속삭였다. 베스의 착 달라붙는 손길과 사랑스러운 얼굴이 위로가 되긴 했지만 조는 자신의 뺨을 때리고 싶을 만큼 뼈저리게 후회스러웠다. 그리고 캐럴 숙모에게 이번 호의의 짐은 기꺼이 지고 싶다고, 자신이 그 짐을 얼마나 감사히 지는지 봐달라고 공손히 간청하고 싶었다.

에이미가 집에 돌아올 때쯤 조는 가족의 기쁨에 동참할 수 있었다. 물론 평소처럼 진심으로는 아니었을지 몰라도 적어도 에이미의 행운을 놓고 투덜대지는 않았다. 꼬마 숙녀는 그 소식을 아주 기쁘게 받아들였다. 황홀할 만큼 기분이 좋았지만 사뭇 진지한 표정으로 여기저기 돌아다니며 물감을 챙기고 색연필을 싸면서 그날 저녁을 보냈다. 옷과 돈, 여권 같은 사소한 것들은 예술의 세계에 덜 심취한 사람들이 알아서 하도록 남겨놓았다.

"이건 그냥 재미로 떠나는 여행이 아니야, 언니들. 이번 여행으로 내 직업이 결정될 거야. 내게 조금이라도 천재성이 있다면 로마에서 드러날 테고, 그에 걸맞은 뭔가가 나오게 될 테니까."

에이미가 가지고 있는 것 중에서 가장 좋은 팔레트를 닦으며 당당하게 말했다.

"천재성이 없으면 어쩔 건데?"

조가 벌게진 눈으로 에이미에게 줄 새 옷깃을 바느질하며 물었다.

"그럼 집으로 돌아와 그림을 가르쳐서 돈을 벌어야지."

명예를 바라는 야심가가 철학자의 침착함을 보이며 대답했다. 그러나 에이미는 생각만 해도 끔찍하다는 듯 얼굴을 찌푸리며 희망을 포기하기 전에 어떻게든 방법을 찾기로 작심한 듯 팔레트를 박박 긁어댔다.

"아니, 안 그럴걸. 넌 힘든 일 싫어하잖아. 돈 많은 남자와 결혼해서 고향으로 돌아와 평생 호강하며 살겠지."

조가 말했다.

"언니의 예언은 가끔 맞기도 하지만 이번 건 아닐 것 같은데. 그렇게만 된다면 나야 좋지. 직접 예술가가 되진 못하더라도 예술 하는 사람들을 도울 수 있으니까."

에이미가 가난한 미술 교사보다 부유한 마나님 역할이 자기에게 더 잘 맞는다는 듯 미소를 지으며 말했다.

"흠! 그게 네 소원이라면 이루어질 거야. 네 소원은 늘 이루어지니까. 난 절대 아니지만."

조가 한숨을 내쉬며 말했다.

"언니도 가고 싶지?"

에이미가 미술용 칼로 코를 토닥이며 생각에 잠긴 듯 말했다.

"말해 뭐 해!"

"음, 1, 2년 뒤에 내가 언니를 부를게. 유물을 찾아 로마 광장 곳곳을 파보고, 그동안 우리 둘이서 수없이 세웠던 계획들을 모조리 실행에 옮기는 거야."

"고마워. 그렇게 기쁜 날이 오면 네가 약속을 지켰다는 걸 인정해 줄게. 그런 날이 올지는 모르겠지만."

조가 막연하지만 참으로 멋진 제안을 고맙게 받아들이며 대답했다.

준비할 시간이 많지 않았기 때문에 에이미가 떠날 때까지 온 가족이 난리를 치러야 했다. 조는 아주 꿋꿋하게 잘 참다가 에이미의 파란 리본이 마침내 펄럭이며 사라지자 자신의 은신처인 다락방에 틀어박혀 더는 눈물이 나오지 않을 때까지 엉엉 울어댔다. 마찬가지로 에이미도 증기선이 출항할 때까지는 의연하게 잘 참았다. 하지만 그러고 나서 배의 승강용 사다리가 막 올라가기 시작하자 거대한 대양이 곧 자신과 자신을 제일 사랑하는 사람들 사이를 갈라놓겠구나 하는 생각이 갑자기 들었다. 그녀는 마지막까지 남아 있던 로리에게 매달려 흐느끼며 말했다.

"저기, 나 대신 우리 가족을 부탁해. 그리고 무슨 일이 생기면……."

"그래, 알았어, 그럴게. 그리고 무슨 일이 생기면 내가 가서 위로해 줄게."

그 말을 지켜야 할 때가 곧 오리라는 걸 까맣게 모른 채 로리가 속삭였다.

그렇게 에이미는 젊은이의 눈에는 언제나 새롭고 아름다워 보이는 구세계를 보러 떠나갔다. 그사이 에이미의 아버지와 친구는 해안가에서 행복해하는 소녀에게 행운만 깃들기를 간절히 빌었고, 소녀는 바다 위에서 반짝이는 눈부신 여름 햇살 말고는 아무것도 보이지 않을 때까지 둘을 향해 손을 흔들었다.

31

우리의 해외 통신원

런던에서

사랑하는 여러분,

저는 지금 피커딜리의 배스 호텔 앞쪽 창문가에 앉아 있어요. 부유층이 애용하는 곳은 아니지만 작은아버지가 몇 년 전 여기서 묵은 적이 있어서 다른 곳은 갈 생각을 아예 하지 않으세요. 하지만 오래 머물지는 않을 거니까 큰 문제는 아니랍니다. 아, 모든 게 어찌나 즐거운지 무슨 말을 어떻게 해야 할지 모르겠네요! 도무지 무슨 말부터 해야 할지 몰라서 우선 제 공책에서 몇 장 뜯어 보낼게요. 집을 떠난 후로 스케치와 낙서밖에 한 게 없거든요.

핼리팩스에서 몇 자 적어 보낼 때만 해도 기분이 엉망이었지만 그 뒤로는 별로 아프지도 않았고 하루 종일 갑판에서 유쾌한 사람들과 어울리며 즐겁게 지냈어요. 모두 정말 친절하게 대해줬어요, 특히 장교들이. 웃지 마, 조 언니. 배 위에서는 남자들이 꼭 필요해. 흔들리지 않게 붙잡아주기도 하고, 시중도 들어주거든. 어차피 할 일도 없는 사람들에게 쓸모 있는 일을 하게 해줬으니 자비를 베푼 셈이지. 안 그랬으면 죽어라 담배만 피워댔을 테니까.

작은어머니와 플로는 내내 몸이 좋지 않아서 혼자 있고 싶어 했어요. 그래서 나는 내가 그 둘을 위해 할 수 있는 일을 한 뒤 나가서 재밌는 시간을 보냈어요. 갑판 위에서의 산책이, 해질녘의 풍광이, 가슴이 뻥 뚫릴 것 같은 공기와 파도가 어찌나 근사한지! 배가 쾌속으로 질주할 땐 빠른 말을 타고 달릴 때처럼 기분이 짜릿했어요. 베스 언니가 왔더라면 정말 좋았을 텐데. 또 조 언니라면 지브 돛인가 뭔가 하는 큰 돛대 앞 작은 돛 위에 올라가 앉아도 봤을 테고, 기관사들을 친구로 사귀고 선장의 경적을 빵빵 울려대기도 하면서 아주 신나는 시간을 보냈겠지요.

모든 게 천국 같았지만 저는 아일랜드 해변이 특히 좋았어요. 어찌나 근사하던지요. 눈부신 초록빛과 햇살, 여기저기 흩어져 있는 갈색 오두막집들, 몇몇 언덕 위의 폐허들, 골짜기에 자리 잡은 귀족들의 별장과 그 근처에서 풀을 뜯고 있던 사슴들. 이른 아침이었지만 작은 배들로 가득한 만과 그림 같은 해안가, 머리 위의 장밋빛 하늘을 보는 순간 일찍 일어난 게 하나도 아깝지 않았어요. 평생 잊지 못할 거예요.

새로 사귄 사람들 중에 퀸스타운에서 내린 분이 있어요. 레녹스 씨란 분인데, 내가 아일랜드의 킬라니 호수 얘길 했더니 한숨을 내쉬고는 날 보면서 이런 노래를 부르지 뭐예요.

케이트 커니에 대해 들어보셨나요?
킬라니 호숫가에 사는 여자랍니다.
위험하니 얼른 달아나세요,
그녀의 눈길이 닿지 않는 곳으로.
케이트 커니의 눈길은 치명적이니.

웃기지 않나요?

우리는 리버풀에서 몇 시간 머물렀어요. 더럽고 시끄러운 곳이라어서 떠나고 싶은 생각밖에 안 들었어요. 작은아버지는 얼른 달려 내려가 개가죽 장갑과 못생기고 투박한 구두, 그리고 우산을 하나 사 오셨어요. 게다가 구레나룻도 뼈다귀 모양으로 싹 면도하고 오셨더라고요. 그러고는 진짜 영국인처럼 보인다며 우쭐해하셨지만, 처음에 구두에 묻은 진흙을 닦으러 갔을 때만 해도 꼬마 구두닦이가 구두 주인이 미국인인 것을 알아보고는 씨익 웃으면서 "다 됐습니다, 손님. 최신 미국 스타일로 반짝반짝하게 닦아드렸어요"라고 말했대요 글쎄. 그게 작은아버지는 재밌으셨나 봐요. 참, 그 엉뚱한 레녹스 씨 얘길 안 할 수가 없네요! 레녹스 씨가 어떻게 했냐면 우리와 함께 승선한 자기 친구 워드를 시켜서 내게 꽃다발을 주문해 보낸 거 있죠. 내 방에 들어갔더니 "로버트 레녹스로부터"라고 적힌 카드와 함께 예쁜 꽃다발이 눈에 띄지 뭐겠어요. 재미있지, 언니들? 난 여행이 좋아.

서두르지 않으면 런던엔 가보지도 못하겠어요. 여행은 그림들이 길게 걸려 있는 화랑을 둘러보는 것처럼 어딜 가나 경치가 아름다웠어요. 농가 풍경은 저의 즐거움이었어요. 초가지붕과 처마로 타고 올라간 담쟁이덩굴, 격자무늬 창문들, 문가의 볼이 발그레한 아이들과 통통한 아낙네들. 토끼풀이 무릎까지 올라오는 풀밭에 서 있는 소들은 우리네 소보다 평온해 보였고, 암탉들도 신경질만 부려대는 늙은 미국 암탉과는 다르게 만족스러운 듯 꼬꼬거렸고요. 그렇게 완벽한 색깔은 처음이었어요. 진초록 풀밭과 새파란 하늘, 샛노란 곡식들과 시커먼 나무들이요. 모든 게 정말 황홀했어요. 플로도 그랬나 봐요. 우리는 시속 100미터 가까운 속도로 내달리며 어느 것 하나라도 놓칠세라 계속 이리저리 뛰어다녔어요. 숙모는 피곤해서 주무시러 갔지만 작은아버지는 여행 안내서를 읽으면서 뭘 봐도 놀라지 않으셨어요. 지금까지 우리는 늘 이런 식이었어요. 제가 날아갈 듯 내달리며 "어머, 저거 케닐워스 성이잖아, 나무들 사이의 저 잿빛 장소!"라고 말하면 플로는 쏜살같이 내가 있는 창가로 달려와 이렇게 말하죠. "정말 근사해! 언제 우리 저기 꼭 가봐요, 네, 아빠?" 그러면 작은아버지는 자기 구두를 감탄하듯 조용히 내려다보면서 이렇게 말해요. "얘야, 그건 안 되겠는걸, 맥주를 마실 거면 또 모르지만. 저긴 양조장이야."

그러고 나서 잠시 침묵이 흐른 뒤 플로가 소리치죠. “어머나, 교수대가 있어. 한 남자가 그리로 올라가고 있어.” 제가 “어디, 어디?”라고 꺅꺅대며 밖을 내다보면 높다란 기둥 두 개와 들보, 거기 대롱대롱 매달린 쇠사슬이 눈에 들어와요. “탄광이야.” 작은아버지가 한쪽 눈을 빛내며 말씀하시죠. 또 제가 “저기 사랑스러운 양들이 모두 누워 있어”라고 말하면 플로가 감상에 젖은 목소리로 “봐요, 아빠, 예쁘지 않아요?”라고 거들어요. 그러고 나서 들려오는 작은아버지의 대답, “그건 거위란다, 아가씨들.” 그럼 우린 한동안 입을 다물다가 플로는 자리를 잡고 앉아 『캐번디시 선장의 연애담』을 열심히 읽고 저는 다시 혼자 풍경에 빠져들죠.

런던에 도착하자 예상대로 비가 내리고 있었고, 안개와 우산 말고는 아무것도 보이지 않았어요. 우리는 좀 쉬었다가 짐을 풀고 비가 잠깐 그친 틈을 타서 쇼핑을 했어요. 작은어머니가 새로 몇 가지 사 주셨어요. 급하게 오는 바람에 필요한 물건을 반도 못 챙겼잖아요. 파란 깃털이 달린 하얀 모자와 잘 어울리는 모슬린 드레스와 지금까지 본 것 중 제일 사랑스러운 망토를 사 주셨어요. 리젠트 거리에서의 쇼핑은 아주 끝내줘요. 물건들이 정말 싸거든요. 글쎄, 멋진 리본이 1미터에 겨우 6펜스밖에 안 해요. 그래서 이것저것 사게 됐지만 장갑은 파리에서 살래요. 어때요, 나 우아한 부잣집 아가씨 같지 않아요?

작은어머니와 작은아버지가 외출하신 사이에 플로와 나는 재미 삼아 이륜마차를 불러 타고 한 바퀴 둘러보러 나갔어요. 그런데 알고 보니까 아가씨들끼리만 마차를 타면 안 되는 거였더라고요. 얼마나 웃겼게요! 우린 나무 칸막이 안에 꼼짝없이 갇혀 있었는데, 마부가 마차를 어찌나 빠르게 모는지 플로가 겁을 집어먹고는 날더러 마차를 세우라잖아요. 하지만 마부는 저 뒤 바깥에 높이 앉아 있어서 도무지 부를 수가 없더라고요. 소리를 지르고, 앞에다 대고 양산을 흔들어대고 별짓을 다 해도 아무 소용 없이 맹렬한 속도로 덜컹거리며 모퉁이들을 정신없이 획획 돌지 뭐예요. 어쩔 수 없구나 하고 포기하고 있는데 지붕에 조그만 문이 보였어요. 문을 열고 내다봤더니 벌건 눈 하나가 나타나 맥주 냄새를 풀풀 풍기며 이렇게 말하지 않겠어요?

"왜요, 아가씨?"

최대한 침착하게 내 요구 사항을 말했더니 마부가 "예, 예, 아가씨" 하면서 문을 쾅 닫더니 장례식에라도 가듯 말을 걷게 하더라고요. 그래서 다시 고개를 내밀고 "조금만 더 빨리요"라고 말했더니 아까처럼 또 허겁지겁 말을 몰지 뭐예요. 그래서 마음을 접고 운명에 맡겼어요.

오늘은 날씨가 맑아서 근처 하이드 파크에 갔어요. 우리는 보기보다 상당히 귀족적이거든요. 데번셔 공작이 근처에 살고 있죠, 그 집 하인들이 뒷문에서 얼쩡대는 걸 본 적도 많아요. 웰링턴 공작 집도 그리 멀지 않은 곳에 있어요. 경치는 정말 훌륭했어요! 펀치(17세기의 유명한 인형극 주인공 : 옮긴이)처럼 얼마나 즐거웠게요. 뚱뚱한 노부인들이 빨갛고 노란 마차를 타고 다녔는데, 마차 뒤쪽 높다란 좌석에는 비단 양말과 벨벳 외투 차림의 멋진 하인들이 타고 앞쪽에는 분을 바른 마부가 타고 있었어요. 새초롬한 하녀들과 그 옆의 이 세상 누구보다 볼이 발그레한 아이들, 반쯤 잠이 든 듯한 아가씨들, 괴상한 영국식 모자에 연보라색 장갑을 끼고 여기저기 어정대는 멋쟁이 남자들, 짤막한 빨간색 윗도리에 머핀 모양의 모자를 한쪽으로 삐딱하게 눌러쓴 모습이 너무 우스워 언젠가 그림으로 그려보고픈 키 큰 군인들.

로튼 거리는 원래 '루트 드 루아,' 즉 왕의 길이라는 뜻인데 지금은 영락없는 승마 교습소처럼 보여요. 여기 말들은 훌륭해요. 남자들, 특히 마부들은 말을 아주 잘 타지만 여자들은 우리와 달리 뻣뻣한 자세로 흔들흔들 반동에만 의지하는 것 같아요. 말을 타고 전속력으로 신나게 달리는 미국 스타일을 보여주고 싶어요. 허술한 옷차림에 높다란 모자를 쓰고 근엄한 표정으로 속보로만 말을 타는 여자들을 보면 장난감 노아의 방주 속 인형이 생각나요. 여기선 누구나 말을 타요, 노인도, 통통한 숙녀도, 어린애도. 특히 이곳 젊은이들은 시시덕대며 장난을 잘 쳐요. 한번은 어떤 남녀가 장미꽃을 주고받는 걸 봤는데, 단춧구멍에 꽂기엔 장미꽃이 제일이죠. 꽤 괜찮은 생각 같았어요.

오후에는 웨스터민스터 사원에 갔는데 제 설명을 기대하진 마세요. 그건 불가능하니까요. 그냥 굉장하다는 말밖에는 할 말이 없어요. 오늘 저녁에는 펙터(찰스 펙터, 1824~1879, 영국에서 활동한 프랑스계 배우 : 옮긴이)를 보러 갈 거예요. 내 생애 가장 행복한 날을 마무리하기에 정말 적절한 계획 아닌가요!

한밤중에

시간이 너무 늦긴 했지만 어젯밤에 일어난 일을 말하지 않고 아침에 그냥 편지를 부칠 수가 없어서요. 우리가 차를 마시고 있을 때 누가 왔는지 아세요? 로리 오빠의 영국 친구 프레드와 프랭크 본 형제가 왔지 뭐예요. 명함이 없었다면 몰라봤을 거예요. 둘 다 키가 크고 구레나룻을 길렀어요. 프레드는 멋진 영국 신사가 됐고, 프랭크도 훨씬 멋있어졌어요. 다리를 좀 절긴 해도 이젠 목발을 짚지 않아도 되거든요. 로리 오빠한테서 우리가 어디에 묵는지 듣고 우리를 집에 초대하려고 들렀대요. 하지만 작은아버지가 가지 않겠다고 하셔서 나중에 봐서 가겠다고 했어요. 그 둘과 극장에 갔는데, 얼마나 재미있었는지 몰라요. 프랭크는 플로에게 푹 빠졌고, 프레드와 난 평생 알고 지낸 것처럼 과거와 현재, 미래에 대해 얘기했거든요. 프랭크가 베스 언니에게 안부 전해달랬어요. 그리고 언니가 아팠다는 얘기를 듣고 마음 아파했어요. 프레드는 내가 조 언니 얘길 하니까 한바탕 웃더니 "그 큰 모자에 존경과 찬사를!"이라고 말했어요. 둘 다 로런스 캠프와 그곳에서 보낸 즐거운 시간을 잊지 않고 있었어요. 벌써 많은 세월이 흐른 것 같아요, 안 그런가요?

작은어머니가 벌써 세 번째로 벽을 두드리고 계시네요. 이만 줄여야겠어요. 예쁜 것들이 가득한 방에서 이렇게 늦은 시간까지 편지를 쓰며 머릿속은 온통 공원, 극장, 새 드레스, "아!" 하며 금빛 콧수염을 배배 꼬면서 영국인 특유의 거드름을 드러내는 깍듯한 피조물들 생각으로 가득하니 런던의 방탕한 아가씨가 된 기분이에요. 다들 너무 보고 싶어요.

여전히 터무니없지만 사랑스러운 에이미가

파리에서

사랑하는 언니들에게,

지난번 편지에서 런던에 간 얘기며, 본 형제가 얼마나 친절했고 또 우리를 즐겁게 해주려고 얼마나 신경 썼는지 얘기했지. 무엇보다 햄프턴 궁과 켄싱턴 박물관에 갔을 때가 제일 좋았어. 햄프턴 궁에선 라파엘로의 밑그림들을 보았고, 박물관에는 터너, 로런스, 레이놀즈, 호가스 등 위대한 화가들의 그림이 가득했거든. 리치먼드 공원에 갔던 날도 좋았어. 우린 그곳에서 평범한 영국식 소풍을 즐겼는데, 참나무와 사슴 무리가 어찌나 근사한지 내 실력으로는 도저히 그대로 옮겨 그릴 수가 없을 정도였어. 그리고 나이팅게일의 노랫소리도 들었고, 종달새가 날아오르는 것도 봤어. 프레드와 프랭크 덕분에 그야말로 마음껏 런던을 즐긴 것 같아. 그래서 떠나려니까 아쉬웠어. 영국 사람들은 사람을 받아들이는 데 오래 걸리긴 해도 한 번 받아들이기로 작정하면 정말 후하게 대접하는 것 같아. 본 집안 사람들은 다음 겨울에 로마에서 우릴 만나고 싶어 해. 만약 못 만난다면 난 무척 실망할 거야. 그새 그레이스와 많이 친해졌고, 또 그 집 형제들도 좋은 사람들이거든. 특히 프레드가.

음, 여기 와선 잘 적응하지 못했어. 그런데 프레드가 다시 나타나선 휴가를 보내러 왔다며 스위스로 건너갈 거라는 거 있지. 작은어머니는 처음엔 못마땅해하는 눈치셨지만 프레드가 하도 싹싹하고 깍듯하게 구니까 나중엔 아무 말씀도 안 하셨어. 지금 우리는 아주 잘 지내고 있고, 프레드가 온 걸 다들 대환영하고 있어. 프레드가 토박이처럼 프랑스 말을 유창하게 하거든. 프레드가 없었으면 어떡할 뻔했나 몰라. 프랑스어 단어라고는 열 개밖에 모르는 작은아버지는 그러면 여기 사람들이 알아듣기라도 할 것처럼 영어로 고래고래 소리 지르며 말씀하신다니까. 작은어머니 발음은 너무 구식이고, 플로와 난 딴에는 제법 잘한다고 생각했는데 막상 닥쳐보니 아니었어. 작은아버지 말마따나 "프랑스어를 곧잘 하는" 프레드가 있어서 얼마나 다행인지 몰라.

우리는 정말 즐거운 시간을 보내고 있어! 아침부터 밤까지 구경 다녀! 그리고 중간중간에는 활기찬 카페에 들러 근사한 점심도 먹고, 온갖 괴상한 모험도 해. 비 오는 날이면 루브르에서 그림에 푹 빠져 지내. 조 언니는 미술엔 영 관심이 없으니까 최고의 걸작을 봐도 안하무인인 그 콧대를 치켜세우겠지만 난 아니잖아. 그리고 난 가능한 한 빨리 안목과 취향을 기를 생각이야. 물론 조 언니라면 위인들의 유품을 더 좋아하겠지만. 이곳에서 난 언니가 좋아할 만한 나폴레옹의 삼각모와 회색 외투, 아기 때 쓰던 요람과 오래된 칫솔을 구경했어. 그 밖에도 마리 앙투아네트의 작은 신발과 생드니 성당의 반지, 샤를마뉴 대제의 검을 비롯해 흥미로운 것들을 많이 봤어. 집에 가면 몇 시간이고 이야기해 줄 수 있지만 지금은 일일이 다 쓸 시간이 없어.

루아얄 궁은 정말 천국 같은 곳이야. '비주트리(보석류 : 옮긴이)'와 예쁜 물건들이 가득한데 살 수가 없어서 거의 돌아버릴 지경이지 뭐야. 프레드는 뭐라도 사 주고 싶어 했지만 물론 사양했지. 불로뉴 숲과 샹젤리제 거리도 '트레 메니피크', 정말 굉장했어. 황실 사람들도 몇 번 구경했는데 황제는 못생긴 데다 냉혹해 보였고, 황후는 얼굴이 하얗고 예쁘장했지만 옷 취향이 형편없었어. 보라색 드레스에 초록색 모자, 노란 장갑이라니 말 다 했지 뭐. 꼬마 나폴레옹은 잘생긴 소년이었어. 말 네 필이 끄는 4인승 사륜 포장마차를 타고 지나가면서 가정교사와 잡담을 나누다가 국민들에게 손 키스를 날리며 인사했어. 왼쪽은 빨간 공단 상의를 입은 기수들이 호위하고 앞뒤는 기마병들이 호위했어.

우리는 튀일리 정원도 종종 산책해. 근사하거든. 물론 내겐 고풍스러운 뤽상부르 정원이 더 잘 어울리지만 말이야. 페르라셰즈 공동묘지는 아주 신기한 곳이야. 무덤 상당수가 작은 방처럼 생겼거든. 안을 들여다보면 고인의 초상화나 사진이 있는 탁자 하나와 조문객들이 앉아 애도할 수 있게 의자들도 놓여 있어. 정말 프랑스다운 것 같아.

우리가 묵고 있는 곳은 리볼리 거리에 있어. 우린 발코니에 앉아서 길게 이어지는 화려한 거리를 구경해. 하루 종일 돌아다녀서 녹초가 됐을 때도 거기 앉아 저녁 시간을 보내노라면 기분이 그렇게 좋을 수가 없어. 프레드는 정말 재미있고 내가 아는 젊은 남자 중에서 제일 다정해. 로리 오빠는 빼고. 태도는 로리 오빠가 좀 더 매력적이거든. 난 프레드가 좀 점잖았으면 좋겠어. 촐랑거리는 남자는 별로거든. 하지만 본 집안은 아주 부유한 데다 훌륭한 가문이야. 그래서 말인데, 내 머리는 더 노란데 그 사람들 머리가 노랗다고 흉봐선 안 되겠지?

다음 주에 우린 독일과 스위스로 떠나. 여행 일정이 빡빡해서 편지도 대충 급하게 써 보내야 할 것 같아. 일기는 계속 쓰고 있고, 아빠 충고대로 "보고 감탄하는 것 모두를 정확하게 기억하고 분명하게 묘사하기 위해" 노력하고 있어. 물론 내겐 좋은 훈련이지만 이렇게 끼적거린 글들보다 내 스케치북이 내 여행에 대해 좀 더 잘 설명해 줄 거야.

아듀, 언니들을 꼭 껴안으며.

보트르(당신들의 : 옮긴이) 에이미가

하이델베르크에서

사랑하는 엄마에게,

베른으로 떠나기 전에 조용히 시간을 갖고 그동안 일어난 일을 엄마에게 말씀드리려고요. 보시면 아시겠지만 아주 중요한 일도 더러 있거든요.

배를 타고 라인강을 따라 올라갈 때는 그야말로 완벽했어요. 그냥 가만히 앉아서 그 시간을 실컷 즐겼어요. 아버지의 오래된 여행 안내서를 꺼내 읽고 있어요. 그 책에서만큼 아름다운 묘사는 본 적이 없어요. 코블렌츠에서 우린 즐거운 시간을 보냈어요. 프레드가 배에서 사귄 본 출신 학생 몇 명이 우리에게 세레나데를 불러줬거든요. 달빛이 내린 밤이었는데, 한 시쯤 됐던 거 같아요. 플로와 나는 창문 밑에서 들려오는 더없이 감미로운 음악에 잠이 깼어요. 우린 벌떡 일어나서 커튼 뒤에 숨어 몰래 밖을 내다봤어요. 보니까 프레드와 학생들이 밑에서 노래를 부르고 있지 않겠어요. 그렇게 낭만적인 장면은 처음이었어요. 강과 줄줄이 늘어선 배들, 맞은편의 웅장한 요새, 사방을 비추는 달빛, 돌의 심장도 녹일 것 같은 음악.

그들이 노래를 마치자 우린 꽃을 몇 송이 던졌어요. 그랬더니 그들은 앞다투어 꽃을 손에 넣고는 보이지도 않는 숙녀들을 향해 손 키스를 날리더니 왁자지껄 웃으며 사라졌어요. 아마 담배도 피우고 술도 마시러 갔을 거예요. 그런데 이튿날 아침 프레드가 조끼 주머니에 찌그러진 꽃 한 송이를 꽂고 나타나선 감상에 푹 젖은 표정을 짓지 않겠어요. 난 웃으면서 꽃을 던진 건 내가 아니라 플로라고 말했죠. 그랬더니 생각만 해도 싫은지 꽃을 창밖으로 내던져버리고는 다시 말짱한 표정을 짓잖아요. 이 남자와 행여 무슨 문제라도 생길까 봐 걱정돼요. 이미 그런 것 같기도 하지만요.

나사우에서는 물놀이를 했는데 아주 즐거웠고, 바덴바덴에서도 그랬어요. 바덴바덴에서는 프레드가 돈을 잃어버리는 바람에 제가 좀 뭐라고 했어요. 프레드는 프랭크가 옆에 없을 때는 누가 챙겨줘야 해요. 언젠가 케이트 언니는 프레드가 하루 빨리 결혼했으면 좋겠다고 말했는데, 결혼이 프레드에게 도움이 될 거라는 케이트 언니의 말에 저도 전적으로 동의해요. 프랑크푸르트에서도 즐거웠어요. 괴테의 생가와 실러의 동상, 다네커(1758~1841, 독일의 조각가로 고전적인 단정함을 강조해 대리석에 당시의 저명한 인물이나 그리스 신화를 표현했고, 특히 시인 F. 실러와 교유하면서 그의 흉상을 조각하기도 했다 : 옮긴이)의 유명한 「아리아드네」도 봤어요. 정말 아름다웠지만 배경 이야기를 좀 더 많이 알았더라면 더 좋았겠죠. 다들 잘 알고 있거나 아는 척하고 있는 것 같아서 물어보고 싶지 않았어요. 조 언니가 있었다면 다 이야기해줬을 텐데 아쉬웠어요. 책을 더 많이 읽어야겠어요. 아는 게 아무것도 없는 것 같아서 창피해요.

이제부터는 심각한 이야기예요. 여기서 심각한 일이 일어났고, 프레드는 방금 떠났어요. 프레드는 정말 친절하고 유쾌해서 우리 모두 굉장히 좋아했어요. 프레드를 여행 친구 이상으로 생각해본 적은 없었지만 세레나데의 밤 이후로 달라졌어요. 그때부터 달빛 아래서의 산책, 발코니에서의 대화, 매일의 모험이 그 사람한테는 재미 그 이상이라는 느낌이 들기 시작했어요. 엄마, 저는 그 사람에게 추파를 던진 적 없어요. 정말이에요. 엄마가 하신 말씀을 명심하면서 최선을 다했을 뿐이에요. 사람들이 날 좋아하는 걸 나더러 어쩌라고요. 내가 일부러 좋아하게 만든 것도 아니고요. 그렇지만 내가 좋아하지 않는 사람이 나를 좋아한다고 할까 봐 걱정돼요. 물론 조 언니는 나를 진심으로 좋아했던 사람은 없다고 말하지만요. 엄마는 고개를 절레절레 흔들 테고, 언니들은 "아, 돈밖에 모르는 가엾은 꼬맹이!"라고 말할 게 분명하지만 전 결심했어요. 미친 듯이 사랑에 빠진 건 아니지만 프레드가 청혼하면 받아들이기로요. 저도 그 사람을 좋아하고, 함께 있으면 편하거든요. 그 사람은 미남에다 젊고 꽤 똑똑한 데다 아주 부자예요. 로런스 집안보다 훨씬 더요. 그 사람 집에서도 반대하지 않을 거고 전 아주 행복할 거예요. 다들 친절하고 교양 있고 관대한 데다 저를 좋아하거든요. 프레드는 쌍둥이 중에서도 형이라 부동산도 물려받을 거예요. 얼마나 멋지게요! 부유층 동네에 있는 도시형 주택인데요, 미국의 대저택만큼 눈에 띄게 화려하진 않지만 살기는 두 배로 편하고 영국 사람들이 그 가치를 믿고 인정하는 알찬 사치품들로 가득해요. 그게 모두 진품이라는 점이 저는 마음에 들어요. 그 집의 문패와 집안의 보석, 늙은 하인들은 물론이고 공원과 대저택, 근사한 땅, 좋은 말들이 있는 시골 땅 사진도 봤어요. 아, 뭘 더 바라겠어요! 여자들은 작위라면 허울뿐이거나 말거나 덥석 집어 들기부터 하지만 전 아니에요. 돈밖에 모른다고 할지도 모르지만 저는 가난이 싫어요. 할 수만 있다면 더는 가난하게 살고 싶지 않아요. 우리 자매 중 한 명은 시집을 잘 가야 해요. 메그 언니는 이미 글렀고, 조 언니는 싫다고 할 거고, 베스 언니는 아직 그럴 처지가 못 되고, 그러니 제가 나서려는 거예요. 그렇게 해서 두루두루 편해지게 하려고요. 싫어하거나 경멸하는 사람과 결혼하려는 게 아니에요.

그것만은 믿어도 돼요. 프레드가 제 이상형은 아니지만 아주 잘하고 있고, 또 날 좋아해 주고 내가 원하는 걸 해준다면 저 또한 때가 되면 그 사람을 좋아하게 되겠죠. 그래서 이 문제는 지난주에 제 마음속에서 이미 결정했어요. 프레드가 절 좋아하는 게 뻔히 보였거든요. 그 사람은 아무 말도 하지 않았지만 사소한 것들에서 알 수 있었어요. 그 사람은 플로하고는 어울리지 않고 마차를 타든 식사를 하든 산책을 하든 늘 제 곁을 맴돌고, 단둘이 있을 때는 감정이 북받치는 듯한 표정이고, 누가 제게 말이라도 걸라치면 인상을 찡그려요. 어제는 저녁을 먹고 있을 때였어요. 웬 오스트리아 장교가 우리를 빤히 쳐다보다가 난봉꾼처럼 생긴 자신의 일행인 남작에게 독일어로 "아인 분더쇠네스 블로트헨(대단한 금발 미인 : 옮긴이)"이라나 뭐라나 지껄이더라고요. 그러니까 프레드가 갑자기 사자처럼 사납게 돌변해선 고기를 어찌나 기세등등하게 자르던지 하마터면 접시가 날아갈 뻔했다니까요. 프레드는 냉정하고 딱딱한 영국 남자가 아니에요. 오히려 성미가 급한 편이죠. 예쁜 파란 눈에서도 짐작할 수 있듯이 그 사람에게는 스코틀랜드인의 피가 흐르고 있거든요.

그건 그렇고, 어제 저녁 해질 무렵에 우린 성에 올라갔어요. 프레드는 빼고요. 우편물을 찾으러 우체국에 간다기에 나중에 거기서 만나기로 했거든요. 우린 무지막지하게 큰 술통이 있는 지하 저장고며 선거후選擧侯가 영국인 아내를 위해 만든 아름다운 정원이며 유적지를 여기저기 구석구석 돌아봤어요. 그중에 저는 큰 테라스가 제일 좋았어요. 전망이 아주 멋졌거든요. 그래서 다른 사람들이 안쪽의 방들을 둘러보러 간 사이에 저는 거기 앉아서 벽에 조각된 회색 사자 머리 석상과 그 주변에 늘어진 새빨간 인동덩굴 가지를 스케치하고 있었어요. 계곡 틈새로 구불구불 흐르는 네카어강을 바라보는 가운데 저 아래서 오스트리아 악단이 연주하는 음악 소리를 들으며 이야기책 속의 여주인공처럼 사랑하는 사람을 기다리고 있자니 마치 제가 연애 소설 속으로 빨려 들어간 듯한 기분이 들더라고요. 무슨 일이 일어날 것 같은 예감이 들었고, 그걸 받아들일 준비도 돼 있었어요. 얼굴이 빨개지거나 떨리지도 않고 아주 침착했어요. 약간 흥분하긴 했지만요.

그러고 나서 얼마쯤 지났을까, 프레드의 목소리가 들리더니 그 사람이 나를 찾아 큰 아치문 안으로 허둥지둥 들어왔어요. 그 모습이 너무 힘들어 보여서 제 생각은 모두 잊고 무슨 일이냐고 물었어요. 그런데 프랭크가 너무 아프니 얼른 집으로 돌아오라는 편지를 받았다는 거예요. 그래서 당장 밤 기차를 타야 했기 때문에 작별 인사를 나눌 시간밖에 없었어요. 물론 그 사람이 안되기도 했지만 제 입장에서는 실망스러웠어요. 하지만 실망은 잠시뿐이었어요. 그 사람이 악수를 청하며 오해할 수가 없게 "곧 돌아올게요. 그사이 날 잊지는 않겠죠, 에이미?"라고 말했거든요.

저는 무슨 약속을 하는 대신 그 사람을 쳐다보기만 했어요. 그래도 그 사람은 만족스러운 듯 보였어요. 프레드가 한 시간 뒤에 떠나야 했기 때문에 간단한 말과 작별 인사만 겨우 주고받았어요. 우리 모두 프레드를 무척 보고 싶어 하고 있어요. 그 사람 표정이 분명히 할 말이 있는 듯했지만 언젠가 슬쩍 내비쳤던 말로 미루어 당분간은 이런 일로 시끄럽게 하지 않겠다고 아버지와 약속한 것 같아요. 그 사람이 성급한 편인 데다 그 사람 아버지는 외국인 며느리를 보게 될까 봐 걱정스럽겠죠. 우린 곧 로마에서 다시 만날 테고, 그 사람이 "날 받아줄래요?"라고 말하면 "네, 고마워요"라고 대답할래요. 그때까지 제 마음이 바뀌지 않는다면요.

물론 이 이야기는 전부 비밀이에요. 하지만 엄마한테는 말해야 할 것 같았어요. 제 걱정은 하지 마세요. 저는 엄마의 '신중한 에이미'잖아요. 경솔한 행동은 절대 안 해요. 충고는 언제든 환영이에요. 가능하면 엄마 말씀을 따르게요. 엄마랑 얼굴을 보면서 얘기할 수 있다면 좋을 텐데. 제게 사랑과 믿음을 보내주세요.

엄마의 한결같은 딸 에이미가

32
고민

“조, 베스 때문에 걱정이로구나.”

“왜요, 엄마? 아기들이 태어난 뒤로는 부쩍 건강해 보이던데요.”

“내가 걱정하는 건 베스의 건강이 아니라 마음이야. 마음에 뭔가 있는 게 분명해. 그게 뭔지 네가 좀 알아봐다오.”

“왜 그런 생각을 하시는데요, 엄마?”

“혼자 앉아 있을 때가 한두 번이 아니고 예전 같지 않게 아버지랑 얘기도 잘 안 해. 요전번엔 아기들을 보며 울고 있었어. 노래를 불러도 슬픈 노래뿐이고. 가끔 이해할 수 없는 표정을 짓고. 도무지 우리 베스 같지가 않아서 걱정이 되는구나.”

“왜 그러는지 물어는 보셨어요?”

“한두 번 물어보려고 했는데 베스가 내 질문을 피하지 뭐니.

그렇지 않으면 표정이 너무 힘들어 보여서 그만뒀고. 여태껏 아이들 비밀을 억지로 알아낸 적이 한 번도 없는데 말이다. 그럴 필요가 없었으니까."

마치 부인은 말을 하면서 조를 흘낏 살폈지만 조도 베스가 남몰래 고민하는 이유를 까맣게 모르는 듯했다. 조는 잠시 생각에 잠겨 바느질을 하다가 말했다.

"베스도 크나 보네요. 꿈을 꾸기 시작하면서 희망과 두려움을 갖게 되고, 이유를 알지도 못하고 설명할 수도 없으면서 막연히 초조해지는 거죠. 아, 엄마, 베스도 이제 열여덟 살이에요. 그런데 우리는 베스가 다 큰 처녀라는 걸 깜빡하고 자꾸 어린애 취급하잖아요."

"그래, 그렇구나. 다들 어느새 이렇게 커버렸을까, 글쎄."

어머니가 한숨과 미소로 대답했다.

"어쩌겠어요, 엄마. 걱정은 모두 내려놓고 엄마의 새들이 차례로 둥지를 박차고 나가는 걸 마음 편히 지켜보세요. 엄마에게 위안이 될지는 모르겠지만 저는 둥지 밖으로 그렇게 멀리 가지는 않을 거예요."

"큰 위안이 되고말고, 조. 메그가 집을 떠난 뒤로 네가 집에 있으면 엄마는 마음이 늘 든든해. 베스는 너무 약하고 에이미는 의지하기엔 아직 너무 어리지만 넌 갑자기 일이 생겨도 늘 나설 준비가 돼 있으니까."

"전 아무리 힘든 일도 상관없어요. 가족 중에 뒤치다꺼리하는 사람이 하나는 있어야 하잖아요. 에이미는 꼼꼼하고 손끝이 야무지지만 전 아니에요. 하지만 집 안의 카펫을 전부 털어야 한다거나 가족 절반이 동시에 앓아누우면 전 물 만난 고기처럼 기운이 펄펄 나요. 에이미야 외국에서 잘나가고 있지만 집에 무슨 문제가 생기면 제가 엄마 곁에 떡 버티고 있잖아요."

"그럼 베스는 네게 맡기마. 그 애는 누구보다 너에게 그 조그맣고 여린 마음을 열 테니까. 다정하게 대해 주렴. 그렇다고 누군가 자길 지켜보거나 자기 얘길 하고 있다는 생각이 들게 하지는 말고. 엄마는 베스가 다시 튼튼해지고 쾌활해진다면 세상에 더 바랄 게 없겠다."

"그럼 엄마는 행복한 여자네요! 저는 바라는 게 엄청 많은데."

"이런, 대체 뭘 바라는데 그러니?"

"베스의 고민부터 해결하고 제 소원은 나중에 말씀드릴게요. 닳는 게 아니니까 좀 묵혀둬도 괜찮을 거예요."

그러면서 조는 지혜롭게 고개를 끄덕이며 바느질을 계속했다. 그 모습에 어머니는 적어도 그 순간만은 마음이 놓였다.

조는 자기 일에 몰두한 척하면서 베스를 지켜보았다. 서로 모순되는 온갖 추측들이 한바탕 휩쓸고 지나간 뒤 마침내 베스의 변화를 설명할 수 있을 듯한 단서가 하나 눈에 띄었다. 사소한 사건이 조에게 수수께끼를 풀 실마리를 제공했고, 순전히 본인 생각이긴 하지만 나머지는 조의 풍부한 상상력과 연애 감각이 해결했다. 어느 토요일 오후 베스와 단둘이 있을 때 조는 글을 쓰느라 바쁜 척하면서 뭔가를 끼적였다. 하지만 그런 와중에도 동생에게서 눈을 떼지 않았다. 그날따라 베스는 유난히 조용해 보였다. 창가에 앉은 채 바느질감을 종종 무릎에 떨어뜨리더니 낙담한 듯 턱을 괴고는 흐릿한 가을 풍경을 바라보았다. 그때 갑자기 누군가 저 아래를 지나가면서 오페라에 나오는 찌르레기처럼 휘파람을 불더니 이렇게 소리쳤다.

"이상 무! 오늘 밤에 올게."

그러자 베스는 깜짝 놀라며 몸을 앞으로 숙이더니 웃는 얼굴로 고개를 끄덕이고는 저벅거리는 발자국 소리가 사라질 때까지 그 행인을 바라보았다. 그러고는 혼잣말을 하듯 나지막이 중얼거렸다.

"어쩜 저 사람은 저렇게 튼튼하고 건강하고 행복해 보일까."

"흠!"

조가 여전히 동생의 얼굴을 유심히 살피며 말했다. 밝았던 낯빛은 올 때처럼 금세 자취를 감췄고 미소도 사라지면서 창턱 위로 눈물 한 방울이 반짝이며 떨어졌다. 베스는 얼른 눈물을 닦고는 불안한 눈빛으로 조 쪽을 흘낏거렸지만 조는 『올림피아의 서약』에 심취한 듯 엄청난 속도로 긁적이기 시작했다. 하지만 베스가 고개를 돌리자 조는 다시 동생을 관찰하는 데 몰두했다. 조가 보니 한 손을 조용히 여러 번 눈가로 가져갔고, 반쯤 저쪽으로 돌린 얼굴에서는 애처로운 슬픔이 묻어났다. 그 모습에 조의 두 눈도 그렁그렁해졌다. 조는 그러다 들킬 것 같아 종이가 더 필요하

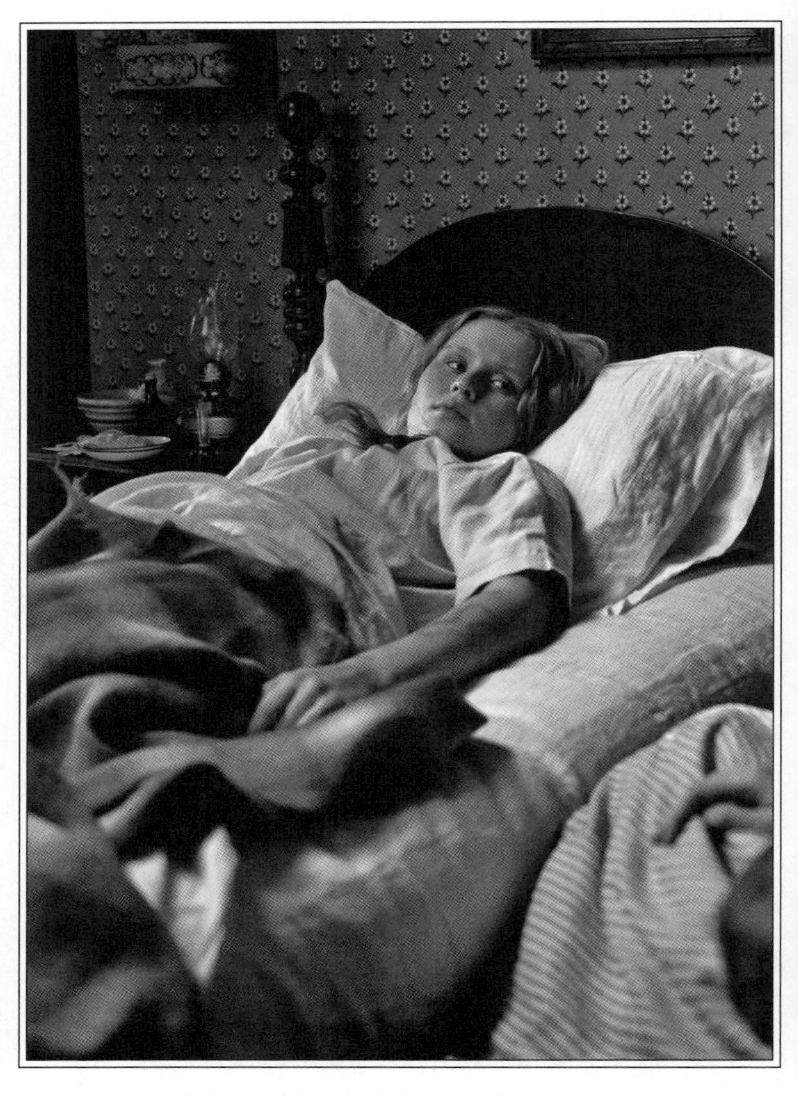

창가에 앉은 채 바느질감을 종종 무릎에 떨어뜨리더니 낙담한 듯 턱을 괴고는
흐릿한 가을 풍경을 바라보았다.

다고 중얼중얼 둘러대며 자리를 뜨고 말았다.

"세상에, 베스가 로리를 사랑하고 있다니!"

자기 방으로 돌아온 조가 방금 알아낸 사실의 충격으로 얼굴이 하얗게 질린 채 의자에 앉으며 말했다.

"이런 건 꿈에도 생각지 못했는데. 엄마가 뭐라고 하실까? 만약 로리가……."

거기서 조는 말을 멈추고 갑자기 떠오른 생각에 얼굴을 새빨갛게 붉혔다.

"로리가 베스를 사랑하지 않으면 큰일일 텐데. 로리도 사랑해야 하는데. 아니면 나라도 그렇게 만들 거야!"

그러면서 조는 벽에서 자신을 보고 웃고 있는 장난꾸러기 청년의 사진을 쳐다보며 고개를 위협적으로 저어댔다.

"아, 이런, 우리 모두 하루가 다르게 어른이 돼가고 있나 봐. 메그 언니는 결혼해서 어느새 엄마가 됐고, 에이미도 파리에서 쑥쑥 자라고 있고, 베스는 사랑에 빠졌고. 이런 말도 안 되는 장난을 멀리할 만큼 분별 있는 사람은 나밖에 없어."

조는 사진에 눈을 붙박은 채 잠시 골똘히 생각하더니 찌푸렸던 이맛살을 펴고는 맞은편의 얼굴을 향해 단호하게 고개를 끄덕이며 이렇게 말했다.

"아니, 고맙지만 사양할래. 넌 정말 매력적이지만 풍향계처럼 다음은 어딜 가리킬지 가늠할 수가 없잖아. 그러니 감동적인 편지를 쓸 필요도 없고 뭘 암시하듯 그렇게 웃을 필요도 없어. 그래봐야 아무 소용 없을 테니까. 난 받아주지 않을 거야."

그러고 나서 조는 한숨을 쉬며 공상에 빠져들었다. 그러다 이른 땅거미가 내릴 때쯤 새로운 점들이 하나둘 눈에 띄면서 의혹은 확신으로 굳어졌다. 로리는 에이미와는 시시덕거리고 조와는 장난을 치면서도 베스에게는 늘 특별히 친절하고 점잖았다. 하지만 로리는 모두에게 그랬다. 그래서 로리가 베스를 다른 사람보다 더 좋아한다고 생각하는 사람은 아무도 없었다. 오히려 식구들 사이에서는 요즘 들어 '우리 로리'가 조를 부쩍 더 좋아하고 있다는 분위기가 대세를 이루었다. 하지만 정작 당사자는 그런 얘기가 나오면 한 마디도 들으려 하지 않았고 누가 아는 체라도 할라치면 버럭 화를 내며 나무라기 일쑤였다. 식구들이 지난 한 해의 다양한 우여곡절, 아니 정확히 말하면 아예 싹부터 싹둑 잘린 이런저런 시도들을 알았더라면 바로 그럴 줄 알았다며 "내가 뭐랬어?"라고 말했을 것이다. 그러나 조는 이른바 '연애'라면 질색했고 받아들이지도 않았다. 그리고 그럴 기미가 조금만 보여도 위험 신호로 간주하고 농담이나 미소로 상황을 모면했다.

처음 대학에 들어갔을 때만 해도 로리는 한 달에 한 번꼴로 사랑에 빠졌다. 하지만 그런 소소한 불꽃은 확 타올랐다가 금세 사그라들었고, 딱히 이렇다 할 피해도 끼치지 않았다. 조는 매주 만날 때마다 로리가 털어놓는 희망과 절망, 체념이 엇갈리는 이야기가 그저 재미있어 열심히 귀 기울였다. 그러다 로리는 수많은 성지 순례를 그만두고 어두운 얼굴로 한 사람에게만 빠져 지내고 있음을 암시하며 잊을 만하면 바이런식의 우울한 감성에 푹 빠져 지내기 시작했다. 그러더니 갑자기 연애 이야기는 뚝 끊고 조에게 철학적인 내용의 편지를 보내나 싶더니 학구파로 돌변해 영광의 광휘 속에서 졸업할 의지를 불태우며 책을 '들이파겠다' 고 선언하기에 이르렀다. 우리의 아가씨에게는 이 편이 석양 아래서의 고백이나 다정한 손길, 의미심장한 눈빛보다 더 구미가 당겼다. 감성보다 지성이 먼저 발달한 조는 현실 속의 인물보다 상상 속의 영웅들을 더 좋아했다. 상상 속의 영웅들은 싫증이 나면 다락방의 깡통 부엌 속에 처박아 두었다가 내킬 때 꺼내도 되지만 현실 속의 남자들은 마음대로 다루기가 쉽지 않았기 때문이다.

이런 상황에서 엄청난 사실이 드러나자 그날 밤 조는 이제까지와는 전혀 다른 눈으로 로리를 유심히 관찰했다. 머릿속에 새로운 생각이 떠오르지 않았다면 베스는 매우 조용하고 로리 또한 베스에게 매우 친절하다는 사실에서 평소와 다른 점을 전혀 눈치채지 못했을 것이다. 하지만 조의 풍부한 상상력은 고삐 풀린 말처럼 달려나가기 시작했고, 상식은 오랫동안 사랑 이야기를 쓰느라 무뎌져서 아무런 도움이 되지 못했다. 베스는 평소처럼 소파에 누워 있었고, 로리는 근처의 낮은 의자에 앉아 온갖 잡다한 이야기로 베스를 즐겁게 해주고 있었다. 베스가 매주 있는 이 '나들이'에 많이 의지했던 만큼 로리가 그런 베스를 실망시킨 적은 한 번도 없었다. 하지만 그날 저녁 조가 보기에는 로리의 활기 넘치는 구릿빛 얼굴에 머무는 베스의 시선에 특별한 기쁨이 담겨 있는 것 같았다. 그뿐만이 아니었다. 하다못해 베스는 팽팽했던 크리켓 시합 이야기에까지 관심을 보이는 듯했다. 사실 타이스(야구의 스트라이크와 비슷한 투구법 : 옮긴이)에 잡혔다느니 타자가 아웃당했다느니 레그바이(투수가 던진 공이 타자의 다리나 몸에 맞은 경우에 올리는 추가 득점 : 옮긴이)로 3점을 얻었다느니 하는 표현은 베스에게는 산스크리트어만큼이나 판독하기 어려운 말이었다. 이미 그렇게 마음을 정하고 봐서 그런지 로리의 태도도 한층 더 다정한 것 같았다. 로리는 이따금씩 목소리를 낮췄고, 평소와 달리 잘 웃지도 않았으며, 약간 멍해 보였고, 그런 가운데서도 정말 다정해 보이는 손길로 부지런히 베스의 발에 숄을 덮어주었다.

'별일이 다 일어난다지만 누가 짐작이나 했겠어?'

조는 방 안을 이리저리 서성이며 생각했다.

'베스는 로리에게 천사처럼 잘해줄 거고, 로리는 베스의 삶을 기쁘고 편안하고 즐겁게 만들어주겠지. 그러려면 물론 둘이 서로 사랑해야겠지만. 로리는 베스를 사랑하지 않고는 못 배길 거야. 분명히 그렇게 될 거야. 다른 사람들이 중간에서 방해만 하지 않는다면.'

하지만 방해가 되는 사람은 자기 자신뿐이었기 때문에 조는 갑자기 자기가 없어져야 한다는 생각이 들기 시작했다. 하지만 어디로 가야 한단 말인가? 조는 언니의 희생이라는 제단에 몸을 내던질 각오를 불태우며 소파에 앉아 방법을 모색했다.

그 오래된 소파는 길고 넓고 푹신푹신한 데다 낮아서 소파로는 그만이었지만 약간 낡아 있었다. 그도 그럴 것이 자매들이 갓난아기일 때는 여기에 아무렇게나 누워 잠을 잤고, 아이 때는 소파 등 뒤로 손을 집어넣거나 팔걸이에 걸터앉거나 소파 밑에 동물 인형들을 숨겼으며, 숙녀가 되어서는 지친 머리를 누이고 꿈을 꾸고 다정하게 얘기를 나누는 곳이었기 때문이다. 자매들은 가족 모두의 안식처가 되어주는 이 소파를 사랑했다. 소파의 한쪽 구석은 조가 가장 좋아하는 휴식 공간이었다. 이 푸근한 소파를 장식하는 많은 쿠션 중에 꺼끌꺼끌한 말총으로 겉을 감싼 쿠션이 하나 있었는데, 양쪽 끄트머리에 우툴두툴한 단추가 하나씩 달려 있었다. 조는 이 못생긴 쿠션을 특별히 아끼며 방어용 무기로, 바리케이드로, 또는 너무 많은 잠을 방지하는 확실한 대비책으로 사용했다.

로리도 이 쿠션을 잘 알고 있었는데, 쿠션에 대해 반감이 깊었다. 그도 그럴 것이 마음껏 쿵쿵 뛰어다녀도 되던 시절에는 그 쿠션으로 무자비하게 얻어맞았고, 지금은 또 그가 가장 탐내는 소파 귀퉁이의 조 옆자리를 그 쿠션 때문에 차지하지 못할 때가 많았기 때문이다. 둘이 '소시지'라 부르는 그 쿠션이 끝에 서 있으면 다가와서 쉬어도 좋다는 신호였지만 소파와 수직을 이루며 납작하게 누워 있으면 어른이든 아이든 그 자리에 눈독을 들이면 큰일을 치르게 된다는 뜻이었다. 그날 저녁 조는 옆에다 바리케이드를 치는 걸 깜빡했다. 조가 자리에 앉은 지 5분도 채 지나지 않아 거대한 형체가 조 옆에 모습을 드러내더니 두 팔은 뒤로 쭉 뻗어 소파 등에 걸치고 길쭉한 두 다리는 앞으로 활짝 벌린 채 만족스러운 한숨을 내쉬며 소리쳤다.

"히야, 이게 웬 횡재냐!"

"그런 상스러운 말 쓰지 마."

조가 쿠션을 힘껏 내려놓으며 쏘아붙였지만 때는 이미 늦은 뒤였다. 쿠션이 비집고 들어갈 자리가 없었기 때문이다. 쿠션은 저절로 바닥으로 떨어지더니 신기하게도 자취를 감추었다.

"에이, 조, 그렇게 까칠하게 굴 것까지는 없잖아. 한 주 내내 피골이 상접하도록 공부했는데 예뻐해줘야지."

"베스가 예뻐해 줄 거야, 난 바빠."

"아니, 베스는 귀찮게 하면 안 돼. 그런 건 네가 잘하잖아. 갑자기 취향이 바뀐 게 아니라면. 혹시 그런 거야? 그새 친구가 미워진 거야? 그래서 쿠션으로 마구 공격해댈 참이야?"

감동적이다 못해 그렇게 아양이 뚝뚝 떨어지는 말은 거의 들어본 적이 없었지만 조는 단호한 질문으로 친구의 기를 꺾어놓았다.

"이번 주에는 랜들 양에게 꽃다발을 얼마나 보냈어?"

"한 개도 안 보냈어, 맹세해. 이제 그 아가씬 약혼한 몸이란 말이야."

"거 듣던 중 반가운 소리네. 관심도 없는 여자들한테 꽃이며 이것저것을 보내는 건 네가 부리는 바보 같은 사치 중 하나야."

조가 비난조로 계속 말을 이었다.

"내가 관심 있는 분별 있는 여자들은 '꽃이며 이것저것'을 받을 생각이 없는데 나더러 어떡하라고? 나도 기분이라도 내야 할 것 아니야."

"엄마는 장난으로 연애하는 건 찬성하지 않으시고, 넌 못 말리는 연애 대장이고."

"'너도 그렇잖아'라고 응수할 수만 있다면 뭐든 하겠다. 그럴 수 없으니 그건 그냥 아무 해가 없는 재미난 놀이라고만 해둘게. 서로가 놀이로만 이해한다면 말이지."

"글쎄 뭐 재미있어 보이기는 해. 하지만 어떻게 그럴 수 있는지 난 도무지 이해가 안 가. 나도 혼자만 따로 노는 게 어색해서 노력해봤지만 잘 못하는 것 같아."

타이르는 역할을 하던 중이라는 걸 깜빡 잊고 조가 말했다.

"에이미한테 좀 배워. 에이미는 그쪽에 소질이 있잖아."

"맞아, 에이미는 그런 걸 아주 잘하지. 너무 과하지도 않고. 일부러 애쓰지 않아도 상대방을 기분 좋게 해주는 사람도 있지만 엉뚱한 곳에서 늘 엉뚱한 말과 행동을 하는 사람도 있어."

"난 네가 연애에 젬병인 게 좋아. 분별력 있고 솔직한 여자를 보면 정말 신선하거든. 그런 여자는 명랑하고 친절하면서 자기 자신을 바보로 만들지도 않지. 우리끼리 얘긴데, 조, 내가 아는 여자들 중 몇몇은 내가 다 민망할 정도로 너무 앞서가거든. 물론 무슨 나쁜 의도가 있어서 그러는 건 아니지만 우리 남자들이 나중에 그런 여자들에 대해 어떻게 얘기하는지 알면 아마 생각을 바꿀걸."

"그 여자들도 마찬가지야. 너희에 대해 아주 신랄하게 얘기할 테니까. 그러니까 결국 너희가 지는 거지. 어리석기로 치면 둘 다 똑같아. 너희가 올바르게 행동하면 그 여자들도 그러겠지. 하지만 너희가 골 빈 여자들을 좋아하니까 거기 맞춰주는 것뿐이야. 그런데 너희는 그 여자들 흉이나 보다니."

"아이고, 많이도 아십니다, 우리 아가씨!"

로리가 거만하게 말했다.

"우리도 희희낙락 시시덕대는 거 좋아하지 않아. 가끔 그런 것처럼 보일 수는 있겠지만. 예쁘고 참한 여자들은 정중하게라면 모를까, 신사들 입에 그런 식으로 오르내리지 않아. 넌 너무 순진해서 탈이야! 한 달만 내 입장이 돼서 세상을 볼 수 있다면 좀 놀랄걸. 맹세하는데, 난 그런 가벼운 여자들을 보면 우리 친구 울새와 함께 이렇게 말해주고 싶어. '관둬라, 쳇, 이 뻔뻔한 촐랑이야!'"

여성의 흉을 보면 안 된다는 기사도 정신과 부유층 사교계 여성들의 경박한 행동에 대한 깊은 반감 사이에서 이러지도 저러지도 못하고 쩔쩔매는 로리의 모습에 조는 웃지 않을 수 없었다. 조는 '로런스 청년'이 세상 물정에 밝은 부인들 사이에서 최고의 신랑감으로 통하며, 그 딸들도 그에게 잘 보이려고 웃음을 흘린다는 것을 잘 알고 있었다. 사실 로리는 수탉처럼 우쭐대고도 남을 만큼 나이 불문하고 모든 여자들 사이에서 인기가 매우 높았다. 그래서 행여 인생을 탕진하기라도 할까 봐 걱정하며 다소 질투 어린 눈으로 지켜보던 차에 로리가 여전히 참한 아가씨들을 높이 사고 있다는 사실을 알게 되자 조는 무척 기뻤다. 하지만 내색은 하지 않고 갑자기 목소리를 낮게 깔며 다시 훈계하는 말투로 돌아갔다.

"있잖아, 테디, 정 기분이라도 내야겠다면 네가 존중하는 그 '예쁘고 참한 여자들' 중 한 명에게 헌신해봐. 괜히 멍청한 여자들에게 시간 낭비하지 말고."

"내가 정말 그러길 바라?"

그러면서 로리는 걱정과 즐거움이 뒤섞인 기묘한 표정으로 조를 바라봤다.

"당연하지. 하지만 대학을 마칠 때까지는 기다리면서 몸과 마음을 준비하는 게 좋지 않을까? 넌 아직 반도 못 미치니까. 누가 됐든 그 참한 아가씨에 비하면 말이지."

조가 어떤 이름이 튀어나올 뻔한 걸 간신히 수습하고는 역시 기묘한 표정을 지어 보였다.

"그렇긴 하지!"

로리가 평소 같지 않게 겸손한 표정을 지으며 눈을 내리깔더니 멍하니 조의 앞치마 술을 손가락에 돌돌 말며 순순히 인정했다.

'에고, 이래서 될 일이 아닌데.'

조는 이렇게 생각하며 덧붙였다.

"가서 노래 좀 불러줘. 음악이 무지 듣고 싶은데, 난 언제 들어도 네 목소리가 좋거든."

"고맙지만 그냥 여기 있을게."

"에이, 안 돼, 자리가 없잖아. 가서 뭐라도 좀 해봐. 넌 장식품으로 삼기엔 너무 크단 말이야. 여자 앞치마 끈이나 붙들고 늘어지는 거 싫다며?"

조가 언젠가 로리가 했던 말을 인용하며 쏘아붙였다.

"아, 그거야 누구 앞치마인가에 따라 다르지!"

그러면서 로리는 겁도 없이 술을 확 잡아당겼다.

"계속 이럴 거야?"

조가 쿠션을 집으려고 몸을 날리며 다그쳤다.

로리는 바로 도망쳤고, 「어여쁜 던디의 모자」라는 노래가 들려오는 순간 조는 살그머니 방을 빠져나가 청년이 씩씩거리며 자리를 뜰 때까지 나타나지 않았다.

그날 밤 조는 늦게까지 잠을 이루지 못하다가 깜빡 잠이 들려는 순간 숨죽여 흐느끼는 소리에 얼른 베스의 침대로 달려가 걱정스레 물었다.

"무슨 일이야, 응?"

"자는 줄 알았는데, 아니었어?"

베스가 훌쩍이며 말했다.

"전에 아팠던 데가 또 아픈 거니, 응?"

"아니, 새로운 데가 아파. 하지만 참을 만해."

그러면서 베스는 애써 눈물을 삼켰다.

"언니한테 다 얘기해봐, 내가 고쳐줄게. 나 그런 적 많잖아."

"언니도 못 고쳐, 이건 약도 없어."

베스는 이렇게 말하고는 언니에게 매달려 울기 시작했다. 어찌나 절망스럽게 우는지 조는 더럭 겁이 났다.

"어디가 아픈데 그래? 엄마 부를까?"

베스는 대답하지 않다가 어둠 속에서 거기가 아픈 듯이 한 손을 무심코 가슴에 얹더니 또 한 손으로는 얼른 조를 붙잡고 간청하듯 속삭였다.

"아니, 안 돼, 부르지 마, 엄마한테 말하지 마. 곧 괜찮아질 거야. 여기 내 '불쌍한' 머리 옆에 누워줘. 가만히 있으면 잠이 들 거야, 정말이야."

조는 시키는 대로 했지만 한 손으로 베스의 뜨거운 이마와 젖은 눈꺼풀을 어루만지는 순간 가슴이 터질 듯하면서 말을 하고픈 생각이 간절했다. 그러나 아직 어리긴 했어도 조는 마음은 꽃봉오리와 같아서 억지로 연다고 되는 게 아니라 저절로 열려야 한다는 걸 알고 있었다. 그래서 베스의 새로운 아픔이 무엇 때문인지 충분히 알 것 같았지만 최대한 다정한 말투로 이렇게만 말했다.

"괴로운 일이라도 있는 거니, 응?"

"응, 언니."

긴 침묵 끝에 베스가 대답했다.

"그게 뭔지 내게 말하면 그래도 좀 낫지 않을까?"

"지금은 아니야, 아직은 안 돼."

"그럼 묻지 않을게. 하지만 이건 꼭 기억해, 베스, 엄마와 나는 언제든 네 얘길 들어주고 널 도와줄 거라는 걸."

"알아. 차차 말해줄게."

"이제 아픈 건 좀 나아졌니?"

"어, 훨씬 나아졌어. 언니랑 있으면 정말 편해, 조 언니!"

"이제 그만 자. 내가 옆에 있어줄게."

그렇게 두 사람은 볼과 볼을 마주 대고 잠이 들었고, 다음 날 베스는 평소의 모습을 되찾은 듯 보였다. 열여덟 살 청춘은 머리도 마음도 오래 아프지 않은 법이며, 애정 어린 말 한마디는 아무리 큰 병도 고칠 수 있기 때문이다.

그러나 조는 마음을 정하고 며칠 동안 고심하며 계획을 세운 뒤 어머니에게 그 계획을 털어놓았다.

"저번에 제 소원이 뭐냐고 물으셨잖아요. 그중 한 가지를 말씀드릴게요, 엄마."

단둘이 앉아 있을 때 조가 말문을 열었다.

"기분 전환 삼아 올겨울에 어디로든 떠나고 싶어요."

"왜 그러니, 조?"

그러면서 어머니는 조의 말에 뭔가 다른 뜻이 숨어 있기라도 한 듯 얼른 고개를 들었다.

일감에 눈을 고정한 채 조가 진지하게 대답했다.

"새로운 걸 접해 보고 싶어요. 지금보다 더 많은 걸 보고, 경험하고, 배우고 싶어 미치겠어요. 지금은 눈앞의 사소한 일들에 매달려 지나치게 안달하는 것 같아요. 정신이 번쩍 드는 자극이 필요해요. 그래서 올겨울에는 둥지 밖으로 살짝 나가 날갯짓을 해 보려고요."

"둥지를 나가 어디로 가려고?"

"뉴욕요. 어제 좋은 생각이 떠올랐는데, 바로 이거다 싶었어요. 왜 커크 아줌마가 편지로 엄마한테 자기 아이들에게 공부도 가르치고 바느질도 할 괜찮은 아가씨를 찾는다고 말했잖아요. 제게 딱 맞는 일이라고 하긴 어렵지만 노력하면 그럭저럭 해낼 수 있을 것 같아요."

"세상에, 어떻게 그 큰 하숙집에 일하러 갈 생각을 다 한 거니!"

마치 부인은 깜짝 놀란 것 같았지만 못마땅해하는 기색은 없었다.

"꼭 일하러 가는 건 아니에요. 커크 아줌마는 엄마 친구잖아요. 그렇게 마음씨 착한 분도 없죠. 그러니까 지내기에 나쁘지 않을 거예요. 아줌마 가족도 따로 떨어져 살고, 거긴 제가 아는 사람도 없고요. 아는 사람이 있다고 해도 상관없어요. 정직한 일을 하는 건데 부끄러워할 이유가 없죠."

"그건 그렇지만 글 쓰는 건 어쩌고?"

"변화가 생기는 거니까 더 잘된 거죠. 새로운 걸 보고 듣고 하면서 새로운 영감을 얻을 거예요. 거기선 글 쓸 시간이 많지 않겠지만 허접한 제 글의 소재는 많이 얻어 돌아올 수 있겠죠."

"그럴 것 같기도 하다만 갑자기 이런 생각을 하게 된 이유가 정말 그것뿐이니?"

"아뇨, 엄마."

"엄마가 다른 이유를 좀 알아도 될까?"

조는 얼굴을 들었다가 다시 숙인 뒤 갑자기 뺨을 붉히며 천천히 입을 열었다.

"이렇게 말하는 게 순전히 착각이고 잘못일 수도 있겠지만, 아무래도 로리가 절 너무 좋아하는 것 같아요."

"그럼 넌 로리가 널 좋아하는 식으로는 로리를 좋아하지 않는다는 거니? 로리는 널 좋아하기 시작한 게 분명한 것 같던데."

마치 부인이 걱정스러운 얼굴로 물었다.

"맙소사, 아뇨! 전 이제까지 늘 그랬던 것처럼 로리를 사랑해요. 그리고 로리를 자랑스러워하고요. 하지만 그 이상은 절대 아니에요, 정말이에요."

"다행이구나, 조!"

"왜요, 엄마?"

"왜냐하면, 딸, 내 생각에 너희 둘은 잘 맞지 않아. 친구로서는 그보다 더 좋을 수 없고 아웅다웅하다가도 금세 털어버리고 말지만 짝으로 평생을 함께하기에는 둘 다 성격이 만만치 않거든. 너희 둘은 너무 똑같아. 자유를 너무 좋아하지. 둘 다 성미가 불같고 고집이 센 건 말할 것도 없고, 그래서 사랑뿐만 아니라 끝없는 인내와 용서가 필요한 관계에서 함께 행복하게 지낼 수 있을지 모르겠구나."

"저도 말은 안 했지만 그렇게 생각하고 있었어요. 로리가 이제 막 좋아하기 시작한 것 같다고 하시니까 다행이에요. 로리의 마음을 아프게 한다면 정말 괴롭고 슬플 거예요. 하지만 고마운 마음 때문에 가족처럼 지내는 오랜 벗과 사랑에 빠질 수는 없잖아요, 안 그래요?"

"너에 대한 로리의 감정은 확실한 거니?"

조의 뺨이 더욱 붉어졌다. 젊은 아가씨들이 첫사랑 이야기를 할 때 흔히 그렇듯이 조도 기쁨과 자긍심, 고통이 뒤섞인 표정으로 대답했다.

"유감이지만 그런 것 같아요, 엄마. 그런 말을 한 적은 없지만 얼굴을 보면 알 수 있어요. 아무래도 뭔가 일이 터지기 전에 떠나 있는 게 좋겠어요."

"그러는 게 좋겠구나. 그래서 해결이 된다면 떠나렴."

조는 마음이 놓인 듯 보였고, 잠깐의 침묵 끝에 웃으면서 이렇게 말했다.

"모팻 부인이 이걸 안다면 엄마가 자식 일에 너무 태평하다고 깜짝 놀랄 거예요. 그리고 애니에게 아직 희망이 있다고 기뻐하겠죠."

"아, 조, 자식을 가르치는 방식은 엄마들마다 다를 수 있지만 자식이 행복하길 바라는 마음은 다 같단다. 메그도 그래. 잘하고 있는 것 같아 마음이 놓여. 너는 물릴 때까지 실컷 자유를 즐기게 놔둘 생각이다. 그래야 더 큰 행복이 있다는 걸 깨닫게 될 테니까. 지금 가장 신경 쓰이는 건 에이미지만 분별력이 있는 애니까 잘하겠지. 베스는 건강하게만 지내준다면 더 바랄 게 없고. 그건 그렇고, 베스가 하루 이틀 전부터 더 밝아진 것 같던데, 얘기해봤니?"

"네, 무슨 고민이 있는 모양인데 차차 얘기하겠다고 저한테 약속했어요. 그게 뭔지 알 것 같아서 더는 아무 말도 하지 않았어요."

그러고 나서 조는 자신의 추측을 들려주었다

마치 부인은 고개를 설레설레 저으며 조의 지나치게 낭만적인 견해를 받아들이지 않았지만, 심각해 보이는 얼굴로 로리를 위해 조가 한동안 집을 떠나 있는 게 좋겠다는 말을 되풀이했다.

"결정이 날 때까지 이 계획에 대해선 로리에게 아무 말도 하지 않는 게 좋겠어요. 로리가 꿍꿍이수작을 부리고 눈물 바람을 보이기 전에 달아나버릴 생각이에요. 베스도 내가 좋아서 가는 거라고 생각해야 해요. 그 애한테 로리 얘기를 할 수는 없으니까요. 제가 떠나고 나면 베스가 로리를 다독이고 위로해 줄 거예요. 그럼 로리도 이 연애 감정에서 벗어날 수 있겠죠. 그동안 이런 소소한 시련쯤은 하도 겪어서 새삼스럽지도 않을 테니 언제 그랬나 싶게 금세 실연의 상처를 딛고 일어설 거예요."

조는 말은 희망적으로 했지만 이번 '소소한 시련'은 로리에게 전에 없이 혹독할 수 있으며, 전과 달리 로리가 '실연의 상처'를 쉽게 이길 수 없을지도 모른다는 불길한 예감을 떨칠 수 없었다.

조의 계획은 가족회의에서 안건으로 올라 만장일치로 통과됐다. 커크 부인이 기꺼이 조를 받아들이며 집처럼 편하게 지내게 해주겠다고 약속했기 때문이다. 생계는 가정교사 일로 유지할 수 있을 테고, 짬짬이 글을 써서 돈을 더 벌 수도 있을 것 같았다. 그리고 새로운 환경과 사람들은 조에게 유익하고 즐거운 경험을 안겨줄 터였다. 조는 생각만 해도 좋아서 하루빨리 떠나고 싶었다. 이제 집은 한시도 가만히 있지 않는 조의 타고난 성격과 모험심을 감당하기에는 너무 비좁은 둥지 같았다. 모든 게 다 정해지고 난 뒤 조는 두려움에 떨면서 로리에게 얘기를 꺼냈지만 놀랍게도 로리는 매우 차분하게 그 소식을 받아들였다. 요즘 들어 로리는 평소보다 점잖게 굴었지만 지금은 매우 쾌활해 보였고, 조가 이제 새사람이 되기로 결심한 거냐고 농담을 던지자 로리는 진지한 표정으로 이렇게 대답했다.

"그러기로 했어. 앞으로 쭉 이렇게 살 생각이야."

조는 때마침 로리의 고결한 심성이 발현되어 정말 다행이라고 생각했다. 그리고 베스도 더 명랑해진 것 같아서 가벼운 마음으로 여행 준비에 나섰다. 조는 자신의 결정이 모두를 위해 최선의 길이기를 바랐다.

"너한테 특별히 부탁할 게 있어."

조가 떠나기 전날 밤 베스에게 말했다.

"언니 원고 말이야?"

"아니, 내 친구. 로리에게 잘해줘, 알았지?"

"그야 당연하지. 하지만 내가 언니를 대신할 순 없어. 로리 오빠는 언니를 딱할 만큼 보고 싶어 할 거야."

"그렇다고 사람이 어떻게 되진 않아. 그러니까 내가 로리를 너한테 맡긴 거 꼭 기억하고 잔소리도 하고 다독여도 주고 잘 챙겨줘."

"언니를 봐서라도 최선을 다할게."

베스는 조가 왜 그렇게 묘한 눈으로 자기를 쳐다보는지 의아해하며 약속했다.

"이래도 소용없어, 조. 내 눈은 널 향해 있으니까. 그러니까 처신 잘해. 안 그러면 내가 가서 널 집으로 데려올 테니까."

로리가 작별 인사를 하며 의미심장하게 속삭였다.

33
조의 일기

뉴욕, 11월

사랑하는 엄마와 베스에게,

저는 유럽 대륙을 여행하는 멋쟁이 아가씨는 아니지만 이야기할 게 산더미처럼 쌓여 있으니까 앞으로 꼬박꼬박 편지를 보낼게요. 사랑하는 아버지의 늙은 얼굴이 멀어져 보이지 않을 때는 기분이 약간 우울해서 아일랜드인 여자와 쉴 새 없이 징징대는 꼬마 넷이 제 주의를 끌지 않았더라면 짠 물을 한두 방울 떨어뜨렸을지도 몰라요. 그 꼬마 녀석들이 울어대려고 입을 벌릴 때마다 의자에 생강 쿠키 부스러기를 떨어뜨리느라 심심할 틈이 없었거든요.

곧 해가 났는데 좋은 징조 같아서 저도 덩달아 기운이 났어요. 그리고 그 뒤로는 내내 씩씩하게 여행했어요.

커크 아줌마가 어찌나 친절하게 맞아주시는지 큰 집에 낯선 사람들이 가득했는데도 우리 집처럼 편안했어요. 커크 아줌마는 제게 재미있게 생긴 조그만 다락방을 내주셨어요. 남은 방이 그것뿐이었거든요. 하지만 그 방에는 난로도 있고 햇볕이 잘 드는 창가에 멋진 탁자도 있어서 언제든 내킬 때마다 여기 앉아 글을 쓸 수 있어요. 전망도 훌륭한 데다 맞은편으로는 교회 탑도 보여요. 무수한 계단을 오르내려야 하는 고통이 따르긴 하지만 제 보금자리로 단박에 마음에 들었어요. 제가 아이들을 가르치며 바느질을 할 놀이방은 커크 아줌마의 개인 거실 옆에 딸린 쾌적한 방이에요. 아줌마의 두 딸은 예쁜 아이들이에요. 버릇이 좀 없긴 해도 『나쁜 돼지 일곱 마리』 얘기를 들려준 뒤로는 저를 잘 따르는 것 같아요. 아무래도 저한테 가정교사의 소질이 있나 봐요.

식사는 제가 원하면 식당에서가 아니라 아이들과 함께 먹어도 되기 때문에 지금은 아이들과 먹고 있어요. 아무도 안 믿겠지만 큰 식당에서 먹긴 좀 쑥스러워서요.

커크 아줌마는 엄마처럼 이렇게 말씀하셨어요.

"집처럼 편하게 지내렴. 알겠지만 난 아침부터 밤까지 집안일로 정신이 없단다. 그런데 아이들을 네게 안전하게 맡길 수 있으니 이제 한시름 덜겠구나. 내 방은 언제든 열려 있단다. 네 방도 신경 써서 살피마. 어울리고 싶으면 이 집에는 유쾌한 사람들도 꽤 있단다. 그리고 저녁 시간은 네 자유야. 문제가 생기면 날 찾아오고 되도록 즐겁게 지내렴. 차 마실 시간을 알리는 종이 울리네. 난 얼른 가서 모자를 바꿔 써야겠다."

그러고는 저를 새 둥지에 남겨두고 총총히 사라지셨어요.

잠시 뒤 계단을 내려가다가 재미있는 장면을 보게 됐어요. 이 집은 천장이 높아서 계단이 엄청 길어요. 세 번째 층계참 맨 위에 서서 느릿느릿 올라오는 어린 하녀에게 길을 비켜주고 있는데, 외국인처럼 생긴 웬 남자가 뒤에서 올라오더라고요. 그 사람은 하녀의 손에서 무거운 석탄통을 낚아채선 위층까지 가져가 문가에 놓아두고는 돌아서서 친절하게 고개를 끄덕이며 외국 억양이 섞인 말투로 말했어요.

"이 편이 훨씬 낫지요. 그 작은 등으로는 이 짐의 반도 무리예요."

참 좋은 사람이죠? 저는 이런 걸 볼 때마다 기분이 좋아요. 아버지 말씀대로 사소한 데서 성격이 드러나는 법이잖아요. 그날 저녁 커크 아줌마에게 이 얘기를 하니까 아줌마는 웃으면서 이렇게 말씀하셨어요.

"바에르 교수님일 거야. 그 양반은 늘 그러시거든."

커크 아줌마 말이 그분은 베를린에서 왔대요. 학식도 높고 훌륭한 분이지만 교회 쥐만큼이나 가난해서 가르치는 일로 생계를 이어가고 있대요. 그런 데다 고아가 된 조카 둘의 교육까지 떠맡고 있다네요. 미국인이랑 결혼한 누이가 그래달라고 부탁했다나 봐요. 그다지 낭만적인 이야기는 아니지만 흥미로웠어요. 커크 아줌마 개인 거실을 그분이 학생들을 가르칠 공부방으로 빌려주셨다니 잘됐지 뭐예요. 그 공부방과 제 놀이방은 유리문으로 칸막이가 돼 있는데, 그 문으로 그분을 살짝 훔쳐보려고요. 그분 생김새는 나중에 얘기해드릴게요. 마흔 살은 돼 보이는 분이니까 크게 실례가 되지는 않을 거예요, 엄마.

차를 마시고 꼬맹이들을 재우느라 한바탕 난리를 치르고 나서 커다란 바느질 바구니와 씨름했어요. 그리고 새 친구와 얘기를 나누며 조용히 저녁을 보냈어요. 앞으로는 편지를 틈틈이 일기처럼 써두었다가 일주일에 한 번씩 부칠게요. 오늘도 내일도 안녕히 주무세요.

화요일 저녁

오늘 아침 공부 시간은 천방지축 날뛰는 아이들 때문에 시끌벅적했어요. 한번은 녀석들을 붙잡고 힘껏 흔들어줄까도 생각했어요. 그런데 어느 천사 같은 아가씨가 귀띔한 대로 체조를 하든 말든 내버려두었더니 자기들이 알아서 얌전하게 자리에 앉더라고요. 점심을 먹고 나서 그 아가씨가 아이들을 데리고 산책을 나갔고, 나는 꼬맹이 메이블처럼 '기꺼운 마음으로' 바느질을 하기 시작했어요. 단춧구멍 만드는 법 하나는 잘 배웠다고 스스로 대견해하고 있는데, 거실 문이 열리고 닫히는 소리가 들리더니 누군가 독일어로 흥얼거리기 시작했어요.

"켄스트 두 다스 란트?(그 땅을 아시나요? : 옮긴이)"

커다란 호박벌 같은 목소리였어요. 그러면 안 되는 거였지만 유혹을 이기지 못하고 유리문 앞의 커튼 자락을 살짝 들어 올려 옆방을 훔쳐보았어요. 바에르 교수님이 거기 있었어요. 그분이 책을 정리하는 동안 그분을 자세히 관찰할 수 있었어요. 생김새는 전형적인 독일 남자 같았고 풍채가 좋은 편이었어요. 길고 덥수룩한 갈색 머리와 무성한 수염, 우스꽝스러운 코에다 눈은 세상에서 제일 친절해 보였어요. 목소리도 참 듣기 좋았어요. 미국인들의 높고 가벼운 목소리에 비해 우렁차고 아주 멋진 목소리였어요. 옷은 허름했고 손은 큼지막했어요. 잘생긴 얼굴은 아니었지만 치아 하나는 반듯했어요. 그래도 똑똑한 분이라 마음에 들었고, 리넨 셔츠도 꽤 멋졌어요. 외투는 단추가 두 개 떨어졌고 한쪽 신발에는 기운 자국이 있었지만 신사처럼 보였어요. 진지한 표정으로 노래를 흥얼거리다가 창가로 가서 히아신스 뿌리를 햇볕 쪽으로 돌려놓고는 오랜 친구처럼 반기는 고양이를 쓰다듬으며 미소를 지었어요. 그때 문을 두드리는 소리가 났고 곧이어 크고 활달한 목소리가 들렸어요.

"들어와요!"

저는 얼른 자리를 뜨려다가 얼핏 웬 꼬마가 커다란 책을 들고 들어오는 게 보여서 무슨 일인지 알아보려고 그대로 있었어요.

"바에르 선생님 보러 왔어요."

꼬마가 책을 털썩 내려놓고는 교수님에게 쪼르르 달려갔어요.

"바에르 여기 대령이오. 어서 와라. 어디 꽉 안아보자, 우리 티나."

교수님이 껄껄 웃으면서 아이를 잡아 머리 위로 높이 치켜드는 바람에 아이는 교수님에게 뽀뽀를 하려면 그 작은 얼굴을 한참 숙일 수밖에 없었어요.

"이제 공부해야죠."

그 깜찍한 것이 이렇게 말하자 교수님은 아이를 탁자 위에 앉히고는 아이가 가져온 커다란 사전을 펼치더니 아이에게 종이 한 장과 연필을 건네주더라고요. 아이는 가끔 책장을 넘기면서 뭔가를 끼적였는데, 단어라도 찾는지 오동통한 손가락으로 책장을 짚어나가는 모습이 어찌나 진지한지 저도 모르게 웃음을 터뜨릴 뻔했어요. 그동안 바에르 교수님은 꼬마의 예쁜 머리를 쓰다듬으며 옆에 서 있더군요. 아이의 생김새가 독일인보다는 프랑스인에 더 가까웠지만 그 모습이 어찌나 자상한지 정말 아이의 아빠 같았어요.

다시 문 두드리는 소리가 나고 젊은 아가씨 둘이 나타나는 바람에 저는 뒤로 물러나 다시 제 일로 돌아갔어요. 옆방에서 계속 소음과 왁자지껄한 잡담 소리가 들려오는데도 저는 얌전히 일만 했어요. 아가씨 한 명이 내내 배시시 웃으며 애교 섞인 말투로 "있잖아요, 교수님"이라고 말했고, 또 한 아가씨는 독일어 발음이 교수님이 도저히 평정을 유지하기 어려울 만큼 엉망이더라고요.

그 둘은 교수님의 인내심을 너무 심하게 시험하는 것 같았어요. 교수님이 "아니, 아니, 그게 아니에요. 내 말을 귀담아 안 들었군요"라고 힘주어 말하는 걸 들은 게 한두 번이 아니었거든요. 게다가 그분이 책으로 탁자를 내리쳤는지 쾅 소리가 나더니 "이런! 오늘은 되

옷은 허름했고 손은 큼지막했어요. 잘생긴 얼굴은 아니었지만 치아 하나는 반듯했어요.
그래도 똑똑한 분이라 마음에 들었고, 리넨 셔츠도 꽤 멋졌어요.

는 일이 없네"라며 절망적으로 탄식하는 소리도 들렸어요.

불쌍한 사람, 안됐지 뭐예요. 아가씨들이 돌아가자 그분이 아직 살아 있는지 보려고 딱 한 번 더 엿보았어요. 그분은 완전히 지쳤는지 눈을 질끈 감은 채 의자에 몸을 파묻고 앉아 있더라고요. 그러다가 시계가 두 시를 치자 벌떡 일어나더니 또 수업이 있는지 책들을 주머니에 집어넣고는 소파에서 잠든 티나를 안고 조용히 방을 나갔어요. 아무래도 사는 게 팍팍한 것 같았어요. 커크 아줌마가 다섯 시에 내려가서 같이 저녁을 먹자고 하셨어요. 집 생각도 약간 나고 한 지붕 아래 사는 사람들의 얼굴도 볼 겸 그러기로 했죠. 단정하게 차려입고 커크 아줌마 뒤에 숨어 슬그머니 식당에 들어가려고 했지만 아줌마는 키가 작은데 저는 커서 숨으려는 제 노력은 실패로 끝나고 말았어요. 아줌마는 자기 바로 옆자리를 내주셨고, 얼굴이 좀 가라앉은 뒤 용기를 내서 주위를 둘러보았어요. 긴 식탁은 빈자리가 없었고 다들 열심히 밥을 먹고 있었어요. 특히 남자들은 시작도 정각에 한 것 같았는데 다 먹자마자 말 그대로 번개처럼 튀어 나가버리더군요. 정말 다양한 사람들이 모여 있었어요. 젊은 사람들은 자기들끼리 얘기하느라 정신없었고, 연인들은 서로에게 푹 빠져 있었고, 아기 엄마들은 아기를 보느라 바빴고, 노신사들은 정치 얘기에 열을 올렸어요. 아무리 봐도 제가 낄 만한 곳이 없는 것 같았어요. 착해 보이는 노처녀 한 명은 빼고요. 그런데 무슨 사연이 있는 얼굴이었어요.

저 멀리 식탁 맨 끝에 그 교수님이 앉아 있었는데, 한쪽 옆자리의 가는귀먹은 노신사가 자꾸 뭘 묻는지 큰 소리로 대답하면서 그 반대편의 프랑스 남자와는 철학에 대해 토론하고 있었어요. 에이미가 이 자리에 있었다면 교수님을 두 번 다시는 보지 않았을 거예요. 말하기 민망하지만 엄청난 식욕을 자랑하면서 우걱우걱 음식을 퍼 넣는 모습이 '한 고상하는' 에이미가 질색할 만했거든요. 저는 해나 아줌마 말대로 '복스럽게 푹푹' 먹는 사람을 좋아하니까 상관없지만요. 게다가 그 불쌍한 남자는 하루 종일 바보들을 가르쳤으니 많이 먹을 만도 해요.

저녁 식사를 마치고 계단을 올라갈 때였어요. 젊은 남자 둘이 복도 거울 앞에서 모자를 매만지고 있었는데, 그중 하나가 또 한 사람에게 "아까 그 못 보던 얼굴 누구야?"라고 소곤대는 소리가 들리지 않겠어요?

"가정교사나 뭐 그 비슷한 거겠지."

"그런데 대체 왜 우리 식탁에 앉은 거야?"

"커크 부인과 잘 아는 사이래."

"똑똑해 보이긴 하던데 볼품이 없어."

"약에 쓰려고 해도 없더군. 미인은 다 어디 간 거야."

처음엔 화가 치밀었지만 그러려니 했어요. 어차피 여자 가정교사는 점원과 다를 바 없고, 또 담배 연기를 풀풀 내뿜으며 가버린 그 우아한 존재들의 말에 따르면 저는 볼품은 없어도 다른 사람들보다 분별력은 더 있다는 얘기잖아요. 전 평범한 사람들은 정말 싫어요!

목요일

어제는 아이들을 가르치고, 바느질하고, 제 작은 방에서 글을 쓰면서 조용히 보냈어요. 제 방은 등불과 난롯불이 있어서 아주 아늑해요. 새로운 사실도 몇 가지 알게 됐을 뿐만 아니라 교수님과도 인사했어요. 티나는 여기 세탁실에서 다림질하는 프랑스 여자의 딸인가 봐요. 그 어린 게 바에르 교수님에게 홀딱 빠져선 그분이 집에 있을 때면 강아지처럼 그분을 졸졸 따라다녀요. 교수님도 그걸 반기는 눈치예요. 그분은 독신이지만 어린애들을 무척 좋아하거든요. 키티와 미니 커크 자매도 교수님을 잘 따라요. 그분이 만든 놀이며 그분이 가져다준 선물, 그분이 들려준 재미난 이야기 등등 그분에 대해 별별 얘기를 다 해요. 젊은 사람들은 그분을 늙은 독일인이니 라거 맥주니 큰곰자리니 온갖 별명으로 부르면서 놀리나 봐요. 하지만 커크 아줌마 말로는 그분이 아이처럼 좋아하면서 사람 좋게 받아주니까 외국인인데도 젊은 사람들이 그분을 좋아한대요.

저번에 말한 노처녀는 노턴 양이에요. 부자에다 교양 있고 친절해요. 오늘 저녁 식사 시간엔 제게 말을 걸어왔어요(사람들을 구경하는 게 너무 재미있어서 또 식당에 갔거든요). 자기 방에 놀러 오라고 하지 뭐예요. 노턴 양은 좋은 책과 그림도 많고, 흥미로운 사람들도 많이 알고, 다정한 사람인 것 같아요. 그래서 저도 살갑게 대하려고 마음먹고 있어요. 에이미가 좋아하는 그런 교제는 아니지만 저도 좋은 사람들과 어울리고 싶은 마음이 굴뚝같거든요.

어제 저녁에 거실에 있는데, 바에르 씨가 커크 아줌마한테 보여주려고 신문을 들고 들어왔어요. 아줌마는 안 계셨지만 애늙은이 미니가 아주 예쁘게 저를 소개해줬어요.

"이분은 엄마의 친구인 마치 양이에요."

"네, 마치 양은 명랑해요. 그래서 우린 마치 양을 엄청 좋아해요."

말썽꾸러기 키티도 거들었죠.

저와 바에르 교수님은 둘 다 고개 숙여 인사를 하고 나서 웃음을 터뜨렸어요. 얌전한 소개말과 에두르지 않고 불쑥 덧붙인 말이 묘하게 대비되어 우스웠거든요.

"아, 네, 요 장난꾸러기 꼬마들 때문에 고생하고 있다는 얘기는 들었습니다, 마치 양. 녀석들이 또 괴롭히면 절 부르세요, 달려올 테니."

그러더니 혼내는 척 짐짓 인상을 쓰면서 꼬마들을 웃기더라고요.

전 그러겠다고 했고 그분은 자리를 떴지만 오늘따라 그분을 자꾸 만날 운명이었나 봐요. 외출하는 길에 그분의 방을 지나다가 실수로 우산으로 방문을 두드렸거든요. 방문이 홱 열려서 보니까 가운 차림의 교수님이 한 손에는 커다란 파란색 양말을, 또 한 손에는 짜깁기용 바늘을 들고 서 있었는데, 창피한 기색이 전혀 없는 듯했어요. 제가 자초지종을 설명하고 서둘러 가던 길을 가자 그분은 손과 양말을 흔들며 우렁찬 목소리로 유쾌하게 말했어요.

"화창해서 산책하기 좋은 날이군요. 봉 봐야주, 마드무아젤(잘 다녀와요, 아가씨 : 옮긴이)."

계단을 내려오는 내내 웃음이 났지만 그 가난한 남자가 자기 손으로 옷을 고쳐야 한다고 생각하니까 불쌍하기도 했어요. 독일 신사들이 수를 놓는다는 건 알고 있었지만 짜깁기용 바늘은 이야기가 다르죠. 썩 보기 좋은 것도 아니고요.

토요일

이렇다 할 일이 없다 보니 딱히 쓸 얘기도 없네요. 노턴 양 방을 찾아간 일을 빼면요. 노턴 양 방에는 예쁜 물건들이 아주 많아요. 노턴 양은 정말 매력적인 분이에요. 자기가 아끼는 보물들을 보여주면서 저보고 괜찮으면 가끔 강좌와 음악회에 같이 가달라고 부탁했거든요. 말로는 부탁이라고 했지만 커크 아줌마한테 우리 집 사정을 듣고는 호의를 베푸는 게 분명해요. 저는 루시퍼(원래는 천계의 천사 중 한 명으로 천사들 중에서도 가장 아름답고 가장 위대하며 신에게 가장 사랑받던 존재였지만 너무 자만에 빠진 나머지 신의 노여움을 사 지옥으로 떨어진 존재. 흔히들 사탄이라고도 함 : 옮긴이)만큼 오만하지만 그런 사람들이 베푸는 호의는 조금도 부담스럽지 않아요. 그래서 고맙게 받아들였어요.

놀이방으로 돌아갔더니 거실에서 난리가 났지 뭐예요. 안을 들여다보니까 바에르 씨가 등에 티나를 태우고 네 발로 기고 있지 않겠어요. 키티는 그분을 줄넘기 줄로 묶어 끌고 있었고요. 미니는 의자로 만든 철창 안에서 시끄럽게 뛰어노는 사내애 둘에게 씨앗으로 만든 케이크를 먹이고 있었어요.

"우리 동물원 놀이 하고 있어요."

키티가 설명했어요.

"이거 내 코끼리예요!"

티나가 교수님의 머리카락을 움켜잡고 소리쳤어요.

"토요일 오후에 프란츠와 에밀이 오면 마음대로 놀라고 엄마가 그랬어요. 그렇죠, 바에르 선생님?"

이번엔 미니가 말했어요.

아이들만큼 놀이에 빠져 있는 듯한 '코끼리'가 일어나 앉더니 절 보면서 진지하게 말하더군요.

"애들 말이 맞아요. 우리가 너무 시끄럽게 군다 싶으면 쉿! 하고 주의를 주세요. 그럼 좀 더 살살 놀 테니까."

말로는 그러겠다고 약속했지만 방문을 열어둔 채 노는 걸 구경하려니 노는 사람들만큼이나 재미있지 뭐예요. 그렇게 즐겁게 노는 사람들은 처음 봤어요. 술래잡기와 병정놀이를 하고, 춤추고 노래 부르고, 그러다 날이 어둑어둑해지자 다들 소파로 올라와 교수님 옆에 옹기종기 앉았어요. 그분은 굴뚝 꼭대기의 황새 이야기며 눈송이를 타고 내려오는 장난꾸러기 꼬마 요정 이야기 같은 재미있는 동화를 들려주었어요. 미국인들도 독일인처럼 소박하고 꾸밈이 없으면 얼마나 좋을까요?

제가 글 쓰는 걸 워낙 좋아하다 보니까 돈만 상관없다면 제 편지는 아마 영원히 끝나지 않을 거예요. 얇은 종이에 글씨를 작게 쓰는데도 이 긴 편지에 들어갈 우푯값을 생각하니 손이 떨리네요. 에이미의 편지도 모아서 보내주세요. 에이미의 화려한 모험담을 읽고 난 뒤라면 제가 전하는 소소한 소식이 굉장히 밋밋하게 느껴질 수도 있겠지만 그래도 좋아하시리라 믿어요. 테디는 공부를 얼마나 열심히 하기에 친구한테 편지 쓸 시간도 없대요? 나 대신 테디를 잘 좀 보살펴줘, 베스. 쌍둥이들 소식도 전해 주고. 모두에게 엄청난 사랑을 보내요.

여러분의 충실한 조가

추신. 제 편지를 다시 읽어보니 바에르 교수님 얘기가 다소 많다는 생각이 드네요. 하지만 전 늘 희한한 사람들에게 관심이 있고, 달리 쓸 만한 이야기도 없었어요. 축복이 함께하길!

12월

나의 소중한 베스에게,

보나 마나 두서없이 휘갈기게 되겠지만 네가 좋아할 것 같아서 내 근황도 알릴 겸 편지를 쓴단다. 나는 조용하지만 재미있게, 아, 정말 즐겁게 지내고 있어! 에이미가 봤다면 헤르쿨라네움(베수비오 화산의 폭발로 폼페이와 함께 매몰된 고대 이탈리아의 도시 : 옮긴이)에 비유했을 만한 노력을 기울여 정신을 일구고 물을 준 끝에 드디어 내 어린 생각의 싹이 움트기 시작했고, 가녀린 가지들이 내가 원하는 방향으로 휘어지기 시작했어. 내가 가르치는 아이들은 티나와 사내아이들만큼 흥미롭지는 않지만 난 내 의무를 다하고 있고, 그 아이들도 날 좋아해. 프란츠와 에밀은 명랑한 아이들로 내 마음에 아주 쏙 들어. 독일인과 미국인의 기상을 모두 가지고 있다 보니까 언제 봐도 기운이 넘쳐나거든. 토요일 오후에는 아이들이 집 안에 있든 밖에 있든 늘 시끌벅적해. 날씨가 좋으면 아이들은 학교 수업 하듯 꼬박꼬박 산책을 나가는데 교수님과 내가 보호자로 따라가. 얼마나 재미있나 몰라!

우리는 이제 무척 친해졌어. 그리고 나도 독일어 수업을 받기 시작했어. 생각지도 않고 있다가 너무 황당하게 일이 그렇게 돼서 너한테 얘길 안 할 수가 없구나. 하루는 바에르 씨의 방을 지나가고 있는데 커크 아줌마가 그 방에서 뭔가를 찾고 있다가 날 보더니 이렇게 말하는 거야.

"이런 동굴 본 적 있니? 이리 와서 책 정리하는 것 좀 도와주렴. 며칠 전 교수님에게 드린 새 손수건 여섯 장을 찾으려다가 온통 헤집어놨지 뭐니."

안에 들어가서 함께 방을 치우는 동안 방 안을 둘러보게 됐어. 정말 동굴은 동굴이더라. 책과 종이가 사방에 널려 있었고, 벽난로 선반 위에는 깨진 해포석 담뱃대와 낡은 플루트가 있었는데 이미 수명을 다한 것 같았어. 한쪽 창가 의자 위에선 꼬리털이 없는 부스스한 새 한 마리가 짹짹거리고 있었고, 다른 창가는 흰쥐가 담긴 상자가 차지하고 있었지. 반쯤 완성된 배 모형과 토막 난 끈들이 원고 더미에 섞인 채 나뒹굴고 있었고. 난롯불 앞에 세워놓고 말리고 있는 꾀죄죄한 작은 구두를 비롯해 교수님 스스로 노예가 돼서 끔찍하게 보살피는 사랑하는 조카들의 흔적도 사방에 가득했어. 대대적인 수색 작업을 벌인 끝에 실종됐던 손수건 중 세 장을 찾았지. 하나는 새장 위에 있었고, 또 하나는 잉크 범벅이 됐고, 세 번째 건 받침으로 쓰는 바람에 검게 그을렸더라고.

"못 말리는 양반이라니까!"

사람 좋은 커크 아줌마는 기가 찬 듯 웃더니 유물처럼 변해버린 손수건들을 잡동사니를 모아두는 주머니 안에 집어넣었어.

"다른 손수건들도 발기발기 찢어서 배 돛을 만들거나 베인 손가락을 싸매거나 연 꼬리를 만드는 데 썼을 거야. 어처구니없지만 어떻게 그 양반을 나무랄 수 있겠니. 뭘 잘 잊어버리는 데다 착해빠져서는 아이들에게 말까지 태워주는 사람인데. 내가 빨래며 바느질을 해주겠다고 했는데도 이 양반이 깜빡하고 빨랫감을 내놓지 않아요 글쎄. 나도 챙기는 걸 깜빡하고 말이야. 그래서 가끔 이 지경이 되는 거란다."

"바느질은 제가 할게요."

내가 말했지.

"전 상관없어요. 그리고 그분에게는 알리지 않는 게 좋겠어요. 그러고 싶어요. 교수님은 제 편지도 가져다주시고 책도 빌려주시고 저한테 무척 친절하시거든요."

그래서 난 바에르 씨의 물건을 정리하고 나서 그분이 괴상한 짜깁기용 바늘로 엉망으로 꿰맨 양말 뒤꿈치를 다시 꿰맸어. 그 일에 대해선 아무 말도 하지 않았고, 난 그분이 이 일을 몰랐으면 하고 바랐지만 지난주에 그분에게 들키고 말았어. 그분 수업을 옆에서 듣다 보니 정말 재미있어서 나도 배우고 싶어졌어. 티나가 들락날락해서 문이 항상 열려 있거든. 그날도 문 옆에 앉아 마지막 양말을 마무리하면서 나만큼이나 멍청한 새 학생에게 교수님이 가르친 내용을 골똘히 생각하고 있었어. 소녀가 가고 나서 나는 그분도 나간 줄 알았어. 너무 조용했거든. 그래서 열심히 중얼거리며 동사를 외웠지. 진짜 우스꽝스럽게도 몸까지 앞뒤로 흔들어가면서 말이야. 그런데 어디선가 킥킥대는 소리가 들려서 고개를 들어보니 바에르 교수님이 이쪽을 보며 웃고 있지 뭐야. 티나에게 가만히 있으라고 눈치를 주면서 말이야.

내가 그대로 얼어붙어 거위처럼 멍하니 쳐다보니까 그분이 이러는 거야. "당신은 날 훔쳐보고 난 당신을 훔쳐보고, 나쁘지 않은데요. 독일어를 배우고 싶으면 말을 하지 그랬어요, 내가 달가워하지 않을 거라고 생각한 거예요?"

"그런 건 아니지만 교수님은 너무 바쁘시잖아요. 게다가 전 멍청해서 잘 배우지도 못할 거예요."

나는 얼굴이 새빨개져서 말을 더듬고 말았지.

"무슨! 시간을 한번 내봅시다. 특별한 의미는 두지 말고 일단 해보는 거예요. 저녁에 시간을 내서 조금씩이라도 가르쳐드리리다. 알다시피 마치 양, 나는 당신에게 갚을 빚이 있어요."

그러고는 그분은 내 바느질감을 가리켰어.

"알아요! 친절한 여인들끼리 말했겠지요. '늙고 멍청한 양반이라

우리가 뭘 하는지 눈치채지 못할 거야. 양말 뒤꿈치에 구멍이 사라진 것도 모를 테고, 단추는 떨어지면 새로 자라나 보다고 생각할 테고, 끈은 저절로 달리나 보다 생각할 거야.' 하! 하지만 나도 눈이 있다 이겁니다. 눈이 있으니 보이고 가슴이 있으니 고맙고. 자, 이제부터 조금씩이라도 가끔 시간을 내서 수업하는 겁니다. 더는 요정처럼 숨어서 나를 위해 일하지 마세요."

이러는데 내가 무슨 말을 할 수 있겠니? 나한텐 정말 좋은 기회라 거래를 받아들이고 수업을 시작했지. 그런데 네 번째 수업 때 문법에서 막히고 말았지 뭐야. 교수님은 참을성 있게 가르쳐주셨지만 정말 힘드셨나 봐. 가끔 절망한 듯한 표정으로 나를 쳐다보는데 웃어야 할지 울어야 할지 모르겠지 뭐야. 그래서 난 웃기도 하고 울기도 했어. 한번은 하도 속상하고 서글퍼서 훌쩍훌쩍 울었더니 그분이 문법책을 바닥에 내던지고 방을 나가버리지 뭐니. 망신당하고 영영 버려진 기분이었지만 그렇다고 그분을 원망할 수도 없는 노릇이고. 그래서 난 위층으로 도망치기로 했지. 거기서 실컷 울 생각으로 종이를 주섬주섬 챙기고 있는데 그분이 씩씩하게 들어오지 않겠니? 내가 무슨 대단히 칭찬받을 짓이라도 한 것처럼 환하게 웃으면서 말이야.

"새로운 방법을 써봅시다. 같이 재미있는 동화책을 읽는 겁니다. 골치만 지끈지끈 아프게 하는 저 지루한 책은 이제 더 볼 것 없어요."

그분의 목소리가 무척 상냥하기도 하고 내 앞에 펼쳐진 한스 안

데르센의 동화책에 호기심이 일기도 해서 창피해 죽을 것 같았지만 죽기 살기로 수업을 받았어. 그런데 그분은 그게 무척 재미있었나 봐. 나는 창피한 것도 잊고 온 힘을 다해 그야말로 열심히(다른 표현은 생각이 안 나) 읽었어. 긴 단어들을 더듬더듬 간신히 넘기고 발음도 멋대로 지어내면서 최선을 다했지. 첫 장을 다 읽고 나서 한숨을 돌리는데 교수님이 박수를 치면서 진심으로 칭찬하시는 거야.

"다스 이스트 구트!(잘했어요! : 옮긴이) 이제 좀 제대로 하는 것 같군! 이번에는 내가 읽을 테니 잘 들어봐요."

그러면서 그분이 힘찬 목소리로 우렁차게 글을 읽는데, 소리를 듣는 것만큼이나 읽는 모습을 보는 것도 즐거웠어. 다행히 그 이야기는 『외다리 양철 병정』이었어. 알다시피 워낙 우스꽝스러운 이야기라서 난 반도 이해하지 못했지만 웃음이 났어. 그분 태도가 하도 진지하기도 했고 나도 워낙 흥분한 상태라 모든 게 웃겼어.

그 뒤로는 진도가 쭉쭉 나갔고, 이제 나는 제법 잘 읽어. 나한테는 이런 식으로 공부하는 게 잘 맞아. 젤리 안에 든 약처럼 이야기와 시 속에 들어 있는 문법이 보이거든. 나도 수업 시간을 아주 좋아하고 그분도 이제 힘들어하지 않는 것 같아. 그분에게 정말 잘됐지? 크리스마스에 그분에게 뭐라도 선물할 생각이야. 돈을 드릴 수는 없으니까. 좋은 생각 있으면 알려주세요, 엄마.

로리가 행복하고 바쁘게 지낸다니 잘됐어. 담배도 끊고 머리도 다시 기른다며. 역시 나보다는 베스 네가 로리를 더 잘 다루는구나. 질투하는 건 아니야. 최선을 다하되 로리를 성자로 만들지는 말아줘.

인간미와 장난기가 전혀 없는 로리는 좋아할 수 없을 것 같으니까. 이 편지를 로리에게 보여줘. 편지 쓸 시간이 많지 않을뿐더러 이걸로도 충분할 테니까. 베스, 네가 편히 잘 지낸다니까 얼마나 좋은지 몰라.

1월

사랑하는 식구들, 모두 새해 복 많이 받으세요. 물론 우리 가족이나 다름없는 로런스 할아버지와 테디라는 이름의 젊은이도 포함해서요. 여러분이 보내준 크리스마스 선물을 받고 얼마나 기뻤는지 몰라요. 저녁때까지 감감무소식이라 희망을 포기하고 있었거든요. 아침에 받은 편지에는 소포 얘기는 한 줄도 없었는데 이제 보니 절 깜짝 놀라게 해주려고 그랬던 거였군요. 아무튼 그때는 가족들이 설마 날 잊었나 하는 기분에 휩싸여 실망할 수밖에 없었어요. 차를 마신 뒤 마음이 약간 가라앉은 채 내 방에 앉아 있는데 온통 진흙 범벅에 흠집투성이인 커다란 꾸러미가 배달됐지 뭐예요. 저는 그 꾸러미를 품에 안고 펄쩍펄쩍 뛰고 말았어요. 집에 온 것처럼 푸근하고 기운이 나서 마룻바닥에 주저앉아 읽고 보고 먹고 웃고 울었어요. 평소의 주책맞은 제가 어디 가겠어요. 모두 갖고 싶은 것들이었어요. 산 게 아니라 직접 만든 것들이라 더 좋았어요. 베스가 만든 새 '잉크 앞치마'는 최고예요. 해나 아줌마가 한 상자 가득 보내준 생강 쿠키는 곧 제 보물 1호가 될 거고요. 보내주신 멋진 플란넬 드레스도 잘 입을게요, 엄마. 그리고 아빠가 줄쳐놓은 책들도 잘 읽을게요. 모두 정말 정말 고마워요.

책 얘기가 나왔으니 말인데요, 저는 점점 책 부자가 돼가고 있어요. 새해 첫날 바에르 씨가 근사한 셰익스피어 책을 한 권 주셨거든요. 제가 종종 감탄해 마지않던 그 책을 그분은 무척 아끼면서 독일어 성경과 플라톤, 호메로스, 밀턴과 함께 명예의 전당에 꽂아두고 있었어요. 그러니 그분이 그 책을 책장에서 꺼내 안에 적힌 내 이름과 "친구 프리드리히 바에르 드림"이라는 문구를 보여주었을 때 제 기분이 어땠을지 짐작하실 거예요.

"서재를 갖고 싶다고 했나요? 내가 하나 드리리다. 여기 이 뚜껑(그분은 책 표지를 이렇게 말해요) 사이에는 수많은 책들이 들어 있답니다. 셰익스피어를 제대로 읽으면 많은 도움이 될 겁니다. 이 책에 나오는 등장인물들을 연구하면 세상이 눈에 보일 거예요. 그러면 당신의 펜으로 그 세상을 칠할 수 있겠지요."

저는 그분에게 고마운 마음을 최대한 전했어요. 그리고 지금은 책을 한 백 권은 보유하고 있는 사람처럼 '제 서재'에 대해 이야기하고 있네요. 셰익스피어를 속속들이 다 이해했던 적은 없지만 그때는 제게 그런 걸 설명해준 바에르 교수님이 없었잖아요. 괴상한 이름이라고 웃지 마세요. 베어나 비어라고 하기 쉽지만 사실은 그 중간 정도로 발음해야 맞아요. 오직 독일인들만 제대로 발음할 수 있죠. 엄마 아빠 두 분 모두 제 얘기를 듣고 그분을 마음에 들어 하시고 또 언제 한번 만나보고 싶다고 하시니 기뻐요. 엄마는 그분의 따뜻한 마음씨를 좋아하실 테고, 아빠는 그분의 현명함을 좋아하실 거예요. 전 두 가지 다 존경하지만요. 제 새 친구 프리드리히 바에르 덕분에 제 삶이 한층 풍성해진 느낌이에요.

돈도 별로 없는 데다 그분이 뭘 좋아하는지 몰라서 몇 가지 작은 물건들을 준비해 우연히 그분 눈에 띄도록 방에 가져다 두었어요. 모두 쓸모 있거나 예쁘거나 재미있는 것들이에요. 탁자 위에 두고 쓰는 잉크병이나 작은 꽃병 같은 것들요. 그분은 상쾌한 기분을 위해 늘 주변에 꽃을 두고 꽃이 없으면 유리병에 풀이라도 꽂아둔대요. 그리고 에이미가 '무슈아'라고 부르는 손수건을 더는 태워먹지 않게 담뱃대 받침도 따로 만들어드렸어요. 베스가 만든 것처럼 통통한 몸통에 검고 노란 날개와 털실 더듬이, 구슬 눈알을 붙여서 커다란 나비 모양으로요. 그런데 교수님은 받침이 엄청 마음에 드는지 보자마자 무슨 예술 작품이라도 되는 듯 벽난로 선반 위에 떡하니 올려두지 않겠어요? 그래서 결국 실패한 셈이 되고 말았죠. 바에르 씨는 가난한데도 하인이든 어린아이든 한 사람도 빼놓지 않고 이 집 사람들 모두에게 선물을 돌렸어요. 그리고 세탁실의 프랑스 여자부터 노턴 양에 이르기까지 이 집 사람들도 모두 교수님을 잊지 않았고요. 정말 흐뭇한 일이에요.

새해를 하루 앞둔 날 밤 하숙집에서 가면무도회가 열렸어요. 전 마땅한 의상이 없어서 내려갈 생각이 없었지만 마지막 순간에 커크 아줌마가 오래된 양단 드레스를 기억해냈어요. 그리고 노턴 양이 레이스와 깃털을 빌려줘서 맬러프롭 부인(리처드 B. 셰리든의 희극

『연적』에 나오는 등장인물로 이 이름은 '부적절하다'를 뜻하는 프랑스어 'mal à propos'에서 왔다는 견해가 강하다. 발음은 같거나 비슷하지만 뜻이 다른 말을 잘못 사용해 커다란 희극적 효과를 자아내는 인물이다 : 옮긴이)으로 분장하고 가면을 쓴 다음 안으로 살그머니 들어갔어요. 그런데 다들 절 못 알아보지 뭐예요. 목소리를 다르게 꾸몄거든요. 말수 없고 콧대 높은 마치 양(하숙집 사람들은 대개 제가 뻣뻣하고 차갑다고 생각해요. 그래서 건방진 풋내기들한테는 그렇게 대해요)이 변장을 하고 춤을 추면서 "나일 강 강둑의 우화(allegory, 실은 '악어'를 뜻하는 'alligator'가 와야 함 : 옮긴이)처럼 멋지게 뒤섞인 묘비명(epitaphs, 실은 '인식'을 뜻하는 'epistemes'가 와야 함 : 옮긴이)"이라고 떠들어댈 줄 누가 상상이나 했겠어요. 어찌나 신나던지. 가면을 벗었을 때 멍하니 절 쳐다보는 사람들 얼굴을 보는 것도 재미있었어요. 들어보니 자기 친구한테 내가 배우인 줄 알았다고 말하는 청년도 있었어요. 알고 보니 어느 삼류 극장 무대에서 본 여배우를 저로 착각한 거였어요. 메그 언니가 있었다면 엄청 좋아했을 거예요. 바에르 씨와 티나는 각각 셰익스피어의 『한여름 밤의 꿈』에 나오는 당나귀 머리를 한 광대 닉 보텀과 요정의 여왕 티타니아였어요. 바에르 씨의 품에 안긴 티나는 영락없는 요정이었어요. 함께 춤을 추는 두 사람의 모습은 테디의 말을 빌리자면 '정말 볼만한 장면'이었어요.

이렇게 해서 저는 아주 행복한 새해를 맞이했답니다. 방에 들어와 곰곰이 생각해 보니까 실수도 많았지만 그럭저럭 잘 해내고 있다는 느낌이 들었어요. 이제는 늘 밝은 표정으로 열심히 일하고, 다른 사람들한테도 전보다 더 관심을 쏟고 있거든요. 그래서 결론적으로 전 만족해요. 모두에게 축복이 함께하기를.

여러분을 사랑하는 조가

34
친구

조는 화기애애한 분위기 속에서 매우 행복하게 지내며 밥벌이를 하느라 매일 정신없이 바빴지만 그래도 틈틈이 짬을 내 글을 썼다. 요즘 조를 사로잡은 목표는 가난하고 야심만만한 처녀라면 당연히 품을 만한 목표였다. 그러나 목표를 이루기 위해 그녀가 선택한 수단은 최선은 아니었다. 조는 돈이 힘을 가져다준다는 것을 알았다. 그런 만큼 조는 돈과 힘을 갖기로 결심했다. 이는 자기 자신만을 위해서가 아니라 자신보다 더 아끼는 사람들을 위해서였다. 집 안을 안락하게 꾸미고, 한겨울의 딸기부터 침실의 오르간까지 베스가 원하는 것은 무엇이든 이루어주고, 해외여행도 다니는, 충분한 것보다 늘 더 많이 갖는, 그래서 얼마든지 자선의 사치에 빠져도 되는 꿈은 조가 몇 년째 가장 소중하게 품어온 공중누각이었다.

소설로 상금을 탄 경험은 긴 여행과 수많은 오르막 끝에 마음에 드는 이 '에스파냐의 성(사상누각 : 옮긴이)'으로 이어지는 길을 열어놓은 듯했다. 그러나 그 소설이 몰고 온 재앙은 한동안 조의 용기를 꺼뜨리고 말았다. 대중의 반응은 조보다 더 심장이 강한 잭도 커다란 콩나무에 매달린 채 벌벌 떨게 만드는 거인이기 때문이다. 내 기억이 맞는다면 밑으로 굴러떨어지는 바람에 거인의 보물을 하나도 챙기지 못한 불사의 영웅처럼 조도 첫 시도 후 잠시 숨을 골랐다. 그러나 "다시 올라가 하나 더 챙겨오자"는 정신은 잭 못지않게 조도 강했고, 그래서 이번에는 그늘진 곳을 골라 위로 기어 올라가서는 더 많은 전리품을 손에 넣었다. 하지만 하마터면 돈주머니보다 훨씬 더 소중한 것을 남겨두고 올 뻔했다.

조는 통속소설 쪽으로 눈을 돌렸다. 그런 암울한 시대에는 아무리 완벽한 미국인이라도 쓰레기를 읽기 때문이다. 조는 아무도 모르게 '손에 땀을 쥐게 하는 이야기'를 지어내 대담하게도 그걸 들고 「위클리 볼케이노」의 편집장 대시우드 씨를 찾아갔다. 조는 『의상철학』(영국의 역사가·비평가·사상가인 토머스 칼라일의 자서전적 저서 : 옮긴이)을 읽은 적은 없었지만 옷차림새가 인격의 가치나 태도가 부리는 마법보다 더 큰 영향력을 발휘할 때가 많다는 것을 여자의 직감으로 알고 있었다. 그래서 조는 최대한 잘 차려입은 뒤 흥분되지도 떨리지도 않는다고 스스로를 설득하면서 어둡고 더러운 계단을 두 칸씩 용감하게 올라가 사무실 안으로 들어갔다. 사무실 안은 정리가 안 된 채 어지러웠고 담배 연기로 자욱했다. 발꿈치를 머리에 쓴 모자보다도 더 높이 치켜들고 앉아 있는 신사 세 명은 조가 나타났는데도 전혀 움직일 기미를 보이지 않았다. 조는 이런 대접에 약간 기가 죽어 문지방 위에서 머뭇거리며 몹시 당혹스러운 목소리로 웅얼거렸다.

"실례합니다. 「위클리 볼케이노」 사무실을 찾아왔는데요. 대시우드 씨를 뵙고 싶습니다만."

가장 높이 치켜 있던 발꿈치가 아래로 내려가더니 담배 연기를 가장 자욱하게 피워 올리던 신사가 무슨 신줏단지라도 되는 듯 시가를 손가락 사이에 소중하게 품고서 고개를 까딱이고는 졸려 죽겠다는 얼굴로 다가왔다. 조는 어떻게든 그 문제를 해결해야 한다는 생각에 원고를 내밀고는 신경 써서 미리 준비해 간 말을 더듬더듬 꺼내놓기 시작했다. 그렇지만 말이 중간에 뚝뚝 끊겼을 뿐 아니라 한 마디씩 내뱉을 때마다 얼굴은 점점 더 빨개졌다.

"친구 부탁으로 왔습니다, 소설이에요, 그냥 시험 삼아 써본 건데, 편집장님의 의견을 듣고 싶대요, 좋다고 하시면 더 써보고 싶답니다."

조가 얼굴을 붉힌 채 말을 더듬는 동안 대시우드 씨는 원고를 받아들고 더러운 손가락 두 개로 깔끔하게 정리된 원고를 넘기면서 위아래로 매섭게 훑어보았다.

"처음은 아닌 것 같은데요?"

조의 원고는 페이지마다 번호가 매겨져 있었고 겉표지도 한쪽에만 씌운 데다 무엇보다 초보의 징표인 리본으로 묶여 있지도 않았다.

"네, 처음은 아니에요 제 친구는 「블라니스톤 배너」에 소설을 게재해 상금을 받은 적이 있어요."

"아, 그래요?"

그러면서 대시우드 씨는 모자의 리본부터 구두에 달린 단추까지 조의 행색을 재빠르게 훑어보았다.

"원하면 원고는 두고 가셔도 됩니다. 현재 이런 원고는 우리가 주체하지 못할 정도로 너무 많지만 훑어보고 다음 주에 답을 드리지요."

조는 대시우드 씨가 마음에 들지 않아 원고를 두고 가고 싶지 않았지만 그 상황에서는 고개를 숙여 인사하고 나갈 수밖에 없었다. 조는 짜증이 나거나 겸연쩍을 때면 유난히 키가 크고 딱딱해 보이는데, 지금도 그랬다. 남자들이 서로 주고받는 눈짓으로 보아 그녀의 '친구'가 쓴 소설은 훌륭한 농담거리가 될 게 분명했다. 아니나 다를까, 편집장이 문을 닫으면서 들리지 않게 뭐라고 말하자 왁자하게 웃음이 터져 나와 조의 심기를 더욱 불편하게 했다. 조는 다시는 그 사무실을 찾지 않겠다고 반쯤 마음을 굳히면서 집에 돌아와 맹렬한 기세로 앞치마를 꿰매며 분을 삭였다. 그러다 한두 시간이 지나자 그 일을 생각하며 웃을 수 있을 만큼 차분해지면서 다음 주가 기다려졌다.

조가 다시 그 사무실을 찾아갔을 때 대시우드 씨는 다행히 혼자 있었고 지난번보다 정신도 훨씬 맑아 보였다. 게다가 저번처럼 예의 차리는 것조차 잊어버릴 만큼 시가에 흠뻑 취해 있지도 않아서 두 번째 만남은 첫 만남보다 훨씬 더 편안했다.

"우린 이걸 신기로 했습니다(편집자들은 절대 '나'라고 말하는 법이 없다). 약간의 수정에 동의하신다면 말이죠. 글이 너무 길어요. 내가 표시해둔 구절들만 삭제하면 적당한 길이가 될 겁니다."

그가 사무적인 투로 말했다.

조는 여기저기 밑줄이 그어진 채 꼬깃꼬깃해진 자신의 원고를 거의 몰라볼 뻔했다. 하지만 곧이어 새 요람에 맞춰 아기의 다리를 자르라는 말을 들은 딱한 부모의 심정으로 지적당한 구절들을 살펴보았다. 놀랍게도 권선징악을 강조하는 설명이 모조리 삭제되어 있었다. 사실 그 구절들은 과하게 많다 싶은 사랑 이야기와 균형을 맞추기 위해 조가 신중하게 끼워 넣은 것이었다.

"하지만 편집장님, 모름지기 이야기에는 교훈이 들어가야 하잖아요. 그래서 일부러 신경 써서 죄인들이 뉘우치는 장면을 몇 군데 넣은 거예요."

대시우드 씨가 편집 문제로 심각했던 표정을 풀고 미소를 지었다. 조가 '친구' 역할을 깜빡하고 작가만 할 수 있는 말을 했기 때문이다.

"사람들이 원하는 건 설교가 아니라 재미예요. 요즘은 교훈은 팔리지 않아요."

그렇다고 꼭 맞는 말도 아니었다.

"그럼 이렇게 고치면 괜찮다는 말씀이세요?"

"네, 줄거리도 신선하고, 이만하면 꽤 잘 쓴 글이에요. 문체도 좋고."

대시우드 씨가 서글서글하게 대답했다.

"그럼, 저기…… 보수는 얼마나……."

조는 일단 입은 열었지만 어떻게 말해야 할지 난감했다.

"아, 예, 저희는 이런 글에는 대개 25달러에서 30달러 정도를 지급합니다. 원고료는 지면에 글이 실리는 대로 바로 나옵니다."

대시우드 씨가 그 문제는 깜빡 잊고 있었다는 듯이 대답했다. 편집자들은 그런 사소한 문제를 곧잘 잊어버리는 모양이다.

"좋아요. 그럼 그렇게 하죠."

조가 만족스러운 기색으로 원고를 돌려주며 말했다. 1달러짜리 칼럼도 써본 터라 25달러면 잘 받는 것 같았기 때문이다.

"제 친구에게 이것보다 더 괜찮은 글을 쓰게 되면 편집장님이 받아주실 거라고 말해도 될까요?"

조가 일이 성사된 것에 대담해져서 말실수한 것도 깨닫지 못한 채 물었다.

"음, 검토는 해보겠지만 확약은 못 해요. 짧고 흥미롭게 써보라고 친구에게 전하세요. 교훈은 넣지 말고. 친구분 이름은 뭐로 내보낼까요?"

아무래도 상관없다는 투였다.

"괜찮다면 넣지 말아주세요. 친구는 이름을 밝히고 싶지 않아 하거든요. 따로 필명도 없고요."

조가 자기도 모르게 얼굴을 붉히며 대답했다.

"물론 좋으실 대로. 글은 다음 주에 실릴 겁니다. 돈은 직접 받아 가시겠어요? 아니면 제가 보내드릴까요?"

대시우드 씨가 물었다. 아무래도 새 기고가가 누구인지 알고 싶은 듯했다.

"제가 찾으러 올게요. 안녕히 계세요."

조가 나가자 대시우드 씨는 다시 발을 책상에 올리며 정색한 목소리로 한마디 했다.

"또 가난하고 당당한 작가로구먼. 하지만 잘 해낼 거야."

조는 대시우드 씨의 지시를 길잡이로 삼고 노스버리 부인을 본보기로 삼아 대중문학이라는 허황된 바다에 섣불리 뛰어들었다. 그러나 친구가 던져준 구명대 덕분에 머리까지 완전히 빠지기 전에 다시 올라올 수 있었다.

대부분의 젊은 작가들이 그렇듯이 조도 등장인물과 배경을 외국으로 설정하고 도적, 백작, 집시, 수녀, 공작 부인을 무대 위에 세워 사람들의 기대에 어긋나지 않도록 최대한 정확하고 활기차게 각자의 역할을 소화하도록 맡겼다. 그녀의 독자들은 문법이나 구두점, 개연성 같은 사소한 것들은 크게 신경 쓰지 않았고, 대시우드 씨는 감사하게도 아주 저렴한 가격에 조의 글을 실어주었다. 그러면서 그런 호의의 진짜 이유가 그의 작가들 중 한 사람이

“좋아요. 그럼 그렇게 하죠.”
조가 만족스러운 기색으로 원고를 돌려주며 말했다.
1달러짜리 칼럼도 써본 터라 25달러면 잘 받는 것 같았기 때문이다.

더 높은 보수를 받고 사실상 그를 저버렸기 때문이라는 것을 굳이 밝힐 필요는 없다고 생각했다.

조는 곧 일이 재미있어지기 시작했다. 빈약하던 지갑도 두둑해졌고, 내년 여름에 베스를 산지에 데려가려고 조금씩 모아두고 있는 돈도 더디지만 매주 차츰차츰 불어났기 때문이다. 한 가지 마음에 걸리는 것은 집에는 이런저런 사정에 대해 말하지 않았다는 점이었다. 특히 아버지와 어머니는 달갑게 여길 것 같지 않았다. 조는 용서는 나중에 구하고 당장은 이대로 밀고 나가기로 했다. 비밀을 지키는 것은 쉬웠다. 조의 소설에는 어떤 이름도 같이 실리지 않았기 때문이다. 물론 대시우드 씨는 곧 그 작가의 이름을 알게 됐지만 입을 다물겠다고 약속했고 놀랍게도 그 약속을 지켰다.

조는 이 일이 자신에게 해가 될 거라는 생각은 하지 못했다. 부끄러워할 만한 내용은 전혀 쓰지 않을 작정이었고, 또 번 돈을 가족에게 보여주고 비밀을 털어놓으며 웃어넘기는 행복한 순간을 상상하면 양심의 가책쯤은 아무렇지 않게 달랠 수 있었다.

하지만 대시우드 씨는 흥미를 자극하는 이야기가 아니면 번번이 퇴짜를 놓았다. 자극을 주려면 독자들의 영혼을 들들 볶아대는 길밖에 없었기에 역사와 사랑 이야기, 육지와 바다, 과학과 예술, 범죄와 정신병원 기록까지 샅샅이 헤집어야 했다. 조는 자신의 순진한 경험으로는 사회 밑바닥을 이루는 비참한 세계를 그저 몇 차례 슬쩍 보고 지나쳤을 뿐이라는 사실을 곧 깨달았다. 그래서 이 점을 냉정하게 받아들이고 자신에게 부족한 점들은 등장인물의 매력으로 보완하는 작업에 들어갔다. 조는 소재 찾기에 골몰한 가운데 걸작을 쓰지는 못하더라도 줄거리에서만은 제대로 된 독창성을 보여주겠다는 결심 아래 신문에서 사건과 사고, 범죄 기사를 뒤졌다. 그런가 하면 독극물을 다룬 책을 요청해 공공 도서관 사서들의 의심을 사기도 했고, 지나가는 사람들의 얼굴을 이리저리 뜯어보는가 하면, 주변 사람들을 모두 착한 사람, 나쁜 사람, 무심한 사람 등으로 나눠보기도 했다. 거기다 아득히 먼 옛날의 먼지까지 들춰냈다. 사실이든 허구든 까마득히 오래되어서 새것 못지않게 훌륭한 고대의 이야기들은 어쩌다 가끔일 뿐이긴 했지만 조를 어리석음과 죄악이 넘쳐나는 비극의 세계로 안내했다. 조는 자신이 꽤 잘하고 있다고 생각했지만 저도 모르는 사이에 여성성 중에서도 가장 여성스러운 특징들을 잃어가고 있었다. 조는 나쁜 세상에서 살고 있었고, 그것이 비록 상상의 세계이긴 했어도 조에게 어떤 식으로든 영향을 미쳤다. 조는 자신의 마음과 상상력에 위험하고 실속 없는 음식만 먹어댔고, 어차피 우리 모두 곧 알게 되는 삶의 어두운 면을 너무 일찍 접함으로써 날 때부터 활짝 피어 있던 순수성이라는 꽃을 너무 빨리 털어내고 있었다.

조도 어렴풋이 이런 낌새를 채기 시작했다. 다른 사람들의 정열과 감정을 너무 많이 묘사하다 보니 정신 상태가 건강한 젊은이라면 스스로는 절대 빠져들지 않을 병적인 재미에 빠져 자신의 기분과 감정을 연구하고 진단하기 시작했기 때문이다. 잘못은 벌을 받기 마련이고, 조도 가장 적절한 때에 벌을 받았다.

셰익스피어 연구가 인물의 성격을 파악하는 데 도움이 됐는지, 아니면 정직하고 용감하고 강한 것을 알아보는 여성의 타고난 본능 때문이었는지는 모르겠지만 조는 자신의 상상 속 주인공들에게 하늘 아래 둘도 없는 완벽함을 부여하다가 인간적인 결점은 많지만 흥미가 동하는, 살아 있는 영웅을 발견했다. 언젠가 대화를 나누다 바에르 씨는 조에게 단순하고 진실하며 사랑스러운 사람을 보거든 작가 수업 차원에서 그 사람의 성격을 연구해 보라고 조언한 적이 있었다. 조는 그의 말을 받아들여 냉정한 눈으로 주변을 둘러보다가 곧 바에르 씨를 연구하기 시작했다. 그가 그 사실을 알았더라면 깜짝 놀랐겠지만 그 교수는 충분히 그럴 만한 가치가 있었다. 그가 말한 기준에 비추어 그처럼 겸손한 사람도 드물었기 때문이다.

처음에는 다들 왜 그를 좋아하는지 이유를 알 수 없었다. 그는 부유하거나 대단하지도 않았으며, 그렇다고 젊거나 잘생긴 것도 아니었다. 어느 모로 보나 매력적이지도, 눈길을 끌지도, 뛰어나지도 않았지만 포근한 난롯불처럼 마음을 끄는 구석이 있었고, 사람들은 따스한 난로 주위에 모여들듯 자연스레 그의 주변에 모여드는 듯했다. 그는 가난했지만 늘 뭔가를 나눠 주는 것 같았고, 이방인이었지만 만인의 친구였다. 게다가 젊은 편도 아니었지만 아이처럼 천진했다. 평범하면서도 어딘지 남달랐지만 그의 얼굴은 많은 사람들 눈에 아름답게 보였고, 그의 특이한 점들도 좋은 쪽으로 해석되었다. 조는 그의 매력을 알아내려고 애쓰면서 틈만 나면 그를 지켜보다가 마침내 기적을 일으킨 요인은 바로 자애로움이라고 결론 내렸다. 그는 슬픔이 있어도 '새가 날갯죽지에 머리를 묻듯' 가슴에 묻어두고 자신의 밝은 모습만 세상에 드러냈다. 이마에 주름이 있었지만 세월이 그가 다른 사람들에게 얼마나 친절한지를 기억해내고 그를 살며시 어루만진 듯했다. 입가의 기분 좋은 굴곡들은 수많은 덕담과 유쾌한 웃음의 기념비였고, 눈은 차갑지도 엄격하지도 않았으며, 따스하면서 힘있게 움켜잡는 그의 큼지막한 손은 백 마디 말보다 더 깊은 인상을 남겼다.

그의 옷들도 주인의 온화한 품성을 똑같이 나눠 지니는 듯했다. 느긋해 보이는 옷차림은 그 주인을 편안하게 해주는 것 같았고, 큼직한 조끼는 그 아래 자리한 넓은 마음을 보여주는 것 같았다. 빛바랜 외투는 주인의 바쁜 사교 생활을 고스란히 드러냈고, 헐렁해진 주머니는 조그만 손들이 텅 빈 채로 들어왔다가 뭔가를 가득 쥐고 나갔다는 것을 숨김없이 증명해 보였다. 구두에서도 자애로움이 물씬 묻어났고, 옷깃 또한 다른 사람들과 달리 빳빳하지도 거슬리지도 않았다.

"그거였어!"

조는 다른 사람들을 향한 순수한 선의가 저녁을 우걱우걱 밀어 넣고, 양말을 손수 짜깁기하고, 가족이라는 이름의 짐까지 짊어진 튼튼한 독일인 교사마저도 아름답고 품위 있게 만들어줄 수 있다는 것을 마침내 깨닫고 혼자 중얼거렸다.

조는 선량함을 높이 평가했지만 대부분의 여자들이 그렇듯이 지성도 높게 보고 있었다. 그래서 바에르 교수에 대해 몇 가지 사실을 더 알게 되자 그에 대한 호감이 더욱더 커졌다. 고향에서 그는 높은 학식과 훌륭한 인품으로 널리 존경받는 인물이었지만 그가 그런 얘기를 일절 내비치지 않아 아무도 그 사실을 모르고 있었다. 그러던 중 바에르 교수의 고향 사람이 찾아와 노턴 양과 얘기를 나누다가 이 기분 좋은 사실이 드러났던 것이다. 조는 노턴 양에게서 자초지종을 전해 듣고는 바에르 씨가 스스로 그 사실을 밝히지 않았다는 점이 더욱더 마음에 들었다. 미국에서는 가난한 독일어 교사일 뿐이지만 베를린에서는 존경받는 교수였다는 사실을 알게 되자 조는 그가 자랑스러웠다. 새롭게 드러난 사실은 그의 소박하고 부지런한 생활에 낭만이라는 양념까지 덧뿌려 그의 삶을 더욱 아름답게 만들어주었다.

그러던 어느 날 지성보다 더 좋은 선물이 생각지도 않게 조 앞에 모습을 드러냈다. 노턴 양은 조 혼자서는 출입할 기회가 없었을 최고의 학회에 마음껏 드나들 수 있는 자격을 갖추고 있었다. 이 외로운 여성은 야심만만한 처녀에게 관심을 보이며 친절하게도 조와 교수님에게 이런 종류의 호의를 많이 베풀었다. 어느 날 밤 노턴 양은 몇몇 명사를 초빙해 특별히 마련한 학술 토론회에 그 둘을 데리고 갔다.

조는 언젠가부터 청춘의 열정으로 숭배해온 유력한 인물들에게 허리를 숙여 인사하고 우러러볼 준비를 하고 거기에 갔다. 그러나 그날 밤 천재들을 향한 조의 외경심은 심각한 충격을 맞이했고, 위대한 피조물도 결국은 한갓 남자와 여자라는 사실의 여파에서 벗어나는 데 한참이 걸렸다. 시만 보면 천상의 존재처럼 '영혼, 불, 이슬'만 먹고 살 것 같은 시인을 흠모의 눈길로 흘끔흘끔 훔쳐보다가 지적인 얼굴이 벌게지도록 저녁밥을 걸신들린 듯 먹어대는 모습을 보고 조가 느꼈을 실망을 상상해 보라. 무너진 우상에게서 고개를 돌렸더니 낭만적인 환상을 순식간에 앗아 가는 또 다른 진풍경이 조의 눈에 들어왔다. 위대한 소설가는 두 개의 술병 사이를 시계추처럼 어김없이 왔다 갔다 하고 있었고, 저명한 신학자는 당대의 스타엘 부인(1766~1817, 프랑스 혁명의 영향으로 자유주의를 열렬히 설파했던 프랑스의 여성 작가·평론가 : 옮긴이) 중 한 명과 대놓고 시시덕대고 있었다. 스타엘 부인은 웬 아리따운 아가씨를 노려보고 있었고, 아가씨는 심오한 철학자를 차지하려는 경쟁에서 상대방을 제압한 뒤 생글생글 웃는 얼굴로 부인을 조롱하고 있었다. 그런 가운데 철학자는 새뮤얼 존슨처럼 차를 마시고는(18세기 영국의 시인 겸 평론가인 새뮤얼 존슨은 한 자리에서 차를 스물다섯 잔이나 마셨을 만큼 차를 좋아했다 : 옮긴이) 아가씨의 수다에 말문을 닫은 채 거의 잠이 든 듯했다. 과학자들은 연체동물이나 빙하시대는 잊기로 했는지 예술에 대해 이야기하면서 특유의 열정을 굴과 얼음을 삼키는 데 바쳤다. 그런가 하면 제2의 오르페우스(그리스 신화에 나오는 유명한 시인이자 음악가 : 옮긴이)처럼 도시를 매료시키고 있는 젊은 음악가들은 말 얘기를 하고 있었다. 공교롭게도 그 자리에 있던 영국 귀족들이 무리 중에서 가장 평범한 축에 들어갔다.

그날 저녁이 반도 지나기 전에 조는 환상에서 완전히 깨어나 마음이 진정되길 기다리며 구석에 앉아 있었다. 곧이어 바에르 씨도 그녀와 합석했다. 자리가 불편한지 그는 약간 겉도는 듯 보였다. 그러고 나서 얼마 뒤 철학자 몇몇이 휴식 시간을 이용해 각자의 취미에 올라탄 채 지식 경합을 벌이려고 느릿느릿 걸어왔다. 대화는 조의 이해력 범위를 한참 벗어나 있었다. 칸트와 헤겔은 미지의 신이었고 주관론과 객관론 같은 난해한 용어에 '그녀의 내면 의식에서 진화한' 것이라고는 결국 심한 두통밖에 없었다. 하지만 조는 그 시간이 재미있었다. 논객들에 따르면 결국 세상이 조각조각 흩어져 있다가 전보다 훨씬 더 나아진 원칙에 입각해 새롭게 조립되고 있다는 생각이 차차 들었다. 새로운 원칙 아래서 종교는 이성에 밀려 사라질 가능성이 높았고, 지성이 유일한 신이 될 공산이 컸다. 조는 철학이나 형이상학 같은 건 전혀 몰랐지만 가만히 토론을 듣고 있노라니 휴일에 외출 나온 어린 풍선처럼 시공간 속으로 휘말려 들어가는 듯한 기분이 들면서 즐거움 반 고통 반의 호기심 어린 흥분이 일었다.

교수님의 반응이 어떤지 궁금해 고개를 돌리자 이제껏 보지 못한 아주 근엄한 얼굴이 조를 보고 있었다. 그는 고개를 절레절레 흔들며 조에게 어서 나가자고 손짓했지만 조는 막 사변철학의 자유분방함에 매료된 터라 오래된 신념을 모조리 말살하고 나면 현명한 지성인들은 과연 무엇에 의지할지 알고 싶어 계속 자리를 지켰다.

바에르 씨는 여간해서는 자신의 의견을 잘 드러내지 않는 사람이었지만 그것은 생각이 여물지 않아서가 아니라 너무 진실하고 진중한 나머지 가볍게 말하는 법이 없었기 때문이었다. 그는 조부터 시작해 다른 몇몇 젊은이들까지 화려한 불꽃놀이 같은 철학의 향연에 넋이 나간 것을 보고 눈살을 찌푸리며 말할 기회를 기다렸다. 불붙기 쉬운 젊은 영혼이 폭죽에 이끌려 길을 잃었다가 화려한 눈요기가 끝난 뒤 남은 것이라고는 빈껍데기뿐인 막대기와 불에 덴 손뿐이라는 걸 발견하게 될까 봐 걱정이 됐기 때문이다.

그는 참을 만큼 참았지만, 의견을 낼 기회를 언자 분통을 터뜨리며 진정성이 묻어나는 언변으로 유창하게 종교를 옹호했다. 말이 어찌나 감동적인지 서툰 영어는 음악처럼 들렸고, 평범한 얼굴은 아름답게 빛났다. 지성인들의 반격이 만만치 않아 고전을 치르기도 했지만 그는 물러서는 법 없이 자신의 입장을 고수했다. 그가 말을 하는 동안 어찌 된 영문인지 조의 눈에는 세상이 다시 올바로 서는 듯했다. 오랫동안 이어져 내려온 옛 신념들이 새것보다 더 좋게 보였다. 하나님은 맹목적인 힘이 아니었고, 불멸은 아름다운 동화가 아니라 축복받은 사실이었다. 조는 발밑의 땅이 다시 단단해지는 것을 느꼈다. 바에르 씨는 입씨름에서 밀려 잠시 말문이 막히기도 했지만 조금도 흔들리지 않았고, 그런 그의 모습에 조는 박수를 치며 감사 인사를 전하고 싶었다.

조는 그중 어느 것도 하지 않았지만 이 장면을 기억하면서 교수님을 진심으로 존경하기 시작했다. 그런 자리에서 자기 생각을 말하려면 굉장한 노력이 필요했을 테지만 양심상 도저히 침묵을 지킬 수 없었을 거라는 점을 잘 알았기 때문이다. 조는 성품이 돈이나 지위, 지성, 미모보다도 더 훌륭한 자산이라는 점에 눈뜨기 시작했다. 어떤 현자가 정의한 대로 위대함이 '진실, 경의, 선의'를 의미한다면 그녀의 친구 프리드리히 바에르야말로 선인이자 위인인 것 같았다.

이 믿음은 날이 갈수록 강해졌다. 조는 그의 생각을 높이 평가했고, 그에게 인정받고 싶었다. 그리고 그의 친구로서 합당한 자격을 갖추고 싶었다. 이런 바람이 더없이 절실해졌을 때쯤 조는 하마터면 모든 것을 잃을 뻔했다. 발단은 종이 모자였다. 어느 날 저녁 조에게 독일어를 가르치려고 들어온 교수님은 티나가 씌워 준 종이 모자를 깜빡하고 벗지 않은 채 그대로 쓰고 있었다.

'내려오기 전에 거울도 안 봤나 봐.'

조는 이렇게 생각하며 슬며시 웃었고, 교수님은 독일어 발음이 섞인 영어로 "구트 이프닝"이라고 말하더니 수업 주제와 머리쓰개가 우스꽝스러운 대조를 이룬다는 사실을 까맣게 모른 채 진지한 표정으로 의자에 앉았다. 조에게 실러의 『발렌슈타인의 죽음』을 읽어줄 참이었기 때문이다.

조는 처음에는 아무 말도 하지 않았다. 뭔가 웃기는 일이 벌어졌을 때 터져 나오는 그의 크고 따스한 웃음소리를 듣고 싶었기 때문이다. 그래서 조는 교수님이 스스로 알아차릴 때까지 가만히 있다가 실러의 작품을 읽는 독일인의 목소리에 정신이 팔려 곧 모든 것을 깡그리 잊고 말았다. 읽기가 끝나고 수업이 시작되었다. 수업은 활기찼다. 그날 밤따라 조는 기분이 좋았고, 또 종이 모자가 그녀의 눈을 계속 즐겁게 춤추도록 했기 때문이다. 교수님은 조가 왜 그러는지 영문을 모르다가 결국 수업을 중단하고는 약간 놀란 표정으로 물었다.

"마치 양, 선생님 앞에서 왜 그렇게 웃는 겁니까? 그렇게 버릇없이 굴다니 선생님에 대한 존경심이 조금도 없나요?"

"선생님이 깜빡하고 그런 모자를 쓰고 있는데 어떻게 학생이 존경심이 들 수 있겠어요?"

조가 말했다. 교수님은 아무 생각 없이 손을 머리에 올려 더듬다가 그 작은 종이 모자를 벗어 들고는 잠시 물끄러미 쳐다보더니 고개를 뒤로 젖힌 채 경쾌한 콘트라베이스 같은 목소리로 웃음을 터뜨렸다.

"아! 이제야 봤네그래. 장난꾸러기 티나가 이 모자로 날 놀렸나 보군. 글쎄, 뭐 별일 아니었네요. 마치 양도 오늘 수업을 제대로 따라오지 못하면 이 모자를 쓰게 될 테니, 그리 알아요."

하지만 몇 분 동안 진도가 전혀 나가지 않았다. 바에르 씨가 우연히 모자에 있는 그림을 보고는 모자를 펴면서 아주 역겹다는 듯 이렇게 말했기 때문이다.

"이런 신문은 집 안에 들이지 말았으면 좋겠는데. 이런 건 아이들이 봐서도 안 되고, 젊은이들이 읽어서도 안 돼요. 좋을 게 없단 말이지. 이렇게 해로운 걸 만들다니 도저히 참을 수가 없네요."

조가 그 종이를 얼핏 보니 정신병자, 시체, 악당, 독사가 그려진 경쾌한 삽화가 보였다. 조도 그 그림이 마음에 들지 않았지만 충동을 이기지 못한 채 그만 종이를 뒤엎고 말았다. 딱히 불쾌해서 그랬다기보다 그 신문이 「위클리 볼케이노」일지도 모른다는 두려움 때문이었다. 하지만 그 신문은 「위클리 볼케이노」가 아니었고, 설령 그 신문이 맞고 거기에 자신이 쓴 글이 실렸다고 해도 자기 이름이 나올 일은 없다는 걸 기억해내고 조의 두려움도 가라앉았다. 하지만 표정과 빨개진 얼굴로 조는 속마음을 드러내고 말았다. 교수님은 깜빡 잊어버리기는 잘해도 사람들이 생각하는 것보다 훨씬 더 많은 것을 꿰뚫어 보는 사람이었다. 사실 그는 조가 글을 쓴다는 것을 알고 있었고, 신문사 건물들 틈바구니에서 조와 마주친 적도 한두 번이 아니었지만 조가 아무 말도 하지 않았기 때문에 그녀의 작품이 어떤지 궁금해도 아무것도 묻지 않고 있을 따름이었다. 이제 그는 조가 스스로에게 부끄러운 짓을 하고 있다는 걸 눈치채고는 마음이 아팠다. 대부분의 사람들은 이럴 때 '내가 상관할 일도 아니고 나한테는 그럴 권리도 없다'고 생각하겠지만 그는 그러지 않았다. 그러기는커녕 오히려 조가 어머니의 사랑과 아버지의 보호로부터 멀리 떨어진 어리고 가난한 아가씨라는 점을 떠올리고는 물웅덩이에 빠진 아기를 보면 자기도 모르게 얼른 손을 내밀어 구해 주듯이 그녀를 도와줘야겠다는 마음뿐이었다. 잠깐 사이에 이런 생각이 그의 머릿속을 휙휙 지나갔지만 그의 얼굴에서는 아무런 기색도 드러나지 않았다. 조가 문제의 신문을 바로 놓고 바늘에 실을 꿰었을 때 그는 작정한 듯 자연스럽지만 매우 진지하게 입을 열었다.

"그래요, 그런 건 멀리해야 해요. 훌륭한 아가씨라면 그런 걸 봐서는 안 되지. 그런 걸 보고 좋아하는 이들도 더러 있겠지만 나는 내 조카들에게 이런 나쁜 쓰레기를 가지고 놀게 하느니 차라리 화약을 주겠소."

"모두 나쁜 건 아닐 거예요, 어리석으면 몰라도. 이런 걸 찾는 수요가 있는 한 공급한다고 무슨 해가 되지는 않잖아요. 멀쩡한 사람들 중에도 이른바 통속소설이라는 걸 써서 정직하게 생계를 이어가는 사람도 많거든요."

천에 잡은 주름을 너무 힘주어 문지르는 바람에 핀 자국을 숭숭 뚫어놓으며 조가 말했다.

"위스키를 찾는 수요가 있지만 당신이나 나나 그걸 팔 생각은 안 하잖아요. 그 멀쩡한 사람들이 자기가 어떤 해를 끼치고 있는지 안다면 그 생활이 떳떳하다고 생각하진 못할 거요. 사탕에 독을 넣어 어린아이들에게 먹일 권리는 누구에게도 없는 거요. 절대. 그 사람들은 생각이라는 걸 좀 하고, 이런 짓을 하기 전에 거리에 쌓인 진흙부터 쓸어야 할 거요."

바에르 씨는 온화한 목소리로 이렇게 말하고는 그 종이를 구겨 난롯가로 가져갔다. 그사이 조는 불길이 덮쳐오기라도 한 듯 가만히 앉아 있었다. 종이 모자가 연기로 변해 아무런 해 없이 굴뚝 위로 날아가고 나서도 조의 뺨은 한참 동안 타올랐다.

"나머지도 모두 없애버리고 싶군."

교수님이 마음이 놓이는 듯한 표정으로 돌아와 중얼거렸다.

조는 위층에 쌓여 있는 자기 원고를 다 태우면 불길이 얼마나 크게 일까 생각했다. 그러자 힘들게 번 돈이 양심을 다소 무겁게 짓눌렀다. 하지만 조는 '내 건 그렇지 않아. 바보 같기는 해도 나쁘지는 않아. 그러니까 걱정하지 않아도 돼'라고 생각하며 스스로를 위로했다. 그러고는 책을 집어 들고 학구적인 얼굴로 말했다.

"그럼 공부할까요, 선생님? 이제 아주 착하고 바르게 행동할게요."

"그러기를 바랄게요."

교수님은 이렇게만 말했지만 그 말에는 조가 생각하는 것보다 더 많은 뜻이 담겨 있었다. 엄격하지만 다정한 그의 얼굴을 보자 조는 자기 이마에 '위클리 볼케이노'라는 글자가 대문짝만 하게 찍혀 있는 듯한 기분이 들었다.

조는 자기 방으로 들어가자마자 원고를 꺼내 자신이 쓴 이야기를 하나하나 주의 깊게 다시 읽어보았다. 바에르 씨는 살짝 근시여서 가끔 안경을 썼는데, 언젠가 조는 그의 안경을 껴보고는 책의 작은 글씨가 크게 확대되는 것을 보고 슬며시 웃은 적이 있었다. 이제 조도 교수님처럼 마음에 안경을 끼고 있는 듯했다. 결점투성이의 조잡한 이야기들이 그녀를 사납게 노려보는 것 같아 가슴이 철렁했기 때문이다.

'이것들은 쓰레기야. 이대로 계속 간다면 쓰레기보다도 못한 글이 나오겠지. 이야기가 매번 먼젓번 것보다 더 자극적이야. 나는 돈 때문에 나 자신과 다른 사람들에게 상처를 주면서 무턱대고 달려왔어. 말짱한 정신으로 다시 찬찬히 읽어보니까 부끄러워서 얼굴을 들 수가 없네. 집에서 이걸 보게 된다면, 아니면 바에르 씨가 이걸 알게 된다면 어떡하지?'

조는 생각만 해도 얼굴이 화끈거려 원고 뭉치를 모조리 난로 안에 쑤셔 넣어버렸다. 불길이 굴뚝까지 태울 기세로 맹렬히 타올랐다.

'그래, 이런 불쏘시개는 저기가 제격이지. 사람들이 내가 만든 화약으로 다치는 꼴을 보느니 차라리 집을 불태우는 편이 나아.'

조는 이글거리는 눈으로 「쥐라 산의 악마」가 순식간에 검은 잿더미로 변하는 모습을 지켜보며 이렇게 생각했다.

하지만 석 달을 오롯이 들인 작품이 한 줌 재와 무릎 위의 돈 말고는 아무것도 남기지 않고 흔적도 없이 사라지자 조는 말짱한 얼굴로 바닥에 주저앉아 그 원고료로 무엇을 어떻게 해야 할지 고민하기 시작했다.

"아직은 그렇게 큰 해를 끼친 건 아닐 거야. 이 돈은 그동안 내가 쏟은 시간에 대한 대가라고 생각하고 그냥 갖고 있자."

조는 한참을 생각한 끝에 이렇게 말하고는 재빨리 덧붙였다.

"양심이 아예 없었으면 좋겠어, 그럼 정말 편할 거야. 올바로 행동하는 데 관심이 없다면 나쁜 짓을 해도 마음 불편할 일 없이 신나게 지낼 수 있을 테니까. 가끔은 어머니와 아버지가 이런 일에 너무 유별나지 않았으면 좋겠어."

아, 조, 그런 바람은 접어두고 '아버지와 어머니가 유별난 것'을 하나님께 감사드리고, 원칙의 울타리를 쳐주는 보호자가 없는 이들을 불쌍히 여기기를. 성마른 청춘에게는 이런 원칙이 감옥처럼 보이겠지만 성숙한 여인이 갖춰야 할 덕성을 기르는 데 꼭 필요한 든든한 기반이 될 테니.

그 뒤로 조는 사람들에게 자극을 나눠 주는 대가로 돈을 받는 일은 이제 없다고 결심하고는 다시는 통속소설을 쓰지 않았다. 그 대신 이번에는 방향을 정반대로 틀어 그녀가 본보기로 삼은 사람들이 있는 길을 가기 시작했다. 그러니까 셔우드 부인과 에지워스 양, 해나 모어처럼 수필이나 설교문 같은 아주 교훈적인 이야기를 쓰기로 한 것이다. 하지만 시작부터 내키지가 않았다. 상상력이 풍부한 데다 소녀다운 낭만을 꿈꾸는 조에게 이런 유형의 글은 한 세기 전의 빳빳하고 거추장스러운 옷을 차려입고 가장무도회에 나간 것처럼 불편했기 때문이다. 조는 교훈 일색의 이런 보석을 몇몇 시장에 내보냈지만 사겠다고 나서는 사람이 아무도 없었다. 교훈은 팔리지 않는다고 했던 대시우드 씨의 말에 동감할 수밖에 없었다.

그러고 나서 조는 동화에 도전했다. 그 대가로 돈을 벌고 싶은 욕심이 아니었다면 동화는 진즉에 때려치웠을 것이다. 조에게 청소년 문학을 시도하는 노고에 충분히 보답하겠다고 제안한 사람은 어느 훌륭한 신사였다. 그 신사는 자신의 특별한 신념에 맞게 온 세상을 바꿔놓는 것을 평생의 사명으로 아는 사람이었다. 하지만 조가 아무리 아이들을 위한 이야기를 쓰고 싶다고 해도 개구쟁이 사내아이들이 주일 학교에 가지 않았다는 이유로 곰에게 잡아먹히거나 미친 황소에게 치받히는 이야기를 쓰는 데에는 찬성할 수 없었다. 마찬가지로 주일 학교에 참석한 착한 아이들은 금박을 입힌 생강 쿠키부터 천사들의 수호에 이르기까지 온갖 축복을 누리다가 혀짤배기소리로 찬송가를 부르고 성경 구절을 외우며 세상을 떠난다는 내용에도 동의할 수 없었다. 그래서 이 도전 역시 아무런 결실을 맺지 못했다. 조는 잉크병 뚜껑을 닫으며 풀 죽은 목소리로 중얼거렸다.

"뭐가 뭔지 도통 모르겠어. 때를 봐서 나중에 다시 도전하자. 그사이 거리에 쌓인 진흙이나 쓸지 뭐. 지금으로는 별수가 없는 걸. 그게 적어도 정직한 거야."

이는 콩나무에서 두 번째로 굴러 떨어진 경험이 조에게 약이 되었다는 것을 증명해 주는 결정이었다.

내면에서는 이처럼 급격한 변화들이 일어나고 있었지만 겉으로 드러나는 조의 생활은 평소와 다름없이 바쁘고 평온하기 그지없었다. 가끔 심각하거나 약간 슬퍼 보일 때도 있긴 했지만 바에르 교수 말고는 아무도 눈치채지 못했다. 교수님은 워낙 조용히 지켜보았기 때문에 조는 그가 자신을 지켜보고 있다는 사실도 알지 못했다. 그는 조가 자신의 꾸지람을 받아들여 도움을 얻었는지 어떤지 살피고 있다가 조가 시험을 이겨냈다는 사실을 알고 만족스러워했다. 비록 두 사람 사이에서는 아무 말도 오가지 않았지만 그는 조가 글쓰기를 그만두었다는 것을 벌써 알아차렸기 때문이다. 조의 오른손 집게손가락에 더는 잉크 얼룩이 없다는 사실뿐만 아니라 요즘 들어 저녁때도 아래층에서 시간을 보내고, 신문사 동네에서 마주치는 일도 없어졌으며, 기를 쓰고 공부한다는 사실에서 그는 이제 조가 재미가 없더라도 유익한 것에 마음을 쓰기로 결심했다는 것을 짐작할 수 있었다.

그는 진정한 친구라는 것을 입증해 보이듯 여러모로 조를 도와주었고, 조는 잠시 펜을 놀려두는 동안 독일어뿐만 아니라 다른 과목들도 즐겁게 배우면서 자신의 삶이라는 통속소설에 필요한 토대를 놓고 있었다.

유쾌하면서도 긴 겨울이었다. 조는 6월이 되어서야 커크 부인의 집에서 나왔다. 막상 그때가 되자 다들 아쉬워했다. 아이들은 아무리 달래도 속수무책이었고, 바에르 씨의 머리카락은 하나같이 위로 삐죽삐죽 뻗쳐 있었다. 그는 마음이 어지러울 때면 머리를 마구 헝클어뜨리는 버릇이 있었기 때문이다.

"이제 집으로 가는 건가요? 아, 돌아갈 집이 있으니 행복하겠어요."

조가 떠나기 전날 저녁 마련한 조촐한 자리에서 그에게 말을 건네자 그는 구석에 조용히 앉아 수염을 잡아당기며 이렇게 말했다.

조는 아침 일찍 떠날 예정이었기 때문에 전날 밤에 모두와 작별 인사를 나눴다. 바에르 씨 차례가 되자 조는 따스한 목소리로 이렇게 말했다.

"저기, 선생님, 혹 저희 고향 쪽으로 오실 일이 있거든 꼭 저희 집에 들르세요, 아셨죠? 그냥 가시면 용서하지 않을 거예요. 모두에게 제 친구를 소개하고 싶으니까요."

"그래요? 내가 가도 되겠어요?"

그가 진지한 표정으로 조를 내려다보며 물었지만 조는 이를 눈치채지 못했다.

"그럼요, 다음 달에 오세요. 그때 로리가 졸업하니까 선생님도 오랜만에 졸업식을 구경하면 재미있을 거예요."

"전에 얘기했던 당신의 가장 친한 친구 말입니까?"

그가 달라진 어조로 물었다.

"네, 제 친구 테디요. 얼마나 자랑스러운지 몰라요. 선생님께 꼭 테디를 소개해드리고 싶어요."

그러고 나서 조는 두 사람을 서로 인사시킬 생각에 그저 기뻐하며 고개를 들었다. 하지만 바에르 씨의 얼굴에 나타난 뭔가가 자신이 로리를 단순히 '가장 친한 친구' 이상으로 생각하고 있을지도 모른다는 사실을 불현듯 조에게 일깨워주었다. 조는 뭔가가 있기라도 한 듯 보이고 싶지 않았기 때문에 저도 모르게 얼굴이 빨개지기 시작했고, 안 그러려고 애쓰면 애쓸수록 얼굴은 점점 더 빨개졌다. 마침 티나가 무릎에 앉아 있으니 망정이지, 그렇지 않았다면 어떻게 됐을지 생각하니 조는 앞이 캄캄했다. 다행히 티나가 자신을 껴안으려고 움직이자 조는 바에르 교수가 보지 않기를 바라며 얼른 얼굴을 숨겼다. 하지만 그는 봤고, 그 잠깐의 불안에서 평소의 표정으로 다시 돌아가 다정하게 말했다.

"유감이지만 그럴 시간이 날 것 같지 않군요. 하지만 친구의 성공을 빌게요. 그리고 가족 모두 행복하기를 기원하겠습니다. 하나님의 축복이 함께하기를!"

그는 이렇게 말하며 따뜻하게 악수를 나누고는 티나를 어깨에 둘러메고 자리를 떴다.

하지만 조카들이 잠자리에 들자 그는 지친 표정으로 오랫동안 불 앞에 앉아 있었다. 향수병이 그의 마음을 무겁게 짓눌렀다. 티나를 무릎에 앉히고 전에 없이 살가운 표정을 짓던 조의 모습이 떠오르자 그는 잠시 두 손으로 얼굴을 감싸고 있다가 갑자기 벌떡 일어나 찾을 수 없는 뭔가를 찾고 있는 듯 방 안을 이리저리 서성였다.

"그건 나를 위한 자리가 아니야. 그런 기대를 해서는 안 돼."

그는 이렇게 중얼거리더니 신음에 가까운 한숨을 내쉬었다. 그러고는 갈망을 억누르지 못하는 자신을 나무라듯 조카들 있는 데로 가서 베개 위의 헝클어진 두 머리에 입을 맞추고 여간해서는 쓰지 않는 해포석 담뱃대를 꺼낸 뒤 플라톤을 펼쳤다.

그는 최선을 다해 씩씩하게 버텼지만 개구쟁이 두 조카와 담배, 심지어 신성한 플라톤마저도 아내와 아기와 가정을 대신할 만큼 만족스러울 것 같지는 않다고 생각했다.

이튿날 아침 바에르 씨는 이른 시간인데도 역으로 나가 조를 배웅했다. 그 덕분에 조는 평소처럼 웃는 얼굴의 친구와 즐겁게 작별 인사를 나눈 뒤 제비꽃 한 다발을 길동무 삼아, 무엇보다도 이런 행복한 생각을 하며 혼자만의 여행을 시작했다.

'어느새 겨울이 갔구나. 책은 한 권도 쓰지 못했고 큰돈도 벌지 못했지만 좋은 친구를 얻었어. 평생 친구로 지내야지.'

35
가슴앓이

동기가 무엇이었든 간에 그해 로리는 제법 열심히 공부했다. 우등생으로 졸업하면서 친구들 말에 따르면 필립스(1811~1884, 노예제도 폐지에 앞장섰던 미국의 사회 개혁가 : 옮긴이)의 우아함과 데모스테네스(기원전 384~기원전 322?, 고대 그리스의 웅변가·정치가로 정치 연설로 유명했던 인물 : 옮긴이)의 유려한 힘이 서린 라틴어 연설을 선보였다는 게 그 증거였다. 당연히 모두 졸업식에 참석했다. 로런스 할아버지(아, 얼마나 자랑스러워하시던지!), 마치 부부, 존, 메그, 조, 베스 등 다들 진심으로 로리의 졸업을 기뻐해 주고 경탄을 아끼지 않았다. 이 시기의 청년들은 이런 경탄을 가볍게 여기지만 세상에 나간 뒤 어떤 승리로도 이런 경탄을 쉽게 얻지 못한다.

"이 빌어먹을 만찬 때문에 계속 여기 있어야 해. 하지만 내일 아침 일찍 집에 갈 테니까 우리 아가씨들은 평소처럼 날 보러 와요, 알겠죠?"

로리가 그날의 기쁨이 끝난 뒤 자매들을 마차에 태우며 말했다. 그는 '아가씨들'이라고 말하긴 했지만 실은 조를 가리키고 있었다. 아직도 그 오랜 관습을 지키는 사람은 조밖에 없었기 때문이다. 조는 훌륭하고도 장한 친구의 부탁을 감히 거절할 용기가 없어 따뜻하게 대답했다.

"갈게, 테디, 비가 오든 해가 나든. 구금(입에 물고 손가락으로 연주하는 작은 악기 : 옮긴이)으로 「만세, 정복자 영웅 오셨네」를 연주하며 행진해서 나타나줄게."

로리는 조에게 고맙다고 말했다. 하지만 로리의 표정을 본 순간 조는 가슴이 철렁 내려앉으면서 이런 생각이 들었다.

'이런, 맙소사! 로리가 뭔가 말하려는 게 분명해. 어떡하지?'

저녁 명상과 아침 일과가 조의 불안한 마음을 가라앉혀주었다. 조는 대답이 어떨지 뻔히 짐작할 수 있게 하는 갖가지 이유를 대놓고서 사람들이 청혼할 거라고 생각할 만큼 스스로가 허영심이 강하지는 않다는 결론을 내린 뒤 부디 테디가 아무 짓도 하지 않기를, 그래서 그의 불쌍하고 가녀린 감정을 다치게 하는 일이 없기를 바라며 약속 시간에 맞춰 집을 나섰다. 가는 길에 메그의 집에 들러 데이지와 데미존의 얼굴을 잠깐 보고 나니 다시 기운이 나면서 담판에 한결 자신감이 붙었지만, 멀리서 어른대는 건장한 형체를 보자 조는 그길로 돌아서서 달아나고만 싶었다.

"구금은 어딨어, 조?"

목소리가 들릴 만큼 가까이 다가오자마자 로리가 소리쳤다.

"깜빡했네."

그렇게 말하면서 조는 다시 용기를 얻었다. 그런 인사는 연인 사이에 오고 갈 것 같지는 않았기 때문이다.

이런 경우 조는 늘 로리의 팔을 잡곤 했지만 이번에는 그러지 않았다. 하지만 로리는 아무런 불평도 하지 않았다. 나쁜 징조였다. 로리는 도로에서 벗어나 집 쪽으로 이어지는 숲 사이의 작은 오솔길로 접어들 때까지 상관도 없는 별의별 주제에 대해 주절주절 늘어놓았다. 그러고는 걸음을 늦추더니 술술 잘만 이어가던 말의 흐름을 갑자기 놓쳐버렸고, 가끔 끔찍한 침묵까지 찾아왔다. 자꾸만 침묵의 우물에 빠지는 대화를 구하기 위해 조가 서둘러 말했다.

"이제 푹 쉴 수 있겠네?"

"그러려고."

조는 로리의 단호한 말투에서 뭔가 짚이는 게 있어 얼른 고개를 들고 로리를 보았다. 조를 내려다보는 로리의 표정은 드디어 올 것이 왔다고 말하고 있었다. 조는 손을 내밀며 애원했다.

"안 돼, 테디, 하지 마!"

"할 거야. 내 말 잘 들어. 더는 안 돼, 조. 이제는 결판을 내야 해. 빠르면 빠를수록 우리 둘에게 좋아."

로리가 갑자기 얼굴을 붉히며 흥분해서 대답했다.

"하고 싶은 말이 있으면 해. 들어줄게."

조가 인내심을 있는 대로 끌어올리며 거의 포기한 듯 중얼거렸다.

로리는 사랑에 빠져 있었다. 그는 어렸지만 진지했고, 죽는 한이 있어도 '결판을 내기로' 작정하고는 급한 성격대로 곧장 본론으로 들어갔다. 로리는 차근차근 얘기하려고 무진 애를 썼지만 가끔 목이 메었다.

"처음부터 널 사랑했어, 조. 나도 어쩔 수 없었어. 넌 나한테 너무 잘해줬으니까. 내 마음을 보여주고 싶었지만 넌 그럴 기회를 주지 않았지. 이제는 내 말을 듣고 대답해줘. 이렇게는 더 이상 견딜 수 없으니까."

"네가 이러지 않기를 바랐어. 난 네가 알고 있을 거라고 생각했는데……."

조는 입을 열긴 했지만 생각했던 것보다 말을 하기가 훨씬 더 힘들었다.

"알아, 하지만 여자들이란 참 이상해서 진심을 알 수가 있어야지. 좋으면서도 겉으로는 싫다고 하잖아, 남자가 쩔쩔매는 모습을 보는 게 그냥 재미있어서."

로리가 부정할 수 없는 사실 뒤에 단단히 자리를 잡고 앉아 대답했다.

"난 아니야. 나는 그런 식으로 네가 날 좋아하게 만들려고 한

"네가 이러지 않기를 바랐어. 난 네가 알고 있을 거라고 생각했는데……."
조는 입을 열긴 했지만 생각했던 것보다 말을 하기가 훨씬 더 힘들었다.

적 없어. 오히려 그걸 막으려고 널 떠나기까지 했어."

"그럴 줄 알았어. 너다운 행동이었지만 그런다고 달라질 건 없어. 오히려 널 더 사랑하게 됐는걸. 그래서 네 마음에 들려고 열심히 공부했고, 당구든 뭐든 네가 싫어하는 건 전부 다 끊고 불평 한마디 없이 널 기다렸어. 네가 날 사랑해 주기를 바랐으니까. 난 아직 반도 넘게 부족하지만……."

여기서 로리는 걷잡을 수 없이 다시 목이 메는 바람에 미나리 아재비의 목을 부러뜨리면서 '망할 놈의 목소리'를 가다듬었다.

"말도 안 돼. 넌 충분하다 못해 내게 너무 과분할 지경인걸. 난 네가 정말 고맙고 자랑스러워. 그리고 널 좋아해. 네가 이렇게 날 원하는데 어째서 널 사랑할 수 없는지 나도 모르겠어. 노력해봤지만 내 마음은 바뀌지 않아. 사랑하지 않는데 사랑한다고 말하면 그건 거짓말이잖아."

"정말이야? 진짜야, 조?"

로리가 갑자기 멈춰 서며 조의 두 손을 잡더니 조가 쉽사리 잊지 못할 표정을 지으며 물었다.

"정말이야, 진짜야!"

그사이 두 사람은 숲속에 들어와 울타리 계단 옆에 와 있었다. 마지막 말이 마지못해 조의 입에서 떨어지자 로리는 두 팔을 축 늘어뜨리고는 그대로 가버리려는 듯 돌아섰다. 하지만 난생처음으로 그 울타리가 자신에게 너무 높게만 느껴졌다. 그래서 로리는 이끼 낀 기둥 위에 머리를 기댄 채 꼼짝도 않고 가만히 서 있었다. 그 모습에 조는 덜컥 겁이 났다.

"아, 테디, 미안해. 정말 정말 미안해. 그래서 문제가 해결된다면 내 목숨이라도 내놓고 싶어! 난 네가 너무 힘들어하지 않았으면 좋겠어. 나도 어쩔 수가 없어. 사랑하지 않는데 억지로 사랑할 수 없다는 거 너도 알잖아."

조가 투박하지만 회한에 겨운 말투로 소리쳤다. 그러고는 오래전 로리가 자신을 위로해 주었던 때를 떠올리며 로리의 어깨를 살살 토닥였다.

"가끔 그런 사람들도 있어."

기둥 쪽에서 숨죽인 목소리가 대꾸했다.

"그건 올바른 사랑이 아닐 거야. 난 그러고 싶지 않아."

조의 단호한 대답이었다.

긴 침묵이 이어졌다. 그사이 강가의 버드나무에서는 검은지빠귀가 즐거운 듯 노래를 불렀고, 긴 풀들이 바람에 바스락대는 소리도 들려왔다. 곧이어 조가 울타리 계단에 앉으면서 매우 진지하게 말했다.

"로리, 너한테 할 말이 있어."

그러자 로리는 총이라도 맞은 듯 화들짝 놀라며 고개를 들더니 버럭 소리를 질렀다.

"그 말은 하지 마, 조. 그건 못 참으니까!"

"무슨 말 말이야?"

조는 로리가 왜 이렇게 화를 내는지 영문을 몰라 물었다.

"그 늙은이를 사랑한다는 말."

"그 늙은이라니?"

조는 로리가 그의 할아버지를 말하는 줄 알고 되물었다.

"네 편지에 늘 등장하던 그 사악한 교수 말이야. 네가 그 사람을 사랑한다고 말하면 나 무슨 짓을 할지 몰라."

그러면서 로리는 정말 무슨 짓이라도 할 것처럼 노기등등한 눈빛을 쏘아대며 두 주먹을 불끈 쥐었다.

조는 웃고 싶었지만 간신히 참고 열띤 목소리로 말했다. 상황이 상황인 만큼 이제 조도 흥분하고 있었다.

"함부로 말하지 마, 테디! 그분은 늙은이도 아니고 나쁜 사람도 아니야. 얼마나 착하고 친절한 분인데. 내 가장 친한 친구란 말이야. 물론, 너 다음으로. 그러니 제발 열 내지 마. 네게 심하게 하고 싶지 않아. 하지만 네가 교수님을 욕하면 화가 날 것 같아. 그리고 난 그분이든 그 누구든 사랑할 생각 눈곱만큼도 없어."

"하지만 곧 그렇게 될 거잖아. 그럼 나는 어떡하라고?"

"현명한 남자답게 아픈 기억은 싹 잊고 너도 다른 사람을 사랑하면 돼."

"다른 사람은 사랑할 수 없어. 난 절대 너 못 잊어, 조. 절대! 절대!"

로리는 열정에 못 이겨 발까지 구르며 자신의 말을 강조했다.

'재를 어떻게 한담?'

조는 로리의 감정이 생각한 것보다 다루기 힘들다는 것을 깨닫고는 한숨을 내쉬었다.

"너한테 할 말이 있다고 했는데 아직 듣지도 않았잖아. 어서 앉아서 들어봐. 정말이지 난 옳은 일을 하고 싶고 너도 행복하게 해주고 싶어."

조는 약간의 이성으로 로리를 달랠 수 있기를 바라며 이렇게 말했다. 그만큼 조는 사랑에 대해 아무것도 몰랐다.

로리는 조의 마지막 말에서 한 가닥 희망의 빛줄기를 보고는 풀밭 위 조의 발치에 철퍼덕 드러누웠다. 그러고는 한 팔을 울타리 계단 아래 칸에 얹더니 기대 어린 얼굴로 조를 올려다보았다. 이런 환경은 조가 차분히 말을 하는 데에도 생각을 정리하는 데에도 전혀 도움이 되지 않았다. 사랑과 열망이 가득 담긴 눈으로 자신을 쳐다보는 친구에게 어떻게 가슴 아픈 말을 할 수 있겠는가? 게다가 로리의 속눈썹에는 조의 무정한 가슴이 그에게서 짜낸 쓰디쓴 눈물 한두 방울이 아직도 촉촉하게 맺혀 있었다. 조는 감동스럽게도 순전히 자신을 위해 기른 게 분명한 로리의 곱슬곱슬한 머리카락을 쓰다듬으며 그의 머리를 슬며시 저쪽으로 돌려놓았다. 그러고는 입을 열었다.

"나도 엄마도 너와 나는 서로 잘 맞지 않는다고 생각해. 우리는 둘 다 성미가 불같은 데다 고집도 세서 서로를 불행하게 만들고 말 거야. 만약 우리가 어리석게도……."

조가 마지막 할 말을 놓고 약간 망설이자 로리가 얼굴을 빛내며 대신 말했다.

"그래, 결혼하면. 하지만 다 잘될 거야! 조, 너만 날 사랑해준다면 난 성자라도 될 수 있어. 네가 원하기만 하면 난 뭐든 될 수 있어!"

"아니, 그건 안 돼. 이미 시도해봤지만 실패했잖아. 우리의 행복을 걸고 그런 위험한 실험을 할 순 없어. 우린 잘 맞지 않고 앞으로도 그럴 거야. 그러니까 평생 좋은 친구로 지내자. 성급한 행동은 하지 말고."

"기회만 있다면 우린 잘 해낼 거야."

로리가 고집스럽게 중얼거렸다.

"이제 좀 이성적으로 생각하면서 문제를 현명한 시각으로 바라보는 게 어떨까?"

조는 어찌할지 몰라 쩔쩔매며 애원했다.

"난 이성적으로 생각하지도 않을 거고 네가 말하는 '현명한 시각'도 갖지 않을 거야. 내게 도움도 안 되고, 네 마음만 더 차갑게 할 테니까. 네게 마음이란 게 있는지 모르겠지만."

"나도 없었으면 좋겠어!"

조의 목소리가 약간 떨렸다. 로리는 이를 좋은 징조로 생각하고는 돌아누워 전에 없이 위험하기까지 한 감언이설을 동원해가며 있는 힘을 다해 조를 설득하기 시작했다.

"우리를 실망시키지 마, 조! 다들 기대하고 있단 말이야. 할아버지는 이미 마음을 정하셨고, 너희 가족도 좋아할 거야. 난 너 없인 살 수 없어. 그러겠다고 말해, 우리 행복해지자! 말해! 어서!"

몇 달이 지나도 조는 자신이 로리를 사랑하지 않으며 또 그럴 수도 없다고 결론 내리면서 했던 다짐을 굳게 지킬 수 있었던 마음의 힘이 대체 어디서 생겨났는지 알 수 없었다. 정말 하기 힘든 일이었지만 조는 결국 해냈다. 미룰수록 두 사람 모두에게 득이 되지 않을뿐더러 잔인한 짓이라는 것을 알고 있었기 때문이다.

"그 말은 할 수도 없고 하지도 않을래. 시간이 지나면 너도 내가 옳았다는 걸 깨닫고 내게 감사하게 될 거야."

조가 진지하게 말했다.

"그러느니 차라리 목을 매고 말지!"

그러면서 로리는 생각만 해도 못 견디겠다는 듯 분통을 터뜨리며 풀밭에서 벌떡 일어났다.

"아니, 내 말대로 될걸!"

조는 고집스럽게 말했다.

"넌 곧 이 일을 훌훌 털어내고 사랑스럽고 재주 많은 아가씨를 만나게 될 거야. 그 아가씨는 널 아껴주고 네 멋진 집의 훌륭한 안주인이 될 거야. 난 아니야. 난 촌스럽고 다루기 힘들고 유별나고 나이도 많아. 넌 날 부끄럽게 생각할 거고 우린 싸우겠지. 지금도 이러고 있잖아. 난 우아한 사교 생활을 싫어하지만 넌 아니야. 게다가 넌 내가 글 쓰는 걸 싫어하겠지만 난 글을 쓰지 않고는 못 배겨. 우린 불행해져서 결혼한 걸 후회할 거고 모든 게 엉망이 될 거야!"

"더 없어?"

로리는 조의 예언을 계속 듣고 있기가 힘들었다.

"없어. 다만 난 결혼하지 않을 것 같다는 얘기는 빼고. 난 지금 이대로 행복해. 아직은 자유로운 게 너무 좋아서 남자 때문에 서둘러 자유를 포기하고 싶지 않아."

"천만에!"

로리가 끼어들었다.

"지금은 그럴 것 같아도 누군가를 사랑하게 될 날이 반드시 올 거야. 넌 그 남자를 엄청 사랑할 테고, 그 남자를 위해 살고 죽겠지. 분명히 그럴 거야, 그게 네 길이니까. 그리고 난 네 곁에서 그 모습을 지켜볼 거야."

그러면서 로리는 절망에 겨워 모자를 땅바닥에 내동댕이쳤다. 경우에 따라 우습게 보일 수도 있는 몸짓이었지만 그러기엔 그의 표정이 너무도 참담했다.

"그래, 남자 때문에 살고 남자 때문에 죽어줄게. 그러려면 나 모르게 다가와 내가 사랑하게 만들어야 할걸. 어디 최선을 다해봐!"

조는 인내심을 잃고 불쌍한 로리에게 버럭 소리를 지르고 말았다.

"난 최선을 다했지만 넌 도무지 이성적으로 생각하려고 하질 않아. 넌 정말 이기적이야. 내가 줄 수 없는 걸 달라고 계속 보채기만 하잖아. 난 언제까지나 널 좋아할 거야. 널 진짜 좋아해, 친구로서. 하지만 너랑 결혼할 일은 절대 없을 거야. 네가 그걸 빨리 인정할수록 우리 둘에게 좋아. 지금 당장 말이야!"

그 말은 화약 같은 효과를 가져왔다. 로리는 뭘 어찌해야 좋을지 모르겠다는 듯 잠시 조를 멀뚱멀뚱 쳐다보다가 홱 돌아서며 자포자기한 듯한 목소리로 이렇게 말했다.

"언젠가 후회할 날이 올 거야, 조."

"아, 어디 가?"

조가 소리쳤다. 로리의 표정을 보고 더럭 겁이 났기 때문이다.

"지옥에!"

마음이 놓이는 대답이었다.

하지만 잠시 조의 가슴이 철렁 내려앉았다. 로리가 강 쪽을 향해 강둑으로 뛰어 내려가고 있었기 때문이다. 청년이 스스로 끔찍한 죽음에 몸을 내던지는 것은 더없이 어리석은 행동이자 죄악이요, 불행한 일이다. 로리는 겨우 한 번의 실패로 무너지는 나약한 청년이 아니었다. 그는 신파극 주인공처럼 강에 뛰어들 생각은 전혀 없었지만 맹목적인 충동에 이끌려 모자와 외투를 보트 안에 내팽개치고는 힘껏 노를 저어 멀어져갔다. 이제까지 수도 없이 보트 경주에 나섰지만 이때처럼 빠른 속도로 강을 거슬러 올라간 적은 없었다. 조는 가엾은 친구가 가슴에 박힌 고통을 이겨내려고 애쓰는 모습을 지켜보면서 깊은 한숨을 내쉬며 꼭 쥐고 있던 두 손을 풀었다.

"저러면 좀 낫겠지. 그러고 나면 풀이 죽어 후회하며 돌아올 거야. 그런데 이제 로리 얼굴을 어떻게 본담."

조는 중얼거리며 느릿느릿 집 쪽으로 걸음을 옮겼다. 마치 죄

없는 무언가를 죽여서 나뭇잎으로 덮어놓고 온 듯한 기분이었다.

"로런스 할아버지께 가서 불쌍한 로리를 부탁드려야겠어. 로리가 베스를 사랑하길 바랐는데. 시간이 지나면 그렇게 될 줄 알았는데, 아무래도 내가 베스를 오해한 것 같아. 아, 어쩌지! 여자들은 어떻게 연애를 하고 어떻게 거절을 하는 걸까? 생각만 해도 끔찍해."

조는 이 일을 자기만큼 잘할 수 있는 사람은 아무도 없다고 확신하며 곧장 로런스 씨에게 가서 용기를 내 어려운 이야기를 털어놓았다. 그러다 자신의 무심함이 원망스러워 울음을 터뜨리고 말았다. 인자한 노신사는 실망이 컸지만 그렇다고 서럽게 울어대는 조를 나무랄 수도 없었다. 노인은 사랑스러운 로리를 거부할 수 있는 아가씨가 이 세상에 있다는 게 잘 이해가 되지 않았고, 조가 마음을 고쳐먹기를 바랐다. 하지만 사랑은 강요할 수 없다는 것을 조보다 훨씬 더 잘 알고 있었기에 안타깝게 고개만 절레절레 내저으며 손자를 위험에서 구출하기로 결심했다. 그 성급한 청년이 조에게 마지막으로 했던 말이 특히 마음에 걸렸기 때문이다.

로리가 시체처럼 축 늘어진 채 아주 차분한 모습으로 돌아왔을 때 할아버지는 아무것도 모른다는 듯 손자를 맞이했고, 한두 시간 동안은 그 분위기를 매우 성공적으로 유지했다. 둘은 그렇게 황혼 속에서 함께 앉아 있었다. 어스름 저녁은 할아버지와 손자가 한때 무척이나 좋아하던 시간이었지만 이제 노인은 평소처럼 장황하게 이야기하는 것이 힘에 부쳤고, 작년에 거둔 성과에 대한 칭찬을 가만히 듣고 있어야 하는 청년은 훨씬 더 힘이 들었다. 그에게 그 성공은 이제 사랑의 헛수고처럼 보였기 때문이다. 로리는 더는 참기 힘들어지자 피아노로 가서 연주하기 시작했다. 창문이 열려 있었고, 마침 조는 베스와 함께 정원을 산책하던 중이었다. 조는 이번만은 동생보다 음악을 더 잘 이해할 수 있었다. 로리가 이제까지와는 완전히 다른 느낌으로 「비창 소나타」를 연주하고 있었기 때문이다.

"정말 훌륭한 연주로구나. 하지만 너무 슬퍼서 눈물이 날 것 같구나. 좀 더 즐거운 곡으로 들어보자꾸나, 얘야."

로런스 씨가 연민으로 가득한 늙은이의 다정한 마음을 보여주고 싶지만 어떻게 해야 할지 그 방법을 알지 못해 안타까워하며 말했다.

로리는 발랄한 선율로 바꿔 몇 분 동안 미친 듯이 피아노 건반을 두드려대며 씩씩하게 연주했다. 그러다 잠시 숨을 고르는 사이에 마치 부인의 목소리가 들려왔다.

"조, 이리 와서 나 좀 도와줄래?"

뜻만 다를 뿐 로리가 하고 싶은 말이 바로 그거였다! 그 말을 듣는 순간 로리는 무너지고 말았다. 음악은 뚝 끊겼고 연주자는 어둠 속에 조용히 앉아 있었다.

"더는 못 보겠구먼."

노신사는 중얼거리며 자리에서 일어나 더듬더듬 피아노로 다가갔다. 그러고는 손을 뻗어 청년의 널찍한 어깨를 다독이며 엄마처럼 다정하게 말했다.

"할아비도 안다. 다 알고 있어."

잠시 아무 대답도 없다가 로리가 날카롭게 물었다.

"누구한테 들으셨어요?"

"조한테 직접."

"그럼 이제 정말 끝이네요!"

그러면서 로리는 할아버지의 손을 성급하게 홱 뿌리쳤다. 공감해 주는 건 고마웠지만 다른 사람에게 동정을 받는 건 남자로서 자존심이 허락하지 않았다.

"잠깐만. 할아비가 할 말이 있으니 가더라도 그 말은 듣고 가거라."

로런스 씨가 유난히 부드럽게 타일렀다.

"지금은 집에 있고 싶지 않을 것 같은데. 그렇지 않니?"

"여자를 피해 달아나진 않겠어요. 내가 바라보겠다는데 조도 막을 수는 없죠. 집에 있으면서 내가 원하는 만큼 조를 바라볼 거예요."

로리가 사뭇 도전적인 어조로 끼어들었다.

"난 네가 신사인 줄 알았는데. 신사라면 그래서는 안 돼. 나도 실망이 크지만 여자는 억지로 안 되는 거야. 이제 네게 남은 길은 잠시 집을 떠나 있는 것밖에 없단다. 어디로 가고 싶니?"

"어디로든요. 이젠 어떻게 되든 상관없어요."

그러고 나서 로리는 벌떡 일어나 어깨가 들썩이도록 웃기 시작했다. 로리의 불안한 웃음소리가 할아버지의 귀청을 때렸다.

"남자답게 받아들여라. 그리고 제발 부탁인데 경솔한 짓은 하지 말고. 원래 계획대로 외국으로 나가서 이 일은 잊는 게 어떻겠니, 응?"

"그렇게는 못 해요."

"하지만 외국에 나가고 싶어 안달했잖니? 나도 네가 대학을 졸업하면 보내주겠다고 약속했고."

"아, 혼자 갈 생각은 아니었어요!"

그러면서 로리는 할아버지가 보지 않은 게 정말 다행인 표정을 지으며 방 이곳저곳을 빠르게 오갔다.

"혼자 가라고 하지 않겠다. 너랑 같이 가겠다고 기꺼이 나설 사람이 이 세상 어딘가에 하나쯤은 있겠지."

"그게 누군데요?"

"나."

로리는 갈 때처럼 재빨리 할아버지 곁으로 돌아와 손을 내밀며 목멘 소리로 말했다.

"전 이기적인 놈인가 봐요. 하지만, 아시잖아요, 할아버지도……."

"주님, 도와주소서. 그래, 나도 안다. 젊은 시절에 다 겪어본 일이고, 그 뒤로 네 아비 일도 겪었으니까. 이제 차분히 앉아서 내 계획을 들어보려무나. 모두 준비됐으니 바로 실행에 옮겨도 될 게야."

로런스 씨는 아들이 그랬던 것처럼 손자도 갑자기 사라질까봐 두려운 듯 로리를 계속 붙잡고 말했다.

"말씀해 보세요, 뭔데요?"

그러면서 로리는 자리에 앉았지만 얼굴에서나 목소리에서나 아무런 흥미가 보이지 않았다.

"런던에 관리해야 할 사업체가 있어. 원래는 네게 맡길 생각이었다만 내가 직접 가보는 편이 좋겠어. 여기 일은 브룩이 알아서 잘 관리할 테니 문제없을 게야. 대부분 동업자들이 알아서 처리하고 있으니까. 난 네가 내 자리를 물려받을 때까지 있다가 언제든 떠날 생각이다."

"하지만 할아버지는 여행을 싫어하시잖아요. 연세도 많으신데 그런 부탁을 드릴 순 없어요."

로리는 할아버지의 배려가 고마웠지만 정말 가게 된다면 혼자 가고 싶었다.

노신사는 손자의 생각을 완벽하게 꿰뚫고 있었고 그것만은 막고 싶었다. 손자가 지금 어떤 상태인지 잘 알기에 혼자 떠나보내는 것은 현명한 처사가 아니라는 확신이 들었다. 편안한 집을 떠날 생각을 하니 후회도 됐지만 노신사는 그런 마음을 누르고 단호하게 말했다.

"다행히 이 할아비는 그 정도로 늙어빠지진 않았어. 난 이 계획이 마음에 쏙 드는구나. 나한테도 좋을 게야. 내 늙은 뼈에도 무리가 가지 않을 게고. 요즘은 여행이 의자에 앉아 있는 것만큼이나 편해졌으니까."

의자가 불편한지, 아니면 그 계획이 탐탁지 않은지 로리는 안절부절 잠시도 가만히 있지 못했다. 이를 눈치채고 노인은 서둘러 이렇게 덧붙였다.

"쓸데없이 참견하거나 부담 줄 생각은 없다. 너도 날 남겨두고 떠나는 것보다 내가 같이 가는 게 마음이 편하지 않겠니. 그래서 같이 가려는 거야. 그렇다고 너랑 같이 다닐 생각은 없으니 네 마음대로 어디든 다니려무나. 그동안 난 내 방식대로 즐길 테니까. 런던과 파리에 할아비 친구들이 있는데, 그 친구들이나 찾아볼 생각이야. 그동안 넌 이탈리아든 독일이든 스위스든 원하는 곳에 가서 실컷 그림도 보고 음악도 듣고 경치도 구경하고 모험도 즐기거라."

그때까지만 해도 로리는 갈기갈기 찢긴 가슴을 부여안고 바람 부는 황무지에 서 있는 기분이었지만, 할아버지가 마지막 문장에 교묘하게 끼워 넣은 어떤 말을 듣는 순간 찢긴 가슴이 갑자기 꿈틀대면서 바람 부는 황무지에 초록의 오아시스가 한두 개 불쑥 모습을 드러낸 듯했다. 로리는 한숨을 내쉬며 힘없이 말했다.

"좋을 대로 하세요. 전 어디로 가든 무얼 하든 상관없으니까요."

"나는 상관있어, 그걸 명심해라. 네 자유는 전적으로 네게 맡기겠지만 나는 네가 그걸 정직하게 사용하리라 믿는다. 그 점 약속해다오, 로리."

"좋을 대로 하세요."

'됐어! 지금은 네 녀석이 상관없다고 하지만 이 약속이 불운으로부터 널 지켜줄 때가 있을 게다. 아니면 내 생각이 틀렸을 수도 있고.'

활동적인 사람답게 로런스 씨는 쇠뿔을 단김에 뺐고, 실연으로 망가진 로리가 정신을 차리고 반항할 겨를도 없이 두 사람은 출발했다. 여행 준비를 하는 동안 로리는 그런 경우 젊은이들이 대체로 보이는 반응을 보였다. 변덕을 부리고 짜증을 내고 침울한 상태를 오락가락하면서 끼니도 거르고 옷은 되는대로 걸치고 미친 듯이 피아노만 쳐대며 많은 시간을 보냈고, 조를 피하면서도 창가에서 그녀를 바라보는 것으로 위안을 삼았다. 창가에 서 있는 로리의 슬픈 얼굴은 밤마다 조의 꿈에 나타났다. 낮에는 무거운 죄책감이 조를 짓눌렀다. 몇몇 환자들과 달리 로리는 알아주지 않는 열정에 대해 누구에게도 털어놓지 않았고, 아무도 자신을 위로하거나 동정하도록 허락하지 않았다. 마치 부인조차 예외가 아니었다. 친구들은 이런 로리의 모습에 안심하면서도 출발이 몇 주 앞으로 다가오자 매우 불편해하기도 했지만 다들 "불쌍한 저 녀석이 가서 가슴 아픈 일은 모두 잊고 행복한 모습으로 돌아오길" 기쁜 마음으로 기원했다. 물론 로리는 사람들의 착각에 쓴웃음으로 응대할 뿐, 자신의 사랑이 변하지 않을 것을 확신하는 사람의 슬픈 우월감으로 그런 착각을 그냥 넘겨버렸다.

작별의 순간이 오자 로리는 저마다 자기주장을 내세우려는 듯 보이는 불편한 감정들을 감추기 위해 일부러 씩씩하게 굴었다.

쾌활한 로리의 모습을 곧이곧대로 받아들이는 사람은 아무도 없었지만 그를 위해 다들 그런 척했다. 로리는 마치 부인이 입을 맞추며 엄마처럼 세심한 배려의 말을 소곤댈 때까지는 아주 잘 버텼다. 하지만 그러고 나서 어서 빨리 떠나야겠다고 생각하며 슬퍼하는 해나를 비롯해 모두와 돌아가며 포옹한 뒤 목숨이라도 달린 듯 서둘러 계단을 뛰어 내려갔다. 1분 뒤 조도 로리가 돌아보면 손이라도 흔들어줄 생각으로 뒤쫓아 뛰어 내려갔다. 아니나 다를까, 로리는 뒤돌아보더니 다시 돌아와 저 위쪽 계단 위에 서 있는 조를 두 팔로 감싸 안았다. 그러고는 백 마디 말보다 더 설득력 있는 애처로운 표정으로 조를 올려다보았다.

"아, 조, 도저히 안 되겠어?"

"테디, 나도 그럴 수 있었으면 좋겠어!"

약간의 침묵만 빼고 그게 다였다. 로리는 가슴을 활짝 펴며 "괜찮아, 신경 쓰지 마"라는 말을 마지막으로 남기고 떠나갔다. 아, 어떻게 괜찮고 어떻게 신경이 쓰이지 않겠는가. 힘들게 대답하고 나서 1분 뒤 고수머리가 자신의 팔에 기대 있는 동안 조는 가장 사랑하는 친구를 칼로 찌르는 것처럼 마음이 아팠다. 그리고 한 번도 돌아보지 않고 멀어져가는 로리를 바라보면서 소년 로리를 다시는 보지 못하겠구나 생각했다.

36

베스의 비밀

그해 봄 집에 돌아왔을 때 조는 달라진 베스의 모습에 깜짝 놀라고 말았다. 그 변화를 입에 올리거나 의식하는 사람은 아무도 없었다. 변화가 너무 서서히 일어나 매일 그녀를 보는 사람들은 눈치채지 못했기 때문이다. 하지만 한동안 집을 떠나 있던 사람의 눈에는 아주 뚜렷이 보였다. 조는 동생의 얼굴을 본 순간 가슴이 덜컥 내려앉았다. 베스는 지난 가을보다 더 창백하지도 더 여위지도 않았지만 이상할 만큼 투명해 보였다. 마치 유한한 인간의 기운이 서서히 정제되면서 영생의 기운이 형용할 수 없을 만큼 애처로운 아름다움을 발하며 연약한 살갗을 뚫고 빛나고 있는 듯했다. 조는 그것을 분명히 보고 느낄 수 있었지만 아무 말도 하지 않았고, 그 첫인상은 곧 힘을 잃었다. 베스는 행복해 보였고, 다들 베스가 건강해졌다고 믿는 눈치였기 때문이다. 그 뒤 조는 다른 문제들에 정신이 팔려 그때의 두려움을 한동안 잊고 지냈다.

그러나 로리가 떠나고 다시 평화가 찾아오자 그 희미한 불안이 다시 모습을 드러내고 조를 괴롭히기 시작했다. 조는 식구들에게 자신의 죄상을 고백하고 용서를 받은 뒤 그동안 모은 돈을 보여주면서 베스에게 산지 여행을 제안했지만 베스는 진심으로 고마워하면서도 집에서 멀리 떠나기 싫다며 사양했다. 그렇다면 바닷가에 잠깐 다녀오는 게 베스에게는 더 나을 듯했고, 어머니는 손주들을 두고 자리를 비울 수 없다며 고집을 부렸기 때문에 조는 베스와 둘이서 조용한 곳으로 떠났다. 그곳에서 베스는 바깥 공기도 마음껏 쐬고 창백한 뺨에 조금이나마 발그레한 빛을 더해줄 상쾌한 바닷바람도 실컷 맞을 수 있었다.

화려한 곳은 아니었지만 그곳에도 쾌활한 사람들은 있었다. 하지만 자매는 친구를 거의 사귀지 않고 오롯이 서로에게만 신경 썼다. 베스는 너무 숫기가 없어서 사람들과 어울리지 못했고, 조는 베스를 챙기느라 다른 사람은 눈에 들어오지도 않았다. 그래서 자매는 주변 사람들이 자신들에게 갖는 관심은 까맣게 모른 채 거의 둘이서만 붙어 다녔다. 사람들은 긴 이별이 그리 머지않았다는 것을 본능적으로 알아차리기라도 한 듯 언제나 함께하는 건강한 언니와 몸이 약한 동생을 딱한 눈길로 지켜보았다.

물론 두 사람도 그것을 느꼈지만 아무 말도 하지 않았다. 가깝고 사랑하는 사이일수록 넘어서기 어려운 일종의 보호 구역 같은 것이 종종 있기 때문이다. 조는 베스와의 사이에 보일 듯 말 듯한 막이 드리운 것만 같아 손을 내밀어 그 막을 들어 올리려고 했지만, 침묵 속에 신성한 뭔가가 있는 듯한 느낌이 들어 베스가 스스로 말할 때까지 기다리기로 했다. 조는 부모님은 자기가 본 것을 보지 못하는 것 같아 의아했지만 한편으로는 다행이다 싶기도 했다. 불행의 그림자는 조용한 몇 주 동안 갈수록 선명해졌지만 조는 베스가 전혀 좋아지지 않은 채로 집에 돌아가면 저절로 알게 될 일이라 생각했기에 그 사실을 굳이 식구들에게 알리지 않았다. 그런 가운데 조는 동생이 과연 이 힘겨운 진실을 알고 있는지, 바람이 머리 위로 건강하게 불어오고 바다가 발치에서 음악을 연주하는 동안 따스한 바위 위에서 자신의 무릎에 머리를 기댄 채 몇 시간씩 누워 있으면서 동생은 과연 무슨 생각을 하는지 몹시도 궁금했다.

하루는 베스가 조에게 말을 건네왔다. 조는 베스가 미동도 없이 누워 있기에 자고 있는 줄로만 알았다. 그래서 읽던 책을 내려놓고 안타까운 눈길로 베스를 쳐다보고 있었다. 조는 창백한 베스의 뺨에서 어떻게든 희망의 징조를 찾아보려 했지만 만족할 만한 성과를 거두지 못했다. 뺨은 너무 야위었고 손도 너무나 연약해 보여서 둘이서 주운 조그만 장밋빛 조가비조차 들 수 없을 것 같았다. 베스가 서서히 떠나고 있다는 생각이 이때보다 더 쓰라리게 다가온 적이 없었다. 조는 본능적으로 자신의 품에 안긴 소중한 보물을 꽉 끌어안았다. 한동안 눈앞을 가리던 눈물이 걷히자 베스가 다음의 말은 굳이 할 필요가 없을 만큼 더없이 다정하게 조를 올려다보고 있었다.

"조 언니, 다행히 언니가 알고 있구나. 말하려고 했는데 할 수가 없었어."

대답 대신 언니는 동생의 뺨에 자신의 뺨을 갖다 댔다. 눈물은 흘리지 않았다. 조는 감동이 깊을수록 울지 않았기 때문이다. 그 순간은 조가 베스보다 더 약해 보였다. 베스는 언니를 끌어안고 달래려고 애쓰면서 언니의 귀에 위로의 말을 속삭였다.

"난 안 지 꽤 됐어. 지금은 익숙해져서 생각하거나 참는 게 그다지 힘들지 않아. 언니도 그렇게 받아들여줘. 그리고 나 때문에 마음 아파하지 마. 이게 최선이니까. 정말이야."

"그래서 지난 가을에 그렇게 기분이 좋지 않았던 거였어, 베스? 그땐 확실히 몰라서 혼자서만 그렇게 오래 끙끙댔던 거야?"

조가 물었다. 조는 이것이 최선이라는 말에 동감하지도 동의하지도 않았지만 베스가 로리 때문에 괴로워한 게 아니라는 점은 기뻤다.

"응. 그때 이미 희망을 버렸으면서도 인정하기 싫었어. 나 혼자 이상한 공상을 하는 거라고 믿고 싶었고 누구한테도 걱정 같은 거 끼치고 싶지 않았어. 그런데 다들 너무 건강하고 튼튼한 데다 행복한 계획까지 있는 걸 보니까 도저히 다른 사람들처럼 될 수가 없겠지 뭐야. 그래서 비참했었어, 조 언니."

조는 베스가 미동도 없이 누워 있기에 자고 있는 줄로만 알았다.
그래서 읽던 책을 내려놓고 안타까운 눈길로 베스를 쳐다보고 있었다.

"아, 베스, 그런데도 나한테 말하지 않았구나. 나한테 위로해달라고, 도와달라고 말했어야지! 어째서 날 밀쳐내고 혼자 그걸 다 감당한 거야?"

조는 다정한 목소리로 동생을 나무랐다. 베스가 건강과 사랑, 삶에 작별을 고하고 쾌활하게 십자가를 짊어지는 법을 터득하기까지 혼자 쓸쓸히 싸웠을 생각을 하니 조는 가슴이 미어지는 것 같았다.

"어쩌면 틀린 생각일 수도 있었지만 난 올바르게 행동하고 싶었어. 내 생각이 맞는다는 확신도 없었고 얘기해 주는 사람도 없어서 내가 틀렸기를 바랐어. 그때 엄마는 메그 언니 일로 걱정이 많으셨고, 에이미는 멀리 있고, 언니는 로리 오빠와 아주 행복한데, 내가 모두를 놀라게 했다면 너무 이기적인 짓이었을 거야. 적어도 그때는 그런 생각이 들었어."

"나는 나대로 네가 로리를 사랑하는 줄 알았잖아, 베스, 나는 로리를 사랑할 수 없어서 떠났던 거야."

조가 소리쳤다. 진실을 전부 털어놓으니 마음이 홀가분했다.

베스는 화들짝 놀란 듯 보였다. 그 모습에 조는 가슴이 아픈 와중에도 슬며시 미소를 지으며 다정하게 덧붙였다.

"그게 아니었구나. 난 그게 사실일까 봐 두려웠어. 작고 여린 네가 사랑 때문에 애태우는 줄로만 알았거든."

"이런, 조 언니! 내가 어떻게 그래! 로리 오빠가 언니를 그렇게 좋아하는데?"

베스가 아이처럼 순진하게 물었다.

“물론 나도 로리 오빠를 무척 사랑해. 나한테 그렇게 잘해주는 데 어떻게 사랑하지 않을 수 있겠어? 하지만 로리 오빠를 가족 이상으로 느껴본 적은 없어. 언젠가 정말 그렇게 되면 좋겠다.”

“내게 그런 기대는 하지 마.”

조가 단호하게 잘라 말했다.

“로리에게는 아직 에이미가 남아 있으니까, 두 사람은 정말 잘 어울릴 거야. 하지만 지금은 그런 데 신경 쓸 여유가 없어. 다른 사람이 어떻게 되든 말든 내 눈엔 너밖에 안 보여, 베스. 넌 꼭 건강해져야 해.”

“나도 그러고 싶어, 아, 정말이야! 하지만 난 매일 조금씩 건강을 잃어가고 있어. 다시는 되찾지 못할 거라는 확신이 점점 더 강해져. 이건 밀물 썰물과 비슷해, 조 언니. 서서히 들고 나긴 하지만 일단 방향이 정해지면 아무도 막을 수 없는.”

“막을 수 있어. 너한테 밀물이 썰물로 바뀌려면 아직 멀었단 말이야. 열아홉 살은 너무 어려, 베스. 난 너 절대 못 보내. 노력하고 기도하고 싸울 거야. 어떤 일이 있어도 내가 널 지켜줄게. 무슨 방법이 있을 거야. 너무 늦었을 리 없어. 널 내게서 데려갈 만큼 하나님은 잔인한 분이 아니야.”

가엾은 조가 반항적으로 소리쳤다. 베스에 비하면 조는 신앙심이 깊지도, 순종적이지도 않았다.

단순하고 진실한 사람들은 자신의 신앙에 대해 많은 말을 하지 않는다. 신앙은 말보다 행동에서 저절로 드러나는 법이며, 설교나 훈계보다 더 큰 힘을 지니고 있다. 논리정연하게 설명할 수는 없었지만 베스는 믿음을 통해 삶을 내려놓고 기꺼이 죽음을 기다릴 수 있는 용기와 인내심을 얻었다. 충직한 아이처럼 베스는 아무것도 묻지 않고 우리 모두의 아버지와 어머니인 하나님과 자연이, 오로지 그 둘만이 가르침을 주고 이번 삶과 다가올 삶을 감당할 수 있도록 마음과 정신을 튼튼하게 다져줄 수 있다고 믿으며 하나님과 자연에게 모든 것을 내맡겼다. 베스는 성자 같은 말로 조를 나무라지 않았다. 오히려 뜨거운 애정을 보여주는 언니가 더욱 사랑스러워 그 인간적인 사랑에 더욱더 매달렸다. 하나님 아버지는 우리 인간이 언제 어디서나 사랑과 함께하도록 안배해놓았고, 이를 통해 우리는 신에게 더 가까이 다가간다. 삶은 베스에게 더없이 소중했기에 그녀는 "기꺼이 떠난다"는 말은 할 수 없었다. 대신 조를 꽉 끌어안고 흐느끼며 "받아들이려고 애써볼게"라는 말만 했다. 그렇게 해서 이 커다란 슬픔의 첫 번째 매서운 파도가 두 사람을 덮쳤다.

이윽고 베스가 평정을 되찾고 말했다.

"집에 가면 이 일을 말할 거야?"

"말하지 않아도 다 알 거야."

조가 한숨을 쉬며 말했다. 이제 베스는 하루가 다르게 변하는 것 같았다.

"아마 아닐 거야. 이런 일에 오히려 가장 사랑하는 사람들이 까맣게 모를 때가 많다고 들었어. 만약 가족들이 모르면 언니가 나 대신 말해줘. 비밀을 만들고 싶지는 않아. 그리고 가족들이 마음의 준비를 할 시간도 줘야 하잖아. 메그 언니는 형부와 아기들에게서 위안을 얻겠지만 아버지와 어머니에게는 언니가 버팀목이 돼줘. 알았지, 조 언니?"

"내게 그런 능력이 있다면. 하지만 베스, 난 아직 포기 안 했어. 이건 너의 이상한 공상이라고 믿을 거니까 너도 그렇게 생각해줘."

조가 애써 명랑하게 말했다.

베스는 잠시 생각에 잠겼다가 조용히 입을 열었다.

"내 마음을 어떻게 설명해야 할지 모르겠지만 언니한테는 해야겠어. 우리 조 언니 말고 내가 누구한테 말하겠어? 이렇게밖에는 말할 수가 없는데, 뭐랄까, 난 처음부터 오래 살지 못할 운명이었다는 느낌이 들어. 난 우리 자매들과는 달라. 크면 무얼 할지 계획을 세운 적도 없고, 다들 하는 결혼 생각도 한 적이 없어. 집 안에서 종종거리는 어리숙하고 어린 베스 말고 다른 내 모습은 상상할 수가 없었어. 나한테는 집밖에 없었고, 집을 떠나고 싶다고 생각한 적도 없어. 그래서 가족을 두고 떠난다는 게 제일 힘들어. 무섭지는 않아. 하지만 천국에서도 집과 가족이 그리울 것 같아."

조는 아무 말도 할 수 없었다. 잠시 바람의 한숨 소리와 철썩이는 파도 소리만 들렸다. 날개가 하얀 갈매기 한 마리가 햇빛에 은빛 가슴을 반짝이며 날아갔다. 베스는 슬픔이 가득한 눈으로 갈매기가 더는 보이지 않을 때까지 지켜보았다. 잿빛 외투 차림의 작은 새 한 마리가 햇볕과 바다를 즐기려는 듯 신이 나서 빽빽거리며 해변을 향해 뒤뚱뒤뚱 걸어왔다. 녀석은 베스의 바로 옆까지 다가와 다정한 눈으로 베스를 쳐다보더니 따뜻한 바위 위에 앉아 제 집에라도 온 듯 젖은 깃털을 골랐다. 베스는 미소를 지었고 위로를 받았다. 그 자그마한 새가 작은 우정의 손길을 내밀며 세상은 여전히 즐거운 곳이라는 걸 일깨워주는 것 같았기 때문이다.

"작은 새야! 봐봐, 언니, 정말 얌전하지. 난 갈매기보다 이 빽빽이들이 좋아. 그렇게 거칠거나 멋지진 않지만 행복해 보이거든. 귀여운 녀석들. 작년 여름에 얘네 보고 내 새끼들이라고 했더니 엄마는 얘네를 보면 내 생각이 나신대. 바닷가 주변을 바지런히 오가며 뭐가 그렇게 즐거운지 늘 노래를 흥얼거리니까. 언니는 강하고 거친 갈매기야. 폭풍과 바람을 좋아하고, 저 먼 바다까지 날아가고, 혼자서도 행복하니까. 메그 언니는 멧비둘기고, 에이미는 자기가 편지에 쓴 대로 종달새 같아. 저 높이 구름 속까지 날아오르려 하지만 늘 둥지 속으로 다시 떨어지니까. 사랑하는 내 동생! 그 앤 욕심은 많지만 마음이 선하고 여려서 아무리 높이 날아올라도 집을 잊지 못할 거야. 그 앨 다시 보고 싶은데 너무 멀리 있는 것 같아."

"에이미는 봄에 돌아오니까 그때 보면 되잖아. 그때까지 내가 어떻게든 널 건강하고 생기 있게 만들고 말 거야."

조는 베스에게 일어난 변화 중에서도 말할 때의 태도가 가장 많이 달라졌다고 생각하면서 입을 열었다. 이젠 말하는 게 하나도 힘들어 보이지 않았기 때문이다. 아니나 다를까, 예전의 수줍어하던 베스와 달리 그녀는 속으로 이렇게 소리쳤다.

'조 언니, 그런 기대는 하지 마. 아무 소용 없으니까. 슬퍼하지 말고 기다리는 동안 우리가 함께 있다는 데 기뻐하자. 우리 모두 행복하게 지낼 수 있을 거야. 나 많이 힘들어하지 않을 거거든. 언니가 날 도와준다면 썰물은 쉽게 빠져나갈 거야.'

조는 허리를 숙여 평온한 얼굴에 조용히 입을 맞췄다. 그러면서 자신의 몸과 마음을 다 바쳐 베스를 돌보겠다고 다짐했다.

조의 짐작이 맞았다. 자매가 집에 돌아갔을 때 애써 얘기를 꺼낼 필요도 없었다. 아버지와 어머니가 그동안 보지 않게 해달라고 그토록 간절하게 기도했던 것을 결국 보고 말았던 것이다. 짧은 여행에도 지친 기색이 역력한 베스는 집에 오니 정말 좋다며 곧장 침대로 갔다. 아래층으로 내려갔을 때 조는 베스의 비밀을 알리는 힘든 일을 굳이 하지 않아도 된다는 것을 직감했다. 아버지는 벽난로 선반에 머리를 기대고 서서는 조가 들어왔는데도 뒤돌아보지 않았다. 하지만 어머니는 도움을 청하듯 두 팔을 내뻗었고, 조는 아무 말 없이 다가가 어머니를 위로했다.

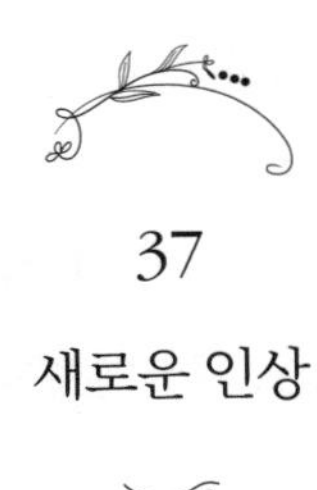

37
새로운 인상

오후 세 시쯤 프랑스 니스의 '프롬나드 데 장글레(영국인 산책로 : 옮긴이)'라는 매력적인 곳에 가면 니스의 화려한 모습을 한꺼번에 엿볼 수 있다. 야자수, 꽃, 열대 관목으로 가장자리를 두른 이 널찍한 산책로는 한쪽은 바다, 또 한쪽은 호텔과 저택들이 줄줄이 늘어선 웅장한 도로와 맞닿아 있다. 그리고 그 너머로는 오렌지 과수원과 언덕들이 자리하고 있다. 이곳에서는 다양한 국적의 사람들만큼이나 다양한 언어가 들리고 다양한 복장이 눈에 띈다. 화창한 날이면 이곳에서는 축제날만큼이나 신나고 눈부신 광경이 펼쳐진다. 콧대 높은 영국인, 활달한 프랑스인, 진중한 독일인, 잘생긴 스페인인, 못생긴 러시아인, 유순한 유대인, 자유분방한 미국인 등 온갖 사람들이 이곳에서 마차를 타거나 앉아서 쉬거나 산책하면서 새로운 소식을 주고받기도 하고, 이탈리아 여배우 리스토리, 찰스 디킨스, 비토리오 에마누엘레 2세, 샌드위치 군도(하와이제도의 옛날 명칭 : 옮긴이)의 왕비 등 최근에 이곳을 방문한 유명 인사들을 도마에 올리기도 한다. 사람들만큼이나 다양한 마차 또한 이곳의 볼거리인데, 그중에서도 숙녀들이 직접 모는 나지막한 4인승 사륜 포장마차가 특히 눈길을 끈다. 늠름한 조랑말 한 쌍이 끄는 이 마차는 그물망이 쳐져 있어 숙녀들의 치렁치렁한 치맛자락이 흘러내려 작은 바퀴에 끼는 것을 막아주고, 마차 뒤편의 높다란 좌석에는 꼬마 마부가 앉는다.

크리스마스 날 웬 키 큰 청년이 뒷짐을 지고 약간 멍한 얼굴로 이 산책로를 따라 느릿느릿 걷고 있었다. 이탈리아인처럼 생긴 얼굴에, 영국인처럼 옷을 입고, 미국인의 독립적인 분위기를 풍기는 청년이었다. 보기 드문 그런 조합에 많은 여성들이 호감 어린 눈빛으로 청년의 뒷모습을 바라보았다. 까만 벨벳 양복에 장밋빛 넥타이, 가죽 장갑 차림에 단춧구멍에는 오렌지 꽃을 꽂은 멋쟁이 남자들은 어깨를 들썩이며 이 청년의 큰 키를 부러워했다. 감탄할 만한 미인들이 많았지만 청년은 아랑곳하지 않고 금발 여성이나 파란 옷을 입은 아가씨가 지나가면 가끔 흘끔거릴 뿐이었다. 곧이어 청년은 산책로를 벗어나더니 갈 곳을 정하지 못한 듯 교차로에 잠시 멈춰 섰다. 청년은 공원에서 악단이 연주하는 음악을 들을지 아니면 해변을 따라 캐슬 힐 쪽으로 걸어갈지 고민하다가 딸각거리는 조랑말 발굽 소리에 고개를 들었다.

작은 마차들 사이로 웬 숙녀만 한 명 태운 마차가 거리를 따라 빠르게 달려오고 있었다. 숙녀는 앳되고 금발에 파란 옷을 입고 있었다. 청년은 잠시 멍하니 바라보다가 정신을 차리고는 소년처럼 모자를 흔들며 앞으로 달려가 그녀를 맞이했다.

"아, 로리 오빠! 정말 오빠 맞아? 안 오는 줄 알았잖아!"

에이미가 소리치며 고삐를 내려놓고 두 손을 내밀었다. 어느 프랑스인 엄마는 그 모습을 보고 깜짝 놀라 자기 딸이 이 '정신 나간 영국인들'의 제멋대로인 행실을 보고 혼란스러워할까 봐 딸의 걸음을 재촉했다.

"중간에 좀 지체되긴 했지만 너랑 크리스마스를 보내겠다고 약속했잖아. 당연히 와야지."

"할아버지는 어떻게 지내셔? 언제 도착했어? 어디서 묵어?"

"아주 잘, 어젯밤에, 쇼뱅 호텔에서. 너희 호텔로 찾아갔었는데 다 나가고 없더라."

"할 말이 너무 많아서 무슨 말부터 해야 할지 모르겠어! 어서 타. 편하게 이야기하면서 가자. 마차를 타고 한 바퀴 돌던 중이었어. 동행이 있었으면 했는데 잘됐다. 플로는 이따 밤에 만날 거야."

"무슨 일 있어? 파티라도 하는 거야?"

"우리 호텔에서 크리스마스 파티가 있어. 호텔에 미국인들이 많은데, 크리스마스를 기념하기 위해 파티를 여는 거야. 물론 오빠도 올 거지? 작은 어머니도 좋아하실 거야."

"알았어. 그런데 지금은 어디 가는 거야?"

"아, 로리 오빠! 정말 오빠 맞아? 안 오는 줄 알았잖아!"

로리가 팔짱을 낀 채 몸을 뒤로 기대며 물었다. 마차를 몰고 가는 에이미의 모습은 꽤 잘 어울렸다. 에이미는 마차를 모는 걸 좋아했다. 양산 손잡이와 하얀 조랑말 등 위로 늘어진 파란 고삐가 한없는 만족감을 주었기 때문이다.

"우선 우체국에 들러 편지를 찾고 나서 캐슬 힐로 갈 거야. 거기 경치가 정말 근사하거든. 공작새한테 먹이 주는 것도 재밌고. 거기 가본 적 있어?"

"옛날에 가끔 갔었지. 또 보지 뭐."

"오빠 얘기 좀 해봐. 할아버지가 편지에서 오빠가 베를린에서 오기를 기다리고 있다고 쓰셨던데, 그게 오빠에 대해 들은 마지막 소식이었어."

"응, 거기서 한 달 정도 있었어. 그러고 나서 파리에서 할아버지와 만났지. 할아버지는 파리에서 겨울을 나고 계셔. 거기 친구분들도 계시고 재미난 것들도 많나 봐. 그래서 난 파리를 왔다 갔다 해. 우린 즐겁게 잘 지내고 있어."

"두루두루 좋은 타협안이네."

에이미는 로리의 태도가 뭔가 이상했지만 그게 뭔지 알 수 없었다.

"뭐, 너도 알다시피 할아버지는 여행을 싫어하시고 난 가만히 있지를 못하잖아. 그래서 서로 자기 마음 내키는 대로 지내는데, 아무 문제 없어. 종종 할아버지와 함께 지내기도 해. 할아버지는 내 모험담을 좋아하고, 나도 방랑 생활을 하다 돌아가면 반겨주는 사람이 있어서 좋고. 그런데 여긴 더럽고 오래된 곳 같은데, 안 그래?"

로리가 역겹다는 표정을 지으며 덧붙였다. 그들은 구시가지의 나폴레옹 광장으로 이어지는 도로를 지나고 있었다.

"여긴 더럽긴 해도 운치 있어서 난 좋던데. 강과 언덕도 멋있고, 얼기설기 꼬인 비좁은 길들을 구경하는 것도 재밌고. 저 행렬이 지나갈 때까지 좀 기다리자. 성 요한 교회로 가는 행렬이야."

차양 아래 들어가 있는 사제들과 흰 베일을 두르고 촛불을 든 수녀들, 파란 옷을 입은 신자 몇몇이 성가를 부르며 지나갔다. 로리가 행렬을 무심히 쳐다보는 동안 에이미는 로리를 지켜보다가 저도 모르게 전에 없던 수줍음을 느꼈다. 로리는 달라져 있었다. 에이미가 떠날 때 알았던 명랑한 얼굴의 소년은 온데간데없고, 우수에 차 보이는 남자가 옆에 앉아 있었다. 로리는 예전보다 더 잘생겨진 데다 한층 성장한 듯했다. 하지만 그녀를 만나던 순간에 보였던 즐거움의 기색이 사라진 지금은 지치고 풀 죽어 보였다. 아프거나 딱히 불행해 보이지는 않았지만 한창 성장기에 있던 1, 2년 전보다 성숙하고 진지해진 듯 보였다. 에이미는 영문을 알 수 없었지만 감히 이유를 묻지는 못했다. 그래서 행렬이 팔리오니 다리의 아치문을 지나 교회 안으로 사라지는 동안 고개를 절레절레 흔들며 조랑말만 다독였다.

"크 팡세 부?(무슨 생각 해? : 옮긴이)"

에이미가 외국 생활을 하는 동안 질적으로는 아니지만 양적으로는 늘어난 프랑스어로 물었다.

"우리 마드무아젤께서 시간을 유용하게 잘 쓰셨나 보네요. 결과가 아주 훌륭해요."

로리가 한 손을 가슴에 대고 감탄하는 얼굴로 꾸벅 절을 하며 대답했다.

에이미는 기뻐서 얼굴을 붉혔지만 웬일인지 고향에서 그가 툭툭 내뱉곤 하던 칭찬만큼 좋지는 않았다. 예전에 로리는 축제 행사장에서 에이미 주변을 어슬렁거리다 불쑥 칭찬을 던지고는 "아주 좋아 죽네"라고 말하며 활짝 웃는 얼굴로 에이미의 머리를 쓰다듬곤 했었다. 에이미는 로리의 달라진 말투가 싫었다. 건성은 아니었지만 어쩐지 무관심하게 들렸기 때문이다.

'로리 오빠가 어른이 되고 있는 거라면 그냥 소년으로 남아 있었으면 좋겠어.'

에이미는 호기심과 실망, 어색함을 동시에 느끼며 이렇게 생각했다. 하지만 겉으로는 편안하고 쾌활한 태도를 잃지 않았다.

에이미는 아비그도르 우체국에 들러 집에서 온 소중한 편지들을 찾고는 고삐를 로리에게 맡긴 채 느긋하게 편지를 읽었다. 그 사이 두 사람을 태운 마차는 6월처럼 월계화가 싱그럽게 피어난 초록색 산울타리 사이의 그늘진 길을 따라 올라가고 있었다.

"엄마가 그러는데, 베스 언니 건강이 많이 안 좋대. 아무래도 집으로 돌아가야 할 것 같아. 그런데 다들 그냥 있으래. 이런 기회는 다시 없을 거라서 그냥 있기는 하지만."

에이미가 편지를 한 장 읽고 나서 침울한 표정으로 말했다.

"내 생각에도 이러는 게 맞아. 네가 집에 간다고 해서 달라지는 것도 없고, 가족들은 네가 건강하고 행복하게 잘 지낸다는 걸 아는 것만으로도 큰 위안을 얻을 거야, 예쁜아."

로리가 조금 더 가까이 다가앉으며 말했다. 그렇게 말할 때의 모습에서 예전의 로리가 보이는 듯했다. 에이미는 이따금씩 가슴을 짓누르는 불안이 한결 가벼워진 기분이었다. 로리의 표정과 행동, '예쁜아'라고 부르는 오빠 같은 말투가 낯선 땅에서 무슨 문제가 생기면 혼자는 아니겠구나 하는 확신을 주었기 때문이다. 곧이어 에이미는 밝게 웃으며 조를 그린 작은 그림 한 장을 보여주었다. 그림 속에서 조는 글쓰기 작업복 차림에 리본이 수직으로 곧추선 모자를 쓰고 입가에는 "영감이 활활!"이라는 말풍선까지 달고 있었다.

로리는 미소를 지으며 그림을 받아서는 바람에 날려가지 않도록 조끼 주머니에 집어넣었다. 그러고는 에이미가 읽어주는 따끈따끈한 편지에 귀를 기울였다.

"올해도 즐거운 크리스마스가 될 거야. 아침에는 선물을 받았고, 오후에는 오빠와 편지가 왔고, 밤에는 또 파티가 기다리고 있잖아."

오래된 요새 유적들 사이에서 내리며 에이미가 말했다. 화려한 공작새 무리가 먹이를 기다리며 얌전히 그 둘을 따라다녔다. 에이미가 저 위쪽 비탈에 서서 깔깔거리며 알록달록 눈부신 빛깔의 새들에게 빵 부스러기를 뿌리는 동안, 아까 에이미가 그랬듯이 로리도 에이미를 유심히 쳐다보았다. 떨어져 지낸 세월 동안 얼마나 많이 변했는지 자연스레 호기심이 일었기 때문이다. 에이미에게 일어난 변화는 당황스럽거나 실망스럽기는커녕 오히려 감탄과 찬사를 자아낼 만했다. 에이미는 가식이 약간 섞인 말투와 태도만 눈감아준다면 여느 때처럼 생기가 넘치고 우아했으며, 옷맵시와 몸가짐에서는 기품이라고밖에 표현할 수 없는 분위기가 흘렀다. 게다가 에이미는 나이에 비해 늘 조숙했던 편이라 일찍부터 침착함이 몸에 배어 있었다. 그래서 실제보다 신분이 높은 여성처럼 보였다. 하지만 가끔 옛날의 새침한 모습이 불쑥불쑥 튀어나왔고 고집도 여전했으며 외국 생활에 겉멋이 들어 타고난 솔직함을 잃은 것도 아니었다.

공작새에게 먹이를 주는 에이미를 지켜보는 동안 로리가 이 모두를 전부 읽은 것은 아니었다. 하지만 로리는 만족하고 관심을 갖기에 충분할 만큼 보았고, 햇빛 속에서 환한 얼굴로 서 있는 처녀가 그려진 앙증맞은 그림 한 장을 손에 넣었다. 햇빛은 드레스에서 부드러운 색조를 끌어내고 뺨에는 생기를 더하고 머리카락은 황금빛으로 물들여 아름다운 풍경 속에서도 에이미를 유독 돋보이게 만들어주었다.

언덕 꼭대기에 자리한 바위 분지에 올라서자 에이미는 로리에게 안내라도 하듯 평소에 좋아하는 곳들을 여기저기 가리키며 말했다.

"기억나? 성당이랑 산책로, 만에서 그물을 끄는 어부들과 빌라 프란카로 이어지는 아름다운 길 말이야. 그 바로 아래쪽에 있는 슈베르트 탑도. 하지만 그중에서도 최고는 사람들이 코르시카 섬이라고 부르는 바다 저 멀리 저 점 아닐까?"

"기억나. 별로 변하지 않았어."

로리가 건성으로 대답했다.

"조 언니가 저 유명한 점을 본다면 뭐라고 할까!"

에이미가 로리도 보고 즐거워하길 바라며 쾌활한 목소리로 말했다.

"응."

로리는 이렇게만 말하고 돌아서서 나폴레옹보다 더 대단한 침략자 덕분에 이제 막 관심을 갖게 된 그 섬을 실눈을 뜨고 바라보았다.

"언니를 대신해서 잘 봐둬. 그리고 이리 와서 그동안 어떻게 지냈는지 하나도 빼놓지 말고 전부 얘기해줘."

그러면서 에이미는 재미있는 이야기를 기대하며 자리를 잡고 앉았다.

하지만 재미있는 이야기는 없었다. 로리는 에이미 옆으로 다가와 묻는 말에 전부 대답했지만 에이미는 그가 유럽 대륙을 돌아다녔고 그리스에 갔었다는 것 말고는 아무것도 알아낸 게 없었다. 두 사람은 한 시간쯤 더 빈둥거리다가 집을 향해 다시 마차를 몰았다. 로리는 캐럴 부인에게 인사를 하고 나서 저녁에 다시 오겠다고 약속한 뒤 떠났다.

그날 밤 에이미는 전에 없이 몸치장에 신경 썼다. 못 본 사이에 세월은 두 청춘 모두에게 자신의 본분을 성실히 이행한 듯했다. 이제 에이미는 옛 친구를 새로운 눈으로, 소년이 아니라 잘생기고 다정한 남자로 보기 시작했고, 그에게 잘 보이고 싶다는 욕심이 자연스레 생겨났다. 에이미는 자신의 장점을 잘 알고 있었고 그 장점을 최대한 살릴 수 있는 감각과 솜씨도 있었다. 가난하지만 예쁜 여자에게 이런 재주는 재산과도 같았다.

니스에서는 모슬린 천과 비단 망사 제품이 비교적 쌌기 때문에 에이미는 무슨 행사가 있을 때면 그런 것들로 치장했다. 에이미는 주로 합리적인 영국식 패션을 따라 젊은 아가씨에게 어울리는 수수한 드레스를 골랐고, 거기에 싱싱한 꽃과 자질구레한 장신구 등 비싸지 않으면서도 효과는 만점인 온갖 종류의 앙증맞은 장치를 더해 매무새를 완성했다. 물론 에이미도 가끔 예술가 기질이 발동하면 옛날 옛적 머리 모양이나 조각상 같은 몸짓, 최고급 명품 옷들에 빠지곤 했다. 하지만 누구나 약점 한두 가지는 있기 마련이며, 단정한 외모로 우리의 눈을 만족스럽게 해주고 소박한 허영심으로 우리의 마음을 즐겁게 해주는 아가씨라면 쉽게 용서할 수 있다.

"로리 오빠에게 잘 보여야겠어. 집에 가서 내 얘기를 할 테니까."

에이미가 플로의 오래된 하얀 비단 드레스를 입고 그 위에 언뜻 구름처럼 보이는 새 숄을 두르며 중얼거렸다. 하얀 숄을 두른 하얀 어깨와 황금빛 머리는 그 예술적 효과가 가히 압권이었다. 풍성하게 물결치는 머리칼은 청춘과 봄의 여신 헤베처럼 한데 땋아 똬리를 틀어 뒤통수에 붙이고는 현명하게도 아무런 장식도 하지 않았다.

에이미는 최신 유행대로 머리를 꼬불꼬불하게 말거나 부풀리거나 땋으라는 말을 들을 때마다 이렇게 말하곤 했다.

"유행하는 머리는 아니지만 나한테는 이런 머리가 어울려요. 꼴사나워 보이는 건 참을 수가 없거든요."

에이미는 이번처럼 중요한 행사에 어울릴 만한 귀금속 장신구가 없었기 때문에 진달래 꽃송이들을 가져다가 폭신폭신한 치마에 돌아가며 달았고, 하얀 어깨는 초록색 덩굴 이파리로 섬세하게 장식했다. 예전에 직접 색칠했던 부츠를 떠올리며 에이미는 뒤꿈치가 뚫려 있는 하얀 공단 구두를 흡족한 마음으로 살펴보았다. 그러고는 귀족적인 자신의 발에 감탄하며 춤추듯 홀로 방 안을 누볐다.

"새 부채가 꽃하고 잘 어울리네. 장갑도 예쁘고. 작은어머니의 진짜 레이스 손수건 덕분에 드레스가 전체적으로 돋보이는 것 같아. 코와 입만 좀 우아하게 생겼더라면 더 바랄 게 없겠는데."

에이미는 양손에 초를 하나씩 들고 자신의 모습을 찬찬히 뜯어보았다.

이런 고충에도 불구하고 사뿐사뿐 걸음을 옮겨 놓는 에이미의 모습은 그 어느 때보다 밝고 우아해 보였다. 에이미는 여간해서는 뛰는 법이 없었다. 뛰는 건 에이미와 어울리지 않았다. 에이미는 키가 커서 귀엽거나 앙증맞은 인상보다는 헤라 여신처럼 당당한 인상이 더 잘 어울렸고, 본인도 그렇게 생각하고 있었다. 에이미는 로리를 기다리면서 기다란 방을 이리저리 서성이다 샹들리에 밑에 서게 되었다. 그러자 머리가 더욱 돋보였다. 그래서 그 자리를 점찍어두었다가 첫눈에 호감을 사고 싶다는 유치한 바람이 부끄러워진 듯 마음을 바꾸고 방 맞은편으로 걸어갔다. 그런데 이 결정이 생각지도 못한 좋은 결과를 가져왔다. 왜냐하면 때마침 로리가 방에 있던 에이미조차 듣지 못할 만큼 아주 조용히 안으로 들어왔기 때문이다. 에이미는 저 멀리 창가에 서서 고개를 반쯤 돌린 채 한 손으로 치맛자락을 들고 있었는데, 빨간 커튼과 대비되는 날씬하고 하얀 모습이 제자리를 찾은 조각상처럼 효과 만점이었다.

"안녕, 디아나(로마 신화에 나오는 달의 여신 : 옮긴이)."

로리가 말했다. 에이미를 바라보는 그의 눈길에는 에이미가 바라던 대로 호감이 어려 있었다.

"안녕, 아폴로(로마 신화에 나오는 태양신 : 옮긴이)!"

에이미가 웃으며 대답했다. 로리도 오늘따라 유난히 더 멋지고 당당해 보였다. 이렇게나 멋진 남자와 팔짱을 끼고 무도회장으로 들어갈 생각을 하자 에이미는 데이비스 집안의 평범한 네 딸들이 진심으로 딱하게 느껴졌다.

"너 주려고 꽃 가져왔어! 해나 아줌마가 '흔해 빠진 꽃다발'이라고 부르는 건 네가 싫어한다는 게 기억나서 내가 직접 만들었어."

로리가 작은 꽃다발을 건네며 말했다. 거기에는 팔찌가 매달려 있었는데, 에이미가 매일 카르디글리아 상점을 지날 때마다 진열창 너머로 탐내던 것이었다.

"친절하기도 하지!"

에이미가 고마워하며 소리쳤다.

"오늘 오빠가 오는 걸 미리 알았더라면 나도 선물을 준비했을 텐데. 이렇게 예쁜 건 아니었겠지만."

"말만 들어도 고마워. 그런데 이상하게 네가 하니까 훨씬 더 예뻐 보이네."

에이미가 손목에 은팔찌를 차자 로리가 덧붙였다.

"그러지 마!"

"이런 말 좋아하지 않았어?"

"로리 오빠가 그러는 건 싫어. 자연스럽지 않으니까. 옛날처럼 무뚝뚝한 게 더 좋아."

"그럼 그러지, 뭐."

로리는 마음이 놓이는 얼굴로 이렇게 대답한 뒤 고향에서 함께 파티에 갈 때 그랬던 것처럼 에이미의 장갑 단추를 채워주고는 넥타이가 똑바른지 물었다.

그날 저녁 기다란 만찬장에는 유럽 대륙에서 볼 수 있는 손님들은 전부 모인 것 같았다. 붙임성 좋은 미국인들이 니스에서 알고 지내는 사람들을 모두 초대했을 뿐만 아니라 작위에 대한 반감도 없어서 크리스마스 파티를 더욱 빛내줄 몇몇 인사들을 확보했기 때문이다.

러시아 왕자는 체면을 내려놓고 구석 자리에 앉아 몸집이 커다란 부인과 한 시간 동안 얘기를 나누었다. 그 부인은 까만 벨벳 드레스 차림에 턱 밑에 진주 목걸이를 채워 햄릿의 어머니를 떠올리게 했다. 열여덟 살밖에 안 된 폴란드 백작은 '매력적인 분'이라고 자신을 치켜세우는 여자들에게 빠져 있었고, 웬 조용한 독일인은 혼자 식사를 하러 와서는 먹을 것을 찾아 이리저리 돌아다녔다. 로스차일드 남작의 개인 비서라는 코 큰 유대인은 착 달라붙는 장화를 신고 주인의 이름이 자신을 비춰주는 황금빛 후광이라도 되는 듯 세상을 향해 환하게 웃어댔다. 황제를 안다는 건장한 프랑스 남자는 춤에 대한 열정을 불태우러 파티에 참석한 듯했고, 존스 집안의 안주인인 영국인 마나님은 여덟 명이나 되는 자녀를 데리고 나타나 자리를 빛내주었다. 물론 날렵한 몸놀림에 째지는 듯한 목소리의 미국 아가씨들과 예쁘기는 하지만 생기 없어 보이는 영국 아가씨들도 많았고, 평범하지만 새침한 프랑스 처녀들도 몇 명 끼어 있었다. 어딜 가나 있는 여행 중인 젊은 신사들도 신나게 파티를 즐겼다. 사방 벽에는 여러 나라에서 온 엄마들이 줄줄이 기대 앉아 자기 딸과 춤추는 청년들을 향해 인자한 미소를 지어 보였다.

그날 밤 그곳에 있던 젊은 아가씨라면 로리의 팔에 기대 '무대를 장악했던' 에이미의 기분이 어땠을지 충분히 짐작하고도 남을 것이다. 에이미는 자기가 아름답다는 걸 알고 있었고, 춤추는 것도 좋아했다. 무도회장에 들어서자 에이미는 고향의 황야에라도 온 듯 발이 날아갈 것 같은 기분이 들었다. 스스로의 아름다움과 젊음, 여성스러움으로 왕국을 지배할 운명을 타고난 아가씨들이 원래 그렇듯이 에이미도 자신이 지배하게 될 아름다운 왕국을 처음 발견하고는 우쭐한 기분에 사로잡혔다. 에이미는 데이비스 집안의 딸들이 측은하게 느껴졌다. 촌스럽고 평범한 데다 동행이라고 해야 뚱한 표정의 아빠와 그보다 더 뚱한 표정의 노처녀 고모 셋이 전부였기 때문이다. 에이미는 그들의 옆을 지나가면서 최대한 상냥하게 인사를 건넸는데, 이는 아주 잘한 행동이었다. 그 집 딸들에게 드레스도 보여주고, 동행한 잘생긴 남자에 대한 호기심에도 불을 댕길 수 있었기 때문이다. 악단이 연주를 시작하자 에이미는 얼굴이 발갛게 달아오른 채 눈을 반짝이며 초조한 듯 발로 바닥을 두드렸다. 에이미는 춤을 잘 췄고, 그런 만큼 자신의 춤 실력을 로리에게 보여주고 싶었다. 따라서 로리가 더없이 침착한 목소리로 "춤출 거야?"라고 말했을 때 에이미가 받았을 충격은 굳이 설명하지 않아도 충분히 짐작할 수 있을 것이다.

"무도회에 왔으니 당연한 거 아냐."

에이미의 놀란 얼굴과 퉁명스러운 대답에 로리는 최대한 빨리 자신의 실수를 수습하러 나섰다.

"첫 춤은 너랑 추고 싶어서 물은 거야. 그 영광을 내게 줄래?"

"저 백작님만 아니면 그러겠는데. 백작님은 춤을 정말 잘 추거든. 하지만 로리 오빠는 내 오랜 친구니까 양보해 주실 거야."

에이미가 굳이 백작 이야기를 꺼낸 것은 그 이름이 효과를 발휘해 자신이 쉬운 상대가 아니라는 것을 로리가 알아주기를 바랐기 때문이었다.

"멋진 청년이긴 하지, 하지만 저 폴란드인은 키가 너무 작잖아. '신들의 딸이자 엄청나게 크고 엄청나게 아름다운 미인'을 감당하기에는 말이야."

돌아온 답변은 고작 이것뿐이었지만 그래도 에이미는 만족했다.

그러는 사이 두 사람은 영국인들 틈에 끼게 되었다. 에이미는 신나게 타란텔라를 추고 싶었지만 얌전히 코티용을 추는 수밖에 없었다. 로리는 에이미를 '멋진 청년'에게 양보하더니 돌아오겠다는 말도 없이 의무를 다하러 플로에게 가버렸다. 그런 생각 없는 행동은 곧 따끔한 벌을 받았다. 에이미가 저녁 식사 때까지 다른 사람들하고만 어울렸기 때문이다. 하지만 로리가 뉘우치는 기색을 조금이라도 보이면 언제든 마음을 풀 준비가 되어 있었다. 다음 춤은 폴카 레도바였다. 로리는 서둘러 달려오기는커녕 슬슬 걸어와 춤을 신청했다. 그러자 에이미는 보란 듯이 빈틈없이 빼곡하게 차 있는 춤 상대 명단을 보여주었지만 로리는 예의상의 아쉬움조차 보이지 않았다. 에이미가 멀리서 백작과 갤럽을 추면서 보니 로리는 한숨 돌린 듯한 얼굴로 작은어머니 옆에 앉아 있었다.

도저히 용서할 수 없는 일이었다. 에이미는 한참 동안 로리에게 눈길도 주지 않았고, 대화도 곡 사이사이에 핀을 챙기거나 잠시 쉬러 보호자로 참석한 작은어머니에게 갔을 때 한두 마디 하는 게 전부였다. 에이미의 분노는 효과를 발휘했다. 분노를 웃는 얼굴로 감춘 덕에 에이미는 유난히 쾌활하고 눈부셔 보였다. 로리의 눈은 그런 에이미를 즐겁게 좇았다. 에이미는 펄쩍펄쩍 뛰는 법도, 그렇다고 느릿느릿 걷는 법도 없이 활기차고 우아하게 춤을 추면서 즐거운 시간을 보냈다. 자연스레 로리는 이런 새로운 눈으로 에이미를 보게 되었고, 그날 저녁이 절반도 지나기 전에 어린 에이미가 아주 매력적인 여성이 되어가고 있다는 결론을 내렸다.

활기 넘치는 광경이었다. 때가 사교의 계절인 만큼 다들 그 계절 특유의 감흥에 취해 있었다. 즐거운 크리스마스를 맞아 너도나도 얼굴이 환하게 빛났고, 가슴은 행복으로 가득했으며, 발걸음은 가벼웠다. 연주자들도 흥겹게 악기를 켜고 불고 두드렸다. 춤을 출 수 있으면 춤을 추었고, 춤을 못 추는 사람들은 전에 없이 따뜻하게 이웃들을 칭찬했다. 데이비스 집안의 분위기는 어두웠지만 존스 집안사람들은 새끼 기린 떼처럼 껑충껑충 뛰어다녔다. 금빛 후광을 두른 비서와 분홍색 공단 자락으로 바닥을 쓸고 다니는 웬 근사한 프랑스 여성이 혜성처럼 무도회장을 누볐다. 조용한 독일인은 음식이 차려진 식탁을 발견하고는 행복한 표정으로 이것저것 맛보며 음식을 자꾸 바닥내는 바람에 하인들이 힘들어했다. 그런가 하면 황제의 친구는 아는 춤이든 모르는 춤이든 춤이란 춤은 모조리 선보이며 상대가 서툴 경우 그 자리에서 한 발로 서서 빙그르르 도는 묘기를 부려 찬사를 자아냈다. 그 건장한 남자가 소년처럼 자유분방하게 춤을 추는 모습은 그야말로 진풍경이었다. 무게가 꽤 나갔음에도 고무공처럼 통통 튀었기 때문이다. 그 남자는 벌겋게 달아오른 얼굴로 대머리를 드러내고 연미복 자락을 휘날리며 구두가 말 그대로 공중에서 반짝반짝 빛나도록 달리고 날고 활보했다. 음악이 그치자 그 남자는 이마에 맺힌 구슬땀을 닦고 나서 안경을 쓰지 않은 프랑스의 피크위크(1부 10장 참조 : 옮긴이)처럼 친구들에게 활짝 웃어 보였다.

에이미와 폴란드 백작도 그에 뒤지지 않는 열정과 그 이상의 우아하고도 날랜 몸놀림으로 두각을 나타냈다. 그 둘이 날개라도 달린 듯 지친 기색도 없이 옆을 지나갈 때마다 로리는 자기도 모르게 리듬을 타고 공중으로 올라갔다 내려오는 하얀 구두의 움직임에 따라 고개를 까딱였다. 마침내 블라디미르 백작이 '이렇게 일찍 떠나게 돼서 유감'이라며 마지못해 에이미를 놓아주자 그녀는 한숨 돌리며 자신의 비겁한 기사가 어떻게 벌을 받고 있는지 살펴보았다.

작전은 대성공이었다. 스물셋의 상심한 마음은 다정한 관계 속에서 위안을 찾기 때문이다. 아름다움, 빛, 음악, 율동의 마법에 걸리는 순간 청춘의 신경이 전율하면서 청춘의 피는 춤을 추고 건강한 청춘의 마음은 날아오른다. 로리는 정신이 번쩍 든 얼굴로 일어나 에이미에게 자리를 내주고는 서둘러 에이미의 식사를 가지러 갔다. 그사이 에이미는 만족스럽게 웃으며 중얼거렸다.

"그래, 이게 통할 줄 알았지!"

"넌 발자크가 묘사한 것처럼 '스스로 화장하는 여인' 같아."

로리가 한 손으로는 에이미의 커피 잔을 들고 또 한 손으로 부채질을 해주며 말했다.

"내 화장은 번지지 않아."

에이미는 하얀 장갑을 볼에 문지르더니 보여주었다. 로리는 에이미가 순진하게도 자신의 말을 곧이곧대로 받아들이는 모습을 보고 웃음을 터뜨렸다.

"이건 뭐라고 불러?"

로리가 자기 무릎 위에서 찰랑거리는 에이미의 숄 자락을 만지며 물었다.

"일루전(원래 '환영' 또는 '눈속임'을 뜻하는 영어 단어로 여기서는 보일 듯 말 듯 투명한 소재를 사용해 착시 효과를 주도록 만든 옷을 총칭함 : 옮긴이)."

"잘 맞는 이름이네. 아주 예쁜데! 새로 나온 거겠네?"

"굉장히 오래됐는걸. 이걸 걸친 아가씨들을 수십 명도 더 봤을 텐데 이제까지 예쁜 줄도 몰랐다니, 바보!"

"네가 입은 건 처음 봐서 그래. 그렇게 변명해둘게."

"그러지 말라니까. 지금은 그런 찬사보다 커피가 더 반가워. 아이 참, 그렇게 가만히 서 있을 거야? 신경 쓰인단 말이야."

로리는 허리를 꼿꼿이 펴고 앉아 '꼬마 에이미'의 명령에 따르는 게 이상하게도 즐겁다고 생각하며 그녀의 빈 접시를 군말 없이 받아들었다. 이제 수줍음을 내려놓은 에이미는 만물의 영장이 복종의 징후를 보일 때 여자들이 기뻐서 그러듯이 로리를 막 대하고 싶어졌다.

"이런 건 다 어디서 배운 거야?"

로리가 궁금한 얼굴로 물었다.

"'이런 거'라니, 애매한 표현이네. 좀 자세히 설명해 줄래?"

에이미는 로리의 말을 다 알아듣고도 설명할 수 없는 걸 설명하라며 로리를 짓궂게 몰아세웠다.

"음, 전체적인 분위기나 스타일, 침착함, 그리고 그, 그, 일루전 말이야."

로리는 새로운 단어가 잘 생각나지 않아 쩔쩔매다가 웃음으로 마무리했다.

에이미는 흐뭇했지만 물론 겉으로 드러내지 않고 점잔을 빼며 대답했다.

"외국 생활을 하다 보면 자기도 모르게 발전하게 돼. 난 노는 만큼 공부도 하거든. 그리고 이건 말이지……."

에이미는 자신의 드레스를 슬쩍 가리켰다.

"이 비단은 싼 거야. 꽃 장식도 거저 얻을 수 있고. 게다가 난 싸구려 물건들을 가지고도 최대한 잘 꾸밀 수 있거든."

에이미는 마지막 말은 괜히 했다고 후회하면서 안목이 없어 보이는 건 아닐지 걱정했다. 하지만 로리는 오히려 그 말 때문에 에이미가 더 좋아졌다. 그리고 기회를 최대한 활용할 줄 아는 용기와 인내, 가난을 꽃으로 덮을 줄 아는 명랑한 기백에 감탄했고, 더 나아가 그 점을 존경하기까지 했다. 에이미는 자신을 바라보는 로리의 눈길이 왜 그렇게 다정한지, 왜 로리가 자신의 춤 상대 명단을 본인 이름으로 가득 채우고 그날 저녁 내내 매우 유쾌한 모습으로 자기 옆에 붙어 있는지 알지 못했다. 하지만 이 기분 좋은 변화를 가져온 충동은 그 둘이 자신들도 모르게 새로운 인상을 주고받기 시작한 결과였다.

38
결혼 생활

프랑스의 젊은 여성들은 결혼할 때까지 지루한 시간을 보내다가 막상 결혼하면 "자유 만세!"를 부르짖는다. 반면 미국에서는 다들 알다시피 여성들이 일찍부터 독립을 선언하고 공화주의자의 열정을 불태우며 마음껏 자유를 만끽한다. 하지만 결혼한 여성들은 첫 번째 상속자가 나타남과 동시에 왕좌에서 물러나 전혀 고요하지는 않지만 프랑스 수녀원에 들어간 것처럼 은둔 생활을 시작한다. 여성들은 결혼식의 흥분이 가시자마자 좋든 싫든 집 안에 들어앉게 되고, 지난날 대단한 미인이었던 여성도 "난 여전히 예쁜데 결혼했다는 이유만으로 아무도 날 쳐다보지 않는구나"라고 한탄하게 된다.

대단한 미인도 화려한 숙녀도 아니었던 메그는 아기들이 돌을 맞이할 때까지 이런 고비를 겪지 않았다. 오래된 관습이 지배하는 세상에 살면서 그 어느 때보다 많은 찬사와 사랑을 받고 있었기 때문이다.

메그는 여성스럽고 모성애가 아주 강했기 때문에 아이들에게 푹 빠져서는 아이들 말고는 물건이고 사람이고 아무것도 눈에 들어오지 않았다. 그녀는 밤낮 구분 없이 지극정성으로 아이들만 품고 돌보면서 존은 자비로운 도움의 손길에 맡겼다. 이제 부엌일은 아일랜드인 가정부가 전적으로 도맡고 있었기 때문이다. 가정적인 남자인 존은 그동안 쭉 받아왔던 아내의 관심이 못내 그리웠지만 아기들을 예뻐했기 때문에 남자의 무지를 발휘해 평화가 곧 돌아오겠지 생각하고 흔쾌히 불편함을 받아들였다. 하지만 석 달이 지나도 휴식은 돌아오지 않았다. 메그는 지치고 초조해 보였고 아기들은 엄마의 시간을 모조리 빨아들였다. 집 안도 방치된 채 엉망이었고, 요리사 키티는 인생을 태평하게만 사는 사람이라 존의 식사에는 별로 관심이 없었다. 존은 아침에는 아기 때문에 꼼짝 못 하는 아기 엄마의 소소한 심부름에 치이다가 정신없이 출근해야 했고, 저녁에는 즐거운 마음으로 돌아와 식구들이라도 안을라치면 "쉿! 하루 종일 칭얼거리다 방금 잠들었어요"라는 말에 김이 새고 말았다. 그가 집에서 뭔가 오락거리라도 제안하면 "안 돼요, 아기들이 놀랄 거예요"라는 핀잔이 날아왔다. 강좌나 음악회 얘기를 넌지시 비추면 나무라는 듯한 표정과 함께 "아이들을 두고 가긴 어딜 가요, 절대 안 돼요!"라는 매몰찬

메그는 여성스럽고 모성애가 아주 강했기 때문에 아이들에게 푹 빠져서는
아이들 말고는 물건이고 사람이고 아무것도 눈에 들어오지 않았다.

대답이 돌아왔다. 그리고 밤이면 아기 울음소리와 소리 없이 왔다 갔다 하는 유령 같은 형체에 잠을 설쳤다. 식사 시간도 위층 둥지에서 낮게 짹짹대는 소리라도 들리면 그나마 건성으로 시중들고 있다가 남편을 버리고 뛰쳐나가는 안주인 때문에 방해받기 일쑤였다. 저녁에 신문이라도 읽으려고 하면 데미의 배앓이 소리가 선적 목록에 끼어들었고, 데이지가 침대에서 쿵 떨어져 주식 가격을 흔들어놓았다. 브룩 부인은 오로지 가정란에만 관심이 있었기 때문이다.

그 불쌍한 남자는 너무나 불편했다. 아이들에게 아내를 빼앗긴 채 집은 영락없는 탁아소였고, 귓가에서 끊임없이 울려대는 "쉿!" 소리에 신성한 아기 왕국의 경내에 들어온 무자비한 침입자가 된 듯한 기분마저 들었다. 존은 그렇게 여섯 달을 굉장히 참을성 있게 견디다가 개선의 기미가 전혀 보이지 않자 다른 아기 아빠들처럼 조금이라도 편하게 쉴 만한 피난처를 찾아 나섰다. 그사이 스콧 씨는 결혼을 해서 멀지 않은 곳에 새살림을 차렸다. 저녁에 거실이 텅 비고 아내가 도무지 끝날 것 같지 않은 자장가를 부르기 시작하면 존은 스콧네 집으로 달려가 한두 시간 정도 그곳에서 시간을 보냈다. 스콧 부인은 활발하고 예쁜 데다 싹싹하기 그지없었고, 자기 할 일을 척척 해내는 여자였다. 그 집 거실은 늘 밝고 근사했으며 체스판과 피아노 소리, 즐거운 잡담, 소박하지만 정성스레 준비한 저녁이 사람을 유혹하듯 기다리고 있었다.

존은 그렇게 외롭지만 않았다면 자기 집 난롯가를 더 좋아했을 테지만 그것을 기꺼이 차선책으로 받아들이고 즐겁게 이웃 사람들과 어울렸다.

처음에 메그는 이런 새로운 상황을 환영했다. 존이 거실에서 꾸벅꾸벅 졸거나 쿵쾅거리며 집 안을 돌아다니다가 아이들을 깨우는 것보다는 다른 곳에서 즐겁게 지낸다니 다행이라는 생각마저 들었다. 그러나 육아 초창기의 이런저런 문제들이 지나가고 아이들이 제 시간에 잠들어 차츰차츰 쉬는 시간이 생기게 되자 메그는 존이 그리워지기 시작했다. 낡은 실내복 차림으로 맞은편에 앉아 난로망에 느긋하게 실내화를 덥히는 남편이 없으니 바느질도 지루했다. 그녀는 남편에게 집에 있어달라고 말하고 싶지는 않았다. 하지만 말하지 않는다고 해서 자기 마음을 몰라주는 남편이 야속했다. 그가 속절없이 아내를 기다리며 보낸 저녁 시간이 한두 번이 아니라는 사실은 까맣게 잊은 채였다. 메그는 아기들을 돌보고 걱정하느라 지치고 예민해져 있었다. 그리고 아무리 최고의 엄마라 해도 집안일에 치이다 보면 가끔 겪게 되는 말도 안 되는 심리 상태에 빠져 있었다. 운동 부족은 쾌활함을 앗아가고, 육아와 집안일에 대한 지나친 헌신은 미국 여성들을 신경만 있고 근육은 하나도 없는 존재처럼 만든다.

"그래, 난 점점 늙고 추해지고 있어. 존은 내게 더는 흥미를 못 느끼나 봐. 그래서 시들어가는 아내는 놔두고 부담 없는 예쁜 이웃을 찾아가는 거겠지. 그래도 아기들은 날 사랑해. 내가 비쩍 마르고 창백해도, 머리를 손질할 시간이 없어도 상관하지 않아. 아기들은 나의 위안이야. 언젠가 존도 내가 아기들을 위해 무엇을 희생했는지 알게 될 거야. 그렇지, 내 보물들?”

메그는 거울에 비친 자신의 모습을 보며 이렇게 중얼거리곤 했다.

그러면 이런 애처로운 하소연에 데이지는 ‘구구’, 데미는 ‘까르르’로 대꾸했고, 메그는 한탄은 한쪽으로 치워두고 넘치는 모성애로 잠시나마 외로움을 달래곤 했다. 그러나 존이 정치에 빠져들면서 고통은 늘어만 갔다. 존은 메그가 자신을 그리워한다는 것은 꿈에도 생각하지 못한 채 흥미로운 정치 쟁점을 토론하러 저녁마다 스콧네 집으로 달려갔다. 하지만 메그는 그런 말은 일절 입 밖에 내지 않았다. 그러던 어느 날 그녀의 어머니가 울고 있는 메그를 발견하고는, 그렇지 않아도 딸이 축 처져 지내는 모습이 신경 쓰이던 터라 무슨 일인지 알아야겠다며 딸을 다그쳤다.

“아무한테도 말하지 않으려고 했어요. 하지만 엄마한테는 얘기할게요. 엄마의 조언이 꼭 필요하거든요. 존이 계속 이러면 저는 과부나 다름없어요.”

브룩 부인이 데이지의 턱받이로 눈물을 훔치며 속상한 듯 대답했다.

“어떻게 지내기에 그러니, 응?”

어머니가 걱정스레 물었다.

"그이는 낮이든 밤이든 밖으로만 나돌아요. 밤에는 그이를 보고 싶은데 그이는 늘 스콧네 집에만 들락거려요. 저는 노는 건 고사하고 죽어라 고생하고 있는데 너무 불공평하잖아요. 남자들은 너무 이기적이에요. 아무리 훌륭한 남자라도 다 똑같아요."

"그건 여자들도 그래. 존을 탓하기 전에 일단 네가 잘못한 게 있는지 생각해 보렴."

"하지만 그이가 절 방치하는 건 옳지 않잖아요."

"넌 네 남편을 방치하지 않았고?"

"아이 참, 엄마, 엄마는 제 편을 들어줘야죠!."

"마음은 당연히 네 편이지. 하지만 잘못은 네게 있는 것 같구나, 메그."

"어째서 그런 건지 전 모르겠어요."

"내 얘길 들어보렴. 네가 저녁 시간을 늘 함께 보내는데도 존이 널 방치한다는 거니?"

"아뇨. 하지만 제가 지금은 그럴 수가 없잖아요. 돌봐야 할 아기가 둘이나 되는데요."

"엄마 생각엔 충분히 할 수 있어. 또 그래야만 하고. 솔직하게 말해볼까, 세상 엄마들은 따뜻하게 감싸주는 것만큼이나 잘못도 꾸짖는 사람이라는 거 알지?"

"그럼요! 제가 어린 메그로 다시 돌아왔다고 생각하고 말씀해 보세요. 이 아기들이 모든 걸 제게 의지하고 있어서 그 어느 때보다 가르침이 간절할 때가 많아요."

메그는 앉아 있던 낮은 의자를 엄마 곁으로 끌고 갔다. 각자 무릎에 앉힌 아기 때문에 가끔 중단되긴 했지만 두 여인은 모성이라는 끈으로 그 어느 때보다 강하게 묶였다고 느끼며 다정하게 이야기를 나누었다.

"대부분의 젊은 아내들이 저지르는 실수를 너도 저지른 거야. 아이한테 푹 빠져 지내느라 남편에 대한 의무를 잊은 거지. 아주 당연한 거고 용서할 만한 실수지만, 메그, 일이 엉뚱한 방향으로 흐르기 전에 바로잡는 게 좋아. 아이들은 너와 떨어지기는커녕 더욱더 네게 달라붙으려 할 테니까. 마치 아이들이 전부 네 것인 양, 존은 애들 돌보는 일을 나 몰라라 하더구나. 엄마가 몇 주 전부터 쭉 지켜보면서도 아무 말 하지 않았던 건 시간이 지나면 괜찮아지겠거니 생각했기 때문이야."

"그럴 것 같지가 같아요. 그이에게 집에 있으라고 말하면 아마 그이는 제가 질투한다고 생각할 거예요. 그리고 그런 생각으로 그이를 모욕하고 싶지도 않고요. 저는 그이를 원하는데 그이는 그걸 몰라요. 그리고 말하지 않고 제 마음을 어떻게 전해야 할지도 모르겠고요."

"존이 밖으로 나돌 마음이 들지 않게 즐겁게 해주면 되잖니. 얘야, 존도 오붓한 집이 그리울 거야. 하지만 네가 없는 집은 집이 아니잖니. 너는 늘 아기 방에 가 있으니."

"거기 있으면 안 되는 거예요?"

"늘 그래선 안 되지. 너무 틀어박혀 지내니까 신경이 예민해지고 다른 일에도 적응을 못 하는 거야. 그리고 아기들뿐만 아니라 존에게도 신경 써야지. 아이들 때문에 남편을 방치하면 되겠니? 남편을 아기 방에서 쫓아내지 말고 어떻게 하면 도울 수 있는지 방법을 알려주렴. 네 자리가 거기이듯 네 남편 자리도 거기야. 그리고 아이들에게는 아빠가 필요해. 존에게도 자기가 해야 할 몫이 있다는 걸 느끼게 해주렴. 존은 기꺼이 성실하게 자기 몫을 해낼 거야. 그러는 게 너희 가족 모두에게 좋아."

"정말 그렇게 생각하세요, 엄마?"

"그렇고말고, 메그. 나도 직접 겪은 일이잖니. 난 현실성이 없을 것 같으면 함부로 조언하지 않아. 너와 조가 어렸을 때 나도 지금의 너처럼 온전히 너희에게만 헌신하지 않으면 내 할 일을 안 하는 것 같았어. 불쌍한 네 아버지는 도와주겠다고 해도 내가 번번이 거절하니까 책에만 매달려 지내면서 죽이 되든 밥이 되든 내가 알아서 하도록 내버려두었지. 나는 죽을힘을 다해 노력했지만 조는 나한텐 너무 벅찬 아이였어. 너무 오냐오냐 하다가 조를 망칠 뻔했고, 너는 너무 허약해서 걱정하다가 내가 병이 다 났지 뭐냐. 그런데 아버지가 날 구해 주셨어. 조용히 모든 걸 처리해 주셨거든. 그 도움이 어찌나 컸던지 내 잘못이 보이더구나. 그 뒤로는 아버지 없이는 뭘 할 수가 없었어. 그게 우리 집 행복의 비결이란다. 아버지는 우리 모두와 상관있는 일이라면 아무리 사소한 것도 못 본 체 그냥 넘기지 않으셔. 신경 쓰고 의무를 다 하시지. 나도 집안일 때문에 아버지 하는 일을 등한시하지 않으려고 노력하고. 각자 맡은 역할을 따로따로 할 때도 많지만 집에서는 늘 함께 한단다."

"그렇긴 하죠, 엄마. 저도 존과 아이들에게 엄마가 해온 것처럼 할 수 있었으면 좋겠어요. 방법을 알려주세요. 뭐든 엄마가 시키는 대로 할게요."

"넌 언제나 착한 딸이었어. 음, 내가 너라면 말이다, 데미 돌보는 일을 존에게 더 많이 맡길 거야. 사내아이는 훈육이 필요하고 그 시기는 빠르면 빠를수록 좋으니까. 그리고 해나를 불러서 도움을 받을 거야. 엄마도 종종 그러고 있잖니. 해나는 워낙 훌륭한 보모니까 네 소중한 아이들을 믿고 맡길 수 있을 거야. 그동안 넌 집안일을 더 하렴. 운동도 하고. 나머지는 해나가 알아서 해줄 테고, 그러면 존은 아내를 되찾게 되겠지. 외출도 좀 하고, 바쁜 것도 좋지만 늘 쾌활하게 지내고. 넌 가족에게 그야말로 태양인데, 네가 우울하면 날씨가 맑을 수가 없지. 그리고 존이 좋아하는 것에 관심을 가져봐. 같이 얘기도 하고, 책도 읽어달라고 하고, 생각도 주고받고. 그러면서 서로를 돕는 거란다. 여자라는 이유로 스스로를 작은 상자에만 가두지 말고 세상이 어떻게 돌아가는지 이해하고 공부해서 세상일에서도 제 역할을 해야지. 그게 다 너와 네 가족들에게 돌아갈 테니까."

"존은 너무 똑똑해서 제가 정치에 관한 걸 물으면 절 멍청하다고 생각할 거예요."

"그러지 않을 거야. 사랑은 많은 죄를 덮어준단다. 그리고 존이 아니면 누구한테 그런 걸 마음껏 물을 수 있겠니? 한번 해보렴. 그리고 존이 스콧 부인의 저녁 식사보다 너와 함께 있는 시간을 더 좋아하는지 어떤지 지켜보는 거야."

"그럴게요. 가엾은 존! 그이를 그렇게나 방치했으면서 내가 옳다고만 생각했다니. 그런데도 존은 아무 말도 하지 않았어요."

"이기적으로 행동하지 않으려고 노력한 거야. 하지만 허전했을 거야. 지금이 중요해, 메그. 젊은 부부는 언젠가는 멀어지기 마련이지만 그래서 더 함께 시간을 보내야 한단다. 처음 느낀 애정은 지키려고 애쓰지 않으면 금세 사라지기 마련이거든. 그리고 부모에게 처음 아이들을 가르칠 때만큼 아름답고 소중한 시간도 없단다. 존을 아이들에게 낯선 사람으로 만들지 마라. 시련과 유혹으로 가득한 이 세상에서 네 아이들만큼 존을 안전하고 행복하게 지켜줄 존재도 없으니까. 그리고 아이들을 통해 너희 부부는 서로를 이해하고 사랑하는 법을 배우게 될 거야. 그럼 난 가봐야겠다. 이 엄마의 긴 설교를 곰곰이 생각해 보고 좋은 것 같으면 실천해 보렴. 하나님의 축복이 너희 가족 모두에게 함께하기를 기도하마!"

메그는 어머니의 말을 곰곰이 생각해 보고 나서 좋은 방법이라는 결론을 내리고 실천에 옮겼다. 하지만 첫 번째 시도는 메그가 원래 계획했던 데서 약간 빗나갔다. 짐작하겠지만 아이들은 발길질을 하며 악을 쓰고 울어대면 뭐든 원하는 것을 얻을 수 있다는 걸 깨달은 순간부터 폭군처럼 메그 위에 군림하면서 온 집

안을 다스리고 있었다. 엄마는 아이들의 변덕에 쩔쩔매는 비굴한 노예였지만 아빠는 쉽게 예속되지 않았고, 정신없이 날뛰는 아들을 가끔 엄하게 꾸짖어 여린 아내를 괴롭혔다. 데미는 아빠의 우직한 성품(고집이라고는 하지 않겠다)을 물려받았는지 뭔가를 갖고 싶거나 일단 하겠다고 결심하면 온 세상을 다 준다고 해도 그 끈덕진 작은 마음을 돌리지 않았다. 엄마는 혼을 내서 그 못된 버릇을 바로잡기에는 데미가 아직 너무 어리다고 생각했지만 아빠는 복종하는 법은 일찍 배울수록 좋다고 믿었다. 그리하여 데미 도련님은 '빠빠'와 '싸움'을 하면 늘 진다는 것을 일찌감치 깨우쳤지만 영국인답게 자신을 정복한 남자를 존경하고 사랑했다. 아버지의 근엄한 "안 돼, 안 돼"는 엄마의 애정 어린 손길보다 데미에게 더 깊은 인상을 남겼다.

어머니와 얘기하고 나서 며칠 뒤 메그는 존과 다정하게 저녁 시간을 보내기로 단단히 마음먹고는 맛있는 저녁 식사도 준비하고, 거실도 정리하고, 예쁘게 옷도 차려입은 뒤 아이들을 일찍 잠자리에 눕혔다. 그 무엇도 실험을 방해해서는 안 되었기 때문이다. 그러나 불행하게도 데미의 가장 다루기 힘든 버릇은 잠자리에 들지 않으려는 거였고, 그날 밤도 난동을 부리기로 작정한 듯했다. 가엾은 메그는 노래를 부르며 아이를 안고 흔들어도 보고 이야기도 들려주면서 잠을 재우려고 갖은 애를 썼지만 모두 허사였고, 아이의 커다란 눈은 감길 줄을 몰랐다. 토실토실하고 성격이 순한 데이지가 세상모르고 잠들고 나서 한참 뒤에도 말 안 듣는 데미는 정말 실망스럽게도 말똥말똥한 눈으로 불빛을 뚫어지게 쳐다보았다.

"우리 데미는 착한 아이니까 엄마가 내려가서 아빠에게 차를 드리는 동안 얌전히 누워 있을 수 있지?"

현관문이 조용히 닫히고 발끝으로 살금살금 식당으로 들어가는 익숙한 발소리가 들리자 메그가 물었다.

"나도 차!"

데미가 금방이라도 따라나설 것처럼 말했다.

"안 돼. 하지만 엄마가 내일 아침에 '케이키' 줄게. 그런데 데이지처럼 코 자야 돼. 알겠지, 응?"

"네!"

그러면서 데미는 얼른 자야 내일이 빨리 오기라도 할 것처럼 눈을 꼭 감았다.

메그는 이 좋은 기회를 십분 활용해 슬며시 방을 빠져나와서는 아래층으로 내려가 웃는 얼굴로 남편을 맞이했다. 메그는 존이 특별히 감탄하는 작은 파란 리본을 머리에 매고 있었다. 존이 한눈에 그 리본을 알아보고는 좋기도 하고 놀랍기도 해서 물었다.

"아니, 아기 엄마, 오늘 밤 무척 기분이 좋아 보이군요. 누구 손님이라도 오시나요?"

"그야 당신이죠, 여보."

"오늘이 누구 생일인가, 아니면 무슨 기념일?"

"아뇨. 늘 협수룩하게만 있는 게 지겨워서 기분도 바꿀 겸 좀 꾸며봤어요. 당신은 아무리 피곤해도 늘 단정한 차림으로 식탁에 앉잖아요. 여유가 있을 때는 나라고 그러지 말란 법 있나요?"

"난 당신을 존중하는 마음에서 그러는 거예요, 여보."

고지식한 존이 말했다.

"나도 그래요, 브룩 씨."

메그는 찻주전자 너머로 남편에게 고개를 끄덕여 보이며 웃었다. 그 모습이 예전처럼 젊고 예뻐 보였다.

"아, 기분이 참 좋군요. 옛날로 돌아간 것처럼. 차도 좋고. 당신의 건강을 위해 마시리다, 여보."

그러면서 존은 기쁨에 찬 표정으로 차분하게 차를 한 모금 마셨다. 그러나 그 기쁨은 지속 기간이 매우 짧았다. 그가 잔을 내려놓는 순간 무슨 일인지 문고리가 덜거덕거리면서 조바심을 쳐 대는 아이의 목소리가 들려왔기 때문이다.

"문 열어, 나 와떠!"

"저 말썽쟁이 녀석이네요. 혼자 자라고 했더니 계단을 내려와서 저러고 있네요. 잠옷 차림으로 돌아다니다가 감기 걸릴 텐데."

메그가 아들이 외치는 소리에 대답하며 말했다.

"아침이야."

데미가 들어오더니 신이 나서 선언했다. 아이는 긴 잠옷을 한 팔에만 우아하게 걸친 채 머리카락을 나풀대며 식탁 주변을 아장아장 걸어 다녔다. 그러면서 사랑스러운 눈초리로 '케이키'를 호시탐탐 흘낏거렸다.

"아니, 아직 아침 아냐. 불쌍한 엄마 힘들게 하지 말고 침대로 가야지. 그래야 내일 설탕 뿌린 케이크를 먹을 수 있어."

"나 아빠 좋아."

데미가 속 보이게도 아빠의 무릎 위로 기어올라 금지된 잔치에 낄 기미를 보이며 말했다. 하지만 존은 고개를 저으며 메그에게 이렇게 말했다.

"당신이 데미에게 혼자 자라고 말한 이상 애가 따르도록 해야 해요. 안 그러면 앞으로 다시는 당신 말을 듣지 않을 거요."

"맞아요. 가자, 데미!"

메그는 방에 가면 뇌물이 기다리고 있을 거라는 착각에 빠져 옆에서 깡충깡충 뛰는 꼬마 훼방꾼을 때려주고 싶었지만 꾹 참고 아들을 데리고 나갔다.

데미는 전혀 실망하지 않았다. 생각이 짧은 엄마가 아이를 침대에 눕힌 뒤 아침까지 더 돌아다니지 말라며 각설탕을 쥐여줬기 때문이다.

"네!"

데미는 거짓말을 하고는 설탕을 신나게 빨아대면서 자신의 첫 번째 시도가 크게 성공했다고 생각했다.

메그가 자리로 돌아와 즐거운 마음으로 음식을 내오고 있는데, 꼬마 유령이 다시 걸어 나와 대담하게 요구하며 엄마의 범죄를 폭로했다.

"설땅 더 줘, 엄마."

"이제 안 돼."

존이 매력 넘치는 꼬마 죄인을 반드시 물리치리라 마음먹으며 말했다.

"요 녀석이 제때 잠자리에 들지 않는 한 우리에게 평화는 없어요. 당신이 너무 오랫동안 노예 노릇을 했어요. 녀석을 따끔하게 가르치고 이 싸움을 끝내야 해요. 녀석을 침대에 눕히고 그대로 놔두고 와요, 메그."

"거기 있으려고 하질 않아요. 내가 옆에 앉아 있지 않으면 절대요."

"그럼 내가 하지. 데미, 엄마 말대로 위층으로 올라가서 침대에 누워라."

"시져!"

꼬마 반역자는 이렇게 대답하고는 대담하게도 탐내던 '케이키'를 차분히 먹기 시작했다.

"아빠한테 그런 말 하면 안 되지. 네가 안 가면 아빠가 데리고 갈 거야."

"저리 가. 나 아빠 사랑 안 해."

그러면서 데미는 엄마의 치마 뒤로 숨었다.

하지만 피신은 소용없는 짓으로 드러났다. 데미는 "살살 해요, 존"이라는 말과 함께 적의 손에 넘겨졌기 때문이다. 엄마에게 버림받고 심판의 날이 닥치자 범인은 절망에 휩싸였다. 불쌍한 데미는 케이크도 빼앗기고 놀이도 저지당한 채 우악스러운 손에 붙잡혀 그토록 싫어하는 침대로 끌려갔다. 분노를 참지 못해 아빠에게 대놓고 반항하고, 발길질을 해대며 위층이 떠나갈 듯 거세게 비명을 내질렀다. 그리고 침대 한쪽에 눕혀지자마자 반대편으로 또르르 굴러 나가 문 쪽으로 달아났지만 불명예스럽게도 잠옷 자락을 붙잡혀 다시 끌려오고 말았다. 이 생생한 공연은 아이가 힘이 다 빠질 때까지 계속 이어졌다. 그 지경에 이르자 아이는 목청을 있는 대로 높이며 포효하기 시작했다. 평소 이 발성 연습은 번번이 메그를 무릎 꿇렸지만 존은 귀가 완전히 먹은 듯 꼼짝도 않고 앉아 있었다. 구슬리는 말도, 각설탕도, 자장가도, 이야기도 없었다. 거기에 등마저 꺼지면서 벽난로의 빨간 불빛만이 '커다란 어둠'에 활기를 불어넣었다. 데미는 두려움보다는 호기심을 가지고 어둠을 마주했다. 이 새로운 질서가 영 마음에 들지 않았다. 화가 가라앉고 꼼짝없는 폭군에게 돌아간 다정한 여자 노예 생각이 나자 데미는 애타게 울부짖으며 "엄마"를 불렀다. 열에 받친 포효에 이은 구슬픈 통곡 소리에 메그는 더는 참지 못하고 위층으로 달려 올라가 애원했다.

"내가 애 옆에 있을게요. 이제 착하게 굴 거예요, 존."

"안 돼요. 애한테 엄마 말대로 자라고 말했으니까 자야 해요. 내가 밤새 지키는 한이 있더라도 꼭 그렇게 만들 거요."

"울다가 병이라도 나면 어떡해요."

메그는 아들을 버린 자신을 원망하며 애원했다.

"그런 일은 없을 거요. 몹시 지쳤으니 이제 곧 잠들겠지. 그럼 된 거예요. 애도 말을 들어야 한다는 걸 배워야 하니까. 그러니 방해하지 말아요, 애는 내가 다룰 테니까."

"얜 내 아이예요. 난 내 아이가 심한 벌을 받아 기가 죽는 꼴은 못 봐요."

"얜 내 아이요. 나도 내 아이가 응석받이로 자라는 꼴은 못 봐요. 내려가요, 여보. 아이는 내게 맡겨두고."

존이 정색하고 말하면 메그는 늘 그대로 따랐고, 자신의 유순함을 한 번도 후회한 적이 없었다.

"그럼 한 번만 입 맞추게 해줘요. 네, 존?"

"그렇게 해요. 데미, 엄마에게 뽀뽀하고 쉬시라고 보내드려. 하루 종일 널 돌보느라 무척 피곤하시니까."

메그는 늘 입맞춤이 승리를 가져온다고 주장하곤 했다. 데미는 뽀뽀를 받고 나서 흐느낌도 잦아들었고, 서러운 마음에 꼼지락대기는 했어도 침대 발치에 아주 얌전히 누워 있었다.

'가엾은 녀석, 졸리기도 하고 우느라 지치기도 했을 거야. 이불을 덮어주고 내려가서 메그를 위로해줘야지.'

존은 반항아 아들이 잠들었기를 바라며 침대 곁으로 살그머니 다가갔다.

그러나 아이는 자고 있지 않았다. 아빠가 살짝 훔쳐보는 순간 눈을 반짝 뜨더니 작은 턱을 바르르 떨기 시작했다. 그러고는 두 팔을 치켜들고 참회의 딸꾹질을 하며 말했다.

"이제 안 해."

메그는 복도 계단에 앉아 있다가 소란의 뒤를 이은 긴 침묵을 의아하게 여기며 온갖 말도 안 되는 사고를 상상했다. 그러다가 살그머니 방 안으로 들어가 보고는 비로소 걱정을 내려놓았다. 데미는 깊이 잠들어 있었다. 그런데 평소처럼 날개를 활짝 편 독수리 자세가 아니라 아빠의 품 안에서 웅크린 채로, 심판이 연민으로 인해 한 풀 꺾였다고 느끼기라도 하는 듯 아빠의 손가락을 꽉 부여잡고는 좀 더 슬프고 현명해진 모습으로 잠들어 있었다. 존은 그렇게 붙잡힌 채 작은 손이 저절로 풀릴 때까지 엄마처럼 참을성 있게 기다렸고, 기다리다가 하루 종일 일한 것보다 아들과의 드잡이가 더 피곤했는지 깜빡 잠이 들었다.

메그는 선 채로 베개 위의 두 얼굴을 지켜보며 혼자 슬며시 웃고는 다시 살그머니 방을 빠져나가며 만족스러운 말투로 중얼거렸다.

"존이 아이들을 너무 심하게 대할까 봐 걱정했는데 괜한 걱정이었어. 그이는 아이들을 다룰 줄 알아. 그렇지 않아도 데미가 점점 벅찼었는데 그이가 큰 도움이 되겠네."

존은 아내가 시무룩하게 있거나 화나 있을 것으로 생각하고 아래층으로 내려왔다가 얌전하게 모자를 손질하고 있는 메그를 보고는 기쁘다 못해 깜짝 놀랐다. 거기다 메그는 존을 보더니 너무 피곤하지 않으면 선거에 대한 소식을 읽어달라고 부탁하기까지 했다. 존은 뭔가 혁명이 일어나고 있다는 것을 직감했지만 현명하게 아무것도 묻지 않았다. 메그는 아주 솔직해서 자기 목숨을 지키기 위해서는 결국 비밀을 드러낼 수밖에 없을 거라는 걸 잘 알았기 때문이다. 그는 긴 논쟁을 아주 기꺼이 읽고 나서 최대한 명쾌하게 설명해 주었다. 그러는 동안 메그는 무척 관심이 있는 것처럼 보이려고 애썼고, 미합중국에서 자꾸만 모자 쪽으로 흘러가려는 생각을 억지로 붙잡으며 이런저런 질문을 던졌다. 하지만 속으로는 정치는 수학만큼이나 골치 아프고 정치인들이 하는 일이란 서로 비방하는 일뿐인 것 같다고 결론 내렸다. 메그는 이런 여성스러운 생각을 속으로만 하다가 존이 잠시 말을 멈추자 고개를 절레절레 흔들며 외교관처럼 애매하게 말했다.

"글쎄, 우리가 어디로 가고 있는 건지 정말 모르겠네요."

존은 한바탕 웃고 나서 잠시 아내를 물끄러미 바라보았다. 메그는 한 손에 예쁘게 준비해둔 레이스와 꽃들을 들고 있었다. 관심이 뚝뚝 묻어나는 그 모습에서 존은 자신의 장광설이 메그를 일깨우는 데 실패했다는 것을 깨달았다.

'아내는 나를 위해 정치에 관심을 가져보려고 애쓰고 있어. 그러니 나도 모자에 관심을 가져봐야겠어. 그래야 공평하지.'

정의로운 존은 이렇게 생각하며 큰 소리로 물었다.

"그거 아주 예쁜데. 아침에 쓰는 모자요?"

"어머, 여보, 이건 보닛이에요. 음악회나 극장에 갈 때 쓰는 내가 가장 아끼는 보닛이란 말이에요!"

"미안해요. 하도 작아서 당신이 가끔 쓰는 너울너울한 것들과 헷갈렸지 뭐예요. 그건 어떻게 고정하는 거예요?"

"이 레이스 고리를 턱 아래의 장미꽃 봉오리에 걸고 채워주면 돼요."

메그는 보닛 쓰는 걸 보여주면서 차분하고도 아주 만족스러운 표정으로 남편을 바라보았다.

"예쁜 보닛이오. 하지만 난 그 안의 얼굴이 더 좋아요. 다시 생기 있고 행복해 보여서 말이오."

그러면서 존은 미소 짓는 얼굴에 입을 맞추었고, 그 바람에 턱 밑의 장미꽃 봉오리가 크게 피해를 입었다.

"당신이 마음에 들어하니 좋네요. 언제 저녁에 새로 하는 음악회에 데려가줬으면 하거든요. 내 기분을 달래줄 음악이 정말 필요하거든요. 어때요?"

"기꺼이 그러리다. 당신이 좋아하는 곳은 어디든 좋아요. 당신은 너무 오랫동안 집에만 있었으니까 당신한테 아주 좋은 시간이 될 거예요. 나도 즐거울 테고. 그건 그렇고 우리 아기 엄마가 웬일로 이런 생각을 다 하게 됐을까?"

"요전 날 엄마와 얘기를 하다가 기분이 초조하고 짜증도 나고 우울한 것 같다고 말씀드렸거든요. 그랬더니 엄마가 기분 전환을 하면서 걱정을 줄이라고 하시더라고요. 그래서 해나 아줌마에게 애들을 맡기고 나는 집안일에 더 신경 쓰기로 했어요. 물론 가끔 놀기도 할 거예요. 안 그랬다간 채 늙기도 전에 한시도 가만히 못 있는 괴팍한 노파가 될 판이거든요. 이건 일종의 실험이에요, 존. 나를 위한 것이기도 하지만 당신을 위한 것이기도 해요. 부끄럽게도 요즘 내가 당신을 너무 방치했잖아요. 집을 예전처럼 되돌리고 싶어요. 반대하지 않을 거죠, 네?"

존이 뭐라고 대답했는지, 또 그 작은 보닛이 어쩌다 완전히 망가질 뻔했는지는 하나도 중요하지 않다. 다만 이 집과 이 집 사람들에게 서서히 일어난 변화로 미루어볼 때 존은 반대하지 않은 듯 보인다는 것만 알고 있으면 된다. 물론 천국과는 거리가 멀었지만 분업 체계 덕분에 다들 나아졌다. 아이들은 아버지의 규율 아래서 쑥쑥 자라났다. 정확히 말하면 흔들림 없는 존이 아기 왕국에 질서와 복종을 가져온 것이었다. 그동안 메그는 운동도 열심히 하고 가끔은 놀기도 하면서, 그리고 현명한 남편과 속 깊은 대화도 나누면서 예전의 생기를 회복하고 마음의 안정도 되찾았다. 집은 다시 집다워졌고, 존은 메그와 같이 외출할 때를 제외하면 집을 비울 마음을 먹지 않았다. 그러자 스콧 부부가 브룩 부부를 찾아왔고, 이 작은 집이 행복과 만족, 가족애가 가득한 곳이라는 걸 다들 느낄 수 있었다. 심지어 화려한 샐리 모팻조차도 이 집을 즐겨 찾았다.

"이 집은 언제 봐도 조용하면서 쾌적해. 난 이 집이 좋아, 메그."

샐리는 그 비결을 알아내 화려하지만 외로움으로 가득한 자신의 커다란 집에 써먹어보기라도 하려는 듯 부러운 눈길로 집 안 구석구석을 둘러보며 이렇게 말하곤 했다. 그녀가 사는 집에는 얼굴이 햇살처럼 환한 말썽꾸러기 아기도 없었고, 네드 또한 아내가 들어설 자리가 없는 자신만의 세계에서 살았기 때문이다.

이 가정의 행복은 어느 날 갑자기 찾아온 게 아니었다. 하지만 존과 메그는 행복에 이르는 열쇠를 발견했고, 한 해 한 해 거듭되는 결혼 생활은 부부에게 그 열쇠로 진정한 가족애와 서로 기꺼이 도우려는 마음이 가득 들어 있는 금고를 여는 법을 가르쳐주었다. 그 금고는 아주 가난한 사람은 가지고 있을지 몰라도 아주 부유한 사람은 살 수 없는 것이었다. 이런 집이야말로 젊은 아내 겸 엄마들이 세상의 근심과 걱정으로부터 벗어나 들어앉고 싶어 하는 곳일지도 모른다. 자신들에게 달라붙는 어린 아들딸들에게서 슬픔과 가난과 세월에도 끄떡없는 충직한 사랑을 확인하고, 맑은 날이나 궂은 날이나 '가정 악단'이라는 고대 색슨어의 진정한 의미를 아는 충실한 친구와 나란히 걸어가면서 말이다. 그리고 메그가 배웠듯이 여자들에게 가장 행복한 왕국은 가정이며, 여왕이 아니라 현명한 아내이자 어머니로서 그 왕국을 다스리는 것이야말로 가장 큰 영광이라는 것을 깨우치게 되는 곳일지도 모른다.

39
게으른 로런스

로리는 일주일만 머물 생각으로 니스에 왔다가 한 달째 머물고 있었다. 이제 혼자 돌아다니는 것도 지겨웠고, 친숙한 에이미의 존재가 이국의 낯선 풍경에 그녀에게서도 조금 느껴지는 집처럼 아늑한 매력을 덧입히는 듯 보였다. 그렇지 않아도 그는 예전에 받던 '칭찬'이 약간 그리웠는데, 또다시 칭찬받을 기회를 만나 그것을 실컷 맛보는 중이었다. 낯선 사람들의 칭찬은 아무리 번드르르해도 고향에서 누이 같던 소녀들이 해주던 칭찬에 비하면 그 절반도 기쁘지 않았다. 에이미는 로리를 만나면 다른 사람들처럼 호들갑을 떨지는 않았지만 몹시 기뻐하며 그에게 찰싹 달라붙었다. 자연히 둘은 서로 어울리면서 위안을 얻었고, 즐거운 계절을 맞이한 니스의 그 누구보다도 바지런을 떨며 말을 타거나 춤을 추거나 빈둥거리면서 함께 많은 시간을 보냈다. 하지만 겉보기에 스스럼없이 함께 즐기는 동안 알게 모르게 서로를 발견해나가면서 서로에 대한 의견을 형성하고 있었다. 에이미에 대한 친구의 평가는 날마다 점수가 올랐지만 로리에 대한 평가는 그 반대였고, 둘 다 말은 하지 않았어도 그 사실을 느끼고 있었다. 에이미는 그동안 로리가 선물한 수많은 즐거움이 고마워 그를 기쁘게 해주려고 노력했고, 노력한 만큼 성공도 거두었다. 비록 소소한 배려이긴 했지만 그 안에 에이미는 말로는 다 할 수 없는 여성스러운 매력을 듬뿍 담아 로리에게 보답했다. 그에 비해 로리는 어떤 노력도 하지 않았다. 대신 아픈 기억을 잊으려 애쓰면서, 한 여자가 자신을 냉대했으니 다른 여자들은 모두 자신에게 친절한 말을 한 마디씩 빚지고 있다고 생각하며 그저 편안하게 마음 가는 대로 행동했다. 로리는 굳이 애쓰지 않아도 천성이 너그러웠기에 에이미가 원하기만 했다면 니스의 자잘한 장신구를 모조리 사 줬을 것이다. 하지만 그런다고 해서 자신에 대한 에이미의 평가가 달라지리라고는 생각하지 않았다. 로리는 에이미의 예리한 파란 눈이 슬픔과 경멸을 반씩 담아 자신을 쳐다볼 때면 두려움마저 느꼈다.

"오늘은 다들 모나코에 갔어. 난 집에 남아 편지 쓰는 쪽을 택했고. 이제 편지도 다 썼으니 발로사로 그림이나 그리러 가려고 하는데, 같이 갈래?"

어느 화창한 날 정오 무렵에 에이미가 평소처럼 빈둥거리고 있는 로리에게 물었다.

"글쎄, 그러지 뭐, 그런데 오래 걷기에는 너무 덥지 않아?"

로리가 밖을 내다보더니 그늘진 응접실에 마음이 더 끌리는지 천천히 대답했다.

"작은 마차를 타고 갈 거야. 바티스트가 몰면 되니까 오빠는 그 멋진 장갑을 끼고 그냥 양산만 들고 있으면 돼."

에이미가 흠 하나 없이 깔끔한 염소 가죽 장갑을 못마땅한 눈으로 흘끔거리며 말했다. 그 장갑은 로리의 약점이었다.

"그렇다면 기꺼이 가지."

로리가 에이미의 스케치북을 건네받으려고 손을 내밀었지만 에이미는 스케치북을 겨드랑이 밑에 끼면서 쌀쌀맞게 받아쳤다.

"그런 수고는 안 해도 돼. 하나도 힘들지 않으니까. 오빠야말로 이걸 들 힘도 없어 보이네."

그러면서 에이미가 계단을 뛰어 내려가자 로리는 눈썹을 치켜세우며 그 뒤를 느릿느릿 쫓아갔다. 하지만 마차에 오르자 로리는 직접 고삐를 잡았다. 그 바람에 할 일이 없어진 꼬마 바티스트는 의자에 앉아 팔짱을 낀 채 잠들고 말았다.

이제까지 두 사람은 한 번도 싸운 적이 없었다. 싸우기에 에이미는 너무 예의가 발랐고 로리는 너무 게을렀다. 잠시 뒤 로리가 모자 챙 아래로 호기심을 드러내며 슬쩍 훔쳐보자 에이미는 미소로 대답했고, 그렇게 두 사람은 더없이 다정하게 길을 나섰다.

즐거운 나들이였다. 마차를 타고 꼬불거리는 길을 달리자 아름다움을 사랑하는 사람의 눈을 즐겁게 해주는 그림 같은 경치가 펼쳐졌다. 도중에 오래된 수도원이 하나 나왔는데, 그곳 수도사들이 부르는 엄숙한 성가가 그 아래를 내달리는 두 사람의 귀에까지 들려왔다. 또 저쪽에서는 나막신을 신고 뾰족한 모자를 쓴 목동이 맨다리로 한쪽 어깨에 거칠거칠한 웃옷을 걸친 채 바위에 걸터앉아 피리를 불고 있었고, 그사이 그의 염소들은 바위 사이를 뛰어다니거나 주인의 발치에 누워 있었다. 유순한 회색 당나귀들이 갓 베어낸 풀이 잔뜩 들어 있는 짐바구니와 밀짚모자를 쓰고 풀 더미 사이에 앉아 있는 예쁜 여자아이 아니면 실패를 돌리며 실을 잣는 할머니를 싣고 지나갔다. 순한 눈매의 가무잡잡한 아이들이 가축우리 같기도 한 희한한 모양의 돌집에서 달려 나와 꽃다발이나 오렌지 열매가 여태도록 달려 있는 가지를 내밀었다. 마디마디 옹이 진 올리브나무들이 짙은 색 이파리를 매단 채 언덕을 가득 뒤덮었고, 과수원에는 황금빛 과일들이 주렁주렁 매달려 있었다. 길가를 따라 피어난 새빨간 아네모네 꽃 저 너머로는 초록색 산봉우리와 험준한 바위산들이 펼쳐져 있었고, 뾰족하고 하얀 알프스 산맥이 이탈리아 쪽의 파란 하늘을 배경으로 우뚝 솟아 있었다.

발로사는 이름값을 하는 곳이었다. 1년 내내 계속되는 여름 날씨 덕에 장미꽃이 어딜 가나 흐드러지게 피어 있었다. 아치문 위에 주렁주렁 매달려 있는가 하면 커다란 대문의 철창 사이로 삐죽 고개를 내밀고는 지나가는 사람들에게 달콤한 환영 인사를 건네기도 했다. 그런가 하면 큰길 양쪽을 따라 길게 이어진 장미의 행렬은 레몬나무와 야자수 사이를 요리조리 빠져나가 언덕 위의 저택으로 이어졌다. 쉬어갈 수 있도록 의자를 놔둔 그늘진 구석마다 장미꽃이 무더기로 피어 있었고, 눈요기 삼아 인공으로 조성한 정원의 서늘한 암굴마다 대리석 요정이 장미꽃 베일을 두른 채 미소 짓고 있었다. 분수대에는 너 나 할 것 없이 허리를 숙인 채 자신의 아름다운 모습을 보고 미소 짓는 빨강, 하양, 연분홍 장미들이 비치고 있었다. 장미꽃은 그 집의 벽을 빙 돌아가며 뒤덮고, 처마를 치렁치렁 장식하고, 기둥을 타고 오르고, 햇살 가득한 지중해와 해안가의 하얀 벽으로 둘러싸인 도시가 내려다보이는 널찍한 테라스 난간 위로 죽죽 뻗어나가고 있었다.

"여긴 신혼 여행지로 그만이겠다, 안 그래? 이런 장미 본 적 있어?"

에이미가 경치와 주변에 맴도는 사치스러운 냄새를 감상하려고 테라스 난간에서 잠시 걸음을 멈추며 물었다.

"아니, 게다가 이런 가시도 처음 봐."

로리가 손에 닿을락 말락 한 곳에 홀로 피어 있는 새빨간 장미를 꺾으려다가 가시에 찔린 엄지를 입에 넣고 대답했다.

"더 아래쪽에 있는 가시 없는 장미를 따봐."

에이미가 자신의 뒤쪽 벽을 차지하고 앉은 크림색의 작은 꽃송이 세 개를 꺾어 들며 말했다. 에이미는 평화의 선물로 그 꽃들을 로리의 단춧구멍에 꽂아주었다. 로리는 잠시 그대로 서서 호기심 가득한 표정으로 꽃들을 내려다보았다. 그 순간 그의 천성 일부를 이루는 이탈리아인의 기질 속에 숨어 있던 미신의 흔적이 발동하면서 로리는 달콤하면서도 씁쓸한 감상에 젖어들었다. 상상력이 풍부한 청년들은 어딜 가든 사소한 것에서도 의미를 찾으며 사랑과 연결하려는 경향이 있다. 로리는 가시 돋친 빨간 장미에 손가락을 찔리고 나서 조를 생각했다. 강렬한 색의 그 꽃들이 조를 닮은 듯한 데다 조는 가끔 고향집 온실에서 기른 그 비슷한 꽃을 꽂았기 때문이다. 에이미가 그에게 건넨 옅은 빛깔의 장미는 이탈리아인들이 망자의 손에 놓아주는 꽃이었고 신부의 화환에는 절대 쓰이지 않았다. 로리는 잠시 이 징조가 조나 자신을 가리키는 건 아닐까 생각했다. 하지만 곧이어 미국인의 상식이 그의 그런 감상을 눌러 이겼고, 그는 이곳에 오고 나서 처음으로 마음껏 웃었다. 에이미는 로리가 그렇게 웃는 소리를 처음 들었다.

"좋은 충고지? 새겨들어, 손가락이 무사하고 싶다면."

에이미가 자기 말이 로리를 웃겼다고 생각하며 말했다.

"고마워. 그럴게!"

몇 달 뒤 똑같은 말을 진지하게 하게 될 줄은 꿈에도 모른 채 로리가 장난처럼 대답했다.

"할아버지한테는 언제 갈 거야?"

에이미가 통나무 의자에 앉으며 말했다.

"곧 갈 거야."

"지난 3주 동안 열두 번도 더 한 말이야."

"대답이 짧을수록 귀찮은 일이 줄어드니까."

"할아버지는 오빠를 기다리실 거야. 이젠 정말 가봐."

"친절도 하셔! 그건 나도 알아."

"알면서 왜 안 가?"

"내가 원래 못된 놈인가 보지 뭐."

"원래 게을러서는 아니고? 게으른 건 진짜 나쁜 거야!"

그러면서 에이미는 심각한 표정을 지었다.

"그렇게 나쁜 것만도 아니야. 어차피 가봤자 할아버지만 귀찮게 할 거야. 차라리 여기 남아서 널 좀 더 귀찮게 하는 편이 낫지. 참을성은 네가 더 많잖아. 네 체질에도 딱 맞고 말이야!"

그러면서 로리는 잠시 테라스 난간 턱에 기대 심란한 마음을 가라앉혔다.

에이미는 포기하듯 고개를 절레절레 흔들며 스케치북을 펼쳤지만 '저 철없는 남자'에게 잔소리 좀 해야겠다고 생각하고는 이내 다시 입을 열었다.

"이제 뭐 할 거야?"

"도마뱀 구경."

"아니, 아니! 이제부터 어쩔 생각이냐고. 뭐 하고 싶은데?"

"네가 허락해준다면 담배나 한 대 피울까 하는데."

"정말 짜증 나게 하네! 담배는 안 돼. 하지만 오빠를 그리게 해주면 허락해줄게. 모델이 필요하거든."

"황송하옵니다. 그런데 어떻게 그럴 건데? 전신? 아니면 4분의 3? 물구나무를 설까, 아니면 뒤돌아설까? 내 생각엔 비스듬히 드러누운 자세가 좋을 것 같은데. 그런 다음 너도 그려 넣고 제목을 '행복한 게으름뱅이'라고 붙이는 거야."

"지금 그대로 있어. 잠들어도 돼. 난 열심히 그릴 거니까."

에이미가 그 어느 때보다 씩씩한 목소리로 말했다.

"그 열정 마음에 드는데!"

그러면서 로리는 아주 만족스러운 기색으로 키 큰 항아리에 기댔다.

"조 언니가 지금 이런 오빠를 보면 뭐라고 할까?"

에이미는 로리에게 자극을 주려고 자기보다 더 활력이 넘치는 언니의 이름을 들먹이며 성마르게 물었다.

"평소처럼 '가, 테디, 나 바빠!' 하겠지."

로리는 웃으면서 말했지만 웃음소리는 자연스럽지 않았고 얼굴에는 그늘이 스쳤다. 입 밖으로 나온 그 익숙한 이름이 아직 아물지 않은 상처를 건드렸기 때문이다. 그 말투와 얼굴의 그늘에 에이미는 깜짝 놀랐다. 전에도 보고 들은 적이 있었기 때문이다. 잠시 뒤 에이미가 고개를 들자 로리의 얼굴에는 새로운 표정이 서려 있었다. 고통과 불만, 후회가 가득한 힘겹고 씁쓸한 표정이었다. 그러나 그 표정은 에이미가 미처 자세히 관찰하기 전에 사라져버렸고, 곧이어 로리는 다시 무관심한 얼굴로 돌아왔다. 잠시 에이미는 이탈리아인과 정말 비슷하게 생겼다고 생각하며 예술가의 반짝이는 눈으로 로리를 관찰했다. 로리는 모자도 쓰지 않고 드러누워 남쪽의 몽환이 가득 어린 눈으로 느긋하게 햇볕을 쬐고 있었다. 그는 에이미도 잊고 상념에 잠긴 듯했다.

"오빠는 자기 무덤 위에서 잠들어 있는 젊은 기사의 조각상 같아."

에이미가 검은 돌과 대비를 이뤄 이목구미가 더욱 또렷해 보이는 얼굴 옆모습을 정성스레 그리며 말했다.

"차라리 그랬으면 좋겠다!"

"인생이 끝난 것도 아닌데 왜 그런 바보 같은 소리를 해. 오빠는 너무 많이 변한 것 같아. 그래서 난 가끔……."

에이미는 말꼬리를 흐렸다. 소심함과 아쉬움이 반씩 섞인 그녀의 표정은 끝내지 못한 말보다 더 많은 의미를 담고 있었다.

로리는 에이미가 망설이다 미처 표현하지 못한 애정 어린 걱정을 알고도 남기에 에이미의 눈을 똑바로 바라보며 예전에 그녀의 어머니에게 자주 했던 말을 했다.

"보시다시피 전 아무 일도 없습니다요, 마님!"

그 말은 에이미를 안심시키며 최근 들어 고개를 들기 시작한 의구심을 잠재웠다. 게다가 마음까지 움직였고, 그래서 에이미는 다정한 목소리로 그렇다는 걸 보여주었다.

"듣던 중 반가운 소리네! 물론 오빠가 아주 나쁜 남자라고는 생각하지 않지만 그 사악한 바덴바덴에서 돈을 탕진한 건 아닐까, 매력적인 프랑스 유부녀에게 홀딱 빠진 건 아닐까, 청년들이 외국 여행의 당연한 일부로 여기는 곤란한 상황 같은 데 휘말린 건 아닐까, 별별 생각을 다 했어. 거기 햇볕에 나가 있지 말고 여기 풀밭에 누워봐. 예전에 우리가 소파 구석에 모여 앉아 비밀 얘기를 할 때 조 언니가 늘 말했던 것처럼 우리 '터놓고 친해져 보자.'"

로리는 순순히 풀밭에 누워 옆에 놓인 에이미의 모자 리본에 데이지 꽃을 꽂기 시작했다.

"비밀 얘기 들을 준비됐어."

그러면서 로리는 호기심 어린 눈빛으로 결심한 듯 에이미를 올려다보았다.

"난 말할 게 없어. 먼저 시작해."

"나도 없는데. 난 네가 집에서 무슨 소식이라도 들은 줄 알았지."

"최근 소식은 오빠도 모두 들었잖아. 자주 듣는 거 아니었어? 난 조 언니가 편지를 많이 보내는 줄 알았는데."

"조는 너무 바빠. 나도 여기저기 떠도느라 바쁘고. 그래서 정기적으로 소식을 주고받는 건 불가능해. 그건 그렇고 언제쯤이면 걸작을 내놓으실 건가요, 화가 아가씨?"

로리는 에이미가 자신의 비밀을 눈치챘는지 궁금해서 잠시 그 얘기를 할까도 생각했지만 결국 화제를 바꾸고 말았다.

"기대하지 마."

에이미가 절망 어린, 그러나 단호한 목소리로 대답했다.

"로마가 내 허영심을 몽땅 앗아 가버렸어. 거기의 걸작들을 보고 나니까 내가 너무 하찮게 느껴지지 뭐야. 가슴 아프지만 어리석은 희망 따윈 싹 다 버렸어."

"열정과 재능이 그렇게 많으면서 왜 포기해?"

"바로 그래서야. 재능이 있는 것과 천재는 달라. 열정이 아무리 많아도 그 틈을 메울 순 없어. 난 위대한 화가가 되지 못할 바엔 차라리 아무것도 안 하고 싶어. 그래서 마음 접었어."

"그럼 앞으로 뭐 할 건지 물어봐도 돼?"

"다른 재능을 갈고닦아서 기회가 되면 사교계를 주름잡고 싶어."

흔히 듣기 어려운 대담한 말이었지만 대담성은 젊은이의 특징이기도 하며, 에이미의 야망에는 충분한 근거가 있었다. 로리는 웃고 말았지만 오랫동안 소중하게 품어왔던 꿈이 물거품이 되어버렸는데도 슬퍼하지 않고 새롭게 목표를 세우는 그 기백이 마음에 들었다.

"훌륭한걸! 그럼 이쯤에서 프레드 본이 등장해줘야 하는 거 아냐?"

에이미는 신중하게 침묵을 지켰지만 풀기 없는 얼굴에는 인정하는 듯한 표정이 드리워 있었다. 이에 로리는 일어나 앉아 진지하게 말했다.

"날 친오빠라고 생각하고 내가 묻는 말에 대답해 줄래?"

"약속은 못 해."

"네 입은 그렇지 몰라도 네 얼굴은 말해주겠지. 넌 아직 세상

일을 덜 겪어서 감정을 잘 못 숨겨. 작년에 너와 프레드를 둘러싼 소문을 들었어. 이건 내 생각이긴 한데, 프레드가 갑자기 집으로 불려가서 그렇게 오래 붙들려 있는 게 아니라면 뭔가 다른 사정이 있을 거야, 맞지?"

"그건 내가 할 말이 아니야."

단호한 대답이었지만 에이미의 입은 미소를 지으려 하고 있었고, 저도 모르게 반짝이는 눈빛에서 에이미가 자신의 힘을 파악하고 이를 즐기고 있다는 것이 드러났다.

"설마 약혼한 건 아니겠지?"

로리가 갑자기 큰오빠 같은 표정으로 심각하게 물었다.

"아니야."

"하지만 프레드가 돌아와서 청혼하면 받아들일 거잖아, 안 그래?"

"그러겠지."

"프레드를 좋아한다는 거야?"

"노력하면 좋아질 거야."

"하지만 청혼받기 전까진 좋아하지 않겠다? 맙소사, 아주 소름 끼치게 신중도 하시지! 프레드는 좋은 녀석이긴 하지만, 에이미, 네가 좋아할 남자는 아니야."

"그는 부자이고 신사인 데다 쾌활해."

에이미는 냉정하게 품위를 지키려고 애썼지만 순수한 의도였는데도 자기 자신이 창피해지기 시작했다.

"이제 답이 나오네. 사교계의 여왕은 돈이 없으면 안 되니까 적당한 상대를 골라 시집을 잘 가는 것으로 시작하겠다는 거 아냐? 거 꽤 그럴 듯하네, 세상 돌아가는 이치처럼. 하지만 네 어머니의 딸이 하는 말이라기엔 이상하게 들려."

"하지만 맞아."

짧은 말이었지만 그 말에서 느껴지는 침착한 결심은 젊은 화자와 묘하게 대조를 이루었다. 로리는 이를 직감적으로 알아채고 설명할 수 없는 실망감을 느끼며 다시 드러누웠다. 그의 표정과 침묵뿐만 아니라 어딘지 자조하는 듯한 기색에 에이미는 속이 상해 내친김에 잔소리를 하기로 마음먹었다.

"내가 좀 싫은 소리를 할 건데 괜찮지?"

"그러든가."

"그럴게."

그러면서 에이미는 최대한 간단하게 끝내겠다는 표정을 지었다.

"그럼 시작해 보거라, 내 허락하노니."

사람 놀리는 게 취미인 로리가 오랜만에 먹잇감을 발견하고 신이 나서 대답했다.

"5분도 안 돼서 화낼 거잖아."

"내가 언제 너한테 화낸 적 있냐. 부싯돌도 두 개가 맞부딪쳐야 불이 붙는 법이야. 넌 눈처럼 침착하고 부드럽잖아."

"오빠는 날 잘 몰라. 눈도 벌겋게 달아오르면서 얼얼하게 찔러

댈 때가 있거든. 오빠의 무심함은 절반은 가짜야. 제대로 자극받으면 진실이 드러날걸."

"그럼 자극해봐. 난 까딱없을 테고 넌 재미있을 거야. 덩치 큰 남편이 조그만 아내한테 매를 맞으며 이런 말을 한다지? 나를 남편이나 카펫이라고 생각하고 지칠 때까지 어디 한번 두들겨봐. 그런 운동이 너한테 맞는다면."

한편으로는 짜증도 나고, 또 한편으로는 로리가 그를 너무도 많이 바꿔놓은 무관심의 갑옷을 벗어던지는 모습을 보고 싶기도 한 마음에 에이미는 혀와 연필을 날카롭게 다듬으며 얘기를 꺼냈다.

"플로와 내가 오빠 새 별명을 지었어. '게으른 로런스'라고. 마음에 들어?"

에이미는 그 말이 로리를 화나게 할 줄 알았지만 로리는 팔짱을 끼고는 태연하게 말했다.

"나쁘지 않은걸. 고마워, 아가씨들."

"내가 로리 오빠를 어떻게 생각하는지 알고 싶지 않아?"

"어서 말해봐."

"난 로리 오빠를 경멸해."

에이미가 발끈하거나 토라져서 "미워"라고 말했다면 로리는 차라리 좋아하며 웃어넘겼을 것이다. 하지만 거의 슬픔까지 묻어나는 그녀의 심각한 말투에 로리는 눈을 번쩍 뜨고 얼른 물었다.

"왜 그런지 말해줄래?"

"훌륭하고 쓸모 있고 행복해질 수 있는 기회가 얼마든지 있는데도 단점투성이에 게으르고 늘 뚱해 있잖아."

"꽤 센데요, 마드무아젤."

"괜찮다면 계속할게."

"계속해. 흥미진진하니까."

"그럴 줄 알았어. 이기적인 사람들은 언제나 자기 자신에 대해 말하는 걸 좋아하니까."

"내가 이기적이야?"

로리가 깜짝 놀라 자기도 모르게 물었다. 관대함이야말로 자신의 장점이라고 자부하고 있었기 때문이다.

"응, 아주 이기적이야."

에이미가 차분하고 냉정한 목소리로 말을 이었다. 그 편이 화난 목소리보다 두 배는 더 효과가 있었다.

"왜 그런지 알려줄게. 함께 어울리는 동안 오빠를 관찰해봤는데, 영 마음에 들지 않아. 외국 생활을 한 지 반년이 다 돼가는데 시간과 돈만 허비하고 주변 사람들을 실망시킨 것 말고는 한 게 없잖아."

"4년 동안 고생했는데 그 정도도 놀지 말란 말이야?"

"그 정도면 놀 만큼 논 거 아냐? 어쨌든 내가 보기엔 놀아도 전혀 나아진 것 같지가 않아. 처음 만났을 때 오빠가 성숙해진 것 같다고 말했었는데, 그 말 취소할게. 지금 오빠는 내가 고향을 떠나올 때보다 절반도 멋있지 않으니까. 지독하게 게으르고 잡담이나 좋아하고 하찮은 일에 시간을 내버리고, 현명한 사람들에게서 사랑과 존경을 받으려고 하기보다 멍청한 인간들의 아부와 찬사에 안주하는 것 같아. 돈, 재능, 지위, 건강, 아름다움 모두 다 있으니, 아, 얼마나 좋겠어! 우쭐할 만도 하지. 하지만 나도 진실을 말해야겠어. 오빠는 그렇게 좋은 것들을 가지고 있으면서도 그걸 쓰지도 즐기지도 않고 그저 빈둥거리고만 있어. 돼야 마땅한 남자가 되는 대신에 그저…….”

여기서 에이미는 고통과 연민이 뒤섞인 표정으로 말을 뚝 멈췄다.

“석쇠 위에서 몸부림치는 성 라우렌시오(로마 황제 발레리아누스의 박해로 죽은 기독교 순교자. 뜨거운 석쇠 위에서 고문을 받으며 ‘보아라, 한쪽은 잘 구워졌으니 다른 쪽도 잘 구워서 먹어라!’라고 말했다고 전해진다 : 옮긴이)겠지.”

로리가 덤덤하게 에이미의 말을 마무리했다. 그러나 잔소리는 효과를 나타내기 시작했다. 눈에서는 정신이 번쩍 든 듯 불꽃이 일었고, 방금 전의 무심한 표정도 분노와 고뇌가 반씩 섞인 표정으로 바뀌었기 때문이다.

“오빠가 그런 식으로 나올 줄 알았어. 남자들은 우리 여자들 보고 천사네 뭐네 하면서 뭐든 하라는 대로 하겠다고 말하지만, 막상 우리가 자기들 잘되라고 입바른 소리라도 하면 우릴 비웃으며 귓등으로도 들으려고 하지 않지. 그것만 봐도 남자들이 하는 소리가 듣기에만 번드르르할 뿐 얼마나 실속이 없는지 알 수 있다니까."

에이미는 씁쓸한 목소리로 이렇게 내뱉고는 그녀의 발치에 앉아 있는 분통 터지게 하는 성자에게서 등을 돌려버렸다.

잠시 뒤 손 하나가 종이 위로 쓱 내려왔고, 그 때문에 에이미는 그림을 그릴 수가 없었다. 곧이어 뉘우치는 아이를 흉내 내는 우스꽝스러운 목소리가 들려왔다.

"착하게 굴게요! 아, 정말이에요!"

하지만 에이미는 웃지 않았다. 대신 쫙 펼친 손을 연필로 톡톡 두드리며 진지하게 말했다.

"이 손이 부끄럽지 않아? 여자 손처럼 보드랍고 하얗네. 최고급 명품 장갑을 끼고 여자들에게 꽃이나 꺾어 주는 일 말고는 아무 일도 하지 않은 것처럼 말이야. 그나마 오빠가 멋을 안 부리는 게 다행이지 뭐야. 이 손에 다이아몬드 반지나 큼지막한 인장 반지가 없는 게 얼마나 다행이야? 조 언니가 아주 옛날에 준 그 낡고 작은 반지만 끼고 있네. 아휴, 조 언니가 여기 있어서 날 거들어주면 참 좋을 텐데!"

"동감이야!"

손은 나타날 때처럼 갑자기 휙 사라졌다. 자신의 바람에 동감하는 말에서 묻어나는 활력은 에이미의 마음에도 들었다. 에이미는 새로 드는 생각이 있어 로리를 흘낏 내려다보았지만 그는 햇빛을 막으려는 듯 모자로 얼굴을 반쯤 가린 채 누워 있었다. 게다가 콧수염이 입을 가리고 있어 에이미의 눈에는 오르락내리락

들썩이는 가슴만 보였다. 그런 가운데 길게 내쉬는 숨은 한숨인 듯했고, 풀 속에 자리 잡은 반지 낀 손은 너무 소중하거나 너무 애처로워서 차마 말할 수 없는 뭔가를 숨기고 있는 것 같았다. 그 순간 여러 가지 징후와 사소한 일들이 에이미의 머릿속에서 돌연 형태와 의미를 갖추기 시작하면서 그녀의 언니가 한 번도 털어놓지 않았던 사실을 말해주었다. 에이미는 로리가 언니 얘기를 먼저 꺼낸 적이 없다는 점과 로리의 얼굴에 드리운 그늘, 달라진 성격, 잘생긴 손에 제대로 된 것도 아니고 하필 그 작고 낡은 반지를 끼고 있다는 점 등을 기억해냈다. 여자들은 그런 신호들을 읽고 그 뜻을 알아차리는 데 밝다. 에이미는 어쩌면 실연이 변화의 주범일지도 모른다고 생각하고 있었지만 이제 그렇다는 확신이 들었다. 에이미는 그렁그렁한 눈으로 최대한 살갑고 다정하게 다시 말을 꺼냈다.

"내게 그런 말 할 자격 없다는 거 알아. 오빠가 세상에서 가장 착한 남자니까 망정이지 안 그랬다면 나한테 엄청 화를 냈겠지. 우리 모두 오빠를 정말 좋아하고 자랑스러워하는데, 고향의 가족들까지 나처럼 실망할지 모른다고 생각하자 참을 수가 없었어. 하지만 어쩌면 가족들은 달라진 오빠 모습을 나보다 더 잘 이해할지도 모른다는 생각이 들어."

"그럴 거야."

모자 밑에서 냉정한 목소리가 들려왔다. 슬픔에 젖은 목소리만큼이나 가슴 아프게 하는 목소리였다.

"가족들이 내게 귀띔해줬다면 더없이 상냥하고 인내심을 발휘해야 할 때 이렇게 야단이나 쳐대는 실수를 저지르진 않았을 거야. 처음부터 랜들 양을 좋아하지 않았지만 이제는 그 여자가 미워!"

눈치가 빤한 에이미가 자기 짐작이 맞는지 확인하려고 은근슬쩍 돌려 말했다.

"랜들 양이라니 무슨 소리야!"

그러면서 로리는 모자를 얼굴에서 홱 치웠다. 로리의 표정은 그 아가씨에 대한 감정이 어떤지 분명히 말해주고 있었다.

"미안해, 저기 그게……."

에이미가 교묘하게 말꼬리를 흐렸다.

"알면서 그러는 거 내가 모를 줄 알고? 내가 조 말고는 누구도 좋아한 적 없다는 거 넌 다 알고 있었잖아."

로리는 예전의 성급한 어조로 이렇게 말하고 나서 고개를 돌려버렸다.

"그건 그랬지만 가족들이 그 얘기는 하지 않았어. 그러던 중에 오빠가 왔고, 아마 내가 착각했나 봐. 그런데 조 언니가 매정하게 군 거야? 난 언니가 오빠를 많이 사랑하는 줄 알았는데."

"다정하기는 했지, 엉뚱한 방향으로긴 했지만. 네가 생각하는 것처럼 내가 아무 짝에도 쓸모없는 남자라면 나를 사랑하지 않는 게 조한테는 잘된 일이겠지. 하지만 조는 실수한 거야. 내 말 그대로 전해도 좋아."

그 말을 하는 로리의 얼굴에 또다시 힘겹고 씁쓸한 표정이 떠올랐고, 에이미는 상처에 바를 마땅한 연고가 생각나지 않아 괴로웠다.

“내가 잘못했어. 난 몰랐지 뭐야. 화내서 정말 미안해. 하지만 좀 더 잘 버텨줬으면 좋겠어, 테디.”

“하지 마, 그건 조가 날 부르는 이름이니까!”

그러면서 로리는 말을 막으려는 듯 얼른 한 손을 치켜들었다. 조는 반은 다정하게 반은 나무라는 투로 그렇게 로리를 부르곤 했었다.

“너도 겪어봐.”

로리가 풀을 한 움큼 뽑으며 나지막이 덧붙였다.

“나라면 남자답게 받아들일 거야. 사랑을 받을 수 없다면 존경받는 쪽을 택하겠어.”

에이미가 딱 잘라 말했다. 아직 겪어보지 않은 사람은 그렇게 말할 수도 있었다.

로리는 이제까지 아주 잘 참아왔다고 자부하고 있었다. 잊기 위해 문제를 멀리 치워두긴 했지만 괴로움에 몸부림친 적도, 공감을 바란 적도 없었다. 하지만 에이미의 설교는 문제를 새로운 눈으로 보게 해주었다. 첫 실패에 좌절해 스스로를 침울한 무관심 안에 가둬버리다니 나약하고 이기적으로 보였다. 그는 막 우울한 꿈에서 깨어나기라도 한 듯 다시 잠들기는 어렵다는 것을 깨달았다. 그러고는 곧 자리에서 일어나 앉아 천천히 물었다.

"조도 너처럼 날 경멸할까?"

"지금의 모습을 본다면 그러겠지. 언니는 게으른 사람을 싫어하잖아. 뭔가 대단한 일을 해서 언니의 사랑을 얻어보지 그래?"

"최선을 다했지만 소용없었어."

"우등생으로 졸업한 거 말이야? 어차피 그건 할아버지 때문에라도 해야 했던 일이잖아. 그렇게 많은 시간과 돈을 쏟아부었는데 모두의 기대를 저버리고 실패했다면 그런 망신도 없었을 거야."

"네가 무슨 말을 한다 해도 난 실패했어. 조가 날 사랑하지 않으니까."

로리가 낙담한 듯 한 손으로 턱을 괴며 말했다.

"아니, 그렇지 않아. 결국 오빠도 성공했다고 말하게 될 거야. 그 덕에 이득을 봤잖아. 오빠도 노력하면 뭔가 해낼 수 있다는 걸 입증해 보였으니까. 또 다른 목표를 세워봐. 그럼 곧 활기차고 행복한 모습을 되찾고 괴로움을 잊게 될 거야."

"그건 불가능해."

"노력해 보면 알겠지. 일부러 무심한 척하지도 말고, 그런다고 조 언니가 알아줄 거란 기대도 하지 마. 난 지혜로운 편은 아니지만 관찰력이 예민해서 오빠가 상상하는 것보다 훨씬 더 많은 것을 볼 수 있어. 난 다른 사람들의 경험과 모순된 행동에 관심이 많아. 설명할 수는 없지만 그런 것들을 기억해두었다가 나를 위해 써먹곤 해. 물론 오빠가 조 언니를 평생 잊지 못할 수도 있겠지. 하지만 그러다가 자신을 망치지는 않았으면 좋겠어. 원하는 것 하나를 가질 수 없다고 그렇게나 많은 훌륭한 선물들을 모두 내버리는 건 나쁘잖아. 이제 좀 눈을 뜬 것 같으니 잔소리는 여기까지만 할게. 오빠는 그 냉담한 여자가 준 상처를 남자답게 잘 이겨낼 수 있을 거야."

두 사람은 몇 분 동안 말을 하지 않았다. 로리는 앉아서 손가락에 끼고 있는 작은 반지를 이리저리 돌려댔고, 에이미는 말을 하면서 급하게 스케치해두었던 그림을 손보며 마무리 작업에 들어갔다. 잠시 뒤 에이미가 로리의 무릎 위에 그 그림을 올려놓으며 물었다.

"어때?"

로리는 그림을 보고 슬며시 웃었다. 웃지 않고는 못 배길 만큼 잘 그린 그림이었기 때문이다. 풀밭에서 빈둥거리는 기다란 형체, 심드렁한 얼굴, 반쯤 감긴 눈, 한 손에 쥔 담배. 담배에서는 연기가 몽글몽글 피어올라 꿈꾸는 자의 머리를 둥그런 띠처럼 에워싸고 있었다.

"정말 잘 그렸다!"

에이미의 솜씨에 로리가 깜짝 놀란 표정으로 기뻐하며 말했다. 그러고는 반쯤 웃으며 덧붙였다.

"진짜 나네."

"이건 지금이고, 예전에는 이랬어."

그러면서 에이미는 또 한 장의 그림을 로리가 들고 있는 그림 옆에 갖다 댔다.

지금 그린 그림처럼 잘 그린 그림은 아니었지만 그 안에서 느껴지는 생명력과 기상은 그림의 많은 결점들을 덮어주고도 남았다. 그림이 과거를 어제 일처럼 생생하게 소환하면서 청년의 얼굴에 갑작스러운 변화가 일었다. 그것은 말을 길들이는 로리를 대충만 그린 그림이었다. 모자와 외투는 벗어둔 채였고, 움직이는 인물을 이루는 선과 단호한 얼굴, 명령을 내리는 태도에서는 힘과 의지가 넘쳐났다. 막 흥분을 가라앉힌 잘생긴 동물은 바싹 당긴 고삐 아래로 목을 활처럼 구부린 채 서서는 한 발로 성급하게 땅을 차면서 주인의 목소리를 들으려고 귀를 쫑긋 세우고 있었다. 헝클어진 갈기 사이로 말을 탄 사람의 흩날리는 머리카락과 꼿꼿한 자세가 눈에 들어왔다. 한순간의 움직임을 포착한 그 그림에서는 '행복한 게으름뱅이'의 나른한 우아함과 극명하게 대비되는 힘과 용기, 젊음의 발랄함이 묻어났다. 로리는 아무 말도 하지 않았지만 눈은 이 그림에서 저 그림을 오가며 바쁘게 움직였다. 에이미는 로리가 얼굴을 붉히며 입술을 꽉 다무는 모습을 지켜보았다. 아마도 자기가 준 작은 교훈을 읽고 받아들인 듯했다. 에이미는 거기에 만족하면서 로리가 얘기할 때까지 기다리는 대신 명랑하게 먼저 말을 걸었다.

"우리 모두가 지켜보고 있는데, 퍽을 처음 탔던 날 기억나? 메그 언니와 베스 언니는 무서워서 벌벌 떨었고, 조 언니는 박수를 치며 펄쩍펄쩍 뛰었고, 나는 울타리에 걸터앉아 오빠를 그렸잖

아. 얼마 전 내 스케치북에서 이 그림을 발견하고는 손을 좀 봐서 가지고 다녔어. 오빠에게 보여주려고."

"정말 고마워! 넌 그때보다 정말 많이 발전했어. 축하해. 이 신혼여행의 천국에서 좀 더 있다 가고 싶지만 너희 호텔 저녁 식사 시간이 다섯 시지 아마?"

로리는 자리에서 일어나 웃는 얼굴로 고개를 살짝 숙여 인사하면서 그림을 돌려주고는 시계를 확인했다. 그 모습이 에이미에게 도덕 강의는 이쯤에서 끝내라고 말하는 듯했다. 로리는 예전처럼 태평하고 무심하려고 애썼지만 이제는 말 그대로 그런 척하는 것에 지나지 않았다. 에이미가 준 자극이 그가 생각하는 것보다 더 큰 효과를 발휘하고 있었기 때문이다. 에이미는 로리의 태도에서 살짝 차가운 기색을 느끼고는 속으로 이렇게 생각했다.

'내가 오빠를 화나게 했나 봐. 그래도 오빠한테 이득이 된다면 난 상관없어. 오빠가 날 미워하게 된다면 유감이지만 사실이 그런걸 뭐. 한 마디도 취소 못 해.'

두 사람은 집으로 돌아가는 내내 웃고 떠들었다. 꼬마 바티스트는 마차 뒤쪽의 높다란 의자에 앉아 무슈와 마드무아젤이 기분이 좋은 모양이라고 생각했다. 하지만 실은 둘 다 마음이 불편했다. 둘 사이의 다정하고 솔직한 분위기가 흔들리면서 그 위로 그림자가 드리웠다. 두 사람은 유쾌한 가면을 쓰고 있었지만 각자의 마음속에는 말하지 않은 불편함이 자리하고 있었다.

"오늘 저녁에 만날까요, 몽 프레(오빠 : 옮긴이)?"

작은어머니의 방문 앞에서 헤어질 때 에이미가 물었다.

"아쉽지만 선약이 있어. 오 르부아르(안녕 : 옮긴이), 마드무아젤."

그러면서 로리는 외국식으로 손에 입을 맞추려고 고개를 숙였다. 그 모습이 여느 남자들보다 근사해 보였다. 로리의 얼굴에 어린 뭔가를 보고 에이미는 얼른 다정하게 말을 꺼냈다.

"아니, 나랑 있을 땐 편하게 해, 로리 오빠. 옛날처럼 인사하자. 난 감성이 철철 넘치는 프랑스식 인사보다 진심 어린 영국식 악수가 더 좋아."

"안녕."

로리는 악수를 하며 에이미가 좋아하는 말투로 인사를 하고 떠났다. 진심이 어린 악수는 고통스러웠다.

다음 날 아침 로리는 평소와 달리 찾아오지 않았고, 대신 에이미는 쪽지를 한 장 받았다. 에이미는 웃는 얼굴로 편지를 읽기 시작했지만 다 읽고는 한숨을 내쉬었다.

친애하는 스승님에게,

숙모님께 나 대신 인사드려줘. 그리고 기쁜 소식이 있어. '게으른 로런스'가 기특하게도 할아버지를 뵈러 가게 됐거든. 겨울 즐겁게 나고, 발로사에서 행복한 신혼여행을 보내게 되길 기원할게! 깜짝 놀랄 만한 혜택은 아마도 프레드에게 돌아갈 테지. 프레드에게 축하 인사와 함께 그렇게 전해줘.

고마움을 가득 담아

너의 텔레마코스(그리스 신화에 나오는 오디세우스와 페넬로페의 아들로 행방불명된 아버지를 찾아 유랑했다 : 옮긴이)가

"착하기도 하지! 떠났다니 잘됐어."

에이미는 흐뭇한 얼굴로 미소를 지었다. 하지만 곧이어 텅 빈 방을 둘러보고는 어두워진 얼굴로 자기도 모르게 한숨을 내쉬며 덧붙였다.

"그래, 잘된 일이야. 하지만 그가 그리울 거야."

40

어둠의 골짜기

가슴 아픈 첫 번째 슬픔이 가라앉자 가족은 어쩔 수 없는 상황을 받아들이고 나날이 커져가는 애정으로 서로를 다독이며 시련을 씩씩하게 견뎌내려고 노력했다. 어려운 때일수록 가족애는 식구들을 하나로 묶어주는 든든한 끈이 된다. 그들은 슬픔은 잠시 접어두고 마지막 해를 행복한 해로 만들기 위해 각자의 역할에 충실했다.

집에서 가장 쾌적한 방은 베스에게 돌아갔다. 그 방에는 꽃, 그림, 피아노, 작은 작업대, 사랑스러운 고양이 등등 베스가 아끼는 것은 다 있었다. 아버지가 가장 소중히 여기는 책들도, 어머니의 안락의자도, 조의 책상도, 에이미의 아름다운 그림들도 모두 그 방에 자리를 잡았다. 메그는 순례 여행이라도 하듯 날마다 아기들을 데리고 와서 베스 이모의 얼굴에 햇살 같은 미소를 선물했다. 존은 약간 멀찍이 떨어져 조용히 지켜보면서 환자가 좋아하는 과일을 구해다 공급하는 즐거움을 독차지했다. 늙은 해나는 눈물을 훔치며 변덕스러운 베스의 입맛을 돋우기 위해 지치지도 않고 이것저것 음식들을 만들어 내왔다. 바다 건너에서는 겨울을 모르는 땅의 따스하고 향긋한 숨결을 간직한 듯한 조그만 선물들과 응원의 편지가 날아들었다.

이 방에서 베스는 가족이라는 성소에 모신 성녀처럼 극진한 보살핌을 받으며 평소와 다름없이 평온하고 바쁘게 지냈다. 그 무엇도 베스의 착한 성품과 남을 먼저 생각하는 마음을 바꾸지는 못했다. 베스는 세상을 떠날 준비를 하면서도 뒤에 남겨질 사람들을 위해 조금이라도 더 행복하게 지내려고 애썼다. 베스의 가냘픈 손가락은 게으름이라고는 몰랐다. 베스는 날마다 집 앞을 지나다니는 학생들에게 줄 작은 물건들을 만들어두었다가 검푸르죽죽하게 얼어붙은 두 손에는 손모아장갑을, 수많은 인형을 자식으로 둔 꼬마 엄마에게는 바늘꽂이를, 꼬불대는 글씨의 숲에서 고생하는 어린 필경사들에게는 펜 닦는 천을, 그림을 좋아하는 아이들에게는 스크랩북을 창밖으로 던져주며 이를 낙으로 삼았다. 아이들은 마지못해 배움의 사다리를 오르다가 꽃들이 흩뿌려진 꽃길을 발견하고는 머리 위 사다리에 앉아 신기하게도 각자의 취향과 필요에 딱 들어맞는 선물을 내려주는 이 상냥한 기증자를 이를테면 무슨 요정 대모처럼 생각하게 되었다. 베스가 행여 무슨 보답을 바랐다면 창가를 올려다보며 웃는 꼬마들의 환한 얼굴이나 잉크 얼룩과 감사의 말이 가득한 우스꽝스러운 편지면 충분했다.

처음 몇 달은 매우 행복하게 지나갔다. 온 식구가 햇살 가득한 자신의 방에 둘러앉아 있을 때면 베스는 주변을 둘러보며 "정말이지 너무 아름다워!"라고 중얼거리곤 했다. 그사이 아기들은 바닥에서 발길질을 하며 까르르 웃어댔고, 어머니와 언니들은 아기들 옆에서 집안일을 했다. 그런가 하면 아버지는 낭랑한 목소리로 훌륭하고 위로가 되는 말들이 가득한 옛날 지혜서들을 읽어주었다. 그 책들은 몇 세기 전에 쓰였을 때나 지금이나 여전히 유용했다. 그 시간은 아버지이자 목회자가 자신의 양 떼에게 누구나 배워야 하는 힘겨운 교훈을 가르치기 위해 여는 작은 예배인 셈이었다. 아버지는 희망은 사랑을 위로하고 믿음은 순종을 가져온다는 것을 모두에게 보여주고자 했다. 간단명료한 설교는 듣는 이의 영혼을 곧장 파고들었다. 아버지의 마음과 목회자의 신앙이 온전히 하나였기에, 아버지가 떨리는 목소리로 말을 하거나 책을 읽을 때면 그 의미가 두 배로 다가왔다.

다행히 이런 평화로운 시기가 있었기에 가족은 다가올 슬픈 순간에 대비할 수 있었다. 그리 오래지 않아 베스는 바늘이 "너무 무겁다"는 말을 끝으로 다시는 바늘을 들지 못했다. 말하는 것도 힘겨워했고, 사람들의 얼굴을 보는 것도 성가셔했다. 고통이 베스를 완전히 장악하면서 평온했던 영혼은 연약한 육체를 괴롭히는 병마에 애처롭게 몸부림쳤다. 아아! 무거운 낮과 길고 긴 밤, 찢어지는 가슴과 간절한 기도의 나날이 계속 이어졌다. 베스를 누구보다도 사랑하는 사람들은 비쩍 마른 두 손이 애원하듯 자신들을 찾아 허우적대는 모습을 봐야 했고, 바싹 마른 목소리로 "도와줘, 도와줘!" 하고 내지르는 비명을 들어야 했으며, 그렇게 속수무책으로 있으면서 도울 방법이 없다고 느낄 수밖에 없었다. 평화롭기만 하던 영혼에 슬픔이 드리웠고, 아직 어린 생명은 죽음과 힘겨운 싸움을 벌였지만 자비롭게도 그 싸움은 길지 않았다. 고통이 멈추자 예전의 평화가 그 어느 때보다도 아름다운 모습으로 돌아왔다. 비록 연약한 몸은 망가졌지만 베스의 영혼은 점점 강해졌다. 베스는 아무 말도 하지 않았지만 주변 사람들은 베스가 떠날 채비를 마쳤다는 것을 알 수 있었다. 그들은 가장 사랑받는 자가 가장 먼저 불려 간다는 말의 의미를 되새기며 베스와 함께 강가에서 강을 건너는 베스를 맞이하러 나올 빛의 순례자를 기다렸다.

조는 베스에게 "언니가 옆에 있으면 기운이 나"라는 말을 들은 뒤로는 잠시도 베스의 곁을 떠나지 않았다. 밤이면 소파에서 잠을 자다가도 불을 다시 지피거나, '폐를 끼치고 싶지 않아' 좀처럼 뭘 부탁하는 법이 없는 환자를 먹이거나, 일으키거나, 그 외 시중을 들러 종종 눈을 떴다. 조는 다른 도움의 손길마저 질투하며 하루 종일 베스의 방에 틀어박혀 지냈다. 그리고 베스를 돌봐줄 사람으로 선택받은 것을 생애 최고의 영광으로 여기며 자랑

무거운 낮과 길고 긴 밤, 찢어지는 가슴과 간절한 기도의 나날이 계속 이어졌다.

스러워했다. 꼭 필요한 가르침을 가슴 깊이 새길 수 있었다는 점에서 조에게는 이 시간들이 더없이 소중하고 유익했다. 특히 인내에 대한 교훈들은 조가 안 받아들이려고 해도 안 받아들일 수가 없을 만큼 너무도 감미롭게 다가왔다. 모두를 품어 안는 자비, 매정함을 용서하고 진정으로 잊는 어여쁜 마음, 아무리 큰 어려움도 쉽게 넘을 수 있게 해주는 충직한 의무감, 두려움도 의심도 없이 온 마음으로 믿는 진실한 신앙.

조가 잠에서 깨어나 보면 베스는 잠을 이루지 못하고 조그만 낡은 책을 읽거나, 노래를 흥얼거리거나, 두 손으로 턱을 괸 채 투명할 만큼 파리한 손가락 사이로 눈물을 천천히 떨어뜨릴 때가 많았다. 조는 누운 채로 그런 베스를 가만히 지켜보면서 눈물을 흘릴 겨를도 없이 깊은 생각에 빠졌다. 베스는 간단하면서도 이기적이지 않은 방식으로 서서히 지난 삶에서 벗어나 위안을 주는 성스러운 말씀과 조용한 기도, 그녀가 그토록 사랑하는 음악을 통해 앞으로의 삶을 준비하려는 것 같았다.

베스의 이런 모습은 가장 지혜로운 설교보다도, 가장 성스러운 찬송가보다도, 가장 절절한 기도보다도 더 많은 것을 조에게 주었다. 조는 무수한 눈물로 맑아진 눈과 쓰라린 슬픔으로 온유해진 가슴으로 동생의 삶에서 아름다움을 보았다. 베스의 삶은 굴곡도 야심도 없었지만 '향기로운 냄새를 퍼뜨리며 먼지 속에서도 꽃을 피우는' 순전한 미덕과 지상에서 누구보다 겸손했듯이 천국에서도 그렇게 기억되게 해줄 순종으로 가득했다. 이것이야말로 누구에게나 열려 있는 진정한 성공의 길인 듯했다.

어느 날 밤 베스는 고통만큼이나 무겁게 짓누르는 피로감을 잊어보려고 읽을거리를 찾아 탁자 위의 책들을 이리저리 뒤적였다. 그러다 우연히 예전에 즐겨 읽던 『천로 역정』의 책갈피에서 조의 필체로 끼적인 쪽지를 하나 발견했다. 거기 적힌 이름이 베스의 눈길을 사로잡았다. 군데군데 글씨가 번진 부분은 눈물이 떨어졌던 자리가 분명했다.

'불쌍한 조 언니! 곤히 잠들었구나. 굳이 깨워서 허락을 구할 필요는 없겠지. 언니는 내게 뭐든 보여주니까 내가 이걸 본다고 해도 개의치 않을 거야.'

베스는 장작이 다 타면 바로 일어나려고 부지깽이를 옆에 둔 채 깔개 위에 누워 자고 있는 언니를 흘낏 쳐다보며 이렇게 생각했다.

나의 베스

축복의 빛이 올 때까지
어둠 속에 앉아 인내하며
힘든 우리 가정에 축복을 내리는
평온하고 성스러운 존재여.
지상의 기쁨과 희망과 슬픔은
그녀가 기꺼이 발을 내딛는 강가의

깊고 엄숙한 강물 위로
물결처럼 부서진다.

인간의 근심과 다툼에서 벗어나
내게서 떠나가는
아, 나의 동생아,
너의 삶을 아름답게 가꿔준 그 미덕들을
선물로 내게 남기고 가렴.
고통의 감옥 안에서도
불평 한마디 없이 명랑하게 지낼 수 있게 해주는
저 위대한 인내심을
내게 주렴.

네 발길이 닿으면 의무의 길도
싱그러운 초록으로 바꿔놓는
그 용기와 지혜와 따스함을
내게 주렴, 꼭 필요하니까.
성스러운 자비로 잘못을 용서할 수 있게 하는
그 담백한 성격을
내게 주고 가렴,
순한 아이야, 그래서 내 잘못도 용서하게 해주렴!

그리하여 우리가 나누는 매일의 이별에서
쓰디쓴 고통이 자취를 감출 수 있도록,
이 힘겨운 교훈을 배우는 동안
나의 크나큰 손실은 나의 이익이 되나니.
슬픔의 손길은
나의 거친 본성에 평온함을 더하고
새 소망을 싹틔워
보이지 않는 것에 대한 믿음을 새록새록 피워내리.

이제부터 나는 강 건너 이 세상에서
영원히 보게 되겠지.
강가에서 나를 기다리는
사랑스러운 가족의 영혼을.
내 슬픔이 낳은 희망과 믿음은
수호천사가 되어
앞서간 내 동생과 함께
나를 고향으로 이끌어주겠지.

구절구절 눈물 자국과 잉크 얼룩투성이인 데다 결함과 약점도 많았지만 그 글을 보는 순간 베스의 얼굴에는 이루 말할 수 없는 안도의 표정이 떠올랐다. 사실 베스에게도 한 가닥 후회는 있었다. 지금까지 살면서 한 일이 거의 없는 것 같았기 때문이다. 그런데 그 글은 그녀의 삶이 쓸모없지 않았을 뿐만 아니라 그녀의 죽음이 그녀가 걱정하는 절망을 가져오진 않을 거라는 확신을 주었다. 베스가 꼬깃꼬깃 접힌 쪽지를 손에 쥐고 앉아 있는데 숯검댕이가 된 장작이 화르르 부서져 내렸다. 조는 깜짝 놀라 일어나서는 불을 다시 살린 뒤 베스가 잠들었기를 바라며 살그머니 침대 곁으로 다가갔다.

"나 안 자. 하지만 정말 행복해, 언니. 이걸 찾아서 읽었거든. 언니가 읽어도 된다고 허락했을 거니까. 그런데 내가 정말 언니한테 이렇게 대단한 사람이었어?"

베스가 애처로운 목소리로 겸손하면서도 진지하게 물었다.

"아, 베스, 그럼, 그렇고말고!"

그러면서 조는 동생의 머리 옆에 놓인 베개 위로 고개를 숙였다.

"그럼 내가 인생을 허비한 건 아니었구나. 난 언니가 생각하는 것만큼 훌륭하진 않지만 옳은 일을 하려고 노력했어. 더 훌륭한 일을 하기에는 너무 늦어버렸지만 누가 나를 이렇게나 사랑하고 있다는 걸 알고 나니까 정말 위안이 돼. 그리고 내가 사람들에게 도움이 된 것 같기도 하고."

"이 세상 누구도 너처럼 살지 못했을 거야, 베스. 한때는 너를 보낼 수 없을 것 같았지만 지금은 널 잃지 않았다고 생각하는 법을, 네가 어느 때보다도 내 가까이에 있다고 생각하는 법을 배우고 있어. 죽음이 우리를 갈라놓을 순 없어, 겉으로는 그렇게 보일지라도."

"나도 알아. 이제는 죽음이 두렵지 않아. 난 언제까지나 언니의 베스로 남아 언니가 그 어느 때보다 언니 자신을 사랑하고 돕도록 할 테니까. 이제 언니가 나 대신이야. 내가 가면 엄마 아빠한테 잘해드려. 엄마 아빠는 언니한테 의지하시려 할 거야, 그 기대 저버리지 마. 혼자 짐을 지는 게 힘들면 내가 언니를 잊지 않고 있다는 걸 기억해. 그럼 훌륭한 책을 쓰거나 세계 일주를 하는 것보다 더 행복할 거야. 우리가 세상을 떠날 때 가져갈 수 있는 건 사랑밖에 없으니까. 사랑이 있으면 쉽게 떠날 수 있어."

"그래볼게, 베스."

조는 오랜 꿈을 접고 새롭고 더 나은 꿈에 전념하겠다고 다짐했다. 이제 다른 욕심들은 초라해 보였고, 사랑의 영원한 힘을 믿으며 평화로운 위안을 느꼈다.

그렇게 봄날은 왔다가 갔다. 하늘은 더욱 맑아졌고, 땅은 더욱 푸르러졌으며, 꽃들은 일찌감치 활짝 피어났다. 새들도 제 시간에 돌아와 베스에게 작별 인사를 건넸다. 베스는 지쳤지만 믿음이 강한 아이답게 평생 자신을 이끌어준 손에 매달렸고, 아버지와 어머니는 다정하게 딸을 인도해 어둠의 골짜기를 지나 하나님 손에 맡겼다.

죽어가는 사람이 기억에 남을 만한 말을 한다거나, 환상을 본다거나, 아름다워진 얼굴로 세상을 떠난다는 것은 책에서나 있는 일이지 실제로는 거의 일어나지 않는다. 수많은 영혼을 떠나 보내본 사람들은 끝은 잠이 들 듯 자연스럽고 단순하게 찾아온다는 것을 알고 있다. 베스도 본인의 희망대로 '썰물처럼 스르르 빠져나갔다'. 동이 트기 전 깜깜한 시간에 베스는 처음 숨을 토해냈던 가슴에 안겨 조용히 마지막 숨을 거두었다, 작별 인사도 없이 사랑스러운 표정과 작은 한숨만 남긴 채.

어머니와 자매들은 베스가 다시는 고통이 따라붙지 못할 긴 잠에 무사히 들어갈 수 있도록 눈물과 기도와 다정한 손길로 그 곁을 지켰다. 그토록 오랫동안 자신들의 가슴을 찢어놓았던 애처로운 인내가 아름다운 평온으로 바뀌는 것에 감사하며, 베스에게 죽음은 두려움으로 가득한 유령이 아니라 온화한 천사라는 것에 경건한 기쁨을 느꼈다.

아침이 왔을 때 몇 달 만에 처음으로 난롯불은 꺼져 있었고, 조의 자리도 비어 있었다. 방 안은 무척 고요했지만 근처에서 새 한 마리가 싹을 틔운 나뭇가지에 앉아 즐겁게 지저귀고 있었고, 창가에는 눈꽃풀이 싱그럽게 피어나 있었다. 봄 햇살이 방 안으로 흘러 들어와 베개 위의 차분한 얼굴 위로 축복처럼 드리웠다. 고통 없는 평화로 가득한 얼굴이었다. 누구보다도 그 얼굴을 사랑했던 사람들은 흐르는 눈물 사이로 미소를 지으며 마침내 베스가 영면에 든 것을 하나님께 감사했다.

41
잊는 훈련

에이미의 잔소리는 실제로 로리에게 약이 되었지만 당연히 로리는 그 뒤로도 한참 동안 그 사실을 인정하지 않았다. 하긴 대부분의 남자가 그런 편이다. 남자들이란 만물의 영장입네 하면서 여자가 충고를 하면 귓등으로도 안 듣다가 마침 자기도 그럴 참이었다고 스스로 납득하고 나서야 비로소 인정한다. 그런 다음 실행에 옮겨서 성공하면 연약한 그릇(베드로전서 3장에서 기원한 말로 '여성' 또는 '아내'를 뜻함 : 옮긴이)에게는 공을 반만 돌리고, 실패하면 후하게도 고스란히 여자의 탓으로 돌린다. 로리는 할아버지에게 돌아가고 나서 몇 주 동안 어찌나 바르게 생활했던지, 할아버지가 니스의 기후가 좋은 영향을 미친 모양이라며 손자에게 니스 여행을 다시 권했을 정도였다. 청년은 그러고 싶은 마음이 굴뚝같았지만 싫은 소리를 듣고 난 터라 코끼리가 와서 끌고 간다고 해도 가지 않을 작정이었다. 결국 자존심이 문제였다. 에이미에게 가고 싶은 마음이 커질 때마다 로리는 머릿속 깊이 각인된 "난 오빠를 경멸해"와 "뭔가 대단한 일을 해서 언니의 사랑을 얻어보지 그래?" 같은 말들을 되새기며 결심을 굳혔다.

그 일을 어찌나 많이 곱씹었던지 로리는 결국 자신이 이기적이고 게을렀다는 사실을 인정할 수밖에 없었다. 하지만 남자는 큰 슬픔에 빠지게 되면 슬픔이 가라앉을 때까지 온갖 변덕을 부려댄다. 로리는 실연의 상처가 거의 아물었다는 것을 알 수 있었지만 슬픔은 계속 간직했다. 그러나 봐달라는 듯 약한 모습을 드러내는 일은 이제 없었다. 조의 사랑을 얻지는 못하겠지만 여자에게 거절당하고 나서도 인생을 망치지 않고 뭔가를 해내는 모습을 보여준다면 조가 존경과 찬사를 보낼 수도 있다고 생각했기 때문이다. 로리는 늘 뭔가 해내야 한다고 생각하고 있었고, 그래서 에이미의 충고는 굳이 필요하지 않았다. 다만 그는 앞서 언급한 실연의 상처가 어지간히 아물기를 기다리고 있었을 뿐이었다. 이제 상처가 아물었으니 '찢긴 가슴을 숨기고 힘들어도 계속 나아갈' 준비가 된 셈이었다.

기쁠 때나 슬플 때나 그 마음을 노래에 담았던 괴테처럼 로리도 자신의 사랑과 슬픔을 음악 속에 영원히 봉인하기로, 조의 영혼을 사로잡고 듣는 이마다 가슴을 녹일 진혼곡을 작곡하기로 결심했다. 일이 그렇게 된 뒤에 할아버지는 한시도 가만히 있지 못하는 데다 침울하기까지 한 손자를 보다 못해 퇴거 명령을 내렸고, 그는 음악 하는 친구들이 있는 빈으로 가서 반드시 이름을 날리겠다는 굳은 결심 아래 작곡에 매달렸다. 하지만 음악에 담기에는 그의 슬픔이 너무 컸는지, 아니면 음악이 인간의 고뇌를 품기에는 너무 가벼웠는지는 몰라도 로리는 곧 지금으로서는 진혼곡이 자신의 역량 밖이라는 걸 깨달았다. 무엇보다도 마음이 아직은 일을 할 만한 상태가 아닌 게 분명했고, 또 생각도 가다듬을 필요가 있었다. 구슬픈 선율에 한창 몰입해 있다가도 자기도 모르게 춤곡 가락을 흥얼거리며 니스에서의 크리스마스 파티를 생생하게 떠올렸기 때문이다. 특히 그 건장한 프랑스 남자가 떠오르기라도 하는 날에는 비가 작곡이 잠시 동안 완전히 중단되었다.

그 뒤 로리는 오페라에 도전했다. 처음에는 뭔들 못하랴 싶었지만 여기서도 예기치 못한 어려움이 그를 괴롭혔다. 로리는 여주인공을 조로 설정하고 자신에게 달콤한 사랑의 추억과 낭만적인 환상을 제시해 줄 기억을 소환했다. 하지만 기억은 배신자로 둔갑했고, 조의 비딱한 영혼이 씌기라도 했는지 조의 별난 구석과 단점만 떠오르게 하면서 머리에 스카프를 질끈 동여매고 깔개를 펑펑 두드리는 모습이나 소파의 쿠션으로 방어벽을 치는 모습, 아니면 거미지 부인처럼 그의 열정에 찬물을 끼얹는 모습만 보여주었다. 그 바람에 절로 웃음이 터져 나와 그가 애써 그리고 있던 비장한 장면을 망치고 말았다. 조는 도무지 오페라에는 맞지 않았다. 그래서 로리는 집중이 안 되어 괴로워하는 작곡가처럼 머리카락을 쥐어뜯으며 "아이고, 정말 골칫덩이 아가씨군!"이라는 한탄과 함께 그녀를 포기할 수밖에 없었다.

로리가 선율 안에서 영원히 살아 숨 쉴 여주인공으로 덜 까다로운 아가씨를 찾아 주변을 둘러볼 때였다. 기억이 마치 기다렸다는 듯 누군가를 불러왔다. 그의 마음의 눈에 그 환영은 얼굴이 여러 개였지만 장미꽃과 공작새와 하얀 조랑말과 파란 리본의 기분 좋은 혼돈 속에서 언제 보아도 금발에 구름 같은 아주 얇은 천을 두르고 떠다니듯 사뿐사뿐 걸어 다니는 모습이었다. 그는 이 만족스러운 유령에 그 어떤 이름도 붙이지 않았지만 그녀를 여주인공으로 선택하고 갈수록 그녀에게 빠져들었다. 그도 그럴 것이, 이 세상 재능과 기품이란 모조리 그녀에게 내주고는 현실 속의 여자들 같으면 씨가 말랐을 시련에도 상처 하나 없이 멀쩡하도록 그녀를 보호했기 때문이다.

이 영감 덕분에 한동안 로리는 순조롭게 작업할 수 있었지만 점차 시들해지기 시작했다. 로리는 작곡하는 것도 잊고 펜을 들고 앉아서 생각에 잠기거나 새로운 생각도 얻고 기분도 전환할 겸 활기 넘치는 도시를 돌아다녔다. 하지만 그 겨울에는 어쩐지 마음이 붕 떠 있는 듯했다. 뭘 많이 하지는 않았지만 그는 자기도 모르는 사이에 많은 변화가 일어났다고 생각했다.

"천재성이 부글부글 끓어오르나 본데. 계속 끓어오르게 놔두고 어떻게 되는지 지켜보자."

로리는 말은 이렇게 했지만 속으로는 그것이 천재성이 아니라 평범한 재능일지도 모른다는 의심을 지울 수 없었다. 그 정체가 무엇이든 뭔가가 끓어오르는 데에는 이유가 있기 마련이었다. 로리는 두서없는 자신의 생활에 갈수록 불만을 품으며 열심히 매달릴 만한 현실적이고 진지한 일을 갈망하기 시작했다. 그리고 마침내 음악을 좋아하는 사람들이 모두 작곡가는 아니라는 현명한 결론에 도달했다. 어느 날 로리는 왕립 극장에서 화려하게 막을 연 모차르트의 웅장한 오페라를 보고 돌아와서는 자신의 오페라를 찬찬히 살피며 가장 좋은 부분을 연주했다. 그러다가 자리에 앉아서 다정하게 자신을 바라보고 있는 멘델스존과 베토벤, 바흐의 흉상을 빤히 쳐다보았다. 그러고는 갑자기 자기가 쓴 악보를 하나씩 찢어발기기 시작했다. 마지막 악보가 자신의 손을 떠나 펄럭이며 날아가는 걸 보면서 로리는 심각하게 중얼거렸다.

"에이미 말이 맞았어! 재능이 곧 천재성은 아니야. 천재성은 만든다고 해서 되는 게 아니지. 로마가 에이미에게 그랬듯이 그 오페라가 내 허영심을 빼앗아버렸어. 가짜 음악가 노릇은 더는 못 하겠어. 이제 뭘 하면 좋지?"

그것은 대답하기 어려운 질문 같았다. 로리는 차라리 생계를 위해 돈을 벌어야 하는 처지였으면 좋겠다는 생각까지 하기 시작했다. 돈은 많은데 할 일은 없으니 언젠가 본인 입으로 말한 대로 '악마한테로 가는' 길목에 서 있는 건지도 몰랐다. 게다가 사탄은 풍족하고 게으른 손을 좋아한다는 속담도 있지 않은가. 가

였은 청년은 그동안 안팎으로 많은 유혹에 시달려왔지만 그만하면 아주 잘 버틴 셈이었다. 이게 다 자유만큼이나, 아니 그보다 더 올바른 믿음과 신뢰를 소중히 여긴 덕분이었다. 로리는 할아버지에게 한 약속을 지키고 자신을 아끼는 여자들의 눈을 똑바로 쳐다보면서 "괜찮아요"라고 말하고 싶었다. 그런 바람은 그를 안전하고 올바른 길로 이끌었다.

그런디 부인 같은 사람이라면 이런 경우에 이렇게 말했을 것이다.

"난 못 믿겠어요. 남자는 어쩔 수 없거든요. 특히 젊은 남자는 여기저기 난봉을 피우고 다니기 마련이지요. 여자들은 기적을 바라선 안 돼요."

하지만 나는 그런디 부인에게 그런 말 말라고, 기적은 정말 있다고 감히 말하고 싶다. 여자들은 많은 기적을 만들어낸다. 그런 말에 부화뇌동하지만 않아도 여자들은 남자들의 수준을 높이는 기적을 이룰지도 모른다. 그러니 남자는 남자처럼 굴게 내버려두라. 길면 길수록 좋다. 그리고 어쩔 도리가 없다면 젊은 남자들이 난봉을 피우고 다니게 내버려두라. 하지만 어머니와 누이, 친구들이 남자들을 믿고 그 믿음을 보여준다면 철없는 남자들의 수를 줄여 잡초가 농사를 망치는 것을 막을 수 있을지도 모른다. 그럴 경우 남자들도 훌륭한 여성의 눈에 남자다운 남자로 보이게 해주는 미덕을 꽉 붙들게 될 것이다. 이것이 비록 여자들의 환상에 지나지 않는다 해도 그렇게 생각하자. 이조차도 없다면 삶의 아름다움과 낭만은 절반도 남아 있지 못할 터이므로. 게다가 슬픈 예감은 자기 자신보다 어머니를 더 사랑하고 그 사실을 부끄러워하지 않는 마음결 곱고 반듯한 청년들에 대한 우리의 희망을 하나도 남김없이 짓밟고 말 터이므로.

로리는 앞으로 몇 년은 조에 대한 사랑을 잊는 일에만 전력투구해야 할 거라고 생각했다. 그러나 놀랍게도 그 일은 하루가 다르게 쉬워지고 있었다. 처음에 로리는 그 사실을 인정하지 않았다. 스스로에게 화가 났고 이해할 수가 없었다. 하지만 우리의 이 마음이란 워낙 기이하고 종잡을 수 없으며, 시간과 자연은 우리의 의지와 상관없이 자신의 뜻대로 밀고 나간다. 이제 로리의 마음은 아프지 않았다. 상처는 놀랍도록 빠르게 아물었고, 이제 그는 잊으려고 애쓰기는커녕 오히려 기억을 떠올리려고 애쓰고 있었다. 로리는 이런 사태 전환은 꿈에도 예상하지 못했고, 따라서 거기에 준비도 되어 있지 않았다. 로리는 자신이 혐오스럽기도 했고 자신의 변덕이 놀랍기도 했다. 그렇게 엄청난 충격에서 그렇게 빨리 회복됐다는 사실이 한편으로는 실망스러우면서도 또 한편으로는 안심이 되기도 했다. 그는 어느새 잿불만 남은 자신의 사랑을 조심스레 들쑤셔보았지만 한번 잊힌 사랑은 불꽃으로 타오르길 끝내 거부했다. 남은 것은 그를 열병 속으로 몰아넣기보다 따뜻하게 덥혀주면서 그에게 도움이 되는 편안한 불빛뿐이었다. 결국 로리는 내키지는 않았지만 소년다운 열정이 좀 더 평온한 감정으로, 아주 다정하면서도 조금 슬프고 아직은 원망도 섞인 감정으로 서서히 가라앉고 있다는 것을 인정할 수밖에 없었다. 그러나 시간이 지나면 그마저도 지나가고, 끝까지 깨지지 않고 지속될 형제 같은 애정만 남게 될 터였다.

이런저런 상념 속에서 '형제 같은'이라는 말이 머릿속을 스치고 지나가자 로리는 미소를 지으며 앞에 있는 모차르트의 초상화를 올려다보았다.

'음, 대단한 남자야. 언니를 갖지 못하니까 그 동생을 취해 행복해졌으니 말이야.'

로리는 이 말을 입 밖으로 꺼내지 않고 속으로만 생각하다가 갑자기 낡은 반지에 입을 맞추며 중얼거렸다.

"아니 난 달라. 난 잊지 않았어. 절대 그럴 순 없지. 다시 노력해 볼 거야. 그래도 안 된다면 그때는……."

로리는 말도 채 끝내기 전에 펜과 종이를 붙잡고 조에게 편지를 쓰기 시작했다. 조가 마음을 바꾸리라는 희망이 전혀 없는 한 자신은 그 무엇에도 마음을 붙일 수 없을 거라는 내용이었다. 바꿀 수 없는 걸까, 바꿀 생각이 없는 걸까? 나를 고향으로 불러들여 행복하게 해줄까? 답장을 기다리는 동안 로리는 조급증의 열병에 걸린 채 다른 일은 하나도 하지 못하고 오로지 기다리는 일에만 온 정력을 쏟았다. 마침내 답장이 도착했고, 한 가지 점에서는 그의 마음을 효과적으로 진정시켰다. 조가 단호하게 그럴 수도 없고, 그럴 생각도 없다고 잘라 말했기 때문이다. 조는 베스 일로 정신이 없었고, '사랑'이라는 말을 두 번 다시 듣고 싶지 않아 했다. 그러고는 제발 다른 사람과 행복해지라며 자기는 그의 마음 한 귀퉁이에 사랑하는 누이로 남겨달라고 간청했다. 추신에서 조는 에이미에게 베스의 건강이 더 나빠졌다는 말은 하지 말아달라고 당부했다. 에이미는 봄에 집으로 돌아올 예정이니 남은 기간을 슬픔으로 얼룩지게 할 필요가 없다면서. 그리고 하나님이 도우셔서 그때까지 시간이 충분하기를 바라지만 그사이 에이미에게 자주 편지를 보내 외로움이나 향수병, 걱정 같은 걸 느끼지 않게 해달라고 부탁하기도 했다.

"그렇다면 당장 편지를 써야겠어. 불쌍한 아가씨 같으니. 슬픈 귀향이 되게 생겼구나."

그러면서 로리는 에이미에게 편지를 쓰는 일이 몇 주 전 끝내지 못한 말의 적절한 결론이기라도 한 듯 접이식 책상을 펼쳤다.

그러나 그날 로리는 편지를 쓰지 않았다. 제일 좋은 종이를 찾아 여기저기 뒤지다가 우연히 뭔가를 발견하고는 마음이 바뀌었기 때문이다. 책상 한구석의 청구서와 여권, 서류 더미 사이에서는 조의 편지 여러 통이 이리저리 굴러다니고 있었고, 또 한구석에서는 파란 리본으로 묶은 에이미의 편지 세 통이 굴러다니고 있었다. 안에다 말린 장미를 넣었는지 에이미의 편지에서는 달콤한 냄새가 났다. 아쉬움과 반가움이 반씩 섞인 표정으로 로리는 조의 편지들을 한데 모은 뒤 하나하나 펴고 접어 작은 서랍 안에 가지런히 넣었다. 그러고는 잠시 서서 손가락의 반지를 빙빙 돌리며 생각에 잠겼다가 반지를 천천히 빼서 편지와 함께 넣고 서랍을 잠갔다. 그런 다음 밖으로 나가 성 슈테판 성당의 대미사에 참석했다. 마치 장례식을 치른 것 같은 기분이었고, 고통에 몸부림치지는 않았지만 매력적인 숙녀들에게 편지를 쓰면서 하루의 남은 시간을 보내는 것보다는 그 편이 더 나은 듯했기 때문이다.

그러나 얼마 안 있어 편지는 갔고, 그 즉시 답장이 왔다. 향수병에 걸려 있던 에이미는 그 사실을 편지에서 더없이 기쁘게 털어놓았다. 서신 왕래는 활발하게 이루어졌고, 두 사람의 편지는 초봄까지 한결같은 규칙성을 자랑하며 이쪽과 저쪽을 날아다녔다. 로리는 흉상들을 팔아버리고 오페라 악보도 갈기갈기 찢어발기고는 누구든 아는 사람을 만나길 바라며 파리로 돌아갔다. 니스에 가고 싶은 마음이 간절했지만 와달라는 부탁을 받기 전에는 가지 않을 작정이었다. 에이미는 부탁하지 않았다. 그즈음 에이미에게는 '로리 오빠'의 의아해하는 시선을 피하고픈 나름의 사정이 있었기 때문이다.

다름 아니라 프레드 본이 돌아와 청혼을 했던 것이다. 에이미는 한때 그에게 청혼을 받으면 "그럴게요, 고마워요"라고 대답하기로 마음먹기도 했었지만 지금은 "고맙지만 그럴 수 없어요"라고 친절하게, 그러나 단호하게 대답했다. 막상 그때가 오자 용기가 나지 않았기 때문이다. 그리고 에이미는 이제 자신의 가슴을 가녀린 희망과 두려움으로 가득 채운 새로운 동경을 만족시키려면 돈과 지위 이상의 무언가가 필요하다고 생각하고 있었다. "프레드는 좋은 녀석이긴 하지만 네가 좋아할 만한 남자는 아니야"

라는 말과 그 말을 할 때의 로리의 표정이 말은 안 했어도 표정으로 "난 돈만 보고 결혼할 거야"라고 했을 때의 자신의 모습처럼 끈질기게 되살아나 에이미를 괴롭혔다. 지금은 그 일을 기억하는 것만으로도 힘들었고, 여자답지 않았던 그 말을 할 수만 있다면 다시 주워 담고 싶었다. 에이미는 로리가 자신을 비정한 속물로 생각하는 걸 원치 않았다. 이제 그녀에게 사교계의 여왕이 되는 일은 사랑스러운 여자가 되고 싶다는 바람에 비하면 그 중요성이 절반밖에 되지 않았다. 에이미는 자신이 지독한 말을 했는데도 로리가 자신을 미워하지 않고 오히려 그 말을 아주 아름답게 받아들이고 그 어느 때보다도 친절하게 대해줘서 기뻤다. 에이미에게 로리의 편지들은 크나큰 위안이었다. 집에서 오는 편지는 매우 불규칙했고, 어쩌다 편지를 받아도 로리의 편지가 왔을 때에 비하면 그 기쁨이 절반에도 미치지 못했다. 로리의 편지에 답장하는 것은 즐거움뿐만 아니라 의무이기도 했다. 조가 계속 박정하게 굴고 있어서 이 불쌍한 청년은 외롭고 또 위로가 필요했기 때문이다. 조는 어떻게든 로리를 사랑하려고 노력했어야 마땅했다. 그건 그렇게 어려운 일도 아니었을 것이다. 그렇게 멋진 청년에게 사랑을 받는다면 대부분의 사람들은 자랑스러워하고 기뻐했을 것이다. 하지만 조는 보통 여자들과 달랐다. 그래서 로리를 친형제처럼 대할 수밖에 없었을 것이다.

이 시절의 남자들이 로리처럼 대접받았더라면 훨씬 더 행복한 삶을 살았을 것이다. 에이미는 이제 설교하지 않았다. 대신 무슨 일에서든 로리의 의견을 물었고, 로리가 하는 모든 일에 관심을 보이며 앙증맞은 선물들을 만들어 보냈으며, 생생한 주변 이야기와 누이 같은 신뢰, 주변의 멋진 경치를 그린 매혹적인 그림으로 가득한 편지를 일주일에 두 번씩 보냈다. 오빠의 편지를 주머니에 넣고 다니면서 부지런히 읽고 또 읽고, 짧은 편지에는 울음을 터뜨리고, 긴 편지에는 입을 맞추며 보물처럼 소중하게 간직하는 누이는 거의 없다. 그렇기 때문에 에이미가 그런 유치하고 바보 같은 짓을 했다고는 굳이 말하지 않겠다. 그러나 분명히 밝혀둘 것은 그해 봄 에이미는 약간 창백한 얼굴에 수심이 가득했고, 사교계에 대한 흥미도 많이 잃어버렸으며, 대부분 혼자 그림을 그리러 다녔다는 점이다. 하지만 숙소에 돌아와서 이렇다 할 만하게 뭘 보여준 적은 별로 없었다. 아마도 발로사의 그 테라스에서 팔짱을 끼고 앉아 몇 시간씩 자연을 관찰했거나, 아니면 머릿속에서 되는 대로 떠오르는 상념을 멍하니 그리고 있었을 것이다. 예를 들면 무덤 위의 건장한 기사 조각상이나 풀밭에서 모자로 눈을 가리고 잠이 든 청년, 멋쟁이들 틈에서 키 큰 신사의 팔을 잡고 무도회장을 누비는 고수머리 아가씨 같은 것들이었다. 최근 미술계의 흐름에 따라 그림 속 남녀의 얼굴은 흐릿하게 처리되어 있었다. 그래서 안전하긴 했지만 만족스럽진 않았다.

작은어머니는 에이미가 프레드의 청혼을 거절한 것을 후회하고 있다고 생각했다. 아니라고 해도 소용없고 설명할 수도 없는 노릇이라 에이미는 작은어머니가 마음대로 생각하도록 내버려두었다. 다만 로리에게는 프레드가 이집트로 떠났다는 사실을 알렸다. 로리가 들은 소식은 그게 다였지만 로리는 곧 그 의미를 알아차리고는 마음이 놓인다는 듯 중얼거렸다.

"에이미가 현명하게 처신할 줄 알았어. 불쌍한 녀석! 그 심정이야 나도 겪어봐서 잘 알지."

그러면서 로리는 크게 한숨을 내쉬더니 짐을 벗어던지기라도 한 듯 소파에 발을 올리고 에이미의 편지를 느긋하게 읽었다.

해외에서 이런 변화들이 일어나고 있는 동안 집에는 불행이 들이닥쳤다. 그러나 베스의 건강이 나빠지고 있다는 편지는 에이미에게 가지 않았고, 그다음 편지는 언니의 무덤 주변에 새로 풀이 돋아날 때쯤 에이미를 찾았다. 그 슬픈 소식은 스위스 브베에서 그녀와 만났다. 5월의 무더위를 피해 니스를 떠난 에이미 일행이 제네바와 이탈리아의 호수들을 거쳐 스위스 내륙으로 천천히 여행하는 중이었기 때문이다. 에이미는 아주 잘 견디면서 베스와 작별 인사를 하기에는 이미 늦었으니 서둘러 돌아올 필요 없이 예정대로 머물다 오라는, 그런 만큼 멀리 타역에서 슬픔을 달래라는 가족의 결정을 조용히 받아들였다. 그러나 그녀는 마음이 너무 무거웠다. 집에 가고 싶어 날마다 간절한 눈빛으로 호수 건너편을 바라보며 로리가 와서 위로해 주기만을 기다렸다.

곧 로리가 왔다. 가족은 같은 편지를 에이미 일행과 로리에게 보냈지만 그때 로리는 하필 독일에 있어서 편지가 도착하는 데 며칠이 더 걸렸던 것이다. 로리는 편지를 읽자마자 짐을 싸 들고는 그곳에서 사귄 친구들에게 작별을 고한 뒤 기쁨과 슬픔, 희망과 긴장이 뒤얽힌 마음을 안고 약속을 지키러 길을 떠났다.

로리는 브베를 훤히 꿰고 있었다. 배가 작은 부두에 닿자마자 로리는 호안을 따라 서둘러 라투르로 향했다. 캐럴 가족은 그곳의 한 숙소에 묵고 있었다. 로리를 보자 사환은 난처한 얼굴로 온 가족이 호숫가로 산책을 나갔다고 말한 뒤 참, 그 금발의 마드무아젤은 이 성 정원에 있을지도 모른다고, 수고스럽더라도 무슈가 잠시 앉아서 기다리고 있으면 곧 마드무아젤이 나타날 거라고 덧붙였다. 그러나 무슈는 '잠시'도 못 참고 사환이 말을 마치기도 전에 직접 마드무아젤을 찾아 나섰다.

아름다운 호숫가에 자리한 쾌적하고 오래된 정원은 머리 위로는 밤나무 잎사귀가 바스락대고 있었고, 사방 어딜 가나 담쟁이덩굴이 기어오르고 있었다. 저 멀리 햇빛에 반짝이는 호수 위로 탑의 검은 그림자가 어른거렸다. 널찍하고 나지막한 벽 한구석에 의자가 하나 있었는데 에이미는 종종 이곳에 와서 책을 읽거나 그림을 그리거나, 아니면 주변의 아름다운 경치를 보며 위안을 삼곤 했다. 그날도 에이미는 한 손으로 턱을 괴고 이곳에 앉아 집이 그리워 병이 난 마음과 게슴츠레한 눈으로 베스를 생각하며 로리가 왜 오지 않는지 궁금해하고 있었다. 에이미는 로리가 저쪽에서 안뜰을 가로질러 걸어오는 소리도 듣지 못했고, 그가 지하 통로에서 정원으로 이어지는 아치문에서 걸음을 멈추는 것도 보지 못했다. 로리는 잠시 그곳에 서서 새로운 눈으로 에이미를 지켜보며 이제까지 아무도 본 적 없는 에이미의 여린 면모에 주목했다. 무릎에 놓여 있는 얼룩투성이 편지, 머리에 묶은 까만 리본, 애써 고통을 참고 있는 얼굴을 비롯해 에이미의 모든 것이 소리 없이 사랑과 슬픔을 나타내고 있었다. 목에 걸린 작은 흑단 십자가마저도 로리의 눈에는 애처로워 보였다. 에이미는 로리가 선물한 그 목걸이 말고는 아무런 장신구도 달지 않고 있었다. 만약 로리가 자신을 보고 에이미가 하게 될 반응을 둘러싸고 조금이라도 어떤 의심이 들었다면 에이미가 고개를 들어 자신을 보는 순간 싹 가라앉았을 것이다. 에이미가 손에 들고 있던 것들을 전부 떨어뜨린 채 숨길 수 없는 사랑과 갈망이 담긴 목소리로 소리치며 그에게 달려왔기 때문이다.

"아, 로리, 로리, 오빠가 올 줄 알았어!"

내 생각에는 그 순간 모든 것이 드러나고 결정되지 않았나 싶다. 두 사람은 잠시 아무 말 없이 서 있었다. 곧이어 검은 머리가 금발을 감싸듯 아래로 기울어졌다. 에이미는 로리만큼 위로와 힘이 되는 사람은 없다고 느꼈고, 로리는 조의 자리를 대신해 자신을 행복하게 해줄 수 있는 여자는 이 세상에 에이미밖에 없다고 생각했다. 로리가 겉으로 그렇게 말하지 않았어도 에이미는 실망하지 않았다. 둘 다 진실을 느끼고 있었고, 그래서 만족스럽고 기쁜 마음으로 나머지 말들은 침묵 속에 남겨두었다.

잠시 뒤 에이미는 다시 자기 자리로 돌아갔다. 에이미가 눈물을 닦는 동안 로리는 땅에 흩어져 있던 종이들을 줍다가 닳고 닳은 편지와 의미심장한 스케치들을 보았다. 둘의 밝은 미래를 예시해 주는 좋은 징조 같았다. 로리가 옆에 자리를 잡고 앉자 에이미는 다시 수줍음을 느끼며 얼굴을 붉혔다. 방금 전의 격한 환영 인사가 떠올랐기 때문이다.

"나도 모르게 그랬어. 너무 외롭고 슬펐는데, 로리 오빠를 보니 어찌나 반갑던지. 오빠가 오지 않을 것 같아 슬슬 걱정하고 있었는데, 고개를 드니까 로리 오빠 얼굴이 보이지 뭐야. 얼마나 놀랐던지."

에이미는 자연스럽게 말하려고 애썼지만 아무 소용이 없었다.

"소식 듣자마자 달려왔어. 베스를 잃은 너한테 무슨 말이든 해서 위로해 주고 싶지만 그저 내 마음으로만……."

로리는 더는 말을 잇지 못했다. 갑자기 부끄러워져서는 무슨 말을 해야 할지 알지 못했기 때문이다. 로리는 에이미에게 머리를 자기 어깨에 기대고 실컷 울라고 말하고 싶었지만 감히 그렇게 하지는 못하고 대신 에이미의 손을 꽉 잡으며 공감을 전했다. 그의 손은 그 어떤 말보다 효과가 있었다.

"말하지 않아도 돼. 위로는 이걸로 충분해. 베스 언니는 행복하게 잘 있을 거야. 그러니까 언니가 돌아오기를 바라면 안 되겠지. 하지만 가족이 무척 보고 싶으면서도 그만큼 집으로 돌아가는 게 무서워. 울음이 터질 것 같아서 지금은 더 이상 얘기하고 싶지 않아. 오빠가 머무는 동안 오빠랑 즐겁게 지내고 싶어. 금방 돌아가야 하는 건 아니지?"

에이미가 나직하게 말했다.

"네가 원한다면 오래오래 있을게."

"그럼 나야 좋지. 작은어머니와 플로가 잘해주긴 하지만 오빠는 한 가족 같아서 오빠랑 한동안 같이 지내면 마음이 한결 놓일 것 같아."

에이미는 집을 떠나 병이 났는데도 마음이 꽉 찬 어린애 같았다. 그래서 로리는 수줍음을 모두 잊고 에이미가 바라던 예전 방식대로 그녀를 위로하며 그녀에게 필요한 유쾌한 대화를 이끌어 나갔다.

"어디 보자, 불쌍한 우리 꼬마, 슬프다 못해 병이 날 지경이네! 이제 내가 돌봐줄 테니까 울지 마. 이리 와서 나랑 산책 좀 하자. 가만히 앉아 있기에는 바람이 너무 차."

로리는 에이미가 좋아하는, 반은 어르고 반은 명령하는 투로 말했다. 그러면서 에이미의 모자 끈을 묶어준 뒤 그녀의 팔을 끌어당겨 팔짱을 끼고는 새로 이파리가 돋아난 밤나무들 아래 햇살 가득한 산책로를 오르락내리락 걷기 시작했다. 로리가 걸으면서 마음이 한결 편해졌듯이 에이미는 로리의 듬직한 팔에 기대자 기분이 좋아졌다. 친숙한 얼굴이 그녀를 향해 미소를 지었고 다정한 목소리는 오로지 그녀를 위해 즐거이 말하고 있었다.

멋스럽고 고풍스러운 정원은 많은 연인들에게 쉼터가 되어주었고, 특별히 그들을 위해 만든 듯했다. 햇볕이 잘 들고 한적한 데다 보는 눈이라고는 우뚝 솟은 탑과 탑 밑에서 물결치며 연인들의 은밀한 대화를 저 멀리로 실어 나르는 널찍한 호수밖에 없었기 때문이다. 이제 막 연인 사이로 접어든 두 사람은 한 시간쯤 걸으며 얘기를 나누거나 아니면 담벼락에 기대 쉬면서 시간과 공간에 엄청난 매력을 부여하는 달콤한 분위기를 실컷 즐겼다. 그러다 저녁 식사 시간을 알리는 현실적인 종소리에 놀라 자리를 뜰 때 에이미는 외로움과 슬픔의 짐을 성 정원에 남겨둔 것 같은 기분이 들었다.

캐럴 부인은 에이미의 확 달라진 얼굴을 보자마자 새롭게 짚이는 게 있어 속으로 소리쳤다.

'이제 다 이해가 되네. 저 아이는 젊은 로런스에게 빠졌던 거였어. 이럴 수가! 이런 일은 꿈에도 생각지 못했었는데!'

캐럴 부인은 칭찬받아 마땅한 신중함을 발휘해 아무 말도 하지 않았을 뿐만 아니라 눈치를 챈 기미조차 보이지 않았다. 다만 로리에게는 함께 지내자고 친절하게 청했고, 에이미에게는 혼자 지내는 것보다 훨씬 나을 테니 로리와 함께 즐거운 시간을 보내라고 권했다. 에이미는 군말 없이 작은어머니의 말에 따랐다. 작은어머니는 플로와 함께 보내는 시간이 많았기 때문에 손님 접대는 순전히 에이미의 몫으로 남게 되었고, 에이미는 평소에도 잘했지만 그보다 더욱 정성을 기울여 로리의 편의를 살폈다.

니스에서 로리는 빈둥거리다가 에이미에게 싫은 소리를 들었지만 브베에서는 한 번도 게으름을 피우지 않았다. 대신 언제 봐도 활력이 넘치는 모습으로 산책을 하거나, 승마를 하거나, 배를 타거나, 공부를 했다. 에이미는 로리가 뭘 하든 감탄하면서 그를 따라 하려고 최선의 노력을 기울였다. 로리가 달라진 자신의 모습을 날씨 덕분으로 돌리자 에이미는 그 말에 굳이 반박하지 않고 기꺼운 표정으로 다시 찾은 자신의 건강과 생기 또한 같은 이유 때문이라고 둘러댔다.

기운을 북돋는 브베의 공기는 두 사람에게 좋은 영향을 미쳤고, 충분한 운동은 몸뿐만 아니라 마음에도 유익한 변화를 가져왔다. 이제 두 사람의 눈에는 끝없이 펼쳐진 언덕들 사이로 미래와 의무가 더욱 또렷이 보이는 듯했다. 상쾌한 바람이 의심과 낙담, 부질없는 망상과 우울한 안개를 날려버린 대신, 따사로운 봄볕이 온갖 포부와 소박한 희망과 행복한 생각을 불러왔다. 또 호수는 호수대로 과거의 고통을 씻어주는 듯했고, 웅대한 태고의 산들은 인자하게 두 연인을 내려다보면서 "젊은이들, 서로 사랑하게나"라고 말하는 듯했다.

새로운 슬픔에도 불구하고 무척 행복한 시간이었다. 로리는 너무 행복해서 행여 그 행복이 깨지기라도 할까 봐 한마디도 할 수 없었다. 로리가 그의 첫사랑, 그리고 자신의 마지막이자 유일한 사랑이라고 믿었던 사랑이 빨리 아문 것에 대한 충격에서 벗어나기까지는 꽤 시간이 걸렸다. 그는 겉으로 보이는 불성실을 설명하는 이유로 조의 여동생은 조의 분신이나 마찬가지라는 생각과 에이미가 아니고 다른 여자였다면 그렇게 빨리, 그렇게 깊이 사랑하지 못했을 거라는 확신을 끌어다 붙이며 위안을 얻었다.

멋스럽고 고풍스러운 정원은 많은 연인들에게 쉼터가 되어주었고,
특별히 그들을 위해 만든 듯했다.

그의 첫 번째 구애는 폭풍우처럼 격정적이었다. 이제 와 돌이켜 보니 마치 긴 세월을 지나온 듯한 느낌이 들면서 회한과 뒤섞인 연민의 감정이 일었다. 부끄럽지는 않았지만 그는 고통이 끝난 것에 감사하면서 그 시간들을 자신의 인생에서 씁쓸하고도 달콤했던 경험 중 하나로 멀리 치워버렸다. 그는 두 번째 구애는 가능한 한 차분하고 단순하게 하기로 결심했다. 요란을 떨 필요도 없었고, 에이미에게 사랑한다고 말할 필요도 없었다. 말하지 않아도 에이미는 그렇다는 걸 알고 있었고, 또 이미 오래전에 그에 대한 대답도 했다. 모든 일이 아무도 불평할 수 없을 만큼 아주 자연스럽게 이루어졌고 다들, 심지어 조까지도 기뻐할 게 틀림없었다. 하지만 첫 번째 순정이 짓밟히고 나면 두 번째 도전에서는 시간을 두고 신중을 기하게 된다. 그래서 로리는 순간순간을 즐겁게 보내며 첫 번째 사랑에 종지부를 찍고 새로운 사랑의 가장 달콤한 부분을 이루게 될 말을 꺼낼 기회를 엿보았다.

원래 로리는 달빛이 비치는 성 정원에서 더없이 기품 있고 점잖게 대단원의 막을 올리는 상상을 했지만 현실은 완전히 그 정반대가 되고 말았다. 정오 무렵 호수 위에서 불쑥 튀어나온 지극히 멋없는 몇 마디 말에 그 문제가 결정 나버렸기 때문이다. 그날 두 연인은 을씨년스러운 생장골프에서 해가 잘 비치는 몽트뢰까지 아침 내내 배를 타고 다녔다. 한쪽으로는 사보이 알프스가, 그 반대쪽으로는 생베르나르산과 당뒤미디산이 자리하고 있었고, 계곡 사이로 예쁜 브베의 모습이 보였다. 저 너머 언덕 위에는 로

잔이, 그 위로는 구름 한 점 없는 파란 하늘이, 그 아래로는 하늘보다 더 새파란 호수가 펼쳐져 있었고, 호수에는 날개를 하얗게 펼친 갈매기처럼 보이는 작은 배들이 한 폭의 그림과도 같이 점점이 박혀 있었다.

두 연인은 시옹성을 지날 때는 보니바르(제네바 공화국 시절의 제네바 애국자. 종교개혁을 부르짖어 6년 동안 시옹성에 갇혀 지냈다 : 옮긴이) 이야기를 했고, 루소가 『신엘로이즈』를 집필했던 클라랑스를 올려다보면서는 루소에 대해 이야기했다. 둘 다 그 책을 읽진 않았지만 그것이 사랑 이야기라는 것은 알고 있었고, 자신들의 사랑 이야기에 비하면 그 절반도 재미없을 거라고 생각했다. 잠시 침묵이 흐르는 동안 에이미는 한 손을 물속에 담그고 물장난을 치다가 고개를 들었다. 그랬더니 로리가 노에 몸을 기대고 있었다. 에이미는 로리의 눈빛에서 이상한 분위기를 감지하고는 무슨 말이든 해야 할 것 같아 얼른 말을 꺼냈다.

"피곤하겠다. 노는 내가 저을 테니 좀 쉬어. 오빠가 오고 나서 게으름을 부리며 편하게만 지냈는데, 운동하는 셈 치지 뭐."

"아니, 안 피곤해. 하지만 원한다면 노 하나는 네가 맡아. 자리는 충분해. 난 배가 흔들리지 않게 가운데에 앉아 있을게."

로리가 그런 배치가 마음에 든다는 듯 대답했다.

에이미는 분위기를 바꾸는 데 그다지 성공한 것 같지는 않다고 느끼며 세 번째 자리로 옮겨 앉았다. 그러고는 머리를 흔들어 이마에 붙은 머리카락을 떼어낸 뒤 노를 받아 들었다. 에이미는 다른 것도 잘했지만 노도 잘 저었다. 에이미는 두 손을 쓰고 로리는 한 손만 썼지만 노는 정확히 박자를 지켰고, 배는 부드럽게 물살을 가르며 나아갔다.

"우리 둘이 진짜 잘한다, 그렇지?"

에이미가 침묵이 싫어서 말을 건넸다.

"손발이 척척 맞네. 이렇게 우리 둘이 늘 한 배를 타고 함께 노를 저어가고 싶은데. 어때, 그럴래?"

로리가 아주 다정하게 말했다.

"좋아."

에이미가 소곤거렸다.

두 연인은 노 젓기를 멈추고 자신들도 모르는 사이에 호수에 어른어른 비치는 풍경에 인간의 사랑과 행복을 보여주는 앙증맞은 장면을 하나 더 보태었다.

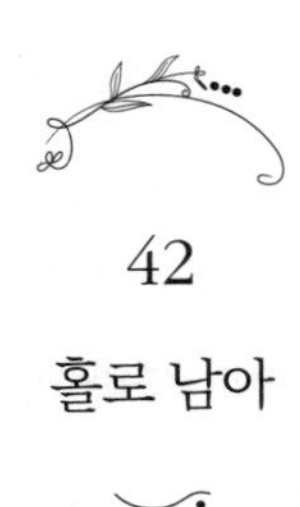

42
홀로 남아

자아가 또 다른 자아에 몰입해 있으면서 다정한 본보기를 통해 마음과 영혼을 정화할 수 있을 때는 순종을 약속하기가 쉬웠다. 그러나 도움의 목소리가 침묵에 들어가면서 매일의 가르침이 끝나고 사랑하는 존재가 결국 떠나버려 남은 것이라고는 외로움과 슬픔밖에 없게 되자 조는 약속을 지키기가 힘에 부쳤다. 동생에 대한 끝없는 그리움으로 가슴이 찢어지는데 어떻게 부모님을 위로할 수 있단 말인가. 베스가 그동안 살던 집을 떠나 새집으로 가면서 빛과 온기와 아름다움은 옛집을 버린 듯한데 도대체 무슨 수로 집 안에 활기를 불어넣을 수 있단 말인가. 그 자체로 보답이고 보상이었던 사랑의 봉사를 대신할 유익하고 행복한 일거리를 이 세상 어디에서 찾을 수 있단 말인가. 조는 어쩔 수 없이

기를 쓰고 본분을 다하고자 애쓰면서도 속으로는 줄곧 반발심을 느꼈다. 그나마 얼마 되지 않는 기쁨마저 줄어들다니, 힘겹게 나아가면 갈수록 짐은 더 무거워지고 삶은 더 고달파지기만 하다니 불공평해 보였다. 어떤 사람들은 늘 햇살이 비춰주는데 어떤 사람들은 늘 그늘을 벗어나지 못하는 것 같았다. 훌륭해지려고 에이미보다 더 노력했지만 상은커녕 실망과 고통과 고된 일만 떠안다니 억울했다.

불쌍한 조, 이 무렵은 조에게 암울한 시기였다. 그 조용한 집에서 뻔한 일들로 속을 끓이며 어쩌다 찾아오는 하찮은 기쁨과 절대 쉬워질 것 같지 않은 의무에 매여 평생을 살아야 한다고 생각하니 절망 같은 것이 밀려왔다.

"이렇게는 못 살아. 이렇게 살려고 한 게 아니었어. 누가 와서 도와주지 않는다면 이대로 달아나서 무슨 짓을 할지 몰라."

첫 노력이 실패로 끝나자 조는 우울하고 비참한 기분에 사로잡혀 이렇게 중얼거렸다. 아무리 의지가 강해도 불가항력 앞에서는 속수무책일 수밖에 없고 그럴 때는 비참한 생각이 들기 마련이다.

하지만 누군가 와서 그녀를 도와주었다. 다만 조는 그 선한 천사들을 단번에 알아보지는 못했다. 천사들이 익숙한 얼굴을 하고 있는 데다 불쌍한 인간에게 가장 잘 통하는 간단한 주문을 썼기 때문이다. 조는 베스가 부르는 듯한 소리를 듣고 한밤중에도 화들짝 놀라 깨어날 때가 많았다. 그러고 나서 텅 빈 작은 침대를 쳐다보면 슬픔이 걷잡을 수 없이 밀려와 서럽게 울음을 토해내곤 했다.

"아, 베스! 돌아와! 돌아와!"

조가 그리움을 못 이겨 두 팔을 뻗으면 완전히 헛되지만은 않았다. 조가 동생의 희미한 속삭임을 단번에 알아채고 달려갔던 것처럼 어머니가 조의 흐느낌을 듣고 달려와 단지 말뿐만이 아니라 참을성 있게 달래는 다정한 손길로, 조보다 더 큰 슬픔에 싸여 있다는 것을 말없이 보여주는 눈물로, 중간중간 끊기는, 그러나 기도보다 더 설득력이 강한 속삭임으로 조를 위로해 주었기 때문이다. 자연스러운 슬픔과 희망에 찬 체념은 결국 하나였기에. 밤의 침묵 속에서 마음과 마음이 대화를 나누며 고통을 축복으로 바꿔놓는, 그리하여 슬픔은 꾸짖고 사랑은 다독이는 성스러운 순간이었다. 안전한 쉼터 같은 어머니의 품 안에서 느끼고 보게 되면서 조는 짐을 들기가 더 쉬워진 듯했고, 의무도 더 달콤해진 듯했으며, 삶도 더 견딜 만한 것 같았다.

미어지는 가슴이 웬만큼 진정되자 어수선한 마음에도 똑같이 도움의 손길이 찾아왔다. 어느 날 조는 서재로 가서 고개를 들고 고요한 미소로 딸을 맞이하는 잿빛 머리 위로 허리를 숙이며 아주 공손하게 말했다.

"아버지, 베스에게 그랬던 것처럼 제게도 말씀해 주세요. 베스가 그랬던 것보다 더 간절히 아버지 말씀이 필요해요. 지금 전 완전히 엉망진창이거든요."

"내겐 지금 그 말처럼 큰 위안도 없을 듯하구나, 우리 딸."

아버지가 떨리는 목소리로 대답하며 자신도 도움이 필요한 듯 두 팔로 조를 감싸 안고 위로를 구했다.

잠시 뒤 조는 아버지 옆에 놓인 베스의 작은 의자에 앉아 자신의 고민을, 베스를 잃은 억울함과 슬픔을, 사기를 꺾는 헛된 노력들을, 삶이 암담하다는 생각만 들게 하는 신앙 부족을, 나아가 우리가 절망이라고 부르는 슬픈 혼란을 모조리 꺼내놓았다. 조는 숨김없이 모두 털어놓았고, 아버지는 조가 필요로 하는 도움을 주었다. 그러면서 둘은 위안을 찾았다. 아버지와 딸로서뿐만 아니라 남자와 여자로서 이야기할 수 있는 시간을 갖게 되면서 두 사람은 서로에 대한 애정뿐만 아니라 공감을 통해 기꺼이 서로를 챙기고 다독일 수 있었다. 평소에 조는 아버지의 낡은 서재를 '한 사람의 교회'라고 불렀다. 그곳에서 행복하고 진중한 시간을 보내면서 조는 다시 용기를 얻고 명랑함을 되찾을 수 있었을 뿐만 아니라 순종하는 마음도 조금은 더 커졌다. 이게 다 부모님 덕분이었다. 한 자식에게 당당하게 죽음을 맞이하라고 가르쳤던 부모님은 이제 또 다른 자식에게 낙담이나 불신이 없는 삶을 받아들이고 삶이 주는 아름다운 기회를 감사한 마음으로 서슴없이 활용하라고 가르치고 있었다.

이 말고도 조를 돕는 손길들은 더 있었다. 조에게 도움이 된다는 점에서 아무도 그 역할을 부인하지 못할 하찮지만 건전한 의무와 기쁨들이었다. 시간이 지나면서 조는 이런 일이 지니는 가치를 서서히 깨닫고 높이 평가하기 시작했다. 빗자루와 행주도 베스의 손이 닿았다고 생각하니 전과 달리 하나도 꺼림칙하지 않았고, 작은 수세미와 낡은 솔에도 알뜰한 베스의 정신 같은 게 깃들어 있는 것 같아 버릴 수가 없었다. 그런 물건들을 쓰면서 조는 저도 모르게 베스가 부르던 노래들을 흥얼거리기도 하고, 베스의 질서정연하던 방식을 흉내 내기도 하고, 여기저기 조금씩 손보기도 했다. 그 덕분에 모든 게 산뜻하고 아늑해졌고, 조는 미처 알지 못했지만 바로 이런 게 집을 행복하게 가꾸는 첫걸음이었다. 하루는 해나가 조의 손을 꼭 쥐면서 칭찬의 말을 건넸다.

"생각이 참 깊기도 하지. 베스 아가씨의 빈자리를 채우려고 아주 단단히 작정을 하셨나 보네요. 우리 모두 말은 안 해도 다 알고 있어요. 주님의 축복이 아가씨한테 있을 거예요. 두고 보세요, 꼭 그리 될 테니까."

조는 메그와 함께 앉아 바느질을 하다가 언니가 몰라보게 성숙해졌다는 생각이 들었다. 메그는 말도 조리 있게 잘했고, 선하고 여성스러운 본능이나 생각, 감정에 대해서도 잘 알고 있었다. 메그는 남편과 아이들 곁에서 무척 행복해했으며, 식구 모두가 서로를 위한 일이라면 뭐든 마다하지 않았다.

"어쨌든 결혼이 좋긴 좋은 건가 봐. 만약 내가 결혼한다면 언니의 반만큼이라도 하고 살 수 있을까?"

조가 어질러진 아기 방에서 데미에게 연을 만들어주며 말했다.

"그래서 네 본성 가운데 부드럽고 여성스러운 절반을 끄집어

내야 한다는 거야, 조. 넌 밖은 가시투성이지만 속에는 한없이 보드랍고 달콤한 알맹이가 들어 있는 밤송이 같아. 그런데 그걸 꺼내 갈 사람이 있어야 말이지. 하지만 언젠가 너도 사랑을 하면 네 마음을 보여주게 될 테고, 그럼 거친 가시도 떨어져 나갈 거야."

"밤송이는 서리를 맞으면 벌어지고, 그 상태에서 마구 흔들어대면 밑으로 떨어지게 돼 있어. 남자들이 열매를 주우러 다니다가 나를 자루에 담든 말든 난 신경 안 써."

데이지가 어느새 자기 몸에 묶어놓아 아무리 거센 바람이 불어도 날아갈 염려가 없는 연을 풀로 붙이며 조가 대답했다.

메그는 조의 옛 패기를 본 것 같아 반가워서 웃음을 터뜨렸지만 어떤 논리를 갖다 대든 자신의 의견을 관철하는 것이 자기 의무라고 느꼈다. 자매끼리의 수다는 시간 낭비가 아니었다. 특히 조가 아끼는 쌍둥이들은 메그의 가장 효과적인 설득 무기였다. 슬픔은 누군가의 마음을 여는 가장 훌륭한 도구였고, 조는 자루에 들어갈 준비가 거의 되어 있었다. 알밤이 여물기까지 햇볕만 조금 더 쬐면 될 터였다. 그러고 나서 성급하게 흔들어대는 소년의 손이 아니라 어른 남자의 손이 다가가 밤송이에서 튼실하게 잘 익은 달콤한 알맹이를 꺼내면 될 터였다. 행여 조가 이런 사정을 눈치챘더라면 마음의 문을 닫아걸고 가시를 더 바짝 곤두세웠을지도 모른다. 그러나 다행히 조는 이런 생각은 꿈에도 하지 못하고 있다가 임자를 만나 아래로 떨어지게 된다.

만약 조가 도덕적인 이야기의 여주인공이었다면 삶의 이 시기에 이르러서는 거의 성자의 반열에 올라 세상을 등진 채 낡아빠진 두건 차림으로 주머니에 소책자를 찔러 넣고 선행을 베풀며 돌아다녀야 옳았다. 그러나 보다시피 조는 다른 사람들과 마찬가지로 어떻게든 살아보려고 발버둥 치는 한낱 인간일 뿐이었고, 그래서 슬프면 슬퍼하고, 짜증 나면 짜증 내고, 지치면 지쳐하고, 기운 나면 기운 내면서 기분이 시키는 대로 본성에 따라 행동했다. 제대로 살겠다고 말하는 것은 그 자체로 굉장한 일이지만 하루아침에 그렇게 될 수는 없다. 우리 중 누군가가 올바른 방향으로 걸음을 떼어 놓기까지 모두가 나서서 꾸준히, 힘차게 끌어당겨주고, 또 당겨줘야 한다. 조는 거기까지는 벌써 갔고, 지금은 의무를 다하는 법과 의무를 다하지 못하면 찜찜한 기분이 든다는 것을 배우고 있었다. 하지만 즐거운 마음으로 의무를 다한다는 것은, 아, 또 다른 이야기였다! 조는 아무리 힘들더라도 뭔가 대단한 일을 하고 싶다는 말을 입버릇처럼 하곤 했었는데, 물론 지금도 바람이 있었다. 부모님이 그녀에게 해주었던 것처럼 부모님에게 행복한 가정을 만들어드리기 위해 노력하면서 오롯이 부모님을 위해 사는 것보다 더 아름다운 삶이 있을 수 있을까? 그리고 어려움이 따라야 그 노력이 더욱더 빛을 발한다면, 한시도 가만히 있질 못하는 데다 야심까지 만만한 여자가 자신의 희망과 욕심을 모두 버리고 기꺼이 남을 위해 사는 것보다 더 큰 어려움이 있을까?

섭리는 조의 말을 곧이곧대로 받아들였다. 여기에 소명이 있었다. 조는 그것에 대해 한 번도 생각해본 적 없었지만 오히려 잘된 일이었다. 거기에 자아가 끼어들 틈은 없었기 때문이다. 그녀가 과연 감당할 수 있을까? 조는 노력해 보기로 마음을 정했고, 첫 시도에서 앞서 말한 곳들에서 도움을 얻을 수 있었다. 그리고 또 다른 도움이 주어졌을 때 조는 그것을 보답이 아니라 위로로 받아들였다. 크리스천이 고난이라는 언덕을 오르다가 작은 나무가 베푸는 휴식을 받아들인 것처럼.

"글을 써보지 그러니? 글을 쓸 때는 늘 행복해했었잖아."

언젠가 의기소침해 있는 조를 보고 어머니가 물었다.

"글을 쓸 마음이 안 생겨요. 설령 쓴다 해도 누가 내 글을 좋아하겠어요."

"우리가 좋아하잖니. 우리를 위한 글을 써보렴. 세상 사람들은 신경 쓰지 말고. 한번 해보렴. 네게도 좋고 우리도 아주 즐거울 테니까."

"너무 기대하진 마세요."

그러나 조는 접이식 책상을 펼치고 반쯤 쓰다 만 원고를 다듬기 시작했다.

한 시간 뒤 어머니가 몰래 들여다보자 조는 까만 앞치마를 걸치고 푹 빠진 표정으로 글을 끼적이고 있었다. 그 모습을 보고 마치 부인은 자신의 제안이 성공했다는 생각에 몹시 기뻐하며 웃는 얼굴로 살그머니 자리를 떴다. 본인은 미처 의식하지 못했지만 이번에 조가 쓴 글에는 읽는 사람의 마음을 파고드는 뭔가가 있었다. 가족들은 그녀의 글을 읽으면서 울고 웃었다. 아버지는 조의 반대를 물리치고 원고를 유명한 잡지사 한 곳에 보냈고, 그 뒤 놀랍게도 잡지사에서 원고료를 제안했을 뿐만 아니라 다른 글까지 써달라고 청탁해왔다. 그 짤막한 이야기가 실리자 몇몇 사람들로부터 황송한 칭찬의 편지가 쇄도하는가 하면, 신문들은 앞다투어 그 이야기를 다시 실었고, 친구들뿐만 아니라 모르는 사람들까지도 칭찬을 아끼지 않았다. 별일도 아닌데 대단한 성공을 거둔 것 같아 조는 예전에 소설로 찬사와 비난을 동시에 받았을 때보다 더 당혹스러웠다.

"도저히 이해가 안 돼요. 이 단순하고 짤막한 이야기 한 편에 대체 뭐가 들어 있다고 사람들이 저렇게 칭찬하고 난리일까요?"

조가 당황해서 말했다.

"진실이 담겨 있잖니, 조. 그게 비결이야. 웃음과 애환이 생생하게 살아 있잖아. 이제야 너만의 방식을 찾은 것 같구나. 넌 명성이나 돈 따위는 생각하지 않고 글에 네 마음을 담았어, 우리 딸. 쓴 것이 다하면 단 것이 온다는데, 네가 딱 그런 것 같구나. 최선을 다하렴. 네가 성공한다면 우리도 너 못지않게 행복할 게다."

"제가 쓴 글에 훌륭하거나 진실한 것이 있다면 그건 제 것이 아니에요. 모두 아버지와 어머니, 그리고 베스 덕분이죠."

조가 아버지의 말에 세상의 칭찬을 다 합친 것보다 더 큰 감동을 받고 말했다.

그렇게 사랑과 슬픔을 통해 배운 뒤로 조는 작은 이야기들을 써서 밖으로 내보내기 시작했다. 그 글들은 스스로 친구를 만들고 작가에게도 친구를 만들어주었으며, 겸손한 방랑자들에게는 너그러운 세상을 펼쳐 보였다. 조의 글들은 어디서나 환영받았고, 뜻밖에 횡재한 효성 지극한 자식들처럼 고향의 어머니에게 꽤 큰 돈을 보내왔다.

에이미와 로리가 편지로 약혼 소식을 알려오자 마치 부인은 조가 마음이 안 좋을까 봐 걱정했지만 그 걱정은 곧 가라앉았다. 조는 처음에는 우울한 듯 보였지만 그 소식을 순순히 받아들였고, '그 아이들'을 위한 희망과 계획에 잔뜩 부풀어 그 편지를 두 번이나 읽었다. 두 사람이 같이 쓴 편지에는 누가 연인들 아니랄까 봐 서로에 대한 칭찬이 가득 담겨 있어서 아무도 반대할 수 없을 정도로 읽는 사람의 마음을 기쁘게 했고 생각만 해도 흡족한 기분이 들게 했다.

"기쁘시죠, 엄마?"

조가 글씨가 빼곡하게 적힌 편지를 내려놓고 어머니와 눈길을 교환하며 말했다.

"그럼. 프레드를 거절했다는 에이미의 편지를 읽은 뒤로 내내 그랬으면 했으니까. 그때 네가 속물근성이라고 말하는 것보다 더 나은 뭔가가 에이미의 마음을 바꿔놓았다는 확신이 들었어. 그 애 편지 여기저기에서도 결국 사랑과 로리가 이길 조짐이 보였단다."

"예리하시네요, 엄마. 그렇데 어쩌면 그렇게 입을 다물고 계셨어요? 저한테 한 말씀도 안 하시고."

"돌봐야 할 딸이 있는 엄마는 예리한 눈과 신중한 입을 가지고 있어야 한단다. 아직 결정된 것도 아닌데 네가 알면 그 애들한테 축하 편지라도 보낼까 봐 걱정이 되더구나."

"전 이제 예전의 그 덜렁이가 아니에요. 저를 믿으셔도 돼요. 이젠 비밀을 털어놓아도 될 만큼 진지하고 사려 깊어졌으니까요."

"그런 것 같구나, 우리 딸. 네게 털어놓을 걸 그랬구나. 난 그저 테디가 다른 사람을 사랑한다는 사실을 알면 네가 괴로워할지도 모른다고 생각했단다."

"에이, 엄마도, 제가 그렇게 어리석고 이기적이라고 생각하신 거예요? 제가 로리의 사랑을 거절했는데도요? 그것도 최고 절정은 아니었다 해도 한창 따끈따끈할 때였는데도요?"

"그때 네가 진심이었다는 거 엄마도 알아, 조. 하지만 요즘 같아선 로리가 돌아와서 다시 청혼하면 네가 다르게 대답할 수도 있겠다는 생각이 드는 걸 어쩌겠니. 미안하지만 네가 그렇게 외로워하는 모습을 안 보려고 해도 안 볼 수가 없구나. 가끔 네 눈에서 허전한 표정이라도 보이면 이 엄만 마음이 아려. 그래서 로리가 다시 노력한다면 그 빈자리를 채울 수 있지 않을까 하고 생각했지."

"아니에요, 엄마. 전 지금이 좋은걸요. 그리고 에이미가 로리를 사랑하게 됐다니 정말 기뻐요. 하지만 엄마 말씀이 하나는 맞아요. 저 외로워요. 그래서 테디가 다시 물었다면 받아들였을지도 몰라요. 하지만 그건 로리를 조금이라도 더 사랑해서가 아니라 로리가 떠났을 때보다 사랑받고 싶은 마음이 더 커졌기 때문일 거예요."

"그 말을 들으니 엄마는 오히려 기쁘구나, 조. 이건 네가 성숙해지고 있다는 증거거든. 많은 사람들이 너를 사랑하고 있으니 지금은 아버지와 어머니, 자매와 형제들, 친구와 아기들로 만족하렴. 그러다 보면 언젠가 최고의 연인이 나타나 네게 보답해 주지 않겠니?"

"엄마들이야말로 이 세상 최고의 연인 아니겠어요. 엄마한테만 살짝 말하자면요, 전 골고루 다 경험해 보고 싶어요. 어떨지 정말 궁금해요. 그런데 말이에요, 자연스럽게 느껴지는 애정에 만족하려고 하면 할수록 더 원하게 되는 것 같아요. 마음이 그렇게 많은 걸 원할 줄은 정말 몰랐어요. 제 마음은 고무줄처럼 늘어나서 도무지 채워질 줄을 모르는 것 같아요. 예전에는 가족만으로도 충분히 만족했는데 말이에요. 도무지 모르겠어요."

"엄마는 알겠는데."

그러면서 마치 부인은 지혜가 담긴 미소를 지었다. 조는 편지지를 다시 처음 순서대로 챙겨들고 에이미가 로리에 대해 말한 부분을 읽었다.

"사랑을 받는다는 건 정말 아름다운 일이에요. 로리 오빠가 저를 사랑하다니요. 오빠는 감상적이지도 않고 말을 많이 하지도 않지만 오빠의 모든 말과 행동에서 사랑을 보고 느낄 수 있어요.

오빠의 사랑이 저를 아주 행복하고 겸손하게 만들어서 예전의 내가 맞나 하는 생각까지 들어요. 전 오빠가 이렇게 훌륭하고 너그럽고 다정한 사람인지 몰랐어요. 알고 보니까 오빠 마음에는 고귀한 생각과 희망, 목표가 가득해요. 그런 오빠의 마음이 제 것이라니 얼마나 뿌듯한지 몰라요. 오빠는 '나랑 한 배에 탔고 바닥 짐으로 사랑도 가득 실었으니 앞으로 쭉 순항할 것' 같대요. 저도 그렇게 되길 바라요. 오빠의 기대에 어긋나지 않도록 노력할 거예요. 하나님이 허락하는 한 나의 용맹한 선장님을 온 마음과 영혼과 힘을 다해 사랑할 거고 오빠를 절대 버리지 않을 거예요. 아, 엄마, 두 사람이 서로 사랑하고 서로를 위해 살아갈 때 이 세상이 천국 같아진다는 걸 예전엔 몰랐어요!"

"쌀쌀맞고 속마음을 잘 드러내지 않고 현실적인 우리 에이미 맞아요? 정말로 사랑은 기적을 일으키나 봐요. 두 사람은 무지무지 행복해 보여요!"

그러면서 조는 바스락거리는 편지들을 한데 모아 조심스레 내려놓았다. 마치 한번 손에 들면 끝날 때까지 내려놓을 수 없는 아름다운 한 편의 사랑 이야기를 다 읽은 뒤 책을 덮고 나서 다시 일상으로 돌아가 외로워하는 독자처럼.

그러고 나서 조는 위층으로 올라가 이리저리 서성였다. 비가 내려 산책을 할 수 없었기 때문이다. 마음이 산란해지면서 해묵은 감정이 되살아났다. 예전처럼 억울하지는 않았지만 한 자매인데 어째서 누구는 원하는 대로 다 갖고 누구는 하나도 못 갖나 싫어 서글픈 생각이 들었다. 조는 실은 그렇지 않다는 걸 알았기에 그런 생각을 떨쳐내려 애썼지만 사랑받고 싶은 자연스러운 욕망은 생각보다 강했다. 그리고 에이미의 행복은 '하나님이 허락하는 한 마음과 영혼과 힘을 다해 사랑하고 의지할' 누군가에 대한 채워지지 않는 동경을 일깨웠다. 조가 요란한 방황 끝에 다다른 다락방에는 작은 나무 상자 네 개가 나란히 놓여 있었다. 상자마다 주인의 이름이 붙어 있었고, 안에는 각자의 어린 시절 추억이 어린 물건들이 가득 들어 있었다. 조는 상자들을 쳐다보다가 자기 상자로 가서 모서리에 턱을 괴고 잡동사니 더미를 멍하니 바라보았다. 그러다 예전에 쓰던 연습장 뭉치가 눈에 들어왔다. 조는 그 뭉치를 꺼내 한 장씩 넘기며 친절한 커크 아주머니네서 지낸 즐거운 겨울을 떠올렸다. 조는 처음에는 미소를 짓더니 그러고 나서는 생각에 잠긴 듯 보였고, 또 그다음에는 슬퍼 보였다. 그리고 교수님이 직접 쓴 작은 쪽지를 보자 입술이 떨리면서 연습장들이 무릎에서 미끄러져 내렸다. 조는 주저앉아 쪽지에 적힌 글을 읽어보았다. 그 다정한 말들은 새로운 의미를 띠고 조의 마음에서 연약한 부분을 건드렸다.

"기다려요, 친구. 좀 늦을지 모르지만 꼭 갈 테니."

"아, 그분이 와주기만 한다면! 늘 친절하고, 선량하고, 뭐든 다 받아주셨지, 내 친구 프리츠. 같이 있을 때는 그분의 가치를 반도 몰랐지만 지금은 그분이 얼마나 보고 싶은지 몰라. 모두 내게서 떠나가고 나 혼자 남은 것 같거든."

그러면서 조는 그것이 아직도 유효한 약속이기라도 한 듯 쪽지를 꼭 쥐고는 푸근한 느낌을 주는 잡동사니 사이에 머리를 얹었다. 그리고 천장에 후드득 떨어지는 빗소리에 질세라 엉엉 울기 시작했다.

자기 연민과 외로움 때문이었을까, 아니면 우울해서였을까? 아니면 그 감정을 일으킨 사람 못지않게 묵묵히 때를 기다려온 어떤 감정이 깨어나서였을까? 그걸 누가 알겠는가?

43
놀라운 일들

해질 무렵 조는 홀로 낡은 소파에 누워 벽난로 불빛을 바라보며 생각에 잠겨 있었다. 지금처럼 어둑어둑해지는 시간이면 조는 이렇게 있는 걸 좋아했다. 누구의 방해도 받지 않고 베스의 작고 빨간 베개를 베고 누워 이야기를 구상하거나 꿈을 꾸거나 가까이에 있는 듯한 동생을 생각할 수 있었기 때문이다. 조의 얼굴은 지치고 심각해 보이는 데다 조금 슬퍼 보이기까지 했다. 내일이 생일이었기 때문이다. 조는 세월이 참 빠르기도 하다고 생각했다. 언제 나이는 이렇게 많이 먹었는지, 그런데도 이룬 것은 거의 없어 보였다. 이제 곧 스물다섯 살이 되는데 내세울 만한 게 하나도 없는 듯했다. 하지만 그렇게 생각했다면 그것은 조의 오판이었다. 내세울 만한 것들은 얼마든지 있었고, 머지않아 조도 그것에 감사하게 될 터였다.

"노처녀, 그게 나의 운명이야. 펜을 배우자 삼아 자식들 대신 작품들을 가족으로 두는 노처녀 작가. 20년쯤 뒤에는 약간의 명성을 얻을 수도 있겠지. 하지만 그때는 가엾은 존슨(18세기 영국의 유명한 시인이자 평론가인 새뮤얼 존슨을 말함 : 옮긴이)처럼 이미 늙어 기쁘다는 생각도 하지 못할 거야. 혼자라 나눌 수도 없고, 독립해서 필요도 없을 테니까. 어쨌든 심술궂은 성자도, 이기적인 죄인도 되고 싶지 않아. 감히 말하지만 익숙해지면 노처녀로도 얼마든지 편안하게 살 수 있을 거야. 하지만……."

여기서 조는 앞날이 갑갑하기라도 한 듯 한숨을 푹 내쉬었다.

앞날이란 게 처음에는 그렇게 보이기 마련이다. 게다가 스물다섯에게 서른은 세상의 종말처럼 보일 수밖에 없다. 하지만 앞날은 보이는 것처럼 그렇게 나쁘지만은 않으며, 자아 안에 뭔가 의지할 만한 것을 둔다면 그럭저럭 행복하게 살아갈 수 있다. 스물다섯이 되면 여자들은 노처녀 어쩌고 하는 얘기를 입에 올리기 시작하지만 속으로는 절대 그렇게 되지 않겠다고 다짐한다. 그러다 서른 살이 되면 그 얘기에 대해서는 함구하고 조용히 현실을 받아들인다. 그리고 현명하다면 앞으로 20년을 더 유익하고 행복하게 살면서 어쩌면 우아하게 늙는 법을 배울지도 모른다는 점을 떠올리며 만족스러워한다. 젊은 아가씨들이여, 부디 노처녀를 비웃지 말기를. 수수한 드레스 밑에서 조용히 고동치는 그 가슴 한구석에도 아름답고 비극적인 사랑 이야기가 숨겨져 있으며,

젊음과 건강과 야망과 사랑의 소리 없는 희생은 그들의 빛바랜 얼굴도 하나님 눈에는 아름다워 보이게 해준다. 가련하고 괴팍한 노처녀도 다정하게 대해줘야 한다. 무슨 다른 이유가 있어서가 아니라 그들도 인생의 가장 달콤했던 시절을 그리워하기 때문이다. 그리고 한창때의 아가씨들은 그들을 경멸이 아니라 연민의 눈으로 바라보면서 자신들도 인생의 황금기를 그리워하게 될 날이 온다는 사실을 기억해야 한다. 발그레한 뺨은 영원하지 않고 탐스러운 갈색 머리에도 은색 실이 생길 테니 머지않아 친절과 존경이 사랑과 찬사만큼 좋을 때가 찾아올 것이다.

신사분들, 즉 청년들은 아무리 가난하고 평범하고 까다로운 노처녀라도 정중하게 대해야 한다. 기사도 정신은 기꺼이 노인을 공경하고 약자를 보호하며 지위나 나이 또는 인종에 상관없이 모든 여성에게 봉사할 때만 가치가 있기 때문이다. 잔소리가 심하고 호들갑스럽긴 하지만 고맙다는 인사 한번 제대로 듣지 못한 채 그대를 보살피고 어루만져온 마음씨 좋은 고모와 이모들을 생각하라. 그들이 그대를 곤경에서 구해 주었을 때를, 작은 가게에서 사 준 작은 선물을, 더디고 늙은 손가락으로 그대의 옷을 꿰매주었을 때를, 힘겹게 내딛는 그들의 늙은 다리를 기억하면서 감사하는 마음으로 여자라면 살아 있는 한 언제나 환영하는 세심한 관심을 기울이도록 노력하라. 눈이 밝은 아가씨라면 그대의 그런 품성을 단번에 알아보고 그대를 더욱 좋아할 테니. 어머니와 아들을 갈라놓을 수 있는 거의 유일한 힘, 즉 죽음이 그대의 어머니를 데리고 가면 친척 아주머니 말고는 어머니의 다정한 환대와 따스한 애정을 느낄 곳이 없다. 그분들은 '세상에서 제일 잘난 우리 조카'를 위해 늙고 외로운 마음 한구석에 가장 따뜻한 자리를 늘 마련해두고 있다.

조는 잠이 든 게 분명했다(아마 독자들도 이 설교가 계속되는 동안 그랬을 것이다). 느닷없이 로리의 유령이 눈앞에 서 있는 것 같았기 때문이다. 커다란 덩치에 실물과 똑같이 생긴 유령이 허리를 숙인 채 조를 내려다보고 있었다. 뭔가 기분 좋은 일이 있는데 그걸 애써 숨길 때의 예전 그 표정을 지으며. 하지만 노래에도 있듯이 조는 '그것이 그라는 생각은 꿈에도 하지 못했고' 깜짝 놀라 아무 말도 못한 채 누운 자세 그대로 유령을 올려다보았다. 잠시 뒤 유령이 고개를 숙여 그녀의 뺨에 입을 맞췄다. 그제야 조는 로리를 알아보고 벌떡 일어나 기쁘게 소리쳤다.

"우리 테디! 우리 테디구나!"

"조, 나 보니까 반갑지?"

"그럼! 말로 다 못할 만큼 반가워. 에이미는 어디 있어?"

"메그 누나네 집에. 어머니에게 붙잡혀 있어. 오는 길에 거기 먼저 들렀는데, 다들 내 아내를 꽉 붙잡고 놓아주질 않네."

"너의 뭐라고?"

조가 소리쳤다. 로리의 입에서 나온 그 두 글자에는 숨길 수 없는 자부심과 만족감이 뚜렷이 드러나 있었다.

"그게, 내가 일을 좀 저질렀어!"

그러면서 로리는 죄를 지은 듯한 표정을 지었고, 이를 놓칠세라 조가 번개처럼 닦달하고 나섰다.

"집을 떠나더니 결혼까지 했겠다!"

"응, 하지만 다시는 안 그럴게."

그러면서 로리는 잘못을 비는 사람처럼 무릎을 꿇고 두 손을 모았지만 얼굴에는 장난기와 기쁨과 승리감이 가득했다.

"정말 결혼했어?"

"그렇다니까."

"세상에! 다음번엔 또 어떤 사고를 칠 건데?"

그러면서 조는 숨을 헉 몰아쉬며 자리에 털썩 주저앉았다.

"너다운 반응이긴 한데, 축하 인사치고는 좀 그렇다."

로리가 여전히 비굴한 태도로, 그러나 만족스러운 듯 환하게 웃으며 대답했다.

"도둑처럼 살그머니 들어와선 이런 엄청난 비밀을 터뜨려 사람 숨도 못 쉬게 해놓고 뭘 더 바라는 거야? 일어나, 이 어처구니없는 친구야, 다 털어놔봐."

"예전 내 자리를 내주고 쿠션으로 방어벽을 치지 않겠다고 약속하면 모를까, 그 전에는 한 마디도 못 해."

조는 오랜만에 마음껏 웃고 나서 앉으라는 듯 소파를 툭툭 두드리며 다정하게 말했다.

"그 낡은 쿠션은 다락방에 있어. 이제 그런 건 필요 없거든. 자, 이리 와서 고백해 보시지, 테디."

"네가 '테디'라고 부르니까 참 듣기 좋다. 너 말고는 아무도 날 그렇게 부르지 않거든."

그러면서 로리는 더없이 만족스러운 얼굴로 자리에 앉았다.

"에이미는 널 뭐라고 부르는데?"

"우리 신랑."

"에이미답네. 그런데 너한테 어울려."

조의 눈빛은 그 어느 때보다 친구를 아끼는 마음을 숨김없이 드러냈다.

쿠션은 없었지만 둘 사이에는 장벽이 존재했다. 시간과 부재와 마음의 변화가 가져온 자연스러운 결과였다. 두 사람도 그걸 느끼고 그 보이지 않는 장벽이 그들에게 그림자를 드리우기라도 한 듯 잠시 서로를 쳐다보았다. 하지만 로리가 어림도 없이 위엄을 세우려고 던진 말에 그 그늘은 곧바로 사라지고 말았다.

"이래 봬도 나 이제 유부남이고 가장이야. 그래 보이지 않아?"

"전혀. 앞으로도 그렇게 안 보일걸. 덩치가 더 커졌고 더 멋있어지긴 했지만 예전의 그 개구쟁이 그대로야."

"근데, 조, 이제는 날 깍듯이 대접해야 하지 않아?"

로리가 생각만 해도 좋아 죽겠다는 듯 말을 꺼냈다.

"어떻게 그래? 네가 결혼해서 가정을 이뤘다는 생각만 해도 너무 웃겨서 가만히 있을 수가 없는데!"

조가 얼굴 가득 미소를 지으며 대답했고, 그 미소가 전염되기라도 했는지 둘은 다시 한바탕 웃음을 터뜨렸다. 그러고 나서 두 사람은 자리에 앉아 예전처럼 화기애애하게 얘기를 나누었다.

"날도 추운데 굳이 에이미를 데리러 나가지 않아도 돼. 곧 다들 이쪽으로 건너올 테니까. 나는 참을 수가 없어서 먼저 온 거야. 이 엄청난 소식을 너한테 직접 전하고 싶어서. 옛날에 우리가 크림을 두고 옥신각신했을 때처럼 내가 먼저 첫 숟가락을 뜨고 싶었거든."

"어련하셨을까. 게다가 엉뚱하게 결말부터 말하는 바람에 이야기도 망쳤잖아. 이제 처음부터 차근차근 다 말해봐. 궁금해 죽겠어."

"다 에이미를 기쁘게 해주려다가 생긴 일이지 뭐."

로리가 눈을 반짝이며 말했다. 그러자 그 눈을 보고 조가 소리쳤다.

"뻥치시네. 에이미가 널 기쁘게 해주려다가 생긴 일이겠지. 계속해봐. 하지만 진실만을 말씀해 주세요, 선생님."

"이제야 조가 좀 고분고분하게 나오기 시작했네. 그러니까 듣기 좋지 않아?"

로리가 벽난로에다 대고 말했다. 그러자 불이 동감이라는 듯 화르르 타올랐다.

"아무려면 어때. 이제 에이미와 나는 하난데 뭐. 원래는 한 달쯤 전에 캐럴 가족과 집으로 돌아올 계획이었어. 그런데 그 사람들이 갑자기 마음을 바꾸고는 파리에서 다시 겨울을 난다지 뭐야. 하지만 할아버지는 집으로 돌아가길 원하셨어. 나 때문에 여행을 떠나신 할아버지를 혼자 가시게 할 수도 없었고, 그렇다고 에이미를 남겨두고 올 수도 없었어. 그런데 캐럴 부인이 영국식 사고방식을 고수하면서 에이미를 보호자도 없이 우리와 함께 보내는 건 말도 안 된다고 하잖아. 그래서 내가 한마디로 문제를 해결해버렸지. '결혼하자, 그럼 뭐든 우리 마음대로 할 수 있어' 라고."

"어련했으려고. 넌 늘 자기 좋을 대로 하니까."

"늘 그렇지는 않아."

로리의 목소리에서 감지되는 예사롭지 않은 분위기에 조는 얼른 말을 돌렸다.

"그럼 숙모님의 허락은 어떻게 받았어?"

"힘들었어. 하지만 우리끼리 얘긴데, 우리 둘이 숙모님을 설득했어. 우리에게는 우리 생각대로 밀고 나가야 할 이유가 산더미처럼 많았거든. 편지로 허락을 구할 시간은 없었지만 어차피 너희 가족 모두 좋아했고, 결국 동의했잖아. 내 아내 말처럼 그냥 '좋은 기회를 놓치지 않고 잡은 것'뿐이었지."

"너도 아내라는 말이 자랑스럽지, 그렇지? 너도 저렇게 말하고 싶지, 그렇지?"

이번에는 조가 끼어들어 벽난로를 향해 말했다. 그러면서 지난번 마지막으로 봤을 때만 해도 비참할 만큼 침울했던 두 눈에서 어느새 일기 시작한 것 같은 행복한 불빛을 기쁜 얼굴로 바라보았다.

"조금은 그럴걸. 에이미처럼 매혹적인 여자를 얻었는데 어떻게 자랑스럽지 않겠어? 어쨌든 숙모님과 숙부님은 사사건건 예법을 따지려 드셨어. 우린 또 세상 그 누구도 우릴 갈라놓지 못할 만큼 서로에게 푹 빠져 있었고. 그런데 그 방법이라면 모든 걸 두루두루 해결할 것 같았어. 그래서 결혼해버렸지."

"언제, 어디서, 어떻게?"

조도 여자인지라 흥미와 호기심을 이기지 못하고 불쑥 물었다.

"6주 전 파리 미국 영사관에서, 물론 아주 조용한 결혼식이었어. 우리가 아무리 행복에 겨워 있었다고 해도 사랑하는 베스를 잊을 순 없었으니까."

로리가 그 말을 하는 동안 조는 로리의 손을 잡았고, 로리는 생생하게 기억하는 그 빨간 베개를 쓰다듬었다.

"나중에라도 우리한테 알려주지 그랬어?"

잠시 미동도 없이 앉아 있다가 조가 착 가라앉은 목소리로 물었다.

"널 놀라게 해주고 싶었어. 처음에는 집으로 바로 올 생각이었어. 그런데 우리가 결혼하자마자 우리 집 노신사가 아무리 빨라도 한 달 안에는 돌아가지 못할 것 같다는 거야. 그러면서 우리더러 아무 데든 가고 싶은 곳으로 신혼여행을 가라고 하시잖아. 그래서 우린 예전에 에이미가 최고의 신혼여행지로 점찍어둔 발로사로 가서 다른 사람들처럼 평생 한 번 있는 행복을 누렸지. 진짜로 장미꽃 속에 피어난 사랑이었다니까!"

잠시 로리는 조를 완전히 잊은 듯했고, 조는 그래서 다행이라고 생각했다. 로리가 이런 말들을 아무 거리낌 없이 자연스럽게 한다는 사실로 미루어 그동안의 일은 모두 용서하고 잊은 게 틀림없었기 때문이다. 조는 손을 빼려고 했지만 로리는 반쯤 무의식적으로 든 그 생각을 읽었는지 조의 손을 꽉 잡으며 전에 없이 남자답고 진지하게 말했다.

"조, 할 말이 있는데, 다시는 이런 얘기 할 일 없을 거야. 내가 편지에서 에이미가 내게 무척 다정하다고 썼을 때만 해도 너에 대한 사랑은 변함없을 줄 알았어. 하지만 사랑은 변했고, 지금 이대로가 더 좋다는 걸 알게 됐어. 에이미와 네가 내 마음속에서 자릴 바꾼 것뿐이야, 그게 다야. 결국 이렇게 될 수밖에 없었던 것 같아. 네가 어떻게든 설득하려고 했던 것처럼 내가 참고 기다렸으면 저절로 이렇게 될 일이었는데, 내가 참지 못하고 가슴앓이를 했던 거야. 그때 난 고집불통에 사나운 어린애였고, 혹독한 수업을 치르고 나서야 내 잘못에 눈을 뜨게 됐어. 네 말이 맞았어, 조. 하나의 사랑이 떠나고 바보짓을 하고 나니까 또 다른 사랑이 찾아왔어. 맹세컨대 그때는 마음이 너무 어수선해서 너와 에이미 중에 누구를 더 사랑하는지 알 수가 없어서 똑같이 사랑하려고도 했었어. 하지만 그럴 수 없었어. 그러다가 스위스에서 에이미를 봤을 때 모든 게 한꺼번에 확실해지는 것 같았어. 너희 둘은 내 마음속에서 제자리를 찾았고, 난 새로운 사랑과 함께하려면 예전의 사랑과도 잘 지내야 한다는 생각이 들었어. 누이 조와 아내 에이미에게 내 마음을 공평하게 나누면서 둘 다 진심으로 사랑할 수 있을 것 같았어. 믿길지 모르겠지만 이제 우리는 처음 서로를 알아가던 예전의 행복한 시절로 다시 돌아가게 된 거야."

"믿을게, 진심으로. 하지만 테디, 우린 다시 소년과 소녀가 될 순 없어. 그 행복한 시절은 돌아올 수도 없고 기대해서도 안 돼. 이제 우린 각자 엄연히 해야 할 일이 있는 어른들이야. 놀이 시간이 끝났으니 신나게 뛰어노는 것도 그만해야지. 너도 그걸 느낄 거야. 넌 이미 네 안의 변화를 보고 있고, 곧 내게서도 보게 될 거야. 물론 꼬마 로리가 그리울 테지만 남자가 된 너도 사랑할 거고, 널 더욱 존경할 거야. 이제 내가 바라던 대로 됐으니까. 우린 더는 놀이 친구가 아니지만 한 가족으로서 평생 서로 사랑하고 도우며 살아가게 될 거야, 그렇지, 로리?"

로리는 아무 말도 하지 않았지만 조가 내민 손을 잡고는 잠시 그 손에 얼굴을 갖다 댔다. 소년의 치기라는 무덤에서 나온 것 같았고, 그 자리에는 어느새 아름답고 강한 우정이 피어나 두 사람을 축복하는 듯했다. 곧이어 조는 명랑하게 말했다. 슬픈 귀향이 되게 하고 싶지는 않았기 때문이다.

"아직도 어린애 같기만 한 너희가 정말 결혼을 하고 가정을 꾸리게 됐다는 게 도무지 믿기질 않아. 에이미의 앞치마 단추를 잠가주고, 날 놀리던 네 머리카락을 잡아당기던 때가 엊그제 같은데. 진짜 세월 빠르다!"

"그 어린애들 중 한 명은 너보다 나이가 많으니까 그렇게 할머니처럼 말할 필요는 없어. 페고티(찰스 디킨스의 소설 『데이비드 코퍼필드』에 나오는 데이비드의 유모 겸 그 집 가정부 : 옮긴이)가 데이비드를 가리켜 한 말처럼 난 이미 '다 자란 신사'거든. 에이미도 만나보면 알겠지만 어린애치고 조숙한 편이고."

로리가 엄마처럼 구는 조가 재미있다는 듯 말했다.

"나이로 따지면 네가 나보다 조금 위일지 몰라도 생각하는 건 늘 내가 너보다 훨씬 위였어, 테디. 여자들이 원래 그렇거든. 게다가 작년은 너무 힘든 한 해여서 마흔 살은 된 것 같아."

"불쌍한 조! 그걸 다 너 혼자 떠맡게 하고 우리만 즐겁게 지낸 꼴이네. 그러고 보니 주름이 한두 개가 아니잖아. 웃지 않으면 네 눈은 슬퍼 보여. 이 쿠션도 만져보니까 눈물 자국이 있네. 감당해야 할 일이 좀 많았어야지. 그런데도 그 많은 일을 혼자 견디게 두다니. 난 정말 이기적인 놈이야!"

로리가 뉘우치는 얼굴로 자기 머리카락을 잡아당겼다.

하지만 조는 자기를 배신한 쿠션을 뒤집어엎고는 애써 명랑한 말투로 대답했다.

"아니야, 아버지와 어머니도 많이 도와주셨고, 사랑하는 아기들도 위로가 됐어. 그리고 너와 에이미가 안전하고 행복하다고 생각하니까 여기 문제들도 한결 수월하게 넘길 수 있었어. 가끔 외로울 때도 있지만 그래서 좋은 점도 있어. 그리고……."

"다시는 외롭게 하지 않을게."

로리가 끼어들더니 인간의 고통은 뭐든 막아내기라도 할 것처럼 조를 팔로 감쌌다.

“에이미와 나는 너 없이 살 수 없어. 그러니까 네가 와서 ‘그 어린애들’이 가정을 지킬 수 있도록 가르쳐줘. 예전에 그랬던 것처럼 뭐든 함께 나누자. 우리가 신경 쓸게. 함께 행복하고 다정하게 살자.”

“내가 방해만 되지 않는다면 그래도 좋겠지. 벌써부터 많이 젊어진 기분이야. 네가 오니까 내 모든 골칫거리가 싹 날아가버린 것 같아. 넌 늘 위안이 됐어, 테디.”

그러면서 조는 몇 년 전 베스가 아플 때 그랬던 것처럼 로리의 어깨에 머리를 기댔다. 그때도 로리는 자기한테 의지하라고 말했었다.

로리는 조가 그때를 기억하는지 궁금해하며 조를 내려다보았다. 하지만 조는 로리가 와서 골치 아픈 일이 몽땅 사라지기라도 한 듯 빙그레 웃고 있었다.

“역시 조는 어디 가지 않았군. 눈물을 흘리더니 금세 또 웃고 있잖아. 보아하니 뭔가 꿍꿍이가 있는 것 같은데. 뭡니까, 할머니?”

“너와 에이미가 어떻게 살까 생각하고 있었어.”

“천사처럼 살겠지!”

“물론 그렇겠지. 하지만 주도권은 어느 쪽에 있을까?”

“지금은 에이미에게 있다고 해야겠지. 적어도 에이미가 그렇게 생각하도록 해주려고 해. 그러면 좋아할 테니까. 그러다 시간이 지나면 서로 번갈아 갖게 되겠지. 결혼하면 권리는 반이 되고 의무는 배가 된다고들 하잖아."

"처음에는 네가 앞장서 나가겠지만 그다음부터는 에이미가 평생 널 주도할걸."

"글쎄, 에이미는 여간해선 티를 내지 않으니까 그런다고 해도 난 상관없을 것 같아. 제대로 지배하는 법을 아는 여자라고나 할까. 실은 차라리 그랬으면 좋겠어. 에이미가 비단 실타래처럼 손가락을 배배 꼬면서 뭘 부탁해오면 오히려 내가 원해서 부탁을 들어주는 기분이 든다니까."

"내 평생 네가 공처가로 지내는 꼴을 보게 생겼네!"

조가 두 손을 번쩍 쳐들면서 소리쳤다.

그 빈정거리는 소리에 로리는 어깨를 쫙 펴더니 보란 듯이 코웃음을 치며 '기세 좋게' 받아쳤다.

"그러기엔 에이미는 너무 참한 여자고, 나도 그런다고 납작 엎드릴 남자는 아니잖아. 내 아내와 나는 자기 자신과 상대방을 워낙 존중하기 때문에 폭군처럼 굴거나 다툴 리 없어."

조는 그 말이 마음에 들었고 전에 없이 위엄을 세우는 모습이 보기 좋다고 생각했다. 하지만 소년이 순식간에 어른으로 변한 것 같아 흐뭇하면서도 못내 아쉬웠다.

"내가 생각해도 그래. 에이미와 너는 우리처럼 싸운 적이 한 번도 없잖아. 우화로 치면 에이미는 태양이고 나는 바람이거든. 기억나? 태양이 결국 나그네의 옷을 벗기잖아."

"에이미는 나그네한테 햇빛을 비추기도 하지만 바람으로 날려

버리기도 해."

로리가 웃으면서 말을 꺼냈다.

"니스에서 어찌나 잔소리를 해대던지! 네 잔소리는 댈 게 아니었다니까. 그 얘기는 나중에 해줄게. 어쨌든 에이미는 다시는 안 그럴 거야. 나를 경멸한다, 내가 부끄럽다 뭐 이런 말을 해놓고는 그 야비한 놈한테 마음을 홀랑 빼앗겨선 그 아무짝에도 쓸모없는 녀석과 결혼했으니."

"그런 말까지 했다고? 에이미가 널 괴롭히면 나한테 와, 내가 지켜줄게!"

"내가 그럴 필요가 있는 사람처럼 보여, 어?"

로리는 무척 신나하다가 갑자기 태도가 돌변해 벌떡 일어났다. 에이미의 목소리가 들려왔기 때문이다.

"언니 어디 있어? 우리 조 언니 어디 있어?"

온 가족이 우르르 안으로 들어왔고, 다들 얼싸안고 서로의 뺨에 입 맞추길 거듭했다. 몇 번이나 그런 끝에 세 명의 방랑자는 겨우 자리에 앉았고 그제야 가족들은 그 셋을 살피며 기뻐 어쩔 줄 모르겠다는 표정을 지었다. 로런스 씨는 여전히 정정했을 뿐만 아니라 다른 사람들처럼 해외여행으로 한결 나아진 모습이었다. 무뚝뚝함은 거의 사라지고 없었고 고루하게 예의범절을 따져대던 태도도 세련의 손길을 거쳐 훨씬 부드러워진 것 같았다. 그가 신혼부부를 '우리 아이들'이라고 부르며 활짝 웃는 모습은 참 보기 좋았다. 하물며 에이미가 딸처럼 할아버지를 챙기며 애정을 쏟는 모습은 훨씬 더 보기 좋았다. 그런 태도에 늙은 마음은 완전히 넘어간 듯했고, 무엇보다도 압권은 그렇게 예쁜 그림은 봐도 봐도 질리지 않는다는 듯 두 사람 주변을 뱅뱅 맴도는 로리의 모습이었다.

에이미를 보는 순간 메그는 자신에게는 없는 파리의 분위기를 느낄 수 있었다. 젊은 로런스 부인은 젊은 모팻 부인도 무색할 만큼 눈부셨고, '그 귀부인'은 더없이 기품 있고 우아한 여성이 되어 있었다. 조는 신혼부부를 보면서 생각했다.

'정말 잘 어울리는 한 쌍이야! 내가 맞았어. 로리는 촌스럽고 나이 많은 조보다 자기 집에 더 잘 어울릴 아름답고 재주 많은 여자를 찾았어. 그의 골칫거리가 아니라 자랑거리가 될 여자를 찾은 거지.'

마치 부인과 그녀의 남편은 행복한 얼굴로 서로를 향해 미소 지으며 고개를 끄덕였다. 막내딸이 세속적인 성공뿐 아니라 그보다 더 나은 사랑과 자존감과 행복이라는 부까지 얻은 것을 보았기 때문이다.

에이미의 얼굴은 평화로운 마음을 나타내듯 온화한 빛으로 넘쳐났고, 목소리에서도 전에 없던 배려심이 묻어났다. 쌀쌀맞고 고지식하던 태도는 이제 여성스럽고 애교 있는 태도로 바뀌어 부드러운 기품이 넘쳤다. 가식적인 분위기는 온데간데없이 사라졌고, 상냥하고 다정한 태도는 새로운 아름다움이나 예전의 우아함보다 훨씬 더 매력적이었다. 그녀가 그토록 꿈꾸어왔던 진정한 숙녀라는 숨길 수 없는 신호를 단박에 드러내주었기 때문이다.

"사랑이 우리 어린 딸에게 많은 일을 했군요."

어머니가 부드럽게 말했다.

"평생 훌륭한 본보기를 보면서 자랐으니 그럴 만도 하지."

마치 씨가 자기 옆의 주름진 얼굴과 희끗희끗한 머리를 애정 어린 눈길로 바라보며 속삭였다.

데이지는 '이쁜 이모'에게서 눈을 떼지 못하고 기분 좋은 매력으로 넘쳐나는 귀부인에게 강아지처럼 찰싹 붙어 다녔다. 데미는 새로운 사람을 보고는 잠시 머뭇거리다가 결국 체면을 구기고 말았다. 베른에서 사온 목각 곰 인형을 가족이라는 형태로 유혹해대는 뇌물을 냉큼 받아버렸기 때문이다. 그러고 나서 옆쪽으로 돌아가려다가 꼬마가 어디로 갈지 미리 알고 있던 로리에게 걸려 완전히 항복하고 말았다.

"젊은이, 처음 만나자마자 대뜸 네가 내 얼굴을 쳤단 말이지. 신사 체면에 당하고만 있을 순 없지!"

그러면서 키다리 이모부는 키 작은 조카를 공중으로 내던지며 머리카락을 헝클어뜨려 아이의 철학적인 위엄에는 손상을 입혔지만 애다운 영혼에는 기쁨을 주었다.

"머리부터 발끝까지 비단을 두른 것도 아닌데 저리도 좋을까. 저렇게 건강한 모습으로 앉아 있는 걸 보니 내 눈이 다 즐거워지네. 어린 에이미가 '로런스 부인'이라고 불리다니 이렇게 기쁠 수가!"

늙은 해나가 이것저것 다 내올 기세로 식탁을 차리면서도 어쩔 수 없이 문틈으로 자꾸만 '훔쳐보며' 중얼거렸다.

세상에, 다들 얼마나 말이 많던지! 한 사람에 이어 그다음 사람, 그러다 급기야는 모두가 달려들어 한꺼번에 말을 쏟아내기에 이르렀다. 30분 만에 3년의 역사를 이야기하려다 보니 벌어진 일이었다. 다행히 옆에 차가 있어 잠시 숨을 돌리며 기운을 차릴 수 있었다. 그렇지 않고 좀 더 시간을 끌었더라면 다들 목이 쉬고 현기증이 났을 것이다. 그런 행복한 분위기는 작은 식당으로 줄줄이 이어졌다! 마치 씨는 자랑스레 '로런스 부인'을 호위해 갔고, 마치 부인도 자랑스레 '아들'의 팔에 기대 걸어갔다. 노신사는 "이제는 네가 내 딸이구나"라고 속삭이며 조를 식당으로 데려갔다. 조는 벽난로 옆의 빈자리를 흘끔 쳐다보고는 노신사에게 나지막이 대답했다.

"베스의 자리를 대신하도록 노력해 볼게요, 할아버지."

쌍둥이들은 뒤쪽에서 새로운 세상이 눈앞까지 다가와 있기라도 한 것처럼 신이 나서 돌아다녔다. 새로 등장한 가족들로 모두 너무 분주해서 아이들은 마음대로 뛰놀며 그 절호의 기회를 십분 활용했다. 몰래 차를 홀짝였고, 생강 쿠키도 멋대로 집어먹었다. 뜨거운 비스킷도 한 조각 맛보았다. 그러고 나서 고난도 무단 침입의 죄를 범해 각자 먹음직스러운 작은 타르트 한 조각을 작은 주머니에 슬쩍 집어넣었다. 하지만 타르트는 신뢰를 저버리고 주머니 안에서 끈적하게 들러붙으며 바스러져 인간의 본성과 빵은 둘 다 연약하다는 교훈을 남겼다! 꼬마 죄인들은 타르트를 슬쩍한 게 양심에 거리끼기도 하고, 도도 이모의 예리한 눈이 면과 양모라는 얄팍한 위장막을 꿰뚫고 자기들이 숨긴 노획물을 발견하기라도 할까 봐 두려워서 안경을 끼지 않은 '할부지'에게 찰싹 달라붙었다. 에이미는 다과처럼 이 손에서 저 손으로 옮겨 다니다가 로런스 할아버지와 팔짱을 끼고 거실로 돌아갔다. 다른 사람들도 들어올 때처럼 짝을 지어 나가자 조 혼자 식당에 남겨졌다. 하지만 그 일로 미처 마음 쓸 겨를도 없이 조는 해나의 열띤 질문에 대답해야 했다.

"이제 에이미 아씨는 쿠페 마차도 타고, 저 위에 쌓아둔 근사한 은식기도 쓰겠네요?"

"에이미가 날마다 백마 여섯 마리가 끄는 마차를 몰고, 금 접시에 밥을 먹고, 다이아몬드와 레이스 장식을 주렁주렁 달고 다니지 말라는 법도 없죠 뭐. 테디는 에이미에게는 아까울 게 없다고 생각하니까요."

조가 더없이 만족스러운 목소리로 대답했다.

"그렇다마다요! 아침으로 고기 감자나 생선 완자는 어떨까요?"

해나가 지혜롭게도 시와 산문을 적절히 섞어가며 물었다.

"뭐든 좋아요."

그러면서 조는 지금은 도무지 음식 이야기를 할 기분이 아니라고 생각하며 문을 닫았다. 조는 잠시 그대로 서서 위층으로 사라지는 가족들을 멍하니 바라보았다. 데미의 짧은 체크무늬 다리가 힘들게 마지막 계단을 올라 사라지자 갑자기 외로움이 거세게 밀려드는 바람에 조는 기댈 만한 뭔가를 찾기라도 하듯 뿌예진 눈으로 주변을 두리번거렸다. 테디조차 조를 버려둔 채 가고 없었다. 만약 어떤 생일 선물이 시시각각 가까이 다가오고 있는지 알았더라면 조는 이런 혼잣말은 하지 않았을 것이다.

"눈물은 잠잘 때나 흘려야지. 지금은 우울한 기색을 보여선 안 돼."

그러고 나서 조는 한 손을 눈 위로 가져갔다. 워낙 사내아이 같은 버릇이 배어 있어서 손수건이 어디 있는지 찾을 수가 없었기 때문이다. 조가 간신히 미소를 되찾나 싶은 순간 누군가 현관문을 두드리는 소리가 났다.

조는 손님을 맞이하려고 서둘러 문을 열고는 또 다른 유령과 마주치기라도 한 것처럼 화들짝 놀라고 말았다. 턱수염을 기른 키 큰 신사가 한밤중의 태양처럼 어둠을 뚫고 그녀를 향해 활짝 웃으며 서 있었기 때문이다.

"어머, 바에르 교수님, 정말 반가워요!"

조가 얼른 그를 안으로 들이지 않으면 밤이 삼켜버릴까 봐 두렵기라도 한 듯 그를 꽉 움켜잡으며 소리쳤다.

"나도 반가워요, 마치 양. 그런데 어쩌나, 파티 중이신가 본데……."

바에르 교수는 위층에서 들려오는 목소리와 춤추는 소리에 말을 멈췄다.

"아뇨, 그렇지 않아요. 가족들뿐이에요. 여동생 부부가 방금 돌아와서 다들 행복해하고 있거든요. 들어와서 함께해요."

매우 사교적인 사람이긴 했지만 내 생각에 바에르 씨는 점잖게 물러나 다음 날 다시 찾아오려고 하지 않았을까 싶다. 하지만 조가 문을 닫아버리고 나서 모자까지 빼앗는 데야 그라고 별수 있었겠는가? 어쩌면 조의 표정이 그의 걸음을 붙잡았을지도 모른다. 그를 보자 조는 기쁨을 숨기는 것도 까맣게 잊은 채 고스란히 드러내고 말았고, 외로운 남자는 생각했던 것보다 훨씬 더 과분한 환대에 더는 저항할 수가 없었다.

"불청객이 되고 싶진 않습니다만, 그럼 기꺼이 가족들을 만나 뵙지요. 그런데 그동안 아팠나요?"

바에르 씨가 느닷없이 물었다. 조가 자신의 외투를 걸 때 불빛에 드러난 얼굴을 보고는 그 안에서 어떤 변화를 감지했기 때문이다.

"아프긴요. 그냥 지치고 슬퍼서 그래요. 그동안 집에 일이 있었거든요."

"아, 그래요, 나도 압니다. 그 소식을 듣고 마음이 아팠어요."

그러면서 그는 안타까운 얼굴로 다시 악수를 청했다. 조는 그의 친절한 눈빛과 맞잡은 크고 따뜻한 손에서 더없는 위로를 받은 듯했다.

"아버지, 어머니, 이분은 제 친구 바에르 교수님이세요."

조가 성대하게 나팔이라도 불며 문을 열어젖힐 듯 얼굴과 목소리에 이루 형용할 수 없는 자부심과 기쁨을 드러내며 말했다.

이 낯선 손님이 행여 자신이 받게 될 대접에 대해 조금이라도 의심을 품었다면 다정한 환대에 그 의심은 순식간에 자취를 감추고 말았을 것이다. 다들 친절하게 그를 맞이해 주었다. 처음에는 조를 배려해서 그랬지만 모두들 금세 그를 좋아하게 되었다. 그는 사람의 마음을 여는 부적을 지니고 다녔기 때문에 그들로서도 어쩔 수 없는 일이었다. 이 소박한 사람들은 그가 가난하기에 더욱더 친밀감을 느끼며 그를 따뜻하게 대했다. 가난은 가난을 초월해 사는 사람들을 부유하게 만들고, 진심으로 환대하는 마음에 이르는 확실한 여권이기 때문이다. 바에르 씨는 어느 낯선 집 문을 두드리다가 문이 열리자 제 집에 온 듯 편안해하는 여행객 같은 표정으로 주변을 둘러보았다. 꿀단지에 꿀벌들이 꼬이듯 아이들이 그에게 다가와 무릎을 하나씩 차지하고는 대담하게도 주머니를 뒤지고, 턱수염을 잡아당기고, 손목에 찬 시계를 들여다보며 그의 마음을 사로잡았다. 여자들은 찬성의 눈빛을 주고받았고, 마치 씨는 정신세계가 자기와 비슷한 사람을 만나 신이 났던지 그동안 모아두었던 최고급 물품들을 손님 앞에 줄줄이 꺼내놓았다. 존은 말없이 대화에 귀 기울이며 즐거워했고, 로런스 씨는 자러 갈 생각은 아예 하지도 못했다.

조가 다른 데 정신이 팔려 있지 않았더라면 로리의 행동을 보고 실소를 금치 못했을 것이다. 질투라기보다는 의심에 가까운 뭔가가 희미하게 찌르는 듯한 느낌에 이 신사는 처음에는 시큰

둥하게 선 채로 오빠처럼 주의 깊게 신참자를 관찰했다. 하지만 그런 태도는 오래가지 못했다. 저도 모르게 대화에 흥미를 느끼다가 급기야는 아예 푹 빠져버렸기 때문이다. 바에르 씨는 이 화기애애한 분위기 속에서 이야기를 술술 풀어나가며 진면목을 발휘했다. 그는 로리에게는 거의 말을 걸지 않았지만 자주 로리를 쳐다보았고, 한창때의 젊은 남자를 쳐다볼 때마다 잃어버린 자신의 청춘이 아쉬운 듯 얼굴에 그늘이 스치곤 했다. 그러고 나면 그의 눈길은 조에게 향하곤 했다. 그럴 때의 눈빛이 어찌나 간절했던지 조가 만약 보았더라면 그 말없는 질문에 분명히 대답했을 것이다. 그러나 조는 믿을 수 없다는 듯 줄곧 자기 눈을 단속하면서 모범적인 이모처럼 뜨고 있던 아기 양말에만 눈길을 주었다.

조는 어쩌다 교수님을 몰래 훔쳐볼 때면 먼지 날리는 길을 걷다가 시원한 물을 마시기라도 한 듯 기운이 났다. 몇 가지 좋은 징조가 눈에 띄었기 때문이다. 이제 바에르 씨의 얼굴에서는 멍한 표정이 사라지고 없었고, 대신 흥미와 활력이 넘쳐났다. 평소에 조는 낯선 남자를 보면 그 남자에게는 치명적이게도 로리와 비교하는 버릇이 있었다. 하지만 지금은 비교하는 것도 잊은 채 바에르 씨가 젊고 잘생겼다고 생각했다. 그러는 사이 대화는 고대인들의 장례 풍습 쪽으로 흘러갔고, 특별히 흥미로운 주제도 아닌 것 같았지만 그는 영감이 팍팍 떠오르는 듯 보였다. 테디가 논쟁에서 맥을 못 추자 조는 승리감에 희희낙락하며 속으로 생각했다.

'아버지가 우리 교수님 같은 사람과 매일 이야기할 수 있다면 얼마나 좋아하실까!'

마지막으로 바에르 씨는 검정색 새 정장 차림이었는데, 그렇게 차려입으니 그 어느 때보다도 신사처럼 보였다. 부스스하던 머리도 짧게 잘라 단정하게 빗어 넘겼지만 늘 그렇듯이 흥분할 때마다 우스꽝스럽게 머리칼을 헝클어대는 바람에 그 상태가 오래가지는 못했다. 그런데 조는 단정한 머리보다 제멋대로 곧추선 머리가 더 좋았다. 그의 잘생긴 이마를 더욱 돋보이게 해주는 것 같았기 때문이다. 가엾은 조! 어째서 저 평범한 남자를 저렇게 찬미하는 걸까. 조는 멀찍이 떨어져 앉아 말없이 뜨개질만 하면서도 어느 것 하나도, 심지어 바에르 씨의 흠 하나 없이 깔끔한 소맷부리에 금색 단추가 달려 있다는 사실조차도 놓치지 않았다.

"어쩜! 청혼하러 왔대도 저렇게 세심하게 차려입지는 못했을 거야."

조는 이렇게 중얼거리고 나서 그 말이 갑자기 불러온 어떤 생각 때문에 얼굴을 심하게 붉히고 말았다. 어찌나 빨갛게 달아올랐던지 그런 얼굴을 숨기느라 일부러 뜨개실 뭉치를 떨어뜨리고는 찾는 척해야 했을 정도였다.

하지만 그 술책은 조의 기대와 달리 그다지 성공하지 못했다. 굳이 빗대어 말하자면 교수님이 시신을 태우려고 쌓아둔 장작더미에 불을 붙이려다가 그만 횃불을 떨어뜨린 채 파란 뜨개실 공을 향해 몸을 날렸기 때문이다. 당연히 두 사람은 눈앞에 별이 보일 만큼 머리를 세게 부딪쳤고, 벌겋게 상기된 얼굴로 웃다가 공은 그대로 놔둔 채 가만히 앉아 있을 걸 그랬다고 후회하며 각자의 자리로 돌아갔다.

아무도 그날 밤이 어디로 갈지 알지 못했다. 해나는 아까부터 강아지처럼 꾸벅꾸벅 조는 아이들을 알아서 데리고 나갔고, 로런스 씨는 쉬러 집으로 돌아갔다. 나머지 사람들은 난롯가에 둘러앉아 시간 가는 줄 모르고 이야기꽃을 피웠다. 그러다 메그는 데이지가 침대에서 굴러 떨어졌고, 데미는 성냥의 구조를 연구하다가 잠옷에 불을 붙였을 거라는 굳은 확신에 엄마의 마음이 움직여 자리를 떴다.

"이렇게 모두 다시 모였으니 옛날처럼 다 함께 노래 불러요."

조가 말했다. 큰 소리로 노래를 부르면 자신의 들뜬 감정을 안전하고도 기분 좋게 잠재울 수 있을 것 같았기 때문이다.

엄밀히 말하면 모두가 그 자리에 있는 건 아니었다. 그러나 누구도 그 말이 생각 없거나 틀렸다고 여기지 않았다. 베스는 눈에 보이지는 않았지만 평온하고도 그 어느 때보다 사랑스러운 모습으로 여전히 그들 곁에 있는 것 같았기 때문이다. 가족 사이의 유대감은 사랑으로 녹일지언정 죽음으로는 깨뜨릴 수 없었다. 베스의 작은 의자는 원래 자리에 그대로 서 있었다. 작은 바구니도 바늘이 무겁다며 끝내지 못하고 남겨둔 일감이 그대로 담긴 채 늘 놓아두던 선반 위 그 자리에 놓여 있었다. 베스가 사랑하던 피아노도 이제는 치는 사람이 거의 없었지만 그대로 있었다. 피아노 위에서 평온하게 웃는 어린 시절 베스의 얼굴은 그들을 내려다 보며 "행복하게 지내! 나 여기 있어"라고 말하는 듯했다.

"한 곡 쳐봐, 에이미. 실력이 얼마나 늘었는지 모두에게 보여줘."

로리가 앞날이 촉망되는 제자를 자랑하고픈 마음을 이기지 못하고 말했다.

그러나 에이미는 눈물이 그렁그렁한 눈으로 낡은 피아노 의자를 어루만지며 속삭였다.

"오늘 밤은 안 될 것 같아. 오늘 밤은 자랑을 못 하겠어."

그러나 에이미는 화려함이나 기교를 능가하는 무언가를 보여주었다. 최고의 스승도 가르칠 수 없을 듯한 목소리로 애절하게 베스의 노래들을 부르며 그 어떤 영감도 줄 수 없을 듯한 감미로운 힘으로 듣는 이의 마음을 움직였기 때문이다. 에이미의 청아한 목소리가 베스가 좋아하던 찬송가 마지막 소절에서 갑자기 뚝 끊기자 방 안은 정적에 휩싸였다. 차마 입이 떨어지질 않았다.

천국이 치유할 수 없는 슬픔은 이 땅에 없도다.

에이미는 가족들이 아무리 환영해 주어도 베스의 입맞춤 없이는 완벽하지 않은 것 같다고 생각하며 뒤에 서 있던 남편에게 기댔다.

"이제 미뇽(프랑스 작곡가 C. 토마의 오페라 제목으로 제1막에 나오는

「그대는 아시나요 저 남쪽 나라를」이라는 아리아로 유명함. 여기에 인용된 가사는 그 가운데 일부다 : 옮긴이)의 노래로 마무리하기로 해요. 바에르 교수님이 그 노래를 아시거든요."

침묵이 고통스러워지기 전에 조가 입을 열었다. 바에르 씨는 기꺼이 목청을 가다듬고 조가 서 있는 구석 자리로 가서 말했다.

"나와 같이 부릅시다. 우린 완벽하게 잘 맞으니까."

그런데 이 말은 듣기 좋으라고 하는 소리였을 뿐이다. 조는 음악에 대해서는 메뚜기보다도 아는 게 없었기 때문이다. 하지만 조는 그가 오페라를 처음부터 끝까지 다 부르자고 했어도 군말없이 응했을 것이다. 조는 높고 불안정한 목소리로 음정과 박자에 상관없이 즐겁게 노래를 불렀다. 큰 문제는 없었다. 바에르 씨가 토박이 독일인답게 열심히 잘 불렀기 때문이다. 곧이어 조는 목소리를 낮춰 흥얼거리면서 자신만을 위해 부르는 듯한 바에르 씨의 그윽한 목소리에 귀를 기울였다.

"그대는 아시나요, 시트론 꽃 피는 그 땅을,"

교수님이 좋아하는 소절이었다. 그에게 '그 땅'은 독일을 의미했기 때문이다. 그런데 다음 소절은 유난히 따스한 마음과 선율을 담아 음미하는 것 같았다.

"그곳으로, 아, 그곳으로, 사랑하는 그대와 함께 가고 싶어라."

그 다정한 초대에 청중 하나는 어찌나 황홀하던지 자기도 그 땅을 알고 있으며, 그가 원한다면 언제든 기쁘게 그곳으로 떠나겠다고 말하고 싶었다.

노래는 대단한 성공이라는 평을 받았고, 가수는 박수갈채를 받으며 물러났다. 하지만 몇 분 뒤 그는 예의범절도 깡그리 잊은 채 모자를 쓰고 있는 에이미를 물끄러미 쳐다보았다. 에이미는 '여동생'이라고만 소개됐을 뿐 그가 온 뒤로 아무도 에이미를 새로운 호칭으로 부른 적이 없었기 때문이다. 그가 아까보다 훨씬 더 빤히 에이미를 쳐다보고 있을 때였다. 로리가 더없이 정중한 태도로 작별 인사를 건네왔다.

"제 아내도 저도 선생님을 만나 뵙게 돼서 매우 반가웠습니다. 언제든 환영이니 잊지 마시고 저기 맞은편에 있는 저희 집도 찾아주세요."

그 말에 교수님이 어찌나 진심으로 고마워하던지, 또 갑자기 표정까지 환해 보일 만큼 어찌나 흡족해하던지 로리는 저 나이에 저렇게 숨김없이 기쁨을 드러내는 사람은 처음 본다고 생각했을 정도였다.

"저도 이만 가봐야겠습니다. 하지만 허락하신다면 다시 찾아뵙도록 하지요. 볼일이 좀 있어서 시내에서 며칠 지낼 예정이거든요."

그는 마치 부인에게 말했지만 눈은 조를 보고 있었다. 어머니는 딸의 눈빛만큼이나 다정한 목소리로 흔쾌히 허락했다. 마치 부인은 모팻 부인의 생각처럼 자식들의 일에 무관심하지 않았다.

"현명한 사람인 것 같더구나."

마지막 손님이 떠난 뒤 마치 씨가 벽난로 앞에 앉아 담담하지

"제 아내도 저도 선생님을 만나 뵙게 돼서 매우 반가웠습니다.
언제든 환영이니 잊지 마시고 저기 맞은편에 있는 저희 집도 찾아주세요."

만 만족스러운 목소리로 말했다.

"좋은 사람이야."

마치 부인도 시계태엽을 감으며 분명하게 호감을 나타냈다.

"엄마 아빠가 그 사람을 좋아하실 줄 알았어요."

조는 그렇게만 말하고 침실로 조용히 물러났다.

조는 바에르 씨가 시내에 무슨 볼일이 있을까 궁금해하다가 뭔가 굉장히 명예로운 자리에 임명되었지만 워낙 겸손한 사람이라 그 사실을 말하지 않았을 거라고 결론 내렸다. 조가 자기 방에서 음울하게 미래를 응시하는 듯한 머리 숱 많고 수수하고 딱딱한 인상의 아가씨 사진을 들여다보고 있는 그의 얼굴을 보았더라면, 특히 불을 끄고 어둠 속에서 그 사진에 입을 맞추는 그의 얼굴을 보았더라면 궁금증을 해결할 실마리에 다가갔을지도 모른다.

44

남편과 아내

“어머니, 제 아내를 30분만 빌릴 수 있을까요? 짐이 도착했는데 제가 뭘 좀 찾다가 에이미의 파리 물건들을 뒤섞어놔서요.”

이튿날 로리가 다시 ‘아기’가 된 듯 친정 엄마 무릎에 앉아 있는 로런스 부인을 발견하고 물었다.

“물론이지. 어서 가보렴, 얘. 네게 여기 말고 또 집이 있다는 걸 깜빡했구나.”

그러면서 마치 부인은 엄마로서 과한 욕심을 부려 미안하다는 듯 결혼반지를 낀 하얀 손을 밀어냈다.

“제 힘으로 해결할 수 있었으면 여기까지 오지 않았을 텐데 도리가 없네요. 아내가 없으니까…….”

“바람 없는 풍향계 신세겠지.”

로리가 마땅한 비유를 찾느라 잠시 말을 멈춘 사이 조가 끼어들었다. 조는 테디가 돌아온 뒤로 다시 짓궂어지고 있었다.

"바로 그거야. 에이미는 대부분 날 서쪽 방향으로 돌려놓거든. 가끔은 산들산들 부는 바람에 남쪽으로 돌아가기도 해. 결혼한 뒤로 동풍은 한 번도 분 적 없어. 북풍은 아예 있는지도 모르겠고. 어쨌든 전부 건강에 좋고 훈훈한 바람만 불어. 안 그래요, 마나님?"

"지금까지는 화창한 날씨였지. 언제까지 계속될지는 모르겠지만. 하지만 폭풍우도 두렵지 않아. 내 배를 어떻게 저어가야 하는지 배우고 있으니까. 가요, 여보. 장화 벗는 기구 찾아줄게요. 그걸 찾느라 내 짐을 뒤진 것 같은데. 남자들은 뭐 하나 제대로 하는 게 없다니까요, 엄마."

에이미가 제법 주부 티를 내며 말했고, 남편은 그런 모습을 보는 게 기분 좋은 모양이었다.

"안정되고 나면 뭐 할 셈이야?"

조가 예전에 앞치마를 입혀줄 때처럼 에이미의 망토 단추를 잠가주며 물었다.

"계획은 있는데 아직 말할 단계는 아니야. 우린 그야말로 새내기들이니까. 그렇다고 마냥 게으름을 피울 생각은 없어. 사업에 적극적으로 뛰어들어서 할아버지를 기쁘게 해드리고 내가 응석받이가 아니라는 걸 증명해 보일 거야. 뭐든 나를 꾸준히 붙잡아 줄 일거리가 필요해. 빈둥거리는 건 이제 지겨워. 정말 남자답게 제대로 일해 볼 생각이야."

"그럼 에이미는 뭐 하고?"

마치 부인이 로리의 결심과 씩씩한 말투에 흡족해하며 물었다.

"우선 최고급 모자도 선보일 겸 두루 인사를 드려야죠. 그런 다음에 저희 집에서 우아한 모임을 열어볼까 해요. 그럼 내로라 하는 사교계 인사들이 우리 주변으로 몰려들 테죠. 결론적으로 말하면 우린 세상에 유익한 영향을 미치고 싶어요. 대충 말씀드리면 그래요. 그렇죠, 레카미에 부인(나폴레옹 시대에 프랑스 사교계를 지배했던 프랑스 최고의 미인 : 옮긴이)?"

로리가 익살스러운 표정으로 에이미에게 물었다.

"그야 시간이 가르쳐주겠죠. 그만 가요, 괜한 소리 하지 말고. 그리고 그런 식으로 날 이상한 이름으로 불러서 가족들 놀라게 좀 하지 말아요."

에이미가 살롱을 열어 사교계의 여왕이 되기에 앞서 한 가정의 좋은 아내가 되겠다고 결심하며 대답했다.

"저 아이들, 참 행복해 보이는군!"

젊은 부부가 떠나고 나서 좀처럼 아리스토텔레스에 집중하지 못하다가 마치 씨가 한마디 했다.

"그래요, 그리고 계속 저럴 거예요."

마치 부인이 배를 항구에 무사히 댄 항해사처럼 마음이 놓인다는 표정으로 거들었다.

"그럴 거예요. 행복한 에이미!"

그러면서 조는 한숨을 쉬다가 마침 바에르 교수님이 대문을 벌컥 밀고 들어오는 모습을 보고 환하게 웃었다.

그날 밤 로리는 장화 벗는 기구를 찾고 마음이 안정되자 아내를 보며 느닷없이 이렇게 말했다.

"로런스 부인."

"왜요, 우리 신랑!"

"그 남자가 우리 조와 결혼하려는 모양이야!"

"난 그랬으면 좋겠는데, 당신은 안 그래요?"

"저기 여보, 그 남자가 말 그대로 으뜸패인 건 알겠는데, 그래도 난 좀 더 젊고 부자였으면 좋겠다는 생각이 들어."

"아, 로리, 너무 그렇게 깐깐하게 세속적인 눈으로 따질 거 없잖아요. 두 사람이 서로 사랑한다면 몇 살이든 얼마나 가난하든 무슨 상관이라고. 여자들은 절대 돈만 보고 결혼하지는……."

에이미는 여기서 말을 뚝 끊고는 남편을 쳐다보았다. 그러자 로리가 아내를 놀리려고 일부러 더 진지하게 대답했다.

"물론 아니지. 하지만 더러 그럴 뜻을 내비치는 아가씨들도 있긴 하잖아. 내 기억이 맞는다면 당신도 한때는 부잣집에 시집가는 걸 자신의 의무로 여겼었잖아. 그래서 아무짝에도 쓸모없는 나 같은 남자랑 결혼한 건가?"

"아, 여보, 제발 그런 말은 하지 말아요! 내가 청혼을 받아들였을 때 당신이 부자라는 건 안중에도 없었단 말이에요. 당신이 빈털터리였대도 당신과 결혼했을 거예요. 가끔은 당신이 가난했으면 좋겠다는 생각도 들어요. 내가 얼마나 당신을 사랑하는지 증명할 수 있게."

그러면서 에이미는 확실한 증거를 제시해 자신의 진심을 증명해 보였다. 에이미는 남들 앞에서는 무척 기품 있었지만 단둘이 있을 때면 무척 다정했다.

"한때 속물이 될 뻔한 적도 있지만 설마 나를 정말 그런 여자로 보는 건 아니겠죠? 당신이 그 호수에서 노를 저으며 생계를 꾸리는 사람이었대도 난 기꺼이 당신과 한 배를 타고 노를 저었을 거예요. 당신이 그걸 믿어주지 않는다면 내 가슴은 무너지고 말 거예요."

"내가 그렇게 바보 같은 놈으로 보여? 당신이 나 때문에 더 돈 많은 남자를 거절했는데. 이제는 충분히 그럴 자격이 되는 내가 뭘 사 주려고 해도 반도 채 받으려 들지 않는데 어떻게 그런 생각을 하겠어? 여자들은 불쌍하게도 늘 뭘 바라고, 또 그게 여자들의 유일한 낙이라고 배우지만 그에 비하면 당신은 훌륭한 가르침을 받았잖아. 당신에게 화가 난 적은 있어도 실망한 적은 없었어. 당신이 어머니 가르침을 충실히 지켰으니까. 어제 어머니께 그렇게 말씀드렸더니 내게 백만 달러짜리 수표를 받기라도 하신 것처럼 기뻐하며 고마워하시더라고. 내 윤리 강의를 듣고 있지 않군요, 로런스 부인."

그러면서 로리는 말을 멈췄다. 에이미의 시선이 자기 얼굴에 고정되어 있긴 했지만 멍해 보였기 때문이다.

"듣고 있어요, 당신 턱 보조개에 감탄하면서. 당신이 우쭐대는 건 바라지 않지만, 솔직히 말해 난 내 남편이 돈이 많은 것보다 잘생겨서 더 좋아요. 웃기 없기예요, 하지만 당신 코는 나한텐 그 자체로 위안이 돼요."

그러면서 에이미는 잘생긴 코를 만족스럽다는 듯 부드럽게 쓰다듬었다.

로리는 평생 수많은 칭찬을 들었지만 이렇게 기분 좋은 칭찬은 처음이었다. 아내의 독특한 취향에 코웃음을 치긴 했지만 흡족한 마음은 숨길 수가 없었다. 그러자 에이미가 천천히 말했다.

"뭐 하나 물어봐도 돼요?"

"얼마든지."

"조 언니가 바에르 씨랑 결혼하는 거 아직도 신경 쓰여요?"

"아, 그게 마음에 걸렸나 보군. 내 턱 보조개에 당신 맘에 안 드는 뭔가가 있는 줄 알았어. 내가 자기가 못 갖는다고 남도 못 갖게 방해하는 심술쟁이로 보여? 아니야, 난 세상에서 가장 행복한 남자야. 조의 결혼식에서 발걸음만큼이나 가벼운 마음으로 즐겁게 춤출 수 있어. 못 믿겠어, 여보?"

에이미는 남편을 올려다보고는 만족스러운 표정을 지었다. 마지막 남은 작은 질투심까지 씻은 듯이 사라지자 에이미는 사랑과 신뢰가 가득한 얼굴로 로리에게 고마움을 전했다.

"그 으뜸패 교수님에게 뭔가 해줬으면 좋겠는데. 돈 많은 친척 하나가 독일 어딘가에서 죽었는데 고맙게도 약간의 재산을 남겨줬다고 둘러대면 어떨까?"

평소에도 종종 하듯이 둘이 팔짱을 끼고 기다란 거실을 끝에서 끝까지 서성이며 그 성의 정원을 추억하다가 로리가 불쑥 말을 꺼냈다.

"조 언니가 우리라는 걸 알아채고는 모든 걸 망쳐버릴 거야. 언니는 지금 그대로의 그분을 아주 자랑스러워하고 있어요. 어제는 가난이 아름다운 거라는 말까지 하더라니까요 글쎄."

"환장하겠네! 학자 남편과 열두 명은 되는 꼬마 교수들을 떠맡고 나서도 어디 그런 소리가 나오나 두고 볼 거야. 지금은 끼어들지 말자고. 기회를 엿보다가 당사자들 모르게 친절을 베푸는 게 좋겠어. 사실 내가 무사히 공부를 마친 데에는 조의 공도 어느 정도 있다고 볼 수 있어. 조는 사람들이 정직하게 빚을 갚는 걸 좋게 생각하니까 그런 식으로 돌려줄 생각이야."

"남을 도울 수 있다는 건 정말 기쁜 일이에요, 안 그래요? 마음껏 베풀 수 있는 능력을 갖는 게 내 오랜 꿈이었는데 당신 덕에 그 꿈을 이뤘네."

"그래! 좋은 일 많이 하자고. 가난한 사람 중에서도 특히 도와주고 싶은 사람들이 있어. 완전한 거지들은 그래도 보살핌을 받지만 가난한 서민들은 오히려 사는 게 힘들어. 대놓고 부탁하질 않으니 사람들이 선뜻 자선을 베풀기가 어렵거든. 하지만 그 사람들 자존심을 건드리지 않고도 드러나지 않게 도와줄 방법은 얼마든지 많아. 사실 난 일부러 죽는 소리를 해대는 거지보다 몰락한 신사를 더 돕고 싶어. 잘못된 생각일 수도 있겠지만 더 어렵더라도 꼭 그렇게 할 거야."

"그런 일을 하기에는 신사가 제격이니까요."

집안 칭찬 협회의 또 다른 회원이 거들었다.

"고마워. 내가 그런 찬사를 들을 자격이 있는지 모르겠군. 하지만 해외로 돌아다니는 동안 재능 있는 젊은이들이 꿈을 이루기 위해 온갖 희생을 치르며 정말 힘들게 고생하는 걸 많이 봤어. 어떤 이는 빈 주머니에 친구 하나 없이 영웅처럼 꿋꿋이 버티면서도 용기와 인내심과 야망이 어찌나 가득 넘쳐나던지 나 자신이 부끄러울 지경이었어. 난 그런 사람들을 도와주고 싶어. 도와주는 사람에게 보람을 느끼게 해주거든. 그들에게 천재성이 있다면 도움을 줄 수 있다는 게 영광이니까. 그리고 솥을 계속해서 덥힐 연료가 부족해서 천재성을 잃어버리거나 뒤로 미루어야 하는 일은 막을 수 있을 테니까. 설령 천재성이 없다고 해도 가련한 영혼들을 위로하고 절망에 빠지지 않도록 지켜줄 수 있다면 그 또한 기쁨 아니겠어?"

"맞아요, 그런데 도움을 청할 수가 없어서 그저 묵묵히 고통을 감수하는 사람들은 또 있어요. 옛날이야기 속의 왕이 거지 소녀에게 그랬던 것처럼, 당신이 나를 공주로 만들기 전까지는 나도 그런 축에 들어갔기 때문에 잘 알아요. 야망이 있는 여자들은 세상 살기가 고달파요, 로리. 필요할 때 약간의 도움만 받으면 되는데 그게 없어서 청춘도 건강도 귀중한 기회도 모두 놓치는 여자들이 의외로 많거든요. 지금까지 나는 사람들에게 많은 친절을 받아왔고, 그래선지 예전의 우리 집 자매들처럼 뭔가 해보려고 애쓰는 여자들을 보면 내가 도움을 받았듯이 나도 손을 내밀어 그들을 도와주고 싶어요."

"그럼 안 그래도 천사인 당신이 천사가 돼서 그렇게 하면 되겠네!"

로리가 박애주의의 열정에 불타 소리쳤다. 그러면서 젊은 여성 예술가 지망생을 후원하는 재단을 설립해 기부 활동을 펴기로 마음을 정했다.

"부자라고 해서 가만히 앉아 호의호식할 권리도 없고, 돈을 쌓아두었다가 엉뚱한 사람들이 낭비하게 할 권리도 없어. 막대한 유산을 남기고 죽는 것보다 살아 있을 때 현명하게 돈을 써서 주변 사람들이 행복해하는 모습을 보는 게 훨씬 더 낫지. 그러니까 우리도 우리끼리 즐겁게 살면서 다른 사람들에게도 후하게 베풀어 우리만의 기쁨에 추가로 큰 즐거움을 하나 더 얹자고. 어때, 큰 바구니에서 안락함은 비우고 대신 선행으로 채우는 도르가(사도행전에서 빈민에게 옷을 만들어 나눠 준 독실한 여성 신도 : 옮긴이)가 돼보겠어?"

"진심을 다해 노력해 볼게요. 당신이 말을 타고 씩씩하게 달리다가 멈춰 서서 망토를 거지에게 나눠 준 성 마르틴이 되겠다면."

"그럼 계약이 성사됐군요. 최선을 다해봅시다."

그렇게 젊은 부부는 악수를 나누고 나서 둘의 즐거운 집이 더욱 집다운 집이 되었다고 생각하며 다시 행복하게 서성였다. 다른 가정을 밝게 비춰주고 다른 사람들이 밟게 될 험난한 길을 평탄하게 닦아준다면 자신들 앞에 놓인 꽃길을 더욱 당당하게 걸어갈 수 있을 것 같았다. 그리고 자신들보다 덜 축복받은 이들을 생각할 줄 아는 사랑으로 서로의 마음이 더욱 단단히 묶였다는 것을 느꼈다.

45
데이지와 데미

마치 집안의 가장 소중하고도 중요한 가족 구성원인 쌍둥이에 대해 적어도 한 장을 통째로 할애해 이야기하지 않는다면 이 집안의 변변찮은 역사가로서 의무를 다했다고 볼 수 없을 것이다. 데이지와 데미는 이제 재량권이라는 걸 발휘하기 시작하는 나이가 되어 있었다. 서너 살이라는 이 빠른 시기에 아기들은 손위들이 하는 것 못지않게 자기 권리를 주장하고 누리려고 든다. 이 세상에 찬사를 하도 들어 응석받이가 될 위험에 처한 쌍둥이가 있다면 단연코 이 수다쟁이 브룩 쌍둥이였다. 물론 쌍둥이는 여태껏 태어난 아기들 중 가장 특별했다. 여덟 달이 지나면서 걷기 시작했고, 한 살 때는 말문을 텄으며, 두 살 때는 식탁의 자기 자리에 앉아 얌전히 행동해 보는 이들의 마음을 사로잡았다. 세 살이 되자 데이지는 '콕콕이'를 달라고 해 네 땀을 떠서 실제로 가방을 만들었다. 그런가 하면 보조 탁자에다 살림을 차려 눈에 보이지도 않는 조리용 난로를 어찌나 능숙하게 다루던지 해나의 눈에서 기어코 자부심이 뚝뚝 묻어나는 눈물을 빼내고 말았다. 한편 데미는 할아버지에게 글자를 배웠다. 할아버지는 팔과 다리로 알파벳 모양을 만들어 가르치는 새로운 교육 방법을 창안해냈는데, 그런 점에서 머리와 사지의 움직임을 동시에 이끌어내는 일종의 체조라고도 볼 수 있었다. 데미는 일찍부터 기계 쪽에 소질을 보여 아빠를 기쁘게 했지만 기계마다 보는 족족 흉내 내려고 해서 엄마의 정신을 쏙 빼놓았다. 한번은 '뱅글뱅글' 돌아가는 '재봉털' 바퀴를 만든답시고 끈, 의자, 빨래집게, 실패 등을 뒤죽박죽 잔뜩 늘어놓아 아기방을 온통 난장판으로 만들어놓기도 했다. 또 언젠가는 커다란 의자 뒤에 커다란 바구니를 매달고는 오빠와 너무도 사이가 좋은 여동생을 들어 올리려고 한 적도 있었다. 데이지는 누가 여자 아니랄까 봐 부딪쳐도 상관없다며 그 조그만 머리통을 순순히 내주었다가 꼬마 발명가가 성질을 부리며 "아이 엄마, 이거 내 엘레베타야. 데이지 들어 올릴 거란 말이야"라고 소리치고 나서야 구조될 수 있었다.

쌍둥이는 성격이 정반대였지만 사이좋게 지냈고, 하루에 세 번 이상 싸우는 일은 좀처럼 없었다. 물론 데미는 데이지에게 폭군처럼 굴기도 했지만 나머지 모든 적으로부터 여동생을 용감하게 지켜냈다. 반면 데이지는 노예를 자처하며 오빠를 세상에 둘도 없는 완벽한 존재로 떠받들었다. 발그레한 볼에 토실토실하고 햇살처럼 환한 꼬마 데이지는 모든 이의 가슴속으로 곧장 파고들어 포근히 자리 잡았다. 매혹적인 아이 데이지는 사람들에게 뽀뽀 세례를 받고 안기기 위해, 꼬마 여신처럼 예쁘게 치장하고 온갖 행사마다 다니며 사랑을 독차지하기 위해 태어난 듯했다. 작은 장점들은 또 어찌나 달콤한지 더러 소소한 장난기가 발동해 인간적인 면모를 보여주지 않았더라면 정말 천사 같았을 것이다. 데이지의 세상에서는 늘 맑은 날뿐이었다. 아침이면 벌떡 일어나 잠옷 바람으로 뒤뚱뒤뚱 창가로 가서 창밖을 내다보며 비가 오든 해가 나든 "아 날찌 조타, 아 날찌 조타!"라고 말했다. 데이지에게는 모두가 친구였고, 낯선 사람에게도 어찌나 다정하게 뽀뽀를 해주는지 고집스러운 독신남도 마음을 누그러뜨렸고, 아기를 좋아하는 사람은 충직한 숭배자로 거듭났을 정도였다.

한번은 온 세상을 다 껴안고 보살펴주기라도 할 것처럼 한 손에는 숟가락을, 또 한 손에는 컵을 들고 두 팔을 활짝 벌리며 "모다 짜랑해여"라고 말하기도 했다.

데이지가 자라면서 아이 엄마는 오래전 낡은 주택을 집다운 집으로 만들어준 것처럼 동거인의 존재가 비둘기장을 평온하고 사랑이 넘치는 곳으로 축복해 줄 거라고 느꼈다. 그러면서 오랫동안 천사인 줄도 모르고 함께 살아왔다는 걸 최근에야 깨닫게 해준 상실은 두 번 다시 겪지 않기를 기도하기 시작했다. 할아버지는 데이지를 '베스'라 부르는 때가 많았고, 할머니는 아무도 모르게 혼자서만 묻어둔 과거의 잘못을 속죄하기라도 하듯 지칠 줄 모르는 헌신으로 데이지를 보살폈다.

데미는 진정한 미국인의 피가 흐르는지 매사에 호기심을 보이며 뭐든 알고 싶어 했다. 그러다 종종 큰 혼란에 빠지기도 했는데, 끝없이 던져대는 "어째서?"라는 질문에 늘 만족스러운 대답만 돌아오는 것은 아니었기 때문이다.

데미는 철학자의 기질도 지니고 있었다. 이에 할아버지는 무척 기뻐하며 아이에게 소크라테스식 대화법을 썼는데, 조숙한 제자는 가끔 스승에게 난처한 질문을 던져 집안 여자들에게 숨길 필요가 없는 만족을 주었다.

"무엇이 내 다리를 움직여요, 할부지?"

어느 날 밤 꼬마 철학자가 잠자기 전 침대에서 한바탕 뛰어놀고 나서 쉬다가 자기 신체 중 활발하게 움직이는 그 부분을 면밀히 살피더니 생각에 잠긴 얼굴로 물었다.

"네 작은 마음이지, 데미."

현자가 노란 머리를 기특하다는 듯 쓰다듬으며 대답했다.

"작은 마음이 뭐예요?"

"네 몸을 움직이게 만드는 거야. 저번에 보여준 할아버지 시계 속에서 스프링이 톱니바퀴를 굴러가게 하는 것과 비슷해."

"나도 열어줘요. 빙빙 돌아가는 거 보고 싶어요."

"네가 시계를 열지 못하는 것처럼 할아비도 그건 못해. 하나님이 단단히 감아주셨으니까. 그분이 널 멈출 때까지 넌 계속 움직이는 거야."

"그래요?"

그러고는 새로운 생각이 떠오르기라도 한 듯 데미의 갈색 눈이 휘둥그레지면서 반짝반짝 빛났다.

"나도 시계태엽처럼 똘똘 감겼어요?"

"그래. 하지만 어떻게 돼 있는지 보여줄 순 없어. 우리가 보지 못할 때 일어나는 일이니까."

데미는 시계태엽처럼 만질 수 있을 거라고 생각했는지 자기 등을 더듬고 나서 진지하게 말했다.

"내가 잘 때 하나님이 그러나 봐요."

신중한 설명이 이어졌고, 데미가 너무 열심히 듣자 할머니가 걱정스러운 표정으로 말했다.

"여보, 저 어린 것한테 그런 말을 해도 괜찮을까요? 그러다가 점점 눈이 높아져서 대답할 수 없는 질문들을 쏟아놓기라도 하면 어떡하려고요."

"그런 질문을 할 수 있을 만큼 철이 들면 진정한 대답도 받아들일 수 있겠지요. 난 아이의 머릿속에 생각을 집어넣는 게 아니라 이미 있는 생각을 펼칠 수 있게 도와주는 것뿐이에요. 이 아이들은 우리보다 더 현명해요. 난 우리 손자가 내 말을 모두 이해하리라 믿어 의심치 않아요. 자, 데미, 네 마음이 어디 있는지 말해 보렴."

만약 데미가 알키비아데스(아테네의 정치가이자 군인으로 소크라테스의 제자이기도 했다 : 옮긴이)처럼 "소크라테스 선생님, 신들에게 맹세코 전 모르겠습니다"라고 대답했어도 할아버지는 놀라지 않았을 것이다. 하지만 손자는 골똘히 생각에 잠긴 어린 황새처럼 잠시 한 다리로 서 있다가 확신에 찬 목소리로 조용히 "여기 배 안에요"라고 대답했다. 그 바람에 할아버지는 할머니를 따라 웃을 수밖에 없었고, 형이상학 수업은 그렇게 끝이 났다.

데미가 떠오르는 철학자뿐만 아니라 사내아이가 확실하다는 증거를 보여주지 않았더라면 아이 엄마는 아마도 걱정했을 것이다. 그래서 해나도 무슨 예언자처럼 불길하게 고개를 끄덕이며 "저 아이는 이 세상에 욕심이 없는 것 같아요"라고 말할 때가 많았다. 하지만 그런 얘기가 오가고 나면 데미는 언제 그랬냐 싶게 부모의 정신을 쏙 빼놓으며 기쁨을 안겨주기도 하는 짓궂지만 귀엽고 사랑스러운 악동들과 몰려다니며 장난을 쳐대 엄마의 걱정을 잠재우곤 했다.

메그는 많은 규칙들을 세워두고 지키려고 애썼지만 뛰어난 발뺌 기술을 일찌감치도 선보이는 애어른들의 살살 녹는 애교 전략이나 기발한 모면 술책, 아니면 천연덕스러운 뻔뻔함을 당해낼 엄마가 이 세상에 어디 있겠는가?

"건포도는 이제 안 돼, 데미. 그러다가 병나."

건포도 푸딩이 나오는 날이면 어김없이 부엌일을 거들겠다고 나서는 꼬마에게 엄마가 말한다.

"병나고 싶어."

"안 돼, 건포도는. 가서 데이지랑 짝짜꿍하면서 놀아."

데미는 마지못해 부엌을 떠나지만 자신의 잘못이 자꾸만 생각나 마음이 내내 무겁다. 그래서 머지않아 잘못을 만회할 기회가 오자 재빠른 협상으로 엄마의 의표를 찌른다.

"오늘 착하게 굴었으니 이제부터 뭐든 너희가 하고 싶은 놀이를 할 거야."

메그가 푸딩을 안전하게 단지에 던져놓고 나서 꼬마 요리사들을 이끌고 위층으로 올라가며 말한다.

"정말요, 엄마?"

데미가 그 비상한 머리로 기가 막힌 생각을 떠올리며 묻는다.

"그럼, 정말이지. 뭐든 말해보렴."

근시안인 엄마가 이미 대여섯 번은 부른 「아기 고양이 세 마리」 노래를 부르거나, 아니면 바람이 불든 다리가 아프든 '빵 사러'(「장 보러」라는 제목의 동요에 나오는 가사 중 일부 : 옮긴이) 갈 준비를 하면서 대답한다. 하지만 데미는 멋진 한 방으로 엄마를 궁지에 몰아넣는다.

"그럼 우리 가서 건포도를 모두 먹어버려요."

두 아이에게 도도 이모는 가장 친한 친구이자 최고의 놀이 동무였다. 이 삼총사는 작은 집을 온통 난장판으로 만들어놓기 일쑤였다. 아이들에게 에이미 이모는 아직 이름뿐인 존재였고, 베스 이모는 뭔가 유쾌했던 것 같기도 한 희미한 기억 속으로 곧 사라졌지만 도도 이모는 살아 있는 실체였다. 그래서 아이들은 최대한 도도 이모를 활용했고, 조도 그렇게 인정해 주는 게 고마워 기꺼이 즐겁게 놀아주었다. 그러나 조는 바에르 씨가 오면 놀이 친구에게는 관심을 주지 않았고, 이런 도도 이모 때문에 어린 영혼들은 실망과 쓸쓸함을 맛봐야 했다. 뽀뽀를 파는 것에 재미가 들린 데이지는 단골손님을 잃고 가게 문을 닫았고, 데미는 아이 특유의 통찰력으로 도도 이모가 자기보다 '곰 아저씨'와 노는 걸 더 좋아한다는 사실을 금세 눈치챘다. 그래서 상처를 받기는 했지만 괴로운 마음을 드러내지는 않았다. 조끼 주머니에는 초콜릿 사탕의 광산이 자리하고 있는 데다 원하기만 하면 언제든 마음껏 꺼내 흔들어볼 수 있는 시계를 상자에 보관하고 있는 경쟁자를 감히 모욕할 배짱이 없었기 때문이다.

어떤 사람들은 이런 기분 좋은 자유를 뇌물이라고 생각했을지도 모르지만 데미는 그렇게는 보지 않고 씁쓰레하지만 다정한 태도로 '곰 아저씨'를 대하며 실컷 이용해먹었다. 반면 데이지는 아저씨가 세 번째 방문했을 때에야 비로소 작은 애정을 베풀었는데 아저씨의 어깨는 왕좌로, 팔은 피난처로, 아저씨가 가져오는 선물은 엄청난 가치가 있는 보물로 여겼다.

신사들은 가끔 마음에 두고 있는 숙녀의 어린 친척들에게 느닷없이 관심과 찬사를 쏟아붓곤 한다. 하지만 아이들을 그저 좋아하는 척만 하는 이런 태도는 누가 봐도 거북하고 부자연스럽기 때문에 금세 들통나기 마련이다. 그러나 바에르 씨의 헌신에는 진심이 담겨 있었고, 그래서 더욱 큰 힘을 발휘했다. 법에서나 사랑에서나 최선의 정책은 역시 정직이기 때문이다. 그는 집에서 아이들과 함께 지내는 것을 좋아하는 사람이었고, 그의 남자다운 얼굴과 아이들의 작은 얼굴이 유쾌한 대조를 이룰 때면 특히 보기 좋았다. 그는 이런저런 볼일로 돌아가는 날을 차일피일 미루면서 거의 매일 저녁 마치 가족을 찾아왔다. 그리고 올 때마다 늘 마치 씨를 찾았기 때문에 당연히 그를 보러 오는 줄로만 알았다. 훌륭한 아버지도 그런 착각에 빠져 열심히 손님을 맞이하며 마음이 통하는 사람과 나누는 긴 대화를 한껏 즐겼다. 그러던 중 눈치 빠른 손자가 우연히 뱉은 말에 마치 씨는 퍼뜩 정신이 들었다.

어느 날 저녁 바에르 씨는 서재로 들어가려다 눈앞에 펼쳐진 놀라운 광경에 서재 문턱에서 걸음을 멈추고 말았다. 마치 씨가 바닥에 드러누운 채 점잖은 다리를 치켜들고 있었고, 그 옆에서는 데미가 빨간 스타킹을 신은 짤막한 다리로 그 자세를 따라 하려고 애쓰고 있었다. 거기에 어찌나 몰입하고 있었던지 두 사람은 구경꾼이 있다는 것도 알아채지 못했다. 결국 바에르 씨의 호탕한 웃음소리가 울려 퍼지자 조가 기겁하며 소리쳤다.

"아버지, 아버지! 교수님 오셨어요!"

그러자 아버지는 검은 다리를 내리고 희끗희끗한 머리를 들면서 여전히 꼿꼿하게 말했다.

"안녕하세요, 바에르 씨. 잠시만 실례하겠습니다. 안 그래도 막 수업을 마치려던 중이었습니다. 자, 데미, 그 글자를 만들고 이름을 말해보아라."

"나 이거 알아요."

몇 번 버둥거리며 애쓴 끝에 빨간 다리가 컴퍼스 모양을 가리키자 총명한 학생이 의기양양하게 소리쳤다.

"이거 위(잘 알다시피 영어 단어 'we'는 w로 시작하는 글자다 : 옮긴이)예요, 할부지. 위!"

"똑똑도 하지."

조가 웃음을 터뜨리자 아버지는 몸을 일으켰고, 데미는 수업이 끝난 것을 자축하는 의미에서 물구나무를 서려고 했다.

"오늘은 어땠어, 아가?"

바에르 씨가 체조 선수를 들어 올리며 말했다.

"꼬마 메리를 만나러 갔어."

"거기서 뭘 했는데?"

"메리한테 뽀뽀했어요."

데미가 꾸밈없이 천진하게 말했다.

"이런! 빠르기도 하지. 그러니까 꼬마 메리가 뭐라던?"

바에르 씨가 자기 무릎 위에 서서 조끼 주머니를 뒤지는 어린 죄인의 고해성사를 들으며 물었다.

"아, 좋아했어. 걔도 나한테 뽀뽀했어. 기분 좋았어요. 남자애들은 여자애들 좋아해, 그렇죠?"

데미가 사탕을 입 안 가득 집어넣고 그럭저럭 먹을 만하다는 표정을 지으며 물었다.

"이 조숙한 꼬맹이 좀 보게! 그런 건 누가 머릿속에 넣어준 거야?"

조가 교수님 못지않게 데미의 순수한 폭로에 즐거워하며 말했다.

"머리가 아니고, 입에 넣었어."

곧이곧대로 알아듣는 데미가 초콜릿 사탕이 놓여 있는 혀를 쑥 내밀며 대답했다. 조가 생각이 아니라 사탕을 말하는 줄 알았던 것이다.

"좀 남겨뒀다가 그 꼬마 친구한테도 줘야지. 남자는 좋아하는 사람한테 달콤한 걸 주는 거야."

그러면서 바에르 씨는 조에게 사탕 몇 개를 건넸다. 그의 표정을 보면서 조는 그가 준 사탕이 신들이 마신다는 달콤한 음료수가 아닐까 생각했다. 데미도 그 미소에서 뭔가를 느꼈는지 꾸밈없이 물었다.

"남자 어른도 여자 어른 좋아해요, 교쭈님?"

소년 워싱턴이 그랬듯이 바에르 씨도 거짓말을 할 순 없었다. 그래서 가끔은 그러는 것 같기도 하다는 다소 애매한 답을 내놓았다. 그 말에 마치 씨는 옷솔을 내려놓고 조의 수줍어하는 얼굴을 흘끗 쳐다보더니 의자에 앉았다. 표정을 보아하니 '조숙한 꼬맹이'가 그의 머릿속에 달콤하면서도 씁쓸한 생각을 집어넣기라도 한 듯했다.

30분 뒤 데미는 도자기 찬장에 있다가 도도 이모에게 딱 걸렸다. 이모는 왜 거기 들어갔느냐고 마구 흔들어대는 대신 그의 작은 몸을 숨도 못 쉴 정도로 꽉 끌어안았다. 그리고 전에 없이 신기한 그 공연을 선보인 뒤에는 생각지도 않게 큼직한 젤리 빵까지 선물로 주었다. 데미는 이모가 도대체 왜 그러는지 그 작은 머리를 굴려보았지만 끝내 알 수 없어 결국 영원히 풀리지 않는 수수께끼로 남겨둘 수밖에 없었다.

46

우산 밑에서

로리와 에이미가 집 안을 정리하고 행복한 미래를 계획하며 함께 벨벳 카펫 주변을 거니는 동안 바에르 씨와 조는 다른 방식으로 진창길과 흠뻑 젖은 들판을 즐겁게 돌아다니고 있었다.

"난 늘 저녁 무렵에 산책을 해왔어. 집으로 돌아가시는 교수님과 몇 번 우연히 마주쳤다고 해서 산책을 그만둘 이유는 없잖아?"

두세 번 교수님과 우연히 만난 뒤 조가 중얼거렸다. 메그의 집으로 가는 길은 두 갈래였지만 조가 어느 길로 가든, 가는 길이든 돌아오는 길이든, 교수님과 마주칠 수밖에 없었기 때문이다. 그는 언제나 빠르게 걷고 있었고, 눈이 나빠 다가오는 아가씨를 알아보지 못했다는 듯 조가 코앞까지 와서야 겨우 아는 척을 했다.

그러고 나서 조가 메그의 집에 가는 길인 것 같으면 늘 아기들에게 전해 줄 뭔가를 내밀었고, 조가 집을 향해 걷고 있으면 강이나 좀 구경할까 하고 산책 나왔다가 돌아가는 길이라며 자기가 너무 자주 찾아와서 폐가 되는 건 아니냐고 묻곤 했다.

상황이 이럴진대 조가 어떻게 그를 정중하게 맞이하고 집으로 들이지 않을 수 있었겠는가? 그건 그렇다 치고, 조가 그의 방문이 정말 피곤했다면 그런 마음을 감쪽같이 숨긴 채 "프리드리히, 그러니까 바에르 씨는 차를 좋아하지 않아서"라고 말하며 저녁 식사 때마다 커피를 챙겼을까?

그렇게 2주쯤 지나자 다들 무슨 일이 일어나고 있는지 훤히 꿰뚫어 보았지만 조의 얼굴에 일어난 변화는 전혀 모르는 척 시치미를 뗐다. 왜 일을 하면서 노래를 흥얼거리는지 묻지도 않았고, 머리는 또 왜 하루에 세 번씩 매만지는지, 저녁 산책을 나갈 때면 얼굴에 왜 그렇게 생기가 도는지도 묻지 않았다. 바에르 교수님이 아버지와는 철학 얘기를 하면서 그 딸에게는 사랑에 관한 강의를 하고 있다는 걸 그 누구도 의심하는 것 같지 않았다.

조는 누가 봐도 사랑에 빠진 게 분명했지만 그런 감정을 끄려고 고집스레 애썼고, 그게 마음대로 되지 않자 다소 불안하게 지내고 있었다. 그동안 수도 없이 맹렬하게 독립을 선언한 터라 막상 항복하려니 비웃음을 살 것 같아 죽을 만큼 두려웠다. 특히 로리가 두려웠다. 하지만 다행히 새로 부임한 감독 덕분에 로리는 칭찬해도 될 만큼 예의 바르게 행동했고, 사람들 앞에서는 바에르 씨를 '으뜸패 중늙은이'라고 부르지도 않았다. 조의 예뻐진 외모에 대해서도 가타부타 일절 말이 없었고, 거의 매일 저녁마다 마치 씨네 복도 탁자에서 교수님의 모자를 보는데도 전혀 놀라지 않았다. 하지만 다른 사람이 없는 데서는 쾌재를 부르며 바에르 씨를 상징하는 곰과 울퉁불퉁한 지팡이가 있는 접시를 조에게 선물할 날을 손꼽아 기다렸다.

바에르 씨는 연인을 만나기라도 하듯 보름 동안 날마다 찾아왔다. 그러다가 갑자기 발길을 뚝 끊고는 사흘이나 아무 연락도 하지 않았다. 그 때문에 다들 시무룩해 보였다. 조는 처음엔 우울해하다가 조금 지나자 웬 사랑 타령이었나 싶었던지 짜증을 부려댔다.

"싫증이 나서 왔을 때처럼 갑자기 돌아간 거야. 난 상관없어. 하지만 신사라면 찾아와서 작별 인사는 하고 갔어야지."

어느 지루한 오후에 습관처럼 산책을 나가려고 옷을 갈아입다가 체념한 듯 현관문을 바라보며 조가 중얼거렸다.

"작은 우산 챙겨 가렴. 비가 올 것 같구나."

어머니가 말했다. 어머니는 조가 새 모자를 쓰는 것을 보았지만 그 사실을 굳이 아는 척하지는 않았다.

"네, 엄마, 시내에서 뭐 사다 드릴 거 없어요? 전 얼른 가서 종이 좀 사 오려고요."

조가 어머니와 눈을 마주치지 않으려고 거울 앞에서 턱 밑에 묶은 모자의 리본을 풀며 말했다.

"그래, 그럼 실레지아(안감용으로 많이 사용하는 능직 천 : 옮긴이)하고 9호 바늘 한 쌈하고 가는 연보라색 리본 2미터만 사 와라. 장화 두껍게 신었니? 망토 속에도 따뜻하게 입었고?"

"그런 것 같아요."

조가 별 생각 없이 대답했다.

"바에르 씨를 만나거든 차라도 대접하게 모시고 오너라. 그 양반이 보고 싶구나."

마치 부인이 덧붙였다.

조는 그 말을 들었지만 대답하지 않았다. 대신 어머니의 뺨에 입을 맞추고는 재빨리 집을 나섰다. 가슴은 아팠지만 고마운 마음이 들었다.

"우리 엄마는 나한테 어쩜 이리 잘해주실까! 엄마가 없는 여자들은 힘들 때 어떻게 견디지?"

옷감을 파는 상점은 회계 사무소, 은행, 도매점들이 자리한 곳에는 없었다. 이쪽은 주로 신사들이 모이는 곳이었지만 조는 심부름은 하나도 하지 않고 누군가를 기다리기라도 하듯 여기서 어정대고 있었다. 그러면서 누구를 찾기라도 하듯 진열창 이곳저곳을 기웃거리다 여자들의 관심사와는 거리가 먼 복잡한 기계와 양털 견본을 들여다보기도 하고, 술통에 걸려 넘어지기도 하고, 계단을 내려오는 짐짝에 깔릴 뻔하기도 했다. 바쁜 사내들은 "저 여자는 대체 뭐야" 하는 듯한 표정으로 조를 사정없이 밀치고 지나갔다. 빗방울 하나가 뺨에 떨어지면서 조의 생각은 근거 없는 희망에서 망가진 리본으로 옮겨 갔다. 빗방울이 계속 떨어지자 조는 연인이기도 했지만 여자이기도 했기에 자기 마음을 구하기에는 이미 너무 늦었지만 모자는 구할 수 있을지도 모른다고 생각했다. 하지만 서둘러 집을 나서는 바람에 작은 우산을 챙겨 오는 걸 깜빡했다는 사실을 깨달았다. 이제 와서 후회해봐야 아무 소용이 없었고, 우산을 하나 빌리든지 쫄딱 젖든지 하는 수밖에 없었다. 점차 낮아지는 하늘을 올려다보다가 진홍색 리본을 내려다보니 이미 검은 점들이 얼룩덜룩 찍혀 있었다. 조는 앞뒤로 길게 펼쳐진 진창길에 서서 웬 칙칙한 창고를 물끄러미 바라보았다. 창고 문 위로 '호프만, 스와르츠 주식회사'라는 간판이 붙어 있었다. 조는 그 간판을 보면서 자책하듯 중얼거렸다.

"꼴좋다! 이렇게 쫙 빼입고 여기까지 와서 살랑거리며 돌아다니다니, 교수님이라도 만날 줄 알았니? 조, 창피한 줄 알아! 안 돼, 거기 가서 우산 빌릴 생각은 마. 그의 친구들을 통해 그가 어디 있는지 알아낼 생각도 말고. 빗속을 터덜터덜 걸어서 심부름이나 끝내자. 독감에 걸리고 모자가 망가져도 싸지. 자, 출발!"

조는 그길로 뛰쳐나가 성급하게 길을 건너다가 하마터면 지나가는 짐마차에 치어 뼈도 못 추릴 뻔했다. 그리고 그 짐마차를 피하다가 웬 건장한 노신사의 품으로 뛰어들고 말았다. 노신사는 "실례했습니다, 아가씨"라고 말했지만 몹시 기분이 상한 듯 보였다. 조는 약간 기가 꺾인 채 몸을 똑바로 가누고 나서 애지중지하는 리본을 손수건으로 감싼 뒤 유혹을 뿌리치며 발걸음을 재촉했다. 어느새 발목까지 축축하게 젖어 있었고 머리 위에서는 수많은 우산이 서로 충돌하고 있었다. 바로 그때 다 망가져가는 파란색 우산 하나가 무방비 상태의 모자 위에 가만히 멈춰 서면서 조의 주의를 끌었다. 고개를 들어보니 바에르 씨가 조를 내려다보고 있었다.

"말들의 코밑을 그토록 용감하게 지나가고 진창길을 그렇게나 빨리 뚫고 가는 굳센 아가씨가 누군가 했더니 내가 아는 사람이군요. 여기서 뭐 하고 있습니까, 친구?"

"뭐 좀 사려고요."

바에르 씨는 이쪽의 피클 공장부터 저쪽의 가죽 도매상까지 주변을 쭉 훑어보더니 미소를 지으며 정중하게 말했다.

"우산이 없군요. 제가 함께 가면서 짐을 들어드려도 괜찮겠지요?"

"네, 고마워요."

조는 뺨이 리본 색깔만큼이나 빨개져서는 그가 그런 자신을 어떻게 생각할지 잠시 난감하기도 했지만 상관하지 않았다. 교수님과 팔짱을 끼고 나란히 걸어가려니 햇살이 전에 없이 눈부시게 쏟아지는 것 같았고, 세상이 다시 제자리를 찾은 듯했다. 그날만이라도 그렇게 마냥 행복하게 빗길을 첨벙거리며 돌아다니고 싶었다.

"우린 교수님이 가버린 줄 알았어요."

자신을 바라보는 그의 눈길을 느끼고는 조가 얼른 말했다. 모자가 얼굴을 숨길 만큼 큰 편은 아니라서 조는 그가 주책없이 드러나버린 기쁨을 보고 조신하지 못하다고 생각할까 봐 두려웠다.

"설마 그렇게 친절하게 대해 주신 분들께 인사도 없이 훌쩍 떠날 거라고 생각한 겁니까?"

그가 너무 힐난하듯 묻는 바람에 조는 괜한 말로 기분을 상하게 했나 싶어 진심을 담아 대답했다.

"아뇨, 그건 아니에요. 그저 볼일 때문에 바쁘시겠거니 생각했어요. 하지만 다들 교수님을 보고 싶어 했어요. 특히 아버지와 어머니가요."

"당신도요?"

"전 교수님을 보는 게 늘 즐거운데요."

조는 아무렇지도 않은 듯 목소리를 차분하게 내려다가 오히려 차갑고 다소 무뚝뚝하게 대답하고 말았다. 그래서 기가 죽었는지 교수님은 미소도 짓지 않은 채 심각하게 말했다.

"고맙군요. 떠나기 전에 한번 들르지요."

"정말 떠나시는 거예요?"

"이제 더는 볼일이 없습니다. 모두 끝났어요."

"성공적으로 잘 끝났기를 바랄게요."

조가 말했다. 그의 짧은 대답에서 씁쓸함과 실망감을 읽었기 때문이다.

"그렇게 생각해야겠지요. 생계를 유지하고 우리 꼬마들에게 많은 도움을 줄 수 있게 됐으니까."

"말해주세요, 제발! 다 알고 싶어요, 전부. 조카들에 대해서도."

조가 간절하게 말했다.

"친절도 하시지, 내 기꺼이 말해드리지요. 친구들이 대학에 일자리를 마련해 주었어요. 이제 고향에서처럼 가르치는 일을 하면서 프란츠와 에밀을 걱정 없이 보살필 만큼은 벌 수 있게 된 거지요. 감사해야 할 일이겠지요?"

"그럼요 감사할 일이죠! 교수님은 원하던 일을 할 수 있고, 우리는 서로 더 자주 볼 수 있게 됐으니 얼마나 굉장한 일이에요. 게다가 조카들까지!"

조는 아이들을 핑계로 내세웠지만 기쁨을 숨기지 못했다.

"아, 안타깝지만 자주 볼 순 없을 겁니다. 서부 쪽의 일자리거든요."

"그렇게나 멀리!"

그러면서 조는 자신들의 운명에 치맛자락을 놓아버렸다. 이제는 옷차림이 어떻게 되든, 자기 모습이 어떻게 비치든 상관없었다.

바에르 씨는 할 줄 아는 언어가 몇 가지나 됐지만 아직까지 여자의 언어는 배운 적이 없었다. 그는 조를 잘 알고 있다고 자신했지만 그날 조가 연달아 보여준 목소리와 표정과 태도의 모순에 완전히 당황하고 말았다. 그도 그럴 것이 조는 30분 동안 기분이 대여섯 번이나 바뀌었다. 처음 그를 만났을 때는 깜짝 놀란 얼굴이었고, 이곳에 온 이유를 대는데 도무지 말이 되지 않았다. 그가 팔을 내밀자 그의 마음을 기쁨으로 가득 채우는 표정을 지으며 잡았지만 보고 싶었냐는 물음에는 냉랭하고 형식적으로 대답해서 그에게 실망을 안겼다. 그러더니 그에게 좋은 일이 생겼다는 소식을 듣고는 박수를 칠 만큼 좋아했다. 그렇게 기뻐한 이유가 단지 조카들 때문이었을까? 그리고 그가 서부로 간다고 하자 절망스러운 목소리로 "그렇게나 멀리!"라고 말해 그를 희망의 최고봉까지 끌어 올리더니, 다음 순간 이제 그 일은 별일 아니라는 듯 다음과 같이 말해서 그를 다시 끌어내렸다.

"여기가 제가 찾던 곳이에요. 같이 들어가실래요? 오래 걸리진 않을 거예요."

조는 물건 사는 솜씨 하나는 그래도 자신하던 터라 볼일을 깔끔하고 신속하게 처리해서 같이 간 남자에게 잘 보일 작정이었다. 그러나 너무 요란을 떨다가 모든 게 엉망이 되고 말았다. 바늘 쟁반을 뒤엎는 것을 시작으로 실레지아는 능직물이라 가위질을 하면 안 되는데도 이를 깜빡했고, 급기야는 잔돈까지 잘못 주고 말았다. 게다가 옥양목을 파는 곳에서 연보라색 리본을 달라고 했다가 낭패를 보기도 했다. 조가 얼굴을 붉히며 실수를 연발하는 동안 바에르 씨는 옆에 서서 지켜보았다. 그리고 여자들도 가끔은 꿈처럼 반대로 가기도 한다는 걸 깨닫기 시작하면서 혼란스러운 마음도 가라앉는 듯했다.

그는 한결 유쾌해진 마음으로 한쪽 겨드랑이에 꾸러미를 끼고 조와 함께 가게 문을 나섰다. 그러고는 전체적으로 이 상황을 즐기는 듯 물웅덩이 사이로 첨벙거리며 걸어갔다.

"아기들을 위해서도 뭘 좀 사야 하지 않겠어요? 그리고 오늘 밤이 당신의 즐거운 집을 방문하는 마지막이 될 텐데 송별회라도 하는 게 어떻겠어요?"

그가 과일과 꽃을 가득 진열해놓은 가게 앞에서 걸음을 멈추고 물었다.

"뭘 살까요?"

조는 그의 말 뒷부분은 애써 무시한 채 일부러 더 기분이 좋은 척 여러 종류가 뒤섞인 향기를 코로 킁킁 맡으며 가게 안으로 들어갔다.

"아이들이 오렌지와 무화과를 먹어도 됩니까?"

바에르 씨가 아빠처럼 물었다.

"없어서 못 먹어요."

"당신은 땅콩 좋아해요?"

"다람쥐가 따로 없죠."

"함부르크 포도도 있군요. 그래요, 저걸로 내 고향을 위해 건배합시다."

조는 사치를 부리는 것 같아 인상을 쓰며 대추 한 바구니와 건포도 한 상자, 아몬드 한 봉지면 충분하지 않겠느냐고 물었다. 그 말에 바에르 씨는 조의 지갑을 빼앗고는 자기 지갑을 꺼내더니 포도 1~2킬로그램과 분홍색 데이지 화분 하나, 데미존의 관점에서 보면 예쁠 수도 있는 꿀단지를 하나 사는 것으로 장보기를 마무리했다. 그러고는 울룩불룩한 꾸러미들은 주머니 안에 쑤셔 넣고 화분은 조에게 쥐여준 뒤 낡은 우산을 펴고 함께 길을 나섰다.

"마치 양, 한 가지 부탁이 있습니다."

진창길을 반 블록 정도 지났을 때 교수님이 물었다.

"네, 교수님."

조는 가슴이 너무 세게 뛰어서 그에게 그 소리가 들릴까 봐 겁이 났다.

"비가 오기는 하지만 내게 남은 시간이 얼마 없어서 실례를 무릅쓰고 부탁할까 합니다."

"네, 교수님."

조는 손에 힘을 너무 주는 바람에 작은 화분을 부서뜨릴 뻔했다.

"티나에게 작은 드레스를 하나 사 줄까 하는데, 혼자 사러 가려니까 아는 게 없지 뭡니까. 날 좀 도와줄 수 있겠어요?"

"네, 교수님."

조는 냉장실 안으로 걸어 들어가기라도 한 것처럼 갑자기 기분이 착 가라앉았다.

"티나 엄마한테도 숄을 하나 선물할까 합니다. 찢어지게 가난한데 아프기까지 해서 남편이 얼마나 걱정을 하는지 몰라요. 그래요, 그래요, 티나 엄마 선물로는 두껍고 따뜻한 숄이 좋겠어요."

"기꺼이 도와드리죠, 바에르 씨."

'어쩌지? 저 남자가 점점 더 좋아지고 있으니. 얼른 해치워버

리자.'

조는 속으로 이렇게 생각한 뒤 각오를 다지며 보는 사람이 다 유쾌해질 만큼 기운차게 옷을 고르기 시작했다.

바에르 씨는 모든 걸 조에게 맡겼다. 조는 티나를 위해 예쁜 드레스를 하나 고르고 나서 숄을 보여달라고 주문했다. 유부남인 점원은 가족의 물건을 사는 듯한 남녀 한 쌍에게 체면도 벗어던지고 관심을 보였다.

"사모님에게는 이게 좋겠군요. 색깔도 곱고 수수하면서 고급스러워요. 이만한 물건도 없지요."

점원이 포근한 회색 숄을 흔들어 펴서 조의 어깨에 둘러주며 말했다.

"이거 어때요, 바에르 씨?"

조가 그를 등진 채 물었다. 그러고는 얼굴을 숨길 수 있어 다행이라고 생각했다.

"그거 좋은데요. 그걸로 합시다."

교수가 자기도 모르게 미소를 지으며 대답했다. 그가 값을 치르는 동안에도 조는 자타가 공인하는 쇼핑 전문가처럼 매대를 뒤졌다.

"이제 돌아갈까요?"

그가 아주 만족스럽다는 듯 물었다.

"그러죠. 시간도 늦었고 많이 피곤하네요."

조의 목소리는 본인이 생각하는 것보다 훨씬 더 슬프게 들렸다. 해가 나올 때처럼 갑자기 사라져버린 듯했고, 세상이 다시 진흙탕 구덩이로 변한 것 같았다. 조는 그제야 처음으로 발도 차갑고 머리도 아프다고 느꼈다. 하지만 마음은 발보다 더 차갑고 머리보다 더 아팠다. 바에르 씨는 곧 떠날 것이다. 그는 그녀를 친구로서만 좋아할 뿐이다. 이건 모두 실수이고 빨리 끝낼수록 좋다. 이런 생각을 하며 조는 급하게 손을 내저어 다가오는 마차를 세웠다. 그 바람에 화분에서 데이지 꽃들이 날아가 심하게 망가졌다.

"이건 우리가 탈 마차가 아니에요."

교수님이 손을 흔들어 승객을 가득 실은 마차를 보낸 뒤 걸음을 멈추고 불쌍한 꽃들을 주우며 말했다.

"죄송해요. 잘못 봤어요. 신경 쓰지 마세요, 걸을 수 있으니까. 전 진흙탕도 철벅철벅 잘 걸어요."

조가 눈을 심하게 깜빡이며 대답했다. 그 앞에서 눈물을 보이느니 차라리 죽는 게 나을 듯했기 때문이다.

조가 고개를 돌렸지만 바에르 씨는 조의 뺨을 타고 흐르는 눈물방울을 보고 말았다. 그 모습에 그는 무척이나 감동받았는지 갑자기 허리를 굽히며 많은 의미가 담긴 목소리로 물었다.

"이런, 왜 울어요?"

만약 조가 이런 일을 처음 겪는 게 아니었다면 울고 있는 게 아니라며 감기 때문에 머리가 아프다는 둥 이 경우 여자들이 잘 써먹는 거짓말을 둘러댔을 것이다. 하지만 이 채신머리없는 피조물은 대뜸 울음을 터뜨리며 이렇게 대답했다.

"당신이 떠나니까요."

"아, 하나님. 이렇게 좋을 수가!"

바에르 씨가 우산과 짐 꾸러미를 들고 있는데도 용케 두 손을 맞잡으며 소리쳤다.

"조, 난 아무것도 없지만 당신에게 줄 사랑은 많답니다. 난 당신이 내 사랑을 받아줄지 알고 싶어서 왔던 거예요. 그리고 확신이 들 때까지 기다렸어요. 내가 친구 이상이 될 수 있는지 말입니다. 내가 친구 이상입니까? 당신의 가슴속에 이 늙은 프리츠를 위해 작은 자리 하나 내줄 수 있겠어요?"

그는 단숨에 이 모든 말을 쏟아냈다.

"네, 그럼요!"

조가 말했고, 그는 매우 만족했다. 조가 두 손으로 그의 팔을 꼭 붙잡고 평생 그의 옆에서 걸을 수만 있다면 지금 그가 들고 있는 이 낡은 우산보다 더 나은 피난처가 없다고 해도 무척 행복할 거라는 표정을 숨김없이 드러내며 그를 올려다보았기 때문이다.

청혼을 하기에는 분명 어려운 상황이었다. 바에르 씨는 당장이라도 그러고 싶었지만 사방이 온통 진흙탕이라 무릎을 꿇을 수도 없었다. 게다가 두 손에 짐을 가득 들고 있어서 비유적으로라면 모를까, 조에게 손을 내밀 수도 없었다. 하물며 마음이야 간절했지만 길거리에서 눈살을 찌푸리게 하는 장면을 연출할 수도 없는 노릇이었다. 그래서 그가 자신의 황홀한 기분을 표현할 수 있는 유일한 방법은 그의 턱수염에 매달린 채 반짝거리는 물방울 안에 작은 무지개가 들어 있는 것처럼 보일 만큼 환한 얼굴로 조를 바라보는 것밖에 없었다. 만약 그가 조를 그토록 많이 사랑하지 않았다면 그 순간 그런 눈으로 바라보지 못했을 것이다. 조는 사랑스러운 모습과는 영 거리가 멀었기 때문이다. 치마는 개탄스러운 상태였고, 고무장화는 발목까지 흙탕물이 튀었으며, 모자는 완전히 망가져 있었다. 다행히 바에르 씨의 눈에는 그런 조가 세상에서 가장 아름다워 보였다. 물론 바에르 씨라고 해서 사정이 더 나을 것도 없었다. 모자챙은 후줄근하기가 이루 말할 수 없었고, (우산을 조 쪽으로 완전히 기울여 들고 있어서) 거기서부터 어깨 위로 작은 실개천이 흐르고 있었다. 게다가 장갑도 손가락마다 모조리 손을 봐야 할 지경이었지만 조의 눈에는 그런 그가 그 어느 때보다 '미남'으로 보였다.

아마도 지나가는 사람들은 이들을 정신이 온전치 못한 한 쌍이라고 생각했을 것이다. 마차를 불러 세우는 것도 까맣게 잊은 채 저녁 어스름과 안개가 짙어지든 말든 유유자적 걸어 다니고 있었기 때문이다. 그러나 그 둘은 누가 뭐라고 생각하든 개의치 않았다. 인생에 한 번 올까 말까 한 행복한 시간을 즐기고 있었기 때문이다. 늙은이에게는 젊음을, 평범한 이에게는 아름다움을, 가난한 이에게는 부를 안겨주며 인간의 마음을 천국의 느낌으로 가득 채워놓는 마법 같은 순간이었다. 바에르 씨는 왕국을 정복한 듯 보였고, 온 세상이 그를 축복해 주는 것 같았다. 조는 자신의 자리는 원래 거기였던 것 같다고 느끼며, 그리고 과연 다른 운명을 선택할 수 있기는 했을지 의아해하며 그 옆에서 터벅터벅 걸었다. 물론 먼저 정신을 차리고 입을 연 것은 조였다. 그래봐야 충동적인 "네, 그럼요!" 다음에 나온 감정적인 말이라 무슨 일관성이 있는 것도 아니었고 그렇다고 특별히 전할 만한 가치가 있는 것도 아니었지만.

"프리드리히 어째서 당신은……."

"아, 세상에! 이 사람이 드디어 날 그렇게 불렀어요! 누이 미나가 죽고 나서는 아무도 부른 적이 없는 그 이름을요."

교수님이 물웅덩이 속에 멈춰 서서 고맙고도 기쁜 마음을 드러내며 소리쳤다.

"나 혼자서는 늘 그렇게 불러왔는데 나도 모르게 그렇게 불렀네요. 당신이 싫다면 다시는 그렇게 부르지 않을게요."

"난 좋아요! 뭐라고 말할 수 없이 달콤한 느낌이에요. '그대'라고도 불러줘요. 당신의 언어도 내 언어만큼 아름답군요."

"'그대'는 조금 감상적이지 않아요?"

조가 속으로는 사랑스러운 말이라고 생각하며 물었다.

"감상적이라고요? 그렇긴 하지요. 다행히 우리 독일인들은 감상적인 걸 좋아하고, 또 그러면서 젊음을 유지하기도 해요. 영어의 '당신'이라는 말은 너무 차가워요. 그러니 '그대'라고 해줘요. 내겐 큰 의미가 있으니까."

바에르 씨가 점잖은 교수라기보다 낭만적인 학생처럼 부탁했다.

"음, 좋아요. 그런데 어째서 그대는 좀 더 일찍 말해주지 않았어요?"

조가 수줍게 물었다.

"이제 그대에게 내 진심을 보여줘야겠군요. 기꺼이 그러리다. 이제부터는 그대가 내 진심을 소중히 여겨줄 테니까. 그러니 들어봐요, 조. 아, 사랑스럽고 재미있고 귀여운 이름! 사실은 그날 뉴욕에서 작별 인사를 할 때 고백하고 싶었지만 그 잘생긴 친구가 그대와 약혼한 줄 알고 말할 수가 없었어요. 그때 내가 고백했다면 그대는 '네'라고 말했을까요?"

"모르겠어요. 아마 거절했겠죠. 그때는 그럴 마음이 전혀 없었으니까요."

"에이! 그 말은 못 믿겠어요. 동화 속 왕자님이 숲에서 나타나 깨울 때까지 잠들어 있었겠지요. 음, 첫사랑이 가장 좋다고들 하지만 난 그걸 기대하진 않아요."

"맞아요, 첫사랑이 가장 좋죠. 하지만 안심해도 돼요. 내 첫사랑은 당신이니까. 그때 테디는 소년일 뿐이었고 곧 그 환상에서 나왔거든요."

조가 교수님의 오해를 바로잡으려고 애쓰며 말했다.

"됐군요! 그럼 이제 마음 푹 놓고 행복해해야겠어요. 그대가 내게 온 마음을 준 게 확실하니까. 너무 오래 기다려서 점점 이기

적이 돼가나 보네요. 그대도 곧 알게 되겠지만, 여교수님."

"그거 좋네요."

조가 새로운 호칭에 기뻐하며 소리쳤다.

"그런데 내가 당신을 원할 때 어떻게 딱 맞춰 나타난 거예요?"

"이거 덕분이에요."

바에르 씨가 조끼 주머니에서 나달나달해진 종이를 한 장 꺼내며 말했다.

조는 종이를 펼쳐보더니 창피한 듯 얼굴을 붉혔다. 그것은 조가 어느 신문에 기고한 시였다. 조는 가끔 시를 써서 신문사에 보내기도 했다.

"이걸 왜 당신이?"

조가 그의 말이 무슨 뜻인지 궁금해하며 물었다.

"우연히 이 시를 읽다가 시 안의 이름들과 시인의 이름 머리글자를 보고 알게 됐어요. 그런데 그중 한 구절이 나를 부르는 것 같았어요. 읽고 어딘지 찾아봐요. 그동안 난 웅덩이에 빠지지 않게 잘 봐줄 테니까."

조는 순순히 자기가 쓴 시를 훑어보았다.

다락방에서

먼지가 뽀얗게 내려앉고 세월에 낡은
줄지어 늘어선 작은 나무 상자 네 개.

지금은 인생의 황금기를 맞이한 아이들이
오래전에 만들고 채웠다.
빛바랜 리본에 묶여 나란히 매달린
용감하고 명랑한 작은 열쇠 네 개,
오래전 비오는 날
아이다운 자부심으로 묶어놓았지.
사내아이 같은 손 하나가
뚜껑마다 하나씩 새긴 이름 네 개,
그 뚜껑 밑에 숨겨진
행복한 아이들의 역사.
다락방에서 놀다 잠시 멈추고
저 높이 지붕에 왔다가 가는
감미로운 노랫소리를 듣곤 했었지,
쏟아지는 여름비 속에서.

매끄럽고 하얀 첫 뚜껑 위의 이름 '메그',
사랑의 눈으로 들여다보니
친숙한 손길이
차곡차곡 접어놓고
한 아름 모아놓은 것은
평화로운 삶의 기록—
얌전한 여자아이가 받은 선물,

아내에 이르는 길 신부 드레스,

작은 신발과 아기의 곱슬머리.

이곳에 있던 장난감들은

이 첫 번째 상자를 떠나 다른 곳에서

또 다른 꼬마 메그들과

다시 옛날의 놀이를 시작했다.

아, 행복한 어머니!

감미로운 빗소리를 닮은

부드럽고 나직한 자장가를 듣고 있겠지,

쏟아지는 여름비 속에서.

긁히고 닳아 해진 그다음 뚜껑 위의 이름 '조',

뒤죽박죽 가게 안에는

머리 없는 인형들과 찢어진 교과서,

이제는 입을 다문 새와 동물들.

요정의 땅에서 집으로 가져온 전리품들은

청춘의 발이 짓뭉갰으니,

미래의 꿈들은 간 데 없고

과거의 추억은 아직도 달콤하다.

쓰다 만 시와 거친 이야기들,

따스하고 차가운 4월의 편지들,

고집쟁이 아이의 일기.

아가씨가 되어가는 징후들,
여자는 어느덧 나이가 들어 외로운 집에서
'사랑받을 자격이 있어야 사랑이 찾아온다'는 말을
구슬픈 노랫소리처럼 듣는다,
쏟아지는 여름비 속에서.

나의 베스!
네 이름을 품은 뚜껑을 치우니
언제나 먼지 하나 없구나.
사랑스러운 두 눈으로 훔쳐내고
세심한 손길로 닦아낸 것처럼.
죽음은 한 인간을 성인으로 만들었으니,
그 어느 때보다 성스러웠네,
우리는 여전히 구슬피 통곡하며
이 가족 성지 안에 유물을 남긴다—
좀처럼 울리지 않았던 은종銀鍾과
끝까지 썼던 작은 모자,
그녀의 문 위 천사들 옆에
매달려 있던 어여쁜 망자 캐서린.
고통의 감옥 안에서
한탄 없이 불렀던 노래들이
한여름 쏟아지는 빗소리에 섞여

영원히 감미롭게 들려온다.

반들거리는 마지막 뚜껑 위의
아름답고 진실한 전설.
용맹한 기사가 금빛과 파란빛으로
그의 방패에 새긴 이름 '에이미',
머리를 감쌌던 망 안에,
기사와 마지막으로 춤추었던 구두 안에,
얌전하게 놓인 빛바랜 꽃들,
공중에서의 노역이 과거가 되어버린 부채들,
즐거운 밸런타인 카드들, 열정의 불꽃들,
소녀의 희망과 두려움,
수줍음이 담긴 작은 물건들.
처녀의 마음은 묻어두고
이제 더 아름답고 더 진실한 주문을 배우며
평온한 노랫소리 같은
신부의 은빛 종소리를 듣는다,
쏟아지는 여름비 속에서.

줄지어 늘어선 나무 상자 네 개는
먼지가 뽀얗게 내려앉고 세월에 낡았어도
한창때에 사랑하고 일하라고

기쁨과 슬픔으로 네 여인을 가르쳤네.

한 명은 먼저 가 잠시 헤어졌을 뿐

네 자매는 아무도 잃지 않았네.

영원불멸한 사랑의 힘으로

더욱더 가까워지고 더욱더 사랑하게 됐구나.

아, 우리의 비밀 상자가

아버지의 눈앞에 열리는 날,

빛보다 더 아름다운 선행으로

활짝 피어나기를.

삶이여 용감한 음악을 울려라,

영혼을 휘젓는 후렴구처럼,

영혼이여 즐거이 솟아올라 노래하라,

비 온 뒤의 기나긴 햇빛 속에서.

J. M.

"형편없는 시예요. 언젠가 너무 외로워서 잡동사니 자루 위에서 엉엉 울고 나서 쓴 거예요. 그땐 이게 신문 같은 데 나리라고는 생각지도 못했어요."

조가 교수님이 오랫동안 소중히 간직해온 시를 찢어발기며 말했다.

"그래요, 보내버려요. 이제 이 시의 임무는 끝났으니까. 앞으로는 시인이 자기의 작은 비밀들을 기록하는 마음의 일기장을 찬찬히 읽어보고 거기서 마음에 드는 시를 새로 하나 골라 간직할 생각이에요."

바에르 씨가 미소 띤 얼굴로 바람에 날려 가는 종잇조각들을 쳐다보며 말했다. 그리고 잠시 뒤 진지한 목소리로 이렇게 덧붙였다.

"그래요. 난 그걸 읽고 생각했어요. 이 여자는 슬프고 외롭구나. 진정한 사랑을 만나면 위안을 얻을 수 있을 텐데. 내 마음은 그녀에 대한 사랑으로 가득했어요. 그래서 그녀에게 가서 '하찮은 사람이지만 그래도 괜찮다면 하나님의 이름으로 받아주겠소?'라고 말해보기로 한 거예요."

"그래서 당신이 왔고, 당신은 하찮은 사람이 아니라 내가 원하던 소중한 사람이었어요."

조가 속삭였다.

"당신은 나를 더없이 친절하게 맞아주었지만 처음에는 용기가 없어서 그런 생각을 할 수가 없었어요. 하지만 곧 희망이 생기기 시작했고, 그래서 난 말했어요. '죽을 각오로 노력한다면 그녀를 가질 수 있을 거야.' 그리고 이렇게 해낸 거예요!"

바에르 씨가 주변을 감싸고 있는 안개의 벽이 넘거나 단호히 무너뜨려야 할 장애물인 것처럼 사뭇 도전적으로 고개를 끄덕이며 소리쳤다.

조는 그 말이 멋지다고 생각했고, 비록 화려한 갑옷에 날랜 말을 타고 의기양양하게 등장한 기사는 아니지만 자신의 기사에 어울리는 사람이 되기로 결심했다.

"왜 그렇게 오래 걸린 거예요?"

곧이어 조가 물었다. 서로를 믿기에 굳이 눈치 볼 필요 없이 기꺼이 질문과 대답을 주고받을 수 있다는 게 너무 즐거워서 도저히 입을 다물고 있을 수가 없었다.

"쉽지가 않았어요. 오랫동안 열심히 일해서 무슨 전망이라도 하나 내놓을 수 있으면 모를까, 그 전에는 당신을 그렇게 행복한 가정에서 무작정 데려올 엄두가 나지 않았어요. 가진 거라고는 약간의 지식밖에 없는 늙은 가난뱅이 때문에 그 많은 걸 포기하라고 당신에게 어떻게 요구할 수 있겠어요?"

"당신이 가난해서 다행인걸요. 난 부자 남편은 감당 못 해요!"

조는 딱 잘라 말하고 나서 다시 부드럽게 덧붙였다.

"가난을 두려워하지 말아요. 난 오랫동안 겪어봐서 가난이 두렵지 않아요. 오히려 사랑하는 사람을 위해 일할 수 있어서 행복한걸요. 그리고 스스로를 늙었다고 말하지도 말아요. 마흔은 인생의 황금기예요. 당신이 일흔 살이었대도 난 당신을 사랑할 수밖에 없었을 거예요."

교수님에게 그 말은 만약 꺼낼 수만 있었다면 손수건이 무척 반가웠을 만큼 감동적이었다. 그럴 수 없었기에 조가 대신 그의 눈물을 닦아주었다. 그러고 나서 조는 웃으면서 꾸러미를 한두 개 빼어 들었다.

"나더러 드세다고 할지도 모르겠어요. 하지만 이런 제가 제정

"당신은 하찮은 사람이 아니라 내가 원하던 소중한 사람이었어요."

신이 아니라고 말할 사람은 아무도 없을 거예요. 눈물을 닦아주고 짐을 나눠 드는 게 여자의 특별한 임무니까요. 내 몫은 내가 들게요, 프리드리히. 그리고 생계를 꾸리는 것도 도울게요. 그렇게 하기로 해요. 안 그럼 나 절대 안 갈 테니까."

그가 짐을 다시 들려고 하자 조가 단호하게 말했다.

"그건 차차 생각해봅시다. 그런데 오래 참고 기다릴 수 있겠어요, 조? 나는 멀리 떠나 혼자 일해야 해요. 우선은 조카 녀석들을 도와야 하거든요. 당신 때문에 미나와 한 약속을 깰 수는 없어요. 날 용서하고 희망을 가지고 행복한 마음으로 기다릴 수 있겠어요?"

"네, 할 수 있어요. 우린 서로 사랑하니까요. 사랑이 있으면 나머지 문제는 뭐든 견디기 쉬워져요. 그리고 나도 내 의무와 할 일이 있어요. 당신 때문에 그 일을 게을리한다면 마음이 편치 않을 거예요. 그러니까 성급하게 서두를 필요 없어요. 당신은 서부에서 당신 역할을 충실히 하고 나는 여기서 내 일을 할게요. 미래는 하나님 뜻에 맡겨두고 다 잘될 거라는 희망을 갖고 행복한 마음으로 기다려요, 우리."

"아! 그대는 내게 큰 희망과 용기를 주는군요. 하지만 내가 당신에게 보답할 건 내 진심과 이 빈손밖에 없네요."

바에르 씨가 감격해서 소리쳤다.

조가 조신함을 배우는 날은 절대, 절대 오지 않을 듯했다. 이유인즉 이랬다. 바에르 씨가 저 말을 할 때 두 사람은 계단 위에 서 있었다. 그의 말이 끝나자 조는 두 손을 그의 손 안으로 질러 넣으며 "이제 빈손이 아니에요"라고 소곤거리고는 우산 속에서 고개를 숙여 프리드리히에게 입을 맞췄다. 못 볼 광경이었지만 산울타리 위의 칠칠치 못한 참새 떼가 인간들이었대도 조는 똑같이 행동했을 것이다. 조는 이미 너무 멀리 왔고, 또 자신의 행복 말고는 아무것도 안중에 없었기 때문이다. 겉으로는 아주 단순한 모습으로 다가왔지만 둘의 인생에서 그것은 캄캄한 밤과 폭풍우와 외로움이 그 둘을 맞이하려고 기다리는 가정의 불빛과 온기와 평화로 바뀌는 최고의 순간이었다. "어서 오세요!"라는 반가운 소리에 조는 연인을 집 안으로 들이고 문을 닫았다.

47

결실의 계절

1년 동안 조와 교수님은 일하고 기다리고, 희망을 품고 사랑하고, 가끔 만나기도 하고, 로리가 종잇값이 오른 게 무리가 아니라고 말했을 만큼 어마어마한 양의 편지를 썼다. 그 이듬해는 다소 차분하게 시작됐다. 둘의 앞날이 그다지 밝지도 않은 데다 마치 대고모마저 갑자기 돌아가셨기 때문이다. 하지만 둘에게 닥친 첫 슬픔이 끝날 무렵(대고모가 독설을 퍼붓기는 했어도 둘은 대고모를 사랑했다) 기뻐할 일이 하나 생겼다. 대고모가 플럼필드를 조에게 남겨줘 조가 하고 싶은 일을 마음껏 할 수 있는 길이 열린 것이었다.

"고풍스러운 저택이라 돈이 꽤 될 거야. 물론 팔 거지?"

몇 주 뒤 온 가족이 모여 그 문제에 대해 이야기하는 자리에서 로리가 물었다.

"아니, 안 팔 거야."

조가 돌아가신 대고모를 생각해서 입양한 통통한 푸들을 쓰다듬으며 딱 잘라 말했다.

"설마 거기서 살려고?"

"살려고."

"맙소사, 그렇게 큰 저택을 제대로 관리하려면 돈이 엄청 들 텐데. 정원과 과수원만 해도 하인이 두세 명은 필요할 테고. 그리고 내가 보기에 농사는 바에르 씨와 맞지도 않아."

"내가 권하면 그이도 나설 거야."

"그럼 농장에서 나오는 걸로 먹고살 생각이야? 말은 쉽지만 그러려면 뼈 빠지게 일해야 할걸?"

"우리는 이윤이 많이 남는 작물을 기를 거거든."

조가 웃음을 터뜨렸다.

"그 훌륭한 작물이 대체 뭔데 그러십니까, 부인?"

"아이들! 난 아이들을 위한 학교를 열고 싶어. 집처럼 훌륭하고 행복한 학교. 나는 아이들을 보살피고 프리츠는 가르치고."

"역시 조야! 너다운 계획을 세웠어. 정말 조답지 않아요?"

로리가 자기만큼이나 깜짝 놀란 듯한 가족을 향해 물었다.

"좋은 생각이야."

마치 부인이 확신에 찬 목소리로 말했다.

"나도 찬성이야."

마치 씨도 거들었다. 요즘 아이들에게 소크라테스식 교육법을 적용할 기회다 싶었던 것이다.

"조가 신경 쓸 일이 엄청 많을 텐데요."

메그가 진을 쏙 빼놓는 아들의 머리를 쓰다듬으며 말했다.

"조라면 충분히 해낼 수 있을 게야. 그것도 행복해하면서 말이지. 훌륭한 생각이야. 어떤 계획인지 어디 들어보자꾸나."

로런스 씨가 큰 소리로 말했다. 그동안 그는 두 연인을 돕고 싶었지만 거절할 것을 알기에 눈치만 보고 있는 중이었다.

조가 진지하게 입을 열었다.

"그동안 할아버지가 절 쭉 지켜보고 계셨다는 거 알아요. 에이미도 그렇고요. 말하기 전에 속으로 이것저것 따지느라 신중해서 그렇지, 동생의 눈을 보면 그 애 마음을 알 수 있거든요. 자, 친애하는 가족 여러분."

조는 여기서 잠시 숨을 고른 뒤 다시 진지하게 말을 이었다.

"이건 새로 떠오른 생각이 아니라 제가 오랫동안 꿈꿔온 계획이에요. 프리드리히가 오기 전부터 난 어떻게 돈을 벌까 궁리했었어요. 그러면서 제가 웬만큼 재산도 모으고 또 이 집에서도 제가 더 이상 필요하지 않게 되면 큰 집을 빌려서 어머니가 없는 가난하고 외로운 아이들을 데려다 돌봐야겠다고 생각했어요. 그래서 너무 늦기 전에 그 아이들에게 삶은 즐거운 거라고 알려주고 싶었어요. 제때 도움받지 못해 인생을 망치는 아이들을 많이 봤거든요. 그 아이들에게 뭐든 해주고 싶어요. 그 아이들의 꿈과 고민이 뭔지 알 것 같아요. 아, 그 아이들에게 엄마가 돼주고 싶어요!”

여기서 마치 부인이 조에게 손을 내밀었고, 조는 미소를 지으며 그 손을 잡았다. 조는 눈물을 글썽이며 한참을 볼 수 없었던 예전의 열정 어린 태도로 계속 말을 이었다.

“제 계획을 프리츠에게 말했더니 자기도 원하던 일이라면서 우리가 부자가 되면 실천하자고 말하더군요. 얼마나 착한 사람인지 몰라요. 사실 그이는 평생 그 일을, 그러니까 불쌍한 아이들을 돕는 일을 해오고 있어요. 그래서 말인데 그이는 절대 부자가 못 될 거예요. 돈이 모일 겨를도 없이 주머니에서 빠져나가니까요. 하지만 제게 과분한 사랑을 베풀어주신 마음씨 좋은 대고모님 덕분에 저는 이제 부자예요. 적어도 전 그렇게 생각해요. 학교만 잘되면 이제 우린 플럼필드에서 더없이 행복하게 살 수 있을 거예요. 사내아이들에게는 이렇게 안성맞춤인 곳도 없을 거예요. 집도 크고, 가구도 튼튼하고 소박하니까요. 방도 수십 개나 되고 마당들도 얼마나 훌륭한데요. 아이들이 정원과 과수원 일을 도울 수도 있을 거예요. 그런 일은 건강에도 좋잖아요. 그렇죠, 할아버지? 아이들 가르치는 건 프리츠가 맡으면 될 테고, 아버지도 도와주실 거예요. 아이들을 먹이고 보살피고 다독이고 나무라는 건 내가 할 수 있어요. 어머니도 옆에서 거들어주시겠죠. 사내아이들과 함께하는 건 제 오랜 소망이었어요. 많으면 많을수록 좋아요. 이제 그 집을 꼬맹이들로 가득 채우고 그 사랑스러운 녀석들을 마음껏 예뻐해 줄 수 있게 됐어요. 이런 호사가 어디 있겠어요? 플럼필드가 내 소유고, 천방지축인 녀석들과 거기서 실컷 뛰어놀 수 있다니요!"

조가 손을 내저으며 기쁨의 한숨을 내쉬자 가족들은 한바탕 웃음을 터뜨렸다. 특히 로런스 씨는 저러다 쓰러지는 건 아닌지 걱정될 정도로 한참을 웃었다.

"이건 웃을 일이 아니에요."

웃음이 웬만큼 가라앉자 조가 진지하게 입을 열었다.

"우리 교수님은 학교를 열고 제가 제 집에서 살겠다는데 그보다 더 당연하고 합당한 일이 또 어디 있겠어요."

"벌써부터 잘난 척이네요."

로리가 그 생각을 재미있는 농담의 차원에서 바라보며 말했다.

"하지만 유지는 어떻게 할 건데? 학생 모두가 고아거나 가난한 집 아이라면 속된 말로 그 농사는 지어봐야 돈이 전혀 안 될 텐데요, 바에르 부인?"

"초 좀 치지 마, 테디. 물론 부자 학생도 받을 거야. 처음엔 그렇게 시작해야 할지도 몰라. 일단 시작하고 나면 시험 삼아 사정이 딱한 아이 한두 명 정도는 받을 수 있을 거야. 사실 부잣집 아이들도 가난한 집 아이들만큼 보살핌과 위로가 필요한 경우가 많아. 하인들의 손에 내맡겨지거나 타고난 성향과 정반대의 길로 내몰리는 불행한 꼬마들이 한둘이 아니야. 정말 잔인한 일이지. 잘못된 교육을 받거나 부모의 관심을 받지 못해 비뚤어진 아이들도 있고, 엄마를 잃은 아이들도 있어. 게다가 아무 문제 없는 아이들도 사춘기 시절은 겪고 넘어가야 하는데, 아이들에게 인내와 배려가 가장 많이 필요할 때가 바로 이 시기거든. 사람들은 이 시기 아이들을 비웃고, 다그치고, 안 보이는 곳으로 치워버리려고 하면서 예쁜 아이에서 하루아침에 훌륭한 청년으로 바뀌길 바라지. 자존심이 있어서 불평은 잘 안 하지만 애들도 다 느껴. 나도 겪어봐서 잘 알거든. 난 그 나이 또래의 아이들에게 특히 관심이 많아. 걔네들은 팔다리는 어설프고 머릿속은 온통 뒤죽박죽이지만 마음은 따뜻하고 정직하고 선해. 내가 그걸 알고 있다는 걸 그 아이들한테 보여주고 싶어. 그러고 보니 이미 해본 경험이 있잖아? 그런 애 하나를 가문의 자랑거리로 길러냈으니까."

"네가 노력했다는 건 언제든 증언해 줄게."

로리가 고마워하는 얼굴로 말했다.

"그리고 난 내가 생각한 것 이상의 성공을 거두고 있어. 건실하고 양식 있는 사업가가 이렇게 내 눈앞에 있으니 말이야. 넌 네 돈으로 좋은 일을 많이 하면서 돈이 아니라 가난한 사람들의 행복을 쌓고 있어. 하지만 넌 또 사업가로만 그치지 않아. 훌륭하고 아름다운 것들을 사랑하고 즐기면서 그 절반을 남들에게도 나눠주니까. 옛날이나 지금이나 변함없이 말이지. 난 네가 자랑스러워, 테디. 해가 갈수록 더 나은 모습을 보여주거든. 네가 말을 못하게 해서 그렇지 다들 그렇게 생각하고 있을걸. 내게 학생들이 생기면 널 가리키면서 '이렇게만 되렴, 얘들아'라고 말할 셈이야."

불쌍한 로리는 눈을 어디다 두어야 할지 몰랐다. 이 갑작스러운 칭찬에 다들 동의하는 표정을 짓자 다 큰 어른인데도 예전의 쑥스러움이 밀려왔기 때문이다.

"에이, 조, 이건 너무 과분한데."

로리가 예전의 소년다운 말투로 운을 뗐다.

"너야말로 내가 아무리 감사해도 모자랄 만큼 내게 많은 걸 해줬는걸. 난 그저 너를 실망시키지 않으려고 최선을 다한 것뿐이야. 요즘 들어선 네가 날 방치하기로 작정한 모양이지만 그래도 난 많은 도움을 받고 있어. 내가 지금까지 잘 해올 수 있었다면 그건 다 이 두 사람 덕분이야."

그러면서 그는 한 손은 할아버지의 흰머리 위에, 또 한 손은 에이미의 금발 위에 살짝 올려놓았다. 세 사람은 이렇게 늘 하나였다.

"역시 세상에서 가장 아름다운 건 뭐니 뭐니 해도 가족이야!"

조가 유난히 들뜬 목소리로 소리쳤다.

"나도 내 가정이 생기면 내가 잘 알고 또 많이 사랑하는 저 세 사람처럼 행복했으면 좋겠어. 이 자리에 존 형부와 프리츠만 있다면 세상에 더 바랄 게 없겠는데."

조가 아까보다 조용해진 목소리로 덧붙였다. 그날 밤 조는 조언과 희망과 계획으로 가득했던 즐거운 가족회의를 끝내고 자기 방으로 돌아갔다. 그런데 가슴이 온통 행복으로 넘쳐나 도무지 진정이 되질 않았다. 조는 늘 자기 침대 주변을 지켜온 빈 침대 옆에 무릎을 꿇고 앉아 베스를 생각하며 마음을 가라앉혔다.

정말 놀라운 한 해였다. 모든 일들이 유난히 빠른 속도로 순조롭게 이루어지는 것 같았기 때문이다. 그사이 조는 결혼해서 플럼필드에 자리 잡았고, 예닐곱 명의 소년이 버섯처럼 불쑥 나타나 무럭무럭 자랐다. 부잣집 아이들도 있었지만 가난한 집 아이들도 있었다. 로런스 씨가 사정이 딱한 아이들을 꾸준히 찾아내서 바에르 부부에게 돌봐달라고 맡기고 있었기 때문이다. 그때마다 그는 얼마 되지는 않았지만 후원금도 기꺼이 냈다. 영민한 노신사는 그런 식으로 조의 자존심을 건드리지 않고 조가 마음에 들어 할 만한 사내아이들을 공급했다.

물론 처음에는 힘들었다. 그러나 조가 말도 안 되는 실수를 저지르면 현명한 교수님이 조를 좀 더 잔잔한 물가로 안전하게 이끌어주었고, 아무리 사납게 날뛰던 아이도 결국은 얌전해졌다. 조는 '천방지축 녀석들'과 더없이 즐겁게 지냈지만 가엾은 마치 대고모가 군더더기 없이 질서정연했던 플럼필드의 성지 곳곳이 말썽쟁이 사내 녀석들로 들끓는 모습을 보았더라면 통탄을 하고도 남았을 것이다. 생전에 노부인은 근방의 사내아이들에게 공포의 대상이었던 만큼 일종의 인과응보인 셈이었다. 돌아온 추방자들은 이제 금단의 열매로 잔치를 벌이며 불경하기 이를 데 없는 장화발로 자갈길을 신나게 뛰어다녔다. '쭈글쭈글한 뺨에 성미도 고약한 암소'가 경솔한 젊은이들을 오라고 해서 풀어놓던 너른 들판에서는 이제 크리켓 경기가 열렸다. 그곳은 어느새 소년들의 천국으로 자리 잡았다. 로리는 주인을 칭찬하는 의미에서 이곳을 '바에르 동산'이라고 부르자고 제안했는데, 그곳 주민들에게 정말 잘 어울리는 이름이었다.

부유층이 다니는 학교도 아니었고 교수님에게 큰돈을 벌어주지도 못했지만 이곳은 조가 꿈꾸던 대로 '가르침과 보살핌과 배려가 필요한 소년들에게 집처럼 행복한 곳'이 되어주고 있었다. 그 큰 집의 방들은 금세 다 찼고, 정원은 구역마다 주인이 생겼으며, 애완동물도 키울 수 있어서 곳간과 헛간은 동물원으로 탈바꿈했다. 하루에 세 번씩 조는 기다란 식탁 맨 윗자리에서 남편을 향해 미소 지었고, 아이들은 행복한 얼굴로 식탁 양쪽에 줄지어 앉아 '바에르 엄마'에게 다정한 눈길과 고마운 마음과 사랑으로 가득한 마음을 내보이며 속 이야기를 털어놓았다. 이젠 아이들이 제법 많았다. 물론 다들 천사와는 거리가 멀었고, 개중에는 바에르 부부에게 많은 고민과 걱정을 끼치는 아이도 더러 있었지만 조는 절대 지치는 법이 없었다. 겉으로는 아무리 버릇없고, 짓궂고, 속을 썩이는 아이라 해도 속에는 착한 구석이 있기 마련이라는 믿음은 조에게 인내심과 요령뿐 아니라 시간이 지나면 성공까지 가져다주었다. 태양처럼 인자하고 환하게 미소 짓는 바에르 아버지와 일흔일곱 번까지 용서하는 바에르 어머니에게 오래 저항할 수 있는 아이는 이 세상에 없었기 때문이다. 조에게는 아이들과의 우정도 매우 소중했다. 잘못을 저지르고 나서 코를 훌쩍이며 나직이 고백하는 모습도, 신이 나서 자신의 관심사와 희망과 계획을 쏟아놓는 모습도, 심지어 아이들을 따라다니는 불행까지도 조에게는 소중했다. 사실 불행한 아이일수록 조는 더 마음이 갔다. 더딘 아이가 있는가 하면 수줍음을 잘 타는 아이도 있었고, 유약한 아이가 있는가 하면 반항이 심한 아이도 있었고, 혀가 짧은 아이가 있는가 하면 말을 더듬는 아이도 있었다. 이 밖에 다리를 저는 아이 한두 명과 다른 곳에서는 받아주지 않아 여기밖에 올 데가 없었던 명랑한 혼혈아 꼬마도 '바에르 동산'에서는 환영이었다. 물론 그런 아이를 받으면 학교 평판이 안 좋아질 거라고 말하는 사람들도 더러 있었지만.

고된 일과 수많은 근심걱정, 끝나지 않을 것 같은 소동에도 불구하고 거기서 조는 무척 행복했고, 진심으로 그 상태를 즐겼다. 세상의 그 어떤 칭찬도 아이들의 박수만큼 만족스럽지 않았다. 이제 조는 자신을 열렬히 믿고 칭송하는 자신의 무리 말고는 누구에게도 자기 이야기를 들려주지 않았다. 세월이 흘러 두 아들이 태어나면서 조의 행복은 더욱 커졌다. 할아버지의 이름을 따르는 로브와 천하태평한 아기 테디였다. 아기들은 아빠의 인자한 성품과 엄마의 활달한 정신을 물려받은 것 같았다. 할머니와 이모들에게는 그 사내아이들 소굴에서 어떻게 아기들이 자라는지가 의문이었지만 아기들은 봄날의 민들레처럼 쑥쑥 자랐고, 거친 보모들도 아기들을 사랑하고 잘 돌봤다.

플럼필드에는 행사가 대단히 많았는데, 그중에서도 가장 즐거운 행사는 1년에 한 번 있는 사과 따기였다. 이때가 되면 마치, 로런스, 브룩, 바에르 집안사람들이 총출동해 하루 종일 즐겁게 지냈다. 조의 결혼식이 있고 나서 5년 뒤, 사방에 상쾌한 내음이 가득해 절로 기운이 샘솟고 정맥 속의 피가 건강하게 춤을 춰 대는 가을 정취 그윽한 10월의 어느 날에도 이 사과 따기 축제가 열렸다. 오래된 과수원은 축제 복장을 차려입고 있었다. 미역취와 과꽃이 이끼 낀 벽 가장자리를 따라 피어 있었고, 바싹 마른 풀밭에서는 메뚜기들이 힘차게 뛰어다녔다. 귀뚜라미 소리는 잔치에 온 요정이 부는 피리 소리 같았다. 다람쥐들은 수확하느라 바빴고, 새들은 오솔길의 오리나무에 앉아 작별 인사를 건넸다. 나무들은 조금만 흔들어도 저마다 빨갛고 노란 사과를 우수수 떨어뜨릴 기세로 서 있었다. 모두가 한자리에 모여 웃고 노래하고 나무 타기에 도전했다. 다들 오늘처럼 완벽한 날은 없다고, 이렇게 즐거운 무대가 또 있겠느냐고 입을 모으며 순간순간의 단순한 기쁨에 빠져들었다.

마치 씨는 차분하게 주변을 거닐며 로런스 씨에게 투서와 카울리, 콜루멜라의 시를 읊어주었다. '포도주처럼 부드럽게 감기는 사과 주스'를 홀짝이면서.

바에르 교수님은 긴 창 대신 막대기를 들고 건장한 독일 기사처럼 초록빛 통로를 왔다 갔다 행군하며 소년 부대를 이끌었다. 사내아이들은 자기들 몸을 사다리 삼아 땅과 공중에서 곡예를 선보여 감탄을 자아냈다. 집안의 꼬마들을 맡은 로리는 자신의 어린 딸을 곡물 바구니에 태우고 다니면서 데이지를 새 둥지

사이에 올려주고 로브가 탐험 정신을 불태우다 다치는 일이 없도록 살폈다. 마치 부인과 메그는 포모나(로마 신화에 나오는 과실을 돌보는 요정 : 옮긴이)처럼 사과 더미 한가운데 자리 잡고 앉아 쏟아지는 사과들을 크기별로 분류했다. 에이미는 엄마처럼 인자한 얼굴로 사람들을 스케치하면서 틈나는 대로 옆에 앉아 있는 창백한 소년을 돌보았다. 에이미를 흠모하는 그 소년 옆에는 작은 목발이 놓여 있었다.

그날 조는 물 만난 고기처럼 펄쩍펄쩍 뛰어다녔다. 치맛자락은 친친 감아올려 핀으로 고정했고 모자는 행방이 묘연했다. 거기다 아기를 한 팔로 단단히 감싸 안은 모습이 어떤 모험이든 눈앞에 나타나기만 하면 바로 뛰어들 기세였다. 꼬마 테디는 불사신의 운을 타고나기라도 했는지 아무런 사고도 겪지 않았다. 조는 아이들이 아기를 번쩍 들어 나뭇가지 위에 올려놓거나 말거나, 들쳐 업고 냅다 달리거나 말거나, 너그러운 아빠가 아기들은 양배추 초절임이든 단추든 손톱이든 자기 신발이든 뭐든 소화한다는 게르만인의 이상한 믿음에 따라 아기에게 설익은 사과를 맛보게 하거나 말거나 전혀 걱정하지 않았다. 때가 되면 꼬마 테디가 조금 더러워지긴 했어도 안전하고, 발그레하고, 평화로운 모습으로 다시 나타나리라는 것을 잘 알고 있었기 때문이다. 그렇게 아이가 돌아올 때마다 조는 언제나 진심으로 반갑게 맞아주었다.

네 시가 되자 축제는 잠시 소강상태에 접어들었다. 바구니는 한동안 텅텅 비었고, 그사이 사과 따기 일꾼들은 휴식을 취하며 옷에 난 구멍과 몸에 든 멍을 서로 비교했다. 조와 메그는 웬만큼 자란 아이들을 몇몇 데리고 풀밭 위에 간단하게 음식을 차렸다. 언제나 그랬지만 야외에서 마시는 차는 그날의 대미를 장식하는 즐거움이었다. 그런 경우 그곳은 아이들에게 말 그대로 젖과 꿀이 흐르는 땅이었다. 꼭 식탁에 앉을 필요 없이 음식을 가지고 다니면서 자기가 원하는 데서 먹을 수 있었기 때문이다. 자유야말로 소년들의 영혼이 가장 좋아하는 음식이므로. 아이들은 흔치 않은 그 특권을 실컷 즐겼다. 물구나무를 서서 우유를 마시는 유쾌한 실험에 도전하는 아이들이 있는가 하면, 등 짚고 뛰어넘는 놀이를 하면서 중간중간 파이 먹기에 도전하는 아이들도 있었다. 비스킷 부스러기가 들판 가득 뿌려졌고, 사과 파이가 처음 보는 새처럼 나무 위에 올라 앉아 있었다. 계집애들은 자기들끼리 다과회를 가졌고, 테디는 먹을 것들 사이를 발길 가는 대로 마음껏 돌아다녔다.

다들 더는 먹을 수 없을 만큼 배불리 먹었을 때 바에르 교수님이 이런 행사에서는 빠질 수 없는 첫 건배를 외쳤다.

"마치 대고모님에게 하나님의 축복이 있기를!"

이 선량한 남자는 마치 대고모에게 진 빚을 늘 잊지 않고 있었다. 그가 건배를 외치자 할머니를 늘 기억하라고 배운 아이들도 조용히 잔을 비웠다.

"할머니의 예순 번째 생일이에요! 오래오래 사세요! 할머니 만세 만세 만세!"

환호와 함께 시작된 건배는 좀처럼 멈출 줄을 몰랐다. 특별 후원자인 로런스 씨부터 자기 영역을 벗어나 놀란 표정으로 꼬마 주인을 찾아 방황하는 기니피그에 이르기까지, 모두의 건강을 위해 다들 건배를 들었다. 큰손자 데미는 그날의 주인공인 할머니에게 여러 가지 선물을 드렸다. 선물이 어찌나 많던지 축제 장소까지 손수레로 실어 날라야 할 정도였다. 개중에는 우스운 것들도 있었지만 다른 사람의 눈에는 하찮게 보일지라도 아이들이 직접 만든 것들이라 할머니의 눈에는 보석처럼 보였다. 데이지가 작은 손가락으로 끈기 있게 손수건 가장자리에 떠놓은 바늘땀은 마치 부인에게는 그 어떤 자수보다 훌륭했고, 데미가 만든 신발 상자는 뚜껑이 꼭 닫히지는 않았지만 기계공학이 이룬 기적이었다. 로브가 만든 발판은 다리 길이가 맞지 않아 흔들거렸지만 마치 부인은 아주 편안하다고 말했다. 에이미의 딸이 선물한 소중한 책에서 가장 마음에 와닿았던 것은 삐뚤빼뚤한 대문자로 "사랑하는 할머니에게. 꼬마 베스가"라고 쓴 글귀였다.

행사 중간에 아이들이 홀연히 자취를 감추었고, 마치 부인은 손자 손녀들에게 고맙다고 말하려다가 그만 울음을 터뜨리고 말았다. 꼬마 테디가 앞치마로 할머니의 눈물을 닦아주고 있는데 바에르 교수님이 갑자기 노래를 부르기 시작했다. 그의 머리 위에서 목소리들이 하나둘씩 들려오더니 나무 사이로 보이지 않는 합창단의 노랫소리가 울려 퍼졌다. 아이들은 조가 가사를 쓰고 로리가 곡을 붙인 노래를 진심을 담아 불렀다. 바에르 씨가 잘 가르친 덕분에 아이들은 최고의 기량을 선보였고, 생각지도 못했던 이 공연은 대성공을 거두었다. 마치 부인은 놀라움을 감추지 못한 채 키 큰 프란츠와 에밀부터 목소리가 가장 아름다운 혼혈아 꼬마에 이르기까지 깃털 없는 새들과 차례로 악수를 나누었다.

그러고 나서 아이들은 뿔뿔이 흩어져 마지막 장난을 치러 갔고, 마치 부인과 딸들은 사과나무 아래 남았다.

"이제 다시는 스스로를 '불운한 조'라고 부르면 안 될 것 같아. 나의 가장 큰 소원이 이렇게나 아름답게 이루어졌으니까."

바에르 부인이 우유 주전자에 그 조그만 주먹을 집어넣고 신나게 휘젓는 아들을 말리며 말했다.

"그런데 예전에 언니가 그렸던 그림과는 많이 다른 것 같아. 마음의 성채, 기억나?"

에이미가 사내아이들과 크리켓을 하고 있는 로리와 존을 바라보며 웃는 얼굴로 물었다.

"녀석들! 할 일은 까맣게 잊고 오늘 하루는 저토록 즐겁게 노는 모습을 보니까 얼마나 흐뭇한지 몰라."

조가 인류의 어머니라도 된 듯 흐뭇하게 중얼거리더니 에이미의 질문에 대답했다

"응, 기억나. 하지만 그때 내가 원했던 삶은 지금의 내 눈엔 이기적이고 외롭고 차가워 보여. 좋은 책을 쓰고 싶다는 꿈은 아직 포기하지 않았지만 얼마든지 기다릴 수 있어. 이런 경험과 장면들이 많아질수록 더 좋은 글이 나올 테니까."

그러면서 조는 멀리서 뛰어노는 아이들에서 시작해 아버지와 어머니에 이르기까지 한 명 한 명 차례로 가리켰다. 아버지는 바에르 교수님의 팔에 기댄 채 햇살 속을 거닐며 대화에 푹 빠져 있었다. 어머니는 딸들 사이에 여왕처럼 앉아 있었고, 딸들은 어머니의 무릎과 발치에 앉아 그 얼굴에서 언제나 변치 않는 행복과 위안을 보고 있었다.

"내 성은 거의 다 이뤄졌어. 겉으로는 화려한 삶을 추구했지만 속으로는 지금처럼 작은 집 한 채와 존과 사랑스러운 아이들만 있으면 된다는 걸 알고 있었어. 감사하게도 그걸 모두 가졌으니 나는 세상에서 가장 행복한 여자지 뭐야."

그러면서 메그는 다정함과 만족감이 가득 묻어나는 얼굴로 어느새 훌쩍 키가 큰 아들의 머리 위에 손을 얹었다.

"내 성은 원래 내가 계획한 것과는 많이 다르지만 바꾸고 싶은 마음은 없어. 조 언니처럼 나도 예술가로서의 꿈을 완전히 접은 건 아니야. 다른 사람들이 아름다운 꿈을 이룰 수 있게 도와주는 것도 좋지만 거기에 안주하고 싶지는 않거든. 아기의 인물상을 만들기 시작했는데, 로리 말이 내가 이제껏 만든 것 중에서 최고래. 나도 그렇게 생각하고. 그래서 말인데 대리석으로 해볼 생각이야. 그럼 무슨 일이 생기더라도 최소한 내 꼬마 천사의 모습은 간직할 수 있을 테니까."

에이미가 이렇게 말하는 사이에 커다란 눈물방울 하나가 그녀의 품 안에서 잠든 아이의 금발 위로 떨어졌다. 사랑스러운 외동

딸이 워낙 허약해서 딸을 잃을지도 모른다는 두려움이 에이미의 햇살처럼 밝은 마음에 그늘을 드리우고 있었다. 이 시련은 아이 엄마와 아빠에게 크나큰 변화를 가져다주었다. 에이미가 더 상냥해지고 더 생각이 깊어지고 더 온화해졌다면 로리는 더 진중해지고 더 강인해지고 더 단단해졌다. 두 사람은 아름다움이나 젊음, 재산, 심지어 사랑도 가장 소중한 사람에게서 걱정과 고통, 상실과 슬픔을 쫓아내지는 못한다는 것을 배우는 중이었다. 왜냐하면,

어느 삶에든 비는 내리고
언젠가는 어둡고 슬프고 쓸쓸한 날이 오기 마련이니.

“베스는 꼭 건강해질 거야. 낙심하지 말고 희망을 가지고 행복하게 지내렴.”

마치 부인이 말했다. 그사이 마음씨 고운 데이지가 무릎을 꿇고 발그레한 뺨을 사촌의 창백한 뺨에 갖다 댔다.

“저에게 힘을 주는 엄마와 제 짐의 반도 넘게 들어주는 로리가 있는데 제가 낙심할 수는 없죠. 그이는 절대 자기가 걱정하는 모습을 보이지 않아요. 내게는 한없이 다정하고 너그럽고, 베스에게는 또 얼마나 헌신적인지 몰라요. 얼마나 든든하고 위로가 되는지. 난 이제 그이를 어디까지 사랑하는지 모르겠어요. 내가 짊어져야 할 십자가가 하나 있긴 하지만 나도 메그 언니처럼 말할

수 있어요. '감사하게도 난 정말 행복한 여자'라고 말이에요."

에이미가 따뜻하게 말했다.

"누가 봐도 분에 넘치게 행복한 나는 굳이 말할 필요도 없겠죠."

조가 선량한 남편에게서 시선을 거두어 바로 옆 풀밭에서 이리저리 굴러다니는 통통한 아이들한테로 옮기며 거들었다.

"프리츠는 흰머리가 늘었고 살도 찌고 있어요. 난 그림자처럼 말라가고 있고 나이도 어느새 서른이에요. 우리는 절대 부자가 될 수 없을 거예요. 플럼필드도 언제 불이 나 사라질지 모르고요. 토미 뱅스 녀석이 벌써 세 번이나 불을 냈는데도 정신을 못 차리고 이불을 덮어쓰고 담배를 피울 게 뻔하니까요. 속상한 일들이 있긴 해도 난 아무 불만 없어요. 이렇게 좋아 죽을 것 같은 적은 없었거든요. 내 표현을 이해해 주세요. 사내아이들 틈새에서 지내다보니까 자꾸 그 애들이 쓰는 말이 튀어나오네요."

"그래, 조, 넌 꼭 풍성한 결실을 거둘 거야."

마치 부인이 꼬마 테디를 노려보는 시커먼 귀뚜라미를 쫓아버리며 말했다.

"전 엄마의 반도 못 따라갈 거예요. 지금까지 엄마가 묵묵히 감당해온 그 인고의 파종과 수확의 세월에 평생 감사해도 모자랄 거예요."

조가 울컥해서 소리쳤다. 조의 그런 모습은 나이가 들어도 여전했고, 그래서 사랑스러웠다.

"해마다 알곡은 더 많아지고 잡초는 줄었으면 좋겠어요."

"아, 내 딸들아, 너희가 앞으로 얼마를 살든 지금처럼만 행복하렴!"

에이미가 상냥하게 말했다.

"아무리 큰 밀단도 엄마는 넉넉한 마음으로 품으실 거예요."

메그도 살가운 목소리로 거들었다.

마치 부인은 벅차오르는 가슴을 주체하지 못하고 자식들과 손자 손녀들을 한꺼번에 끌어안을 기세로 두 팔을 활짝 벌렸다. 그리고 어머니의 사랑과 감사하는 마음과 겸손함을 얼굴과 목소리에 가득 담아 말했다.

"아, 내 딸들아, 너희가 앞으로 얼마를 살든 지금처럼만 행복하렴!"

옮긴이 강미경

1964년 제주에서 태어나 이화여자대학교 사범대학 외국어교육학과 영어 전공 졸업 후, 현재 전문 번역가로 활동하고 있다.
옮긴 책으로는 『도서관, 그 소란스러운 역사』, 『야성의 엘자』, 『몽상과 매혹의 고고학』, 『우리는 사소한 것에 목숨을 건다』, 『헨리 데이비드 소로』, 『헤밍웨이 vs. 피츠제럴드』, 『도서관, 그 소란스러운 역사』, 『최초의 아나키스트』, 『마르코 폴로의 모험』, 『검은 고양이』 등 다수가 있다.

작은 아씨들

1판 1쇄 발행 2020년 2월 12일
1판 11쇄 발행 2025년 5월 20일

지은이 루이자 메이 올컷 **옮긴이** 강미경

발행인 양원석 **편집장** 김건희
영업마케팅 조아라, 박소정, 이서우, 김유진, 원하경

펴낸 곳 ㈜알에이치코리아
주소 서울시 금천구 가산디지털2로 53, 20층(가산동, 한라시그마밸리)
편집문의 02-6443-8902 **도서문의** 02-6443-8800
홈페이지 http://rhk.co.kr
등록 2004년 1월 15일 제2-3726호

ISBN 978-89-255-6858-4 (03840)